HEYNE

Das Buch
Endlich ist das Reich Khatrimantine von der grausamen Herrschaft der Mogaun befreit, und der junge Tauric Tor-Galantai kann sein rechtmäßiges Erbe antreten. Doch kaum hat er die Kaiserkrone erhalten, als er sich einer neuen, furchtbaren Herausforderung stellen muss: Unter Führung des Schattenkönigs Byrnak zieht eine gewaltige Streitmacht gegen Besh-Darok. Schon bald ist die Hauptstadt eingeschlossen von einer Armee, die von schwärzester Nekromantie erschaffen wurde. Tauric muss sich auf eine gefährliche Queste begeben, um herauszufinden, wie sich die dunklen Zauber brechen lassen. In dieser hoffnungslosen Situation steigt ausgerechnet Yasgur, ein Prinz der Mogaun, zum neuen Lordregenten auf. Kann nur ein Pakt mit den ehemaligen Todfeinden das bedrohte Kaiserreich noch retten?

»Schattengötter« ist die faszinierende Fortsetzung von »Schattenkönige« und setzt Michael Cobleys atemberaubende neue Fantasy-Trilogie im Stile von Stan Nicholls und Michael A. Stackpole fort.

Der Autor
Michael Cobley, geboren in Leicester, studierte Ingenieurswissenschaften an der Universität von Strathclyde. Als Herausgeber verschiedener Magazine und durch seine Kurzgeschichten machte er sich schnell einen Namen in der Fantasy-Literatur. »Schattenkönige«, sein erster Roman, war in Großbritannien auf Anhieb ein riesiger Erfolg. Cobley lebt und arbeitet in Glasgow.

Mehr Informationen zu Autor und Werk unter:
www.michaelcobley. com

MICHAEL COBLEY

SCHATTEN GÖTTER

Roman

Deutsche Erstausgabe

WILHELM HEYNE VERLAG
MÜNCHEN

Titel der englischen Originalausgabe
SHADOWGOD
Deutsche Übersetzung von Wolfgang Thon

Umwelthinweis:
Dieses Buch wurde auf
chlor- und säurefreiem Papier gedruckt

Deutsche Erstausgabe 8/05
Redaktion: Natalja Schmidt

in der Verlagsgruppe Random House GmbH
www.heyne.de
Printed in Germany 2005
Umschlagillustration: Dirk Schulz
Umschlaggestaltung: Animagic, Bielefeld
Satz: Christine Roithner Verlagsservice, Breitenaich
Druck und Bindung: GGP Media GmbH, Pößneck

ISBN 3-453-53064-0

Dieses Buch ist
Stewart Robinson gewidmet,
ein verdammt guter Freund, ein Spitzenmusiker
und ein Bruder im Geiste.

Karte des Kaiserreichs Khatrimantine
auf dem Kontinent von Toluveraz
Golf von Noriel
Das Wilde Meer
Yularia
Gorod
Rauthaz
Casall
Golf von Fandugar
2
Trevada
Prekine
Khatris
Der Westlich
Ebene von Kalen
Nimas
Anghatan
7
Jefren
Die Birrdaelin-See
Druandag-Gebirge
3
Tobrosa
Herzog-tum Patrein
Muruga-Gebirge
Nagira-Gebirge
Hangrel-Spitze
Kizar
Alvergost
4
Roharka
Gronanve
Ebene von Hanoriath
Bidolo
Honjir
Choraya
Der Rote Weg
Horn Bucht
5
6
Kejana
Kap Zorn
Der Sarlek-See
Hargas
Scallow
Port Caeleg
Sturmbrecher-Inseln
Sulros-Insel
Dalbar

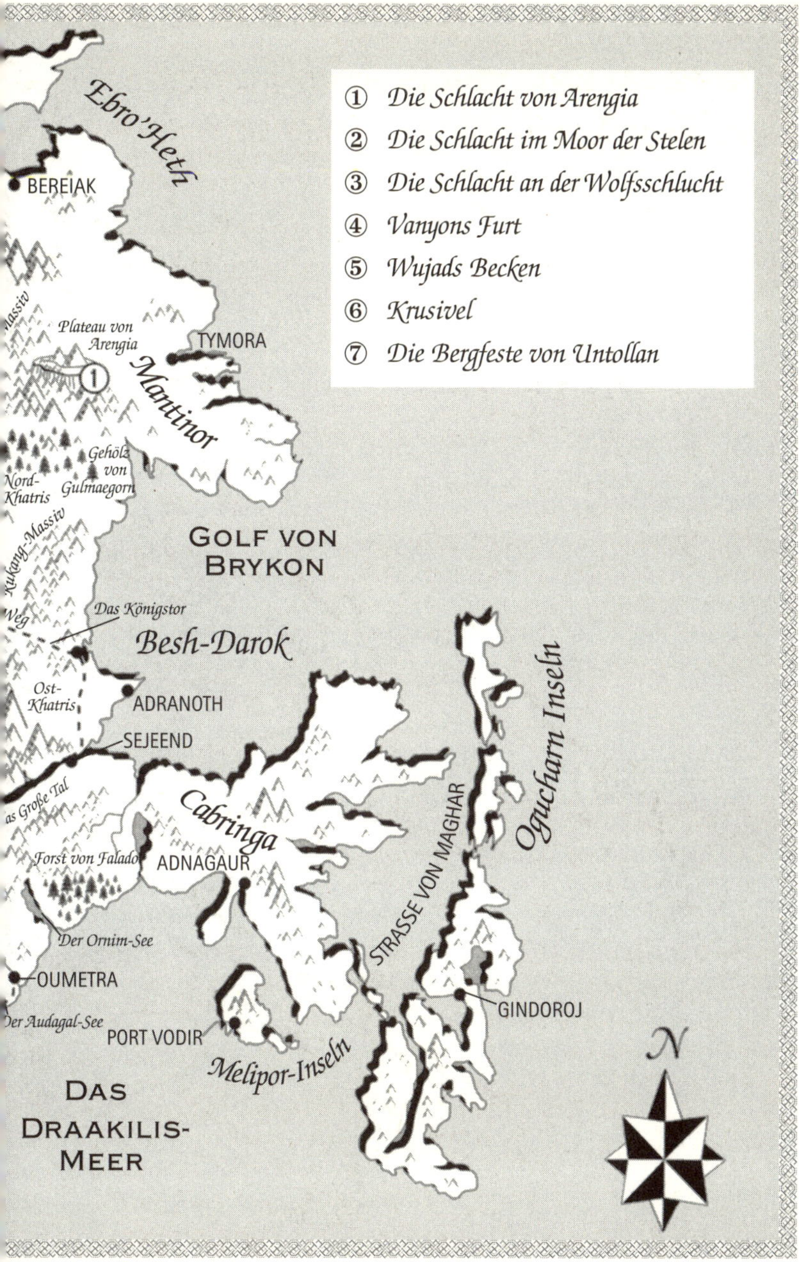

① Die Schlacht von Arengia
② Die Schlacht im Moor der Stelen
③ Die Schlacht an der Wolfsschlucht
④ Vanyons Furt
⑤ Wujads Becken
⑥ Krusivel
⑦ Die Bergfeste von Untollan
Ebro'Heth
BEREIAK
Plateau von Arengia
TYMORA
Mantinor
Gehölz von Gulmaegorn
Nord-Khatris
Kukang-Massiv
GOLF VON BRYKON
Das Königstor
Besh-Darok
Ost-Khatris
ADRANOTH
SEJEEND
Cabringa
ADNAGAUR
Forst von Falado
Der Ornim-See
OUMETRA
Der Audagal-See
PORT VODIR
Melipor-Inseln
STRASSE VON MAGHAR
Oguchארn Inseln
GINDOROJ
N
DAS DRAAKILIS-MEER

Besh-Darok:

(im Nordwesten: Keshada, im Westen: Gorla)

1) Das Gallaro-Tor
2) Das Schild-Tor
3) Das Fehde-Tor (versiegelt)
4) Der Kaiserliche Palast
5) Der Herrscher-Hain (zerstört)
6) ErdenMuttertempel des Hains (geplündert)
7) Der Hain der Toten (entweiht)
8) Die Halle der Magier (geschleift)
9) Die Eisen-Kaserne
10) Die Kaserne am Fluss
11) Das Fort an der Kapelle
12) Kolleg von Hendreds Hallen
13) ErdenMuttertempel in Wybank
14) Der Fünfkönigs-Pier
15) Bazar von Kulberisti
16) Handelskolleg der vier Gilden
17) Zunfthaus
18) Garnison des Ordens vom VaterBaum (geschleift)
19) Felsenschrein, VaterBaumtempel (zerstört)
20) Der Lange Kai
21) Fischerviertel

Brücken über d. Olodar
(flussaufwärts)

a. Ritterbrücke
b. Königinnenbrücke
c. Falkenbrücke
d. Speerbrücke
e. Veteranenbrücke

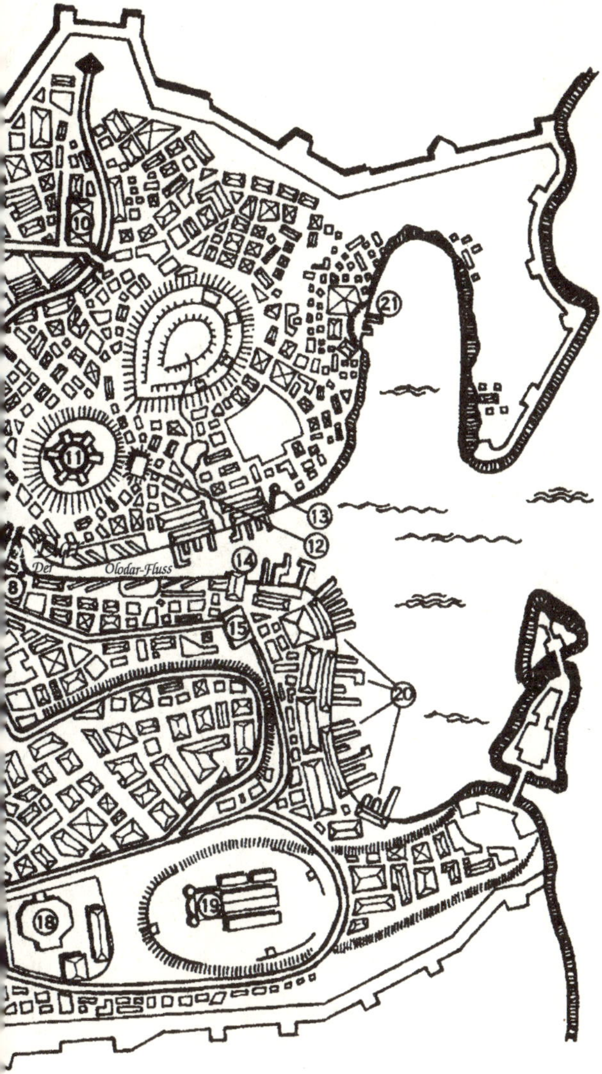

10
21
11
13
12
Der
Olodar-Fluss
14
8
15
20
19
18

PROLOG

Siehe, der kalte General –
Mächtig und furchterregend war er zu Lebzeiten,
Im Tod jedoch ist er noch schrecklicher.

DIE SCHWARZE SAGA VON CULRI MOAL, VIII, 4

Der Wind war kalt, und unter seinen Füßen knirschte Eis, als Byrnak über das flache Dach des großen Frieds von Rauthaz schlenderte. Er befand sich in Begleitung von Crevalcor, einem Nigromanten, welcher die Gestalt von Coireg Mazaret angenommen hatte. Laut Thraelor war Crevalcor ein mächtiger BrunnQuell-Meister, der bereits zu einer Zeit gelebt hatte, als noch ausgedehnte, feuchte Dschungel den größten Teil des Kontinents bedeckten. Byrnak war nicht überrascht, dass sein Begleiter zum Schutz gegen die Kälte eine Kapuze und dicke, braune Gewänder trug. Er selbst jedoch spürte den klirrenden Frost kaum und hüllte sich nur in einen langen, schwarzen Umhang aus dünnem Tuch.

»Warst du in der Lage, deine Aufgaben unbemerkt zu erfüllen?«

»Unbemerkt, unbehindert und ungestört, Großer Gebieter.«

»Wie verlief deine Reise?«

»Unbeobachtet, Großer Gebieter. Wir folgten den Sumpfpfaden und anderen wenig genutzten Wegen von unserem Schlupfwinkel im Nördlichen Rukang-Massiv zu den Hügeln um Besh-Darok. Niemand hat uns gesehen.«

Byrnak nickte und sog beinahe genießerisch die eisige Luft ein, die in seinen Lungen brannte. »Wie erging es der Saat selbst?«

Der von Crevalcor beherrschte Körper erschauerte, doch die Stimme des Mannes klang unbeeindruckt. »Wie befohlen, wählten wir eine überwachsene, hochliegende Stelle in den Hügeln nördlich von Besh-Darok. Bei Einbruch der Dämmerung führte ich das erste Ritual ohne Ablenkung oder Schwierigkeiten durch. Dann gaben wir die Opfergaben aus Knochen und Blut in den etwa einen Meter tiefen Graben, bevor wir die Kern-Steine selbst hineinbetteten ...« Sein Blick wurde glasig, als er daran zurückdachte. »Sie waren so hart wie Stein in unseren Händen, so kalt wie das Herz des Winters und schwerer als Eisen. Nachdem wir sie in den Graben gelegt hatten, wurde die Erde wieder darüber gehäuft, unterbrochen nur durch weitere Opfergaben.«

»Das war Keshada«, murmelte Byrnak. »Und Gorla?«

»Liegt in den Hügeln westlich von Besh-Darok«, erwiderte Crevalcor. »Ich habe das Aussäen und das Ritual so durchgeführt wie zuvor. Dann bin ich zu unserem Unterschlupf in die Rukangs zurückgekehrt. Von dort aus reisten wir über das Vorgebirge von Arengia nach Yularia weiter.«

Byrnak schwieg, während sie weitergingen. Das Schweigen hielt an, bis Crevalcor es schließlich brach. Seine Stimme zitterte unmerklich vor Furcht. »Ich habe meinen Auftrag genauestens erfüllt, Gebieter. Ich habe nichts ausgelassen, das schwöre ich.«

Sie näherten sich der hüfthohen Brüstung, welche die Krone des zylindrischen Frieds umgab. Byrnak blieb stehen und starrte auf die Stadt und das dahinterliegende Meer, die unter einer dichten Nebeldecke lagen. Schließlich drehte er sich zu seinem beunruhigten Diener um. »Dein Vorgehen wurde sorgfältig beobachtet, und wir waren sehr zufrieden, dass du deine Aufgaben ohne den geringsten Fehler erfüllt hast. Meine Brüder Thraelor und Grazaan versichern mir, dass deine Zauber feste Wurzeln geschlagen haben, und dass der BrunnQuell Rauthaz in nur wenigen Tagen die Festen Gorla und Keshada hinzufügen wird.« Er lächelte dünn. »Man muss dir gratulieren.«

Crevalcors Erleichterung war ihm deutlich anzusehen. »Es ist eine Ehre, den Schattenkönigen dienen zu dürfen, Großer Gebieter.«

Ein Jammer nur, dass es auf solch eine riskante Art und Weise geschehen muss, dachte Byrnak. Der Verborgene hatte Coireg

Mazaret den Geist von Crevalcor eingepflanzt, als er entdeckte, dass Coireg die Wirren und die Niederlage von Trevada überlebt hatte. Anschließend war ihm von Thraelor die Aufgabe des Aussäens übertragen worden. Es war der Gunst des Zwielichts zu verdanken, dass Crevalcor unversehrt zurückgekehrt war. Jetzt konnte Byrnak endlich herausfinden, was von Coireg Mazaret noch übrig war.

»Sag mir, Freund Crevalcor, wurdest du nach deiner Rückkehr gut behandelt?«

»Sicherlich, Erhabener.«

»Gut. Und was ist mit deinem Wirt? Genügt er deinen Bedürfnissen?«

»Bedürfnisse, Großer Gebieter?« Crevalcor dachte nach. »Der frühere Besitzer war nicht gerade übermäßig vorsichtig und hat seine Hülle bis an ihre Grenzen gebracht. Während meiner Expedition erwies sie sich als ausreichend kräftig und gewandt. Dennoch ...« Er zog die Hände aus den weiten Ärmeln und musterte sie. »Ich habe noch nie zuvor einen fremden Körper besessen, und es gibt viel zu lernen.«

»Nicht zuletzt über die ursprüngliche Person«, meinte Byrnak. »Ist noch etwas von ihr erhalten?«

»Etwas ist da«, bestätigte die verhüllte Gestalt Crevalcors. »In ihren Tiefen hält sich noch etwas verborgen, das vermeidet, seine Gegenwart kundzutun. Bislang waren meine unregelmäßigen und leider auch unausgebildeten Erforschungen nicht erfolgreich.«

»Interessant. Glaubst du, dass deine neue Existenzform deine Beherrschung des BrunnQuell beeinträchtigt hat?«

»Mein Einfluss auf lebende Wesen scheint tatsächlich eingeschränkt zu sein. Dafür jedoch war meine Fähigkeit, leblose Objekte zu benutzen, noch nie so stark.« Crevalcor lächelte. »Möglicherweise spielt meine eigene Sterblichkeit dabei eine gewisse Rolle.«

»Meine Brüder haben sich über deine Talente mehr als zufrieden geäußert, und ich spüre, dass ihre Zuversicht nicht fehl am Platze ist.« Byrnak schaute auf den Hafen hinunter, in dem gerade ein viermastiger Schnellsegler vom Kai ablegte. »In Dalbar, einem Land weit im Süden, herrscht gerade eine sehr fruchtbare Situation, die wir zu unseren Gunsten nutzen könnten, wenn wir die richtigen Keime aussäen. Diese Aufgabe können wir freilich nur jemandem mit den entsprechenden Fähigkeiten und einem genauen Urteilsvermögen anvertrauen. Jemandem wie dir, Freund Crevalcor.«

Der verhüllte Nigromant verbeugte sich. »Mit demütigstem Respekt, Großer Gebieter. Ich werde Euer Mandat nicht enttäuschen.«

»Ausgezeichnet.« Byrnak drehte sich um, als wollte er den Weg zurückgehen, den sie gekommen waren, hielt dann jedoch inne. »Ach ja, es gibt noch etwas, das ich von dir erbitte, eine Kleinigkeit, die nur meine Neugier befriedigt.«

Crevalcors Augen glänzten. »Ihr braucht es nur zu äußern, Großer Gebieter.«

»Schön. Ich möchte mit dem ursprünglichen Besitzer deines Körpers sprechen.«

Byrnak sah die widerstreitenden Gefühle auf dem Gesicht des Nigromanten: Schock, Pflichtbewusstsein und alle Spielarten von Furcht.

»Großer Gebieter ... Meister, ich ...« Der Mann wrang den Stoff seiner Robe angespannt zwischen den Händen.

»Ich will nicht deinen Tod, Crevalcor«, beruhigte Byrnak ihn. »Du brauchst nur deine Kontrolle über deinen Wirt ein wenig zu lockern, ohne ihn jedoch gänzlich freizugeben. Ich werde einfach seine begrabene Präsenz aufrufen, sie verhören, bis ich zufrieden bin, und dir dann den Körper zurückgeben.«

»Es ist mir eine Ehre, Euch zu dienen«, erwiderte Crevalcor sichtlich erschüttert, und richtete sich zitternd auf, bevor er die Augen schloss.

Byrnak lächelte. Es faszinierte ihn immer wieder zuzusehen, wie seine Untergebenen sich aus purer Loyalität eilfertig seinem Willen unterwarfen. Gunstbezeugungen und Belohnungen waren weitaus nützlichere Mittel, um Gehorsam zu erwirken, als brutaler Zwang je sein konnte. Byrnak zog Crevalcors Loyalität sogar beinahe der des Akolythen Obax vor, der in Wahrheit dem Herrn des Zwielichts diente. Oder der von Azurech, dessen Verstand Byrnak vor einigen Monden neu erschaffen hatte.

Azurech war es als einzigem der Kriegsherrn aus Honjir gelungen, der Belagerung von Choraya zu entkommen. Verschiedene Armeen, vor Hunger wahnsinnige Flüchtlinge und vertriebenen Städter waren vor etwa drei Wochen aus Norden und Westen in Honjir eingefallen und hatten Choraya angegriffen, angelockt von angeblich gehorteten Lebensmittelvorräten. Die zehntausende zählenden Invasoren überwältigten mit Leichtigkeit die fünfhundert Soldaten der Garnison, und nur wenige von Byrnaks Männern entkamen. Als Azurech an der Spitze eines kläglichen Trupps von Kämpfern in Rauthaz auftauchte, trübte ein vages Unbehagen Byrnaks Stolz über die unerschütterliche Loyalität des Mannes. Beinahe, als stellte diese Art von Treue selbst eine Bedrohung dar.

Byrnak konzentrierte sich wieder auf Crevalcor. Er hielt die Augen geschlossen, seine Gesichtszüge waren entspannt, und er schwankte ein wenig in dem böigen Wind. Mit einem beiläufigen Gedanken stützte Byrnak ihn und drang dann mühelos in seinen offenen Geist ein.

Die steinerne, eisige Umgebung des Daches versank in grauem Schweigen, einer verlassenen Stille und elendem Leid. Byrnak spürte Crevalcors Gegenwart, eine rastlose, beunruhigte Wesenheit am Rand dieser öden Leere. Einen Moment schien es, als existiere nichts weiter, doch dann bemerkte Byrnak einen verdrehten Knoten aus Dunkelheit mitten in dem grauen Dämmer.

Coireg Mazaret, flüsterte er. Tritt vor in den Körper, der wieder der deine ist.

Der Knoten entspannte sich ein wenig und schimmerte blass. Mehr geschah nicht, und Byrnak verlor die Geduld.

Tritt vor, Coireg Mazaret. Ich befehle es dir!

Der Knoten bebte und flackerte, als würde in seinem Inneren ein Kampf ausgefochten. Als Byrnak dies sah, grub er die Klauen seiner Gedanken in diesen Knoten aus Finsternis, um ihn auseinander zu reißen.

Unvermittelt fand er sich plötzlich auf dem kalten und windigen Dach des Frieds wieder, während eine verhüllte Gestalt schluchzend auf den Steinen vor ihm kauerte.

»Warum, warum, warum, warum ...?«

»Coireg, komm zur Besinnung!« Byrnak beugte sich ein Stück herunter. »Wir müssen über deinen Bruder sprechen!«

»Geträumt ... ich habe einen reinen Traum von Vögeln geträumt, ich wurde der Traum und flog ...«

»Ach, vergiss diese Träume! Sprich zu mir von deinem Bruder!«

Von seiner kauernden Position aus schaute Coireg Mazaret plötzlich hoch. Sein Gesicht war vom Wahnsinn verzerrt.

»Ich werde fliegen!«, schrie er und sprang so abrupt hoch, dass Byrnak zurücktaumelte. Erschreckt sah er zu, wie Coireg Mazarets Sprung ihn mit einem mächtigen Satz in die Luft hinauftrug. Die Züge des Mannes glühten vor Ekstase, als er in den Himmel emporstieg und heftig mit ausgestreckten Armen schlug. Seine lockeren Gewänder flatterten, während er dicht über dem Dach des Frieds dahinglitt. Byrnak spürte den Fluss des BrunnQuell, der von der wahnsinnigen Hysterie des Mannes gespeist wurde. Crevalcor und sein Vorgänger mussten unbeabsichtigt diesen Körper dafür empfänglich gemacht haben. Byrnak unterbrach mit einem Gedanken den Zustrom der Macht.

Coireg schrie entsetzt auf und stürzte aus knapp zwei Metern Höhe mit wild rudernden Armen zu Boden, landete auf der Seite und rollte noch ein Stück weiter. Byrnak schritt zu der stöhnenden Gestalt, bückte sich, packte eine Hand voll Stoff mit der Faust und zerrte sie am Nacken hoch. Während er Coireg mit einem finsteren Blick fixierte, holte er mit der anderen Hand aus, als wollte er zuschlagen, legte sie jedoch statt dessen dem anderen Mann an die Schläfe.

Coireg zuckte zusammen und seine Lippen zitterten. »Wer seid Ihr«, fragte er, »dass ich Euch so fürchte?«

»Die Sonne und der Mond«, erwiderte Byrnak, der aus einer Eingebung heraus ein düsteres Gedicht zitierte. »Die See und die Sterne, der Tag und die Nacht. Für dich bin ich Tod und Leben, der Odem selbst.« Er lockerte seinen Griff. »Und jetzt erzähl mir von deinem Bruder. Was macht ihn schwach?«

Er musste es in Erfahrung bringen. Der Lordkommandeur war für die Allianz, die sich den Schattenkönigen widersetzte, von entscheidender Bedeutung, er war die Nabe, in welcher alle Speichen zusammenliefen. Aus diesem Grund war er weit wichtiger als Yasgur oder diese Thronfolgerkinder. Doch es war schwer, an verlässliche Informationen über den Mann heranzukommen. Da sich jetzt das Kristallauge in der Hand des Magiers Bardow befand, waren die einzigen Spione, die noch unbemerkt in Besh-Darok eindringen konnten, niedere Handlanger, die zu ohnmächtig oder zu einfältig waren, um die notwendigen Einzelheiten herauszufinden.

»Schwach?« Coireg lachte krächzend. »Was er liebt, macht ihn schwach. Und es macht ihn auch stark.«

Byrnak schüttelt ihn einmal heftig. »Ab jetzt keine Rätsel, hörst du!«

Sofort sprudelten die Worte dem Mann förmlich über die Lippen. »Die Invasion ... hat das Reich zerschlagen, das ihm Ziel und Rang verlieh. Seine Familie ... sie alle sind gestorben, und diese Frau, die Magierin, welche die Dämonenbrut verbannte, ist ebenfalls tot.« Coireg schüttelte den Kopf. »Überall herrscht der Tod, er jedoch lebt noch immer, und sein Panzer wird jedes Mal ein wenig dicker und stärker.« Plötzlich schlich sich ein listiger Ausdruck in seine Miene. »Nur ein Geist könnte ihn verletzen, ein seelenloser Geist ...«

»Was weißt du darüber?«, verlangte Byrnak zu wissen.

Coireg leckte sich die Lippen. »Könnte ich nicht eine Belohnung für das bekommen, was ich weiß? Könnte ich meinen eigenen Körper nicht zurückbekommen?«

Byrnak starrte Coireg in die Augen. »Wenn du mir nicht sagst, was du weißt, und zwar alles, werde ich dich auf immer aus ihm verbannen.«

Coireg Mazaret starrte ihn mit weit aufgerissenen Augen an. Er schwitzte aus jeder Pore und schüttelte ruckartig den Kopf. »Bitte, ich könnte Euch ein wertvoller Diener sein ...«

»Ich habe zahllose Diener.« Byrnak umfasste Coiregs Hinterkopf vorsichtig mit der Hand und beugte sich dann dichter zu ihm hinunter. »Also, ein seelenloser Geist ...?«

Coireg Mazaret zitterte, seine Augen waren starr und seine Worte klangen wie erstickte Schreie. »... ein Geist, genommen von ... von der Magierfrau ... ein seelenloser, weißer Geist, und ein zweiter ... und ein dritter ...«

Der Schattenkönig Byrnak lächelte, als er verstand. Ein Geistschatten. Die Akolythen Ystreguls hatten mindestens drei Schatten aus der Essenz von Suviel Hantika gezogen, bevor sie gestorben war. Ja, ein solcher seelenloser Geist könnte sowohl als Waffe wie als Falle dienen. Er würde sofort einen Boten nach Trevada schicken, jemand, dem er trauen konnte. Vielleicht Azurech. Außerdem bot sich dadurch auch gleich eine günstige Gelegenheit, die Akolythen an die Tugend des Gehorsams zu erinnern.

»... Geister ...«

Das fiebernde Glühen des Wahnsinns schimmerte in Mazarets Augen und verriet seine zerstörte Seele.

»... überall! Geister im Himmel und im Meer und in dem schwarzen Abgrund der Nacht ... umgeben von Geistern, von Armeen und ganzen Völkern von Geistern ...«

»Schweig!«, fuhr Byrnak ihn gereizt an.

Coireg zuckte zurück, als quälten ihn innere Schmerzen. Er sprach jedoch weiter. »Eine Welt voller Geister, hungrig genug, um das Fleisch des Firmaments und die Knochen der Erde zu fressen ... Sie lassen nichts übrig, nur Schatten ...«

Der Wahnsinn durchströmte ihn mit unglaublicher Energie. Byrnak hätte diese Tirade fast mit einem Gedankenschlag beendet, aber die Faszination hielt ihn unwillkürlich zurück.

»... die Welt selbst ist ein Gespenst! ....« Der Blick der unsteten Augen des Mannes richtete sich plötzlich direkt auf Byrnak. »Glaubt mir, ich flehe Euch an! Glaubt Ihr mir?«

»Natürlich.«

Er riss die Augen weit auf, während sein Blick sich verschleierte. »Ihr beide?«

Byrnak überlief es eiskalt. »Was soll das heißen?« Er packte Coireg fester.

»Ich sehe ... zwei von euch!«, keuchte Coireg. »Doch der andere sagt nichts. Bist du real, oder ist er es? Ah, jetzt lächelt er mich an!«

Wut loderte in Byrnak auf. »Ich! Ich bin real! Nur ich, hörst du! Und jetzt ersauf in Schweigen!«

Die grüne Aura um ihn wurde heller, als er seine Gedanken aussandte und Coireg Mazarets Wesen in einen dunklen Winkel seines Verstandes stieß. Aber noch während er ihn fesselte, regte sich ein wandelnder Schatten in seinem eigenen Hinterkopf.

Lockere deinen Griff, Schwächling. Sink hinab in den Niedergeist und werde verzehrt!

Nach langen Wochen brach Byrnaks Bruchstück des Herrn des Zwielichts endlich sein Schweigen.

Ein Bild trat vor sein inneres Auge, ein Blick auf ihn selbst, wie er in einer schwarzen, zähen See unterging, wie sein Gesicht und seine heftig schlagenden Hände langsam in die brodelnde Tiefe hinabgezogen wurden. Byrnak ignorierte diese Drohung und konzentrierte sich wütend darauf, Coiregs Abschottung von seinem Bewusstsein zu vervollständigen. Er verzichtete auf eine Erwiderung, weil er wusste, dass jedes Wort müßig war.

Byrnak half seinem Diener auf die Beine und stützte ihn, als der Geist von Crevalcor zurückkehrte.

»Großer Gebieter«, sagte der Nigromant heiser. »Habe ich geschlafen?«

»Du warst nur wenige Augenblicke fort«, beruhigte ihn Byrnak. »Erinnerst du dich an etwas?«

Crevalcor runzelte die Stirn. »Nur an Fragmente ... Ich erinnere mich daran, dass ich durch eine gewaltige Halle gestolpert bin, vielleicht eine Kathedrale ... Das Licht ähnelte dunklem Kupfer, und überall lag Schutt herum ... Ach ja, und da waren Stimmen, die Worte in einer fremden Zunge schrieen.«

Er zuckte entschuldigend mit den Schultern. »Das ist alles, Großer Gebieter.«

»Das macht nichts«, erwiderte Byrnak. »Was von deinem Wirt übrig geblieben ist, hat mir eine faszinierende Kleinigkeit verraten, bevor ich ihn erneut eingekerkert habe. Sei versichert, dass er dir keine Schwierigkeiten mehr machen wird.«

»Ich bin sehr dankbar, Großer Gebieter.«

»Lass uns jetzt in das Kartenzimmer zurückkehren. Die Aufgabe, die vor uns liegt, verlangt einige Vorbereitungen.«

Byrnak lächelte, als er zu dem überdachten Eingang der Treppe vorausging, die ins Innere des Frieds führte. Crevalcors Loyalität war sichergestellt.

Finde die richtige Strafe und die rechte Belohnung, dachte er, und du beherrschst jeden.

Sein Lächeln wurde breiter, als er an die Geistschatten von Suviel Hantika dachte.

Sogar Ikarno Mazaret.

ERSTER TEIL

1

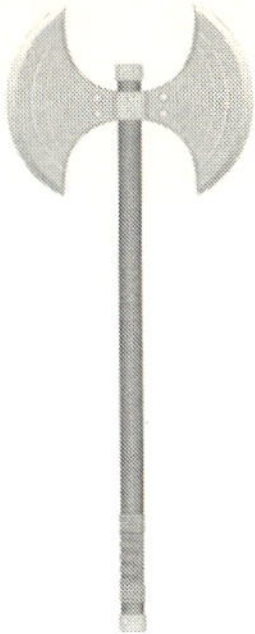

Seelenlose Bestien und verwunschenes Getier,
Ächzende Schatten mit tödlichen Klingen,
Verfolgen den scharfen Geruch des Blutes,
Durch Tal und Schlucht in lichtlose Wälder.

Gundal: Der Untergang von Gleoras, 9, VI

Es schneite in Ost-Khatris. Von den höchsten Gipfeln des Rukang-Massivs bis zum Buckelgurt, einer Hügelkette, die Besh-Darok umringte, senkte sich ein dichter Schleier aus großen, weichen Flocken herab, bedeckte die Felder und verhüllte unter seinem Teppich gnädig die Schlachtfelder, maskierte die schwarze, verbrannte Erde und die ausgebrannten Bauernhöfe.

Besh-Darok verwandelte sich in eine weiße Stadt. Die Dächer waren bereits mit Eiszapfen geschmückt, jetzt jedoch wurden sie von blassen Tüchern verhüllt. Die Kamine und Schlote darauf qualmten, als am späten Vormittag der Rauch der Kochfeuer emporstieg. Kinder spielten auf den Straßen; die Kleinen lachten und johlten, während Schneeballsalven hin und herflogen. Hunde schnappten nach den tanzenden Flocken, und die Karrengäule zuckten mit den Ohren und atmeten dicke Nebelwolken aus.

Es wurde fleißig genäht und gestickt, um all die benötigten Wimpel und Flaggen fertig zu stellen, die Bäcker schoben gewissenhaft besondere Bestellungen in die Öfen, Wirte verstauten frische Lieferungen von Bierfässern und Lederhumpen, städtische Bedienstete salzten die eisigen Straßen, die zum Fünfkönigs-Pier führten. Priesterinnen der ErdenMutter sangen lange Lobgesänge von allen Türmen der Stadt herunter. Vermummte Schaulustige liefen über die Plätze, während Straßenverkäufer ihre Waren mit schmeichelnden oder zotigen Knittelversen feilboten. Besh-Darok feierte den Tag der Kleinen Krönung, den Festtag für Gemeine, Händler, Handwerker, Beamte, Soldaten und Seeleute, wie auch für die Delegationen aus anderen Städten und Dörfern. Selbst wenn ihnen allen noch die ersten richtigen Wintertage bevorstanden und schreckliche Feinde sich von weit her gegen sie verschworen – auf den Straßen und Wegen jedoch tummelten sich heute Menschen, die sich auf den neuen Kaiser freuten. Dieses Ereignis wäre noch vor zwei Monaten unvorstellbar gewesen.

Andere Viertel der Stadt ließen dieses geschäftige Treiben dagegen vollkommen vermissen. Die Lager und Werften lagen still und verlassen da wie die Hellinge am Ufer des Flusses. Nur Schatten schlichen hier umher, und eine verlassene Gasse bot den Schauplatz für einen grimmigen Tanz der Klingen.

Nerek überquerte einen kleinen Platz in dem menschenleeren Viertel, als fünf Männer aus Torbögen auf sie zu traten. Es waren hagere Männer mit harten Augen und bunt zusammengewürfelte Rüstungen, meist aus beschlagenem Leder, doch ihre Waffen waren gut gepflegt. Unwillkürlich verwünschte sich Nerek, weil sie ihre gewohnte Route nicht geändert hatte. Das Stadtleben hatte sie unvorsichtig gemacht.

»Und jetzt«, sagte einer, ein blonder Schwertkämpfer mit einem geflickten braunen Umhang, »kommst du mit uns. Und zwar friedlich, wenn ich bitten darf.«

Mit einem kurzen Blick nahm sie die Einzelheiten des Platzes in sich auf, den zerbrochenen Brunnen, den zerstörten Wagen, der den Zugang zu einer Gasse halb blockierte, und einige verrammelte Fenster und Türen.

»Warum sollte ich das wohl tun?«, erwiderte sie gleichmütig.

»Ein Kaufmann, den ich kenne, hat offenbar Sehnsucht nach deiner Gesellschaft. Und da ich nun mal von diskreten Lieferungen lebe, habe ich ihm meine Dienste angeboten.« Er breitete die Hände aus, und eine seidene Schnur baumelte von einer Hand herunter. »Ich habe ihm mein Wort gebeben, dass ich dich zu ihm schaffe.«

Nerek tastete nach dem BrunnQuell und spürte überrascht, wie seine Stärke und Macht ihrem Befehl gehorchte. Doch nach kaum einer Sekunde versickerte sie wieder, und in Nerek blieb nur ein Gefühl von Leere und Gereiztheit zurück. Der Mann mit der Kordel grinste.

»Anscheinend hatten sie Recht, was diese Hexerei angeht.« Er nickte dem Mann zu, der ihr am nächsten stand. Der setzte sich in Bewegung.

»Nein«, bat Nerek mit zitternder Stimme. »Bitte!« Sie streckte eine Hand aus, mit der Handfläche nach außen, als wollte sie um Gnade bitten, während sie mit der anderen den Griff des gezackten Messers unter ihrer langen blauen Robe ertastete. Der Brigant packte ihr Handgelenk und sah sie lüstern an, während er sie zu sich zog.

»Ich hab noch nie zuvor eine Hexe erwischt …«, setzte er an.

Sie rammte ihm die Klinge in die weiche Stelle hinter seinem Ohr. Das Blut spritzte aus der Wunde, als sie das Messer herausriss und an ihm vorbeistürmte, während er zu Boden sank. Ein Chor von wütenden Stimmen folgte ihr durch eine nahe, offenstehende Tür. Kaum im Inneren angelangt, wirbelte sie auch schon herum, schlug die Pforte mit beiden Händen zu und schob den schweren Riegel vor. Augenblicke später hämmerten ihre Verfolger heftig gegen die Tür, die in ihrem Rahmen bebte, aber hielt.

Als das Holz schließlich unter den Tritten der Briganten zersplitterte, zog sich Nerek bereits auf das Dach hinter dem Torweg und sah sich verzweifelt nach einer Fluchtmöglichkeit um. Sie entdeckte einen niedrigeren Anbau, kletterte hinunter und sprang mit einem Satz über den Spalt, der ihn von dem eisglatten, flachen Dach eines Stalles trennte. Eine frostüberzogene, eiserne Leiter führte zu einem gewölbten Schieferdach, das erste von einer ganzen Reihe Dächern, die sich hügelaufwärts und weg vom Fluss erstreckten.

Sie hörte einen wütenden Schrei und sah über die Schulter zurück. Zwei Männer erklommen soeben das Dach des letzen Hauses und zwei weitere tauchten auf der Straße auf und deuteten auf Nerek.

Die Jagd hatte begonnen.

Die Villa des Kaufmannes Hevrin lag im Schutz einer Reihe schneebedeckter Ankerilbäume, hinter denen sich noch eine Steinmauer befand. Einer der Wächter hatte Keren begrüßt, als sie von der Hauptstraße auf die Zufahrt ritt, vorbei an eisigen Feldern, auf denen Knechte schufteten, an Scheunen und Stallungen, in denen geschäftiges Treiben herrschte und neben denen Gruppen von Zimmerern neue Ställe errichteten. Am Eingangstor zu dem Villengrundstück ließ sie ihr Pferd in der Obhut der Stallknechte und übergab auch ihr Schwert dem Posten in seinem kleinen Wachhaus. Früher einmal hätte sie dieses Ansinnen kalt verweigert. Mittlerweile hatte sie gelernt, dass ein Schwert nicht ihre einzige Waffe war, und gab das ihre jetzt kommentarlos heraus.

Hinter dem Tor lagen Gärten, durch die sich ein Pfad zum Haupteingang der Villa schlängelte. Schwere Doppeltüren aus Steinholz waren mit schwarzem Eisen beschlagen, auf denen ein schlichtes Wappen prangte. Es zeigte ein Schiff, eine Glocke und eine Fackel. Noch während Keren und der Wächter die wenigen Stufen zu dem Portal hochstiegen, schwangen die Türen nach innen auf, und ein großer, älterer Mann trat ihnen entgegen. Als er sie begrüßte, bildete sein Atem Wolken in der kalten Luft.

»Lady Keren, Ihr ehrt mich und mein Haus mit Eurem Besuch. Bitte tretet ein und seid herzlich willkommen.«

Hevrin musste in seiner Jugend eine beeindruckende Gestalt gewesen sein, und etwas von dieser Ausstrahlung hatte sich auch im Herbst seines Lebens noch erhalten. Als sein erstes Schiff im Golf von Noriel in einem Wintersturm von Piraten gekapert worden war, hatte er angeblich zwei kleinere Schiffe über Land nach Rauthaz bringen lassen und persönlich die Verfolgung aufgenommen. Am Ende hatte er nicht nur sein Schiff zurückerobert, sondern auch noch reichliche Beute gemacht. Heute trug er ein derbes, wettergegerbtes Wams von der Art, das bei Arbeitern sehr beliebt war, dazu eine einfache Samthose, deren Säume er in hohe Stiefel gesteckt hatte, die beinahe auffällig abgenutzt waren.

»Ich danke Euch, Herr Hevrin, für Euren herzlichen Empfang«, erwiderte sie förmlich. »Und für die Einladung.«

Lady Keren?, dachte sie ironisch, als der Kaufmann sie in eine warme, niedrige Eingangshalle führte, die von Öllampen erleuchtet wurde. Dabei stehe ich mit Reithosen vor ihm und stinke nach Pferd ...

Hevrin befahl einem seiner Dienstboten, Erfrischungen zu bringen, und führte sie dann durch die Halle in einen Raum, der mit Wandbehängen geschmückt war und von einem Holzfeuer gewärmt wurde. Er bedeutete Keren in einem Armsessel mit einer hohen Rückenlehne neben dem Kamin Platz zu nehmen und verließ dann den Raum. Augenblicke später kehrte er mit einem flachen Kästchen unter dem Arm zurück. Ein Diener folgte ihm auf dem Fuß und stellte ein Tablett mit Gläsern und Delikatessen auf einen Tisch neben Keren. Nachdem Hevren den Lakaien weggeschickt hatte, öffnete er das Kästchen und nahm ein in Leder gebundenes Buch heraus.

»Die Geschichte, die Ihr sucht, findet sich auf diesen Seiten, Mylady«, sagte er und hielt ihr das Buch hin. »Ich habe die entsprechende Stelle mit einem Leseband für Euch gekennzeichnet.«

Das Buch war kaum größer als ein Notizbuch, aber ziemlich dick. Während Keren mit den Fingern über den Buchrücken und den Rand des Einbandes strich, dachte sie unwillkürlich an ihre schreckliche Reise durch die Gänge des Oshang Dakhal zurück. Auf dem fürchterlichen Höhepunkt des Kampfes in Trevada hatte sie begriffen, wie schwächlich sie alle im Vergleich zu der uralten Macht der Erde waren. Ihr war klar geworden, dass sie Verbündete brauchten, wenn sie die bevorstehende Auseinandersetzung zwischen der ErdenMutter und den Schattenkönigen überstehen wollten, und vor allem benötigten sie die Hilfe der Dämonenbrut.

Als sie ihre Gedanken Bardow gegenüber erwähnte, reagierte dieser skeptisch und verwies darauf, dass die hochmütigen ersten Diener des Herrn des Zwielichts wohl kaum ihre Existenz für das Leben von Geschöpfen aufs Spiel setzen würden, die sie verachteten. Außerdem, so Bardow, bestand das nahezu nicht zu bewältigende Problem, die Barriere zwischen den beiden Reichen zu durchdringen, um auch nur Nachrichten mit der Domäne der Dämonenbrut austauschen zu können. Dann jedoch hielt der Erzmagier inne und räumte nach einigem Nachdenken schließlich ein, dass es einen uralten Mythos gäbe, der von einem Helden erzählte, der sich den Weg in das Reich der Dämonenbrut gesungen hatte, um dort um ihre Hilfe zu werben. Mehr als diese dürftigen Informationen konnte er Keren jedoch nicht bieten, doch sie genügten der Schwertkämpferin, um sich sofort auf den Weg zu machen. Sechs Wochen lang stellte sie Fragen, erbat sich den Zugang zu privaten Bibliotheken, arbeitete sich durch Räume voller staubiger Bücherregale, hörte willkürlich den Geschichten irgendwelcher Märchenerzähler auf den Märkten zu, befragte die wenigen Archivare der ErdenMutter, die noch am Leben waren, und zahlte schließlich für Informationen, die ihr ein Antiquitätenhändler gab, der von Kaufmann Hevrins Liebe zu alten Büchern wusste.

Jetzt schlug Keren das Buch auf. Die Ränder der pergamentenen Seiten waren grob und unregelmäßig geschnitten. Auf dem ersten Blatt standen in Alt-Mantinor die Worte:

Der Kodex Der Nördlichen Sagen, Gesammelt Und
Arrangiert Von Dem Gelehrten Vrasteyn Stulmar Und
Niedergeschrieben Von Seinem Schüler, Dem
Unwürdigen Edric Von Bereiak, Im Fünfzehnten Jahr
Der Herrschaft Von König Tavalir Dem Zweiten, Möge
Sein Gefeierter Name Ewig Leben.

Mit kaum gezügelter Neugier suchte Keren zuerst die Stelle, die das verblasste grüne Band markierte. Sie schlug das Buch vorsichtig auf und blickte auf die Verse, die fein säuberlich dort notiert waren. Einen Augenblick später hob sie verwirrt den Kopf.

»Herr Hevrin, was für eine Sprache ist das?«

Der Kaufmann füllte einen kleinen Becher mit scharfem Schnaps und setzte sich dann in den Sessel auf der anderen Seite des Kamins.

»Laut einiger Gelehrter, die gebildeter sind als ich, Lady Keren, handelt es sich bei dieser Sprache um das uralte Othazi, genauer, einem Mittel-Yularischen Dialekt aus dieser Zeit.« Er lächelte. »Den ich, bedauerlicherweise, nicht lesen kann. Versteht Ihr, Stulmar war nur an der authentischen Wiedergabe der alten Stammeslegenden interessiert. Aus diesem Grund enthält das Buch Geschichten in allen möglichen Sprachen.«

»Verfügt Ihr zufällig über eine Übersetzung dieser Geschichte, Herr?« Kerens Ungeduld wuchs.

»Nur von dem Titel, Mylady. ›Wie Raegal Sich Einen Weg Ins Reich Der Dämonen Sang‹. Als mein etwas anrüchiger Geschäftspartner Einzelheiten von Euren Nachforschungen erwähnte, wusste ich sofort, was Ihr sucht und schickte Euch meine Einladung. Ich hoffe, dass Ihr dieses Buch als ein kleines Unterpfand meines guten Willens annehmt.« Er nippte an seinem Glas. »Es sollte nicht allzu schwierig sein, eine Übersetzung anfertigen zu lassen. Das Zunftkolleg beschäftigt mehrere berühmte Gelehrte, von denen die meisten wohl nicht abgeneigt sein dürften, sich ein kleines Zubrot zu verdienen.«

Ein kleines Unterpfand meines guten Willens. Kerens Überraschung schlug allmählich in Argwohn um.

»Eure Großzügigkeit überrascht mich, Herr Hevrin. Habt Ihr vor, mich im Gegenzug um etwas zu bitten?« Ihre Stimme blieb gelassen, aber sie musterte ihn mit einem kühlen, unbewegten Blick.

Was den Kaufmann nicht beeindruckte. »Nein, Mylady, das ist ein Geschenk, nicht mehr. Ich erwarte weder eine Gabe noch eine Gunst von Euch, und ich würde auch keine von Euch erbitten. Mir genügt es, jemandem einen kleinen Dienst geleistet zu haben, der die ErdenMutter von Angesicht zu Angesicht gesehen hat.«

Keren betrachtete ihn einen Augenblick. Er wirkt nicht wie ein Heuchler, dachte sie. Zweifellos ist der Glaube für einige ein tiefer, ruhiger Fluss, während andere ihn als einen reißenden Strom erleben. Ich behalte die Einzelheiten von dem, was damals passiert ist, wohl besser für mich.

»Ihr habt mir keinen kleinen Dienst erwiesen, Herr, sondern einen großen Segen.«

»Sehr freundlich, dass Ihr das sagt, Lady Keren. Aber jetzt ...« Er leerte sein Glas und stand auf. »Ich muss Euch um Vergebung bitten, aber ich muss fort, weil viele dringende Aufgaben auf mich warten, die meiner Aufsicht bedürfen. Bleibt bitte und genießt das Feuer und die Ruhe, so lange es Euch beliebt. Werdet Ihr an der Kleinen Krönung teilnehmen?«

»Ich wurde eingeladen.«

»Gut. Wenn Ihr zu gehen wünscht, wendet Euch an meinen Hausverwalter. Man wird Euch Euer Pferd zum Tor bringen.«

»Ihr seid sehr freundlich.«

Hevrin verbeugte sich höflich und ging.

Keren legte das Buch wieder in das Kästchen und wartete einen Moment, bevor sie sich auf die Suche nach dem Hausverwalter machte. Einige Minuten später packte sie den kleinen Kasten in eine Satteltasche und stieg auf. Sie blieb einen Moment ruhig im Sattel sitzen und schaute über die frostbedeckten Gebäude und Felder von Hevrins Besitz, über die ausgedehnten Äcker bis zu den gewaltigen, grauen Bastionen von Besh-Darok. Am Schild-Tor hingen riesige Banner, und von den Signalfeuern auf den Zinnen stieg dünner Rauch auf.

Irgendwo in der Stadt gab es vielleicht Gelehrte, welche die uralte Sprache Othazi kannten, aber würde Keren sie heute Abend noch finden? Etwa um diese Zeit sollten Gilly, Medwin und sie mit dem Schiff nach Sejeend ablegen und von dort über Land nach Scallow, einer Hafenstadt in Dalbar, reisen. »Ein Unternehmen von einiger Bedeutung«, hatte Bardow ihre Reise genannt, was vermutlich bedeutete, ihnen würden unterwegs viele einzigartige Schrecken und Gefahren auflauern.

Schließlich stieß Keren eine Verwünschung aus, stieß ihrem Pferd die Absätze in die Flanken und galoppierte los. *Wenn ich nur ein paar Stunden Zeit habe, werde ich sie nicht vergeuden. Erst die Krönung, dann die Gelehrten.*

Als Keren über die Straße ritt, welche auf die Hauptstraße mündete, sah sie dort eine Gruppe von Reitern im gestreckten

Galopp in Richtung Stadt reiten. Einer von ihnen trug ein flatterndes Banner, das sie erkannte. Es zeigte das Baum-und-Stier Emblem von Yarram, Mazarets früherem Stellvertreter und jetzigem Lordkommandeur des Ordens der Ritter vom VaterBaum. Sie wusste, dass Yarram erst vor wenigen Tagen mit einem großen Kontingent von Rittern aufgebrochen war, um die Briganten zu erledigen, die ständig die Dörfer westlich des Rukang-Massivs überfielen. Aber welcher dringliche Grund konnte ihn so schnell wieder in die Hauptstadt zurückgeführt haben, und dann mit einer so kleinen Eskorte?

Keren trieb ihr Pferd zu größerer Eile an, entschlossen, das so schnell wie möglich herauszufinden.

Nerek lief durch das düstere, leerstehende Haus zur Hintertür und fand sich auf einem Hof wieder, der von einem hohen Bretterzaun umgeben war. Sofort hatte sie das Gefühl, in der Falle zu sitzen. Links von ihr war ein Tor, und direkt daneben noch eines. Sie entschied sich für letzteres. Es führte auf einen holprigen Weg, der sich schnurgerade nach rechts und links erstreckte.

Welchen Weg soll ich nehmen, wenn beide gleichermaßen gefährlich aussehen und meine magischen Kräfte ebenso versagen wie vorhin ...?

Zum ersten Mal hatte sie das Nachlassen ihrer Kräfte vor drei Monaten bemerkt. In vertraulichen Gesprächen mit Bardow waren sie beide zu dem Schluss gekommen, dass die Schattenkönige ihre fürchterliche Macht von einem Ort bezogen, die näher lag als Rauthaz oder Casall. Geboren aus, wie Bardow behauptete, den merkwürdigen Erzählungen von Geisterkindern in der Nähe des Buckelgurts. Nur die Lordregenten Mazaret und Yasgur sowie Äbtissin Halimer von der Priesterschaft der Erden-Mutter durften von solchen Spekulationen erfahren. Weil alle befürchteten, dass es eine Panik, wenn nicht Schlimmeres auslösen konnte, wenn sich diese Vermtutung herumsprach.

Nerek schaute auf ihre Hände. In der einen hielt sie das Messer, die andere war leer. Kerens Hände, dachte sie, Kerens Gesicht, Kerens Körper. Nichts gehört mir allein. Bin ich nur eine hohle Form, die für die Zwecke eines anderen gegossen wurde?

Durch die Lücken in den zerbrochenen Planken konnte sie die verfallenen Schuppen und die überwucherten Wege einer kleinen Werft sehen, die von einer weißen Schneeschicht bedeckt waren.

Rasche Schritte näherten sich. Sie nahm das Messer in die Hand, die im BrunnQuell-Feuer loderte, während sie sich abwendete, um den Schein zu verbergen. Im gleichen Moment tauchte einer ihrer Verfolger auf. Er kam rutschend zum Stehen, als er Nereks ansichtig wurde. Sein Gesicht war eine verzerrte Maske der Boshaftigkeit, und er richtete die Spitze seines Breitschwertes auf sie.

»Du kommst nicht nah genug an mich ran, um diesen Zahnstocher zu benutzen, Hexe. Gib ihn her, sonst ...«

»Mit Vergnügen.« Sie riss den versteckten Arm hinter ihrem Rücken hervor und schleuderte das in Feuer getauchte Messer auf den Mann. Glühende grüne Flammen flackerten über seine Klinge, als die Waffe an der trägen Parade des Mannes vorbeiflog und mit einem dumpfen Geräusch seine Brust traf. Er schrie auf und stolperte einen Schritt zurück. Dann taumelte er, seine Augen verdrehten sich, bis nur noch das Weiße zu sehen war, und er stürzte tot zu Boden.

Nerek hatte ihre Kräfte verausgabt und lehnte sich einen Moment zitternd an die Planken des Zaunes. Alles drehte sich vor ihren Augen, und sie hatte den Geschmack von Asche im Mund. Dann stieß sie sich ab, wand dem Toten das Schwert aus der Hand und duckte sich durch eine Lücke in dem hohen Zaun.

In der verlassenen Werft würde sie schwerlich Verbündete finden, und zudem war sie alles andere als ein guter Zufluchtsort. Aber mit etwas Glück stieß sie dort vielleicht auf ein intaktes Boot.

Es sah nicht so aus, als würde der Schneefall nachlassen, als Gilly Cordale fröstelnd über die Zinnen der Silbernen Aggor schlenderte, der hohen inneren Befestigungsmauer des Kaiserlichen Palastes. Vor ihm marschierten zwei unglückliche Soldaten. Der eine schwang einen Besen, während der andere Salz auf die Steine streute. Gilly trug keinen Hut und beneidete die beiden um ihre Lederhandschuhe und ihre gewachsten Kapuzen. Gleichzeitig verwünschte er sich, weil er den Rat seines Pagen in den Wind geschlagen und nur hastig ein pelzgesäumtes Wams übergeworfen hatte.

Warum hat Atroc wohl auf dieses Treffen außerhalb des Palastes bestanden? Er blies seinen warmen Atem in seine hohlen Hände. Und warum habe ich eingewilligt?

Eine Gestalt verließ den Wachturm in der Nähe des Tagfrieds. Er hielt ein langes Ding in den Händen, das sich plötzlich zu einem großen, kuppelartigen Fächer entfaltete. Auf diese Weise vor dem Schnee geschützt, ging Atroc auf Gilly zu.

»Ihr Südmänner seid wie Kinder«, meinte der Seher, während er näher kam. »Beim ersten Zeichen von Schnee vergrabt ihr euch unter Pelzen.«

»Das liegt daran, dass durch unsere Adern Blut fließt«, konterte Gilly lächelnd. »Und nicht diese fermentierte Hundemilch, die Euer Volk Tag und Nacht in sich hineingießt.«

Der alte Mogaun bleckte sein lückenhaftes Gebiss, während er eine ovale Lederflasche aus seinem schäbigen Mantel zog. »Es ist Stutenmilch, Ihr unwissender Spötter. Ein Schlückchen gefällig?«

»Das gebietet wenn schon nicht die Pflicht, dann doch die Höflichkeit!«, erwiderte Gilly und genehmigte sich einen großzügigen Schluck.

Der Schnaps brannte in seiner Kehle und wärmte seinen Magen. Gilly sah den alten Seher an.

»Also, wie kann ein Lakai der Krone dem Häuptling des Feuerspeerclans zu Diensten sein?«

»Nicht alles, was ich tue, geschieht auf ausdrücklichen Befehl von Prinz Yasgur, aber ich habe immer seine Interessen im Blick.«

Gilly strich sich über den Bart. »Habt Ihr das Gefühl, dass seine Interessen irgendwie durchkreuzt werden? Weil Ihr lieber hier draußen darüber reden wolltet.«

Atroc verzog das Gesicht. »In diesem großen Steinhaufen huschen mir zu viele Mäuschen herum. Mäuschen, die ihrerseits wiederum mit Ratten reden.« Er warf einen kurzen Blick auf die beiden mit Besen und Salz bewaffneten Soldaten, zuckte mit den Schultern und sprach weiter. »Hier ist der Knoten, der sich immer fester zieht. Die Stadtregimenter, die mein Prinz befehligt, sind bedenklich unterbesetzt, während sich die Reihen der Ritter des VaterBaumes und der übrigen neuen Orden vor frischen Rekruten kaum retten können.« Der alte Seher hob seine verwelkte Hand und deutete auf Gilly. »Schlimmer ist, dass immer noch Südländer gezwungen werden, die Stadtregimenter zu verlassen und sich den neuen Orden anzuschließen. Und zwar mittels Drohungen gegen ihre Familien. Viele Kompanien und Schwadrone bestehen mittlerweile fast vollständig aus Kriegern der Mogaun.«

Gilly seufzte, und sein Atem bildete eine Wolke in der verschneiten Luft. »Ich weiß davon, Atroc, und mir ist auch klar, wer dahinter steckt, aber ich bin nicht in der Lage, den Verdacht laut zu äußern.«

Atroc musterte ihn scharf. »Es sind die JägerKinder, nicht wahr?«

»Wer sonst? Oder meint Ihr die Vereinigung der Sorgenden Brüder der Bedürftigen?« Gilly lachte tonlos. »Sie wollen einfach nicht akzeptieren, dass Alael die Krone ausgeschlagen hat. Also fangen sie an, überall ihr Gift zu verspritzen. Seit Kodel und der Waffenmeister enttarnt wurden, scheint die Kontrolle über die JägerKinder in die Hände einer uns unbekannten Gruppe von Offizieren übergegangen zu sein.«

»Ich habe mehr als einmal den Namen Racho in diesem Zusammenhang gehört«, bemerkte Atroc. »Könnt Ihr das alles nicht dem Lordregenten Mazaret unterbreiten? Immerhin steht er nicht nur dem Offizium vor, sondern er ist auch ...«

»Mein Freund?« Gillys Blick schweifte über die kalten, weißen Wälder und Felder, welche der Stadt zugeschlagen waren. »Suviels Tod hat ihn vollkommen verändert. Seither ist er kalt und distanziert. Nach der Schlacht hat er mich mit der Leitung des Offiziums beauftragt, angeblich, um ein neues Netzwerk von Spionen aufzubauen. Dabei hat er all das längst selbst in die Hand genommen, und mit bleibt nur sehr wenig zu tun, abgesehen davon, Augen und Ohren offen zu halten. Mazaret und ich haben diesen Monat kaum mehr als ein Dutzend Worte gewechselt.

Und selbst wenn das nicht so wäre, werde ich heute Abend Besh-Darok verlassen und ihn nicht mehr zu Gesicht bekommen, wenn er von seiner letzten Expedition zurückkommt.«

Zum vierten Mal in sechs Wochen hatte der Lordregent zwei Kompanien seiner Ritter jenseits des Buckelgurts über den Westlichen Weg auf die Suche nach der Fährte der Schattenkönige geführt und um Dorfbewohner und Städter zu beschützen. Nach dem, was Gilly gehört hatte, war jedoch der größte Teil der Bevölkerung von Zentral-Khatris geflohen und hatte ein gewaltiges Gebiet von aufgegebenem Ackerland hinterlassen, dessen Dörfer und kleinere Städte nur noch aus ausgebrannten Hütten und Häusern bestanden, in denen verrückte Ausgestoßene ihr Unwesen trieben. Jedes Mal, wenn Mazaret zurückkehrte, bemerkte Gilly, wie die bittere Verzweiflung sich ein Stück tiefer in ihn eingegraben hatte ...

»Ich hatte mich schon gefragt, wer wohl nach Dalbar geschickt werden würde«, sagte Atroc. »Ihr werdet von zwei Personen begleitet, soweit ich weiß. Wer kann das wohl sein?«

Gilly schüttelte mit gespielter Strenge den Kopf. »Nein, nein, Freund Atroc, diese Informationen sind höchst geheim.« Dann lächelte er. »Aber da Ihr so nett fragt, es sind Medwin und Keren.«

»Hm ... Ein geschickter Unterhändler und eine erfahrene Schwertkämpferin, und ... Ach ja, warum schickt man Euch noch gleich dorthin, sagt?«

Etwas beleidigt riss Gilly die Lederflasche aus dem lockeren Griff des alten Mogaun und genehmigte sich einen weiteren kräftigen Schluck des starken Schnapses, der augenscheinlich auch seine Zunge löste. »Ich darf wohl behaupten«, erwiderte er heiser, »dass ich sehr viele sehr gute Spione und Informanten in

Dalbar eingesetzt habe. Sobald wir Scallow erreichen, wird es nur einen Tag dauern, bis ...«

Er verstummte, als er bemerkte, dass Atrocs Aufmerksamkeit sich auf etwas jenseits der Stadtmauern richtete. Gilly folgte seinem Blick und sah eine Gruppe von Reitern in vollem Galopp über die Straße hetzen, die zum Schild-Tor führte. Einer von ihnen trug ein Banner, in dem Gilly das Emblem von Yarram erkannte.

»Warum kommt er so schnell zurück?«, fragte er sich laut und hielt den Atem an, als sein Blick auf Atroc fiel.

Das faltige Gesicht des alten Mannes war blass geworden, sein Kiefer schlaff und seine Augen blickten starr ins Leere. Dann zuckten seine Lippen und er fing an zu flüstern.

»... eine blasse Tochter ist sein Häscher ... Söhne, die aus keiner Frau geboren wurden ... der hohle Vater ...«

Er schwieg einen Moment und blinzelte, als wäre er gerade aus dem Schlaf gerissen worden. Er befeuchtete sich mit seiner graurosa Zungenspitze die Lippen und stieß einen langen, bebenden Seufzer aus.

»Wir Seher ... stehen an den Toren der Träume, die sich dem wachen Auge nur selten auftun.« Er bedachte Gilly mit einem unergründlichen Blick. »Betet, dass sie sich für Euch nie öffnen, was auch immer Euch widerfahren mag.« Er drehte sich um. »Wir unterhalten uns später weiter. Jetzt muss ich gehen.«

Gilly fühlte einen eisigen, geisterhaften Hauch, als Atroc ihn verließ. Hatten die Visionen des Alten etwas mit ihm zu tun oder ging es in ihnen um Yarram? Er erinnerte sich an die letzten Weissagungen Avaltis, bevor der in dem niedergebrannten Dorf ums Leben kam. ... *Ich sehe einen eisernen Fuchs, unsichtbar für die Meute ...*

Dann lachte er. »Worte, nichts als Worte«, erklärte er laut. Der Schnee überzog seinen Kopf und seine Schultern wie ein Umhang, als er den Weg zurückging, den er gekommen war. Vielleicht konnte er Yarram abpassen, wenn der im Palast ankam, um als Erster die Neuigkeiten zu hören.

2

O Hengst des Sturms,
Lass meinen Speer gerade fliegen,
Mögen unsere Felder reiche Ernte bringen,
Und all unsere Träume voller Freude sein.
Und wir flehen dich an, schärf unsere Augen,
Wenn das Böse dein Gesicht trägt.

Anrufungen des Himmelspferdes,
übertragen von Antil Fehris

Die Werft war zwar aufgegeben, jedoch keineswegs verlassen. Als Nerek mit dem Schwert in der Hand um die baufälligen Schuppen und zwischen den schiefen Skeletten halb fertiger Kiele hindurch schlich, spürte sie, dass sie beobachtet wurde. Gelegentlich erhaschte sie einen Blick auf einen Kopf oder ein Bein, die rasch zurückgezogen wurden, und das schwache Kratzen eines Schuhes sagte ihr, dass sie von einer, möglicherweise auch zwei Personen beobachtet wurde.

Mehr schienen die Späher jedoch nicht zu tun, und Nerek arbeitete sich langsam über schmale Pfade weiter, die von Holzresten und leeren Kisten übersät waren, die in Pfützen aus Eis lagen. Sie sah keine Ratten, begegnete jedoch dafür einer Katze, die auf dem Ende einer Planke saß und Nerek unbewegt anstarrte, als sie vorüberging. Sie entfernte sich auf der Suche nach einem einfacheren Weg immer weiter vom Flussufer und gelangte schließlich an eine langgezogene Hütte. Als sie sich einer Ecke näherte, wäre sie beinahe in ihre drei Verfolger hineingelaufen. Sie kehrten ihr den Rücken zu und hatten ihre Schwerter gezogen. Rasch und so lautlos wie möglich trat Nerek zurück, duckte sich durch eine niedrige Tür und betrat die Hütte.

Hier war es stockfinster, und es stank nach Abfall. Sie blieb reglos stehen, während sie Schritte näherkommen hörte.

»... wolltet euch nicht aufteilen, hab ich gehört? Ihr seid zusammen durch die Höfe gelaufen und habt nach dieser Hexe gesucht ...«

»Warum gehen wir nicht einfach nach vorn, Tavo, und holen ein paar von den anderen Jungs ...«

Ein Schlag klatschte, und jemand stieß einen erstickten Schrei aus.

»Dafür haben wir keine Zeit, Dummkopf! Wir müssen verhindern, dass sie zur Krönung gelangt. Also wirst du tun, was man dir gesagt hat, auf diesen Vorsprung klettern und runtersehen, bis sie auftaucht!«

»Entschuldige, Tavo. Ich muss immer an den toten Olber denken, und wie seine Brust ausgebrannt ist. Das war schrecklich ...«

»Vergiss es! Tu einfach das, was ich dir gesagt habe, und während du hinübergehst, schau immer wieder zu mir ...«

Die Männer murmelten zustimmend und ihre Schritte entfernten sich. Nerek entspannte sich ein bisschen und lockerte die Muskeln in ihrem Nacken und Rücken, aber ihre Gedanken überschlugen sich beinahe. *Wir müssen verhindern, dass sie zur Krönung gelangt?* Da sie kein öffentliches Amt bekleidete, war sie als einfache Bürgerin zu der Zeremonie der Kleinen Krönung eingeladen worden. Dennoch wollten diese Halunken sie aus irgendwelchen finsteren Beweggründen von der Feier fernhalten. Sie musste den Fünfkönigs-Pier erreichen und die Wahrheit herausfinden, aber wie sollte sie ohne ihre Macht an den Jägern vorbeikommen? Ein bisschen Glück käme ihr jetzt sehr gelegen ...

Glück ist eine Waffe ohne Griff und Schneide, Kind ...

Nerek erstarrte. Die Stimme einer alten Frau hatte diese Worte gesprochen, und zwar in ihrer unmittelbaren Nähe, aber trotzdem konnte sie die Richtung nicht festmachen, aus denen sie gekommen waren.

Am besten hältst du dich an sichere Mittel. List und Verstohlenheit sind weit nützlicher als das Vertrauen in dein Glück.

Nerek drehte den Kopf hin und her, doch die Stimme veränderte sich nicht. Plötzlich dämmerte es ihr. Sie hörte die Gedankensprache.

»Wer bist du?«, flüsterte sie.

Ein Blatt im Wind, eine leere Höhle, ein vergessenes Lied, das bin ich. Du kannst mich die Blinde Rina nennen. Und jetzt, Kind, schau nach links.

Nerek gehorchte und sah einen senkrechten Lichtstrahl, der sich verbreiterte, bis in seinem dämmrigen Schein eine kleine, undeutliche Gestalt sichtbar wurde, die schweigend winkte. Nereks erweiterte Sinne sagten ihr nicht viel über diese Person, aber wenigstens nahm sie keine bedrohliche Unterströmung war. Sie tastete sich durch die Hütte, während der halbgefrorene Schlamm unter ihren Füßen knisterte, und zwängte sich in einen langen, engen Spalt zwischen zwei Schuppen, der vor dem Schnee geschützt war. Vor ihr stand ein kleines Mädchen mit langem, verfilztem Haar, schmutziger Kleidung und einer ernsten Miene.

Das Kind streckte die Hand aus. Unsicher ergriff Nerek sie, und sie schüttelten sich feierlich die Hände.

»Irgendwie kommst du mir nicht blind vor«, meinte Nerek.

Ihr Name ist Peki, und sie ist mein Augenlicht. Du kannst ihr vertrauen. Sie wird dich in Sicherheit bringen.

»Ich brauche ein Boot«, erklärte Nerek.

Das kann arrangiert werden.

Peki nickte einmal, legte einen Finger an die Lippen und huschte zu einem kleinen Durchgang. Nerek blieb ihr auf den Fersen.

Sie folgten dunklen und verschlungenen Wegen, mussten sich manchmal hinhocken oder über freies Gelände rennen, und manchmal in den Schatten kriechend innehalten, wenn ihre beiden Verfolger näher kamen. Sie kletterten gerade über verrottenden Abfall einer halb verfallenen Sägemühle, als sich die Blinde Rina wieder meldete.

Du kannst keine Macht mehr aus dem BrunnQuell schöpfen, ist das richtig?

Nerek wurde misstrauisch. »Zurzeit jedenfalls nicht.«

Keine Angst, Kind, ich habe weder etwas Böses vor, noch will ich dich verraten. Letztlich kann man auch mit der Niederen Macht ...

»Ich weiß nichts von der Niederen Macht«, unterbrach Nerek sie leise.

Hm. Es überrascht mich, dass Bardow dem noch nicht abgeholfen hat, nachdem, was du für ihn getan hast ... Oh, was Peki in dieser Stadt für mich nicht sieht, erfahre ich gewöhnlich auf andere Weise ...

Schließlich brachte Peki Nerek zu einem breiten, stabil wirkenden Gebäude, das nur wenige Meter neben dem Fluss lag. Ein Dickicht aus alten Sparren, zerrissenen Segeln und dichten Büschen gewährte ihnen Deckung. Nerek hatte bereits bemerkt, dass der größte Teil des Schutts, der ihren Weg getarnt hatte, absichtlich so aufgebaut worden war, dass er den besten Schutz bot. Ein umgestürzter Wagen zum Beispiel verdeckte die Tür, durch welche sie das Gebäude betraten.

Der dämmrige Flur dahinter, von dem Kontore, Lagerräume und Wohnräume abgingen, die allesamt verlassen waren, führte direkt zu einer Tür auf der anderen Seite. Auf halber Höhe blieb Peki stehen und lauschte an einem Tor, bevor sie es aufzog. Dahinter lag ein Steg, von dem aus man auf vier Stapellaufgerüste hinabsehen konnte, auf denen früher einmal die Boote gelegen hatten. Nerek folgte dem kleinen Mädchen eine Treppe hinunter, als die Blinde Rina wieder in ihren Gedanken sprach.

Früher einmal hatten hier Flussjollen ihre Liegeplätze, die immer bereit waren zu helfen und Passagiere und Gefangene von den Schiffen ans Ufer transportierten. Sie haben sogar versucht, Leben zu retten. Jetzt gibt es hier nur noch den Verfall und den Gestank der Vernachlässigung. Aber es ist uns gelungen, einige Schätze zu retten.

Peki war im Schatten zwischen dem Gang verschwunden, und als sie wieder auftauchte, zog sie etwas hinter sich her. Ein schmales, langes, offenes Kanu, auf dessen Boden ein Paddel lag.

Jetzt musst du eilen! Die Jäger kommen näher. Nimm das kleine Boot und laufe zum Ufer. Jetzt ... Geh sofort!

Der drängende Ton in der Stimme der Blinden Rina riss Nerek aus ihrem Erstaunen, und sie hob das Kanu mit beiden Händen hoch. Sie sah gerade noch, wie Peki, die immer noch ernst und eindringlich schaute, ihr kurz zuwinkte, dann stürmte sie aus dem Bootshaus. Sie hörte Schreie vom Ufer, lief jedoch unbeirrt weiter.

Ignoriere sie. Lass das Boot ins Wasser, steig ein und paddele los. Mach dir keine Sorgen, wenn du hörst, dass sie dir folgen. Konzentriere dich nur darauf, möglichst rasch vom Ufer wegzukommen.

Nerek warf das Kanu ins Wasser und sprang mit einem Satz hinein. Dann paddelte sie mit zorniger Energie, während sie immer die Seite wechselte. Hinter ihr hörte sie Flüche und das Platschen von Schritten im flachen Wasser. Die Männer mussten ihr so nah sein, dass sie jeden Moment erwartete, eine Schwertspitze im Rücken zu spüren.

Die Flüche schlugen jedoch rasch in erschrockene Schreie und dann in qualvolles Gebrüll um. Sie paddelte ein Stück weiter und riskierte dann einen Blick zurück. Zwei Gestalten standen in dem hüfthohen Wasser und schlugen wild um sich, während um sie herum kleine Fische in den Wellen zu sehen waren. Einer der Männer stolperte, stürzte und tauchte unter die Wasseroberfläche, die plötzlich zu kochen schien, während der andere hastig zum Ufer zurückwatete.

Flossenfresser ... sie sind stets hungrig ... Am gefährlichsten sind sie im Winter ...

Die Blinde Rina klang jetzt müde und weit entfernt. Der Flüchtende hätte beinahe das rettende Ufer erreicht, als er vornüber in das flache Wasser fiel. Der Schwarm der kleinen Raubfische wühlte es zu einer blutigen Gischt auf. Auf einer Klippe, von der aus man den Hof überblicken konnte, drehte sich eine einzelne Gestalt um und verschwand in dem verlassenen Viertel.

Wenn du das nächste Mal mit Bardow redest, Kind, frag ihn nach der Niederen Macht ...

Nerek beobachtete das blutige Mahl mit grimmiger Miene, nickte und paddelte weiter.

Alael fröstelte und zog ihren mit Pelz besetzten Mantel enger um sich, während sie und ihre vierköpfige Eskorte der belebten Spinneretstraße zum Kai folgten. Es hatte aufgehört zu schneien, aber vom Fluss wehte ein kalter Wind, der die Luft schneidend machte und in ungeschützte Haut biss. Alael sah auf ihrem Weg um sich herum die Armen und Verwahrlosten von Besh-Darok, deren Kleidung fadenscheinig oder geflickt war, und deren ausgemergelte Gesichter von Hunger und Entbehrungen gezeichnet waren. Diese Leute ihrerseits bedachten sie mit Seitenblicken, die überraschenderweise weder Bewunderung noch Furcht verrieten. Seit der Schlacht kursierten zahllose Geschichten um sie und die ErdenMutter in der Stadt, die mit jeder Schilderung ein wenig fabelhafter wurden, ungeachtet dessen, dass sie ihnen geduldig widersprach.

Auf einem breiten Balkon eines Hauses irgendwo in der Spinneretstraße sang ein Chor von einer der Akademien der Stadt einfache Lieder im alten Hoch-Mantinoru. Alael verstand nicht einmal jedes zehnte Wort, aber die Stimmen strahlten eine tiefe, eindringliche Schönheit aus, und weckten in Alael Erinnerungen an ihre Kindheit. Am Ende der Straße spielten zwei Spielleute mit merkwürdigen, dreiköpfigen Flöten eine seltsame, unzusammenhängende Weise, die sich neben den fernen Stimmen der Chorsänger fast beunruhigend anhörte.

Alael und ihre Wache bogen – umgeben von der plaudernden Menge – auf den langen, breiten Goldfass-Kai ein. Von den Masten der Lagerhäuser hing eine Reihe riesiger, wehender Fahnen herab. Die erste war ein langes, rosagesäumtes Banner aus blauem Stoff, welches das mit silbernen und goldenen Seidenfäden gewirkte Baum- und Glocken-Wappen von Besh-Darok selbst schmückte. Die anderen zeigten auf grünem, blauem und gelbem Grund die Wappen der Khatrisischen Adelsgeschlechter, des Hochadels sowie des niederen Adels. Daneben hingen die Wappen der Zünfte und Kaufmannsfamilien, deren Stil von einfach und nüchtern bis hin zu ausgelassen und kompliziert reichte. Als Alael unter den Bannern hindurchging, sah sie in der Nähe des Kais bunte Papierdrachen in der Luft tanzen, deren Leinen von Leuten in kleinen Booten auf dem Fluss gehalten wurden. Über dem Stimmengewirr der Menge hörte sie gerade noch die wie ferner Donner klingenden Trommeln aus der Richtung des Fünfkönigs-Piers.

Während sie dem verschlungenen Kurs der Menge über den Kai folgte, fiel Alaels Blick auf eine kleine Prozession, die aus der entgegengesetzten Richtung auf sie zu kam. Diener in blassen Roben trugen Standarten und gingen zügig vor einer von Pferden gezogenen Kutsche, auf der mehrere Menschen standen und sich an einem hölzernen Geländer festhielten. Andere Bedienstete eilten den Standartenträgern voraus und bahnten ihnen einen Weg durch die Menge oder schoben die großen, herunterhängenden Banner beiseite, damit die Kutsche ohne Schwierigkeiten darunter hindurchfahren konnte. Als sie näher kamen, erkannte Alael plötzlich das Symbol auf den Standarten und sah, dass der Arm eines der Männer auf der Kutsche aus glänzendem Metall war.

Alael überrumpelte ihre Eskorte, als sie rasch vom Rand des Kais wegtrat und sich in der Menge hinter den großen Bannern zu verstecken suchte. Ihre letzte Begegnung mit Tauric war für sie beide sehr schmerzlich gewesen. Sie beendete ihre gerade erst beginnende Verbindung und lehnte seinen beinahe verzweifelten Heiratsantrag ab. Die Gründe ihres Handels behielt sie jedoch tunlichst für sich. Die ErdenMutter war ihr in einem kurzen, dunklen Traum erschienen, in dem es von Blättern und Schlingpflanzen nur so wimmelte, und hatte sie davor gewarnt, ihre »Blüte mit unfruchtbarem Samen zu verderben«. Wichtiger jedoch war für Alael die eigene Erkenntnis gewesen, dass Tauric einfach noch nicht reif für eine Ehe war. Er war wirklich kaum mehr als ein Junge, dem die Bürde eines Monarchen aufgeladen wurde, und der weder zum Herrscher geboren noch durch lange Erfahrung dazu geworden war. Ikarno Mazaret, der einzige Mann, der ihm vielleicht ein guter Mentor hätte sein können, verfolgte Briganten in der Einöde von Khatris. Er und Yasgur hatten dem Jungen zwar Ratgeber an die Seite gestellt, welche die schlimmsten Schmeichler und Ränkeschmiede abhielten, doch dies bewirkte gleichzeitig, dass entweder nur schwache oder sehr gerissene Höflinge in den inneren Kreis des jugendlichen Kaisers vordrangen. Das war eine sehr riskante Kombination.

Jetzt jedoch schien es, als wäre ihre kleine Flucht sinnlos gewesen, denn einer der in Roben gekleideten Diener tauchte hinter dem nächsten Banner auf, näherte sich ihr und verbeugte sich tief.

»Ergebenste Grüße an Lady Alael und ihr Gefolge. Seine Kaiserliche Hoheit wird bald den nächsten Teil der Kleinen Krönung begehen und lässt Euch fragen, ob Ihr diesen Moment mit Eurer Anwesenheit verschönern möchtet.«

Ihr erster Impuls war, wegzulaufen, doch sie unterdrückte ihn rasch. Es waren fast drei Wochen seit ihrer letzten Begegnung verstrichen, und sie wollte auf keinen Fall, dass Tauric etwa den peinlichen Versuch unternahm, sie vor seinen Höflingen zu beeindrucken. Eine Weigerung könnte jedoch die unerwünschten Gegensätze zwischen den JägerKindern und Taurics Gefolgsleuten vertiefen, und darauf konnte die Stadt im Moment sehr gut verzichten.

»Ich fühle mich durch die Einladung seiner Kaiserlichen Hoheit sehr geehrt«, sagte sie gelassen. »Wenn Ihr so freundlich wäret, uns zu ihm zu führen.«

Der Lakai verbeugte sich wieder. Dabei klaffte seine Robe am Hals auf, und ein kleines Medaillon rutschte heraus. Er steckte es geschickt wieder weg, während er sich aufrichtete, aber Alael hatte es bereits gesehen. Es war ein bronzenes Amulett in der Form eines Pferdes. Dann drehte sich der Mann um und führte sie und ihre Eskorte durch die Menge.

Die Kutsche war von dem Kai abgebogen und auf eine kurze Steinmole gefahren, an der eine Ruderbarke vertäut lag. Am Ende der Mole befand sich ein kleiner Turm mit einer Glocke und einem Leuchtfeuer, unter dem die Kutsche anhielt. Alle Passagiere stiegen ab, bis auf Tauric, der sich herumdrehte und beobachtete, wie Alael auf ihn zukam. Kurz vor der Kutsche blieb sie stehen und machte einen tiefen Hofknicks, während sie darauf achtete, keine Miene zu verziehen. Trauric trug eine schwarze Reithose und ein enges, dunkelblaues Wams, auf dem über dem Herzen der Baum und die Krone eingestickt waren. Schwarzer Brokat verzierte die Ärmel und den Kragen, den er aufgeknöpft hatte. Selbst aus dieser Entfernung sah sie, dass noch jemand auf der kleinen Plattform hinter ihm stand, eine Frau in einem grünen Gewand und einem blassrosa Mantel, die sich von ihr abgewendet hatte.

»Es erfreut mein Herz, Euch wiederzusehen, Mylady«, sagte Tauric. »Bitte, kommt herauf und schaut Euch meinen Schiffsthron an.«

Alael atmete tief durch, um ihre Nerven zu beruhigen, bedeutete ihren Wachen, zu bleiben, wo sie waren, und stieg dann die kleine Leiter aus Holz und Eisen hinauf, die hinuntergelassen worden war. Tauric lächelte herzlich, als sie zu ihm trat, und plötzlich kam ihr ein Verdacht, wer diese Gefährtin dort sein könnte. War sie ein bewundernder Schmeichler oder ein anderes Geschöpf des Hofes, durch dessen Eroberung er ihre Eifersucht wecken wollte?

Wie schade, dachte sie bissig. Du wirst enttäuscht sein. Laut sagte sie:

»Eure Einladung ist sehr großzügig, Euer Hoheit.«

Tauric runzelte leicht verwirrt die Stirn über ihre kühlen, formellen Worte, aber er deutete trotzdem zu dem Schiff, das an der Mole lag. »Das ist es, mein Krönungsboot. Ein bisschen bunt, finde ich.«

Alael runzelte die Stirn und unterdrückte ein Lächeln. Sie wusste von den Palastbeamten, dass Tauric an Bord dieser Barke gehen und auf ihr den kurzen Weg zum anderen Ufer zum Tempel der ErdenMutter zurücklegen würde, sobald die Glocken am Fluss zu schlagen begannen. Dort würde er der Äbtissin einen geschnitzten Speer aus Agathon-Holz überreichen und dafür von ihr die Blumenkrone erhalten. Dann würde er erneut an Bord gehen und zum Fünfkönigs-Pier zurückkehren, wo dann die eigentliche Krönung vollzogen wurde.

Die Zeremonienbarke war ein großes, breites Boot mit einer

Reihe Ruderer und einem mit blauem Stoff ausgeschlagenen Heckaufbau. Die Barke war mit flatternden Wimpeln, kleinen vergoldeten Wappen und geschnitzten Figuren geschmückt. Sie alle bildeten einen starken Kontrast zu dem Podest mittschiffs, auf das sich alles konzentrierte. Dort stand ein geschwungener Käfig aus schwerem, schwarzem Eisen, der einen einfachen, hohen Thron aus Steinholz umgab.

»Es ist dieselbe Barke, in der mein ... Vater bei seiner Krönung gesessen hat«, sagte Tauric nachdenklich.

»Aber Tauric, sie hat ja gar kein Verdeck!«, entfuhr es seiner Gefährtin. »Und was passiert, wenn es wieder anfängt zu schneien?«

»Dann muss ich wohl die Kälte ertragen, Liebling.« Tauric nahm ihre linke Hand in seine metallene Rechte, und schaute Alael an. »Ich möchte, dass du eine gute Freundin von mir kennen lernst, Lady Alael Tor-Coulabric. Alael, das ist Mila, die jüngste Tochter des Markgrafen von Brankenvale.«

Alaels Hand ruhte entspannt auf dem hölzernen Geländer der Plattform, doch als die Frau sich umdrehte, wurde eben dieses Geländer plötzlich zu Alaels Anker. Sie sah der Tochter des Markgrafen ins Gesicht und hatte das Gefühl, in einen Spiegel zu blicken.

Irgendwie gelang es ihr, die gelassene Fassade aufrecht zu erhalten, und sie murmelte einige belanglose Grußworte. Dann musterte sie Tauric jedoch scharf und suchte nach einem Anzeichen von Boshaftigkeit. Aber seine Haltung und seine Miene verrieten nichts weiter als Zuneigung zu dieser Mila, die ihre kleine, blasse Hand auf die glänzende, polierte Metalloberfläche seines Armes gelegt hatte. Sieht er denn die Ähnlichkeit nicht?, fragte sich Alael. Das schmale Gesicht, das lange, hellblonde Haar, ihre Gestalt ... Ist er wirklich so blind?

Taurics Gefährten gingen bereits an Bord der Barke. Unter ihnen befanden sich auch die Weißen Gefährten, seine persönliche Leibwache, die nach der Schlacht von Oumetra von einigen idealistischen jungen Männern ins Leben gerufen worden war. Jeder trug einen weißen Wappenrock mit dem Baum-und-Krone-

Emblem, und als sie genauer hinsah, erkannte sie auch, dass jeder Einzelne von ihnen einen stählernen Handschuh an seinem Schildarm trug. Dies im Verein mit dem Auftreten dieser jungen Mila ließ ihr einen Schauer des Unbehagens über den Rücken laufen. Die Tochter des Markgrafen betrachtete sie nervös und wollte etwas sagen, doch Tauric schnitt ihr mit einer Handbewegung das Wort ab und legte lächelnd seine gesunde Hand hinter sein Ohr.

Die Trommeln dröhnten noch immer vom Fünfkönigs-Pier herüber, ein dunkler, hartnäckiger Rhythmus unter dem Stimmengewirr der Menge, doch jetzt konnte Alael das schwache Klingen der Glocken hören. Es näherte sich von stromaufwärts und schwoll allmählich an. Dann schlug auch die Glocke am Pier, und als sie zum Turm hinaufsah, bemerkte sie, wie jemand mit beiden Händen Blütenblätter in die Luft warf, die in einem duftenden, bunten Schauer auf sie herabregneten. Die Leute auf der Barke antworteten mit freudigem Geschrei.

»Das ist das Signal für meine Abfahrt, Alael«, sagte Tauric. »Wirst du an der letzten Zeremonie teilnehmen?«

»Das werde ich, Eure Hoheit.«

»Gut, dann vielleicht ...«, er zögerte und lächelte sie dann wehmütig an, »... bis später.«

Gefolgt von Mila stieg er von der Kutsche, bot ihr den Arm und schritt über den Laufsteg zu seiner Barke. Alael sah ihm nach. Er ist ein Junge, dachte sie, nur ein Junge. Aber ihre Überzeugung wurde von Bedauern und Zweifel getrübt.

Als das Paar auf das Deck stieg, warf die Tochter des Markgrafen Alael einen unverhüllt triumphierenden Blick zu. Alael wurde sich plötzlich bewusst, dass sie ganz allein und gut sichtbar auf der Kutsche stand, und ging zu der kleinen Treppe. Als sie wieder bei ihren Wachen ankam, war Tauric nur noch eine undeutliche, verschwindend kleine Gestalt in einem eisernen Käfig, die langsam über das Wasser hinweggetragen wurde.

Nachdem Gilly zum dritten Mal beinahe mit dem Karren eines Straßenverkäufers kollidiert wäre, kam er zu dem Schluss, dass die Straßen für einen raschen Galopp einfach zu belebt waren. Er stieg vor einer Kutschstation ab, die »Schild und Deichsel« hieß und drückte dem Stallburschen die Zügel seiner Stute in die Hand.

»Sieh zu, dass sie gefüttert und getränkt wird, und reib sie gefälligst auch ordentlich ab! Ich heiße Cordale ...« Er warf dem Jungen einen halben Silberling hin. »Einen weiteren Halben gibt es nach der Krönung.«

Dann eilte er durch die Menge in die Richtung davon, die Yarram und seine Leute eingeschlagen hatten, die ebenfalls zu Fuß weitermarschiert waren.

Es war noch nicht lange her, seit er Yarram bei seinem beunruhigenden Treffen mit Atroc in vollem Galopp hatte heranreiten sehen. Obwohl er sich beeilt hatte, von den Zinnen herunterzukommen, hatte Gilly Yarrams Gruppe nicht mehr abpassen können. Die Männer hatten sich nach einem kurzen Gespräch mit dem Oberstallknecht, bei dem sie sich nach Yasgurs Aufenthaltsort erkundigt hatten, frische Pferde geben lassen und waren zum Hafen geritten. Gilly musste sich noch mit dem Oberstallknecht auseinandersetzen, bevor ihm endlich ein gesatteltes Pferd gebracht wurde und er sich an die Verfolgung machen konnte.

Während er sich jetzt geschickt durch die Menge schlängelte und sich fast den Hals verrenkte, während er in schneebedeckte Gassen und Durchgänge starrte, wuchs seine Enttäuschung mit jeder Minute. Welche Neuigkeiten Yarram auch gehabt haben mochte, sie waren offenbar wichtig genug, dass er sie direkt Yasgur am Fünfkönigs-Pier überbrachte. Allein das genügte, Furcht in Gilly zu wecken.

Als er um die nächste Ecke bog, versperrte ihm eine Masse aus Leibern vollkommen den Weg. Die Stadtleute johlten und applaudierten einer Gruppe von Gauklern und Jongleuren. Die schmale Straße war an beiden Seiten von hohen Häusern gesäumt. Auf der Brücke standen die Menschen dicht an dicht.

»Komm schon, Cordale«, murmelte er sich aufmunternd zu. »Denk nach!«

Er schnippte mit den Fingern und schaute zu der Brücke hinauf.

Dieser Bezirk von Besh-Darok, das Hohe Ufer, war um felsige Ausläufer des Hügels herum errichtet worden, der den Südosten der Stadt dominierte. Im Laufe der Jahrhunderte hatten die Bewohner dem Fels Häuser, Geschäfte und Tempel abgetrotzt, während die exklusiveren Residenzen in höheren Lagen gebaut waren. Brücken überspannten die Spalten und Schluchten, und in die Ausläufer waren Passagen und Treppen gehauen worden. Gilly erinnerte sich an eine Straße, die über mehrere Brücken am Hohen Ufer vorbeiführte, bevor sie sich in den kleinen Park senkte, der vor dem Fünfkönigs-Pier lag. Diese Strecke war bestimmt ruhiger, und vielleicht erreichte er auf dem Weg den Hafen sogar noch vor Yarram.

In der Nähe befand sich eine lange, gewundene Treppe, der Envadine-Stieg. Gilly nahm zwei Stufen auf einmal, während eine Gruppe von kleinen Jungen hinter ihm herlief, die sangen und lachten, während sie ihm folgten. Als er mitten auf der Treppe innehielt, um Atem zu schöpfen, hielten sie Abstand und riefen ihm Bettlerzoten zu.

»Es muss Euch ganz schön warm sein, Milor'. Braucht Ihr den Mantel tatsächlich?«

»Und dieses Wams ... Euch ist bestimmt ganz schön heiß ...«

»... die Schuhe drücken Euch sicher überall, und alles ...«

»Habt Ihr nicht ein paar Humpen und Beeren, Milor', Humpen und Beeren?«

Gilly grinste. Der kupferne Halb-Wen war die geringste Münze des Reiches. Auf der Rückseite war ein überfließender Humpen geprägt und auf der Vorderseite eine Traube von Beeren. Aber er wusste genau, dass er nur ein paar Silbermünzen und einen Goldtaler in der Börse hatte. Er drehte sich zu seinen Verfolgern um und versuchte, drohend auszusehen.

»Wissen eure Mütter, dass ihr noch unterwegs seid ... und mit gefährlichen Fremden redet?«

»Ah, das weiß sie, Milor', das weiß sie.«

»Meine sagt, ich wäre selbst gefährlich genug ...«

Gilly schüttelte ergeben den Kopf. Genauso gut könnte ich versuchen, einen Wolf mit einer Karotte zu vertreiben, dachte er.

Während seine jugendliche Eskorte darüber stritt, wer von ihnen der Gefährlichste war, setzte er seinen Aufstieg fort und nahm jetzt drei Stufen auf einmal. Als hinter ihm hohe Schreie gellten, bog er um die erste Ecke, die er erreichte, und lief in eine gepflasterte Gasse, die steil und gewunden anstieg und dämmriger wurde, als sie sich wieder senkte. An ihrem Ende erwartete ihn eine überraschend breite und geschmückte steinerne Treppe. Er pfiff ein fröhliches Lied und kam nur Minuten später auf der Allutra-Promenade heraus, die breite Durchgangsstraße, die am Hohen Ufer vorbeiführte.

Rechts von ihm befanden sich einige große Häuser auf Grundstücken, die von Zäunen oder Wällen umschlossen waren. Ihre gepflegten Gärten lagen unter einer unberührten Schneedecke im Winterschlaf. Gilly verzog verächtlich die Lippen. Hier sah man keine Spuren der Entbehrungen, unter welchen das gemeine Volk seit dem Einfall der Mogaun litt, kein Anzeichen von Armut oder Not. Links von ihm, jenseits der Pavillons und Lauben überblickte man das Künstlerviertel, den Handwerksbezirk, die verlassenen Werften und den breiten, flachen Olodar. Die Flussglocken waren geschlagen worden, als er noch geritten war, also dürfte Tauric mittlerweile den Tempel der ErdenMutter in Wybank erreicht und die Blumenkrone überreicht bekommen haben.

Besser du als ich, Junge, dachte er.

Als Gilly die dritte Brücke überschritt, kurz vor dem Ende der Allutra-Promenade, wuchsen die Gebäude in die Höhe und rückten enger zusammen. Es waren jetzt gewöhnliche Miethäuser und Geschäfte. Ein paar Seitenstraßen führten weiter bergauf, durch die grüne Blätterpracht des Hohen Ufers, andere dagegen mündeten auf die wackligen Stege, die über einige der niedrigeren Gassen hinwegführten. In diesem Teil des Handwerkbezirks hatten vor allem Tuchmacher ihren Sitz, und die ätzenden Dampfwolken der Färbereien verschleierten den Blick, sodass Gilly die Umrisse nicht genau erkennen konnte, falls sie nicht ganz verborgen waren. Die Gassen schienen vollkommen verlassen zu sein. Plötzlich tauchte aus den nebligen Wolken eine schlanke weibliche Gestalt auf einem der Stege auf, die parallel zur Allutra-Promenade verliefen. Sie hastete in Richtung des Fünfkönigs-Piers weiter. Gilly runzelte die Stirn und verlangsamte unwillkürlich seine Schritte, als er angestrengt zu ihr hinüber starrte.

»Nerek?«

Es war ihr zielstrebiger Schritt, und sie trug das Haar ebenso kurzgeschoren ... Im nächsten Moment verschwand die Frau in einer Dampfwolke. Gilly zuckte mit den Schultern und wollte weiterlaufen, als eine weitere Gestalt auftauchte. Ein Mann, der ein Schwert in der Hand hielt und ganz offensichtlich die Frau verfolgte, die eben vorüber gelaufen war. Gilly war plötzlich davon überzeugt, dass es sich um Nerek gehandelt hatte.

Er machte kehrt und rannte Hals über Kopf ein kurzes Stück die Promenade entlang, bis er an eine Seitengasse kam, die in den Bezirk herabführte. Schneematsch und Schlamm spritzten unter seinen hastigen Schritten auf, die dumpf klangen, als er über eine Holzbrücke lief, die unter seinen Füßen zitterte. Sie führte zu dem Steg, auf dem Nerek eben noch gewesen war. Er rutschte auf den eisigen Planken weg, bog um eine Ecke und stürmte durch die feuchten Dampfwolken.

Über der schmalen Gasse hingen an schlaffen Leinen kleine, verzierte Banner, welche die Namen der Geschäfte und ihrer Inhaber trugen. Auf dem hölzernen Geländer hatte sich Kondenswasser von dem Dampf gebildet, das lautlos auf die Straße hinunter tropfte. Die Bohlen knarrten unter Gillys Füßen, als er mit dem Schwert in der Hand aufmerksam weiter trottete. Das trübe Licht des bewölkten Himmels wurde von dem kalten Nebel gedämpft, der zwischen den Gebäuden hing, und man konnte kaum zehn Meter weit sehen. Plötzlich durchbrach ein strahlender Blitz den blassen Schein, und auf der anderen Straßenseite strahlte ein harter, weißer Glanz auf. Jemand, eine Frau, stieß einen erstickten Schrei aus, und Gilly rannte auf die Kreuzung zu.

Aus der entgegengesetzten Richtung liefen auch noch andere Gestalten dorthin, wo, wie Gilly jetzt sah, zwei Leute in einem Torweg miteinander kämpften. Während er lief, sah er, dass die anderen Kinder waren, meistens kleine Jungen, und ihn beschlich ein merkwürdiger Verdacht. Doch das war vergessen, als er sich dem Mann näherte, der Nerek an der Kehle gepackt hielt, während sich helle, zuckende Tentakel aus Licht von seinen Augen in ihre bohrten.

Es zischte, als hätte jemand eine Schlinge geworfen, und Nereks Angreifer schrie wütend auf, als sich ein Netz über ihn legte. Er ignorierte es, als er sich umdrehte und sich den Jungen stellte. Er versetzte dem Nächststehenden einen Schlag mit dem Handrücken, der das Kind gegen das Geländer schleuderte, das unter dem Aufprall zerbrach. Der Junge schrie, als er mit rudernden Armen hindurchfiel, aber es gelang ihm, sich am Rand der Brücke festzuhalten. Gilly fluchte, nahm sein Schwert in die andere Hand, zog ein kurzes Wurfmesser aus seiner Gürtelscheide und schleuderte es auf den Mann. Gilly hatte auf die Kehle gezielt, aber der Mann drehte sich unvermittelt herum, weil er die bewusstlose Nerek vom Boden hochziehen wollte. Das Messer grub sich nur in seine Schulter.

Er knurrte, ließ Nerek los, warf sich zur Seite, rollte herum und landete in der Hocke. Dann sah er Gilly, der mit gezücktem Schwert auf ihn zustürmte. Der Mann warf ihm einen mitleidlosen, kalten Blick zu, sprang auf und floh in eine vom Dampf vernebelte Gasse. Gilly wollte ihm instinktiv folgen, aber ein schwacher Hilfeschrei ließ ihn innehalten. Er trat an das zerbrochene Geländer, steckte sein Schwert in die Scheide und zog den Jungen hinauf. Der rappelte sich sofort auf und rannte in den blassen Dunst davon. Von seinen Gefährten war nichts mehr zu sehen.

»He!«, rief Gilly. »Wie wäre es mit etwas Dankbarkeit, du kleiner Fratz?«

Einen Moment herrschte Schweigen, dann rief eine Jungenstimme:

»Die Blinde Rina dankt dir ...«

»Und wer ...« Gilly wurde von einem angestrengten Husten unterbrochen. »Nerek!«

Sie lag in dem Torbogen eines Kerzenziehers und versuchte, aufzustehen. Er bückte sich, um ihr zu helfen.

»Im Namen der Mutter, Frau, ruht Euch einen Moment aus ...«

»Nein ... Nein!« Sie hustete immer noch und ließ sich von Gilly hoch helfen. Dann richtete sie sich mühsam auf und lehnte sich gegen den Türrahmen. »Ich muss zur Krönung, und Ihr müsst mir helfen ...!«

Gilly erkannte den Zustand, in dem sie sich befand, und war hin und hergerissen zwischen Besorgnis und Ärger. Nerek sah Keren sehr ähnlich, und war doch ganz anders. Sie wurde von einer Unerbittlichkeit getrieben, die ihr manchmal eine grimmige und unheimliche Ausstrahlung verlieh. Dennoch gab es Augenblicke, in denen sie etwas tat oder sagte, was ihr einsames und rührendes Bemühen verriet, die Welt um sich herum zu verstehen. Zu anderen Zeiten wirkte sie dagegen vollkommen kompromisslos.

»In Eurem Zustand könnt Ihr nicht ...«, begann er.

»Hört zu ... Man hat versucht mich umzubringen, damit ich nicht an der Krönungszeremonie teilnehme«, unterbrach sie ihn heiser und packte seinen Arm. »Ich weiß nicht warum, aber ich muss Bardow und die anderen warnen. Wenn Ihr ... mir nicht helfen wollt, krieche ich eben zum Pier, wenn es sein muss ...«

Gilly hob die Hände in einer spöttischen Geste der Kapitulation. Er wusste, dass sie es ernst meinte. »Ich beuge mich Euren Argumenten, Mylady, dieser klugen Kombination aus Offenheit und Zwang.« Er legte ihren Arm über seine Schultern und stützte sie mit einer Hand um ihre Taille. »Ehrlich, das Hohe Konklave sollte Euch an meiner statt nach Dalbar schicken.«

»Hat jemand gerade den Namen der Blinden Rina genannt?«, fragte sie, während er ihr über den Steg half.

»Einige Bettelkinder, die mir gefolgt sind ...«, erwiderte er und berichtete in knappen Worten, was passiert war. Einschließlich des merkwürdigen Danks zum Abschied. Zu seiner Überraschung lachte Nerek trocken.

»Sie hatte Recht«, erklärte sie. »Ich muss Bardow bitten, mir beizubringen, wie ich die Niedere Macht nutzen kann.«

3

Im Spiegel der Seelen
Wurzeln seltsame Dinge.

DAS BUCH VON ERDE UND STEIN

Der Bazar von Kulberisti befand sich in einer großen, von Markisen überdachten Straße, die vom Ende der Respilstraße zur Ostseite des Fünfkönigshafens führte.

Erzmagier Bardow hatte den Morgen über an drei wichtigen Besprechungen teilgenommen. Bei der letzten, welche in den Kontoren der reichsten Kaufleuten der Händlergilde von Besh-Darok stattgefunden hatte, ging es um einen Streit über Zollgebühren und Handelssperren. Als er sich endlich zur Kleinen Krönung aufmachte, war die Respilstraße der naheliegendste Weg.

Bedauerlicherweise schien fast jeder in diesem Stadtviertel auf dieselbe Idee gekommen zu sein. Der Bazar von Kulberisti bestand augenblicklich aus einer dichten Menge von Leibern, die sich langsam nach Norden zum Engpass der Gasse schob, dem Hauptweg zum Hafen. Auf jeder Seite der Menschenmenge boten die Budenbesitzer lautstark Essen und Trinken feil, aber das konnte Bardow und seine Begleiter nicht trösten, die inmitten der Menschenmassen festsaßen und seit zehn Minuten kaum einen Schritt weiter gekommen waren.

Sergeant Jamek war der Kommandeur von Bardows sechsköpfiger Eskorte. Er musterte die Menge vor sich und drehte sich dann um.

»So kommt Ihr nicht weiter, Meister Bardow. Am anderen Ende des Marktes scheint eine Prügelei ausgebrochen zu sein, und selbst die Stadtwache hat Schwierigkeiten, sie zu erreichen.

Vielleicht sollten wir im Interesse Eurer Sicherheit und der von Lady Fionn einen Umweg in Betracht ziehen.«

»Etwa durch eines dieser Häuser?«, erkundigte sich Fionn. »Dort wohnen doch Menschen.«

Bardows rothaarige Gehilfin war kurz nach der Schlacht um Besh-Darok aus Krusivel angereist. Sie übernahm bereitwillig ihre Aufgabe und zeigte sehr bald ein willkommenes Talent für die Verwaltung und das Ausfüllen der allfälligen Formulare. Außerdem empfand Bardow ihre Freundlichkeit und Herzlichkeit als dringend benötigten Ausgleich zu seinem täglichen Kampf mit der Stadtpolitik.

»Wir benötigen nur einen Weg zur rückwärtigen Gasse, Fionn«, beruhigte Bardow sie. »Wir werden bitten, nicht fordern. Sergeant, bahnt uns einen Weg zu diesem Gebäude da. Seid entschlossen, aber vermeidet es bitte möglichst, irgendjemandem den Schädel einzuschlagen.«

»Wie Ihr wünscht, Meister.«

Jamek, ein großer, breitschultriger Mann, war Zweiter Rul in der Stadtmiliz gewesen, bis er zu dem Orden der Paladine abgeworben worden war, einer der vier neuen Rittergemeinschaften, die Mazaret persönlich ins Leben gerufen hatte. Seine Männer und er trugen Lederharnische, die mit silbernen Intarsien und schwarzen Eisenkragen verziert waren, sowie lange, dunkelblaue Umhänge.

Schnell und geschickt bahnten sie einen Weg durch die Menge zu den schäbigen, zweistöckigen Gebäuden hinter den Buden. Der mürrische, bärtige Hausbesitzer eines der dunklen Gebäude wurde plötzlich sehr eifrig und kooperativ, als Bardow zwei Silbermünzen aus seinem Geldbeutel zog.

Wenige Augenblicke später traten sie in eine kalte Gasse hinaus, in der sich der Schnee in graubraunen Matsch verwandelt hatte.

»Gibt es von hier aus einen anderen Weg zum Fünfkönigs-Pier?«, erkundigte sich Fionn.

»Allerdings«, sagte Bardow.

»Habt Ihr einen Stadtplan?« •

»Habe ich. Hier drin.« Bardow tippte an seine Stirn. »Ich bin in dieser Stadt aufgewachsen, habt Ihr das vergessen? Wenn wir hier entlang gehen, sollten wir eine Nebenstraße finden, die uns zur Uferpromenade bringt ...«

Er drängte sie zur Eile, weil er spürte, dass es bald wieder schneien würde. Jamek und seine Leute waren zwar genügend gegen das Wetter geschützt, doch Fionn und er selbst trugen nur dünne Umhänge über ihrer vornehmen Kleidung. Er fröstelte und wünschte sich, er hätte aus dem Palast eine Kutsche mitgebracht.

Während sie gingen, kehrten Bardows Gedanken zu den morgendlichen Konferenzen zurück. Zuerst hatte er sich im Palast mit Beamten getroffen, die mit der Krönungsplanung betraut waren, und sich von diesen eine Zusammenfassung der letzten, ungelösten Einzelheiten geben lassen. Die nächste Besprechung hatte in einem bescheidenen Zimmer im Tagfried stattgefunden. Dort hatte er mit einer kleinen Abordnung von Magiern gesprochen, von denen die meisten nur sehr ungern gekommen waren. Nach einer intensiven Diskussion hatte er sie überredet, an einem weiteren Treffen innerhalb der nächsten zwei Tage teilzunehmen.

Für die dritte Konferenz hatte Bardow den Palast verlassen und war durch die Stadt zum Platz der Fehde gegangen, wo wichtige Kaufleute sich in den Kontoren der Händlergilde versammelt hatten. Die dortigen Verhandlungen gestalteten sich als ein wahres Labyrinth, ein verschlungenes Dickicht aus besonderen Präzedenzfällen, zweifelhaften Rechtmäßigkeiten und purer Arroganz. Und es ging dabei vor allem um eine grundlegende Frage, nämlich der, dass den Händlern von Besh-Darok erlaubt werden sollte, mit jedem beliebigen Gut handeln zu können, ohne Zollgebühren, versteht sich, während sie gleichzeitig nur minimale Steuern an die Krone zahlen wollten. Bardow hatte immer ungläubiger zugehört, bis ihm klar geworden war, dass die Kaufleute trotz des Untergangs des Imperiums und einer sechzehnjährigen Besatzung noch immer nicht die Natur des Bösen begriffen, das sie alle bedrohte. Die Welt taumelte am Abgrund, und sie dachten nur daran, sich ihre Taschen zu füllen.

Aber die neue Regierung von Besh-Darok brauchte ihre Erfahrung und ihr weitgespanntes Netz von Kontakten. Im Frühling würde es vermutlich erneut blutige Kämpfe geben, und man benötigte riesige Mengen an Eisen und Holz für die Waffenschmiede, Pferde für die Kavallerie, Steine für den Festungsbau, Tuche für die Militärschneider und Segelmacher für die Flotte. Die Liste war beinahe endlos, die Reserven der Kämmerei dagegen waren sehr endlich. Ohne irgendwelche bedeutenden Zugeständnisse zu machen, war es Bardow schließlich gelungen, Verständnis für die Händler zu heucheln, während er sie gleichzeitig dazu brachte, einige bedeutsame Verträge zu unterzeichnen. Er hatte eine persönliche Nachricht von Yasgur mitgebracht, der sich im letzten Jahr mit den Kaufleuten auseinander gesetzt hatte, eine Schriftrolle, die er Sergeant Jamek zur Aufbewahrung gegeben hatte, bevor er den Versammlungssaal betrat. Als er später mit den unterzeichneten Dokumenten aufbrach, hatte Bardow darüber nachgedacht, welch überzeugende Wirkung ein mit einem Siegel und Band geschmückter Brief hatte, der von markigen Empfehlungen nur so wimmelte, die von einem ein Meter neunzig großen, imponierend gekleideten und eisenhart dreinblickenden Paladin mit befehlsgewohnter Stimme verlesen wurden.

Als sie jetzt über die Uferpromenade eilten und gegen die eisigen Böen ankämpften, die von der Bucht heranpeitschten, überkam den Erzmagier eine düstere Stimmung. Nur er und wenige andere, Medwin, Alael und Terzis und ein paar Magier verstanden in vollem Umfang die Bedrohung, welche die Schattenkönige darstellten. Das Kristallauge erleichterte den Gebrauch der Niederen Macht und verstärkte sie in manchen Fällen auch. Gleichzeitig diente es als Wächter gegen die Meister des Brunn-Quell in und um die Stadt herum. Aber diejenigen, die am häufigsten damit arbeiteten, stellten bald fest, dass sie beunruhigende Einsichten in die Dunkelheit bekamen, die sie umhüllte. Bardow selbst bemerkte die Schattenkönige und das ungeheure Ausmaß der Macht, die sie befehligten, immer deutlicher. Immer wieder hatte er das furchtbare Gewicht ihres Blickes selbst über hunderte Meilen Entfernung wie eine schwarze, heimtückische Last auf seinem Bewusstsein gespürt. Während dieser kurzen Episoden hatte er einen Fokus für seine Ziele gefunden, einen Feind, gegen den er kämpfen musste, eine Verlockung, der zu widerstehen war. Zu anderen Zeiten versenkte er sich in die zahllosen Probleme der Stadt und hoffte so, der Bürde und der Verzweiflung zu entgehen. Doch es schien unvermeidlich.

Selbst jetzt, während das Dröhnen der Trommeln anschwoll, und sie sich dem Fünfkönigs-Pier näherten, fühlte er die schwache, geduldige Erwartung der fernen Beobachter. Die feinen Fäden einer tückischen Intrige wurden an diesem Tag verknüpft, und selbst mit Hilfe des Kristallauges hatte er ihre Natur nicht herausfinden können.

Die Menge drängte sich unter die ebenerdigen Arkaden, die zum Fünfkönigs-Pier führten, Bardow deutete jedoch auf eine Holzkonstruktion. Es handelte sich um eine von mehreren neu errichteten Rampen, und sie führte zur ersten und zweiten Etage. Schneeflocken wirbelten um sie herum, als sie die erste Etage hinaufeilten. Von Säulen gestützte Stege führten am Ende und an den Seiten des Piers entlang. Sie gehörten zu dem ursprünglichen Stapelplatz aus Stein, der vor über fünfhundert Jahren errichtet worden war. Die massiven hölzernen Aufbauten mit ihrem Dach waren erst vor knapp hundert Jahren von Kaiser Tavalir IX. hinzugefügt worden. Er war es überdrüssig geworden, Zeremonien unter freiem Himmel abhalten zu müssen.

Sie befanden sich auf der rückwärtigen Empore, als Bardow einen Bekannten unter einer Gruppe von Soldaten erblickte, die gerade die Treppe hinaufstiegen, welche außen an dem Pier zum ersten Stockwerk hinaufführte. Es war Yarram, der neue Lordkommandeur der Ritter vom VaterBaum. Bardow sah ihn nur einen Moment, aber die grimmige Entschlossenheit des Mannes war unverkennbar, und die Schlammspuren auf seinem Kriegsharnisch kündeten von einer ernsten Absicht. Dann verschwand er die Treppe hinauf außer Sicht.

Bardow runzelte die Stirn und blieb stehen. Yarram wollte Yasgur aufsuchen, davon war der Erzmagier überzeugt, und ihm vermutlich eine dringende Nachricht überbringen. Bardow fühlte sich plötzlich unbehaglich. War dies der Eröffnungszug in der Intrige des Feindes?

»Was stimmt nicht, Meister?«, fragte Fionn. Die Männer seiner Eskorte betrachteten ihn verwirrt und besorgt.

Bardow schloss die Augen und rieb sich mit zwei Fingern über die Stirn. Obwohl der Trommellärm zu einem gedämpften Rhythmus abgeklungen war, machte sich ein dumpfer Schmerz hinter seinen Augen breit. Er war zwar unterwegs gewesen, um mit dem Zeremonienmeister zu sprechen, aber das würde warten müssen.

»Wir müssen sofort zur Staatskammer«, erklärte er. »Ich muss mit Lordregent Yasgur sprechen. Jamek, geht voran!«

»Zu Befehl, Erlauchter Erzmagier.«

Sie drängten sich durch mehrere Schichten von großen Vorhängen und gelangten in eine der vielen Arkaden. Bei anderer Gelegenheit hätte Bardow innegehalten und die Wandbehänge bewundert, die duftenden Gärten mit ihren winzigen Litrilu-Blüten, die Holzschnitzereien aus Cabringa und die Rosenlicht-Lampen, alles Spenden von reichen Händlern und einigen befreiten Städten. Jetzt jedoch trieb er seine Gefährten durch eine Tür zu einem steinernen Treppenhaus, von dem aus man alle Etagen erreichte und einen großartigen Blick über den gesamten Pier hatte.

Auf den Sitzbänken, den langen Emporen und unter den hohen Kuppeln drängten sich die Menschen, während auf beiden Seiten des Piers Lakaien mit Bannern standen oder Taue festhielten, an denen sie von der dämmrigen Decke herunterhingen. Die hohen, schmalen Fenster filterten das blasse Tageslicht, aber auf jeder Etage brannten zahlreiche Fackeln und Lampen, deren goldener Schimmer sich in den Baumsymbolen fing, die mit Blattgold und Silber auf den gigantischen Türen am entfernten Ende des Piers glänzten.

Während Bardow hinaufging, waren seine Gedanken so finster wie das Wasser im Hafen selbst. Dabei warf er zufällig einen Blick über die Brüstung auf die Bürger, welche über den Gang auf der ersten Etage schlenderten. Sein Blick glitt auf den belebten Gang hinter der obersten Bankreihe und richtete sich mit beunruhigender Genauigkeit auf das eine Antlitz in diesem Meer aus Gesichtern, das seine Aufmerksamkeit erregte und hartnäckig festhielt.

Er sah Nerek mit ihrem kurzgeschorenen Haar und in dem üblichen, abgetragenen Lederkoller, nur dass sie entspannter wirkte als gewöhnlich, weniger steif und reserviert. Sie lächelte sogar, schwach und träge, und als sie sich auf ihrem Weg durch die Menge umdrehte, sah Bardow ihr Profil, ihr Kinn, die Form ihres Ohres. Plötzlich wusste er, dass er eine Doppelgängerin vor sich hatte.

Im gleichen Moment erblickte sie offenbar etwas auf der anderen Seite des Piers, und eiskaltes Entsetzen überkam Bardow, als er ihre kalte, unerbittliche Miene sah, während sie das Geländer umklammerte und hinüber starrte. Rasch folgte er ihrem Blick und überflog die Menschen, die auf der ersten und zweiten Etage flanierten ... bis er Keren erblickte. Sie stand in einem Durchgang auf der ersten Etage, nickte und sprach mit einer Frau mit einem geblümten Kopftuch. Als Bardow wieder auf die andere Seite schaute, war die falsche Nerek verschwunden. Panik stieg in ihm auf.

»Hinunter!«, rief er den anderen zu, die sich auf der vollen Treppe um ihn geschart hatten. »Wir müssen wieder hinunter ...!«

»Aber warum denn, Meister Bardow?«, erkundigte sich Fionn. »Was habt Ihr? Ihr seht nicht gut aus.«

»Mach dir lieber Sorgen um Keren«, erwiderte er. »Sie haben ihr einen Meuchelmörder auf den Hals gehetzt! Jamek, bringt uns nach unten zur ersten Etage ...«

Und betet, dass wir nicht zu spät kommen.

Doch während sie den Weg zurückgingen, den sie gekommen waren, läuteten überall die Glocken und Fanfaren schmetterten, als die gewaltigen Tore des Fünfkönigs-Piers sich nach außen öffneten. Tauric war mit der Blumenkrone vom ErdenMuttertempel in Wybank zurückgekehrt.

Keren hatte fast das Gefühl, als hätte die Frau mit dem Kopftuch sie mit einem Bann belegt. Sie hatte den Fehler gemacht, auf die Frage der Frau zu antworten, was der Name ›Fünfkönigs-Pier‹ zu bedeuten hatte. Der Damm war nach fünf Schiffen mit herrschaftlichen Namen benannt worden, die einst hier gebaut worden waren.

Ihre Freundlichkeit hatte die Schleusen geöffnet. Jetzt quasselte die Frau pausenlos und erging sich in endlosen Klagen und Anekdoten über ihre Familie, die lange Reise nach Besh-Darok, den Zustand der Straßen, den Preis der Lebensmittel und wie rücksichtslos diese Städter wären und ...

Plötzlich kam Keren eine Idee.

»Im Namen der Mutter!«, schrie sie und streckte den Arm aus. »Ist das dort drüben nicht Euer Gatte, der gerade giftige Naqwurzeln isst?«

Als die Frau sich kreischend umdrehte, tauchte Keren schleunigst in einen Durchgang hinter einem Vorhang ab. Im selben Moment begannen die Glocken zu läuten, und die Fanfaren schmetterten einen Tusch. Alle stürmten zu den Sitzplätzen. Keren presste sich an einen Pfeiler und verhinderte, dass sie von der Menge einfach durch den Gang gespült wurde. Aber über die Phalanx aus Menschenleibern vor sich konnte sie nur die obere Hälfte der großen Doppeltüren sehen, die sich nach außen öffneten.

Sie beschloss, auf die nächste Etage zu steigen und hastete über eine Empore an verschiedenen Lauben vorüber. In einer spielten Kinder an einem Brunnen, und in einer anderen saß ein Liebespaar unter einem Spiralblattbaum. Sie hatten sich umschlungen und küssten sich leidenschaftlich, ohne etwas anderes wahrzunehmen. Selbst die Krönung war ihnen egal. Keren sah gerade eine der Haupttreppen im Hintergrund, als jemand in ihrer Nähe eindringlich ihren Namen flüsterte. Sie drehte sich herum und erschrak, als sie Nerek sah, die von den Falten der geschlossenen Vorhänge, in denen sie stand, halb verborgen wurde.

»Keren, ich muss unter vier Augen mit dir sprechen.«

»Jetzt? Die Zeremonie fängt gleich an.«

Sie sah, wie Nerek hinter den Vorhängen nickte. »Ich weiß, aber es kann nicht warten.« Sie klang heiser und tonlos. »In der nächsten Kammer befindet sich eine kleine Treppe. Sie führt zu einem Ruheraum. Geh dorthin. Ich komme sofort nach.«

Dann verschwand sie und hinterließ nur einen sacht schaukelnden Vorhang. Keren stieß eine leise Verwünschung aus und ging zur nächsten Kammer. Sie marschierte an achtlos weggeworfenen Spielkarten vorbei zu der schmalen Wendeltreppe und stieg hinauf. In dem kleinen Raum darüber war es dämmrig. Wertvolle Gobelins schmückten die Wände, drei gepolsterte Sitzbänke standen da und dicke Teppiche lagen auf dem gefliesten Boden.

Sie hörte keine Bewegung, fühlte jedoch einen kühlen Luftzug, als ein Vorhang hinter ihr geteilt wurde. Instinktiv duckte sie sich und wirbelte herum, doch der Schlag streifte dennoch ihre Schläfe. Sie taumelte zur Seite und stolperte über einen niedrigen Tisch. Als sie ins Nereks Gesicht sah, wollte sie gerade eine Schimpftirade loslassen, bis sie den starren Blick der weitaufgerissenen Augen bemerkte.

»Die Maske der Ersten, um die Zweite zu töten.« Die Stimme der falschen Nerek klang tief und sonor. »Dann wird die Maske der Zweiten dem BrunnQuell dienen.«

Sie zückte einen kleinen Dolch, der kaum größer war als das Schmuckmesser einer Edeldame. Keren rührte sich nicht, als sie die Flüssigkeit auf den beiden Schneiden der Klinge glitzern sah. Gift, dachte sie. Ein winziger Schnitt, und ich bin tot ...

Die falsche Nerek starrte sie immer noch düster an, legte den Kopf auf die Seite und beugte sich vor.

»Für den BrunnQuell«, sagte sie.

Sie holte aus, um einen Hieb gegen Kerens Gesicht zu führen, doch in dem Moment packte eine andere Hand ihr Handgelenk und bog es zur Seite. Keren schnappte nach Luft, als sie die echte Nerek sah. Ihr verletztes, aufgeschürftes Gesicht verzog sich vor Anstrengung und Wut. Die Doppelgängerin wehrte sich gegen diesen Angriff, und ihr starrer Blick zuckte zwischen Keren und Nerek hin und her. Als Keren sich mit einem

Ruck aus der Reichweite des Dolches brachte, überwand Nerek die andere und schleuderte sie mit einem Schrei auf eine der Bänke, die unter dem Aufprall zusammenbrach.

Schritte näherten sich und jemand rief: »Hier drinnen!« Keren sah, wie Bardow und einige Bewaffnete in den Umhängen des Paladinordens hereinstürmten. Nerek hatte sich mit einem eisernen Kerzenleuchter bewaffnet, doch der Erzmagier winkte sie zurück. Er wollte etwas sagen, als die Doppelgängerin sich auf der zerbrochenen Bank aufrichtete und mit dem vergifteten Dolch auf Nerek deutete.

»Für den BrunnQuell«, sagte sie erneut.

Bevor jemand reagieren konnte, zog sich die falsche Nerek den Dolch über die Innenseite ihrer anderen Hand. Dann schmierte sie das Blut aus der Wunde über ihr Gesicht und lächelte starr, als sie nach hinten über fiel. In ihren gebrochenen Augen zeigte sich bereits der Tod.

»Niemand rührt diesen Dolch an!«, bellte Bardow. »Niemand. Und auch nicht die Leiche. Wer weiß, welche Fallen hier noch verborgen sind!«

»Fallen, Meister?«, fragte einer der Ritter.

»Fischhaken«, erwiderte Bardow. »Nadeln, die ebenso vergiftet sind, oder Insekten, oder selbst ein langsam wirkendes Gift in Puderform. Berührt nichts mit bloßen Händen.«

Während Bardow sich Handschuhe geben ließ, trat Nerek zu Keren und reichte ihr die Hand. Keren zog sich hoch, murmelte einen Dank und klopfte ihre Kleidung ab.

»Das ist jetzt schon das zweite Mal, Keren, dass es Byrnak nicht gelungen ist, dich umbringen zu lassen.« Gilly lehnte lässig an einem Pfeiler in der Ecke. »Vielleicht wird er des Spieles ja allmählich überdrüssig.«

Keren warf ihm einen finsteren Blick zu. »Das ist kein Spiel.«

»Nein.« Nerek starrte auf die tote Frau. »Er wird nie aufhören. Niemals.«

Yasgur stand links neben dem Thron auf der großen Empore, von der aus man den Fünfkönigs-Pier überblicken konnte. Er trug einen pelzgefütterten Mantel und eine zeremonielle Rüstung, die sowohl seiner Mogaunherkunft als auch seiner Wahlheimat entsprach. Die Menschen, die sich auf den Etagen und vor den Umfriedungen drängten, jubelten, trampelten mit den Füßen und klatschten. Die Gesänge des Chores waren kaum zu hören, und als die Kaiserliche Barke durch die geöffneten Tore hereinglitt, steigerte sich der dröhnende Lärm sogar noch, und ein Meer von Blüten regnete von den Dachsparren herab.

Auf der anderen Seite des Podiums stand die Äbtissin Halimer, jetzt anerkannte Hohepriesterin des ErdenMutterglaubens. Yasgur schaute zu ihr hinüber. Sie war eine große Frau mit einer gemessenen, beeindruckenden Ausstrahlung, welche die Menschen in ihrer Umgebung beinahe zwang, sich ebenfalls ruhig und besonnen zu benehmen. Was die Äbtissin wohl von den Gerüchten über das Auftauchen der ErdenMutter hielt? Angeblich sollte die Göttin auf dem Höhepunkt des Kampfes im Hohen Turm erschienen sein und die Geister der Toten zurückgefordert haben. Ob das stimmte?

Yasgurs Schutzgott war Vaarut, der Herr der Jagd. Niemand hätte je gehört, dass er den Legenden entstiegen und mit den Sterblichen gesprochen hätte. Abgesehen vom verblendeten Geplapper der Geistesschwachen. Yasgur überlegte, ob er nicht zu dem anderen Glauben übertreten und sich einer Göttin verpflichten sollte, welche tatsächlich in die Angelegenheiten der Sterblichen eingriff.

Dann jedoch stellte er sich vor, was wohl seine kommandierenden Offiziere in diesem Fall sagen und tun würden, und lächelte sarkastisch. Besser, er tat es nicht. Er balancierte ohnehin schon auf einem schmalen Grat, was die Gefühle und Loyalität des Feuerspeer-Clans anging, vor allem seit die Zahl dieser feigen Überfälle stieg, bei denen maskierte Räuber seine Krieger in Hinterhalte lockten. Unzufriedenheit machte sich breit, und viele Clanbrüder waren überzeugt, dass die Feuerspeere durch ihr Bündnis mit ihren ehemaligen Vasallen verflucht wären. Nur ihr tief sitzendes Misstrauen gegen die anderen Clans und Stämme und die abscheuliche Entehrung von Hegrouns

Geist durch die Schattenkönige sorgten dafür, dass ihre Disziplin und Loyalität weiterhin Yasgur gehörten. Fürs Erste, jedenfalls.

Die Menge brüllte aus Leibeskräften, als die Zeremonienbarke die Laufplanke herunterließ, und Tauric in seinem langen blauen Mantel auf den gepflasterten Pier trat. Zwei Männer und eine Frau, die Hüter des Gesalbten, näherten sich ihm und verbeugten sich. Yasgur war die Rituale der Kleinen Krönung mit den Zeremonienmeistern durchgegangen, aber einige Einzelheiten waren ihm immer noch unklar.

»In früheren Zeiten, Mylord, stand ein Oberpriester der Wurzelmacht links vom Thron«, hatte ihm einer der Meister erklärt. »Unter den gegebenen Umständen scheint es jedoch angemessen, dass einer der Lordregenten diese Rolle übernimmt. So dachten wir.«

»Welche rituellen Worte muss ich sprechen?«, hatte sich Yasgur erkundigt.

»Keine. Nur der Thronfolger spricht, sobald die Krönung stattgefunden hat, und dann auch nur zu den Bürgern.«

Yasgur sah zu, wie Tauric den Kopf senkte. Die Frau trat vor und legte ihm ein Muschelamulett um den Hals. Tauric richtete sich auf und reichte ihr die geflochtene Blumenkrone. Danach waren die beiden Männer an der Reihe. Der eine reichte ihm eine eiserne Laterne, der andere ein poliertes Stierhorn.

Yasgur runzelte die Stirn. Den Mogaun waren viele Zeichen und Symbole heilig, und er wusste, dass die eiserne Lampe ein Symbol für den Herrn des Zwielichts war. Das Stierhorn stand für Orrohn, den Herrn des Waldes. Die Muschelkette war ihm ebenfalls bekannt, aber er konnte sich im Moment nicht an ihren Sinn erinnern. Er wünschte sich nicht zum ersten Mal an diesem Nachmittag, er hätte die Ratgeber des Palastes ignoriert und statt dessen Atroc mitgenommen.

Tauric folgte den drei Hütern zu der Treppe, die sich teilte und in zwei Flügeln zum großen Balkon hinaufführte. Sein Gefolge schritt hinterher. Rote, gelbe und blaue Blüten ergossen sich wie ein Wasserfall aus Blättern über die Stufen, und lange, dünne

Bahnen aus einem zarten, durchsichtigen Stoff wurden von der Decke entrollt und wehten in der Wärme, die von den erhitzten Leibern der jubelnden Menge aufstieg.

Schließlich erreichte die kleine Prozession den Sockel des Podiums. Tauric verbeugte sich vor Äbtissin Halimer und reichte ihr das Stierhorn, dann verneigte er sich vor Yasgur und übergab ihm die eiserne Laterne. Der künstliche Arm des jungen Mannes glänzte in dem gelben Licht der Fackeln, und Yasgur starrte einen Moment überrascht die Lampe an, bevor ihm seine nächste Aufgabe in dem Ritual wieder einfiel. Er sank auf ein Knie, und die Hüterin setzte ihm die Blumenkrone auf. Als er aufstand, war es an Tauric, sich vor dem Podest niederzuknien. Alle Hüter schritten zum hinteren Ende der Empore, während zwei kleinere Gestalten vortraten, ein Junge und ein Mädchen, beide etwa zehn Jahre alt. Sie kletterten nervös zum Thron, wo eine große, hölzerne Krone lag. Sie war dunkel, sehr detailliert geschnitzt und hatte den dumpfen Schimmer von Holz angenommen, das über zahllose Jahre durch viele Hände gegangen war.

Mittlerweile war das Gebrüll der Menge zu einem ehrfürchtigen, rhythmischen Gesang herabgesunken. Die Kinder trugen die Krone vorsichtig zu zweit die Treppe hinunter. Taurics Miene war gelassen, beinah heiter, als er sich nacheinander vor beiden verbeugte. Als er sich wieder aufrichtete, sah Yasgur den kleinen Anhänger, der aus dem zugeknöpften Kragen seines dunkelbraunen Samtwamses herauslugte. Er war nur einen Moment zu sehen, bevor er wieder hineinrutschte, aber Yasgur hatte das sich aufbäumende Pferd aus Bronze erkannt.

Dann senkten die Kinder die hölzerne Krone auf Taurics Haupt, was die Menschenmenge mit lautem Jauchzen kommentierte. Als der junge Thronfolger sich zu den jubelnden Tausenden herumdrehte, überlegte Yasgur, warum ihm selbst wohl in diesen sechzehn langen Jahren niemand je zugejubelt hatte.

Tauric trat an die Brüstung der großen Empore und hob beide Arme, den metallenen und den aus Fleisch und Blut. Flankiert von den beiden Feuerschalen auf ihrem Podest und umrahmt von den Wappenbannern, wirkte Tauric wirklich wie ein Monarch. Nach einer Weile ebbte das Geschrei ab, und er begann zu sprechen. Das war das Stichwort für Yasgur, die Äbtissin und die anderen, sich in die Schatten im hinteren Teil der Empore zurückzuziehen. Dort schlüpfte Yasgur durch die dunklen, schweren Vorhänge in die lange, niedrige Kammer dahinter.

Er reichte gerade die Blumenkrone und die eiserne Laterne einer Priesterin der ErdenMutter, als jemand seine Schulter berührte. Es war Ghazrek, sein Freund und Erster Hauptmann, der sehr ernst blickte, als er sich elegant verbeugte.

»Mein Prinz ... Lordkommandeur Yarram ist unerwartet zurückgekehrt. Mit beunruhigenden Nachrichten.«

Yasgur schnaubte. »Beunruhigend genug um mich zu stören? Warum geht er nicht zum Palast und erstattet Mazarets Stellvertreter Bericht?«

»Es hat mit Mazaret zu tun, mein Prinz.«

Ghazreks ernste Miene veranlasste Yasgur, nachdenklich stehen zu bleiben.

»Gut. Führ mich zu ihm.«

Yarram wartete in einem kleinen Raum, der von dem Hauptsaal abging. Er stand unter einem Bogenfenster und betrachtete die Stadt durch das Gitter. Als er sich umdrehte, erkannte Yasgur die Anspannung in seiner Miene und bemerkte auch den Staub und Schmutz auf seiner Kleidung.

Yarram verbeugte sich. »Lordregent.«

»Lordkommandeur«, erwiderte Yasgur. »Was führt Euch in solcher Hast nach Besh-Darok zurück?«

»Lordregent Yasgur, meine Männer und ich haben vier Tage lang die Briganten gejagt, welche für die vielen Überfälle beiderseits des Buckelgurts verantwortlich sind. Gestern haben wir ihren Anführer gestellt.« Yarram sah Yasgur ruhig an. »Mylord, ich bin kein Mann, der einen Bericht falsch erstattet oder übertreibt, also bitte akzeptiert, dass sich in dem, was ich Euch berichte, keine Ausschmückungen befinden.«

»Eure Aufrichtigkeit ist mir bekannt, Lordkommandeur. Fahrt fort.«

»Wir sind den Briganten in den Buckelgurt südwestlich von Besh-Darok gefolgt. Unsere Verfolgung brachte uns zur Furt eines Flusses, der von Schnee und Regen angeschwollen war. Als wir ankamen, mussten wir feststellten, dass die Briganten die Brücke niedergerissen hatten und auf der anderen Seite auf uns warteten. Wir näherten uns ihnen, und ihr Anführer ritt uns entgegen. An den Kleidern sah ich, dass es sich um eine Frau handelte. Sie trug ein weites Gewand, das so blass und farblos war wie ihr Gesicht und ihr Haar. Sie ritt langsam auf einen flachen Felsen und sagte: ›Wer hat das Kommando?‹

Ich erwiderte nichts, sondern trieb mein Pferd an das grasige Ufer des reißenden Flusses. Erst als ich dort anhielt, vermochte ich die Gesichtszüge der Frau zu erkennen.« Yarram hielt inne. »Ihr habt vermutlich Suviel Hantika nie kennen gelernt, Lordregent? Die Magierin, welche die Geliebte meines Herrn Mazaret war? Ich dagegen habe sie bei vielen Gelegenheiten gesehen ...«

»Die Frau ist tot«, erwiderte Yasgur schroff. »Jedenfalls behauptet das diese Spionin Nerek. Und Ihr wollt jetzt behaupten, Ihr hättet sie lebend angetroffen und dazu noch an der Spitze unserer Feinde?«

Yarram nickte. »Sie wirkte eher wie ein Gespenst, denn wie ein Wesen aus Fleisch und Blut, aber es war ihr Gesicht, das ich sah, und ihre Stimme, die ich hörte, dessen bin ich mir sicher.«

Yasgur holte tief Luft. Atroc, dachte er, wärst du doch hier, um mich zu beraten ...

»Was hat sie noch gesagt?«

»Sie sagte: ›Berichte deinen Herren, dass der Tod viele Türen hat, und ihr sie nicht alle verschließen könnt. Und Ikarno richte aus, dass ich ihn an der Blauaxt-Klamm erwarte.‹ Dann drehten sie und ihr Gefolge um und ritten davon.«

Yasgurs Nackenhaare richteten sich auf, und ein kalter Schauer rann ihm über den Rücken. In den Sagen der Mogaun fanden sich viele Legenden über die Macht der Worte der Toten. *Die Schattenkönige sind uns nah, strecken ihre Hände nach uns aus, und schicken ihre Kreaturen vor, um uns zu verhöhnen.*

Und diese Worte galten Mazaret. Was wird er tun, wenn er sie vernimmt?

Er ballte die Fäuste, weil er vor Verlangen brannte, zu handeln. »Es hat wenig Sinn, hier zu warten«, sagte er. »Kehren wir so schnell wie möglich zum Palast zurück. Dort werde ich das Hohe Konklave zusammenrufen ...«

»Eine ausgezeichnete Idee, Mylord«, sagte jemand hinter ihm. »Ich habe bereits einige Leute vorausgeschickt, um dieses Treffen vorzubereiten.«

Es war Bardow, dessen Augen vor Energie leuchteten und dessen Lippen sich zu einem harten Lächeln verzogen.

»Seid gegrüßt, Lordregent, Lordkommandeur und verzeiht mein Eindringen, aber ich bringe Euch Kunde von beunruhigenden Entwicklungen in der Stadt selbst.«

»Eine sehr passende Unterbrechung, Meister Erzmagier. Ich habe soeben ebenfalls einen beunruhigenden Bericht erhalten. Ich schlage vor, dass wir uns umgehend in den Palast begeben und unterwegs unsere schlechten Neuigkeiten austauschen.«

»Vielleicht löscht die eine ja die andere aus, Mylord«, vermutete Ghazrek und grinste finster, während er die Tür öffnete.

Bardow lachte trocken. »Das halte ich bedauerlicherweise eher für unwahrscheinlich, Hauptmann.«

4

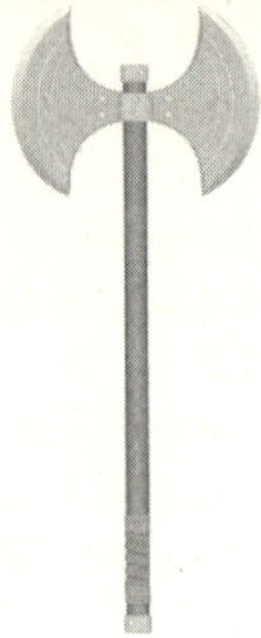

Die Wurzeln der Erinnerung,
Sind ein tiefes, finsteres Geflecht,
Aus Liebe und Hass geflochten,
Zu ewigen, unzerstörbaren Banden.

AVALTI, AUGRONAC'S KLAGELIED

Ikarno Mazaret saß in der beißenden, frühmorgendlichen Kälte auf einem breiten Felsbrocken auf einem verschneiten Hügel und blickte über das ehemalige Herzogtum von Patrein. Er dachte an die beiden Gelegenheiten, bei denen er bisher den Kriegsherrn Azurech geschlagen hatte.

Die Hiebe, die er dem Mann versetzt hatte, hätten jeden gewöhnlichen Krieger getötet. Das erste Mal waren sie während eines Regensturmes in den ausgebrannten Ruinen von Tobrosa aufeinander getroffen. Er hatte Azurech und seine Garde durch rußgeschwärzte, nasse Straßen gejagt. Als er ihn schließlich allein hatte stellen können, gelang es Mazaret, dem anderen das Schwert wegzuschlagen und ihm einen derartig heftigen Stoß zu versetzen, dass seine Klinge in der Nähe des Herzens durch das Kettenhemd des Mannes gedrungen und ihn bis zum Heft durchbohrt hatte. Mazaret erinnerte sich noch daran, wie er sein bluttriefendes Schwert herausgerissen hatte. Azurech war einen Schritt zurückgetaumelt und dann scheinbar tot zu Boden gefallen. Als Mazaret die Schreie der Feinde in dem prasselnden Regen hörte, war er geflohen und hatte sich in einem zerstörten Brunnenhaus versteckt. Von dort hatte er zurückgeblickt. Und einen Fluch unterdrückt, als er sah, wie Azurech sich aufsetzte und dann nach seinen Männern rief.

Das zweite Mal waren sie bei Sonnenuntergang auf dem Pass am Königstor aneinander geraten. Mazaret und seine Ritter waren auf dem Rückweg nach Besh-Darok. Sie hatten den Pass gerade überquert, als die Männer des Kriegsherrn sich von beiden Seiten auf sie gestürzt hatten. Es entbrannte ein heftiger Kampf, und Mazaret bahnte sich mit wilden Schlägen seiner Streitaxt einen Weg durch die dichtgedrängten Soldaten und Pferde, als er plötzlich Azurech erneut gegenüber stand.

Der Kriegsherr trug eine geschmückte, schwarze Rüstung, und sein Helm hatte die Form eines knurrenden Wolfes. Er blockierte Mazarets ersten Schlag mit einem nachtschwarzen Schild, von dem ein Kreis gebogener Stacheln aufragte. Dann holte er mit seinem gezackten Breitschwert aus, und Mazaret konnte den Hieb gerade noch parieren. Im nächsten Moment trieb er sein Pferd gegen das von Azurech, rammte dem Mann seinen eigenen Schild ins Gesicht und ließ in derselben Bewegung seine Streitaxt auf den nur leicht gepanzerten Schenkel des Mannes hinuntersausen. Seine Knöchel traten weiß hervor, so hart umklammerte er den Griff seiner Waffe, und die Schneide der Axt durchdrang den Kettenpanzer, Leder und Fleisch, und spaltete schließlich den Knochen selbst. Das Pferd des Kriegsherrn wieherte schrill, als die Axt auch seine Flanke aufriss, und scheute vor Mazaret zurück. Doch er sah noch, welche Wirkung sein Schlag gehabt hatte. Azurechs Bein baumelte nur noch an Hautfetzen und Leder an seinem Schenkel, und Blut sprudelte aus der schrecklichen Wunde. Schwarzes Blut.

Azurechs Männer brachen den Angriff ab und zogen sich über den Königstor-Pass in die Einöde von Zentral-Khatris zurück. Mazaret hatte anschließend befohlen, die Leichen zu untersuchen, doch Azurech war nicht darunter. Er nahm an, der Kriegsherr wäre in seinen Tod geritten, aber nach drei Wochen erfuhren sie, dass er nach Khatris zurückgekehrt war und seine Absicht beschwor, Mazaret in Ketten nach Rauthaz zu schleifen. Der Lordregent sandte daraufhin noch mehr Spione aus und beriet sich mit Bardow, aber obwohl der Erzmagier mit dem Kristallauge sehr weit sehen konnte, blieben ihm die Schattenkönige und ihre mächtigeren Diener verborgen. Bald sickerte jedoch durch, dass eine Bande von Sklavenhändlern Flüchtlinge aus der zerstörten Zitadelle von Alvergost entführte und sie an Azurech verkaufte. Mazaret hörte genau zu und schmiedete entsprechende Pläne.

Von seinem Beobachtungsposten auf dem öden Hügel aus genoss er jetzt einen Panoramablick über die weiße Leere von Süd-Khatris. Im Süden bildete die verlassene Stadt Tobrosa einen dunklen Fleck am Horizont. Ihre Türme waren nur noch rußige, leere Hüllen. Im Osten bildete das Rukang-Massiv eine unüberwindliche, aschfarbene Barriere. Die Ebenen dagegen wirkten unter dem Neuschnee vollkommen gleichförmig. Dies alles war einmal ein fruchtbares Ackerland gewesen, doch die weiße Decke verbarg barmherzig eine Landschaft voller Verwüstungen und Ruinen.

Mazarets Ritter kampierten am Fuß dieser Hügelkette in einer schmalen Schlucht hinter einem Wald aus kahlen, skelettartigen Bäumen. Er jedoch betrachtete nur die schlanke Gestalt, die weiter unten und links von ihm an einem Pferch aus lose aufeinander geschichteten Steinen stand. Terzis Kommyn hatte Bardows Ärger auf sich gezogen, als sie sich freiwillig bereiterklärt hatte, Mazaret bei seinen Ausfällen zu begleiten, aber sie hatte ihren Nutzen bei diesen Unterfangen so überzeugend bewiesen, dass der Erzmagier schließlich nachgegeben hatte. Jetzt nutzte sie ihre Gabe, um Bewegungen in der Ferne und die bisher unsichtbaren Aspekte der großen Arena abzutasten, in die sie bald treten würden.

Ein dunkler Punkt am Himmel vergrößerte sich langsam, bis er als kleiner Vogel erkenntlich wurde, der in eiligem Flug Kurs auf den Hügel nahm. Schließlich schwenkte er ab und landete geschickt auf Terzis' ausgestreckten Händen. Sie zog den Vogel dicht zu sich heran und neigte den Kopf. So verharrte sie eine Weile, bis sie ihn wieder in die Luft warf, woraufhin er sofort nach Osten flog. Sie wischte sich die Hände an ihrem wollenen Mantel ab und kletterte dann zu Mazaret auf den Felsen.

»Also?«, fragte er. »Wo ist er?«

Die Magierin lächelte schief, als sie sich neben ihn auf den breiten Felsen setzte. »Ich weiß zwar, welche Route Azurech eingeschlagen hat, aber ich habe ihn nicht gesehen. Mein kleiner

Spion kann sich seinem Tross nicht unbemerkt nähern. Vermutlich kreuzt Azurech am späten Nachmittag den Westlichen Weg. Vielleicht eine Stunde vor Sonnenuntergang.«

»Und unsere Verbündeten?«

»Domas und seine Männer haben ihr Versteck vor einer Stunde verlassen«, erwiderte sie. »Sie sollten den Treffpunkt am Vormittag erreichen.«

Mazaret hatte sehr skeptisch auf Domas' Angebot reagiert. Vor vierzehn Tagen hatte der Mann ihm einen Pakt angeboten. Er erinnerte sich noch sehr gut an Kerens Bericht von den Taten des Mannes als Söldner in Alvergost. In seiner Botschaft hatte Domas von einem Streit gesprochen, der zu einem Kampf geführt hätte, in dem sein Söldnerhauptmann und dessen Vertraute getötet worden wären. Danach hatte die Söldnerkompanie Domas zum Anführer gewählt und begonnen, die Flüchtlinge vor den Roten Priestern und den Sklavenhändlern zu beschützen, die anscheinend zusammenarbeiteten. Eine kurze Weile war ihnen Erfolg beschieden. Sie hatten mehrere Überfälle abwehren und eine Karawane mit Nachschub retten können, die heimlich von Bauern in den östlichen Tälern nach Alvergost geschickt worden war. Vor etwa einem Monat hatten die Sklavenhändler einen konzentrierten Angriff auf Alvergost unternommen. Sie waren dabei von gutbewaffneten, sehr erfahrenen Truppen unterstützt worden, die Domas noch nie zuvor gesehen hatte. Dieser Angriff war so heftig gewesen, dass Domas und seine Leute ihr Lager hatten aufgeben und in die dunklen Schluchten des Rukang-Massivs fliehen mussten. Kurz danach hatte Domas einen Unterhändler mit seinem Angebot geschickt. Mazaret hatte es erst akzeptiert, nachdem er dem Mann auf einem Hügelkamm in der Nähe des Königstor-Passes von Angesicht zu Angesicht gegenüber getreten war.

Jetzt stand Mazaret auf und reckte sich. Er musterte die Landschaft und den Himmel und sog die kalte Luft tief ein.

»Zeit, dass wir aufbrechen«, sagte er. »Es passt nicht zu den Rittern von Besh-Darok, in einer solchen Unternehmung zögerlich zu sein.«

Sie gingen den verschneiten Hügel hinab. Ihre Schritte knirschten in dem gefrorenen Gras, und sie überquerten vorsichtig vereiste Rinnsale. Als sie sich dem Lager näherten, winkte Mazaret seinem Marschhauptmann und befahl, das Lager abzubrechen. Kurze Zeit später waren sie alle aufgesessen, und nachdem die Knechte das letzte Gepäck auf die Packpferde geschnallt hatten, führte Mazaret seine Kolonne aus der Schlucht und aus der Deckung des kleinen Wäldchens hinaus. Während sie in die verschneite Ebene ritten, zog Mazaret einen seiner Lederhandschuhe aus und tastete unter seinem zugebundenen Umhang in sein Wams. Er fand das kleine, handtellergroße Stück Pergament, das er dort verwahrte, und zog es heraus. Es war ein einzelnes, dünnes Blatt, das aus einem kleinen, gebundenen Buch stammen konnte, und es standen einige Sätze darauf.

Von Zeit zu Zeit in Träumen, mein Liebster,
scheint es mir, als lägest du neben mir.
Doch mit dem wachen Tag,
wird das Verlangen meiner Seele
zu einem bloßen Traum.
Und es scheint, als wollte der Tag niemals enden.

Er hatte das Pergament vor zwei Monaten gefunden, im Schlamm eines niedergebrannten Bauernhauses in Tobrosa. Seitdem las er es einmal am Tag, als sein privates Ritual, sein eigenes, stilles Klagelied.

»Suviel«, flüsterte er, während er das Blatt wieder in seine Innentasche zurückschob. Dann hob er die Hand, schrie einen Befehl und trieb die Kolonne in raschem Galopp durch den Schnee.

Der Treffpunkt war der große Tempel der Macht der Wurzel in dem Marktflecken Nimas. Seine Erbauer hatten ihn tief in die Seite eines felsigen Überhanges getrieben, der über der Stadt lag, und die Masse des Felsens dazu benutzt, die gewaltigen Pfeiler, die hohen Wände und das gewaltige, gebogene Dach zu stützen.

Das Innere des Tempels war von Feuer vollkommen vernichtet worden. Die Wände waren eingestürzt, und nur die Teile des Tempels waren unversehrt geblieben, die in den Fels gehauen worden waren. Nach der Plünderung von Khatris und dem folgenden Gemetzel der Häuptlinge untereinander bei der Schlacht um Besh-Darok war der größte Teil der Bevölkerung geflohen. Nimas war mittlerweile vollkommen verlassen, und seine traurigen, leeren Häuser lagen dunkel und wie erstickt unter Schnee und Eis.

Aus den schwarzgähnenden Türen und Fenstern verfolgten einige von Domas' Leuten die Ankunft der Ritter, als sie über die Hauptstraße ritten. Mazaret sah, dass sie ihre Pferde in einem ausgebrannten Getreidespeicher in der Nähe der Marktkreuzung untergestellt hatten. Ihre Pferde waren zum größten Teil braune, schäbige Ponys, aber er sah auch einige Mähren mit durchgebogenem Rücken und sogar ein paar abgemagerte Ackergäule darunter. Die Männer versammelten sich neugierig. Es waren finstere, zerlumpte Gestalten, deren harte Mienen von vielen Gefechten kündeten. Alles in allem handelte es sich um kaum mehr als vierzig Krieger.

Domas tauchte an der Kreuzung aus einer halb zerstörten Herberge auf. Mazaret stieg ab, und die beiden Anführer umklammerten im Kriegergruß ihre Unterarme.

»Willkommen, Lord von Besh-Darok«, sagte Domas. Er war ein schlanker Mann mit schwarzem Haar, einem ebensolchen Vollbart und hellen, blauen Augen, deren Blick abschätzend über die Neuankömmlinge glitt. »Eure Ritter sind fein gekleidet und gut bewaffnet, Mylord. Ich bin schon gespannt darauf, sie kämpfen zu sehen.«

»Zweifelt nicht, Domas. Meine Männer werden jede Probe bestehen.«

Mazaret nickte seinem Marschhauptmann zu, der den Befehl zum Absteigen gab, und reichte die Zügel seines Pferdes einem Knappen, bevor er mit Domas zum Tempel ging.

»Mein Magier sagt mir, dass Azurech den Westlichen Weg am späten Nachmittag erreicht«, erklärte Mazaret.

»Schon früher«, widersprach Domas. »Der Hund hat in der letzten Stunde die Richtung geändert. Er ist auf den Sonnenweg abgebogen, der ihn dicht an Prekine vorüberführt.« Domas spie auf den Boden. »Er hat zweihundert Gefangene in seinen Karren, mehr als die Hälfte davon Kinder.«

Diese Worte lösten eine kalte Wut in Mazaret aus. Er hatte viele Gerüchte und Geschichten darüber gehört, was die Akolythen den Kindern in Trevada angetan hatten, bevor die Dämonenbrut Orgraaleshenoth mit ihnen in der Hohen Basilika zusammengetroffen war. Offenbar hatten sie ihre widerlichen Gräueltaten wieder aufgenommen.

»Das sind schlechte Neuigkeiten«, erwiderte er. »Können wir sie einholen?«

»Möglich.« Domas winkte eine verhüllte Gestalt zu sich. »Das ist Qael. Er ist mein Auge in der Wildnis und gerade zurückgekehrt, nachdem er Azurechs Karawane aufgespürt hat. Qael, schildere dem Lordregenten die Stärke unseres Feindes.«

Der Kundschafter war ein kleiner, drahtiger Mann in einem schmutzig braunen Umhang. Aus der zerfetzten Kapuze schaute ein hageres Gesicht hervor, und der Mann betrachtete Mazaret einen Moment mit glitzernden Augen und einem wettergegerbten Lächeln, bevor er sprach. »Bei den Wagen halten sich nicht mehr als dreißig Sklavenhändler der Gidreg auf, die Hälfte davon zu Pferde. Zudem sind da noch zwei Dutzend der Reiter, die uns in Alvergost überfallen haben. Jeder hat eine kleine Lampe an seinem Sattel hängen. Dem Untoten selbst folgen jedoch mehr als einhundertzwanzig Männer, alle beritten und gut bewaffnet. Außerdem werden sie von zwei Schamanen der Mogaun begleitet.«

Mazaret runzelte die Stirn. »Der ... Untote?«

»Wir haben von Eurer Begegnung mit Azurech gehört. Einer meiner Hauptleute hat ihn so genannt«, erklärte Domas. »Und von einem entflohenen Gefangenen haben wir erfahren, dass er unter seinen eigenen Leuten denselben Spitznamen hat.« Der ehemalige Söldner schickte Qael mit einem gemurmelten Befehl weg, und grinste Mazaret ironisch an. »Nun kennt Ihr die Aussichten. Überwältigend, findet Ihr nicht?«

Seine Worte klangen herausfordernd, beinahe spöttisch, und Mazaret warf ihm einen kurzen Seitenblick zu, als sie zwischen den eingefallenen Gebäuden hindurchgingen.

»Ich wiederhole: Können wir sie einholen?«

»Sie mögen ihre Route geändert haben, aber sie eskortieren langsame Wagen und müssen auf der Straße bleiben.« An einem heruntergefallenen Stück Mauerwerk blieb er stehen und zeichnete rasch eine Skizze auf die flache, gefrorene Oberfläche. »Hier führt die Straße nach Tobrosa entlang. Wir hatten erwartet, dass der Untote sie nimmt. Das hier ist der Sonnenweg. Es gibt da einen Platz, der perfekt für einen Hinterhalt geeignet ist, eine lange, flache Schlucht zwischen felsigen Hängen. Sie ist für Wagen nur schwer zu passieren ...«

»Und wir können von beiden Seiten angreifen, sobald die Wagen hineingefahren sind«, meinte Mazaret.

»Genau. Bis dahin ist es bereits Nacht und kalt, also könnten wir Glück haben, dass der Neuschnee unsere Spuren verdeckt. Ich verfolge sie mit meinen Männern über den Sonnenweg, während Ihr und Eure Ritter um die Schlucht herumreitet und sie von Norden her angreift. Qael wird Euch führen, falls Ihr damit einverstanden seid.«

»Es ist eine einfache Strategie, und das Überraschungsmoment könnte die Übermacht ausgleichen«, erwiderte Mazaret. »Aber was haltet Ihr von ihren Schamanen?«

Domas zuckte mit den Schultern. »Wie gut ist Eure Magierin?«

Mazaret warf ihm einen scharfen Blick zu. »Jeder von uns würde Terzis sein Leben anvertrauen. Ich werde ihr sagen, gegen wen wir kämpfen. Sie wird wissen, was zu tun ist.«

Sie hatten den Tempel der Macht der Wurzel erreicht und stiegen jetzt die breiten, flachen Stufen hinauf, die einmal im Schatten von Bäumen gelegen hatten, von denen jetzt nur noch zerhackte und verkohlte Stümpfe übrig waren. Mazarets Ritter hatten sich mit ihren Pferden am Fuß des Hanges versammelt, die dort ihr verdientes Futter und Wasser genossen.

»Die Zeit arbeitet gegen uns, Mylord«, sagte Domas. »Wir sollten so rasch wie möglich aufbrechen. Aber vorher, dachte ich, wolltet Ihr vielleicht das Sanktuarium des Tempels besuchen.«

Mittlerweile waren sie oben an der Treppe angekommen. Von dort führte ein breiter Pfad zu den einst massiven Türen des Tempels, die längst vermodert waren. Eine kniehohe Reihe zerborstener Steine war alles, was von der einst so mächtigen Ostmauer übrig geblieben war. Der geflieste Boden des Tempels war der Witterung ausgesetzt und von festgetretenem Schnee und Schlamm bedeckt. Auf den Stümpfen der umgestürzten Pfeiler lag Schnee, ebenso wie auf dem breiten Podest, dem Platz des heiligen Diskurses. Mazaret wusste, dass von dort aus Stufen in das Sanktuarium hinabführten. Dort gab es Wandreliefs, Bodenfliesen, die in symbolischen Mustern ausgelegt waren, und drei Altäre in der Nähe der Westwand, wo ein lebender Baum aus der verborgenen Erde sprießen, an der Wand hoch wachsen und durch das sorgfältig konstruierte Dach hinauswachsen sollte.

Aber er konnte von seinem Standort die verkohlte Spur sehen, welche wie eine Narbe die ganze Wand hinauflief, und er wusste, dass dieses Sanktuarium nichts weiter war als eine leere Hülle. Er drehte sich zu Domas herum.

»Warum glaubt Ihr, dass ich hierher kommen wollte?«

Domas war verblüfft. »Aber Eure Ritter sind vom VaterBaum-Orden ...«

»Dieser VaterBaum hier ist tot und sein Geist erloschen«, erwiderte Mazaret unverblümt. »Die Macht der Wurzel wurde ebenfalls zerstört. Hier gibt es nichts, was man anbeten könnte, Domas, nichts, was zu ehren oder worüber zu meditieren wäre. Die Mysterien sind tot, und es gibt keine Hoffnung auf ein Eingreifen der Götter.«

Domas' Überraschung wich Widerwillen. »Dennoch habt Ihr den Namen Eures Ordens nicht geändert, Mylord.«

»Die meisten Ritter teilen meine Sicht der Dinge nicht, und das respektiere ich. Sie brauchen ihren Glauben. Ich jedoch habe hier nichts verloren. Und ich habe auch nicht die Absicht, einer bloßen Erinnerung an das, was einst war, Tribut zu zollen.« Mazaret drehte sich herum und ging den Pfad zurück. »Sendet mir Euren Mann, diesen Qael, Domas. Wir brechen bald auf.«

Doch während er die Treppe hinunterstieg, machte er sich bittere Vorwürfe. *Lügner! Heuchler! Was ist dieses Buchblatt denn anderes als eine Anbetung dessen, was vergangen ist?*

Suviel war tot, und der VaterBaum ebenfalls, während eine ganze Horde von Missgeburten weiterlebte. Wie der Untote Azurech.

Der Untote, dachte Mazaret grimmig. Ich werde diesen Namen in einen grausigen Scherz verwandeln.

Kurze Zeit später saß Mazaret wieder im Sattel und führte seine Ritter an dem Tempel vorbei. Qael, der Kundschafter, ritt links neben ihm auf einem der zotteligen Ponys. Terzis ritt auf der anderen Seite. Ihre gespannte Miene verriet ihre Angst. Als Mazaret ihr die Stärke des Feindes beschrieben und die beiden Schamanen erwähnt hatte, war sie blass geworden. Als er sie jetzt unauffällig von der Seite beobachtete, nagte der Zweifel an ihm.

Dann wurde er wütend. Warum sollte er sich mit einem gespenstischen »Was wäre, wenn ...« belasten? Terzis hatte versprochen, sie würde einen Weg finden, die Schamanen zu bekämpfen, und er vertraute ihr.

Die nächsten zwei Stunden ritten sie rasch über die niedrigen, geschwungenen, weißen Ebenen von Zentral-Khatris, angeführt von Qael. Die Luft war eisig, und die meisten Ritter zogen die Ränder ihrer Umhänge vor das Gesicht bis direkt unter ihre Augen. Die Kälte schmerzte dennoch und durchdrang allmählich all ihre Gliedmaßen.

Sie ritten vorsichtig und zielstrebig durch eine Welt, die nur aus weißen Feldern, den Skeletten von Wäldern und vereisten Weihern zu bestehen schien. Qael mied tunlichst Städte und Dörfer, ja selbst Wachhäuser an der Straße, ungeachtet dessen, wie verlassen sie schienen. Gelegentlich näherten sie sich niedrigen Hügeln oder einem bewaldeten Tal. Dann galoppierte der vermummte Kundschafter voraus und spionierte die Gegend aus. Anschließend kehrte er zu ihnen zurück und führte sie weiter.

Sie ritten gerade einen langen, steilen Gebirgskamm hinauf, als Mazaret dunkle Wolken vor sich sah. Das Schneetreiben fegte wie eine breite, graue Wand von der Ebene genau auf sie zu.

»Unser Schleier«, erklärte Qael mit einem wölfischen Grinsen. »Wir werden bald unsichtbar sein.«

»Wo ist die Schlucht?« Mazaret sprach lauter, damit der Kundschafter ihn über dem Trommeln der Hufe verstehen konnte.

Qael lächelte. »Dahinter.«

Nicht lange danach fielen die ersten Flocken. Nur Momente später fegte der Schnee getrieben von einem auffrischenden Wind über sie hinweg, der ihnen die eisigen Flocken ins Gesicht peitschte. Zunächst war Mazaret erfreut, beinahe begeistert über das Einsetzen des Schnees, doch dann wurde die schneidende Kälte immer schlimmer. Man konnte kaum noch etwas sehen, und ihm wurde klar, dass ihre Möglichkeiten, zu Pferde zu kämpfen, stark eingeschränkt waren.

Am anderen Ende des Kamms tauchte der Weg in eine lange Niederung ab, bis der Pfad wieder anstieg und sich die Flanke eines steilen Hügels hinaufschlängelte. Qael ließ sie unvermittelt anhalten, und Mazaret überkam eine dunkle Vorahnung, als er die Verwirrung auf dem Gesicht des Mannes sah.

»Eigentlich sollten hier Kundschafter auf uns warten und uns mitteilen, wann der Feind ankommt«, erklärte Qael.

»Hat Domas sie von Nimas vorausgeschickt, um zu beobachten«, erkundigte sich Mazaret, »oder wollte er warten, bis er in Position war?«

»Er beabsichtigte, zu warten«, erwiderte Qael düster.

»Dann wurden sie entweder in einen Hinterhalt gelockt, oder es ist ein anderes Missgeschick passiert. Wir müssen ihren Weg zurückverfolgen ...«

In diesem Moment hörten sie Geräusche in dem Schneesturm, Schreie und das Klirren von Waffen. Qael sprang sofort vom Pferd und stürmte den Hügel empor. Er ließ sich auf Hände und Knie fallen und kroch die letzten Meter. Mazaret folgte dicht hinter ihm und hörte, wie der Mann fluchte, noch bevor er ihn erreichte.

»Die armen Narren!«, murmelte Qael.

Was Mazaret sah, erfüllte ihn mit Grauen. Aus den Dutzenden von Leichen, Menschen und Pferde, die in der Schlucht herumlagen, wurde ersichtlich, dass der Feind den Voraustrupp im Freien überrumpelt hatte. Nach einem mörderischen Kampf waren nur noch zwei von Domas' Männern am Leben. Der eine lag blutüberströmt auf dem Boden, während der andere mit einer Bauernkeule über ihm stand und seine grauenvollen Angreifer in Schach hielt, wobei seine Schläge zunehmend schwächer wurden.

Vier Gestalten umringten ihn, und in keiner von ihnen war Leben. Blut und Hirn tropfte einer aus dem gespaltenen Schädel, einer anderen hingen die Innereien aus dem Unterleib, und auch die übrigen wiesen schreckliche Wunden auf. Dennoch standen sie alle und schwangen ihre Waffen. Die wandelnden Leichen bewegten sich nur durch den Willen der beiden Schamanen, die dem gespenstischen Kampf einige Meter entfernt auf ihren Pferden zusahen.

»Ich habe die Toten schon zuvor gehen und töten sehen«, presste Qael durch die Zähne hervor. »Wir müssen handeln, sonst sind diese Männer dem Tod geweiht.«

»Aber seht nur die vielen Leichen«, wandte Terzis ein, die zu ihnen getreten war. »Wenn wir angreifen, haben wir es mit mehr als nur mit den vieren zu tun.«

»Wir müssen nahe genug an die Schamanen herankommen, damit wir sie töten können«, knurrte Mazaret. Der Nahkampf mit den wandelnden Toten in Oumetra war ihm noch sehr gut im Gedächtnis. »Aber Terzis hat Recht, wir müssen diesen Angriff tarnen, sonst bekommen wir es mit einer ganzen Armee von Wiedergängern zu tun.« Er sah die Magierin an. »Könnt Ihr eine Illusion von, sagen wir, einem Dutzend Reitern mit mir an der Spitze wirken?«

»Ja, Mylord, das kann ich.«

»Könnt Ihr auch vier solcher Illusionen gleichzeitig aufrecht erhalten?«

Sie wirkte verunsichert. »Mylord, ich ... ich bin mir nicht sicher.«

Mazaret runzelte die Stirn. »Und wenn ich es Euch befehle?«

Terzis schwieg einen Moment und nickte dann knapp. »Zu Befehl, Mylord.«

»Gut«, antwortete Mazaret. »Dann beginnt.«

Einige Minuten später galoppierten Mazaret und zwölf seiner Ritter hinter den Hügel zu einem Spalt, der von Norden her in die Schlucht führte. In dem Spalt hielten sie an einem Punkt an, der vom Grat des Hügels aus einzusehen war. Ein Augenblick verstrich, dann flimmerte eine Illusion von Mazaret auf seinem Pferd auf. Sie war zunächst verschwommen, als würde man sie durch Wasser betrachten. Langsam wurden die Einzelheiten jedoch schärfer, und er erschrak, als er den grauhaarigen Mann sah, der seine besten Jahre bereits hinter sich hatte, einen Kettenpanzer und darüber schwere Pelze trug, und dessen Gesicht von tiefen Linien gezeichnet war. Der Blick seiner blauen Augen war intensiv und gleichzeitig kummervoll.

Sehe ich wirklich so aus?, dachte er. Oder ist es Terzis, die mich so sieht?

Der Rest der Ritter tauchte ebenfalls als Spiegelbild auf. Sie warteten geduldig, als eine zweite Gruppe aus dem Nichts erschien, sich verfestigte, danach eine dritte und schließlich eine vierte. Mazaret hörte das furchtsame Gemurmel seiner Männer, und eine primitive Angst durchfuhr ihn, als all seine Spiegelbilder ihn direkt ansahen. Er zückte sein Schwert und umklammerte fest den Griff, um das Zittern zu unterdrücken, das ihn zu überwältigen drohte. Dann streckte er die Waffe in die Luft und richtete sie anschließend auf den Feind.

»Baum und Krone!«, schrie er und gab seinem Pferd die Sporen.

Seine Männer folgten ihm und wiederholten den Schlachtruf. Zwei der geisterhaften Gruppen überholten sie, angeführt von falschen Mazarets, die ihre Schwerter schwangen und lautlose Schlachtrufe mit den Lippen formten. Ein eisiger Wind riss an ihren Umhängen, als sie den Windschatten des Spalts verließen, und das dichte Schneetreiben griff mit eisigen Klauen nach ihrer Haut. Das tiefe Dröhnen des Sturmes erfüllte die Schlucht, und mitten in diesem gespenstischen Wahnsinn stellte sich Mazaret vor, sein Pferd wäre seine Angst, die er mitten ins Herz der Gefahr steuerte.

Die Schamanen waren auf ihren Pferden in dem Schneetreiben nur undeutlich zu erkennen. Einer von ihnen kreischte, als er die angreifenden Reiter bemerkte. Der einsame Kämpfer hielt die wandelnden Leichen immer noch in Schach, aber er schwankte bereits. Im nächsten Moment kam ihm eine zweite Gestalt zu Hilfe, der die Wiedergekehrten mit Schlägen und Tritten zurücktrieb. Qael.

Mazaret sah, wie sich vor ihm einige der Erschlagenen unter ihren Mänteln aus Schnee bewegten, aber sie sanken wieder reglos zurück, als den Schamanen klar wurde, mit wem sie es zu tun hatten. Als die erste Gruppe aus Illusionen vertrieben war, ritt die zweite links an Mazaret vorbei, während gleichzeitig die dritte zu seiner rechten Flanke aufrückte. Mitten in der schützenden Phalanx aus Illusionen hielten Mazaret und seine Männer unbeirrt ihren Kurs. Sie waren jetzt nah genug, dass sie die Gesichter der Schamanen erkennen konnten, die Knochen in ihren verfilzten Haaren, ihre rituellen Narben, ihre lauernde Bosheit. Hinter ihnen, ein Stück weiter in der Schlucht, sah Mazaret undeutliche Gestalten, die sich durch das Schneetreiben näherten.

Plötzlich befanden sich keine Geisterbildnisse mehr zwischen ihm und dem nächsten Schamanen. Der Abstand wurde immer kürzer, und der Mogaun blickte in Mazarets Augen und erkannte in ihnen das Versprechen seines Unterganges. Bevor er mehr als nur einige Silben eines Bannes murmeln konnte, trennte ihm Mazarets Klinge den Kopf vom Rumpf.

Als der leblose Körper vom Sattel fiel, stieß Mazaret einen triumphierenden Schrei aus und zügelte sein Pferd. Er sah sich suchend nach dem zweiten Schamanen um. Die vier toten Krieger sanken in den Schnee, und hinter ihnen galoppierte der zweite Schamane im gestreckten Galopp den Nordhang der Schlucht hinauf. Plötzlich nahm er Bewegungen und Lärm wahr, als die undeutlichen Umrisse, die er vorhin gesehen hatte, ihn erreichten. Sie entpuppten sich als Reiter mit Speeren und Streitäxten, Karren voller weinender Kinder und Erwachsener, und Schwertkämpfer und Bogenschützen zu Fuß, die sich stolpernd bemühten, Schritt zu halten. Mazarets Ritter mühten sich, ihre Pferde in diesem Pandämonium zu kontrollieren, während Mazaret nach Domas Ausschau hielt.

»Mylord ...«

Er drehte sich um. Qael kümmerte sich um einige der Verwundeten und drängte sie, auf den Wagen zu bleiben.

»Was ist los?«

Der Kundschafter wischte sich das Blut von der Wange und sah zu ihm hoch. »Domas und seine Leute wurden entdeckt und mussten die Karawane angreifen«, sagte er. »Er verwickelt den Feind mit dem Großteil seiner Männer in Rückzugsgefechte, um so den Karren die Möglichkeit zu geben, zu entkommen ... Wartet, da sind sie ...« Er trieb seine Schutzbefohlenen wieder auf die Wagen zurück. »Geht ... Geht jetzt!«

Aus dem Schneetreiben tauchten Reiter auf, kaum mehr als ein Dutzend, zusammen mit einigen reiterlosen Pferden. Mazaret bellte einem seiner Sergeanten den Befehl zum Sammeln zu, drehte sich im Sattel herum. Hauptmann Kance wartete auf dem Hügelkamm, und Mazaret gab ihm den Befehl für einen Angriff auf die Flanke. Die einsame Gestalt auf dem Kamm winkte und verschwand. Als Mazaret sich wieder umdrehte, tauchten die Überlebenden von Domas' Kriegshaufen auf. Sie waren blutig, zerschlagen und wütend. Domas selbst hatte seinen Helm eingebüßt, sein Gesicht war von einem tiefen Schnitt auf der Seite gezeichnet, und er hatte eine Wunde an seiner Schildhand davongetragen. Er gestattete einem seiner Männer, ihn kurz zu verbinden, bevor er ihn unwirsch wegschickte und seinen finsteren, bitteren Blick auf Mazaret richtete.

»Wo sind denn Eure feinen Ritter jetzt, Mylord?«

»Sie warten und sind bereit.« Er deutete auf die Wand der Schlucht zu ihrer Linken. Domas nickte bedächtig.

Das Schneetreiben wurde mit jeder Minute stärker. Nachdem die Wagen an das Ende der Schlucht gerumpelt waren, bildeten die wenigen Reiter eine dünne Reihe quer durch die Schlucht. Am anderen Ende, kaum sichtbar, tauchte eine dunkle Masse von Reitern in einem fast schon gemäßigten Galopp auf.

»Der Untote hat einen großen Appetit«, bemerkte Domas. »Und er ist immer noch nicht satt.«

»Dann stopfen wir ihm jetzt das Maul!« Mazaret drehte sich herum. »Speere und Bögen bereit!«, bellte er, »falls ihr noch welche habt. Wartet auf meinen Befehl …«

Er musterte die Schlachtreihe. Die Gesichter waren grimmig und starr, erschöpft und jenseits der Angst, aber keiner zeigte Schwäche, als Azurechs Truppen im Galopp heranstürmten. Der Schnee spritzte unter den hämmernden Hufen auf, aus den Nüstern der Pferde fauchte weißer Atem, und die Rüstungen klirrten und klingelten.

»Wartet noch …!«, befahl Mazaret.

Azurechs Reiter waren gut bewaffnet und gerüstet. Die meisten trugen Helme und Schilde.

»Wartet … wartet … Jetzt! Angriff!«

Eine Welle aus Speeren und Pfeilen schoss auf den Feind los. Einige verfehlten ihr Ziel vollkommen, andere prallten von Schildern und Rüstungen ab, einige jedoch trafen ihre Reiter, die schrieen und zu Boden stürzten, oder auch die Pferde, die laut wieherten und zur Seite ausbrachen. Der Rest hielt jedoch keine Sekunde inne, sondern galoppierte geradewegs weiter. Mazaret starrte einen Moment auf die dunkle, donnernde Phalanx der Feinde, brüllte den Befehl zum Angriff und gab seinem Pferd die Sporen.

Die beiden Gegner prallten in einem Krawall aus Schlachtrufen und klirrendem Metall zusammen. Mitten in dem barbarischen Tumult stürmten zwei Reiter, einer mit einem Speer, der andere mit einem Schwert bewaffnet, auf Mazaret zu. Er wehrte die Speerspitze mit seinem Schild ab und landete einen gut gezielten Tritt gegen die Hüfte des Mannes, der diesen im Sattel schwanken ließ. Gleichzeitig wich er dem Schwert des anderen Angreifers aus, duckte sich unter dem Schlag weg und sah sich einem weiteren Feind gegenüber, den er nach kurzem Kampf besiegte.

Dann durchdrang das hohe Gellen eines Kriegshornes den Schlachtlärm, und Mazaret sah, wie Hauptmann Kance den Rest seiner Männer im vollen Galopp den Hang der Schlucht hinunterführte. Der Keil aus Rittern hielt die Formation, als sie auf die rechte Flanke von Azurechs Kolonne trafen und diese in zwei Teile spalteten. Getrennt und überrumpelt löste sich die Schlachtordnung der Feinde auf, aber sie kämpften unverdrossen weiter.

Erneut ertönte ein Hornsignal, und eine lange Reihe von Gepanzerten ritt von der anderen Hügelseite herunter, während ein halbes Dutzend hinter der ursprünglichen Phalanx auftauchte und angriff. Jetzt brach der Widerstand von Azurechs Männern zusammen, und ihr Versuch, sich durch die Schlucht zurückzuziehen, entwickelte sich zu einer heillosen Flucht. Niemand bemerkte, wie die Ritter auf der Anhöhe sich plötzlich in Luft auflösten.

Terzis, dachte Mazaret und grinste grimmig.

Die Sieger verfolgten die Besiegten und ritten sie nieder, obwohl einigen die Flucht gelang. Blut benetzte den eisigen Boden, und Leichen von Männern und Pferden lagen überall in der Schlucht verstreut. Sie verblassten, als der Schnee sie gnädig bedeckte. Die tödlich Verwundeten wurden rasch von ihren Leiden erlöst, während diejenigen, die sich ergaben, entwaffnet und gezwungen wurden, zu Fuß zu gehen. Mazaret war abgestiegen und schritt zu einer Stelle, wo ein Haufen seiner Leute gemeinsam mit Domas' Männern etwas umringte, das er nicht erkennen konnte. Einige sahen ihn kommen, und ihre Mienen waren besorgt, als sie zur Seite traten und ihm Platz machten. Schließlich stand Mazaret vor einem Feind, den er bereits zweimal geschlagen hatte.

Azurech war ein großer Mann mit einem kantigen Kinn. Er lag ausgestreckt auf dem Boden und stützte den Kopf gegen ein totes Pferd. Seine Wunden waren schrecklich. Ein Bein war zerschmettert und lag in einem unmöglichen Winkel da. Sämtliche Knochen mussten gebrochen sein. An einem Arm fehlte ihm die Hand, während ihm der andere an der Schulter abgetrennt worden war.

Und immer noch lebte er. Schwarzes Blut durchtränkte seine Rüstung und den Boden unter ihm, aber die Blutungen schienen von selbst zum Stillstand gekommen zu sein. Er lebte und atmete. Sein Gesicht in dem schwarzen Helm war eine wächserne Maske, und von einem graurosa Farbton überzogen. Aus rotgeränderten, lebendigen Augen starrte er Mazaret an und lächelte kalt.

»Eure Gedanken stehen Euch ins Gesicht geschrieben, Mylord.« Azurechs Stimme war unerwartet tief und deutlich. »Ihr hegt Gedanken wie: ›Wie kann das sein?‹ und ›Kann man ihn überhaupt töten?‹ oder gar: ›Soll ich ihn zur Verurteilung mitnehmen?‹«

»Nur der dritte Eurer verwirrten Gedanken trifft zu«, erwiderte Mazaret. »Ihr werdet mit uns zurückkehren und Euch für Eure hinterhältigen Taten verantworten.«

Azurech warf ihm unter gesenkten Lidern einen spöttischen Blick zu. »Hmm, Besh-Darok. Eine lohnende Beute, nach allem, was ich gehört habe. Falls Ihr mich dorthin schafft, werdet Ihr Euch vielleicht bald wünschen, Ihr hättet es nicht getan.«

Mit einer geschmeidigen Bewegung zog Mazaret sein Schwert und richtete die Spitze auf die Kehle des Kriegsherrn.

»Dann setze ich Eurem Leben vielleicht gleich hier ein Ende«, sagte er. »Ein Stoß, und es gibt keinen Untoten mehr.«

Die Soldaten nickten und murmelten zustimmend. Mazaret sah, wie Domas von der Seite zusah und den Männern beipflichtete.

Azurech schnaubte verächtlich.

»Mein Gebieter ist der große Schattenkönig Byrnak, Ihr Narr. Er hat mir versprochen, dass mein Leben niemals endet. Ihr habt keine Vorstellung von den Mächten, gegen die Ihr Euch stellt. Metzelt mich ruhig nieder. Mein Gebieter ruft meinen Geist aus den schwächlichen Banden des Reichs der ErdenMutter zurück und kleidet mich in neues Fleisch. Dann werden wir unseren Strauß weiter ausfechten, Ihr und ich.«

Furchtsames Gemurmel erhob sich unter den Zuschauern, und einige machten abwehrende Gesten gegen das Böse, doch jetzt grinste Mazaret.

»Es gibt andere Gefängnisse«, erklärte er. »Die Mine und die Zisternenverliese von Roharka, zum Beispiel. Möglicherweise fühlt Ihr Euch mit Eurem zerschlagenen Körper dort ja behaglich.«

Azurechs Blick verhärtete sich vor Hass. »Es gibt Wege und Möglichkeiten. Ich habe vielleicht kein Talent zur Hexerei, aber die Macht meines Gebieters reicht bis in die tiefsten Gruben und zu den höchsten Gipfeln. Ich werde nicht lange gefangen sein.«

»Ein Jammer«, sagte Mazaret zu den Herumstehenden. »Er ist ebenso uneinsichtig wie untot. Bringt einen der Wagen her, damit wir unseren unglücklichen Gast transportieren ...«

Ein Geräusch durchdrang das hohle Ächzen des Schneesturms. Es war ein gellender Schrei, der vom Himmel herab ertönte. Die Männer spähten ängstlich hinauf. Mazaret packte den Griff seines Schwertes fester und wollte gerade nach Terzis rufen, als der Schrei wieder ertönte, diesmal lauter und näher. Ihm antwortete ein ähnlicher Schrei aus einer anderen Richtung. Die hohen, schrillen Rufe kamen schnell näher und näher.

»Erlösung«, murmelte Azurech, als eine große, geflügelte Gestalt aus dem grauen Schleier des Schneesturms auftauchte. Peitschenartige Tentakel und scharfe Flügelspitzen schnitten durch die Luft. Die Gelenke ihrer Hinterbeine und die Knöchel ihrer mit Klauen bewehrten Vorderbeine waren mit Stacheln gespickt. Der schmale, gepanzerte Kopf hatte einen gewaltigen Kiefer, der mit gezackten Zähnen besetzt war und aus dem eine schlanke, schwarze Zunge zuckte. Darunter, in der Brust zwischen den Klauen, befand sich ein zweites Maul, dessen dünne Lippen klafften und mehrere Reihen gebogener Fangzähne entblößten.

»Speere und Bögen!«, bellte Mazaret, aber die meisten seiner Männer brachen zusammen und flüchteten angesichts dieses kreischenden, heranrasenden Grauens. Der unerschrockene, klägliche Rest bereitete seine Waffen vor, als jemand hinter Mazaret vor Angst aufschrie ... und im selben Moment etwas seinen Hinterkopf traf. Er stürzte zu Boden. Ein dumpfer Schmerz brannte in seinem Kopf, und ihm wurde schlecht und schwindlig, als er versuchte, sich wieder aufzurichten. Schließlich merkte er, dass man ihn wegzog und versuchte, ihm aufzuhelfen. Als er stand, sah er einen langen, schlangenartigen Umriss mit gepanzerten Segmenten, der von einem Flügelpaar in der Luft gehalten wurde.

Nachtjäger, dachte er benommen. Aber wie ...?

Die Kreatur schlug heftiger mit den Flügeln und stieg langsam empor, gefolgt von dem doppelmäuligen Wesen, das eine schlaffe Gestalt in seinen Klauen trug.

Azurech.

»Flieht, Mylord«, ertönte die spöttische Stimme des Untoten. »Sammelt Euer Gesindel ein und flieht in Eure Hüttenstadt, und zu Eurer Braut ...«

Mazarets Schädel pochte schmerzhaft, und eine heiße Wut durchfuhr ihn.

»Zu den Pferden!«, schrie er und sprang vor. »Wir ... jagen ihn ... jetzt ...!«

Aber seine Beine zitterten, und er wäre gestürzt, wenn ihn nicht rechtzeitig helfende Hände gestützt hätten.

»Mylord, Ihr seid schwer verletzt«, erklärte Hauptmann Kance. Sein Gesicht war verschwommen und seine Stimme klang undeutlich. Neben ihm standen Terzis und Domas. Mazaret wollte etwas erwidern, doch der stechende Schmerz in seinem Schädel ließ ihn verstummen.

»Eure Kopfhaut ist zur Hälfte aufgerissen«, sagte Terzis. »Ihr müsst ruhen ... Damit ich Euch heilen kann ...«

Ja, du hast Recht, wollte Mazaret sagen, aber seine Augen fühlten sich wie Höhlen an, in die er rücklings versank, Höhlen, die ihn in eine finstere Ohnmacht zogen.

5

Felsige Stufen hinan,
Aus den schwarzen Hallen des Todes,
Steigen kalte, wilde Geister empor,
Die unser Schicksal in Händen halten.

CALABOS, UNTER DEN TÜRMEN, 3. AKT, II, 12

In der zweiten Nacht nach der Kleinen Krönung schlief Alael in einer abgeschlossenen Kammer in der Nähe des ErdenMutterschreins im Tagfried. Sie träumte.

Beruhigt von einer Schale warmen Weins war sie mühelos in den Schlaf gesunken, der schließlich in lebhafte Träume mündete. Sie träumte, dass sie in einem von Pfeilern gestützten Raum im Tagfried stand und mit Äbtissin Halimer sprach. Helles Sonnenlicht flutete durch ein offenes Fenster und tauchte den Raum in goldenes Licht, während von den Schalen mit Blumen, die an den Pfeilern hingen, süße Düfte aufstiegen.

Warum bist du so traurig, Kind?, fragte Äbtissin Halimer, aber Alael versuchte dem Lied zu lauschen, das jemand im Garten unter den Fenstern sang. Die Weise handelte von Ringen und Kronen und dem Winter ...

Du musst deine Trauer überwinden, sagte die Äbtissin hinter ihr. *Du hast viel zu tun.*

Alael drehte sich um. Sie empfand keine Trauer, und das wollte sie der Äbtissin sagen, doch sie erstarrte, als sie bemerkte, dass Halimer zu Tauric gesprochen hatte, nicht zu ihr. Der junge Kaiser küsste der Äbtissin die Hand, verbeugte sich feierlich vor ihr und ging dann zu einer offenen Tür. Auf der Schwelle blieb er kurz stehen und warf Alael einen kurzen, sehnsüchtigen Blick zu. Er trug ein schwarzes Wams über einem himmelblauen Hemd und auf dem Kopf einen schmalen, silbernen Reif, der mit kleinen, roten Steinen besetzt war. Ihr Herz schlug schneller bei diesem Anblick, doch bevor sie etwas sagen konnte, war er fort, und die Tür fiel hinter ihm ins Schloss.

Alael ignorierte das Flehen der Äbtissin, lief zur Tür, riss sie auf und stürmte hindurch ...

... in ein dämmriges, fast undurchdringliches Dickicht, das nach überreifen Früchten und Verfall roch. Während sie sich durch Zweige und Blätter zwängte, schimmerte ihre Umgebung plötzlich in einem silbrigen Glanz, und die Äste und Ranken glänzten dunkel wie poliertes Eisen, das von Feuchtigkeit überzogen war. Das Dickicht lichtete sich, und Alael trat auf einen gefliesten Boden.

Siehe das Tal der Linderung, meine Tochter ... Alle Seelen und Essenzen reisen hindurch ...

Alael hielt überrascht den Atem an. Seit der Schlacht um Besh-Darok hatte die ErdenMutter oft in ihren Träumen zu ihr gesprochen, aber immer wie von weither ... Dies war das erste Mal, dass sie direkt zu ihr sprach. Die Worte der Göttin dröhnten wie eine gewaltige Glocke in ihrem Kopf, die man sacht angeschlagen hatte, und Alael sah sich um. Sie stand am Rand eines ungeheuren Tales, dessen steile Flanken von gewaltigen Gipfeln und zerklüfteten Kämmen gekrönt wurden. Gleichmäßig umgegrabene, dunkelbraune Erde bedeckte die weite Ebene seiner Sohle. Fahle, dürre, menschliche Gestalten glitten in Dutzenden, ja Hunderten an ihr vorbei, hüpften durch die Luft, schlugen um sich, tauchten in die Erde ein und wieder auf, als befänden sie sich im Griff eines unsichtbaren Flusses, dessen Strömung sie mitriss. Dann bemerkte sie, dass hier und da vereinzelte Gestalten gegen diese Strömung ankämpften und versuchten, sich an Grasbüscheln oder herausragenden Felsvorsprüngen festzuhalten ...

Dies sind diejenigen, welche ihre Bürde nicht abwerfen ...

Während Alael zusah, zuckte ein strahlend grüner Funke von oben herab und traf einen der kämpfender Geister. Er erstarrte sofort in völliger Regungslosigkeit und stieg steil in die Luft empor. Alael folgte ihm mit dem Blick, bis er in dem schwarzen, leeren Gewölbe des Himmels verschwand.

Sie verletzen noch immer mein Reich, weil sie wissen, dass ich mich nicht wehre ... Doch wie sehr sehne ich mich nach Rache an dem Herrn des Zwielichts, dem Dieb der Ewigkeit ... Sie wähnen, sie können seine Fragmente aussondern und so ihre armselige Macht behalten ... Doch bald schon werden ihre Listen versagen! Und du wirst meine Klinge an seinem Hals sein ...

»Ich ... das will ich nicht«, flüsterte Alael.

Der Weg ist bereitet, und die Maskierten kennen ihre Ziele ... Tochter, du wirst meine Klinge sein ...

Der Boden klaffte unter ihren Füßen auf, und sie stürzte in die Finsternis hinab. Irgendwie verwandelte sich ihr Sturz in einen Lauf durch einen langen, schmalen Tunnel. Danach kletterte sie eine Strickleiter hinauf durch ein Loch, das sich verengte und zum verrottenden Stumpf eines Baumes wurde. Sie stieg hinaus und fand sich auf einer Waldlichtung wieder, wo Tauric auf einem Hügel stand und durch eine Lücke im Dickicht spähte. Sie folgte seinem Blick und sah in der Ferne Besh-Darok. Von den lodernden Mauern und Türmen stiegen dicke Rauchwolken empor.

Rette sie!, schrie sie ihn an. *Du musst sie retten!*

Doch Tauric drehte sich um und lief den Hügel hinunter zu einem großen, braunen Hengst. Als er aufstieg, bemerkte Alael, dass nun seine beiden Arme aus Metall waren. Er ritt an ihr vorbei, weg von der Stadt, und warf ihr einen traurigen, sehnsüchtigen Blick zu.

Alael stürmte den Hügel hinauf, um besser sehen zu können, und fand auf der grasigen Kuppe einen geflügelten Helm, einen Speer und einen runden Schild. Hastig setzte sie sich den Helm auf, schob den Schild über den Arm, nahm den Speer und lief über den Hang auf Besh-Darok zu. Aber etwas hielt sie auf, packte sie und schüttelte sie ...

Als sie aufwachte, blickte sie in die besorgten Gesichter von Äbtissin Halimer und Keren Asherol.

»War es ein schlimmer Traum, Alael?«, fragte die Äbtissin.

Sie nickte. »War es schwer, mich aufzuwecken?«, fragte sie.

Keren lächelte sie ironisch an. »Allerdings ...«

»Sie hat zu mir gesprochen«, erklärte Alael unvermittelt.

»Ich verstehe«, sagte die Äbtissin gedehnt. »Möchtet Ihr uns den Traum schildern?«

Keren brachte zwei Stühle heran, während Alael alles berichtete, was geschehen war. Sie ließ nichts aus. Die Miene der Äbtissin blieb gelassen und gefasst, doch sie ließ Alael nicht aus den Augen, bis sie mit ihrer Geschichte am Ende war. Alael glaubte fast so etwas wie Gier in dem Blick der Frau zu erkennen, ein brennendes Interesse an ihren Worten, aber als sie mit ihrem Bericht fertig war, lehnte sich die Äbtissin nachdenklich zurück.

»Vor der Invasion gab es eine Zeit«, begann sie nach einer Weile, »als höchstens eine von fünfzig Schwestern wahre Visionen erlebte. Die Priester der Wurzelmacht hatten solche mystischen Erfahrungen häufiger, fast als würde der VaterBaum von dem Verlangen überquellen, seine Anhänger anzusprechen. Wir Schwestern vom Tempel blickten gewöhnlich auf die Brüder vom Baum herab, während wir sie insgeheim um ihren gesprächigen Gott beneideten.

Wenn ich jedoch an all das denke, was passiert ist, und Euch von Euren Träumen reden höre, wiegt meine Furcht den Neid auf. Die Göttin klingt so ... so grausam und erbarmungslos. Hat sie jemals unsere Gebete um Gnade und Barmherzigkeit und Frieden gehört?«

»Ich weiß es nicht«, erwiderte Alael ruhig.

Die Äbtissin stand seufzend auf. »Wissen ist kein Glaube. Was das Wissen angeht, können wir höheren Schwestern nur der Tatsache der Gabe der Göttin gewiss sein.« Sie öffnete die Hand mit der Handfläche nach oben. Eine glühendweiße Flamme flackerte auf. Alael wusste instinktiv, dass dieses winzige magische Feuer von der Macht der ErdenMutter herrührte. Sie konnte sie fast schmecken.

Die Hand schloss sich und erstickte den kleinen goldenen Schein.

»Die Gabe ist selten und wird von den Schwestern des Tempels geheim gehalten«, erklärte Äbtissin Halimer. »Ich wäre Euch dankbar, wenn Ihr davon absehen würdet, darüber zu sprechen.«

Alael und Keren murmelten zustimmend.

»Und jetzt, Alael, steht auf und kleidet Euch an. Wir werden uns in einer Stunde in der Versammlungskammer des Konklave im Erdgeschoss treffen.«

Als die Äbtissin hinausschritt, erinnerte sich Alael an den Grund für diese Versammlung. Natürlich, heute reiste die Delegation nach Dalbar ab. Gilly, Medwin und ...

Keren unterbrach ihre Gedanken. »Du hast es vergessen, Schwesterlein, oder?« Die Schwertkämpferin hatte die Arme vor der Brust verschränkt und warf ihr einen gespielt missbilligenden Blick zu, der jedoch rasch unter ihrem herzlichen Lächeln schmolz.

»Nicht vergessen, unvergleichliche große Schwester!«, widersprach Alael. »Ich war nur ein wenig abgelenkt.«

»Kein Wunder.« Keren stand auf. »Komm, ich helfe dir, ein Gewand auszusuchen, mit dem du unseren jugendlichen Kaiser ablenken kannst.«

Alael bemühte sich vergeblich um eine aufgebrachte Miene. Kerens Bemerkungen waren zumeist gleichzeitig bissig und treffend.

Die beiden Frauen waren sich vorgestellt worden, kurz nachdem Alael sich von der schrecklichen Besessenheit während der Schlacht erholt hatte. Es hatte sie überrascht, dass Kerens Leiden ihrem so ähnlich war, und sie hatte anfänglich zurückhaltend reagiert. Doch als die beiden Frauen schließlich Ihre Erfahrungen geteilt hatten, begann sich die aufkeimende Freundschaft zwischen ihnen rasch zu vertiefen.

Jetzt trug Alael ein braunrotes Kleid, das erheblich sittsamer war als das, welches Keren vorgeschlagen hatte, und eilte mit ihrer Gefährtin durch ein schmales Treppenhaus, dessen Wandfliesen Umrisse von Seekreaturen darstellten. Unterwegs erkundigte sich Alael bei Keren, ob sie Näheres über den Anschlag auf ihr Leben herausgefunden hatte.

»Nichts von Bedeutung. Die Frau, die mich töten wollte, war eine Schauspielerin, die vor über einer Woche von einer Bettlertruppe verschwunden ist. Bardow ist sich gewiss, dass jemand die Niedere Macht benutzt hat, um einen Zwang auf ihren Verstand zu legen, vermutlich dieselbe Person, die Nerek im Handwerkerviertel angegriffen hat.«

»Hat denn keiner der Höheren Magier etwas von diesen Vorgängen bemerkt?«

Sie überquerten einen kleinen Hof, in dem Lieferanten ihre Wagen entluden, und Keren senkte die Stimme.

»Niemand. Bardow glaubt, dass die Person, die hinter all dem steckt, möglicherweise ihren Missbrauch der Niederen Macht mit einer anderen Magie getarnt hat ...«

»Dem BrunnQuell?«, flüsterte Alael furchtsam.

Keren zuckte mit den Schultern. »Es wäre die naheliegendste Erklärung ...«

Von dem lichtdurchfluteten äußeren Flur gelangten sie in die Versammlungskammer im Erdgeschoss, einen entfernt dreieckigen Raum, in dem Bänke und Armstühle mit hohen Lehnen vor einem Podest an dem schmalen Ende aufgebaut waren. Als Keren zu Medwin und Gilly ging, die bereits neben ihrem Gepäck warteten, das auf dem Podest aufgebaut war, begriff Alael endlich, dass ihre Freundin sich von ihr trennen würde. Auf den Bänken warteten bereits vertraute Gesichter, wie das von Lordregent Yasgur, neben ihm seine Ratgeber Atroc und Ghazrek, Nerek, die blass und unbeteiligt aussah, die rothaarige Magierin Fionn und einige ihrer Magierkollegen, Yarram, der Lordkommandeur der Ritter des VaterBaums, der zwischen den Kommandeuren der neuen Orden saß. Hinzugekommen waren die Ritter vom Orden der Gestirne, die Ritter der Wacht und der Orden der Bannerritter. Tauric war ebenfalls da, begleitet von drei seiner Weißen Gefährten.

Es war eine kurze Abschiedszeremonie, die dennoch voller Wärme und Respekt vonstatten ging. Äbtissin Halimer sang mit zwei Tempelschwestern eine gedämpfte, wortlose Weise, während Bardow einige Worte über die drei Reisenden und ihr Ziel sprach. Dann gab Yasgur Medwin eine flache Ledertasche mit Dokumenten und redete leise mit den dreien, bevor er samt seinem Gefolge abzog.

Alael saß neben Fionn und den anderen Magiern und vermied es nach Möglichkeit, in Taurics Richtung zu sehen. Sie war erleichtert, als die Zeremonie endlich vorbei war. Nachdem er ein paar Worte mit Gilly gewechselt hatte, verließen Tauric und sein Gefolge sofort den Raum. Danach gingen die drei Delegierten zu der Tür, die zu den Kutschställen führten. Alael eilte ihnen nach, blieb jedoch stehen, als sie Nerek und Keren nebeneinander gehen sah. Sie unterhielten sich leise und ernst. Keren trug zwei Satteltaschen über der Schulter und griff in eine, als sie Alael bemerkte.

»Da ist sie ja.«

Die beiden wie Zwillinge anmutenden Frauen verabschiedeten sich und umklammerten ihre Unterarme. Nerek nickte Alael auf dem Weg nach draußen kurz zu.

»Was für ein überstürzter Aufbruch«, meinte Keren, während sie in ihrer Satteltasche wühlte. »Ich habe schon befürchtet, wir bekämen keine Gelegenheit mehr, miteinander zu sprechen ... Ah, da ist es ja.«

Sie zog ein dickes, in Leder gebundenes Buch heraus und gab es Alael. »Das ist ein sehr seltenes Buch. Es heißt: *Der Kodex der Nördlichen Sagen ...*« Sie deutete mit dem Finger auf ein zerfasertes Band zwischen den Seiten. »Das Band markiert die Stelle, an der ein sehr altes Sagenlied steht. ›Wie Raegal Sich Einen Weg In Das Land Der Dämonen Sang‹. Bedauerlicherweise ist es in einem uralten Othazi-Dialekt geschrieben. Könntest du dich, während ich fort bin, bei den Gelehrten der Stadt erkundigen, ob einer von ihnen es zu übersetzen vermag?«

»Das tue ich gern.«

Keren lächelte. »Danke. Ich nehme selbst eine Kopie mit, falls ich zufällig jemandem begegne, der dazu in der Lage ist. Aber es ist gut zu wissen, dass auch jemand anderes dem Rätsel nachgeht. Wenn du mit Bardow redest, wird er dir sagen können, an welches Kolleg du dich am besten wendest. Wenn ich zurückkomme, können wir die Übersetzungen vergleichen, hm?« Sie legte Alael eine Hand auf den Arm. »Pass auf deine Träume auf, kleine Schwester. Und hab nicht zu viel Angst, Tauric in die Augen zu sehen.«

Alael blieb auf einer Empore der Versammlungskammer stehen, das Buch fest umschlungen, und beobachtete, wie die Kutsche der Delegierten den Palast verließ und zum Hafen rumpelte. Dort würden sie an Bord einer schnellen Galeere gehen, die sie nach Sejeend ruderte, von wo eine Barke sie an Gronanvel vorbei zum nördlichen Ende des Roten Weges bringen sollte. Von dort aus würden sie nach Süden reiten, nach Dalbars Hauptstadt Scallow. Als die Kutsche in der Ferne verschwand, flüsterte sie ein kurzes Gebet für ihre Sicherheit.

»Ah. Wie ich sehe, hat sie Euch diese Sammlung von ... Knittelversen gegeben.«

Erzmagier Bardow betrachtete Alael mit seinem humorvollen Blick.

»Oh, werter Meister Bardow, ich wollte Euch fragen, an welches Kolleg ...«

»Sicherlich, wegen der Übersetzung und dergleichen. Ich kann Euch einige Empfehlungen aussprechen, aber ich würde lieber später darüber reden, weil wir im Moment ein dringenderes Problem zu lösen haben. Ich wollte selbst gewisse Dinge mit Euch und Nerek besprechen, und dieser versuchte Meuchelmord macht dies noch drängender. Ich treffe Nerek in Kürze in der Halle der Magier. Falls Ihr uns jetzt Gesellschaft leistet, können wir anfangen. Seid Ihr einverstanden? Über die Übersetzung reden wir später.«

Alael dachte einen Moment nach und stellte sich Nerek vor. Sie wollte ohnehin mehr über Kerens magisches Spiegelkind erfahren.

»Ich würde Euch sehr gern helfen.«

»Gut, gehen wir. Die Zeit ist wichtig. Lordregent Mazaret wird in nur wenigen Stunden vor den Toren stehen ...«

Es war später Nachmittag, als Mazaret und seine Ritter die Karren der Verwundeten und Flüchtlinge durch das Gallaro-Tor geleiteten. Die Stadtwachen erwarteten sie bereits, alarmiert durch den Botenvogel, den Mazaret vom Fort am Shekaruk-Pass vorausgeschickt hatte. Sie sollten mit Speisen und Getränken versorgt werden, mit warmer Kleidung, Arzneien für die Kranken, und auch um die Trauernden würde sich gekümmert.

Als Mazaret und die anderen auf ihren müden Pferde die Shaska-Straße entlangritten, wurden auf den Stadtmauern die ersten Wachfeuer entzündet. Schnee und Schneeregen waren in eisigen, nadelscharfen Schauern auf dem Rückweg auf sie herabgeprasselt, aber jetzt war der Himmel ein dunkelblauer, sternenübersäter Baldachin, über den Wolkenfetzen von Horizont zu Horizont zogen. Der Wind, der von der Bucht herüberwehte, war bitterkalt und brannte dennoch wie Feuer in Mazarets Wunden. Terzis hatte zwar erfolgreich die Verletzung am Hinterkopf gesäubert und ihre Ränder geheilt, aber der Schock, die Gehirnerschütterung und die Quetschungen ließen Mazaret jedes seiner zweiundfünfzig Jahre fühlen.

Als sie sich der Eisen-Kaserne näherten, verabschiedete sich Mazaret mit einem Händedruck von Hauptmann Kance. Die Ritter des VaterBaums bogen zu ihrem neuen Quartier ab, während Mazaret und Terzis ihre Pferde weitertrieben. Sie stapften platschend durch die Pfützen aus Schneematsch, bevor sie schließlich das Haupttor des Palastes erreichten. Nachdem sie hindurchgeritten waren, stiegen sie ab und übergaben ihre Pferde den Stallknechten. Alle Knochen taten ihnen weh, als sie über den von Fackeln beleuchteten Hof zum nördlichen Vestibül gingen. Dort wartete bereits ein Hofverwalter.

»Willkommen, Lordregent. Lady Terzis, ich möchte Euch darüber informieren, dass der Verwalter der Halle der Magier sofort nach Eurer Ankunft mit Euch sprechen möchte.«

»Vielen Dank, guter Mann«, erwiderte Terzis und drehte sich zu Mazaret um. »Mylord, wenn Eure Wunden Euch größere Unannehmlichkeiten bereiten sollten, schickt bitte sofort nach mir.«

»Ich danke Euch für Eure Besorgnis, Mylady.«

Als Terzis gegangen war, redete der Hofverwalter weiter.

»Mylord, der Erlauchte Erzmagier Bardow entbietet Euch seine herzlichsten Grüße und erbittet respektvoll Eure Anwesenheit bei einem dringenden Gespräch, das in Kürze in der Bibliothek im vierten Stock stattfinden wird.«

»Wie dringend?«

»Es soll stattfinden, sobald Ihr den Palast erreicht habt, Mylord.«

Mazaret massierte sich den schmerzenden Nacken, und versuchte trotz seiner Erschöpfung nachzudenken. Schließlich seufzte er.

»Informiert den Erzmagier, dass ich daran teilnehmen werde, sobald ich mich in meinen Gemächern umgezogen habe.«

»Wie Ihr befehlt, Mylord.«

Kurze Zeit später stieg er die Dienstbotenstiege von seinen Gemächern im fünften Stock hinunter. Er fühlte sich etwas weniger staubig und schmutzig, aber er sehnte sich immer noch nach einem heißen Bad, ganz zu schweigen nach einer Mahlzeit und seinem warmen Bett. Die weichen Sohlen seiner Stiefel machten auf der Wendeltreppe fast kein Geräusch, sodass er die leisen Stimmen rechtzeitig hörte. Ihr Tonfall veranlasste ihn, langsamer zu gehen, bis er an einen schmalen Durchgang kam, der auf einen der äußeren Balkone des Palastes führte. Neugierig blieb er stehen und lauschte.

»... vier neue Orden, aber er hat nicht angeboten, für Euch einen zu schaffen?« Es war die Stimme eines jungen Mannes. »Wir zählen bereits mehr als vierzig, und jeder von uns hat sich seinem Dienst verschworen. Ich könnte sogar einen Titel für uns vorschlagen: Die Ritter des Ordens der Gefährten des ...«

»Hm, das würde mir gefallen«, erwiderte jemand anders. »Es hat einen vornehmen Klang.«

»Und wir könnten einen feierlichen Eid auf Eure Majestät schwören«, sagte der erste.

»Nein«, erwiderte ein dritter Mann, in dem Mazaret sofort Tauric erkannte. »Die Ideale einer solchen Bruderschaft sollten weiter reichen als bis zum Leib des Kaisers. Sie sollten etwas Höherem und Reinerem gewidmet sein ...«

»Ihr meint wie die ...?«

»Ja, aber das führt uns wieder zu demselben Problem zurück«, unterbrach Tauric ihn. »Das Fehlen des geweihten Schreins.«

»Er weiß vielleicht, wo man einen solchen finden kann ...«

Was tue ich da?, fragte sich Mazaret plötzlich. Ich habe keine Zeit zum Lauschen ...

Er schlich auf Zehenspitzen einige Stufen zurück und trampelte dann geräuschvoll die Treppe hinunter. Zur Sicherheit hustete er noch einige Male, während er an dem Durchgang vorbeiging, scheinbar ohne die Männer auf dem Balkon zu bemerken. Dennoch dachte er unwillkürlich über das Gehörte nach. Welcher Schrein? Und wer könnte mit »Er« gemeint gewesen sein? Bardow vielleicht? Möglicherweise sollte er es dem Erzmagier gegenüber erwähnen, bevor er ins Bett ging.

Die Bibliothek im vierten Stock war eigentlich eine Erweiterung der Hauptbibliothek im zweiten Stock, welche eine ganze Hälfte des Stockwerks belegte. Die Erweiterung war schmal und in zwei Etagen geteilt worden, um mehr Platz für die Regale zu schaffen. Als Mazaret eintrat, stieg ihm der besondere Geruch nach Pergamenten und altem Leder in die Nase, in den sich der Duft von verbranntem Lampenöl mischte. Es war eine seltsam tröstende Mischung aus Aromen, die ihn an die Bibliothek im Haus seines Vaters erinnerte, damals, vor vielen Jahren, als er noch in Besh-Darok gelebt hatte.

Ein älterer, aber noch rüstig wirkender Mann trat vor.

»Ah, M'Lordregent. Ich bin Kustos Felwe. Der Erlauchte Erzmagier und seine Gefährten erwarten Euch am großen Tisch am anderen Ende, in der Nähe der Kartentische. Bitte vergebt diese Unordnung. Wir versuchen gerade, den Bestand des Lesesaals im zehnten Stock hier zu verstauen, weil der Raum gerade renoviert wird.«

Mazaret dankte ihm, ging an den Kistenstapeln und den Kommoden und den zusammengebundenen Bündel mit Schriftrollen vorbei. Die Bibliothek im zehnten Stock?, dachte er. Dort war Tauric damals dem Steingeist von Argatil begegnet, dem Erzmagier Kaiser Korregans ...

In der oberen Etage brannten keine Lampen, und alles versank in dunklen Schatten. Nur ein großer Tisch in der letzten Nische war gut beleuchtet, und die Köpfe der Sitzenden drehten sich zu Mazaret herum, als er sich näherte. Stuhlbeine kratzten, als die Versammelten aufstanden, um ihn zu begrüßen. Außer Bardow hatten sich Yasgur, dessen Berater Atroc und Yarram, sein Nachfolger im Amt der Lordkommandantur des Ordens vom VaterBaum eingefunden. Sie alle wirkten merkwürdig düster und reserviert, als er zwischen ihnen Platz nahm.

»Meinen aufrichtigen Dank, dass Ihr uns Gesellschaft leistet, Mylord«, sagte Bardow. »Wir wissen sehr wohl, wie erschöpft Ihr nach einem solch anstrengenden Zug sein müsst, aber es harren gewisse Dinge einer Entscheidung, die besser heute als morgen besprochen werden sollten.«

»Ist die Krönung gut verlaufen?« Mazaret wirkte plötzlich besorgt. »Ich hätte daran teilgenommen, wenn das irgend möglich gewesen wäre.«

Atroc schnaubte, und Yasgur grinste. »Die Krönung des Jungen ist gut verlaufen, doch das Spektakel lieferte vor allem eine Arena für heimlichen Verrat«, meinte der Prinz der Mogaun. »Wir haben es nur unserem Glück zu verdanken, dass die Pläne unserer Feinde fehlschlugen, sonst hätte unsere Delegation nach Dalbar ein Desaster ereilt.«

»Lordregent Yasgur hat vollkommen Recht«, fuhr Bardow fort und gab Mazaret einen Bericht über die Ereignisse, die zum Selbstmord der falschen Nerek führten.

Mazaret hörte aufmerksam zu. Die beunruhigenden Nachrichten vertrieben seine Müdigkeit.

»Diese Frau«, meinte er, nachdem der Erzmagier seine Schilderung beendet hatte. »Diese Gauklerin, habt Ihr mehr über sie erfahren? Mit wem könnte sie sich eingelassen haben?«

Bardow schüttelte den Kopf. »Ich habe ihre Gefährten selbst befragt. Unsere Lauscher haben sich im ganzen Viertel umgehört und sich bei allen möglichen Zeugen erkundigt. Nachdem sie vor etwa einer Woche von der Straße verschwunden ist, hat niemand sie gesehen oder kann sich daran erinnern, mit ihr gesprochen zu haben.«

»Unsere Feinde«, erklärte Mazaret, »lassen sich wohl kaum von diesem Fehlschlag aufhalten, wenn sie bereit sind, eine solch durchtriebene List anzuwenden.«

»Ganz genau, Mylord.« Bardow klang überraschend ruhig. »Glücklicherweise ist unsere Delegation nach Dalbar heute Morgen ohne jeden Zwischenfall aufgebrochen. Allerdings haben wir die Eskorte verstärkt. Ach ja ... Gilly hat mich gebeten, Euch seinen Gruß auszurichten.«

»Ich hatte gehofft, rechtzeitig vor ihrer Abreise hier zu sein«, erwiderte Mazaret. »Aber ...«

Der Seher Atroc beugte sich vor. »Man hat mir gesagt, dass Ihr diesen Untoten besiegt habt.«

Mazaret grinste ihn wölfisch an. »Woher kennt Ihr diesen Namen, Atroc? Ich habe ihn in meiner Botschaft vom Fort auf dem Pass nicht genannt.«

»Wir Seher leben bei Nacht und auch bei Tage an der Schwelle der Träume«, erwiderte Atroc ungerührt. »Wir erfahren viele Dinge, manche klar, andere undeutlich.«

»Wir sind alle begierig darauf, von Eurer Begegnung zu hören, Mylord.« Yasgur warf seinem Ratgeber einen finsteren Blick zu, doch der kicherte nur leise.

Mazaret räusperte sich und berichtete, was von dem Moment an passiert war, an dem er Domas in der verlassenen Stadt Nimas getroffen hatte. Die Mienen der anderen umwölkten sich, als er die wandelnden Leichen erwähnte. Als er Azurechs Verletzungen und seine böse Prophezeiung schilderte, war seinen Zuhörern der Schreck anzumerken, nur Atroc wirkte unbeeindruckt und nickte bloß, als er von Azurechs Rettung durch zwei Nachtjäger hörte.

»Domas und die Überlebenden seiner Bande haben sich entschieden, nach Alvergost zurückzukehren«, schloss Mazaret. »Vorgeblich, um jedem, der dort geblieben ist, Schutz zu bieten. Ich vermute dagegen, Domas zögert, sich und seine Männer unter unser Kommando zu stellen.« Er rieb sich die Schläfen, als der dumpfe Schmerz wieder stärker pochte. »Also, wie wollen wir diesen Bedrohungen entgegentreten?«

»Bevor wir das bedenken, müssen wir uns noch andere Berichte anhören, Mylord«, erklärte Bardow. »Lordkommandeur Yarram, wenn Ihr so freundlich wäret ...«

Yarram stand auf, verschränkte die Hände hinter dem Rücken und begann seine Schilderung. Mazaret hörte, wie die Briganten von den Hügeln des Buckelgurts aus ihre Raubzüge durchgeführt hatten und von Yarram und seinen Leute gejagt wurden, die ihnen und ihrem Anführer tief in die Hügel und Schluchten gefolgt waren. Er hörte, wie die Briganten den reißenden Strom überquerten und dann die Brücke zerstörten, bevor ihre Verfolger sie erreichen konnten, und wie ihre Anführerin, eine junge Frau, auf den Felsen ritt und gesprochen hatte ...

Yarram hielt inne und sah Mazaret besorgt an. »Mylord, Ihr kennt mich und wisst, dass ich sehr viel Wert auf Wahrheit und Genauigkeit lege.«

»So ist es«, erwiderte Mazaret. »Sprecht weiter.«

»Mylord, die Anführerin der Briganten ritt zum Flussufer, an das rauschende Wasser, und ich ritt auf unserer Flussseite zu ihr hin. Mylord, der Umhang, den sie um sich geschlungen hatte, und alles an ihr war fahlstes Grau, doch ihre Gesichtszüge waren die von Suviel Hantika ...«

In dem schockierten Schweigen starrte Mazaret ihn an, während ein taubes Gefühl sich seines ganzen Körpers bemächtigte.

»Nein«, sagte er schließlich. »Das kann nicht sein ...!«

»Mylord ...«, erwiderte Yarram sichtlich gequält.

»Ihr müsst Euch getäuscht haben!«

»Mylord, ich war ihr so nah, wie ich jetzt Meister Bardow bin. Ich schwöre Euch, sie war es.«

»Genug!« Mazaret sprang vom Tisch auf, während der Schmerz in seinem Schädel nun heftig pochte. »Ich will nichts mehr davon hören ...!«

Bardow legte ihm fest die Hand auf die Schulter. »Ihr müsst, mein Freund. Ihr müsst alles hören.«

Nach einem Augenblick ließ sich Mazaret wieder auf den Stuhl zurückfallen und nickte schweigend. Yarram schien sich sammeln zu müssen, bevor er fortfuhr.

»Sie sah mich mit knochenweißen Augen an und sprach: ›Sagt

Euren Herren, dass der Tod viele Türen hat, und dass sie nicht alle verschließen können. Und richtet Ikarno aus, dass ich ihn an der Blauaxt-Klamm erwarte.‹«

Zwei Herzschläge lang herrschte vollkommenes Schweigen.

»Wo liegt diese Blauaxt-Klamm?«

»Südwestlich von Besh-Darok«, antwortete Yasgur nachdenklich. »Eine Steinpiste führt über einen langen Hang dorthin. Sie ist ein ausgezeichneter Aussichtspunkt und leicht zu verteidigen. Hütet Euch vor den Worten der Toten, mein Freund. Sobald sie geäußert wurden, graben sie sich wie Haken in Eure Seele.«

»Mylord«, sagte Bardow. »Denkt sorgfältig nach. Es wäre ein närrisches Unterfangen …«

»Wie kann so etwas geschehen, Erzmagier?«, unterbrach Mazaret ihn. Seine Stimme klang rau vor Gram. »Was haben sie ihr angetan?«

Bardow erwiderte seinen Blick. »Die Gefolgsleute des Herrn des Zwielichts verfügen über ein Ritual, mit dem sie die Seele einer Person anzapfen und Bildnisse von dem Original schaffen können. Sie nennen sie Geistschatten. Manchmal gelingt es ihnen sogar, diesen Geistern einen Körper zu geben.«

»Waren es die Akolythen in Trevada?«

»Ja.«

Mazarets Herz hämmerte in seiner Brust. »Ihr sagtet, Bildnisse vom Original, Bardow. Könnten sie mehr als eines dieser Bildnisse gemacht haben?«

Bardow seufzte. »Nerek hält das beinahe für sicher.«

Mazaret nickte langsam. Das Grauen war vollkommen. Sein stechender Kopfschmerz kümmerte ihn nicht mehr, und er stand auf, entschlossen und unerbittlich.

»Sie haben ihr das angetan.« Seine Stimme klang wie aus Eisen. »Die Akolythen in ihren besetzten Türmen, von wo aus sie das Böse über unsere Lande träufeln. Aber sie bluten, wenn eine Klinge sich in ihr Fleisch gräbt, und ihre Türme sind nur aus Stein …«

»Ihr könnt nicht ernstlich einen Angriff auf Trevada vorschlagen, Mylord«, warf Bardow ein. »Es ist praktisch eine uneinnehmbare Festung ...«

»Wenn ich das täte«, fiel Mazaret ihm ins Wort, »würde wohl niemand in Zweifel ziehen, dass ein Angriff gerechtfertigt wäre!«

Bardow lehnte sich zurück. »Dessen ungeachtet wäret Ihr und alle, die mit Euch gehen, des Todes«, antwortete er ruhig.

Mazaret senkte den Kopf und bemühte sich, seinen Zorn zu zügeln. »Ich schlage ein solches Vorgehen auch nicht vor, Mylords. Aber die Zeit wird kommen, wenn wir mit all unserer Macht gegen unseren Feind vorgehen müssen.«

»Bis dahin«, flocht Yasgur rasch ein, »sollten wir lernen und planen.«

»Ich werde unsere Bemühungen, diese Briganten einzukesseln, verdoppeln, Mylord«, sagte Yarram. »Schon bald werden sie sich nirgendwo mehr verstecken können.«

»Ich danke Euch für Euren weisen Rat und Eure Sorge, Mylords«, schloss Mazaret, als er seine Wut endlich unter Kontrolle hatte. »Wenn Ihr gestattet, möchte ich mich jetzt in meine Gemächer zurückziehen und mich zur dringend benötigten Ruhe legen.«

»Versucht, die Blauaxt-Klamm zu vergessen, Mylord«, riet ihm Bardow, während Mazaret sich zur Tür umdrehte.

Wenn ich das nur könnte, dachte er, während er hinausging. Aber irgendwo muss die Vergeltung beginnen.

Versteckt in den Schatten der oberen Etage, hörte Tauric mit wachsender Unruhe Bardows Bericht von dem Mordversuch an Keren und anschließend den Rapport über Mazarets Expedition nach Zentral-Khatris. Einige Einzelheiten des ersten Berichts waren ihm neu, zum Beispiel der Angriff auf Nerek und der Einsatz von vergifteter Niederer Macht. Die grauenhaften Details des zweiten Rapports dagegen lösten blanke Verzweiflung in ihm aus.

Eine Lage wie diese erforderte einen echten Anführer, einen Herrscher, der über Weisheit, Schlachterfahrung und Autorität verfügte und magische Kräfte besaß. Statt dessen mussten sie sich mit ihm begnügen, einem machtlosen Jungen, der sich mit jedem Tag, der verstrich, überflüssiger fühlte.

Dann hörte Tauric, wie Yarram von der Anführerin der Briganten sprach, die wie die tote Magierin, Suviel Hantika, ausgesehen hatte, und ihre unheilverkündende Botschaft wiederholte. In Mazarets ungläubiger und wütender Reaktion fühlte Tauric den Schmerz, den der Mann empfand. Sein eigener Zorn entflammte, während er zuhörte, und als Mazaret den Akolythen des Zwielichts Rache schwor, keimte eine Entscheidung in ihm.

Er tastete sich durch die dunkle Etage zu dem falschen Panel zwischen zwei Buchregalen. Er war auf den geheimen Tunnel gestoßen, der von einer selten besuchten Abteilung der Hauptbibliothek abging, einem Archiv, das Korregans Vater, sein Großvater, Kaiser Varros der Dritte angelegt hatte. Ein Kerzenstumpen brannte in einem Halter aus Lehm, der auf dem Boden unmittelbar hinter dem mit Scharnieren befestigten Panel stand. Nachdem Tauric die Geheimtür wieder geschlossen hatte, nahm er die Leuchte und folgte dem niedrigen, schmalen Gang um eine kurze Biegung. An ihrem Ende waren Stufen in den Stein geschlagen, die zu dem Ausgang führten, der hinter der Statue eines der Palastarchitekten verborgen war. Er zwängte sich durch die kleine, quadratische Öffnung, schob sorgfältig wieder die mit Fliesen kaschierte Holzplatte davor, richtete sich auf und ließ seinen Blick über Besh-Darok gleiten. Er stand wieder auf dem Außenbalkon.

Seine beiden Gefährten, Aygil und Dogar, lächelten erwartungsvoll, als er hinter der Statue hervortrat. Sie trugen blaue Schärpen über ihren schweren, weißen Umhängen und Langdolche an ihren Gürteln. An Aygils Gurt befand sich noch dazu der Haken des Bannerträgers.

»War es eine gewinnbringende Erfahrung, Majestät?«, erkundigte sich Aygil.

»Eine ernüchternde«, gab Tauric zurück. »Dazu eine, über die ich mit unserem ... Gast diskutieren muss. Und zwar sofort.«

Die Gefährten sahen ihn erstaunt an.

»Danach«, fuhr Tauric ungerührt fort, »werde ich ihn fragen, wie ich einen bestimmten Schrein finden kann. Aber gehen wir zurück zum Nachtfried. Je eher wir dort sind, desto schneller können wir herausfinden, was er weiß.«

Tauric stieg flankiert von seinen beiden jungen Begleitern über die Verwaltertreppe hinab in den ersten Stock, wo eine überdachte Brücke von der Seite des Hohen Turmes zu einem steinernen Vorsprung führte, der auf halber Höhe der Innenseite der Silbernen Aggor lag. Vom Übergang aus hatte man einen weiten Blick über die Höfe des Morgens, und als Tauric ihn entlangging, sah er, wie einige Arbeiter letzte Hand an einen steinernen Sockel in der Nähe des Turms anlegten. Er sollte eine Statue von Gunderlek tragen, dem tragischen Rebellenführer. Tauric hatte sich nachdrücklich dafür eingesetzt, dass der Mann geehrt wurde, und es hatte ihn ein wenig überrascht, als sowohl der Lordregent als auch der Erzmagier rasch eingewilligt hatten. Ebenso wurde vorgeschlagen, kleinere Statuen von ihm selbst für öffentliche Plätze, die Halle der Stadt und den Fünfkönigspier anfertigen zu lassen.

Wachfeuer flackerten in ihren Nischen auf beiden Seiten einer großen Tür in der Mauer des Nachtfrieds. Die Wachen davor salutierten und traten zur Seite, als Tauric und seine beiden Gefährten sich näherten. Ein kurzer Torweg führte in den zweiten Stock, der fast gänzlich Tauric und seinem Gefolge als vorübergehendes Quartier zur Verfügung gestellt worden war, bis die oberen Stockwerke des Turmes wiederhergestellt waren. Sie eilten durch mehrere Korridore zu einem viereckigen Raum, in dem ein halbes Dutzend Gefährten saß oder sich auf Liegen ausruhte. Alle sprangen hoch, als Tauric eintrat, doch er bedeutete ihnen mit einer kurzen Handbewegung, Platz zu behalten, während er mit den beiden anderen zu einem von einem Vorhang verschlossenen Durchgang trat. Dahinter lag ein kleines Vorzimmer, in dem zwei Gefährten eine einfache Holztür bewachten. Sie nahmen Haltung an, als Aygil die Tür öffnete und in den Raum trat.

Er war klein und finster und nur von zwei bronzenen Öllampen erhellt, die auf einem Altar in einer Ecke brannten. Eine gebeugte Gestalt kniete auf einer Matte davor und murmelte ein monotones Gebet. Tauric und seine Gefährten warteten respektvoll, bis der Mann endlich zum Ende kam und einen langen Seufzer ausstieß.

»Göttliches Himmelspferd«, sagte er, »siehe diese drei, welche die Bürde der Tapferkeit in deinem Namen auf sich genommen haben. Segne ihre Aufgabe, o Hengst des Sturmes, auf dass alle Menschen ihre Stimme zu deinem Lobgesang erheben. Auf der Ebene und im Himmel ...«

»Auf der Ebene und im Himmel«, wiederholten Tauric und seine Gefährten und legten eine Hand auf das Pferdeamulett, das sie um ihren Hals trugen.

Einen Moment herrschte verlegenes Schweigen, dann sagte der Kniende: »Ihr ehrt diesen armen Priester mit Eurem Besuch, Majestät. Bekümmert Euch neues Wissen?«

Tauric überlief es kalt bei dieser Demonstration der Hellsicht. »Ich grüße Euch, Priester. Ich habe heute allerdings viele beunruhigende Dinge erfahren ...« Er gab einen kurzen Abriss von dem, was er in der Bibliothek belauscht hatte.

»Das Böse ist sprießendes Gift, das in jedem Boden zu wurzeln vermag«, sagte der Priester, dessen Gesicht im Dunkel blieb.

»Und wir scheinen beinahe machtlos dagegen zu sein«, erwiderte Tauric.

»Hm ... meint Ihr nicht eher: ›Ich‹ statt ›wir‹, Majestät?«

Tauric ließ die Schultern hängen. »Ja«, gab er zu. »Überall riskieren Menschen, die ich kenne, ihr Leben oder sogar ihre Seele in diesem Kampf, während ich untätig herumsitzen muss.« Er ballte die Hände zu Fäusten. »Sicher ist jetzt die Zeit gekommen, das Himmelspferd zu erwecken, damit es einem Land hilft, das seines Schutzes so verzweifelt bedarf. Wenn wir nur wüssten, wo wir einen Schrein oder einen Ort der Macht finden können ...«

Der Priester seufzte wieder. »Nach der Schlacht, in den Tagen und Wochen, während ich mit meinem zerschmetterten Bein am Ufer entlanggekrochen bin, ist mir vieles durch den Kopf gegangen. Gesichter, Bilder und Muster, die mich ausbrannten, mein Wesen reinigten, bevor mir die erste Vision des göttlichen

Himmelspferdes gewährt wurde, der Großen Weltenmähne ... Und in der Zeit hier in diesem Refugium sind einige dieser wilden Gesichter gelegentlich aus meiner Erinnerung aufgestiegen, so auch eben mitten während Eurer Schilderung, Majestät. Sagt bitte, wie war der Name dieser Stadt, in der Lord Mazaret seine Verbündeten getroffen hat?«

»Warum? Der Ort hieß Nimas ...«

Der Priester sog vernehmlich die Luft ein und richtete sich mit Hilfe eines Stocks auf. »Nimas ... wo einst, vor längst vergangenen Zeitaltern, ein großer Tempel dem göttlichen Himmelspferd geweiht war ...«

Er drehte sich herum und sah die drei Männer direkt an. Er war kahlköpfig und gealtert, und auf seinem langen Gesicht zeigten sich die Schmerzen, die ihm sein verkrüppeltes Bein bereitete. Aber seine Züge waren unverkennbar.

Der ehemalige Waffenmeister betrachtete Tauric mit seinen hellen, flammenden Augen.

»Nimas, Majestät«, sagte er. »Dort werdet Ihr die Macht finden, die Ihr sucht.«

Tauric konnte seine glühende Begeisterung kaum zügeln. »Wann reisen wir ab? Wie bald?«

»Sehr bald, aber nicht zu bald, Majestät. Wir müssen auf ein Zeichen warten und uns bereit halten. Aus diesem Grund müssen wir uns vorbereiten.« Er lächelte und entblößte dabei faulende Zähne. »O ja, in diesem Fall ist eine gründliche Vorbereitung unabdingbar.«

6

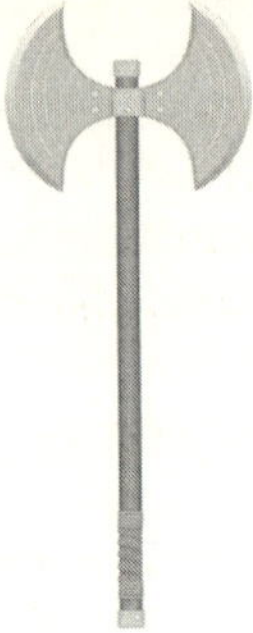

Fürchte meine Hand,
Welche deine Mauern fallen lässt,
Und mächtige Heere
Aus Sand erschafft.

CALABOS, DIE STADT DER TRÄUME, 2. AKT, II, 8

In dem fahlen, grünen Licht, tief unter den unterirdischen Kerkern der Zitadelle von Rauthaz, lehnte Byrnak an der Wand eines riesigen, stillen Gewölbes und schaute über einen ruhelosen See aus Leichen. Das BrunnTor hatte dies möglich gemacht. Es hatte eine große Leere geschaffen, die ein genaues Spiegelbild der gewaltigen Höhle unter Casall war, einen riesigen Werkraum, geeignet, das Heer der Finsternis auszuheben. Die kalte, feuchte Luft stank nach rostigem Eisen. Grüner Schimmer drang aus den dunklen, glatten Wänden und der Decke, und verschmolz mit der silbergrauen Strahlung, die zwischen den Leichen emporstieg. Der See war in ständiger Bewegung, aber es war kein Wasser, das Wellen warf, und auch die Leichen bewegten sich nicht, sondern eine riesige, schimmernde, lautlos wogende Fläche aus Seelen. Byrnak hockte sich an den Rand und sah die dünnen, aufgeblähten Formen, die sich dicht aneinander pressten und um den Besitz des Fleisches rangen, das auf ihnen trieb …

Spring hinein, Wurm … Geselle dich zu denen ohne Bewusstsein …

Byrnak erhob sich hastig und trat rasch vom Rand zurück.

Bedenke es einen Moment. Wenn du diese Gestalt aufgibst, könntest du sehr schnell eine andere ergreifen, sobald ihr Besitzer erledigt ist … Und du wärst endlich von mir befreit …

Byrnak lachte mit unverhüllter Verachtung. Ich kann mir wenigstens ein halbes Dutzend Folgen einer solchen Handlung ausdenken, dachte er. Und keine von ihnen gefällt mir sonderlich.

Eine Vision schoss ihm durch den Kopf. Er sah das Bildnis eines Titanen mit einem gehörten Helm, der sich langsam umdrehte und ihn angrinste. Seine Augen waren zwei schwarz schimmernde Schlitze ... *Du wirst keinen Frieden finden, keinen Frieden* ... Eine riesige Hand griff nach ihm ...

Er zwinkerte, sah wieder das Gewölbe vor sich und knirschte mit den Zähnen.

»Hältst du unseren Gast bei Laune, Bruder?« Die Stimme näherte sich ihm langsam.

Grazaan schritt den Pfad am See entlang, gefolgt von drei kahlköpfigen Akolythen. Wie üblich trug er einen zerschrammten Lederharnisch und eine enge Hose. Darüber hatte er einen weiten, dunkelroten Mantel geworfen, der mit Spinnen und Skorpionen besetzt war. Er schien unbewaffnet zu sein. Seine Akolythen trugen mehrere zusammengerollte Taue bei sich.

»Sei gegrüßt, Bruder«, sagte Byrnak. »Er scheint tatsächlich keinen Schlaf zu benötigen. Ich dagegen bedauerlicherweise schon.«

Grazaan nickte und blieb ein paar Schritte vor ihm stehen. »In der vorletzten Nacht habe ich den Fehler begangen, unvorbereitet einzudösen. Als ich aufwachte, lag meine Linke noch an der Gurgel eines meiner Diener, den ich erwürgt hatte. Deshalb habe ich mir eine Vorsichtsmaßnahme ausgedacht.« Er deutete mit einem leichten Neigen des Kopfes auf die Akolythen.

»Wenigstens bleibt unser Verstand verschont«, meinte Byrnak.

Grazaan runzelte die Stirn. »Wie erschien dir unser Bruder Thraelor, als ihr beide das letzte Mal miteinander beraten habt?«

»Müde, natürlich, und ein bisschen abgelenkt. Jedenfalls war er das, als wir heute morgen in Gedankensprache miteinander beratschlagten.«

»Ich habe gestern mit ihm mittels des BrunnSpiegels gesprochen«, erklärte Grazaan. »Ich konnte kaum ein vernünftiges Wort aus ihm herausbekommen, und das Letzte, was er sagte, war: ›Ist er die Maske oder bin ich es?‹«

Byrnak überlief ein kaltes Unbehagen, und ihm war, als hörte er ein bellendes Gelächter tief in sich, das jedoch ganz schwach klang, als käme es aus weiter Ferne.

»Wir sollten ihn im Auge behalten«, schlug Grazaan vor. »Ich nehme an, du bist hier, um dich über unsere Fortschritte zu erkundigen und uns anzutreiben, mehr in kürzerer Zeit zu vollbringen.«

»Einige Intrigen werden bald Früchte tragen, Bruder«, erwiderte Byrnak. »Irgendwann in den nächsten zwei Tagen werden wir eine Streitmacht von wenigstens zehntausend Mann den Großen Gang hinunterführen müssen, alle gut bewaffnet und mit Proviant ausgestattet.«

»Also ist der Gang fertiggestellt.«

»Das BrunnTor hat die Bohrung vor kurzem beendet«, erklärte Byrnak und genoss die Befriedigung, die seine Worte in ihm auslösten. »Sollten wir es wünschen, können wir von hier aus in weniger als einem Tag nach Besh-Darok reiten.«

»Warum verfolgst du angesichts dieser überlegenen Strategie noch all die anderen vergleichsweise unbedeutenden Listen und Ränke?«

»Wir haben es mit zu viel Unbekanntem zu tun, Bruder«, meinte Byrnak. »Und mit Faktoren, die ich nicht einschätzen kann. Was ist das Ziel der ErdenMutter, und wird sie eingreifen, wenn wir unseren Feldzug beginnen? In diesem einen Moment muss sämtlicher Widerstand wie eine Eierschale zerbrechen. Befinden sich erst einmal das Kristallauge und der Mutterkeim in unserer Hand ...«

»Sind wir vielleicht endlich in der Lage, es mit unserem Herrn und Meister aufzunehmen.« Grazaan lächelte frostig.

Byrnak nickte. Die Fragmente des Herrn des Zwielichts, die jeder von ihnen in sich trug, gierten nach Vereinigung, ganz gleich, welchen Preis ihre Wirtskörper dafür zahlen mussten. Einer der Schattenkönige, Ystregul, der Schwarze Priester, war bereits dem Wahnsinn verfallen, der von seinem Bruchstück des Herrn des Zwielichts gesät worden war, und lag nun in Trevada, durch Zauber und Ketten gebunden

»Genau das«, sagte Byrnak schließlich. »Und die Zeit ist nicht auf unserer Seite.«

Auf der anderen Seite des Gewölbes halfen die Akolythen einigen nackten Menschen dabei, aus dem See der Seelen zu steigen. In diesem Moment durchdrang ein Laut die wässrige Stille, ein wahnsinniger, verzweifelter Schrei. Byrnak sah, wie die Gestalt eines Mannes zwischen den ausgestreckten Leichen kauerte. Er umklammerte mit einer Hand seinen Kopf und schrie unartikuliert, während er versuchte, die Leichen um sich herum wachzurütteln.

»Manchmal erwacht ein unterdrückter Geist, während eine der geernteten Seelen versucht, Besitz von ihm zu ergreifen«, erklärte Grazaan. »Der Schock genügt für gewöhnlich, um das Eindringen der Seele abzuwehren und gleichzeitig den letzten Rest vom Verstand des Wirtes zu vernichten.«

Zwei Akolythen gingen auf grünen Paddeln durch die Luft und packten den jammernden, sinnlos plappernden Wirtskörper. Byrnak sah den anderen Schattenkönig nachdenklich an. »Wie oft kommt das vor, und was machst du mit ihnen?«

»Wir haben vier, manchmal fünf am Tag«, meinte Grazaan. »Wir bringen sie in die Klosterhöfe hinter den Vorhangwänden. Sie bereichern den Speiseplan der Nachtjäger, Bruder.«

Sie lachten.

»Und wie viele Krieger kannst du mir liefern?«, wollte Byrnak wissen.

»Vorausgesetzt der Nachschub hier nimmt nicht ab, produzieren die beiden Gewölbe zusammen zwischen zwei- und dreitausend pro Tag«, sagte Grazaan.

»Ausgezeichnet. Jetzt muss ich dich aber leider verlassen. Ich habe noch einiges mit unserem Bruder Kodel zu besprechen.«

»Hüte dich vor ihm«, murmelte Grazaan. »Hinter seinen Augen lauern nur eigensüchtige Pläne.«

Byrnak grinste dämonisch. »Ich wäre fast enttäuscht, wenn es anders wäre. Bis später.«

»Bis dahin.«

Es gab zwar Korridore, die zu den tiefsten Untergeschossen der Zitadelle von Rauthaz führten, aber es war für Byrnak ein Leichtes, ein Seitenportal des BrunnTores zu öffnen. Eine spindelförmige, dunkel schimmernde Öffnung tat sich in der Luft vor ihm auf, und mit einem Bildnis seines Zieles vor Augen trat er hindurch.

Die Halle der Schmiede war einst ein gewaltiger Tempel gewesen, welcher dem VaterBaum und der ErdenMutter geweiht war. Jetzt schwärzten Ruß und Schmutz die gemusterten Fenster, die kannelierten Säulen und das verzierte Mauerwerk. Sechzehn gewaltige Essen nahmen den ganzen Boden ein, acht zu jeder Seite eines Mittelganges. Massive Säulen ragten von den Rückseiten der großen Brennöfen empor und führten den größten Teil des funkensprühenden Rauches durch die Wände nach draußen. Dennoch schwebte ein ständiger Rauchschleier in der Luft, während Gruppen von schwitzenden Schmieden und Heizern mit wildem Eifer in dem glühenden, goldenen Licht schufteten.

»Ah, Bruder Byrnak. Wie außerordentlich pünktlich. Ich wollte gerade nach dir senden ...«

Das Portal des BrunnTores hatte Byrnak in eine lange, niedrige Kammer gebracht, an deren Ende eine offene Empore über die Halle der Schmiede hinausblickte. Das hintere Ende der Kammer war in große Räume unterteilt, die der Untersuchung und Bestätigung des Erzes vorbehalten waren. Ein breiter Flur führte an ihnen vorbei zu Kodels privaten Gemächern. Kodel selbst stand vor einem der mit Papieren übersäten Zeichentische. Er trug sein Haar jetzt kürzer, jedoch nach wie vor in der Manier eines Kriegers auf dem Kopf geknotet, was ihm ein wildes Aussehen verlieh. Sein langer Mantel bestand aus rauem, braunem Leder und war von vielen schwarzen Brandflecken übersät.

»Warum wolltest du mich sehen?«, fragte Byrnak. »Um mir zu sagen, dass die Produktion von Waffen und Rüstungen wie geplant voranschreitet, hoffe ich?«

Kodel lächelte listig. »Das wäre tatsächlich der entscheidende Punkt, aber mir ist noch etwas anderes aufgefallen. Komm mit mir Bruder, wenn du die Güte hättest.«

Byrnak war wegen der Geheimniskrämerei des anderen verstimmt, folgte ihm jedoch dennoch über den breiten Korridor zu einer Abzweigung, an der Kodel eine Tür zur Linken öffnete und in den Raum dahinter trat. Ein kurzer Tunnel führte auf das flache Steindach eines angrenzenden Tempelgebäudes. Es war erst am Morgen vom Schnee geräumt worden, aber eine dünne weiße Schicht hatte sich seitdem wieder darüber gelegt. Aus dem Osten fegte ein eisiger Wind heran. Einige Metallrahmen, deren Form an Spinnen erinnerte, standen auf beiden Seiten des Daches, jeder mit einer komplizierten, von Drähten gehaltenen Anordnung von Linsen, die in den Vormittagshimmel gerichtet waren. An allen hingen Eiszapfen. Kodel ignorierte sie jedoch und ging zu einem sechseckigen Baldachin in der Mitte des Daches. Darunter lag eine Gestalt regungslos auf einer aufgebockten Tischplatte.

Während sie sich näherten, bemerkte Byrnak zuerst die groben Verbände um die fürchterlichen Verletzungen, bevor er die Gesichtszüge des Mannes erkannte.

»Azurech«, murmelte er.

Als der frühere Kriegsherr seinen Namen hörte, pendelte sein Kopf schlaff auf eine Seite, um den Sprecher anzusehen. Bei Byrnaks Anblick verzerrte sich seine Miene vor dumpfer Furcht.

»Gebieter, vergebt mir, ich habe versagt ...«

Unter dem sechsseitigen Baldachin war es wärmer und ruhiger. Kodel hatte für etwas Behaglichkeit gesorgt, um die Kälte und den permanenten Lärm der Schmieden auszuschließen. Byrnak antwortete nicht auf Azurechs Gestammel, sondern schaute statt dessen Kodel fragend an.

Kodel zuckte mit den Schultern. »Er wurde vor einigen Tagen von zwei Nachtjägern von einem Schlachtfeld in Khatris gerettet, die ihn zu unserem Stützpunkt in den Gorodar-Bergen, westlich von hier trugen. Weiter wollten sie ihn nicht tragen, also hat der dortige Kommandeur seine Wunden verbinden lassen und ihn auf einem Karren hierher geschickt. Er ist vor kurzem eingetroffen, und ich habe ihn von einem unserer Nachtjäger hier heraufschleppen lassen.«

»Ich habe versagt ... habe Euch im Stich gelassen, Gebieter ...«, sabberte Azurech.

»Wie konnte das geschehen, Azurech?«, fuhr Byrnak ihn an. »Gegen wen hast du gekämpft?«

»Mazaret ... diesen grauhaarigen, alten Mann ...«

»Schon wieder, hm?«

»Schickt mich zurück, Gebieter, ich flehe Euch an. Macht mich stark und schnell, und ich bringe Euch seinen Kopf ...«

Byrnak beugte sich vor. »Gut. Ich werde dich noch einmal heilen, Azurech. Aber meine Pläne bezüglich Ikarno Mazaret sehen mitnichten seinen Tod durch deine Hand vor.«

»Ah, die weiße Frau.«

Byrnak rief die Macht des BrunnQuell an, formte sein helles, smaragdgrünes Feuer zu feinen Linien und gezackten Strängen, die er um den verwundeten Mann legte.

»Wappne dich«, befahl er. »Es wird schmerzhaft sein.«

Azurech stieß einen einzigen, kreischenden Laut aus, bevor er ohnmächtig wurde. Während sein Wille das Quellfeuer steuerte, musterte Byrnak aus den Augenwinkeln Kodel, der ihn fasziniert beobachtete.

»Gibt es Neuigkeiten von deinem Spion in Besh-Darok?«

»Von welchem?«, antwortete Kodel, ohne auch nur mit der Wimper zu zucken.

Byrnak lächelte. »Irgendwie ist es dir gelungen, deinen Diener wieder in den Palast einzuschleusen, und jetzt hat er sich die Gunst des jungen Tauric erschlichen...«

»Der Junge glaubt, der Waffenmeister wäre ein Priester des Himmelspferdes«, erwiderte Kodel, gereizt, weil Byrnak davon wusste. »Und er sehnt sich so verzweifelt nach eigener Macht, dass er und seine engsten Gefolgsleute den Glauben des Himmelspferdes angenommen haben.«

»Die Bedürftigen verfolgen die Sinnlosen.« Byrnak sprach wie zu sich selbst, während er Kodel betrachtete. »Also können wir ihren Kaiserjungen abschlachten, wann immer wir wollen. Gut.«

»Ich hatte vor, ihn zu einer uns genehmen Zeit aus der Stadt zu schaffen und in unsere Hände zu bringen«, widersprach Kodel. »Er würde dem Waffenmeister überall hin folgen.«

»Ja ... Ich sehe den Vorteil, den es mit sich brächte, den Jungen in unserer Gewalt zu haben ...« Byrnak hielt inne und schaute auf die Gestalt auf dem Tisch. Er nickte, löste das Geflecht der Macht auf und erweckte seinen Diener. »Es ist getan. Richte dich auf.«

Vorsichtig erhob sich Azurech in eine sitzende Position, und während er seine neuen Arme und Beine überprüfte, bewunderte Byrnak seine eigene Arbeit. Azurech trug jetzt Byrnaks eigene Gesichtszüge.

Kodel neben ihm lachte leise, holte einen kleinen Spiegel aus einer Rauchfahne der BrunnQuell-Macht und hielt ihn Azurech vor das Gesicht. Der Mann blickte hinein und rang nach Luft.

»Du hast immer noch deine Größe und deine Statur, also dürfte nur ein Uneingeweihter dich mit mir verwechseln«, erklärte Byrnak. »Dennoch genügt die Ähnlichkeit für die Aufgaben, zu denen ich dich ausersehen habe. Zunächst wirst du durch den Großen Gang nach Gorla reisen.«

Azurech kniete sich vor ihm nieder und blickte mit glänzenden Augen zu ihm auf.

»Hören heißt gehorchen, o Gebieter.«

7

Weder Klinge, noch Zauber,
Noch feierliche Pflicht
Konnten die Ketten
Ihrer fürchterlichen Schönheit brechen.

Avalti: Ode an die Hochgeschätzte Königin

Das Kolleg von Hendreds Hallen lag im Norden des alten Kappellforts auf einem Hügel in der Nähe eines Weihers. Von dort aus konnte man einen Bezirk aus engen Straßen und alten, verfallenen Gebäuden überblicken. Das Kolleg, eines von mehreren in der Altstadt, war das zweitälteste in Besh-Darok, und sein größter Hörsaal konnte sich mit jedem in den westlichen Reichen messen.

Das waren die spärlichen Einzelheiten, die Alael von Bardow früher an diesem Morgen erfahren hatte. Aber als ihre Kutsche durch die schmiedeeisernen Gitter fuhr, war sie überrascht, wie abschreckend das Gebäude wirkte.

Das Kolleg war kaum breiter als eine große Stadtvilla, aber seine grauen, unscheinbaren Mauern erhoben sich hoch in die Luft. Seine vier quadratischen Türme hatten kleine Spitzdächer, und im Gegensatz zu dem nüchternen Bauwerk verkörperte das Grundstück selbst die Eleganz der Natur. Die immergrünen Büsche drängten sich dicht an die Mauern des Kollegs, lockerten seine Strenge und betonten seine Würde.

Auf Rasen und Blättern lag noch der Neuschnee, den der starke Frost in der Nacht zu einer glitzernden Eisschicht gefroren hatte. Die leicht ansteigende, gepflasterte Auffahrt war jedoch geräumt, als Alaels Kutsche zu dem von einem Portico gesäumten Eingang vorfuhr. Sie hüllte sich in ihren dunkelvioletten Umhang, stieg aus und eilte die Stufen zu Türen des Haupteinganges hinauf, die bereits geöffnet wurden.

»Willkommen in Hendreds Hallen, Mylady.« Der alte Verwalter wartete mit der Mütze in der Hand auf sie.

»Ich danke Euch für Eure Gastfreundschaft, guter Mann«, erwiderte Alael, während die hohen Türen hinter ihr zuschwangen und die Wärme des Raumes sie angenehm einhüllte. Die Empfangshalle des Kollegs war klein, dafür jedoch verschwenderisch mit Marmor ausgestattet. An ihren Wänden hingen Gemälde und Wandteppiche, und die Fliesen auf dem Boden bildeten ein rot-blau-schwarzes Muster, dessen Mittelpunkt ein Mosaik des VaterBaumes und der ErdenMutter darstellte. Im Kamin loderte ein großes Feuer, und in jeder Wand befand sich ein Durchgang.

»Wir haben die Nachricht aus dem Palast erhalten, Mylady, in der uns Eure Ankunft angekündigt wurde.«

»Ach ja ... Ich habe meine Legitimierung hier.« Sie nahm ein zusammengerolltes Pergament aus einer Innentasche ihres Umhanges und reichte es dem Mann. Er überflog es und nickte.

»Von der Hand des Erzmagiers selbst und mit seinem Siegel versehen. Lady Alael, wir fühlen uns durch Euren Besuch geehrt. Seid so freundlich und folgt mir bitte.«

Der Verwalter führte sie durch den Gang zur Linken über einen schmalen Flur, der von bemalten Panelen gesäumt und mit Parkettboden ausgelegt war, auf dem ihre Absätze klickten. Sie gingen an Lesesälen und einer Spülküche vorüber und stiegen dann eine steinerne Wendeltreppe hinauf. Nach einer Weile blieb der Verwalter an einer offenen Tür stehen, die in einen kleinen, L-förmigen Raum führte. Er bat Alael zu warten und verschwand durch eine andere Tür. Einen Moment später tauchte er wieder auf und winkte sie heran.

»Baas Melgro Onsivar, Meister der Sprachen, wird Euch jetzt empfangen«, sagte er und stieß die Tür weit auf.

Alael trat in einen hohen Raum, der von Buchregalen dominiert wurde, die sowohl frei standen als auch an die Wände montiert waren. Sie folgte einem Gang zwischen den Regalen und gelangte in die hintere Hälfte des Raumes, die geräumig und den Bedürfnissen eines Gelehrten gemäß möbliert war. An einer Seite stand ein ovaler Tisch, auf dem sich Unterlagen und Karten stapelten, während ein großer, mit aufwendigen Schnitzereien verzierter Schreibtisch den übrigen Raum beherrschte. Dort waren einige Stühle gruppiert, hinter denen ein hölzernes Geländer ein schmales Podium abgrenzte, auf das mehrere Stufen führten.

»Hier drüben, ehm ... junge Lady, ja ...«

Baas Melgro Onsivar, Meister der Sprachen, war ein alter Mann von hagerer Gestalt. Sein schlohweißes Haar war bereits so dünn, dass sein rundlicher Schädel deutlich zu sehen war. Er trug ein blassgraues, gelbblau gesäumtes Gewand und saß auf einem hohen Stuhl hinter einem ausladenden, mit Papieren übersäten Schreibtisch. Das Fenster in seinem Rücken führte nach Westen hinaus. Er schaute flüchtig von einem kleinen weißen Buch hoch und deutete auf einen hölzernen Stuhl vor dem Schreibtisch, auf dem sich Alael gehorsam niederließ. Irgendwie erinnerte sie der Meister an einen großen, grauen Vogel, der auf seiner Stange hockte, aber sie verscheuchte diesen Gedanken tunlichst.

Endlich schloss Onsivar das Buch und legte es behutsam auf die Schreibtischplatte. »Also ... der junge Bardow hat Euch geschickt, hm? Es scheint, als hättet Ihr eine Passage aus einem Buch, die einer Übersetzung bedarf.«

»Ja, Baas Onsivar.« Alael nahm das Buch heraus, das Keren ihr gegeben hatte, und öffnete es an der betreffenden Stelle. »Eine Freundin hat mich gebeten, dies von einem Gelehrten wie Euch prüfen zu lassen. Mehr weiß ich darüber nicht.«

Sie reichte ihm das Buch. Onsivar nahm es entgegen, sah dabei jedoch Alael unverwandt an.

»Süd-Cabringa«, murmelte er. »Vermutlich Adnagaur, aber in Eurer Aussprache finden sich auch Spuren von Mantinor ... Trifft das zu?«

Alael nickte beeindruckt. »Ich wurde in Adnagaur erzogen, aber meine Mutter kam aus Tymora an der Küste Mantinors.«

Der Meister der Sprachen sog befriedigt die Luft durch die Nase und richtete seine Aufmerksamkeit auf Alaels Buch. »Mal sehen, was Ihr hier habt. Hm, scheint uraltes Othazi zu sein, wenn ich auch den Dialekt nicht genau bestimmen kann. Vermutlich ist es ein nördlicher Dialekt, und vermutlich auch entstellt. Aber diese Schrift …« Er strich sich das Kinn und sah Alael an. »Gehe ich recht in der Annahme, dass es sich bei diesem Buch um ein Original handelt?«

»Das weiß ich nicht«, gab Alael zu.

Onsivar runzelte die Stirn, brummte etwas Unverständliches, und schaute dann erneut in das aufgeschlagene Buch. Das Schweigen dehnte sich, bis Alael der Geduldsfaden riss und sie nicht länger still bleiben konnte.

»Also, Baas Onsivar, vermögt Ihr diese Passage nun zu übersetzen?«

»Ja, Mylady, obwohl ich lieber das Original zu Rate gezogen hätte …« Er tippte auf die offenen Seiten. »Dies hier ist bedauerlicherweise eine Kopie.«

»Wird das Eure Fertigkeiten beeinträchtigen, Baas?«

Buschige Brauen zuckten über durchdringende Augen. »Nicht im Geringsten, obwohl ich das Exemplar hier behalten muss, falls Ihr keine Einwände habt, Mylady.«

»Ich habe bereits eine Kopie des alten Sagenliedes anfertigen lassen«, erwiderte sie. »Also könnt Ihr das Buch tatsächlich eine Weile behalten. Wie lange werdet Ihr für die Übersetzung benötigen?«

»Vier, vielleicht auch fünf Tage«, erwiderte Onsivar. »Die Othazi-Lexika, über die wir hier verfügen, beziehen sich nur auf die gebräuchliche Sprache. Deshalb muss ich Anfragen an zwei private Bibliotheken in Besh-Darok richten, in der Hoffnung, dass eine von ihnen ein Lexikon des Dialekts besitzt, das ich benötige. Sollte ich mich jedoch an Bibliotheken außerhalb der Stadt wenden müssen, könnte es sogar zehn oder mehr Tage dauern.« Er schloss das Buch der Lieder, und nahm sein kleines, weißes Buch wieder in die Hand. »Seid versichert, Mylady, dass ich Euch über meine Fortschritte in dieser Angelegenheit auf dem Laufenden halten werde.« Dann schlug er ohne einen weiteren Kommentar das Buch wieder auf.

Damit war Alael entlassen. Sie unterdrückte ihre Empörung über das barsche Benehmen des Meisters und erhob sich von dem harten Stuhl.

»Guten Tag Euch, Baas Onsivar. Ich freue mich bereits auf Euren ersten Beri ...«

Sie brach ab, als sie durch das Fenster eine Gruppe von Reitern sah, welche die Straße vom alten Kapellfort hinunter galoppierten. Das Kolleg von Hendreds Hallen stand zwischen einem Hügelkamm, auf dem die Kaserne am Kapellfort lag, und einem kleinen, steilen Berg, der als Park diente. Die Kammer des Meisters der Sprachen lag so weit oben, dass man von ihr aus die verschneite Straße sehen konnte, die sich von der Kaserne hinabschlängelte, bis sie schließlich um eine Ecke im Westen verschwand.

Es mochten vielleicht zwanzig mit Winterumhängen gegen das Wetter geschützte Reiter sein, die auf großen, kräftigen Pferden saßen. Ihr Anführer erregte Alaels Aufmerksamkeit, ein stattlicher, grauhaariger Mann, der kerzengerade im Sattel saß. Als sie ihn genauer in Augenschein nahm, überkam sie ein vertrautes Prickeln, und sie hatte plötzlich einen kalten, scharfen Geschmack im Mund. Der Duft von satter Erde, süßen Beeren und Eis aus reinem Bergquellwasser, die Aromen des Reiches der ErdenMutter tränkten ihre Sinne, als die Göttin sich in ihr rührte und sich ihres Blickes bemächtigte. Die Entfernung zu den Reitern schmolz, und das Gesicht des Anführers rückte näher, bis Alael die Gesichtzüge von Ikarno Mazaret erkannte.

Eine schweigende Genugtuung durchdrang sie, doch im nächsten Moment war die unbeschreibliche Wesenheit verschwunden. Alael fühlte sich schwach und benommen, legte zitternd eine Hand auf das hölzerne Geländer und versuchte, ihre aufgewühlten Gedanken zu beruhigen.

Vor gerade vier Tagen war Lordregent Mazaret mit einer Karawane von Flüchtlingen aus Khatris zurückgekehrt. In den Tavernen und Schänken wurden die dramatischen Geschichten von einer Schlacht gegen wandelnde Leichen und geflügelte Untiere weitergegeben. Schon bald war auch das Gerücht aufgekommen, eine Mogaun-Hexe habe Mazaret dem Tod geweiht. Nachdem Alael von Bardow die Wahrheit erfahren hatte, konnte sie nur über das Ziel von Mazarets Expedition spekulieren und hoffte, dass er irgendeiner unbedeutenden Aufgabe nachging ...

»Lady Alael? Ist Euch unwohl?«

Sie sog tief die staubige, nach Büchern riechende Luft ein und zwang sich zu einem Lächeln. »Nein, Baas Onsivar. Nur ein kurzer Schwindelanfall, nichts weiter.«

»Verstehe. Wenn Ihr in das Vorzimmer zurückkehrt, wird mein Verwalter Euch gern hinausgeleiten.«

Alael knirschte mit den Zähnen. »Meinen ergebensten Dank, Baas«, sagte sie und eilte hinaus. Dabei überlegte sie, wie rasch ihre Kutsche sie zum Palast zurückbringen konnte.

»Jetzt solltest du die Niedere Macht als eine Art Druck in deiner Brust spüren, fast wie eine Spannung.«

Nerek war beunruhigt, denn sie fühlte diesen Druck bereits seit fast fünf Minuten, nachdem sie sich auf die kalte Steinbank gesetzt und ihre behandschuhten Hände im Schoß gefaltet hatte. Sie nickte kurz, und die Blinde Rina lächelte. Sie war eine kleine, zerlumpte Frau, deren Kopftuch wie auch die unförmigen Roben und der zerkratzte Gehstock den Eindruck einer alten Marktfrau erweckten. Ihre dunklen, fast schwarzen Augen jedoch ließen etwas anderes ahnen.

»Gut«, sagte sie, als könne sie Nereks Unbehagen wahrnehmen. »Wärst du als Siebenjährige zu mir gekommen, wäre es weniger, sagen wir, anstrengend.«

»Ich durfte nie das Vergnügen erleben, sieben Jahre alt zu sein«, versetzte Nerek knapp. »Können wir fortfahren?«

»Verlängere deinen Atemrhythmus noch ein wenig. Er muss in einem ruhigen, natürlichen Fluss kommen und gehen ... So ist es richtig.«

Die Luft strömte in ihre Lungen und wieder hinaus, als wäre sie ein Gefäß, das sich füllte und leerte. Ruhe breitete sich in ihr aus, aber ihr Bewusstsein schien von ihrem Körper getrennt zu sein und darauf zu warten, ihn betreten zu können. Sie atmete weiter. Die Blinde Rina saß neben ihr auf der glatten Steinbank, die in eine Seitenstrebe einer der Hauptstützen der Königin-Brücke hineingehauen worden war. Direkt hinter ihnen führte ein hölzerner Steg an der Brücke entlang, der den Fußgängern eine sichere Passage bot. Von der Stelle aus, an der sie saß, konnte sie nach Norden an dem sanft geschwungenen Lauf des Olodar entlang bis zur Falkenbrücke und den Holz- und Steinhöfen sehen, welche das westliche Ufer bis zur Brücke der Speere säumten.

»Stell dir die Niedere Macht als einen ruhigen, wogenden See vor«, fuhr die Blinde Rina fort. »Sie ist ganz anders als die reißenden Fluten des BrunnQuell.«

Vor zwei Tagen hatte die Blinde Rina Nerek über einen ihrer Boten ausrichten lassen, dass sie das Spiegelkind in den Grundlagen der Niederen Macht unterweisen wollte. Als Nerek Bardow um Erlaubnis bat, stimmte dieser zu ihrer Überraschung beinahe augenblicklich zu.

»Ja«, sagte er. »Sie wäre eine großartige Lehrerin für Euch.«

»Ihr kennt sie? Aber sie gehört doch nicht zu Euren Magiern, oder doch?«

Der Erzmagier schnaubte verächtlich. »Sie wäre eine sehr schlechte Schülerin, jedenfalls für mich. Ihr Talente sind, in mancherlei Hinsicht, sehr rudimentär, und wurzeln außerdem in einer merkwürdigen Tradition.« Er runzelte die Stirn. »Versteht Ihr, Rina hegt eine merkwürdige Zuneigung zu dieser Stadt, wie das auch ihre Familie seit vielen Generationen tat. Mir ist lieber, sie bleibt eine heimliche Wächterin, als dass sie versucht, sich in die Palastpolitik einzumischen.«

Der Stein an den Seitenstreben der Brücke war von dem grauem, gefrorenen Dunst des Flusses überzogen. Nereks Atemwolken wurden von einem leichten Wind weggeweht, und ihre Brust schmerzte bei jedem eisigen Atemzug. Sie hätte gefroren, wenn nicht ein schwaches, wärmendes Kribbeln über ihren Rücken und durch ihr Innerstes gelaufen wäre …

»Gut, jetzt kommt es«, bemerkte die Blinde Rina.

Auch ohne sie anzusehen spürte Nerek, wie die Frau einmal erfreut nickte.

»Wir benutzen die Intonation von Symbolen, auch als ›Gedankengesänge‹ bekannt, um die Niedere Macht zu formen und zu bündeln«, erklärte die Blinde Rina. »Jeder von uns verwendet individuelle Symbole, wie kleine Fetzen, die Bedeutungen tragen, Erinnerungen, Bilder, Zeichen irgendeiner Art. Es existieren gleichzeitig viele Symbole, die für fast jeden dasselbe bedeuten, auch für die Niedere Macht. Aber statt es dir lange zu erklären, will ich es dir lieber zeigen.«

Aus einer tiefen Tasche zog die Frau das Muster einer Armee-Standarte hervor, ein daumengroßes Stück Pergament, das an einem dünnen Stöckchen befestigt war, welches in einem Klumpen feuchten Lehms steckte. Sie legte es auf die hüfthohe Mauer, die ihre Bank umgab.

»Wir benutzen den Gedankengesang des Windes, um einen Lufthauch zu erzeugen und unsere kleine Flagge umzuwerfen«, erklärte Rina. »Ich möchte, dass du dir zunächst einmal eine Vogelfeder vorstellst.«

»Von welchem Vogel?«

»Einen, den du kennst. Sagen wir einen der Flussvögel, zum Beispiel die Galeerenmöwe. Ihre Federn sind grau und weiß und verjüngen sich sehr hübsch. Kannst du sie sehen?«

Zu Nereks Überraschung gelang ihr das leicht. Es war eine schiefergraue Feder mit blassen Flecken, einer dunkleren Spitze und feinen Büscheln am Schaft des Kiels. Ihre Vorstellung war so lebensnah, dass ihr unwillkürlich ein schwacher Verdacht kam ... der sofort bestätigt wurde.

»Ja, Nerek«, sagte die Blinde Rina. »Ich helfe dir ein bisschen bei der Vision. Später wirst du selbst in Dingen wie Federn oder Muscheln oder Blätter die Einzelheiten erkennen, die sie ausmachen und die ihre Bedeutung in deinem Verstand festlegen. Doch jetzt benötigen wir noch zwei weitere Elemente, um den Gedankengesang zu vervollständigen. Für den nächsten Schritt behältst du die Feder vor deinem inneren Auge und versuchst, dir eine brennende Fackel vorzustellen ... gut. Und jetzt reduziere sie zur Flamme einer einzelnen Kerze ...«

Nerek fühlte, wie ihr unter ihrer Kleidung der Schweiß ausbrach. Er lief ihr über den Rücken und von ihrem Hals zwischen ihre Brüste. Zuerst hatte es so einfach ausgesehen, zwei Objekte klar vor Augen zu halten. Aber es wurde immer schwerer, als die Blinde Rina ihre Hilfe bei diesen Aufgaben zurückzog. Doch Nerek schaffte es, hielt die Bilder der Feder und der Kerze fest und schloss dabei ihre Umgebung beinahe völlig aus.

»Gut gemacht. Die Stärke deiner Konzentration ist wirklich ... beneidenswert. Jetzt kommt der dritte und letzte Teil des Gedankengesanges ...«

Die Frau verstummte, und Nerek fühlte, wie ihr aufmerksamer, innerer Blick in eine andere Richtung glitt.

»Interessant ... Welche Absicht haben wir denn da?«

Feder und Kerze verschwammen, und plötzlich sah Nerek ihre Umgebung, allerdings mit den Augen der Blinden Rina, in deren Blick alles verschwommen und dunkel war, als läge ein Schleier von Dämmerung darüber. Die Farben waren subtiler und mit einem zarten, metallischen Glanz versehen, der die hölzernen Pfeiler der Brücke kupfern aussehen ließ. Die Bäume und Büsche waren wie mit Grünspan überzogen, und Wellen aus Perlmutt rieselten über den Fluss. Eine Bewegung auf der Falkenbrücke hatte das Interesse der Blinden Rina geweckt. Es war eine Reihe von Reitern, die von der Altstadt aus den Olodar überquerte.

Unvermittelt wurde Nereks Blickwinkel von einer kleinen Gestalt angezogen, die auf einer der oberen Säulen der Brücke hockte. Im nächsten Moment schwindelte ihr, als sie sich selbst in die Luft zu erheben schien. Ihre Sicht schwankte bei jedem Flügelschlag. Sie sah nun mit den Augen des Vogels. Dann spreizte der Vogel die Schwingen im Gleitflug und schwenkte unmittelbar vor den ersten Reitern ab. Trotz der verzerrten Sicht des Vogelauges konnte Nerek Lordregent Mazaret, angetan mit Kettenpanzer und Pelz, eindeutig erkennen. Sein langes, gefurchtes Gesicht zeigte keinerlei Regung, als er mit der Kolonne von Reitern in Richtung der Eisen-Kaserne ritt.

Das Bild flackerte und verschwamm vor ihren Augen, sie fühlte sich benommen und rang nach Luft, als die Perspektive sich veränderte und ihre alte Umgebung Form annahm. Sie saß wieder auf der kalten, harten Steinbank neben der Blinden Rina, die sie lächelnd beobachtete. Ihre nackten Hände hatte sie verschränkt, und die kleine Fahne stand auf der Mauer ...

»Hm, vielleicht war es noch ein bisschen zu früh für das Tierauge«, meinte die Blinde Rina. »Dennoch war es eine nützliche Erfahrung, denke ich ...«

»Das war doch Ikarno Mazaret an der Spitze dieser Ritter«, meinte Nerek.

»Ja, und es waren Ritter vom Orden der Wacht«, meinte die Blinde Rina nachdenklich.

Nerek beobachtete sie und überlegte, wie viel sie wohl wusste. »Er kehrt vielleicht wieder nach Zentral-Khatris zurück.«

Rina schüttelte den Kopf. »Er hatte weder Packpferde noch Proviantkarren dabei. Vielleicht beabsichtigt er ja, Manöver durchzuführen, aber es wäre dennoch klug, den Erzmagier darüber zu informieren. Ich habe das Gefühl ...« Ihre Stimme wurde leiser, bis sie schließlich ganz verstummte. Einen Moment später schüttelte sie sich und lachte leise. »Er war überrascht. Und auch dankbar.«

»Ich könnte zum Palast zurückkehren«, schlug Nerek vor und wollte aufstehen. Aber die Blinde Rina beugte sich vor und schob sie sanft wieder zurück. Dann klopfte sie ihr aufmunternd auf den Arm.

»Das ist nicht nötig«, versicherte sie ihr. »Bardow hat darum gebeten, dass du bei mir bleibst und diese Lektion beendest. Er hat sogar darauf bestanden.«

Nerek ließ niedergeschlagen die Schultern hängen.

»Du hegst Zweifel an deiner Nützlichkeit«, vermutete die Blinde Rina.

»Das sind keine bloßen Zweifel. Ich weiß genau, dass ich nicht von großem Nutzen bin.«

»Wenn das so wäre«, versetzte die Blinde Rina, »würde sich Bardow nicht um dich kümmern, und du würdest hier allein sitzen und mit den Vögeln reden!« Sie beugte sich zu der jüngeren Frau vor. »Du hast schon viel erreicht, indem du die Fesseln deiner eigenen Täuschungen abgeworfen hast. Doch es gibt noch mehr, was du tun kannst.«

Nerek richtete sich auf, als sie den scharfen Tonfall hörte. Sie war plötzlich wütend auf sich selbst. Ich habe eine Pflicht zu erfüllen, dachte sie. Bardow und Alael verlassen sich auf mich.

»Sollen wir fortfahren?«, erkundigte sich die Blinde Rina.

»Ja«, antwortete Nerek.

»Gut. Also, wir haben die Feder und die Flamme, zu denen jetzt das letzte Element hinzugefügt werden muss, eine Schneeflocke ...«

Auf dem vom Schnee geräumten Dach des Nachtfrieds standen Tauric und ein Dutzend seiner Gefährten vor dem kauernden Priester, der sehr genau zuhörte, während sie gemeinsam die Anbetungen des Himmelspferdes sangen. Auf Geheiß des Priesters hatten sie ihre dicken Mäntel und gefütterten Wämser abgelegt, und knieten auf den eiskalten Steinplatten, während sie mit festen, aber leisen Stimmen sangen, weil sie keine Aufmerksamkeit erregen wollten.

Tauric zitterte am ganzen Körper. Die Eiseskälte kroch seine Beine hinauf, sank in seine Finger und Zehen und drang bis in seine Knochen. Trotzdem empfand er Frieden und ein Gefühl des eigenen Wertes, etwas, an dem es ihm schon seit langem gemangelt hatte. Seine Ängste und Zweifel schienen gedämpft zu sein ...

Sein Blick glitt von seinen gefalteten Händen zu dem Himmelspferd-Priester, dem ehemaligen Waffenmeister. Er sah, dass der Mann aus den Augenwinkeln nach Westen schielte und etwas am Boden in der Nähe der Westmauer beobachtete. Schließlich knurrte der Priester befriedigt und drehte sich wieder um.

»Bitte, Ihr könnt Euch alle erheben und ankleiden.«

Trotz des friedlichen Augenblicks war Tauric dankbar, dass er wieder aufstehen konnte. Während die anderen husteten, kämpfte er gegen einen kurzen Schwindel an und streifte sich rasch das dicke Hemd und das Wams über. Nachdem er sich fröstelnd in seinen Mantel gehüllt hatte, ging er zu dem Himmelspferd-Priester, der an der Wand lehnte und wieder hinausspähte. »Guter Priester«, sagte er. »Waren unsere Anbetungen ehrerbietig genug?«

»Majestät«, erwiderte der Priester, »ich kann keinen Fehler in Euren Gebeten finden. Ihr befindet Euch wahrlich auf dem Pfad zur Erleuchtung und zur Macht.«

Tauric nickte erleichtert und folgte dann dem Blick des Priesters über die Stadtmauer hinaus. Eine Kolonne Ritter galoppierte gemessen aus dem Schild-Tor. An ihrer Spitze flatterte eine Standarte mit einem Baum und gekreuzten Zeptern.

»Ist das nicht das Banner des Lordregenten?«, fragte er.

»Soweit ich weiß, hat Lordregent Mazaret eine Anzahl von Rittern ausgeschickt, um die Südwestlichen Gebiete zu kontrollieren, Majestät«, erwiderte der Priester schnell.

»Aber warum gibt er ihnen sein eigenes Banner mit?«

»Vermutlich nur eine List, um die elenden Briganten abzuschrecken, Majestät«, sagte der Priester. »Und jetzt, denke ich, ist es Zeit herauszufinden, ob Ihr alle die Feierlichen Fürbitten an die Ewige Flamme geübt habt ...«

Tauric unterdrückte ein Stöhnen und zog den Umhang wieder aus.

Die Reiterkolonne war eine halbe Stunde von Besh-Darok entfernt und trottete in Richtung Südwesten über die breite, von Bäumen gesäumte Torrillen-Chaussee, als der Marschhauptmann Mazaret Neuigkeiten überbrachte.

»Ein einzelner Reiter nähert sich, Mylord.«

Mazaret nickte. »Bringt ihn zu mir.«

Der Neuschnee hatte die Torillen-Chaussee in eine gerade, weiße Schneise verwandelt, die durch die kahlen Bäume der Peldari-Pflanzungen führte. Ikarno betrachtete skeptisch die gefrorene Allee, als der Neuankömmling im Galopp heranritt, sein Ross zügelte und an Mazarets Seite lenkte. Unter den schäbigen braunen Roben steckte Yasgurs alter Seher und Berater.

»Seid gegrüßt, Atroc«, sagte Mazaret. »Seid Ihr auf Geheiß Eures Herren hier, oder habt Ihr Euch nur verirrt?«

»Nein, Mylord. Ich jage der Wahrheit hinterher und wurde von schwachen Andeutungen vorangetrieben, dem gemunkelten Gerücht, dass der Erlauchte Lordregent sich aufgemacht habe, um in sein Verderben zu reiten. Kann das denn stimmen, Herr?«

»Von welchem Verderben redest du?« Noch während er das sagte, schwoll der leise Zweifel, dessen Flüstern seit Tagen stärker geworden war, zu einem Chor in seinen Gedanken an.

Atroc beugte sich zu ihm herüber. »Die weiße Frau, Mylord. In den Schänken und Garküchen der Stadt munkelt man von einer Mogaun-Hexe, die Euch ein finsteres Schicksal vorhergesagt hat.« Der alte Mann schnaubte verächtlich. »Es sind ihre Worte, die Euch hinauslocken, Worte, die nur an Euch gerichtet waren, Haken, die Euch in den Rachen einer unbekannten Gefahr ziehen sollen.«

Nein, keine Haken, dachte Mazaret grimmig. Wie tödliche Pfeile haben sich diese Worte in mein Herz gebohrt und ein Gift verspritzt, das meine Seele auffrisst. Meine Geliebte hat ein entsetzliches Schicksal erlitten. Wie könnte ich da tatenlos bleiben?

Aber er behielt diese Gedanken für sich und schüttelte den Kopf. »In Sichtweite von Besh-Darok treiben Übeltäter ihr Unwesen, Meister. Gehöfte werden überfallen, Häuser niedergebrannt und Unschuldige ermordet. Wir ziehen aus, um diesen Plünderungen Einhalt zu gebieten. Ich bin nur hier, um den Sturm in meinem Inneren zu lindern, Atroc, nicht um mein Schicksal herauszufordern.«

Aus der groben, zerfetzten Kapuze musterten ihn dunkle Augen. »Vergebt mir meine offenen Worte, Mylord, aber ich glaube Euch nicht.«

»Es kümmert mich nicht, was Ihr glaubt«, gab Mazaret scharf zurück. »Wie schwer meine Gram auch wiegen mag, ich werde nicht einfach mein Leben wegwerfen. Es kostete uns einen langen, schweren Kampf, um bis hierher zu gelangen, und die größte Schlacht steht uns noch bevor. Ich werde da sein und mein Schwert bereithalten, das versichere ich Euch!«

»Hm ... In einer Schlacht, die Ihr schon verloren glaubt?«, konterte Atroc.

»Was!« Mazaret brüllte nun fast vor Ärger. Sein Pferd scheute, und er musste es mit einem besänftigenden Klopfen auf den Hals beruhigen.

Atroc zuckte mit den Schultern. »Wer könnte es Euch verdenken? Wir haben es mit einer bösen Macht zu tun, die in ihrem brutalen Feldzug weder nachlassen noch innehalten wird, um die Wehrlosen zu schonen. Hoffnung – das ist die Eitelkeit der Blinden und Unwissenden.«

Mazaret knirschte mit den Zähnen. *Ich lasse mich nicht von deinesgleichen aufhalten!* Er atmete tief durch, bevor er antwortete. »Da Ihr so davon überzeugt seid, dass alles verloren ist, müsst Ihr doch begierig darauf sein, mich meiner Narretei zu überlassen. Vielleicht sollte ich einige meiner Ritter abkommandieren, die Euch zur Stadt oder gleich zum Hafen eskortieren. Ich bin sicher, dass dort einige Fernhändler liegen, die nach Keremenchool segeln und bereitwillig Passagiere an Bord nehmen.«

Atroc lächelte wölfisch. »Ach, so schlimm ist Eure Gesellschaft gar nicht, Mylord. Ich ziehe es vor, noch ein bisschen mit Euch zu reiten.«

Mazaret verkniff sich mühsam einen Kommentar, und sie ritten in gespanntem Schweigen weiter.

Die Torillen-Chaussee war eine neun Meilen lange Straße, die von Magsar, einem Schreindorf unmittelbar vor Besh-Darok nach Südwesten bis zum Jontossee führte, der von den vielen Flüssen gespeist wurde, die aus dem Buckelgurt kamen. Die breite Straße war mit verschiedenen Steinen gepflastert, mit Feldsteinen und zu Mustern gelegten Blöcken aus Eisenholz, die zum größten Teil unter dem Schnee und dem halb gefrorenen Schneematsch verborgen lagen. Von der Chaussee gingen Knüppelwege und andere Abzweigungen ab, und da sie eine solide gebaute Durchgangsstraße nach Besh-Drok war, wurde sie häufig von Bauern und Händlern, Boten und Patrouillen benutzt, und auch die Vertriebenen zogen hier entlang.

An diesem frühen, eiskalten Nachmittag herrschte nur wenig Betrieb, aber die Ritter blieben trotzdem in einer schmalen Zweierreihe. Die Wintersonne hatte gerade ihren Zenit überschritten, doch hohe Federwolken schwächten ihr Licht zu einem weißen und kraftlosen Leuchten ab. Zu beiden Seiten der Straße hing der Nebel in den kahlen Bäumen, und die Reiterkolonne wirkte eingehüllt in die grauen Atemwolken von Mensch und Tier beinahe wie ein Begräbniszug. Diese Betrachtung passte zu Mazarets düsterer Stimmung, während er an ihrer Spitze ritt. Atroc hatte sich neben Barik, Mazarets Marschhauptmann, zurückfallen lassen und unterhielt ihn mit einigen der alten Stadtlegenden, die Mazaret einst zu Füßen seiner Mutter sitzend gehört hatte. Barik war der Sohn eines Hufschmiedes aus Ost-Cabringa, und infolgedessen waren ihm die Sagen der Kaiserstadt neu. Doch dann verdüsterte sich Mazarets Laune, als der alte Seher anhub, die Geschichte der Torillen-Chaussee zum Besten zu geben.

»Vor dreihundert Jahren wurden die Kronlande von Kaiser Hasil regiert. Er war erst neunzehn, als er den Thron bestieg. Kurz nach seiner Krönung lernte er die wunderschöne Torilli kennen und verliebte sich in sie. Sie war die Tochter eines der Stadtbarone. Sie war jünger als der Kaiser und noch zwei Jahre vor ihrer Mündigkeit, aber Hasil verschwor sich ihrer zukünftigen Verbindung mit Leib und Seele. Dann befahl er seinen Architekten, eine große Chaussee für ihren Hochzeitszug zu bauen, mit einem Festpavillon am Ende ...«

Mazaret kannte den Rest der Geschichte nur zu gut. Hasils zukünftige Braut erlag einem Fieber, nur einen Tag vor ihrer Volljährigkeit, und der Hochzeitspavillon wurde zu Torillis Mausoleum. Der junge Kaiser war überwältigt von Trauer, verließ die Gemächer in seinem Palast und schlief auf dem gefliesten Boden des Mausoleums neben dem Sarkopharg seiner Geliebten. Hasils Trauer währte zehn Jahre. In dieser Zeit verlor er immer mehr Macht an einen Kreis von Höflingen, deren Intrigen und Querelen das Kaiserreich beinahe in die Knie zwangen. Nur seine Abdankung zugunsten seines jüngeren Bruders verhinderte einen furchtbaren Bürgerkrieg.

Eine Parabel, dachte Mazaret gereizt. Eine nette kleine Geschichte, die meine Narretei illustrieren und mich so beschämen soll, dass ich den Schwanz einziehe und in die Stadt zurückreite. Nein, Meister Barde, nicht mit mir ...

Mazaret stellte sich in die Steigbügel, erhob eine Hand, und rief: »Handgalopp!«

Hauptmann Barik wiederholte den Befehl und die ganze Kolonne nahm das Tempo auf. Kurz darauf tauchte der schwach silbern glänzende Jontossee vor ihnen aus dem Nebel auf. Als sie sich ihm näherten, sah Mazaret das konische weiße Dach des Mausoleums, das sich zwischen die Bäume am Fuß der schneebedeckten Hügel des Buckelgurts schmiegte.

Sie waren kaum eine Meile von dem See entfernt, als ein Reiter aus dem dichten Unterholz auftauchte. Er saß zusammengesunken im Sattel, als wäre er verletzt, während sein Pferd scheinbar ziellos vorantrabte. Mazaret wollte Barik schon den Befehl erteilen, die Sache zu untersuchen, als zwei weitere Reiter auftauchten und den ersten verfolgten. Einzelheiten waren aus dieser Entfernung nicht zu erkennen, aber sie schienen dem Verwundeten zu Hilfe kommen zu wollen. Da hob einer von ihnen seinen Bogen und jagte dem Reiter vor ihm einen Pfeil in den Rücken.

»Im Namen der Mutter!«, schrie Mazaret, als der Verwundete von seinem Pferd fiel. »Barik ... Mir nach!«

Er spornte sein Pferd an, und seine Ritter donnerten hinter ihm her. Die beiden Verfolger waren wieder im Unterholz verschwunden, und einige Reisende auf der Straße waren zu dem niedergestreckten Reiter geeilt, um ihm zu helfen. Als Mazaret sie erreichte, abstieg und zu der kleinen Gruppe eilte, war es bereits zu spät.

»Der arme Mann«, sagte eine Bauersfrau. Ihr Akzent verriet ihre Herkunft aus Nord-Kejana. »Er hat ein paar Sachen gesagt, die ich nicht verstanden habe, dann hat er geweint, und das Leben ist einfach aus ihm gewichen.«

Der Tote trug die braune Uniform und das rote Schulterabzeichen eines Waldhüters der Krone. Er blutete aus einer hässlichen Wunde an der Seite, und aus seiner Schulter ragte der Schaft eines Pfeils hervor.

»Ich habe ihn verstanden«, sagte eine jüngere Frau mit einem Kapuzenschal. »Er sagte: ›Die Königin des Todes, so weiß war sie, so weiß …‹ Das war alles.«

»Möge die Mutter ihn behüten«, murmelte jemand, und die Herumstehenden wiederholten die Worte.

Mazaret richtete sich wütend auf. »Hauptmann Barik, lasst die Leiche von einem Sergeanten und zwei Mann in die Stadt zurückbringen und informiert den Meister der Waldhüter. Dann sollen Eure besten Spurensucher die Fährte dieser Mörder …«

»Warum sollte man einen Welpen holen, Mylord, wenn man den Wolf hat?«

Mazaret drehte sich um und warf Atroc, dem Seher, einen scharfen Blick zu.

»Ihr könnt diese Hexe und ihr Ungeziefer finden?«

Atroc schloss die Augen, holte tief Luft, während sich Abscheu auf seinen Zügen abzeichnete. »Ich kann ihre verfluchte Spur beinahe riechen.« Er öffnete unvermittelt die Augen und sah Mazaret mit einem durchdringenden Blick an. »Ist es Euer Wunsch, dass ich sie suche?«

»Ja.«

Der alte Seher nickte und seufzte. »Dann sollten wir jetzt reiten. Wenn wir schnell und listig genug sind, können wir vielleicht der Schwarzen Hand des Schicksals entgehen.«

Die Jagd begann. Atroc ritt voraus in die Wälder über einen ausgetretenen, schlammigen Weg. Kurze Zeit später roch Mazaret Rauch, und Atroc trieb sein Pferd zur Eile an. Kurz darauf erweiterte sich der Pfad und führte zu einem kleinen Dorf, das an zwei Seiten von Obstplantagen gesäumt wurde. Überall zwischen den Häusern lagen Leichen, neben denen vereinzelt weinende Frauen knieten. Mazaret ließ sechs Ritter zurück, um ihnen zu helfen, und forderte Atroc auf, weiter zu reiten.

Der Pfad bog nach Norden ab. Sie erreichten eine Gegend mit gezackten Felsen und sumpfigen Schluchten, als ein Jagdhorn vor ihnen ertönte, und einige Vögel aus dem Unterholz rechts von ihnen aufschwärmten. Mazaret witterte eine Falle und bellte den Befehl, nach links auszubrechen und den Pfad zu verlassen. Pfeile surrten durch die kahlen, eisigen Bäume, aber die meisten wurden von Zweigen abgelenkt. Dann regnete die nächste Salve auf sie herunter. Einige Ritter schrieen schmerzerfüllt, als sie getroffen wurden, aber keiner von ihnen wurde ernsthaft verletzt. Mazaret jedoch geriet fast in Panik, als ihm klar wurde, dass sich seine Männer in dem unebenen Gelände mit seinen Felsvorsprüngen und den unvermittelt auftauchenden Schluchten in dem dichten, unwegsamen Unterholz weit verstreuen würden.

Bei Mazaret waren Atroc und drei Ritter, zwei vom Orden der Wacht und einer von dem des VaterBaums. Um sich einen Überblick zu verschaffen, ritten sie die erste baumlose Anhöhe hinauf, an die sie gelangten, und umgingen dabei Felsbrocken und einen umgestürzten Baum. Diese Erhöhung war die erste von einer ganzen Reihe von Hügeln, die in der Nähe der niedrigeren Hänge des Buckelgurts lagen. Aber der Blick von dort oben brachte wenig zutage. Nebel stieg auf, als die Sonne langsam unterging, und sie sahen nur graue, geisterhafte Wälder, welche die Anhöhen umgaben und die schattigen Täler dazwischen ausfüllten. Es war bitterkalt, und überall herrschte eine gedämpfte Stille.

»Könnt Ihr meine Männer nicht aufspüren?«, fragte Mazaret ungeduldig zu Atroc. »Ihr wart doch so kühn, als wir noch den Feind verfolgt haben.«

»Die Ausstrahlungen eines bösen Geistes sind bei weitem stärker als die eines gewöhnlichen Menschen«, erwiderte der Seher. »Einige Eurer Leute irren östlich von hier umher, vielleicht eine halbe Meile entfernt. Unser Feind jedoch ist ... sehr nah.« Seine Augen weiteten sich, als er den Hang hinunter sah, den sie gekommen waren. »Reiter.«

Mazarets Aufmerksamkeit jedoch richtete sich auf ein schwaches, merkwürdiges Geräusch, das aus dem nebelverhangenen Tal westlich von ihrer Anhöhe drang. Flüstern, das Knacken von Zweigen, das dumpfe Rauschen von Blättern in einer Brise, obwohl die Bäume kein Laub trugen. Angezogen von diesem Rascheln versuchte er angestrengt, Worte oder gar die Zahl der Stimmen auszumachen. Zunächst hörte er nur dieses Seufzen, das sich am Rande seines Bewusstseins befand. Dann jedoch durchdrang eine helle, klare Stimme das Rauschen und Gemurmel, eine Stimme, die zu hören er niemals erwartet hätte.

»Ikarno ...«

Über dem Tal teilte sich der Nebel und gab den nahegelegenen Hang eines weiteren Hügels frei, auf dem ein blasser Reiter stand, der eine Hand ausstreckte ...

»... mein Liebster ...«

Mazaret wurde sich erst bewusst, dass er sein Pferd voran getrieben hatte, als jemand ihn am Arm zurückzog und eine eindringliche Stimme seine umwölkten Gedanken durchdrang.

»Hört Ihr mich, Mylord?«, wiederholte Atroc. »Es ist eine Falle des Feindes, ein Netz, das gesponnen wurde, um Euren Verstand zu umnebeln, nicht mehr.«

Mazaret kam zu sich und merkte, dass er schon zur Hälfte den Hügelkamm überquert hatte und sich auf der anderen Seite des Hanges befand. Er zügelte sein Pferd und sah die besorgten Mienen auf den Gesichtern von Atroc, seinen drei Rittern und den beiden Neuankömmlingen, beides Waldhüter der Krone. Er wollte Atroc gerade versichern, dass er noch Herr seines Verstandes war, als das Geräusch von Hufschlägen ihre Aufmerksamkeit erregte. Sie schauten nach Norden zu dem kahlen Kamm eines niedrigen Hügels, der im Nebel lag. Acht Reiter kamen aus dem grauen Schleier hervor, ritten über den Hügel und verschwanden auf der anderen Seite. Der letzte Berittene, eine Frau, war ganz in Weiß gekleidet und zügelte ihr nervöses Pferd einen Moment auf der Kuppe, bevor sie den anderen folgte.

»Seht Ihr, guter Mann?«, fragte Mazaret Atroc. »Das war keine Einbildung, sondern der echte Feind.« Bevor der Seher etwas erwidern konnte, wandte sich der Lordregent an die Waldhüter der Krone. »Ihr guten Herrn, welche Orientierungspunkte befinden sich nördlich und westlich dieses kahlen Hügels?«

»Der nächstgelegene sind die drei Hänge der Südseite des Quern, Mylord«, antwortete ein sommersprossiger Junge mit hellbraunem Haar. »Es ist ein gefährlicher Berg, an dem häufig

Steinschläge herunterprasseln. Der Boden ist dort tückisch. Eine halbe Meile weiter liegt der Höhenzug des Greylock und dazwischen die Blauaxt-Klamm.«

Trotz der Kälte, die Mazaret bei diesem Namen durchrieselte, schaute er Atroc an, der seinen Blick grimmig erwiderte und den Kopf schüttelte. »Die Schwarze Hand des Schicksals, Mylord.«

»Wir sind nahe dran«, erwiderte Mazaret, »und ich will sie verfolgen. Ich muss diesem bösen Schatten gegenübertreten, Atroc. Ich muss ihm ins Gesicht blicken und ihn als das erkennen, was er ist. Vielleicht findet meine Seele dann wenigstens ein wenig Ruhe.«

Die Miene des Sehers blieb unerbittlich. »Einige Gesichter bleiben besser unerkannt. Hört mir zu, Mylord ...«

Mazaret gebot ihm mit erhobener Hand und einem strengen Blick zu schweigen und wandte sich dann wieder an die Waldhüter. »Ihr reitet zu den Wäldern östlich von hier, sammelt den Rest meiner Ritter und führte sie zum Fuß der Blauaxt-Klamm, wo ich sie erwarte.«

»Wie Ihr befehlt, Mylord«, erwiderten die beiden Männer und ritten rasch davon. Mazaret musterte seine drei Ritter, sah ihre ernste Bereitschaft und blickte dann Atroc an.

»Mein Entschluss steht fest, Seher«, erklärte er. »Ihr könnt uns folgen, wenn Ihr wollt.«

»Mir wäre es lieber, Ihr folgtet meinem Rat, Mylord.«

»Ich denke, Euer Scharfsinn dürfte mir genügen.«

Der ältere Seher warf ihm einen undurchdringlichen Blick zu und lachte leise. »Wahrlich, Ihr versteht es, Männer zu führen, Mylord. Aber in den Wahnsinn?«

Mazaret gab nicht nach. »Wie Ihr wollt. Aber sorgt dafür, dass Ihr Prinz Yasgur nach Eurer Rückkehr einen vollständigen Bericht gebt.«

»Das werde ich, Mylord«, gab Atroc zurück. »Doch erst, nachdem ich den Ausgang dieses Scharmützels beobachtet habe.«

Seltsamerweise beruhigten Mazaret die Worte des Mannes. Er akzeptierte Atrocs Entscheidung mit einem knappen Nicken, wendete sein Pferd nach Norden, gab ihm kurz die Sporen und galoppierte mit den anderen im Gefolge los.

Er roch den feuchten, eisigen Nebel, aber es lag noch ein anderer Geruch in der Luft, ein schwacher Duft nach trockener Erde, nur staubiger und schärfer. Als sie den Hang erreichten, über den der Feind vor kurzem noch geritten war, fiel ihm auf, wie wenig Schnee dort lag, und dass schwache Dampfschwaden vom Boden aufstiegen. Auf dem Kamm des Hügels war der Schnee vollkommen geschmolzen, und die winterblassen Grasbüschel glänzten von Tau.

Atroc stieg ab, kniete nieder und legte die Hand auf die Erde. »Zu warm.« Mehr sagte er nicht, als er wieder in den Sattel stieg.

Mazaret trieb sein Pferd die andere Seite der Anhöhe hinab. Zu ihrer Linken erhob sich das steinerne Vorgebirge des Quern, von dessen Flanke die Blauaxt-Klamm abging. Sie war eine blanke, schwarze Wand, die sich mehr als eine Viertelmeile erstreckte, bevor sie in den abgerundeteren Höhenzug des Greylock überging. Am Fuß der Klamm lag eine weite, flache Senke, deren Seiten von den beiden Flanken des Hügels begrenzt wurden. Der Boden wirkte morastig, und Mazaret erblickte mehrere Schmelzwasserbäche, welche in die Mitte der Senke strömten, während über dem dampfenden Boden ein schwerer, feuchter Nebel hing.

Als sie im Galopp in die Senke ritten, sah Mazaret an ihrem anderen Ende eine einzelne Gestalt aus einer Kerbe in der Flanke des Greylock steigen. Er musterte kurz seine Umgebung, bemerkte jedoch keine Anzeichen eines feindlichen Hinterhaltes. Allerdings konnte sich in einem solch dichten Nebel leicht eine Vielzahl von Feinden verbergen. Die Gestalt ging den Fuß der Klamm bis zu ihrer Mitte entlang, blieb dort stehen und wartete, während die Ritter näher kamen. Mazaret runzelte die Stirn, und als sie den Mittelpunkt der morastigen Senke erreichten, ließ er anhalten.

»Ihr bleibt hier, während ich zu dieser Person reite und so viel wie möglich in Erfahrung bringe«, erklärte er. »Sollte ich Hilfe benötigen, hebe ich mein Schwert in die Luft.«

»Falls Ihr unsere Hilfe benötigen solltet, Mylord«, versetzte Atroc trocken, »sind wir vermutlich selbst ebenfalls auf Hilfe angewiesen.«

»Ihr seid meine Augen«, fuhr Mazaret fort. »Falls feindliche Angreifer erscheinen, pfeift mehrmals laut.«

Die dunklen Augen des Sehers verrieten, wie wenig ihm Mazarets Vorhaben gefiel, doch Mazaret ignorierte Atroc einfach, wendete sein Pferd und ritt weiter. Dies hier konnte er nur allein tun. Er hatte bereits gesehen, dass die Gestalt in den weißen Roben entfernt weiblich aussah. Handelte es sich wahrhaftig um Suviel oder nur um ein verderbtes Fragment ihres Geistes? Und falls es letzteres war, konnte er dieses Wissen ertragen?

Dann erinnerte er sich an etwas, was sie einmal gesagt hatte. »Sie können nicht alles beschmutzen, denn sie können nicht alles vollbringen.« Die Erinnerung an ihre Worte wärmte ihn ein wenig, bis Sekunden später eine kalte, verlockende Stimme in seine Gedanken drang.

»Ich wusste, dass du kommen würdest.«

Sehnsucht, gepaart mit Angst, durchfuhr Mazaret, aber er ritt unbeirrt weiter.

»Schon bald wirst du an meiner Seite sein und mich nie mehr verlassen ...«

Er zügelte sein Pferd einige Meter von ihr entfernt, stieg mit gemessenen Bewegungen ab und schlang die Zügel um den Sattelknauf, bevor er sich der Frau zuwandte, die bis in die kleinste Einzelheit Suviel Hantika glich. Er wappnete sich, ging auf sie zu und blieb zwei Schritte vor ihr stehen. Das war nah genug für eine prüfende Musterung und weit genug entfernt, um in Sicherheit zu sein.

»Wie geht es Gilly? Und Bardow ... wie kommt er mit dem alten Seher zurecht, mit dem Yasgur sich umgibt?«

Er betrachtete den Schwung von Nase und Mund, die Bewegungen der Lippen, die Form der Ohren, der Wangenknochen und des Kinns, und fand keinen Fehler. Nichts war anders.

»Und Tauric? Die Kaiserkrone muss für ihn solch eine schwere Bürde sein. Spricht er von mir?«

Ihr Haar war lang und vollkommen weiß, aber es waren die Augen, die sie verrieten. Sie waren eisgrau, seelenlos und grausam. Er drehte sich um und ging zu seinem Pferd zurück.

»Warte! Geliebter, erinnerst du dich nicht an unsere letzte gemeinsame Nacht? So kann es wieder sein ...!«

Er fuhr wütend herum. »Du bist nicht sie!«, stieß er hervor. »Sie hätte niemals ihre engsten Freunde unserem erbittertsten Feind ausgeliefert. Es ist *nichts* von ihr in dir!« Er konnte die Tiefe seiner Verachtung nicht verbergen, und der Geistschatten wich etwas zurück. »Ich weiß nicht, was du bist, etwas, das in einem Spiegel gefangen wurde vielleicht, um herumzustolzieren und die mörderische Gefährlichkeit deines Herren kundzutun. Du bist nichts als eine hohle Täuschung!«

Der Geistschatten knurrte vor Wut. *»Ich meinte es ernst, als ich sagte, dass du nie wieder fortgehen wirst!«*

Die morastige Erde unter seinen Füßen erzitterte plötzlich. Angst überkam ihn, und er wollte weglaufen. Doch bevor er sein erschrecktes Pferd erreichte, bebte der Boden heftiger. Er stolperte und stürzte hin. Sein Pferd sprang panisch zur Seite und galoppierte wie von Furien gehetzt davon. Während er versuchte aufzustehen, sah er, wie Atroc und die anderen Ritter sich ihrerseits mühten, ihre erschreckten Pferde unter Kontrolle zu halten.

In dem Boden unter Mazaret rumorte und knirschte es, während die kalte Stimme des Suviel-Schattens unaufhörlich weiterflüsterte. Zärtlichkeiten und Versprechungen wechselten sich mit boshaften Flüchen ab, während aus dem Inneren des Hügels ein Ächzen drang, das Mazaret den Verstand zu rauben drohte.

»Wir sind mit Schwertern gekommen, um das alte Land und seine ganze nutzlose Vergangenheit abzuschneiden. Die Welt wird ein neues Gesicht erhalten ...«

Ein weiterer gigantischer Stoß erschütterte die Erde, und als Mazaret sich umdrehte, sah er, wie der Geistschatten dreißig Zentimeter hoch in der Luft schwebte, der Klamm zugewandt und die gelenkigen Arme und Hände weit ausgestreckt. Blanker Hass überwältigte seine Furcht, und er griff nach seinem

Schwert, um den Schatten niederzustrecken. Doch bevor er sich ganz von den Knien erheben konnte, hörte er um sich herum ein scharfes Knacken, und er sah entsetzt große Risse über die steile Felswand der Blauaxt-Klamm zucken. Er schrie auf, als massive, mit Moos bedeckte Felsbrocken abbrachen und herabfielen. Große Splitter sausten wie Speere durch die Luft, während breite Platten hinabglitten und auf dem Boden in Wolken von pulversiertem Steinstaub und Dreck zerbarsten. Dieser katastrophale Steinschlag erstreckte sich über die ganze Länge der Klamm, und selbst die Hügel an ihren beiden Enden schienen auseinander zu brechen.

Eine riesige, steinerne Zacke bohrte sich nur wenige Meter von Mazaret entfernt in die Erde. Er wollte auf Händen und Knien wegkriechen, als ein Felsbrocken von der Größe eines Hauses durch die Luft direkt auf ihn zusegelte. Er stammelte die ersten Worte eines Gebetes an die ErdenMutter und sah hilflos mit an, wie sein unausweichlicher Tod auf ihn zuraste ...

Ungläubig verfolgte er, wie dieses gewaltige Bruchstück, dessen zerklüftete Einzelheiten sich in sein Gehirn eingruben, plötzlich zur Seite geschleudert wurde, dicht an ihm vorüber flog und sich in die mit Trümmern übersäte Erde bohrte.

»Kein Tod für dich, Geliebter«, höhnte die eisige Stimme wieder. *»Keine dunklen Tiefen, kein ruhiger Fluss im Reich der ErdenMutter. Ein neuer Traum erwartet dich.«*

Der Geistschatten lächelte ihm von seiner luftigen Position aus zu und spreizte die Arme, während die Windungen und Falten seines blassen Gewandes sanft um die Gestalt herwehten. Mazaret hockte mitten in dem brüllenden Chaos und beobachtete, wie eine Reihe von gezackten Felsbrocken hinter ihm und dem Suviel-Schatten wegbrach. Bei jedem Dröhnen hämmerte ihm das Herz in der Brust. Doch mitten in der trügerischen Sicherheit, in der er sich befand, stieg langsam etwas Ungeheures aus der zerborstenen Flanke der Blauaxt-Klamm empor.

Schockiert begriff Mazaret, dass es sich um eine Mauer handelte, die von Zinnen gekrönt war, deren sich verjüngende Zinnenzähne sich wie Klauen nach außen krümmten. Diese dunkle

Barriere tauchte allmählich entlang der ganzen Flanke der Klamm auf, und als Mazaret nach Süden schaute, sah er die gewaltigen Flanken des Quern kalben, als sich der unverkennbare Umriss eines befestigten Turmes langsam aus dem Inneren des Berges erhob. Im Norden hüllte ein zweiter Turm die Hügelkette des Greylock in Steinstaub.

Weitere Befestigungen entwuchsen unter ohrenbetäubendem Lärm dem Boden, eine breite, geschwungene Mauer, die von Wehrtürmen unterbrochen wurde und den größten Teil der schattigen Senke umfasste. Dahinter im Osten sah ein einzelner Reiter von einer Anhöhe aus zu, und instinktiv begriff Mazaret, dass es sich um Atroc handelte, der Zeuge der Geburt dieser Monstrosität wurde.

In das schreckliche, grauenvolle Kreischen mischte sich ein dunkles Dröhnen, das immer weiter anstieg, bis das Geräusch auf Mazarets Kopfhaut prickelte und in seinen Zähnen schmerzte. Es fühlte sich an, als würden tausend Spinnen über seine Haut laufen, und nadelfeine Stiche in seinen Augen brachten sie zum Tränen. Die Luft in seinen Lungen vibrierte, und er presste voller Panik die Hände auf seine Ohren und schloss die Augen.

Nach einer langen Zeit ebbte das Dröhnen allmählich ab, bis sich eine merkwürdige, hallende Stille über die Senke legte. Mazaret atmete schwer, ließ die Hände sinken und öffnete die Augen. Die Überraschungen nahmen kein Ende. Die zerschmetterten Reste der Klamm waren ebenso verschwunden wie der morastige, moosige Boden, der sich in einen ausgedehnten, gepflasterten Burghof verwandelt hatte, den die geschwungenen Befestigungen umschlossen. Die veränderte Landschaft wurde jetzt von dem gewaltigen Bauwerk dominiert, das jenseits der Mauer vor ihm aufragte. Es schien aus einem fahlen, erstaunlich durchscheinenden grünen Stein erbaut zu sein. Eine gespenstische Aura umhüllte es und verwischte die Einzelheiten der Reliefs, die den Bau in breiten Bändern umliefen.

»Siehe die Pracht von Gorla!«

Die Worte des Geistschattens durchdrangen wie ein eisiger Pfeil die vollkommene Stille. Er stand jetzt einige Meter weiter entfernt unmittelbar vor einem gewaltigen Portal, das sich langsam zu öffnen begann. Jeder Flügel maß etwa zehn Meter in der Breite und mehr als dreißig Meter in der Höhe und hing an Angeln, die ein rollendes, eisernes Geräusch von sich gaben, als das Portal wie von selbst nach außen aufschwang. Dahinter befand sich eine schattige Schlucht, ein Torweg mit hohen Mauern, hinter dem Mazaret den grünlich schimmernden Hof des Frieds sehen konnte, den der Schatten *Gorla* genannt hatte. Über den Hof marschierten endlose Reihen von Soldaten, Kampfwagen und Kavallerie.

Mazarets Ruhe im Angesicht dieser unfassbaren Macht erstaunte ihn selbst. Seine Furcht wurde von dem vernichtenden Wissen seiner Verletzlichkeit verschlungen, da er jetzt nur noch entscheiden konnte, auf welche Weise er zu sterben gedachte. Dann sah er eine hünenhafte Gestalt aus den Schatten treten. Der Mann war in eine schwarzgefleckte Lederrüstung gekleidet, schritt selbstsicher aus und trug ein schweres Breitschwert an der Hüfte. Er hatte schwarzes, lockiges Haar und einen gestutzten Bart. Seine Augen brannten mit düsterer Intensität vor Hass. Er blieb neben dem Suviel-Schatten stehen, der seine Arme um ihn schlang und ihn lüstern küsste. Als er den Kopf hob, schimmerte Blut auf seinen Lippen.

»Ich wusste, dass wir uns noch einmal begegnen würden, Mylord.«

Die sonore, ausdrucksvolle Stimme weckte eine Erinnerung in Mazarets Gedächtnis, und noch während er den Mann erkannte, hörte er die kalte Stimme:

»Wahrlich, es ist der Untote.«

Eine fahle Gestalt, die ein rotbraunes Lederwams unter einer Kutte trug, trat mit einem Speer bewaffnet aus dem dunklen Tor, und Wut flammte in Mazaret hoch. Es war ein zweiter Geistschatten von Suviel. Dann gesellte sich noch ein dritter hinzu, in einen Kettenpanzer gekleidet und mit einer langstieligen Axt über der Schulter.

»Welche Freude es sein wird, an deiner Seite zu kämpfen«, sagte der Geistschatten mit dem Speer.

»Niemals!«, spie Mazaret hervor.

»Oh, du wirst auf unserer Seite stehen«, erklärte Azurech mit seinem neuen, grausamen Mund. »Das verspreche ich dir.«

»Und ich sorge dafür, dass du dieses Versprechen brichst«, erwiderte Mazaret, zog sein Schwert und griff an.

Azurech konnte sein eigenes Schwert gerade noch schnell genug zücken, um Mazarets Schlag zu parieren. Der Lordregent duckte sich unter dem Rückhandschlag weg, sprang an dem Kriegsherrn vorbei und lief mit erhobenem Schwert auf sein eigentliches Ziel zu, den Geistschatten mit dem Speer. Wenn er nur einen Schatten töten konnte, war das wenigstens eine kleine Vergeltung.

Als er den Speer der Gestalt zur Seite schlug, schrie er: »Suviel, vergib mir!«

Aber der Geistschatten lachte nur gellend, und im nächsten Moment ging Mazaret in einem Meer von Schatten unter.

Von der Anhöhe aus hatte Atroc beobachtet, wie die Hügel zerbarsten und die gewaltige Bastion emporstieg. Der titanische Lärm klang wie das Brüllen tausender von Bestien, welche die Ankunft einer Legende ankündigten, die wahr geworden war.

Gorla. Die ältesten Sagen der Mogaun kündeten von der Verbannung des Herrn des Zwielichts durch den VaterBaum und die ErdenMutter nach einer gewaltigen Schlacht in der Morgendämmerung der Welt. Die beiden Gottheiten erlaubten dem Herrn des Zwielichts, zwei kleinere von der Vielzahl seiner gewaltigen Bastionen mit in das Reich der Finsternis zu nehmen, Gorla und Keshada.

Und jetzt kehrte diese uralte, mythische Festung in die stoffliche Welt zurück, ausgerechnet hier, vor der Haustür Besh-Daroks!

Mit dem Adlerblick, einer Fähigkeit, die er in seiner lange vergangenen Jugend von einem Kräuterweib auf einem anderen Kontinent erlernt hatte, erkannte Atroc genau, was sich vor den gewaltigen, gähnenden Portalen zutrug. Als der Schattenkönig Byrnak herauskam, stieß er einen finsteren Fluch aus. Einen Moment später jedoch runzelte er die Stirn. Trotz der frappierenden Ähnlichkeit war dieser Hüne hier viel zu groß. Byrnak war untersetzt, breitschultrig und wirkte wie ein Bär. Als Mazaret seine Klinge zückte, empfand Atroc einen traurigen Respekt für den Mut dieses Mannes, wie ein Krieger zu sterben.

Doch dann sah er erstaunt, wie der Ritter des VaterBaums an seinem Feind vorüber stürzte und einen Geistschatten angriff. Einen Moment schien es, als würde er ihn überwältigen können, doch dann stürzte sich eine Traube aus dem Dunkel des Torweges auf ihn, die ihn allein durch ihre zahlenmäßige Überlegenheit überwältigten.

Als die Wächter den gebundenen Lordregenten in die Dunkelheit der Feste trugen, wendete Atroc grimmig sein Pferd und gab ihm die Sporen. Er galoppierte so schnell wie möglich davon, um nach Besh-Darok zurückzukehren und herauszufinden, ob Gorlas Schwesterzitadelle, Keshada, ebenfalls erschienen war. Wenn ja, sah sich Besh-Darok einer Sturmflut von Gewalt und Boshaftigkeit gegenüber, welche die Menschenlande seit der Morgendämmerung der Welt nicht erlebt hatten.

Er peitschte sein Pferd rascher durch den Nebel zwischen den Bäumen, als wollte er vor dem flüchten, was er in seiner Erinnerung noch in aller Deutlichkeit vor Augen hatte.

ZWEITER TEIL

8

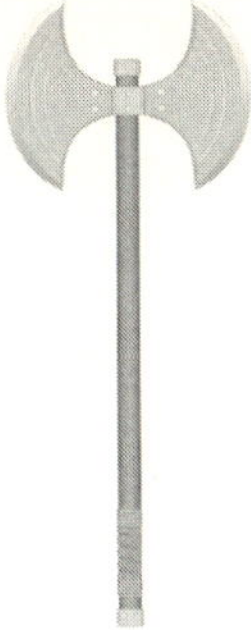

Leer und hungrig kommt der Winter,
Mit weißen Ketten und Geläut,
Und einer blassen Umarmung
Für die Unachtsamen.

JEDHESSA GANT, DIE HERRN DER VERWÜSTUNG,
2. AKT, II, 18

Gilly saß in dem schwankenden Kastenwagen neben einem wärmenden Kohlenbecken auf einer wackelnden, gepolsterten Bank, während er versuchte, die achtsaitige Kulesti zu stimmen, die er am frühen Nachmittag erworben hatte. Der Firnis auf dem Holz war verschrammt und an vielen Stellen verkohlt, und einer der elfenbeinernen Stimmpflöcke war stümperhaft durch ein minderes Material ersetzt worden. Gilly war jedoch der Metallsteg am Hals aufgefallen, vielleicht sogar Bronze, was ein eindeutiges Zeichen für Qualität war. Die vorherige Besitzerin war eine leidgeprüfte Mutter, die anscheinend Hunger und Verzweiflung getrieben hatten, das Instrument zu verkaufen. Aus einem Anflug von Mitgefühl hatte er ihr auf den verlangten Preis noch einen halben Taler extra gegeben. Doch als er sich jetzt bemühte, eine Katzendarmsaite durch einen der Stimmpflöcke zu fädeln, während der Wagen weiterholperte, verlor er allmählich die Geduld.

»Wenn du wartest, bis wir unser Lager aufschlagen, ist die Herausforderung vielleicht nicht ganz so groß.«

Gilly warf einen kurzen Blick auf Keren. Sie hatte die Beine angezogen und lümmelte sich mitten in einem Sammelsurium aus schrillbunten Kissen. Ihm fielen mehrere bissige Erwiderungen ein, doch statt dessen lächelte er anzüglich.

»Oh, ich genieße Herausforderungen, meine Teuerste.«

Keren betrachtete ihn kühl. »Das ist wohl der Grund, aus dem du uns begleitest.«

»Hm, Ihr solltet Eure scharfe Zunge wirklich ein bisschen mehr üben, was Beleidigungen angeht, wisst Ihr? Eure letzte Bemerkung ergibt schwerlich Sinn ...«

Medwin richtete sich auf seiner Truhenbank auf, die an der Vorderseite des Kastenwagens angebracht war. »Ich weiß nicht, was mich zuerst in den Wahnsinn treibt«, meinte er gereizt. »Diese monströse Dekoration oder Euer Gezänk!«

Gilly betrachtete die rotgoldenen Wandbehänge, die verspielten Schnitzereien, die leuchtend blau angestrichen waren, die klingelnden Trauben aus Amuletten, die bronzene, offene Talglampe, die von der Decke pendelte, und die mottenzerfressenen, schweren, tiefroten Vorhänge, die vor der hinteren Tür hingen. Es war schaurig schön.

Er strich sich lächelnd über das Kinn. »Ich finde die Einrichtung eher beruhigend.«

»Im Vergleich zu Eurer unablässigen Streiterei kann einem das wohl so vorkommen«, gab Medwin bissig zurück. »Beschränkt Eure Unterhaltung doch bitte für den Moment auf Freundlichkeiten und das Notwendigste, einverstanden?«

»Meister Medwin«, sagte jemand außerhalb des Wagen.

Gilly stand rasch auf, schob den Riegel von dem großen, viereckigen Fensterladen zurück, stieß ihn auf und beugte sich in die kalte Nacht hinaus. Der Kommandeur ihrer Eskorte, ein Hauptmann der Stadtmiliz von Besh-Darok namens Redrigh, war neben den Wagen geritten. Das Flussufer und die hohen Klippen und Hänge von Gronanvel hinter ihm schimmerten unter ihrer Schneedecke leichenhaft fahl.

»Was gibt es, Hauptmann?«, erkundigte sich Gilly.

»Herr Cordale«, erwiderte Redrigh, »wir sind in Sichtweite von Vannyons Furt, aber am anderen Ufer brennen Feuer ...«

»Dort wird gekämpft, Hauptmann«, ertönte Medwins Stimme vom Dach des Wagens, wo er aus dem Oberlicht einen weiteren Blick hatte. »Wie lange dauert es noch, bis wir die Stadt erreichen?«

»Mindestens noch eine Stunde, Meister. Eher zwei.«

Gilly betrachtete das dunkle Tal und seine hohen Flanken und versuchte, Einzelheiten an den weit entfernten, gelblich schimmernden Feuern auszumachen. Er war sich ziemlich sicher, dass dort Hütten und Gebäude brannten, aber mehr konnte er aus dieser Entfernung nicht erkennen. Außerdem waren die steilen Klippen im Weg, die sich zwischen dem Tal von Gronanvel und der Mündung der Gewässer hinter Vannyons Furt erhoben. An diesem Punkt führte die Straße zwischen dem gefrorenen Flussufer und den steilen, dicht bewaldeten Hängen entlang. Bald würde sie nach Süden abbiegen und in das hügelige Hochland ansteigen, bevor sie in die Schlucht mündete, die sie zu Vannyons Furt brachte.

Jemand bohrte ihm einen Finger in die Schulter. Er seufzte, trat vom Fenster zurück und bot Keren mit einer spöttisch eleganten Handbewegung seinen Platz an.

Medwin stand auf der vierten Sprosse einer grünen Leiter, deren Farbe allmählich abblätterte, und die mit einem Scharnier an der Dachluke befestigt war, von wo er die Lage mit Hauptmann Redrigh diskutierte. Gilly lächelte. Nachdem sie in den Außenbezirken von Sejeend in einen Hinterhalt geraten waren, hatte der Hauptmann darauf bestanden, dass die drei Delegierten die Reise unter sichereren Bedingungen fortsetzten. Gilly hatte seine Kontakte vor Ort spielen lassen und ihre Wünsche übermittelt. Ein bisschen später am Tag standen sie staunend vor diesem bunten Kutschwagen. Medwin und Keren waren nicht besonders begeistert gewesen, aber Hauptmann Redrigh genügte, dass die Kutsche Wände und ein Dach aus solidem Holz aufwies. Der Handel war schnell abgeschlossen.

Gilly kehrte zu seiner gepolsterten Bank zurück, nahm die Kulesti von einem Haufen Wolldecken und wollte gerade erneut versuchen, sie zu stimmen, als er ein leises Kratzen hörte. Er runzelte die Stirn. Es schien von der Wand gegenüber zu kommen ... Dann sah er es. Die dunkle Spitze eines Dolches, die zwischen Fensterladen und Rahmen nach dem Riegel tastete. Schnell und lautlos wickelte Gilly das Instrument in eine Decke, verstaute es in der Ecke, zog sein Breitschwert und drückte es gegen die schwere Baumwolle seiner Hose, um jedes Geräusch zu dämpfen.

Behutsam schlich er zum Fenster und setzte die Spitze seines Schwertes sorgfältig unter dem tastenden Dolch an. Dann rammte er die Klinge mit aller Kraft durch den Spalt, spürte, wie sie sich in einen Körper grub und hörte einen schmerzerfüllten Schrei.

»Achtung ... Hinterhalt!«, brüllte er. Er riss seine Klinge zurück, wirbelte herum und zerrte Medwin am Arm aus dem Oberlicht. Er hörte, wie draußen Schreie gellten und dumpfes Poltern, als jemand auf das Dach des Wagens sprang. Im nächsten Moment erschien ein knurrender Mann mit zerzausten Haaren in der quadratischen Öffnung und beugte sich mit einer gespannten Armbrust hinab. Keren hatte sich von dem anderen Fenster abgerollt. Als sie wieder hochsprang, hielt sie einen kleinen, mit Nägeln beschlagenen Schild in der Hand, den sie dem Eindringling ins Gesicht schleuderte.

Der Brigant schrie auf, als das Blut aus seiner zerschmetterten Nase spritzte. Vor Schreck ließ er seine Armbrust los, presste die Hände auf sein verletztes Gesicht und rollte sich laut fluchend von dem Oberlicht weg. Bevor jemand seine Stelle einnehmen konnte, sprang Keren die Leiter hinauf, zog den Deckel zu und rammte die Riegel vor.

»Das ist bereits der dritte Hinterhalt, in den wir geraten«, knurrte Medwin, während er ärgerlich seine Ärmel hochkrempelte.

Gilly nickte. »Bei einem mag es sich um Pech gehandelt haben, und bei dem zweiten um einen Zufall, doch drei zeigen wirklich eine deutliche Abneigung gegen uns ...«

Etwas hämmerte auf das Wagendach und Gilly sah hoch. Splitter flogen durch die Luft, als eine Axtschneide sich durch das Holz fraß. Gleichzeitig schlug jemand gegen die hintere Tür, und von draußen hörten sie Kampflärm.

Keren hatte ihr Schwert gezogen, den blutbespritzten Schild über den linken Arm gestreift, und schaute die beiden Männer ein. »Wir bekommen Besuch, werte Herren.«

»Ich glaube, ein warmherziges Willkommen wäre angemessen«, antwortete Gilly grinsend.

Er schob den Riegel von der Tür, riss sie auf und stürzte sich nach draußen ins Getümmel. Die Fackeln, die in ihren Haltern am Kutschwagen brannten, warfen einen flackernden, gelblichen Schein auf Trauben von Kämpfenden. Die Angreifer schienen der Eskorte zahlenmäßig überlegen zu sein, aber Redrighs Männer waren hervorragend ausgebildet. Gilly griff einen Mann an, der mit einem gepolsterten Harnisch bekleidet war und eine Keule und ein Rapier schwang, und musste sich im nächsten Moment eines heftigen Wirbels von Schlägen erwehren. Der Brigant hatte sich bronzene Amulette aus Ebro in seinen Bart geflochten und fluchte im Kampf unablässig auf Hethardisch. Gilly wich zurück, grinste und antwortete ihm mit einer Auswahl aus Flüchen, die er vor einigen Monaten in Bereiak aufgeschnappt hatte.

Der Ebroanische Krieger schaute ihn finster an und spie aus, als sein Gesicht vor Zorn rot anlief. Dann stürmte er wutentbrannt vor, worauf Gilly spekuliert hatte. Er duckte sich unter dem wütenden Schlag der Keule weg, wich dem Mann aus und riss ihm die Füße unter dem Körper weg. Der Ebroaner fiel nach vorn auf das Gesicht, und Gilly erledigte ihn mit zwei kraftvollen Schlägen ins Genick.

Er richtete sich auf, holte Luft und sah, wie Medwin einen der Briganten mit einer kalten, blauen Aura zu Boden schmetterte, während um ihn herum Redrighs Männer allmählich die Oberhand gewannen. Da hörte er, wie Keren seinen Namen rief und wirbelte herum. Sie rannte unbewaffnet vor zwei entschlossenen Halunken fort. Gilly verfolgte sie sofort, aber etwas hielt seinen Knöchel fest. Er stürzte und keuchte, als er auf den schneebedeckten Boden fiel. Sein Schwert flog ihm aus der Hand. Er drehte den Kopf und sah einen schwer verletzten Briganten, der mit einer blutigen Axt in der Hand auf ihn zukroch und ihn böse angrinste.

»Ich habe keine Zeit für Spiele!«, knurrte Gilly, raffte nassen Schnee auf und schleuderte ihn dem Angreifer ins Gesicht. Er rollte sich zur Seite, sprang auf, trat dem Mann gegen den Kopf, hob sein Schwert auf und setzte die Verfolgung fort.

Außerhalb des Lichtkreises der Wagenfackeln war es stockdunkel. Er hörte das Knacken von Zweigen und Schritte an der Uferböschung, und erkannte einen fahlen, schneebedeckten Pfad, der sich in den dunklen Wald schlängelte. Ohne zu zögern lief er weiter, aber kurz darauf endete der Pfad, und Gilly stolperte zwischen den Bäumen umher. Die undurchdringliche Dunkelheit im Unterholz verbarg die Dornen und Wurzeln, die an Gillys Kleidung rissen und über die er stolperte, als er den schwachen Geräuschen der Jagd folgte. Die Schatten stachelten seine Furcht an, welche die formlose Finsternis mit einer Legion von Ungeheuern bevölkerte. In seiner Vorstellung verwandelte sich das leise Kratzen und Rascheln der winzigen Waldkreaturen zu Bewegungen von Feinden, die ihm nach dem Leben trachteten, in Hände, die sich um die Griffe ihrer Schwerter krampften und in gnadenlose Blicke, die an Pfeilen entlang gerichtet waren, in grausame Klauen, die an gekrümmten Händen saßen, die nichts Menschliches hatten ...

Der Schrei eines Mannes vertrieb schlagartig alle Truggebilde. Es war ein gequälter Schrei, der unvermittelt abbrach. Gilly war erleichtert. Offenbar hatte Keren einen ihrer Verfolger erledigt. Der Schrei war von einer Stelle unmittelbar vor ihm gekommen, vielleicht fünfzig Meter hinter der Flanke einer schwarzen Masse, die einem kleinen Hügel ähnelte. Dann hörte er, wie der zweite Brigant furchtsam nach seinem Kameraden rief. Seine Schreie verwandelten sich jedoch in bösartige Versprechungen, was er mit Keren anstellen würde, falls er sie erwischte. Im nächsten Moment verstummte auch er, doch vorher hatte Gilly erkannt, dass er den Hügel auf der rechten Seite umging.

Du hättest besser deinen Mund gehalten, Junge, dachte Gilly, während er behutsam den Hügel hinaufstieg.

Nach kaum einem Dutzend Schritten wurde ihm übel und schwindlig, und sein Magen drohte zu revoltieren. Er musste stehen bleiben. Hatte er vielleicht etwas Verdorbenes gegessen, oder stiegen giftige Dämpfe aus dem vom Regen der Nacht aufgeweichten Boden auf? Gilly wollte sich nicht von seinem Kurs abbringen lassen, atmete tief durch, schluckte seinen Ärger herunter und stürmte weiter hügelan.

Nach einigen Schritten überkam ihn das Gefühl, als müsste er sterben. Die Luft brannte in seinen Lungen, und er schlotterte an allen Gliedern, während ihn die Kraft zusehends verließ. Er taumelte im Dunklen gegen einen großen Baum, drückte sein Gesicht gegen die feuchte Borke und atmete tief die kühlen, feuchten Gerüche des Waldes und des Mooses ein. Schließlich sackte er zu Boden ...

... und fand sich am Rand einer von einem merkwürdigen Leuchten erhellten Lichtung wieder. Ein Leuchten überzog die Blüten der vielen Büsche und schien vom Mittelpunkt eines weiten Kreises aus großen Steinquadern auszugehen. Seine Übelkeit verflog beinahe augenblicklich, und seine aufgewühlten Sinne wurden von dem leisen Gesang vieler Stimmen besänftigt, die denselben Ton hielten. Der Klang schwebte in der Luft. Aber mit seiner Kraft verstärkte sich auch das Gefühl von Unbehagen.

Der Hügel war eigentlich eine flache Anhöhe mitten zwischen den steilen Hängen, die Gronanvel flankierten. Alles außerhalb der Lichtung lag in tiefster Dunkelheit. In der Mitte des Steinkreises befand sich der Stumpf eines ehemals majestätischen Baumes, von dem das Leuchten ausging. Ein einzelner Ast ragte von ihm steil in die Luft. Die Wasser des kleinen Teichs daneben schimmerten golden und bläulich. Eine schlanke, in braune Roben gekleidete, alte Frau stand vollkommen in Andacht versunken daneben. Gilly verbarg sich hinter einen der großen Quader und beobachtete sie. Dabei streifte er einen der erleuchteten Büsche, aus dessen Blüten strahlende Funken in die reglose Luft emporstoben, von denen jeder ein leises Klingeln erzeugte, das allmählich verklang.

Die alte Frau schien das jedoch nicht zu bemerken. Sie konzentrierte sich auf den zähen Wirbel aus Nebel, der aus dem Teich aufstieg. Gilly hatte Keren und ihren Verfolger vergessen und sah ihr gebannt zu. Ein tiefer Ton mischte sich in den gedämpften, geisterhaften Chor, als die alte Frau ihre Arme vor der undurchsichtigen Nebelsäule ausbreitete.

»Große Weltenmähre, höre deine Dienerin Valysia!«, deklamierte sie mit brüchiger Stimme. »Zeige mir die dunklen Geheimnisse, entschleiere die geheimen Pfade und die Keime der Macht, schenke mir die uralten Worte des Schaffens und Vergehens ...«

Plötzlich stieß sie einen erschreckten Schrei aus, als in dem nebligen Strudel ein Licht aufflammte, aus dem glühende Fäden und Tentakel zuckten. Gilly stand wie angewurzelt da, während er fasziniert und ängstlich zusah. Die alte Frau hob eine zitternde Hand und deklamierte einige unverständliche Worte, bevor sie zurücktrat. Der schimmernde Strudel wurde langsamer und gewann an Form, bis er einen erkennbaren Umriss annahm. Es war eine Gestalt mit vier Beinen, viel massiger und größer als ein Mensch. Bald nahm Gilly mehr Einzelheiten war, die Kontur eines Pferdes, nur dass die Ohren runder waren und sich zwei kurze, starre Hörner auf seinem Kopf befanden ...

Er fuhr zusammen, als er die Gestalt erkannte. Eine Hexenmähre.

Die fahle Erscheinung scheute, stieß ein merkwürdiges, verzweifeltes Wiehern aus, sprang aus dem Teich und galoppierte wütend über die Lichtung. Sie zog leuchtende Fäden hinter sich her, und ihre Augen glühten in einem reinen Weiß.

»Wer hat das getan?«, tobte die Hexenmähre. »Welcher Narr hat mich an diesen Ort gezerrt und mir keinen Weg zur Rückkehr offen gelassen ...?«

»Ich war das, ich, Valysia, o mächtiges Himmelspferd«, sagte die alte Frau, der Freudentränen über das Gesicht liefen. »Ich sprach die Worte, die mein Vater mich lehrte, und die von Generationen von Priestern des alten Glaubens übermittelt wurden ...«

»Aber du hast den Rückweg verschlossen, du achtloses Geschöpf!«, erwiderte das Wesen, das die alte Frau ›Himmelspferd‹ nannte, und trabte zu ihr. »Wenn die Akolythen oder ihre Häscher meine Anwesenheit bemerken, werden sie nicht ruhen, bis auch wir letzten Überlebenden niedergemetzelt sind, wie meine Herdenschwestern und Brüder und alle meine Kinder.« Die Gestalt erhob sich drohend vor der geduckten Frau. »Feinde sind überall, selbst hinter diesem Stein dort drüben.«

Als Gilly das hörte, trat er vor und hob seine leeren Hände etwas an. »He, wartet mal, ich bin kein Freund der Akolythen ...«

Die Hexenmähre schwang den mächtigen Schädel zu ihm herum. »Betrüger!«, kreischte sie.

»Was? Aber nein ...!«

»Ich sah, wie du die Armeen der Finsternis geführt hast«, unterbrach ihn die Hexenmähre. »Unser letztes Refugium liegt verborgen hinter den Schleiern des Zwischenreichs, wo Fragmente der Vergangenheit und Zukunft achtlos um uns herunterregnen. Dein Gesicht habe ich bereits gesehen.«

»Das ist unmöglich!« Gilly war erschüttert und verängstigt. »Ich würde niemals meine Freunde hintergehen und alles verraten, wofür ich gearbeitet und gefochten habe ...«

»Nicht, solange du dich an diese Dinge erinnerst«, widersprach die Hexenmähre. »Aber du wirst sie vergessen ...«

»Gilly!«

Auf der anderen Seite der Anhöhe sah er Keren, die auf Hände und Knie heruntersank, sich übergab und heftig hustete. Er duckte sich an der Hexenmähre vorbei und lief zwischen den Steinen zu ihr hinüber. Die alte Frau, Valysia, sah ihm finster nach und deutete anklagend mit der Hand auf ihn.

»Eindringling! Du entweihst diesen heiligen Ort mit deinen Taten!«

Gilly achtete nicht auf die runzlige Himmelspferd-Priesterin, sondern stürzte an Kerens Seite und half ihr, sich aufzusetzen.

»Im Namen der Mutter.« Sie rang nach Luft und wischte sich den Mund ab. »Was ist das für ein Ort?« Dann blickte sie hoch, und erkannte voller Staunen die Hexenmähre, die zum Teich zurücktrabte. Ihre Wut war in jedem Schritt zu erkennen.

»Jetzt haben mich schon zwei Eindringlinge gesehen, Närrin, und bald werden andere ihnen hierher folgen. Du musst eine Tür für mich öffnen ... sofort!«

»Ich weiß nicht, wie.« Die alte Valysia zitterte kläglich. »Man hat es mich niemals gelehrt.«

»Ich kann nicht hier bleiben!«, kreischte die Hexenmähre. »Ich darf es nicht! Der Glanz, den du über diesen Ort gewoben hast, wird am Morgen vergehen, und dann werde ich jedem magischen Auge und jedem Spion von hier bis zum Rukang Massiv schutzlos ausgeliefert sein.«

»Es gibt hier in der Nähe Höhlen«, schlug Valysia vor. »Du könntest dich dort verbergen ...«

»Es gibt in diesem Land keine Höhlen, die dafür tief genug sind«, unterbrach die Hexenmähre sie wütend. »Du musst eine Verbannung beschwören.«

Die alte Valysia war entsetzt. »Aber du wärst im Zwischenreich verloren. Das kann ich nicht ...«

»Du musst es tun! Und du wirst es tun. Benutze diesen Baum als deinen Fokus!« Die Kreatur stieß sie mit ihrem Schädel an. »Tu es!«

Zitternd gehorchte die Alte.

Gilly schaute dem Ritual äußerlich ruhig zu, aber seine Gedanken waren von einer bebenden Panik erfasst. Die Worte der Hexenmähre gingen ihm im Kopf herum. *»Ich sah, wie du die Armeen der Finsternis geführt hast ... du wirst sie vergessen.«* Sie vermischten sich mit der schmerzverzerrten Prophezeiung von Avalti: *»Ich sehe einen eisernen Fuchs, unsichtbar für die Meute ...«*

Die Hilflosigkeit drohte ihn zu überwältigen. Ich liege in den Ketten der Worte von anderen, dachte er, und jetzt reiten mich diese Worte wie jagende Geister.

Eine schwache Aura umgab den Baum auf der Lichtung, und in der Höhle, die über seine ganze Höhe reichte, zuckten grelle Blitze auf. Valysia kauerte sich zusammen, einen Arm ausgestreckt, schüttelte den Kopf und ließ den Arm wieder sinken. Sie atmete keuchend.

»Ich ... finde die Kraft ... nicht«, stieß sie hervor. »Es braucht mehr ... als ich zu ... geben habe ...«

»Ich verstehe«, sagte die Hexenmähre. »Ich nehme dein Opfer dankbar an.«

»O nein ...«, flüsterte Keren, als die Hexenmähre Valysia in den Spalt des Baumes stieß. Die alte Priesterin war zu schwach, um sich wehren zu können, und ihr Schrei brach unvermittelt ab, als die Hexenmähre ihr die Kehle aufriss. Die zerbrechliche Gestalt der Alten zuckte noch einmal kurz, bevor sie starb, und als ihr Blut in den Baum rann, flammte ein Licht auf. Aus dem blutdurchtränkten Spalt, der sich allmählich verbreiterte, strahlte eine gleißende Helligkeit.

Die Hexenmähre drehte sich herum und musterte Gilly und Keren mit einem wilden Blick. Blut tropfe aus ihrem Maul, als sie sprach.

»Mit dieser Tat habe ich meinen Geist befleckt, aber der eure wird so dunkel sein wie der Leib der Nacht. Ich hätte von euch dieses Opfer verlangt, aber ich bin mir eurer Rolle im Fluss der Zeit nicht gewiss, also lebt. Ich hoffe, dass euer Ende, wenn es kommt, voll wilder Ironie und außerordentlichen Qualen sein wird.«

Mit diesen Worten sprang die Hexenmähre über den Leichnam der alten Frau in die strahlende Öffnung des Baumes. Als sie hindurch war und das fedrige Ende seines Schweifs von dem Strahlen verschluckt wurde, schnappte der lange Spalt zu und aus dem Baumstamm schlugen Flammen. Das sanfte Schimmern der Büsche erlosch mit einem Schlag, als würden Kerzen gelöscht, und im selben Moment brach der stürmische Wind über sie herein. Nur der brennende Baum hielt die Dunkelheit ein wenig zurück. Gilly überwand seinen Schock und zog Keren auf die Füße.

»Wir sollten neben dem Feuer warten«, schlug er vor.

Sie nickte und folgte ihm dorthin.

Als Hauptmann Redrigh und ein halbes Dutzend seiner Soldaten sie fanden, saß Gilly am Teich und sah zu, wie die Flammen den Kern des Baumstammes verzehrten. Es fiel ihm schwer, den Blick von dieser behaglichen Wärme loszureißen und sich auf Redrigh zu konzentrieren.

»Seid Ihr verwundet, Herr Cordale?«, fragte der Hauptmann.

Nur von Worten, hätte er gern erwidert.

»Wir sind sehr müde, Hauptmann«, antwortete Keren an seiner Stelle. »Wie geht es Medwin? Können wir sicher zur Kutsche zurückkehren?«

Redrigh war ein junger Mann mit alten, erfahrenen Augen. Das Blut eines Feindes bedeckte eine Seite seines Kettenhemdes, und er wischte sich einige rote Tropfen von einer oberflächlichen Wunde auf seiner Wange.

»Wir haben die meisten getötet und den Rest vertrieben, Mylady. Ein einzelner Brigant kam uns auf dem Weg zu diesem Ort hier entgegen, aber ich habe ihn eigenhändig erschlagen.« Redrigh schaute auf seinen Säbel und hielt jede Seite seiner Klinge vor die Flammen. Gilly sah, wie das goldene Licht über den Stahl lief, während der Hauptmann die Stirn runzelte.

»Medwin ist unversehrt, aber er wurde von einer merkwürdigen Trance gepackt, als wir die überlebenden Briganten in die Flucht schlugen. Als er wieder zu sich kam, wirkte er erschüttert, als hätte er ernste Neuigkeiten gesehen ...«

Gilly hörte ihm nicht weiter zu, als eine in eine Kutte gekleidete Gestalt aus der Dunkelheit auf die prasselnden Flammen des Baumes zuschwankte. Es war Medwin, und seine Miene war ernst, als er zu der Gruppe trat. Sie alle schauten ihn an.

»Ich habe soeben mit Erzmagier Bardow gesprochen«, erklärte er. »Gestern haben sich schreckliche Dinge vor Besh-Darok ereignet ...« Er rieb sich die Stirn. »Das Unvorstellbare ist eingetreten. Im Buckelgurt westlich und nördlich der Stadt, wo sich einst nur felsige, grasige Hügel erhoben, stehen jetzt zwei Festungen des Bösen, die jede von selbst aus eben diesen Hügeln erwachsen sind!«

Bestürztes Schweigen antwortete ihm, das nur vom Knistern des brennenden Baumstammes gestört wurde. Eine dunkle Vorahnung überkam Gilly, und er stand auf, während Medwin fortfuhr.

»Tausende von Menschen fliehen aus den Städten und Dörfern im Umkreis des Buckelgurts. Bisher ist noch nicht erklärlich, welche Macht hinter dieser entsetzlichen Invasion steht, aber Bardow zweifelt nicht daran, dass die Schattenkönige dahinter stecken. Bis jetzt wurde auch noch keine Streitmacht aus den Zitadellen entsendet, welche die Herrschaft des Kaisers herausfordern könnte, aber wir haben bereits den ersten furchtbaren Verlust erlitten. Lordregent Mazaret und mehrere Dutzend seiner Ritter patrouillierten in den Hügeln des Buckelgurts, als die schauerlichen Ereignisse dort stattfanden. Ein Zeuge hat gesehen, wie Mazaret überwältigt und gefangen genommen wurde.«

So also führen sie unsere Niederlage herbei, dachte Gilly. Sie bezwingen die Stärksten von uns einen nach dem anderen ...

»Kehren wir nach Besh-Darok zurück?«, fragte Keren.

»Der Erzmagier besteht darauf, dass wir nach Scallow weiter reisen«, sagte Medwin. »Jetzt, da der erste Schlag des Feindes erfolgt ist, macht das unsere Aufgabe in Dalbar umso bedeutsamer.«

Keren sah sich um. »Dann sollten wir uns wohl am besten auf den Weg machen.«

Sie brachen Zweige von benachbarten Bäumen ab und entzündeten sie wie Fackeln an den Flammen des Stumpfs. Während Hauptmann Redrigh seine Männer zum Ufer führte, blieb Gilly noch einen Moment stehen und starrte in die erlöschenden Flammen und die schwächer werdende rote Glut im Innersten des Baumstumpfes. Er fragte sich, warum Mazaret ausgerechnet in diesem Moment an diesem Ort gewesen war.

War es unabwendbares Schicksal, Ikarno, oder hat dein Gram dich zu diesem Wahnsinn geführt? Wenn das Schicksal will, werden wir eines Tages bei einem guten Glas Wein darüber reden. Hat dich jedoch der Tod ereilt, mein Freund, werden wir ihre Türme in Gedenken an dich niederreißen, das schwöre ich!

Er drehte sich um und ging zu Keren, die bereits mit einer Stockfackel in der Hand auf ihn wartete. Hinter ihm fiel der durchgebrannte Baumstumpf mit einem leisen Knacken auseinander, aber Gilly eilte weiter, ohne sich noch einmal umzusehen.

9

Diese gewaltigen Hände schufen
Schiffe, Gesetze und eine mächtige Stadt.
Schiffe, welche die Ozeane des Friedens,
Des Krieges und des Schicksals durchkreuzten.

JURAD'S: LEBEN VON OROSIADA, BUCH 8

Als Bardow die zweite Etage des Hohen Turmes erreichte, spürte er seine Müdigkeit. Ihm zitterten die Beine, und sein leerer Magen erinnerte ihn daran, dass er seit Stunden nichts mehr gegessen hatte. Genau genommen nicht mehr seit dem frühen Nachmittag. Er schlurfte zu einer hölzernen Bank in der Nähe des Treppenabsatzes und ließ sich dankbar darauf hinabsinken. Die schwere Dokumentenmappe aus Leder ließ er einfach neben sich auf den Sitz fallen. In den letzten anderthalb Tagen nach dem Auftauchen der Zitadellen hatte er ununterbrochen mit allen Adligen und Kaufleuten der Stadt konferiert, hatte sie beruhigt und die Stärke des Feindes heruntergespielt. Wo das fehlschlug, hatte er sie mit guten, altmodischen Prahlereien beruhigt. Denjenigen, die sich selbst davon nicht hatten umstimmen lassen, erlaubte er, Besh-Darok zu verlassen, wann immer sie es wollten.

Was einen Berg neuer Probleme aufwarf.

Zwei Palastwachen der Nachtschicht kamen aus einem Seitengang weiter vor ihm, sahen den Erzmagier mit gesenktem Haupt dasitzen und eilten hastig zu ihm. Er hörte ihre Schritte und blickte auf.

»Freundliche Herren, es geht mir gut«, kam Bardow allen Fragen zuvor. »Ich bin nur ein bisschen müde.«

»Vergebt mir, Meister«, sagte der Jüngere der beiden, der eine Laterne trug. »Aber wir haben Gerüchte gehört, dass am Molembra-Pier zwei Schiffe zusammengestoßen sind, und ich frage mich, ob Ihr vielleicht davon wisst. Mein Kusin arbeitet dort.«

»Ich komme gerade vom Langen Kai«, erwiderte Bardow. »Es hat tatsächlich eine Kollision stattgefunden, aber sie hat sich weit draußen im Hafen ereignet. An Land war niemand in Gefahr. Gute Männer, ich habe ebenfalls eine Frage: Das Konzil der Magier sollte eigentlich im Versammlungssaal auf dieser Etage zusammentreten. Trifft das zu, oder haben die Proktoren es an einen anderen Ort verlegt?«

»Nein, Meister.« Der ältere Wächter lächelte. »Es wurde nicht verlegt.«

»Gut, dann will ich Euch nicht länger aufhalten.« Bardow ignorierte den Schmerz in seinem Rücken, als er aufstand. Die Wachen verbeugten sich kurz und setzten ihre Patrouille fort, während Bardow sich in die andere Richtung wandte.

Der hohe Korridor folgte der Biegung des Turmes und wurde in regelmäßigen Abständen von verzierten Kupferlampen erhellt, die an verstellbaren Seilen hingen. Die Wände des Ganges waren mit blassgrauen und hellbraunen Steinen verkleidet und bildeten eine glatte, schlichte Fläche, die nur von wenigen hohen schmalen Fenstern durchbrochen wurde. Alle Öffnungen, an denen er vorüberging, waren von eisenbeschlagenen Läden fest verschlossen, alle, bis auf eines. Durch die Öffnung strömte frische, kalte Nachtluft herein. Als Bardow sich anschickte, es zu schließen, bemerkte er, dass es nach Norden hinausführte und man von hier aus über die dichtgedrängten Lichter von Besh-Darok bis zu den Gehöften und Besitzungen jenseits des Buckelgurts blicken konnte. Seine Hügel waren kaum mehr als ein tieferes Schwarz in der undurchsichtigen Nacht.

Schwache Linien und Bänder von hellen Wachslichtern verrieten die Lage der verhexten Befestigungen, die jetzt hinter diesen Hängen standen. Im Zentrum dieser Bastionen erhob sich die Zitadelle von Keshada, ein immenser, zylindrischer Fried, dessen fahle Aura selbst über die vielen Meilen Entfernung wie ein Leuchtfeuer zu sehen war und Tod und Zerstörung verhieß. Bardow starrte einen Moment auf die Zitadelle und versuchte, die

Zweifel zu ersticken, die sich am Rand seiner Gedanken regten. Dann zog er entschlossen die Fensterläden zu, schloss die Riegel, mit denen die Schieber oben und unten versperrt wurden, und ging weiter.

Die großen, schlichten Türen des Versammlungssaales lagen ein Stück weiter vor ihm. Als er sie aufstieß, brach das Stimmengewirr in dem Raum schlagartig ab.

»Endlich«, erklärte eine große, ganz in Schwarz gekleidete Frau, die Nachtkrähe genannt wurde. »Wir haben uns schon Sorgen gemacht.«

»Nehmt bitte alle meine Entschuldigung entgegen«, erklärte Bardow und schritt den sanft abfallenden Gang zu dem großen, sechseckigen Tisch hinab, um den sich die meisten Anwesenden versammelt hatten. Es waren weniger als zwanzig. Viele leere Sitzplätze lagen dem Tisch in einem großen Halbkreis gegenüber, und das spärliche Licht einiger Lampen wurde von dem großen Feuer in dem Kamin unterstützt, der in die glatte Wand eingelassen war. Diese Wand bestand zur Gänze aus einem einzigen, riesigen, in Stein gemeißelten Relief, das Orosiadas Triumphe und seine spätere Gründung der magischen Hallen von Trevada und auch die Errichtung des Kaiserlichen Palastes in Besh-Darok zeigte.

Als Bardow die sanft geschwungenen hölzernen Stufen hinunterging, bemerkte er, dass Alael und Nerek etwas abseits standen. Beide schienen ein bisschen verlegen zu sein, und ihm wurde klar, dass für sie die Gesellschaft der anderen Magier weit unangenehmer sein musste, als er angenommen hatte.

»Freunde und Kollegen«, sagte er, während er sich dem Tisch näherte. »Bitte seid meiner aufrichtigsten Dankbarkeit versichert, dass es Euch möglich war, trotz der Kürze der Zeit hierher zu kommen, und auch für Eure Geduld. Ich bin gerade vom Langen Kai zurückgekommen, wo ich Lord Sedderils Hafenmeistern geholfen habe. Es hat eine Kollision zwischen einer auslaufenden Passagierfähre und einem einlaufenden Frachtschiff gegeben, und sie bedurften meiner Hilfe, um im Dunkeln Überlebende zu finden.«

Die Blinde Rina trat in den Lichtschein des Kamins. »Sind viele gestorben?«

»Der Schiffskapitän war sich nicht sicher. Seine Männer und er haben etwa zwei Dutzend Menschen aus dem Wasser gezogen, aber auf der Fähre befanden sich wenigstens zweihundert Passagiere.«

Rina legte die Hand vor den Mund und wandte sich ab. In dem Halbdunkel hinter ihr bemerkte Bardow Terzis, die auf einem Schemel neben dem Kamin hockte. Sie wirkte still und traurig.

»Könnte das arrangiert worden sein?«, fragte ein großer, ebenfalls schwarz gekleideter Magier namens Cruadin. »Vielleicht von einem Handlanger der Schattenkönige?«

»Dahinter steckt bestimmt einer dieser Mogaun!«, bekräftigte die Nachtkrähe verbittert.

»Macht Euch nicht lächerlich!«, meldete sich eine trockene, verächtliche Stimme zu Wort. »Es war ein dummer Unfall, der von dummen Menschen verursacht wurde, die nicht bis zum Morgen warten wollten, das ist alles.«

Der Sprecher humpelte auf einen Stock gestützt ins Licht. Er war ein alter Mann, dessen linke Gesichtshälfte von schrecklichen Brandnarben entstellt war. Der linken Hand fehlten zwei Finger, aber er umklammerte fest den Griff seines Gehstocks, während er mit seinem verbleibenden Auge Bardow unfreundlich und durchdringend musterte.

»Amral«, wandte Bardow sich an die anderen, »bringt die Dinge wie immer auf den Punkt, ohne sich mit der Bürde des Taktes zu belasten.«

Einige lächelten oder unterdrückten ihr Lachen, während zwei ganz ungeniert kicherten. Amral ignorierte den Spott und hielt den Blick seines verbliebenen Auges fest auf Bardow gerichtet.

»Im Schatten dieses uralten Bösen ist Taktgefühl wohl eher etwas für schwächliche Gemüter«, konterte er. »Ich glaube nicht, dass Ihr uns wegen unseres Taktgefühls hier versammelt habt, Erzmagier, oder um unsere Gefühle angesichts des fürchterlichen Schicksals, das uns droht, zu verbergen.«

Bardow breitete feierlich die Hände aus. »Ihr habt Recht,

Amral. Die Lage ist ernst. Schlimmer könnte sie nur sein, wären wir des Kristallauges beraubt. Meilenweit um unsere Stadt herum sind Häuser und Felder verlassen, während die Flüchtlinge die Straßen nach Süden verstopfen. Panik und Furcht schleichen über die winterlichen Straßen, und die Häfen sind überlaufen von Menschen, die so entschlossen sind, Besh-Darok zu verlassen, dass sie sich nicht einmal von dem fürchterlichen Desaster heute Nacht abschrecken lassen. Und die ganze Zeit sitzen unsere Feinde da und beobachten von ihren Zinnen, wie Besh-Daroks Wille wankend wird, bevor auch nur eine einzige Schlacht geschlagen wurde ...«

»Ja, das habe ich auch gesehen«, erwiderte Amral gereizt.

Bardow beugte sich zu ihm, ohne seinen Ärger zu verbergen. »Aber ist es auch das, was du hören wolltest, Amral? Befriedigt es deinen Hunger nach Düsternis und schlechten Omen, zu wissen, dass die Dunkelheit kommt, und das Licht des Tages im Blute versinken wird ...?«

»Genug!«, rief der alte Magier. »Ich werde diesen giftigen ...«

»Und dennoch nährt Ihr die Verzagtheit mit Euren trostlosen Bemerkungen«, unterbrach Bardow ihn. »Niemand von uns ist blind für die schreckliche Realität, wem und was wir uns gegenübersehen, aber wir müssen alle Versuchungen der Verzweiflung unterdrücken und die Hoffnung und die Zuversicht aufrechterhalten.«

Jetzt sprach er zu der ganzen Versammlung. »Die Zukunft steht noch nicht festgeschrieben, ganz gleich, was irgendwelche Auguren auch verkünden mögen. Es sind die Herrn dieser verfluchten Türme, die an unserem Untergang schmieden. Sie sind es, die versuchen, sich als Herren der Zukunft aufzuschwingen, und es kann sehr wohl sein, dass all unsere Mühen und Leiden nichts fruchten! Aber genauso gut könnten sie am Ende dennoch genügen, um zu obsiegen! Ihr und ich wisst nicht, was die Zukunft uns bringt, und sie wissen es ebenfalls nicht, also werde ich mich gegen die Schattenkönige stellen und sie bis zu meinem letzten Atemzug auf Schritt und Tritt bekämpfen ...« Er hielt einen Moment inne, als er sich der heftigen Entschlossenheit bewusst wurde, die durch seine Sinne strömte, sowie der gefesselten Aufmerksamkeit seiner Zuhörer.

»Denn wir stehen nicht allein«, fuhr er fort und kehrte dem verkrüppelten Magier den Rücken zu. »Aus Sejeend und Ost Cabringa ist bereits Verstärkung an Kavallerie eingetroffen, und an den Kais löscht ein ständiger Strom von Frachtschiffen seine Ladung. Alle Menschen und Städte des Südens sind bereit, uns zu helfen, also werden wir mit jedem Tag, der verstreicht und den wir die Stadt halten können, stärker. Sollte sie jedoch erst fallen ...«

Bardow ließ den Satz unvollendet. Amral straffte sich und hob den Kopf, um ihm in die Augen zu sehen.

»Vergebt mir meine vorigen Worte, Erzmagier«, sagte er ruhig. »Ich habe solange mit meiner persönlichen Verbitterung gelebt, dass die Hoffnung auf die gütige Vorsehung mir wie ein kindlicher Akt des Glaubens erscheint. Woran sich allerdings auch nichts geändert hat ...« Ärgerliches Gemurmel wurde laut, doch er fuhr mit erhobener Stimme fort. »Dennoch habe ich meinen Berg verlassen und bin hierher gekommen, um diese Lakaien des Todes und ihre Sklavengeschöpfe zu bekämpfen. Wenn die Reihe an mich kommt, in die Bresche zu treten, Bardow, seid versichert, dass ich weder zaudern noch wanken werde.«

Die anderen murmelten ihre Zustimmung, und Bardow fühlte sich gleichzeitig erleichtert und demütig.

»Eure Worte erfreuen mich über alle Maßen«, erwiderte er feierlich und blickte zu dem gewaltigen Relief von Orosiada an der Wand über dem Kamin hinauf. »Zusammen werden wir den Mut des Konzils der Magier beweisen, wie es einst bei seiner Gründung gelobt wurde. Schon bald werden wir darüber zu debattieren haben, wie wir unsere verschiedenen Stärken und Talente in dem bevorstehenden Kampf einsetzen können, zunächst jedoch müssen wir noch etwas anderes besprechen.

Das Hohe Konklave ist uneins, wie man auf das Erscheinen von Gorla und Keshada reagieren soll. Die drei Stadtväter und einer der Lords wollen ein Heer als Speerspitze entsenden, um im Angesicht unserer unwillkommenen Gästen Stärke zu zeigen und gleichzeitig die Moral der Bewohner der Stadt zu heben.«

»Der Plan eines Idioten!« Die dunklen Augen der Nachtkrähe funkelten verächtlich.

»Das war auch mein erstes Gegenargument«, sagte Bardow trocken. »Obwohl ich es ein wenig ... zurückhaltender formuliert habe. Weder Kaiser Tauric noch Lordregent Yasgur haben sich dazu geäußert, sondern stattdessen darum ersucht, den Rat dieses Konzils abzuwarten.« Er sah sich am Tisch um. »Natürlich ist unsere Empfehlung für das Hohe Konklave nicht bindend, aber ich bin sicher, dass Kaiser Tauric sich noch keine Meinung gebildet hat.«

»Und Yasgur?«, erkundigte sich Cruadin. »Er will die Sache bestimmt aussitzen, denk ich mir.«

Bardow betrachtete den dunkelgekleideten Mann. Wie die meisten hier am Tisch Versammelten war Trandil Cruadin bereits vor der Mogaun-Invasion vor sechzehn Jahren ein Magier des Ordens gewesen. Er hatte als Obermagier in der Schlacht im Moor der Stelen gefochten, was bedeutete, er musste bereits die Blüte seiner Jahre erreicht haben. Auf Bardow wirkte er, als erhalte er magisch das Aussehen eines Dreißigjährigen. Seine Einschätzung des Prinzen der Mogaun allerdings verriet die Unnachgiebigkeit seines wahren Alters.

»Ich weiß, dass die Berater des Lordregenten einem solchen Einsatz abgeneigt sind«, sagte Bardow. »Ich habe jedoch den Eindruck, dass er selbst den Plan begünstigt.«

»Es wäre auf jeden Fall äußerst überstürzt, ein Heer, ganz gleich welcher Größe, in ein solch ungewisses Schicksal zu entsenden«, erklärte ein beleibter Magier namens Zanser. »Selbst nach unseren Nachforschungen wissen wir so gut wie nichts über diese Festung.«

Bardow seufzte. »Ich hatte gehofft, dass Creld und seine Vögel uns vielleicht helfen könnten, so etwas wie eine Karte zu erstellen. Aber er ist wohl nicht gekommen.«

»Er hat sich bereits auf einem Kauffahrer nach Gindoroj eingeschifft«, erklärte Luri, eine Anghatani, und sie wechselte einen Blick mit ihrer Zwillingsschwester Rilu, die neben ihr saß. Dann zogen die Zwillinge aus ihren identischen, blauen Kapuzenmänteln mehrere Pergamentblätter, die mit genauen Zeichnungen und Bemerkungen versehen waren.

»Es war nicht einfach, Insekten einzusetzen«, erklärte Rilu, als Bardow fragend auf die komplizierten Pläne schaute. Sie waren mittels feiner Ätznadeln angefertigt worden. »Sie laufen ständig Gefahr, von Vögeln und anderem Getier gefressen zu werden, aber wir konnten dennoch alle wichtigen Befestigungen und Wachtürme sowie die Umrisse der Zitadellen aufzeichnen.«

»Die Pläne sind exzellent«, meinte Bardow. »Ich lasse sofort von meinen Schreibern Kopien anfertigen.«

Die anderen murmelten anerkennend, während sie sich über die Pläne beugten, aber die Zwillinge sahen sich nervös an.

»Bedauerlicherweise sind unsere Pläne nicht mehr vollkommen exakt, Erzmagier«, erklärte Luri. »Weil die Mauern des Feindes ... wachsen.«

Alle verstummten bei ihren Worten, und Bardow runzelte verwirrt die Stirn.

»Seid Ihr Euch dessen sicher?«, erkundigte er sich.

Rilu nickte. »Durch die Augen der Insekten haben wir gesehen, wie sich ganze Mauern allmählich aus dem schlammigen Boden des Hügel gebildet haben, obwohl sie umso langsamer wachsen, je weiter sie von der Zitadelle entfernt sind.«

»Aber die Mauern scheinen einen langen Bogen zu ziehen, der irgendwann die Stadt umringen wird«, erklärte Luri.

»Wie eine Falle«, fügte Rilu.

»Das wirft ein anderes Licht auf die ganze Angelegenheit«, sagte Cruadin. »Sollten diese verhexten Mauern das Meer erreichen, wird alles, was wir benötigen, uns nur noch per Schiff erreichen können. Außerdem, wer weiß, ob die Mauern nicht ins Meer weiterwachsen und die Stadt am Ende vollkommen einschließen?«

»Ah, wir geraten wohl in Panik? Ihr vergesslicher Junge«, schalt Amral. »Das Meer ist ein Ort uralter und subtiler Mächte, die seit dem Anbeginn der Geschichte dem BrunnQuell feindlich gegenüberstanden.«

Cruadin warf dem alten Magier einen finsteren Blick zu. »Was hat die Geschichte mit dieser schrecklichen Krise zu tun? Ich sage Euch, was, nämlich gar nichts! Wir sehen uns ...«

»... demselben Bösen gegenüber, das diesen Kontinent schon seit Jahrhunderten peinigt.« Amral stampfte nachdrücklich mit seinem Stock auf den Boden. »Wir ignorieren die Vergangenheit auf eigene Gefahr ...«

»Ihr Herren«, unterbrach Bardow sie ernst. »Wir schweifen von unserem dringlichsten Thema ab. Das Hohe Konklave wird kurz nach Anbruch des Morgengrauens zusammentreten und erwartet, dass dieses Konzil, so wie es sich jetzt zusammensetzt, einen weisen Kommentar zu der Frage liefert, ob Truppen gegen den Feind entsendet werden sollen oder nicht.«

»Die Konsequenzen eines solchen Verhaltens könnten verheerend sein«, wiederholte der übergewichtige Zanser. »Aber die Konsequenzen des Nichtstun ...« Er zuckte mit den Schultern. »Es ist unabwägbar, nachdem wir nun von diesen wachsenden Wällen wissen.«

»Wenn wir ein großes Heer gegen Keshada entsenden, zwingen wir sie vielleicht, ihre Karten auf den Tisch zu legen.« Cruadin strich eine der Karten auf dem Tisch flach. »Wenn wir unsere Truppen auf Barken die Küste hinauf schicken, haben wir vielleicht das Überraschungsmoment auf unserer Seite, und statt sich den Weg zu uns zurückkämpfen zu müssen, können sie einfach zu den Booten zurückkehren.«

»Ein solches Heer müsste von einem Magier begleitet werden«, sagte die Nachtkrähe. »Natürlich melde ich mich freiwillig für diesen Einsatz ...«

Während die Magier aufgeregt diskutierten, trat Bardow vom Tisch zurück und winkte Alael zu sich.

»Würdet Ihr etwas für mich tun?«, fragte er. »Nur einen kleinen Botengang?«

»Natürlich, Herr Bardow.«

»Gut. Geht über die Haupttreppe hinab in den ersten Stock bis zur Schreibstube, Ihr erkennt sie an dem Gänsekiel über der Tür. Bittet dort einen der Schreiber, mit Euch hierher zurückzukehren. Natürlich auf meinen Befehl.«

»Ich verstehe, Herr.«

Er sah sie prüfend an und fuhr dann leiser fort: »Was haltet Ihr von dieser meiner Versammlung?«

Alael runzelte die Stirn. »Die anderen Magier sind sehr ... sie sind sehr von sich eingenommen«, murmelte sie und biss sich dann auf die Lippen.

Bardow lächelte. »Eitelkeit ist bedauerlicherweise ein wesentliches Merkmal der Magierzunft. Dennoch würde die Stadt ohne sie nicht einen einzigen Angriff auf ihre Mauern überstehen. Das ist die Wahrheit.« Er richtete sich auf. »Und jetzt beeilt Euch.«

Sie nickte kurz und ging zur Tür, während Bardow sich wieder dem Tisch und der erhitzten Diskussion zuwandte, die lautstark daran geführt wurde. Nerek saß immer noch abseits und verfolgte die Ereignisse mit sichtlicher Missbilligung. Er lächelte einen Moment darüber und brachte dann den lautstarken Wortwechsel mit erhobenen Händen zum Schweigen.

»Ihr Herren und Meister, nehmt Rücksicht auf meine Ohren«, sagte er und legte die Hände aneinander. »Natürlich müssen unsere Ratschläge sowohl der Kühnheit als auch der Vorsicht genügen, was nur sehr schwierig zu bewältigen ist, wie ich wohl weiß. Ich habe Euren Argumenten zugehört und schlage Folgendes vor: Das Hohe Konklave soll zwei Kompanien von Infanterie in das zerstörte Fort auf der alten Schmugglerklamm entsenden, begleitet von Zimmererleuten und Steinmetzen sowie einigen Karren Baumaterial. Dort sollen sie die Verteidigungsanlagen reparieren und einen Mast errichten, an dem der Kommandeur eine Waffenstillstandsflagge hissen wird.«

»Ihr glaubt doch nicht ernsthaft, dass der Feind einen Waffenstillstand akzeptiert?«, platzte Cruadin heraus.

»Ich weiß nicht, wie sie darauf reagieren werden«, erwiderte Bardow. »Aber sie halten vielleicht ihre eigene Position für so stark, dass es sie amüsiert, mit uns über einen Waffenstillstand zu verhandeln. Wenn wir eine solche direkte Begegnung mit kluger List nutzen, erkaufen wir uns vielleicht etwas mehr Zeit.«

Ein zögerndes Lächeln glitt über Amrals entstelltes Gesicht. »Ah, verstehe! Sie sollen sich fragen: ›Sind sie einfach nur unglaublich voreilig und dumm, oder verfügen sie über irgendwelche unbekannten Kräfte?‹«

»Genau so«, sagte Bardow.

Die anderen billigten seinen Vorschlag, bis auf Trandil Cruadin, der seine Arme verschränkte und eine finstere Miene aufsetzte. Er wollte etwas sagen, als ein kurzer, merkwürdiger Akkord über dem Tisch erklang. Bardow bemerkte, dass die Blinde Rina als Einzige über diese Unterbrechung lächelte und sah zu Nerek, die sich auf ihrem Platz umgedreht hatte und hinter sich schaute. Einige Sitzreihen entfernt saß ein hagerer, rothaariger Mann, welcher die Füße auf die Stuhllehne vor sich gelegt hatte, während er auf der Brust ein gebogenes, silbernes Instrument balancierte, das aus einer Reihe von kugelförmigen Kammern bestand, aus denen schlanke Pfeifen herausragten. Bardow hätte beinahe laut gelacht. Osper Trawm war die letzte Person, die er hier zu sehen erwartet hätte.

»Mein guter Meister Trawm«, sagte er. »Welche Überraschung. Was führt Euch nach Besh-Darok und vor allem zu diesem Konzil?«

»Seid gegrüßt, Erzmagier. Ich gestehe, dass meine natürlichen Instinkte nach wie vor die eines Beobachters sind, aber ich konnte der Bitte einer alten Freundin dennoch nicht widerstehen.« Er stand auf. Trawm war ein großer Mann und gekleidet wie ein Künstler. Er kletterte über die Sitzreihen, hielt inne und zwinkerte Nerek zu, bevor er zur Blinden Rina ging und ihre Hand an seine Lippen hob. Sie schüttelte den Kopf und lächelte, bevor sie ihre blicklosen Augen auf den Erzmagier richtete.

»Ihr müsst wissen, Bardow, ich hatte nur wenig Erfolg, den Mann aufzuspüren, der versucht hat, Nerek zu töten, und kam zu dem Schluss, dass ich Hilfe benötigte. Da fiel mir Osper ein, der tatsächlich auf mein Ersuchen hin erschien.«

Bardow betrachtete den rothaarigen Mann mit einem starren Lächeln. Osper Trawm war bis zur Invasion ein sehr talentierter, aber disziplinloser Student der Macht der Wurzel gewesen.

Obwohl er einer der wenigen war, welche die völlige Ausrottung der Wurzelmacht überlebt hatten, war er vor dem Konflikt geflohen und hatte das Leben eines fahrenden Barden aufgenommen, der über die Inseln und durch die abgelegensten Ortschaften von Ogucharn bis Dalbar wandelte. Vor sieben Jahren war Bardow ihm rein zufällig kurz vor den Landungsbrücken von Port Caeleg auf der Insel Sulros über den Weg gelaufen, und seitdem schien sich Trawm kaum verändert zu haben. Das glänzende Instrument, das um seinen Hals hing, sah dagegen neu aus.

»Es freut mich, dass Ihr Euch unseren gemeinsamen Bemühungen anschließt«, sagte Bardow vorsichtig. »Wie bald könnt Ihr anfangen, Euch mit der Blinden Rina ans Werk zu machen?«

Trawms glänzende Augen verrieten gleichermaßen Ärger und Eifer. »Ich habe bereits begonnen, Erzmagier«, sagte er und betastete die Pfeifen des Instruments. »Und habe die Fährte unseres Möchtegern-Meuchelmörders aufgespürt, jedenfalls zum Teil.«

»Wir haben keine Spur gefunden«, sagte Luri. »Gar keine.«

»Und wir haben sehr sorgfältig gesucht«, fügte ihre Zwillingsschwester Rilu hinzu. »Es gab nirgendwo eine Spur der Magie, die er benutzt hat. Wie konnte Euch gelingen, was uns versagt blieb?«

Trawm grinste breit. »Indem ich seine Luft einatmete, schöne Damen. Indem ich dies benutzte, mein Ventyl.«

Alle reckten ihre Hälse und starrten misstrauisch auf das Musikinstrument, das an seinem Hals hing, Bardow eingeschlossen.

»Es sieht aus wie eine bessere Syrena«, erklärte die Nachtkrähe.

»Nach ihrem Vorbild habe ich es gestaltet«, erwiderte Trawm. Er deutete auf die Reihe mit runden Kammern. »In einer oder allen diesen Kammern kann ich den Gedankengesang des sanften Windes anregen, welcher dann süße Töne erzeugt, je nachdem welche Tasten und Pfeifen ich benutze. Ich kann auch den Gedankengesang der Kadenz benutzen und ihm eine stimmhafte Qualität geben.«

»Und welchen Zweck hat dieses Mundstück?«, erkundigte sich Amral skeptisch.

»Es ist eine kleine Täuschung«, gab Trawm zu. »Es gibt vor, dass meine Lungen die Arbeit tun.«

»Und wie soll uns das Instrument bei der Suche nach Nereks Angreifer helfen?«, erkundigte sich Bardow.

»Indem ich den Gedankengesang des sanften Windes unmerklich verändere, verwandle ich mein Ventyl in eine Retorte, welche Düfte aus der Luft destilliert! Die Blinde Rina hat mich an die Orte geführt, an denen Nerek und ihr Feind aufeinander gestoßen sind, und trotz der beträchtlichen Zeitspanne, die seitdem verstrichen ist, konnte ich die persönliche Duftnote dieses Mannes herausfiltern.«

»Keine angenehme Aufgabe, scheint mir«, murmelte die Nachtkrähe.

»Allerdings nicht!«, gab Trawm amüsiert zu. »Mit Rinas Hilfe habe ich schwache Spuren seiner Schweißspur an verschiedenen Orten gefunden. Einschließlich in unmittelbarer Nähe des Kaiserlichen Palastes.«

Unbehagliches Schweigen antwortete auf diese Nachricht, und Bardow spürte sofort eine Veränderung im Tonfall der Versammlung.

Warum sollte der Attentäter herkommen, dachte er, wenn er nicht einen weiteren Anschlag auf Nereks Leben vorhätte? Oder hat er sich vielleicht mit jemandem innerhalb dieser Mauern in Verbindung gesetzt? Bei der Leere, das könnte dazu führen, dass wir vor unseren eigenen Schatten zurückschrecken! Aber wie soll ich das verhindern ...?

»Könnt Ihr mir sagen, wann das gewesen ist?«, erkundigte sich Bardow gelassen.

»Etwa vor zwei Tagen«, sagte Trawm. »Es gibt keine weiteren Spuren von ihm, also hält er sich vielleicht versteckt.«

Bardow nickte weise und behielt eine undurchdringliche Miene, während sich seine Gedanken förmlich überschlugen. *Ich muss das im Keim ersticken, sonst wird jeder hier im Palast anfangen, den anderen zu beobachten ...*

Er lächelte Trawm herablassend an. »Nun, das klingt jedenfalls nach einer interessanten Übung«, sagte er. »Und diese Pfeifen sind wirklich originell ...«

»Ihr glaubt ihm nicht«, sagte die Blinde Rina plötzlich. »Ihr glaubt, dass unsere Suche nur Zeitverschwendung war.«

»Das habe ich nicht gesagt«, antwortete Bardow. »Ich brauche nur einen überzeugenden Beweis, bevor ich solche Schlussfolgerungen dem Hohen Konklave vortrage. Vielleicht sollte Osper noch ein oder zwei Tage diese Duftnoten verfolgen, dann wissen wir, ob etwas dabei herauskommt.«

Die Blinde Rina schüttelte den Kopf. »Wie könnt Ihr nur so kurzsichtig sein, ausgerechnet Ihr?«

»Uns mangelt es an allem, Rina, nicht nur an Weitsicht, sondern vor allem an Zeit«, erwiderte Bardow gereizt. »Ihr müsst beide schon mehr tun, wenn Ihr mich überzeugen wollt ...«

Trawm löste sich plötzlich aus dem Kreis der Versammelten und eilte zur Tür. Die Blinde Rina wandte Bardow ihr Gesicht zu, das wortlose Missbilligung ausdrückte, und folgte dem Barden hinaus. Dabei wäre sie beinahe mit Alael zusammengestoßen, die mit einem müden Schreiber in der Tür erschien.

Bei allen Göttern!, dachte Bardow trübe, was wird es wohl kosten, diese zerrauften Federn zu glätten? Wären Osper und sie nur zu mir gekommen, als ich allein war, dann hätte ich ihnen diese öffentliche Demütigung ersparen können. Aber wir können uns im Augenblick keinen Massenwahn leisten, in dem jeder jeden verdächtigt ...

»Erzmagier, mir ist eingefallen, dass bisher noch niemand von der Dalbar-Krise gesprochen hat«, sagte Zanser. »Oder von der Beteiligung der Theokratie von Jefren.«

»Das, mein Freund, ist deshalb nicht geschehen, weil das Hohe Konklave bereits die nötigen Maßnahmen ergriffen hat.«

»Die notwendigen Maßnahmen?«, konterte Zanser. »Sie haben drei Unterhändler losgeschickt, von denen auch nicht einer einen Tropfen blauen Blutes in den Adern hat, und einen Trupp von Berittenen. Das sieht aus, als hätten wir Dalbar bereits als Verbündete abgeschrieben.«

Bardow lächelte ihn scharf an. »Ja, genau das habe ich beabsichtigt. Denn vielleicht kommen unsere Feinde zu genau demselben Schluss, hm?«

Zanser starrte ihn eine Weile vollkommen verwirrt an, bis er die Worte des Erzmagiers begriff.

Bardow drehte sich zu Alael und dem Schreiber herum, den sie mitgebracht hatte. Es war ein junger Mann mit glattrasiertem Kopf, der einen einfachen, braunen Wappenrock trug, ein Stützbrett unter den Arm geklemmt hatte und seine Schreibutensilien in einem Lederbeutel um die Taille trug.

»Jarl, richtig?«, fragte Bardow.

»Ja, Erlauchter.«

»Gut. Erstens geht es um dies hier ...« Er tippte auf die feingezeichneten Landkarten der Zwillinge. »Ich möchte, dass du sie in deiner schwärzesten Tinte abmalst, und zwar je zwei Exemplare. Du kannst gleich hier damit beginnen, weil wir noch ein Dokument haben, an das du dich spätestens in einer Stunde setzen wirst. Verstanden?«

Der junge Schreiber sah Bardow staunend an und nickte.

»Ausgezeichnet.« Bardow musterte der Reihe nach die erwartungsvollen Gesichter am Tisch. »Und nun, meine Freunde, wollen wir uns auf die Formulierung unseres Vorschlages konzentrieren. Wir müssen einige Personen auf unsere Seite ziehen, einschließlich der des Kaisers selbst, also sollten wir uns klar und deutlich ausdrücken.«

Und danach, dachte er, muss ich behutsam überzeugend vorgehen, um Rina und Trawm zu überreden, ihre Suche nach unserem versteckten Spion fortzusetzen, und zwar im Geheimen.

Und dann, endlich ... finde ich vielleicht etwas Schlaf.

Byrnak führte die beiden Oberhäuptlinge der Mogaun gemächlich durch den geschmückten Korridor und zeigte stolz auf die prunkvollen Einzelheiten. Kleine Öllampen aus Glas waren hoch oben an der Decke aufgehängt und spendeten nur ein gedämpftes Licht, aber der Stein bestand an dieser Stelle vorwiegend aus schwarzem Marmor oder poliertem Granit, der das

Licht sanft schimmernd reflektierte, und dessen zahlreiche, kunstvolle Intarsien in seinem Schein funkelten. Ein häufig wiederkehrendes Motiv in diesem Korridor war das Pferd. Es fand sich auf Wendeltreppen und Säulen, auf schmalen Reliefpaneelen, die sich über eine Wand zogen, oder als Paare lebensgroßer Statuen, die auf Podesten einige Durchgänge und Türen flankierten und sich in wilden, versteinerten Posen aufbäumten. Byrnak blieb vor einer Plastik stehen und wies seine Gäste auf ihren Ausdruck hin.

»Betrachtet diese Augen, meine Freunde. Seht nur, wie sie mit einer unangreifbaren Verachtung auf die Welt hinabschauen. Die beiden Statuen sehen tatsächlich auf uns herunter, als wollten sie jeden einschüchtern, der es wagt, zu ihnen aufzuschauen.« Er musterte die beiden Oberhäuptlinge aus den Augenwinkeln. »Warum tun sie das eurer Meinung nach wohl?«

Welgarak, der größere der beiden, schüttelte bedächtig den Kopf.

»Ich weiß es nicht, Großer Gebieter.«

»Natürlich weißt du es nicht«, erwiderte Byrnak. »Die Geschichte dagegen lehrt, dass der Erbauer dieser Zitadelle von Rauthaz Eingeweihter eines geheimen Himmelspferd-Kultes war. Unglücklicherweise war sein Arbeitgeber König Tynhor der Hohe Priester im Tempel des Nachtbären, damals der offizielle Glaube von Yularia. Als Tynhor herausfand, dass sein Lieblingsbaumeister dem verachteten Himmelspferd-Glauben anhing, ließ er den Mann in seinem Heim vor den Augen seiner Familie abschlachten und übertrug anschließend die Ausschmückung der restlichen Kammern und Korridore einem Baumeister, der ein geschworener Anhänger des Nachtbärenglaubens war. Wie sich herausstellte, war er zwar ein gläubiger Gefolgsmann, aber ein miserabler Handwerker, also hat man nirgendwo in dieser Zitadelle außer in diesem Korridor das Gefühl, unter den Augen eines Gotteswesens zu wandeln.«

Außer in deinem eigenen Schädel, Elender.

Byrnak hätte diesen Einwurf aus seinem eigenen Verstand beinahe mit einem unwilligen Knurren kommentiert, aber er riss sich zusammen und weigerte sich, der Präsenz nachzugeben, von der er besessen war. Statt dessen zwang er sich, vor diesen ungebildeten Dienern, die er zu sich befohlen hatte, Gelassenheit an den Tag zu legen.

Die verheerende Schlacht vor Besh-Darok und die anschließenden Ausschreitungen und Exekutionen hatten die Zahl der Mogaun-Armeen drastisch verkleinert und die meisten ihrer Häuptlinge den Kopf gekostet. Einige Stämme waren abtrünnig geworden, aber der größte Teil der übrigen Krieger hatte dem Befehl der Akolythen Folge geleistet, Welgarak und Gordag Gefolgschaft zu schwören. Da die meisten Schamanen der Mogaun ebenfalls tot, verrückt geworden oder geflohen waren, bestand kaum die Gefahr einer Massenrebellion. Byrnak hatte es jedoch auf sich genommen, die beiden Oberhäuptlinge genauer zu prüfen und die Stärke ihrer Loyalität sowie ihre Bereitschaft für die bevorstehende Schlacht auszuloten.

»Wie würdet ihr euch fühlen, wenn man von euch solche Statuen anfertigte?«, fragte er sie. »Wenn ihr eine solche Verehrung hervorrufen würdet?«

Welgarak blinzelte, aber seine Miene blieb grimmig. Der andere, Gordag, der seine einstige Körperfülle verloren hatte und mittlerweile fast abgemagert war, schien von diesem Vorschlag vollkommen überrascht zu sein. Dann lächelte er zögernd.

»Ich ... ich weiß es nicht, Großer Gebieter«, sagte er. »Vermutlich wäre ich glücklich.«

»Wenn all unsere Schlachten gewonnen sind«, meinte Byrnak und senkte die Stimme, als würde er Gleichgestellten etwas anvertrauen, »wird ein gewaltiger Schatz aufzuteilen sein, ganz zu schweigen von Ländereien, Titeln und Macht. All das wird der Lohn für Mut und Treue sein.«

Mehr sagte er nicht, sondern winkte sie weiter zu einer Biegung im Korridor. Vor einem gewaltigen Spiegel blieb er stehen. Der Rahmen war kunstvoll so geschnitzt, dass er einem Baum ähnelte, in den Blätter, Ranken und Beeren gewoben waren. In dem Blattwerk versteckten sich an beiden Seiten Kreaturen, Gesichter und Menschen, die daraus hervorlugten. Jedes Mal, wenn er daran vorüberging, glaubte Byrnak neue Einzelheiten in dem Relief zu erkennen.

Der Spiegel war doppelt so hoch wie ein Mann und zeigte den ganzen Korridor hinter den drei Männern, die davor standen. Byrnak trug die Kleidung eines Hochadligen, ein eng sitzendes, mitternachtsblaues Wams mit silberner Stickerei an Ärmeln und Kragen.

Die Oberhäuptlinge wirkten dagegen ungepflegt und ungewaschen, mit schmutzigen Hemden und Hosen. Ihre Pelze waren so verfilzt wir ihre Haare. Ihre Finger zuckten unwillkürlich zu den Griffen ihrer Klingen, doch die Gürtelscheiden waren leer, da sie ihre Waffen den Verwaltern der Zitadelle übergeben hatten. Finster musterten sie ihr Spiegelbild.

»Und jetzt seht, wie es sein kann«, sagte Byrnak und fuhr mit seinen Armen über den Spiegel.

Die Oberfläche zitterte. Dann sogen die beiden Mogaun scharf die Luft ein und fluchten anschließend beinahe ehrfürchtig. Welgaraks Spiegelbild trug nun eine bronzierte Rüstung mit einer Einlegearbeit, die das Mondemblem seines Clans in Gold und Perlmutt zeigte. Sein silbernes Haar war lang und glatt gekämmt, sein Vollbart dreifach gegabelt, und die Spitzen rot gefärbt. Gordag neben ihm trug eine bronzierte Brustplatte über einem glänzenden Kettenhemd und einen Helm mit roten Hörnern über seinem dunklen, zu feinen Zöpfen geflochtenen Haar. Beide hielten Streitäxte mit einem eisernen Heft in der Hand und wirkten größer und stattlicher. Ihre Blicke waren wild und stolz.

Byrnak warf den beiden Häuptlingen einen Seitenblick zu und lächelte über ihr fasziniertes Schweigen.

»Es gibt viel zu gewinnen«, sagte er einnehmend. »Von denen, deren Loyalität und Mut nicht wankt.«

»Ich stehe zu Euch, Großer Gebieter«, sagte Gordag, der seinen Blick nicht von seinem Spiegelbild losreißen konnte.

»Ich ebenfalls, Mylord.« Welgaraks Stimme klang träge und gelassen. »Welchen Dienst verlangt Ihr von uns?«

»Sammelt alle Stämme und Krieger, derer ihr habhaft werdet, im Gehölz von Gulmaegorn in Nord Khatris. In wenigen Tagen sende ich euch Befehle, welche diese Welt für immer verändern werden.«

Es kostete Welgarak und Gordag sichtliche Mühe, ihren Blick von ihren Reflektionen loszureißen und ihn anzusehen, und Byrnak amüsierte sich, als er den gierigen Ausdruck in ihren Augen bemerkte.

»Wie Ihr befehlt, Großer Gebieter«, sagte Welgarak, »so soll es geschehen.« Gordag nickte heftig.

»Gut. Nun geht und tut, wie ich Euch geheißen habe.«

Die Spiegelbilder zeigten jetzt wieder die wahren Reflektionen, und obwohl kurz ein sehnsüchtiger Ausdruck die Mienen der beiden Häuptlinge überflog, verharrte das glitzernde Verlangen in ihren Augen. Als sie sich verbeugten und davongingen, schritten sie weit selbstbewusster aus, als sie gekommen waren. Da hatten sie noch unterwürfig und mürrisch gewirkt, wie zwei geprügelte Hunde.

Byrnak lächelte, während er ihnen nachsah, als sie sich durch den Korridor entfernten. Es war subtile Hexerei, den Spiegel zu benutzen, um die Mogaun an die Illusionen ihrer größten Begierden zu binden. Wenn sie von nun an Zweifel oder Verzweiflung zu überwältigen drohte, würde dieser Zauber jedes Mal mit diesen glänzenden Visionen ihrer selbst diese Schwächen hinwegfegen. Das Bedürfnis, diese Pracht zu erlangen, würde ihre Loyalität besiegeln.

Sie werden dich trotzdem verraten, Narr.

Deine Besorgnis ist wirklich rührend, dachte Byrnak spöttisch. Wie schade, dass du es nicht für angebracht erachtet hast, uns vor Ystregul zu warnen.

Zerschmettere ihren Willen, sage ich, binde sie an dich, nimm ihr Leben in die Hand. Führ sie an der Leine, diese Hunde ...

Byrnak lachte laut auf, trotz der barschen Stimme, die in seinem Schädel erklang. In der Vergangenheit hatte er in solchen Momenten gefürchtet, dass diese unentrinnbare Folter ihn irgendwann in den Wahnsinn stürzen würde. Aber er hatte eine Lösung gefunden: Er übertönte die verhassten, knirschenden Töne mit lauteren Geräuschen.

Deshalb brachte er den Mund jedes geschnitzten Gesichtes, jeder Maske, jedes Pferdes und der Kreaturen an Wänden und Pfeilern dazu, einen wortlosen, lautstarken Gesang anzustimmen. Der dunkle, vermischte Chor Hunderter von Stimmen erfüllte die Luft so vehement, dass die Gemälde an ihren Nägeln erbebten, und der Gesang durch alle Seitengänge hallte. Und dies war alles, was Byrnak hörte, als er den langen, wunderschönen Korridor entlangschlenderte.

10

Dann sagte er zur Maske des Königs:
»Die armselige Gerechtigkeit, die du geizig verteilst,
Lockert nur die Bande,
Die uns an deine ungerechten Hände fesseln.
Falls jemals wahre Gerechtigkeit in diesem
Nachtgebundenen Königreich erwacht,
Wird sie dir die Masken hinunterreißen!«

Momas Gobryn, Der Prozess des Aetheon, Teil 4

Die drei Delegierten und ihre Eskorte erreichten an einem grauen Nachmittag, sechs Tage nach ihrer Abreise aus Besh-Darok, an Bord einer Zweimastbarke Scallow. Ein kalter Wind zupfte an ihrem Haar, und als sie den vereisten Laufsteg hinabgingen, fiel Keren sofort die hektische Betriebsamkeit auf dem Pier auf. Jeder mögliche Platz an Mole und Pier war belegt, und ein kleiner Wald von Masten und aufgerollten Segeln schwankte in der Dünung an der hölzernen Mole.

Der Winter hatte seinen Einzug in Dalbar gehalten, aber so weit im Süden schneite es noch nicht stark genug, dass der Schnee liegen geblieben wäre. Nur ein paar graue Flecken und Streifen waren am Rand der Ladezone zu sehen. Als Keren ihren Fuß auf die abgenutzten Planken der Mole setzte, stieg ihr ein Gestank von verfaultem Fisch in die Nase, bei dem ihr die Augen tränten. Sie hielt sich die Nase zu und sah sich nach der Quelle des ekelhaften Geruchs um.

»Ah, das entzückende Aroma des Hafens von Scallow«, sagte Gilly, als er ihr auf festen Boden folgte. »Hat man ihn einmal gekostet, vergisst man ihn nie wieder.«

»Im Namen der Mutter!«, stieß Keren hervor. »Es war schon schlimm genug, mehr als einen Tag in diesem stinkenden Kahn zu verbringen ...« Sie hielt inne, als sie sah, wie Seevögel hinter einer Wand aus Kisten landeten, die über der Mole vor dem nächsten Liegeplatz gestapelt waren, wo ein schäbig wirkendes Ketch mit einem dreieckigen Segel vertäut lag. Selbst der Kistenstapel konnte den großen, dampfenden Haufen von Fischköpfen und Innereien nicht verbergen, den eine flink arbeitende Gruppe von Fischern, welche den Fang ausnahmen, unaufhörlich vergrößerte. Keren drückte sich eine Falte ihres Umhangs vor das Gesicht und versuchte, mit kräftigen Schritten aus dem stinkenden Wind zu gelangen.

Die Mole grenzte an einen Streifen schlammigen, festgetretenen Erdbodens, auf dem weder Lagerhäuser noch Warenlager standen. Stattdessen wurden dort Pferdekarren und Wagen mit den Gütern aus den vertäuten Schiffen beladen. Einige kleinere Handkarren wurden von hageren Männern gezogen. Vermummte Straßenjungen erledigten den größten Teil der Arbeit, bis auf einige erwachsene Vorarbeiter, welche die wirklich schweren Kisten schleppten.

Hinter der betriebsamen Ladezone befand sich ein langer Graben, jenseits dessen schäbige, einstöckige Lagerhäuser lagen. Es war ein trostloser Anblick.

Keren ließ Gilly am Schiff zurück und fand eine Stelle an einem Zaunpfahl, wo es nicht nach Fisch stank. Sie lehnte sich einen Moment dagegen und atmete tief durch. Unter ihrem Kapuzenmantel trug sie ihr altes Schwert. Es war die Waffe, die sie vor all den Monaten aus Byrnaks Lager mitgenommen hatte. Wenn sie es berührte, spürte sie den lederumwickelten Griff und die Scharte, die sie immer hatte ausbessern wollen, die solide, gebogene, eiserne Parierstange und den dreieckigen Knauf mit seinen Intarsien.

Es war eine tröstliche Klinge, eine, auf die sie sich in vielen Kämpfen hatte verlassen können, auch wenn sie in letzter Zeit das leichtere Kavallerieschwert bevorzugt hatte, mit dem sie schnellere, präzisere Schläge ausführen konnte. Diese Waffe lag jetzt verbogen und geschmolzen in einem Gang tief unten im Oshang Dakhal, zusammen mit den Gewissheiten eines anderen Lebens.

Außerdem verwahrte sie in einem kleinen Lederbeutel unter ihrem Mantel auch das Pergament mit der Kopie des Raegal-Sagenliedes aus dem Kodex auf. Es schien ein Ritual zu beschreiben, durch das ein Durchgang ins Reich der Dämonenbrut geöffnet werden konnte. Sie hatte das Geschenk des Kaufmannes dankbar akzeptiert und den Kodex in Alaels Obhut zurückgelassen, bevor sie Besh-Darok verließ. Damals war sie fest davon überzeugt gewesen, dass dieses Lied über Raegal, wenn es erst einmal übersetzt war, das Mittel und die Hinweise lieferte, die sie brauchte, aber jetzt war sie sich dessen nicht mehr so sicher. Der Hinterhalt am Ostufer von Vannyons Furt und das erstaunliche Auftauchen einer Hexenmähre deuteten auf eine mögliche Alternative bei der Wahl ihrer Bundesgenossen. Allerdings würde ein solches Abkommen ebenfalls Probleme aufwerfen.

Den Worten der Hexenmähre zufolge hatte sie mit anderen ein magisches Refugium zwischen den Reichen gefunden, aus dem es von dieser uralten Himmelspferd-Anrufung gezerrt worden war. Aber wo sollte Keren jemanden finden, der uraltes Wissen über einen nicht mehr bestehenden Glauben besaß? Sie seufzte und schob diese Rätsel für den Moment beiseite, während sie den weiten Blick über den südlichen Stadthafen genoss.

Scallow lag auf einer Landzunge zwischen einem langen Meeresarm und dem Sarlek-See. Vom fernen Nordufer aus mündete der See durch einen Flusskanal in die Hornbucht. Durch diesen Kanal waren Keren und die anderen gesegelt, nachdem sie eine Passage auf einer überfüllten Barke gebucht hatten. Die Mole, an der sie festgemacht hatten, lag auf der westlichen Seite der Landenge, und bei ihrer Fahrt nach Scallow hatte Keren auf der Ostseite eine Reihe größerer und stabilerer Kais gesehen, die aus schweren Pfählen und massiven Mauern errichtet waren.

Viele der Gebäude dort waren auf oder um kleine Hügel errichtet worden. Auf dem höchsten thronte eine trutzige Burg, wohingegen das Westufer ziemlich flach war.

Es war ihr erster Besuch in Scallow, und sie wusste nicht viel über die Stadt, außer dass sie für ihren Schiffbau und ihre Kriegsführung zur See berühmt war. Gilly hatte einen Ort namens *Wrackstadt* erwähnt, der angeblich aus geretteten Schiffen einer besiegten anghatanischen Flotte bestand, die zwischen einer Gruppe kleiner Inseln fest vertäut worden war. Ihre Decks und Kabinen waren zu Heimen, Tavernen und Werkstätten umgewandelt worden. Doch das Einzige, was Keren bei ihrer Ankunft gesehen hatte, waren einige dicht bebaute Brücken gewesen, welche die felsigen Inseln dieser Meerenge überspannten.

Sie beobachtete gerade eine lange Rudergaleere aus Honjir, die von Norden kam, als Gilly sich zu ihr gesellte. Und mit ihm der Fischgestank.

»Nette Leute, diese Fischer«, meinte er. »Sie sind sehr gastfreundlich und mitteilsam.«

»Wie gastfreundlich?« Keren rümpfte die Nase.

»Na ja, ich habe ein oder zwei Hände geschüttelt ...« Er runzelte die Stirn, roch an seinen Fingern und zuckte mit den Schultern. »Immerhin habe ich einiges herausgefunden ...«

Bevor Keren eine bissige Bemerkung machen konnte, stampfte Medwin auf sie zu. Seine Miene war umwölkt.

»Was für ein verlogenes, betrügerisches Reptil!«, stieß er zwischen den Zähnen hervor. Er musste sich bemühen, seine Stimme zu dämpfen.

»Ah, unser edler Kapitän«, erriet Gilly.

»Was ist los?«, erkundigte sich Keren.

»Er weigert sich, unsere Pferde herauszugeben«, erklärte Medwin. »Er behauptet, dass zwei nicht ordentlich an den Füßen gefesselt waren, in Panik gerieten und ihre Stalltüren herausgetreten hätten. Er will mich mit in den Frachtraum nehmen und es mir zeigen, aber ich wollte Euch zuerst mitteilen, was da vorgeht.« Er holte tief Luft. »Und um mich zu beruhigen. Ah, da ist er ja. Ich komme zurück, sobald ich die Wahrheit herausgefunden habe.«

Mit diesen Worten schritt er zur Mole, wo der Kapitän, ein großer, dürrer Mann, mit ein paar Matrosen seiner Mannschaft wartete. Gilly schnaubte amüsiert.

»Ich fürchte, die einzige Wahrheit, die Medwin herausfindet, wird die Entdeckung sein, dass alle Barkenkapitäne geborene Halsabschneider sind.«

Der Magier kehrte mit dem Kapitän an Bord zurück und verschwand im Frachtraum. Einige Minuten später tauchten beide wieder auf, begleitet von Redrigh, dem Hauptmann ihrer Eskorte, der an Deck blieb, während Medwin zu Gilly und Keren zurückkehrte.

»Und? Wieviel wollte er?«, fragte Gilly.

»Anderthalb Regal«, erwiderte Medwin. »Als er mir den so genannten Schaden zeigte, hätte ich ihn beinahe ausgelacht. Die Türen waren tatsächlich zerlegt, aber selbst ich habe gesehen, dass sie ganz einfach wieder zusammengesetzt und eingehängt werden konnten.«

»Zweifellos genauso einfach, wie man sie auseinandernehmen und aushängen konnte«, vermutete Keren.

»Genau.« Medwins Ärger war verflogen, und er schüttelte den Kopf. »Einen Moment lang war ich versucht, die Niedere Macht einzusetzen, obwohl seine Mannschaft daneben stand, aber ich entschied mich dann doch dagegen und habe statt dessen bezahlt.«

»Das war eine sehr kluge Entscheidung«, sagte Gilly. »Die Nachricht von einem solchen Vorfall hätte sich sehr schnell herumgesprochen, und die Rebellenclans hätten sich mit Freuden darauf gestürzt.«

»Ich weiß«, sagte der Magier und sah sich um, als Hauptmann Redrigh zu ihnen trat. Sein Gesicht war dunkel vor Wut.

»Meister Medwin, ich fürchte, es wird noch eine halbe Stunde dauern, bis diese Lümmel die Pferde an Land gebracht haben«, sagte er. »Wollt ihr warten oder einen Wagen suchen, der euch zum Ostufer bringt?«

»Schade, dass wir den Wagen nicht mitnehmen konnten, nicht wahr?«, fragte Gilly.

Medwin hob eine Braue, und Keren hüstelte.

»Bevor wir an Bord dieses morschen Kahns gegangen sind, habe ich einen Botenvogel an die hiesigen Repräsentanten der Krone geschickt und sie von unserem Kommen in Kenntnis gesetzt. Aber wir wurden unterwegs aufgehalten, also waren sie vielleicht schon hier und sind wieder gefahren ...«

Keren schaute an ihm vorbei auf den Brückenbezirk, ein buntes Durcheinander von Häusern und Spitzdächern, das sich über das Wasser hinweg und bis zum westlichen Ufer erstreckte, wo sich das Gewirr mit den Häusern und Höfen am Ufer vermischte. Zwei einspännige Kutschen tauchten aus einem hölzernen Torweg auf und fuhren über eine Pfahlstraße bis zu der Stelle, wo sie auf festen Boden stieß. Einer der Kutscher winkte, als er näher kam, und Keren wies Medwin auf ihn hin. Erleichtert wandte sich der Magier an Hauptmann Redrigh und murmelte ihm etwas zu. Der Hauptmann nickte und eilte zum Schiff zurück.

Kurz darauf blieben die Einspänner im Schlamm vor ihnen stehen. Beide waren mit einem durchlöcherten, auf ein Rohrgestell gespanntes Lederdach versehen. Der erste Kutscher kletterte herunter und verbeugte sich vor ihnen. Er war ein blasser, junger Mann in einem Kapuzenmantel aus einem grünbraunen Stoff.

»Meister Medwin, Herr Cordale, Lady Asherol, seid gegrüßt«, sagte er. »Ich heiße Astalen, und das ist mein Kollege Broen. Ich habe die Ehre, Händlerprinzipal Golwyth als Sekretär zu dienen, und es freut mich sehr, dass Ihr sicher angekommen seid. Normalerweise würde ich mir die Zeit nehmen, mich zu erkundigen, wie Eure Reise verlaufen ist, und wie es um Euer wertes Befinden steht, aber ich fürchte, dass wir so schnell wie möglich zum Ostufer aufbrechen müssen.«

»Ist ein Notfall eingetreten, Astalen?«, erkundigte sich Medwin, als der junge Sekretär sie zu den Kutschen führte. »Sind wir in Gefahr?«

»Ich würde beide Fragen mit einem nachdrücklichen Ja beantworten, Meister Magier«, erwiderte Astalen. »Versteht Ihr, jedes Jahr im Winter ...«

»Ah, die Bodush«, sagte Gilly plötzlich. »Ist es das Bodush-Turnier? Ich weiß, dass es dabei manchmal etwas ruppig zugeht ...«

Astalen schüttelte den Kopf. »Wann habt Ihr Scallow das letzte Mal besucht, Herr Cordale?«

»Vor etwas mehr als zehn Jahren«, gab Gilly zu.

»Ich fürchte, der Charakter des Spiels hat sich seitdem, sagen wir, zum Schlimmsten verändert.« Mit diesen Worten trieb er sie in die Kutschen. Keren und Medwin fuhren mit Astalen, und Gilly stieg allein in das zweite Gefährt. Astalen klatschte mit den Zügeln, und die Kutsche setzte sich mit einem Ruck in Bewegung. Er wendete und nahm wieder Kurs auf die Straße. Keren bemerkte, dass ihnen viele mürrische Blicke folgten, und sah teilweise sogar offen ablehnende Mienen. Als die Mole außer Sicht war, schüttelte sie sich vor Erleichterung.

Nachdem sie den Hafen hinter sich gelassen hatten, fuhren sie an einer Reihe von Lagerhäusern und Höfen vorüber, die Händlersiegel trugen und von nervös wirkenden Männern mit Schwertern und Spießen bewacht wurden. An einer Weggabelung bog Astralen nach links in Richtung Brückenbezirk ab, und die Räder der Einspänner ratterten laut, als sie über die Pfahlstraße rumpelten. Dann ging es eine kurvige Steigung hinauf und über eine ebene Strecke, bevor sie wieder bergab fuhren und um die nächste Kurve bogen. Das schwarze Wasser plätscherte nun direkt zu ihren Füßen. Beide Seiten der Straße säumten hohe, hölzerne Gebäude, die durch ein Labyrinth aus Brücken und Stegen miteinander verbunden waren. Jedes war eine merkwürdige Mischung aus verschiedenen Stilen und Formen, und an einigen waren wie im Nachhinein Balkone angebracht und zusätzliche Etagen eingezogen worden. Ein paar Häuser neigten sich gefährlich und waren mit zusätzlichen Haltestreben gesichert, von denen einige dazu noch mit eisernen Bändern verstärkt worden waren. Zudem erfüllte ein tiefes, unablässiges Knarren die Luft, während sich die Holzkonstruktion im Wind und mit den Gezeiten bewegte.

Der Pfahlweg stieg an und wurde zu einer schmalen Brücke, die zwischen den aneinander gedrängten, dunklen Gebäuden über ein kleines Stück offenen Wassers führte. Rechts von ihnen ragte eine Reihe aus vier Stangen aus dem Wasser, welche alle den gleichen Abstand hatten. Breite Karrenräder waren als Plattform an ihren Spitzen befestigt worden, und auf den ersten dreien bemerkte Keren einige blanke, von der Sonne gebleichte Knochen. Auf dem vierten lag ein Kadaver, an dem ein ausgewachsener Kronfalke zerrte, während einige kleinere Vögel über ihm kreisten.

»Ein Mogaun des Steinherz-Clans«, erklärte Astalen, während er langsamer fuhr. »Sie haben einen Plünderungstrupp über die Hornbucht hierher geschickt. Unsere berittenen Altasti haben sie erst erwischt, nachdem sie bereits etliche Dörfer im Norden gebrandschatzt hatten.«

»Es überrascht mich, dass ich nicht mehr davon gesehen habe.« Keren erinnerte sich an einige der Städte, durch die sie auf ihrer Reise gekommen waren, vor allem an diejenigen, welche sehr unter den Mogaun gelitten hatten. Die Bewohner hatten ganz offen schwerste Vergeltung geübt.

Astalen warf ihr einen Blick über die Schulter zu. »Das liegt daran, dass wir unsere Gefangenen normalerweise ersäufen, Mylady.« Er sah wieder nach vorn. »Natürlich mit einer Zeremonie.«

Natürlich, dachte Keren ironisch. Aber wem soll das eine Warnung sein? Scallows Feinden oder seinen Bürgern?

Es waren einige Fußgänger unterwegs, aber sie hielten sich von den Hauptstraßen fern und benutzten meistens die schmalen Stege, die sich an die oberen Stockwerke schmiegten oder von Giebel zu Giebel führten. Wie Keren bemerkte, tummelte sich auf den Wasserstraßen, die unter ihnen hinwegglitten, mehr Verkehr. Sie sah beladene Gondeln, die von grimmig dreinschauenden Bootsleuten vorwärts gestakt oder an winzigen Landestegen entladen wurden, die von den mit Muscheln übersäten Wasserlinien der großen Gebäude abgingen.

Eine Vielzahl von Gerüchen kündete von Werkstätten und kleinen Geschäften, der Hopfenduft eines Brauers, der Holzrauch einer Fischräucherei, das Aroma von frisch gebackenem Brot. Aber sie alle wurden von dem eisigen Wind vertrieben, als die Kutschen den Schutz der eng zusammenstehenden Gebäude verließen und auf eine kleine, steinerne Mole an der Seite eines offenen Kanals fuhren. Auf der anderen Seite war eine starke Zugbrücke beinahe senkrecht nach oben gezogen und wurde von dicken, gespannten Tauen gehalten, die durch Zahnräder und Winden führten, die von nervösen Hafenarbeitern bedient wurde. Ein Lastkahn mit stumpfem Bug fuhr langsam durch den Kanal, und die Matrosen mussten mit schweren Stangen Abstand von den Ufersteinen halten, während vier Männer mit gespannten Armbrüsten an Deck aufmerksam Wache schoben.

»Ich frage mich, was die wohl transportieren«, rief Gilly ihnen von der anderen Kutsche aus zu.

Keren wollte antworten, als sie plötzlich eine merkwürdige Empfindung überkam. Es war wie ein schwaches Geräusch oder der dünne Hauch eines Duftes, der im nächsten Moment jedoch verschwunden war. Sie runzelte die Stirn und ließ ihren Blick über den Kanal gleiten. Eine Gestalt auf dem Treidelpfad am anderen Ufer verschwand hastig außer Sicht.

»Interessant«, murmelte sie.

»Allerdings, Mylady«, bestätigte Astalen. »Hat diese Person uns oder die Barke beobachtet?«

»Das dürften wir wohl noch früh genug erfahren«, sagte Medwin gelassen und schaute über die schäumende Gischt des Sarlek-Sees hinweg nach Norden, auf die dem Blick verborgenen Lande.

Sobald die Barke durch war, wurde die Zugbrücke an ihren knarrenden Hanfseilen hinuntergelassen, und nachdem sie einige Leute zu Fuß in beiden Richtungen überquert hatten, fuhren auch die Kutschen hinüber. Astalen blieb auf einer offenen Straße, die über einige kurze Brücken und eine weitere große Zugbrücke führte, bevor sie schließlich den soliden Grund des Ostufers erreichte. Keren bemerkte den wachsenden Wohlstand, je weiter sie nach Osten kamen, die stabileren Häuser, die größeren, geschäftigeren Kais und die häufigeren Patrouillen der Stadtwache. Als die Kutschen schließlich nebeneinander über eine gepflasterte Straße weg von dem von Schiffen überfüllten

Haupthafen rumpelten, fragte Gilly Astalen, wie das Leben in der Wrackstadt so war.

»Schwierig«, antwortete der Sekretär. »Viele gute Leute sind weggezogen, während alle Arten von Gaunern und Schlägern sich dort ihre Höhlen eingerichtet haben. Der Teil der Rümpfe einiger der alten Schiffe, der unter Wasser lag, ist verrottet und ihre Decks sind überflutet. Man sagt, dass neue, tödliche Arten von Fischen und Aalen in der Dunkelheit dort unten entstanden sind, aber ich habe bisher noch keinen Beweis dafür zu Gesicht bekommen.«

Gilly seufzte. »Was für eine Schande. Die Wrackstadt hatte so viel Leben und Charakter, als ich das letzte Mal dort war.«

An einer Kreuzung bog Astalen in eine schmale Straße ein und zwang Broen, Gillys Kutscher, sich hinter ihm einzureihen. Die Gebäude hier waren solide und sicher gebaut, und hinter einigen Hofmauern sah Keren kleine, luxuriöse Gärten, geschmückte Lauben, Balkone und von Pfeilern gestützte Arkaden. Das alles stand in starkem Kontrast zu den Fassaden der Residenzen mit ihren einfachen Steinwänden, den spärlichen Fenstern und den unauffälligen Fronttüren. Es war völlig anders als die Holzgebäude im Brückenbezirk.

»Astalen?«, fragte sie. »Haben wir auf unserem Weg hierher eigentlich die Wrackstadt durchquert?«

»Nein, Mylady. Die Wrackstadt ist der westliche Teil des Südlichen Brückenbezirks. Ihr hättet es sofort an seinem heruntergekommenen Erscheinungsbild erkannt, den umherstreifenden Banden von wilden Kindern und natürlich dem Gestank.«

Keren wechselte einen amüsierten Blick mit Medwin. »Das liegt wohl nicht auf der Route unserer Stadtrundfahrt ...«, flüsterte sie.

Medwin hüstelte und sagte laut: »Freund Astalen, gehe ich Recht in der Annahme, dass die Gespräche zwischen dem Mondkonzil und den Rebellenclans sehr bald stattfinden sollen?«

»Genau so ist es, Meister Magier. Die Gespräche wären fast abgebrochen worden, da einige der Rebellen erst kämpfen und später reden wollten. Dann hat jedoch der Hevrin verkündet, dass er teilnehmen würde, und die anderen sind ihm gefolgt.«

Keren blickte stirnrunzelnd hoch. »Der Hevrin?«

»Sein voller Name ist Rikketh Cul-Hevrin, aber als Hoher Admiral des Stammes Hevrin nennt man ihn einfach nur den Hevrin.«

»Verstehe.« Keren spürte die Umrisse des Beutels unter ihrem Arm, in dem sich die Kopie des Kodex befand. »Bevor ich Besh-Darok verließ, habe ich einen Kaufmann namens Yared Hevrin kennen gelernt. Ich frage mich, ob es zwischen den beiden eine Verbindung gibt.«

Als sich Astalen umdrehte, sah er sie respektvoll an. »Yared Hevrin ist in Scallow sehr bekannt und genießt großen Respekt, Mylady. Er ist ein Kusin des Hevrin. Weil er das Mondkonzil unterstützt, wird er vom Stamm der Hevrin und seinen Verbündeten verachtet.«

»Kein Blut ist so vergiftet wie das zwischen zerstrittenen Verwandten«, erklärte Medwin. »Wird das negative Auswirkungen auf die Gespräche haben?«

»Ohne jeden Zweifel, Meister Medwin«, erwiderte Astalen. »Yared Hevrin wird irgendwann morgen eintreffen und seine Stellungnahme abgeben.«

Ein kalter Wind blies aus Norden und brachte einen leichten Nieselregen mit sich, der auf das lederne Dach der Kutsche prasselte. Keren schüttelte sich, als sie über das nachdachte, was Astalen ihnen gesagt hatte, und sich fragte, ob ihre Rolle in dieser Aufgabe wirklich notwendig war. Sie wusste nichts von Dalbar und Scallow und der Politik. Und ihr Vertrauen in ihre eigene Kampfkraft war nicht mehr so groß wie früher. Was ihre magischen Fähigkeiten anging, schienen sie trotz des Optimismus, den Bardow und Medwin an den Tag legten, eher winzig zu sein.

Der Erzmagier war von ihrem Potenzial fest überzeugt, und in unregelmäßigen Abständen hatte Medwin auf ihrer Reise einige Stunden darauf verwendet, sie die ersten Gedankengesänge zu lehren. Aber etwas in ihr sehnte sich immer noch nach der versiegten Macht, dieser uralten, unerbittlichen Macht der Dämonenbrut. Und dieser Teil würde sie immer wieder in Versuchung führen.

Regenböen peitschten auf sie ein, als sie über einen Marktplatz fuhren. Um sie herum duckten die Städter sich unter den Markisen der Buden oder traten in schützende Torwege, als der Hagel mit einem prasselnden Geräusch einsetzte, das sich unter dem Dach von Kerens und Medwins Kutsche besonders laut anhörte. Sie hatten fast die andere Seite des Marktplatzes erreicht, als eine Gruppe von schmutzigen, durchnässten Männern mit grünen Schärpen und Stöcken in den Händen aus einer Gasse auf Kerens Seite gelaufen kam. Der Anführer lief geradewegs auf die Kutsche zu, sprang auf das Trittbrett und beugte sich so weit in das Innere der Kutsche, dass Keren seine Bierfahne riechen konnte.

Es war ein junger Mann mit einem kohlschwarzen Bart und vom Regen verfilztem Haar. Seine Miene war feindselig, doch seine Angriffslust verflog rasch, als Keren ihren Mantel zurückschlug und ihr Schwert halb aus der Scheide zog. Astalen beschimpfte ihn und befahl ihm, abzuspringen, aber der Schärpenträger ignorierte die Tirade, schnaubte verächtlich, hämmerte mit dem Stock an die Seite der Kutsche und stieß ein merkwürdiges Heulen aus, als er hinuntersprang. Während Astalen die Pferde mit der Peitsche antrieb, hörten sie hinter sich weitere Rufe.

»Es ist sicherer, wenn wir uns beeilen!« Astalen musste schreien, um das Rattern der Räder auf dem Pflaster zu übertönen. »Die Bodush-Parteien werden bald diesen ganzen Bezirk in ihrer Gewalt haben.«

»Was ist mit Gilly?«, erkundigte sich Keren. Medwin drehte sich bereits um und hob einen Stofffetzen am hinteren Ende des Baldachins hoch. Sie spähten gemeinsam durch das Guckloch, und Keren hielt die Luft an, als sie sah, wie Gillys Kutsche von einer Gruppe ebenfalls völlig durchnässter Menschen mit roten Schärpen angehalten wurde. Nach einem kurzen Streit zwischen dem Anführer der Gruppe und Gillys Kutscher Broen wurde der unter einem Hagel von Faustschlägen von seinem Sitz gezerrt.

»Im Namen der Mutter!« Keren war wütend über diese Brutalität und wünschte sich, freilich vergeblich, dass sie auf Redrigh und seine Männer gewartet hätten.

Dann jubelte sie beinahe, als Gilly auf den Kutschbock kletterte und sich die Zügel schnappte. Er trat einem Mann auf die Finger, der auf die Kutsche klettern wollte, und trieb die Pferde mit klatschenden Zügeln an. Mitglieder einer anderen Bodush-Fraktion mit schmutzigweißen Schärpen stürmten aus einer Gasse und verspotteten die Roten, während sie die Straße hinter Astalens Kutsche blockierten. Gilly schrie seine Pferde an, riss an den Zügeln und zwang die Kutsche zur Seite, während ihn die heulenden, stockschwingenden Bodush-Spieler immer noch aufhielten.

»Astalen!«, rief Keren. »Gilly hat Schwierigkeiten.«

»Wir auch.«

Sie sah noch kurz, wie ein Mob mit gelben Schärpen aus einer schlammigen Gasse auf sie zustürmte, bevor die Kutsche plötzlich einen Satz nach vorn machte, und Medwin und sie auf ihre Sitze zurückplumpsten.

»Entschuldigt!«, rief Astalen. »Wir müssen schleunigst einen anderen Weg einschlagen!«

Gebäude flogen so rasch vorbei, dass Wände, Fenster und Türen verschwammen. Hunde verfolgten sie mit hängenden Zungen ein Stück, und Städter sprangen erschreckt zur Seite. Sie schüttelten die Fäuste und schrieen ihnen derbe Flüche hinterher. Die Kutsche schwankte und ratterte, und manchmal polterte sie heftig, wenn sie über ein Loch oder einen hervorstehenden Pflasterstein rumpelte. Keren hätte nicht gedacht, dass Astalen ein so geschickter Kutscher war, aber als er um einige sehr enge Ecken schleuderte, änderte sie ihre Meinung.

Sie ließen den größten Teil der gelben Fraktion in den ersten fünf Minuten hinter sich. Nur einige besonders hartnäckige Individuen, welche die Gassen und Abkürzungen besonders gut kannten, behielten die Kutsche noch einige Minuten länger in Sichtweite, bis auch sie schließlich zurückblieben. Astalen zügelte das Tempo und folgte den Straßen, die sich an der südlichen Flanke des Hügels entlangschlängelten, auf dem Schloss Scallow lag. Keren hatte gerade angefangen, sich etwas zu entspannen, als sie auch schon vor dem hohen, eisenbeschlagenen Tor von Golwyths Besitz ausrollten. Astalen rief jemandem in dem kleinen Wachturm etwas zu, und die Tore wurden langsam geöffnet, während er sich zu Medwin und Keren herumdrehte.

»Sobald Händlerprinzipal Golwyth erfährt, was Herrn Cordale und Broen zugestoßen ist, wird er seine Wachen nach ihnen aussenden.«

Medwin nickte schweigend, aber in Keren stieg erneut Ärger auf.

»Sagt Eurem Herrn, dass ich sie begleiten werde«, erklärte sie.

Die Kutsche fuhr durch die nach innen schwingenden Torflügel. Der Besitz des Händlerprinzipals war von hohen Mauern umringt. An einer drängten sich einige Lagerschuppen, ein Stall und ein Wachhäuschen, und vor der ihnen gegenüberliegenden Mauer stand ein großes, zweistöckiges Gebäude. Davor war ein langer, verwitterter Tisch aufgebaut, um den ein Dutzend Männer in Lederharnischen saßen. Sie lachten grölend. Als die Kutsche daneben hielt, stand eine grinsende Gestalt auf, die ihnen seltsam bekannt vorkam, und hob ihren schäumenden Bierhumpen zum Gruß.

»Ich muss Euch unbedingt eine Geschichte erzählen«, meinte Gilly Cordale und drängte sich zwischen seinen Zuhörern hindurch.

Keren stieg aus der Kutsche und versuchte vergeblich, ihre Erleichterung hinter einer strengen Miene zu verbergen. »Was ist passiert? Wie bist du diesem Pöbel entkommen, und wie hast du es geschafft, vor uns hier anzukommen?«

Gilly zuckte mit den Schultern. »Manchmal rollen die Würfel für dich, manchmal gegen dich.« Er trank einen kräftigen Schluck Bier. »Habt Ihr gesehen, wie sie Broen vom Bock gezerrt haben? Aye, also ich habe rasch seinen Platz eingenommen, die Zügel gepackt und die Pferde angetrieben. Weil die

Straße von den Weißen blockiert wurde, konnte ich euch nicht folgen. Also habe ich versucht, mir einen Weg über den Platz zu erzwingen, während ich nach allen Seiten Hiebe und Tritte an die grünen Schläger austeilte, die versuchten, auf meine Kutsche aufzuspringen.«

Mittlerweile erzählte er seine Geschichte ebenso für Golwyths Männer wie für Keren und Medwin und unterstrich seine Worte mit ausholenden dramatischen Gesten. »Aber ich kam nicht weit. Eine Abteilung der Grünen hat meine Kutsche angegriffen und sie umgekippt. Die Weißen griffen ein, Prügel tanzten auf Köpfen und eine fröhliche, altmodische Rauferei setzte ein, während ich von meiner zerstörten Kutsche wegkroch. Dann sprang ich auf und lief durch eine Straße, die vom Markt wegführte und zum Hafen hinunterging. Ich hatte erst wenige Meter zurückgelegt, als ich einen Schrei hörte. Als ich mich umsah, erblickte ich eine Bande von Gelbschärpen, die mich verfolgten. Ihre Blicke ließen nichts Gutes schwanen. Ich lief, als wäre der Sensenmann höchstpersönlich hinter mir her, duckte mich in eine Gasse und gelangte ans Ufer. Aber meine Verfolger ließen sich nicht so leicht abschütteln, also rannte ich den Kai entlang und eine bevölkerte Straße hinauf, in der jede Menge Buden standen …« Er hielt seinen leeren Humpen hoch, der rasch gefüllt wurde.

»Aber, meine Freunde, in dieser Straße waren so viele Städter und Händler unterwegs, dass ich nicht durchkam. Furcht schüttelte mich, bis eine Hand meinen Arm packte und mich in eine dieser dunklen Buden zog. Natürlich griff ich nach meinem Schwert, aber plötzlich schwang sich eine kleine, zwergenhafte Gestalt mit einem mächtigen Vollbart von der Decke und baumelte vor mir. ›Halt ein, tapferer Fremder‹, sagte der Zwerg mit einer merkwürdig fistelnden Stimme. ›Steck deine Klinge weg, denn wir bieten dir Zuflucht.‹«

Die Anwesenden verfolgten fasziniert diese plötzliche Wendung der Geschichte.

»Ich hatte zwar Angst vor dieser Erscheinung, aber nur solange, bis ich die Drähte bemerkte, die sie hielten. Denn ihr müsst wissen, dass ich hinter den Flügeln eines Puppentheaters stand, und es waren der Puppenspieler ...«, er zwinkerte seinen Zuhörern zu, »und seine wunderschöne Tochter ...«, bei diesen Worten johlte ein Chor anzügliche Bemerkungen, »... die mich vor einer Tracht Prügel von den Gelbschärpen bewahrten. Sie führten mich durch eine Hintertür in eine hohle Gasse, welche auf die Hauptstraße des Ostufers führte. Und wie das Schicksal so spielt, traf ich dort unseren heldenhaften Hauptmann Redrigh und zwei seiner Männer, die mich so schnell wie möglich hierher zu Golwyths Refugium brachten.« Er leerte seinen Bierhumpen. »Und nun sind auch noch meine guten Freunde rechtzeitig angekommen, um diese erstaunliche Geschichte mit anzuhören.«

Er verbeugte sich, als Keren und die anderen applaudierten. Selbst Hauptmann Redrigh klatschte Beifall. Er war mitten in der Geschichte mit seinen Männern aus dem Stall gekommen.

»Wohl gesprochen, Herr Cordale«, sagte eine tiefe Stimme.

Der Applaus verebbte, und die Männer machten einem großen, kräftigen Mann Platz, der ein schlichtes Wams und eine Hose aus dickem, grauem Leder trug, und dessen dunkelblauer Umhang mit einer großen, bronzenen Radbrosche auf der Schulter befestigt war. Keren vermutete, dass es sich bei ihm um Golwyth handelte, den Händlerprinzipal, den das Hohe Konklave zu seinem Repräsentanten in Scallow auserkoren hatte. Der Mann besaß jedenfalls Charisma. Er strahlte Zielstrebigkeit und Sicherheit aus, die in Erfahrung gründeten. Keren fand, dass er darin Mazaret und Yasgur ähnelte. Golwyth hatte jedoch noch etwas Besonderes in seinen Augen, eine Mischung aus Weisheit und Freude, die ebenso schimmerte wie das reichliche Silber in seinem ordentlich geschnittenen Haar und Bart. Nachdem Gilly und er sich die Hände geschüttelt hatten, trat Astalen vor und stellte ihm Medwin und Keren vor. Als sie seinem dunklen, herzlichen Blick begegnete, durchrieselte sie ein warmer, angenehmer Schauer.

Dann trat der Händlerprinzipal zurück und musterte die drei einen Moment.

»Überleben in diesen trostlosen Zeiten erfordert Stärke«, sagte er, »aber zu überleben und die Woge des Bösen zurückzuschlagen, erfordert ebenso Stärke wie einen selten zu findenden Mut. Ich habe viele verlässliche Schilderungen der großen Schlacht um Besh-Darok gehört, und ich fühle mich geehrt, Euch als Gäste unter meinem Dach willkommen heißen zu dürfen. Es tut mir Leid, dass Ihr bis jetzt nur das Schlimmste gesehen habt, was diese Stadt zu bieten hat.«

»Alle Städte haben ihre dunkle Seite, hochgeehrter Golwyth«, erwiderte Medwin. »Aber Euer herzliches Willkommen erhellt unsere Ankunft und stimmt uns froh, in Scallow zu sein.«

Die beiden Männer verbeugten sich knapp, und Keren wechselte einen amüsierten Blick mit Gilly, bevor sie den Händlerprinzipal ansprach.

»Herr Golwyth, aus welchem Grund haben uns diese Bodush-Fraktionen durch die Straßen gejagt?«

Golwyth warf ihr ein wissendes Lächeln zu und trat an die Rückseite ihrer Kutsche. »Ich glaube, das kann ich leicht beantworten, Lady Keren ... Ah, ja ...« Er bückte sich, und als er sich wieder aufrichtete, hielt er einen langen, weißen Stofffetzen in der Hand, sehr zu Kerens und Medwins Verblüffung.

»Ich bedaure Euch mitteilen zu müssen, dass Ihr unwissentlich zu Mitspielern in dem diesjährigen Bodush-Spiel geworden seid.« Golwyth hielt ihr das Tuch hin. »Das ist ein Emblem der Weißen Fraktion, eines von fünfen, die von den Turnierrichtern über die ganze Stadt verteilt werden.«

»Aber, Herr Händler«, sagte Gilly, der sein Wams ausgezogen hatte und es untersuchte. »Ich kann keine Spur einer solchen Flagge an meiner Person finden.«

Golwyth lächelte. »Während dieser alljährlichen Fiesta sind Missverständnisse die Regel, nicht die Ausnahme, Herr Cordale. Aber ich hoffe, dass meine Leute bald mit Eurem Kutscher zurückkehren, dann erfahren wir vermutlich mehr. Bis dahin gestattet mir, Euch Eure Quartiere zu zeigen, während die Köche ihre Arbeit tun.«

Während der Händlerprinzipal mit Medwin an der Seite vorausging, ließ sich Gilly etwas zurückfallen. »Ich kann nur hoffen«, raunte er Keren zu, »dass es keine Missverständnisse gibt, was meinen Appetit betrifft.«

Er lachte, warf sich sein Wams über und eilte hinter Golwyth und Medwin her, während er unterwegs ein Wort oder einen Handschlag mit den Wachen wechselte, die sich allmählich zerstreuten. Keren sah ihm nach, lächelte, schüttelte amüsiert den Kopf und folgte ihm ins Haus.

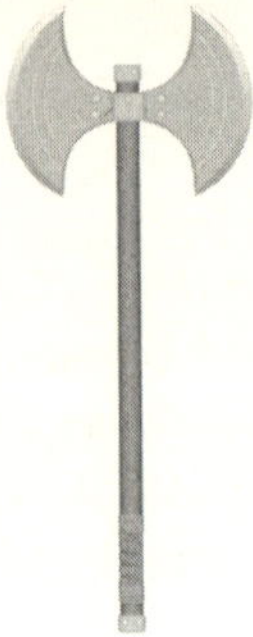

11

Sieh mit deinen schlaflosen Augen
Den blinden Ehrgeiz und die armselige Rache
Von Vagabunden und Königen.

CALABOS, DER SCHWARZE SCHREIN, KAPITEL 2, III

Am nächsten Morgen tauchte Medwin an Gillys Tür auf und bot ihm Hilfe bei der Auswahl seiner Kleidung an.

»Golwyth nimmt uns mit zum Hohen Haus der Kiele, wo wir die ranghöchsten Mitglieder des Rates treffen«, erklärte er. »Behaltet im Gedächtnis, dass dies hier ein Ort mit einer langen Geschichte ist, wo man entsprechende Vorstellungen von angemessener Kleidung besitzt.«

»Ihr wollt sagen, es handelt sich um verknöcherte Traditionalisten, die von Marotten besessen sind.«

Medwin zuckte merklich zusammen. »Ich will sagen, dass es kein geringer Beitrag zu dem lebenswichtigen Unterfangen wäre, das wir hier durchzuführen haben, wenn wir ihre Sitten respektierten.«

Gilly lag angetan mit einem langen Hemd und einer weiten Hose in dem schmalen Kistenbett seines kleinen Zimmers. Jetzt seufzte er theatralisch.

»Und was sind das wohl für Sitten?«

»Nüchterne und würdige Kleidung mit einem Minimum an Schmuck, feste und ungeschmückte Schuhe ...«

»Das ist ein Jammer. Ich habe mich nämlich schon so darauf gefreut, in meinen juwelenbesetzten Pantinen aufzutreten.«

»... und weder Umhänge noch weite Gewänder«, fuhr Medwin finster fort. »Medaillons der ErdenMutter oder des VaterBaumes sind erlaubt, solange sie dalbarischer Herkunft sind. Außerdem ist die Farbe rot innerhalb der Mauern des Hohen Hauses strikt verboten. Und zwar bei Todesstrafe.«

Gilly sah ihn fassungslos an. »Rot gleich Tod?«

»Vor etwa zweihundert Jahren hat eine Piratenarmada, die angeblich von einer der sagenhaften westlichen Inseln jenseits des Friedlichen Ozeans gekommen sein soll, Scallow angegriffen, die Stadt halb niedergebrannt und große Teile seiner Bevölkerung niedergemetzelt. Die Piraten hatten rote Flaggen gehisst und trugen rote Kleidung. Daher der Bann.«

»Interessant«, erklärte Gilly. »Eigenartigerweise ist das Banner der neuen Theokratie von Jefren ebenfalls zum größten Teil rot, jedenfalls behaupten das meine Informanten in Besh-Darok.«

Medwin wirkte plötzlich besorgt und legte rasch die Finger an die Lippen. »Sprecht das nicht so laut aus. Im Moment ist ganz gut, dass niemand weiß, was wir wissen.«

»Aber wir wissen doch kaum etwas«, wandte Gilly ein und kämpfte gegen ein Grinsen an.

Medwin nickte. »Es ist meine Aufgabe, die anderen eben das glauben zu machen. Außerdem bin ich auch viel mehr daran interessiert, was Ihr über die Rebellenhäuptlinge und ihre nicht so heimlichen Bundesgenossen herausfinden könnt, bevor das Hohe Haus zusammengerufen wird. Oder doch wenigstens bis zum Einbruch der Dämmerung. Wie bald könnt Ihr einen Kontakt zu unseren ... Geschichtenüberbringern herstellen?«

Gilly konnte sich das Lächeln nicht länger verkneifen. »Ihr meint meine schnüffelnden Tavernenratten? Ich habe Namen und Adressen von zwei Mitgliedern aus Süd-Cabal hier in Scallow, aber ich weiß nicht, ob sie nicht schon veraltet sind.«

»Ihr solltet sie trotzdem aufsuchen, sobald die Konferenz mit den Ratsmitgliedern vorbei ist.«

»Ist meine Teilnahme daran denn wirklich nötig?«, fragte Gilly. »Gewiss ist das Hohe Haus der Kiele ein faszinierender Ort, aber ich könnte meine Zeit gewiss nützlicher verbringen.«

Medwin schüttelte den Kopf. »Offiziell seid Keren und Ihr meine persönlichen Ratgeber, also werden sie uns drei erwarten. Sobald der formelle Teil und der Dialog vorüber sind, kann ich Euch beide unter irgendeinem Vorwand wegschicken.«

»Dann fangen die Diskussionen erst so richtig an, hm?«

»Mehr oder weniger. Und jetzt ... Golwyths Koch hat uns ein Frühstück zubereitet, also ... genug herumgefaulenzt, guter Mann! Es wird Zeit, dass Ihr aufsteht und Euch ankleidet!«

Noch bevor Gilly eine passende Antwort fand, war der lächelnde Magier verschwunden und hatte die Tür hinter sich geschlossen. Gilly starrte einen Moment auf das Holz und überlegte, ob sich unter seinen Kleidungsstücken etwas befand, das leuchtend rot war, aber nach einer kurzen Suche musste er mit Bedauern feststellen, dass er nichts dergleichen eingepackt hatte.

Kurz darauf ging er über die Steintreppe hinunter in Golwyths niedrigen, von schweren Dachbalken durchzogenen Speisesaal. Dort wurde er herzlich von dem Händlerprinzipal willkommen geheißen, und erntete ein ironisches Lächeln von Keren sowie ein anerkennendes Nicken von Medwin. Gilly trug ein schlichtes Wams aus braunem Leder mit einem hohen Kragen und eine dunkelgrüne Hose, die Golwyth ihm aus seiner Garderobe zur Verfügung gestellt hatte. Auf dem Kopf trug er eine knappe, dunkelbraune Mütze mit heller Stickerei, dazu hohe, schlichte Stiefel, und in einer Hand hielt er seine alten, schiefergrauen Reithandschuhe.

Das Frühstück bestand aus köstlichen, frisch gebackenen Kräuterbrötchen, würzigem Käse und Schüsseln mit Sprossen und Mais. Dazu wurde den Gästen gesüßtes Quellwasser gereicht. Nachdem sie die Mahlzeit beendet hatten, führte Golwyth sie zu einer zweispännigen Kutsche, befahl den Wachen, das Tor zu öffnen und sie fuhren los.

Die kurze Fahrt zum Hohen Haus der Kiele verlief ereignislos. Vor der dunklen Silhouette von Schloss Scallow erhob sich ein hohes Spitzdach auf mächtigen Balken. Nach einer Kurve in der Straße erblickten sie den Rest des Gebäudes. Die massiven Balken ähnelten Schiffskielen, deren Bug zu Klauen gebogen über den First des Daches hinausragte, während sie achtern an beiden Seiten des Hauses bis auf den Boden reichten. Entlang der geraden, hohen Wände verlief unter dem Giebel ein von Pfeilern gesäumter Arkadengang, und als sie näher kamen, sah Gilly, dass sich die hintere Wand des großen Ratsgebäudes an das äußere Bollwerk des Schlosses lehnte.

Ein Schotterweg führte an kleinen Gärten mit sorgfältig gepflegten Beeten vorbei zu den Schuppen und Stallungen neben dem Hohen Haus. Golwyth übergab Kutsche und Pferde in die Obhut der Stallknechte und geleitete seine Gäste zu einem Weg, der an dem Gebäude unter den großen Kielbalken entlang führte. Am Vordereingang führte eine kurze Treppe mit breiten Stufen zu den geschwungenen Türen hinauf, hinter denen die quadratische Eingangshalle lag. Die Mauern der Halle waren sehr hoch, und an beiden Seiten der Eingangshalle ragten Gerüste bis unter die Decke. Auf jeder Ebene arbeiteten Handwerker an der Restaurierung der ausgedehnten Steinreliefe. Dickes Segeltuch verbarg die meisten Einzelheiten, und der Schein der Öllampen warf die Schatten der Steinmetze auf das Tuch, was den Betrachtern am Boden ein merkwürdiges Schattenspiel zeigte. Trotz des ständigen Kommens und Gehens von Menschen waren Gilly und Keren anscheinend die Einzigen, die sich die Muße nahmen, zuzusehen.

Ein älterer, fast kahlköpfiger Mann in einem blauen, kurzärmeligen Hemd und einem knielangen Überwurf trat von den gut bewachten inneren Türen auf sie zu. Lächelnd reichte er Golwyth die Hand. Während er sie schüttelte, stellte er den Mann Medwin als Heckmeister Yeddro vor. Sie verbeugten sich höflich, und Medwin seinerseits führte Gilly und Keren als »meine persönlichen Berater« ein.

»Seid gegrüßt und herzlich willkommen«, sagte Yeddro. »Reepmeister Doreth erwartet Euch im Kartensaal. Wenn Ihr mir folgen würdet ...«

Flankiert von Medwin und Golwyth führte er sie durch eine Seitentür und über eine breite Steintreppe drei Stockwerke hinauf. Die Wände des Treppenhauses waren solide und schlicht, aber der Korridor, in den sie dann traten, war merklich prunkvoller. Die Bodenfliesen wiesen ein sich wiederholendes Ankermotiv auf, und an der linken Wand befanden sich in regelmäßigen Abständen gebogene Säulen aus schwarzem und braunem Stein, die an die Spanten eines Schiffes erinnerten. Zwischen ihnen hingen die Namensschilder von Schiffen und Wappen von Kapitänen und Adligen, von denen viele rissig und verwittert waren.

Die rechte Wand stieg mit sanftem Schwung an, und durch ihre vielen Fenster sah man auf die lange, geschäftige Versammlungshalle hinab. Heckmeister Yeddro hatte gerade die Aufschrift auf einem der Wappen kommentiert, als Keren stolperte, sich kurz gegen einen der geschwungenen, hölzernen Streben lehnte und sich dann auf ein steinernes Sims setzte, wobei sie die Hände vor ihr Gesicht schlug.

Gilly war sofort an ihrer Seite. »Was ist los?«

»Ich bin nicht …« Sie ließ die Hände sinken und schüttelte den Kopf. »Mir war gleichzeitig schwindlig und kalt«, erwiderte sie verwirrt.

»Könnt Ihr weitergehen?«, erkundigte sich Medwin.

Keren atmete tief ein und kniff einmal langsam die Augen zusammen. »Es geht vorbei. Ich kann weitergehen.«

Sie raffte sich auf und setzte ihren Weg fort. Gilly runzelte zwar die Stirn, widerstand aber dem Impuls, sie darauf hinzuweisen, wie blass sie war, und dass ihre Hände zitterten.

Während sie weiter über die Empore gingen, erregte etwas in der Halle Gillys Aufmerksamkeit. Die Versammlungshalle bestand eigentlich aus einer Reihe von Sitznischen, die von mannshohen Mauern abgetrennt und von Öllampen beleuchtet wurden, die von der hohen Decke hinunterhingen. Einige Nischen wirkten wie Besprechungszimmer, in anderen wurden Bier oder heiße Speisen serviert. Nirgendwo befanden sich Türen, sodass jeder ungehindert die Halle durchqueren konnte. Verschiedene Gruppen hatten sich in den Nischen versammelt. Die meisten sahen aus wie Städter, während die Kleidung anderer eher zu einem Leben an Bord eines Schiffes und zu rauem Wetter passte.

Eine Person jedoch ging zielstrebig von Nische zu Nische, ein untersetzter, kleiner Mann in formlosem grünem Wams und Hose. Gilly konnte von seinem Standort aus sein Gesicht nicht erkennen, aber je länger er ihn betrachtete, desto stärker wurde das Gefühl, den Mann zu kennen. Also ignorierte er Yeddros Vortrag, während er den Mann verfolgte, der seinen Weg durch die Halle fortsetzte.

Als er den Eingang zu einer gut besetzten Nische am anderen Ende der Halle erreichte, zögerte er einen Augenblick, bevor er sich unter die Menge mischte. Im selben Moment spürte Gilly eine Hand auf seiner Schulter. Erschrocken drehte er sich um und sah den ältlichen Yeddro neben sich stehen.

»Herr Cordale, Ihr erblickt soeben die Ursache unseres größten Problems«, sagte der Heckmeister und deutete mit seinem knochigen Finger auf eine Gruppe von bärtigen Männern, die in der Nische saß, welche Gilly beobachtet hatte. Einer von ihnen fiel durch seine bärenhafte Statur, sein langes, graues Haar und den kurzen, aber sehr buschigen Bart besonders auf. Gilly betrachtete ihn jedoch nur flüchtig, während er sich in der dämmrigen Nische umsah, ohne eine Spur von seiner Beute zu finden.

»Ja, seht nur hin«, fuhr Yeddro fort. »Dort sitzt er, flankiert von seinen Kapitänen, der Hevrin, Admiral der Schiffclans von den Sturmbrecherinseln, und der Anlass unseres Streits. Gegen seinen Willen fände heute nicht einmal eine Konferenz statt ...«

Gilly hörte jedoch nur abgelenkt zu, während er in die geschäftige Ecknische hinabstarrte. Der Blick darauf wurde zum größten Teil von den danebenliegenden Wänden verstellt, und er versuchte, die Hinterköpfe voneinander zu unterscheiden. Plötzlich erblickte er den Mann, der sich zwischen den grimmig wirkenden Kapitänen hindurchdrängte, sich zum Hevrin hinabbeugte und ihm etwas ins Ohr flüsterte. Der große Admiral erwiderte etwas, was der Mann mit einem Lachen und einem Nicken quittierte. Dann richtete er sich auf und bot Gilly zum ersten Mal die Gelegenheit, sein Gesicht zu sehen.

»Im Namen der Mutter!«, stieß Gilly hervor. »Das kann doch nicht sein ...!«

Gilly erinnerte sich sehr gut an den Mann. Er hatte ihn in Krusivel kennen gelernt, noch bevor all die Probleme begannen. Es war Ikarno Mazarets Bruder Coireg.

»Gilly, Reepmeister Doreth wartet auf uns!«, rief Medwin ihm gereizt von der anderen Seite des Korridors her zu.

»Einen Moment noch, Meister Medwin, mit Verlaub«, entgegnete Gilly.

Yeddro murmelte Golwyth etwas zu, der lächelnd mit der Schulter zuckte, während Keren neben Gilly trat. Sie sah etwas erholter aus.

»Was machst du denn da?«, fragte sie leise.

»Seht Ihr diesen Mann mit den nackten Armen dahinten?« Er deutete auf ihn. »Da, er kommt aus der letzten Nische ... Seht genau hin. Erkennt Ihr ihn?«

Sie schaute einen Moment hin, dann weiteten sich ihre Augen vor Staunen. »Coireg Mazaret ... Aber hat Nerek nicht gesagt, er wäre ... besessen?«

»Allerdings. Der Geist, der in ihn gefahren ist, weiß vielleicht, was Ikarno zugestoßen ist«, erwiderte er mit belegter Stimme und fällte rasch eine Entscheidung. »Ich werde ihm folgen. Erklärt Ihr das Medwin ...«

Im nächsten Moment lief er los und ignorierte die verwirrten Rufe des Magiers. Sein Ärger steigerte seine Energie, und als er die Treppe erreichte, nahm er zwei Stufen auf einmal. Er bog um die Kurve des nächsten Absatzes und konnte gerade noch einen Lakaien umgehen, der zwei kleine Fässchen auf seinen Schultern balancierte.

Beide reagierten gedankenschnell und wichen sich mit einem kurzen, beinah tänzelnden Schritt aus, dann war Gilly an dem Mann vorbei und hetzte die nächste Treppe hinab. Er stolperte beinahe und musste die letzten Stufen im Sprung nehmen. Mit einem lauten Knall landete er auf den Füßen, quittierte sein Glück mit einem Lachen, rannte die letzte Treppe hinunter und stürmte durch die bevölkerte Halle, was ihm warnende Rufe von den Türmeistern und aufmunternde Pfiffe von den Arbeitern auf ihrem Gerüst eintrug.

Draußen im hellen Tageslicht verlangsamte er seine Schritte und ging zügig weiter, während er die Umgebung des Hohen Hauses musterte, die Straße, ihre dreistöckigen Residenzen und die Einmündungen der Seitenstraßen. Es waren nur wenig Fußgänger unterwegs, und die Besucher des Hohen Hauses selbst. Von Coireg Mazaret jedoch war nichts zu sehen. Dann bemerkte er eine einspännige Pferdedroschke, die mit einem Passagier nach Süden über eine der Straßen trabte. Sein Instinkt riet ihm, ihr zu folgen.

Mehrere ein- und zweispännige Mietdroschken standen in einer Reihe wartend vor dem Tor des Hohen Hauses. Gilly sprang in die erste, klopfte dem Kutscher kurz auf die Schulter und deutete auf die sich entfernende Kutsche.

»Schnell, fahrt dieser Droschke nach!«

Der Kutscher, ein schwammiger Mann in einem steifen Mantel und einem schäbigen Hut auf dem Kopf, warf ihm einen misstrauischen Blick zu.

»Ist das etwa ein Bodush-Spielchen? Damit will ich nichts zu schaffen haben, verstanden?«

»Ist es nicht, das schwöre ich«, erwiderte Gilly. »Oder seht Ihr irgendwelche Symbole an mir?«

»Pah. Wer weiß denn heute schon, was ein Zeichen sein kann?. Nicht so wie damals zu meiner Zeit ...«

Aber er nahm die Zügel in die Hand, ließ die Peitsche über dem Kopf seines Pferdes knallen, und die Kutsche setzte sich in Bewegung. Sie schlug einen großen Bogen über die Straße. Während die Räder über die Steine ratterten, schaute Gilly zum Hohen Haus der Kiele zurück und fragte sich, was Medwin wohl gerade in diesem Moment dachte oder sagte.

Zweifellos etwas zutiefst Vorwurfsvolles, dachte er. Was ihm vermutlich sogar das Mitgefühl eines Henkers aus Jefren einbringen würde.

Gilly und sein Kutscher verfolgten das andere Gespann durch die engen Straßen von Scallow. Als er den Kutscher bat, genügend Abstand zu seinem Kollegen zu halten, knurrte dieser, drückte seinen Hut fester auf den Kopf und tat wie geheißen.

Schon bald wurde ersichtlich, dass Coireg Kurs auf den Brückenbezirk nahm. Als Gillys Kutsche von dem Ufer auf eine hölzerne Pfahlstraße einbog, begann es leicht zu regnen. Die Pfahlstraße führte zwischen Lagerhäusern und alten Herbergen mit eigenen, kleinen Landestegen hindurch, und über Brücken, unter deren Stützkonstruktionen sich baufällige Hütten, Schänken und Werkstätten drängten.

Gilly wischte sich den Regen aus dem Gesicht und fuhr mit den Fingern durch sein feuchtes Haar. Der Regen war zeitweilig abgeebbt, der Himmel jedoch blieb bis zum Horizont weiterhin bewölkt. Ein sicheres Zeichen dafür, dass bald wieder schlechtes Wetter folgen würde.

Während die Kutsche über die Straße rumpelte und holperte, stellte sich Gilly vor, wie er den besessenen Coireg irgendwo in die Enge treiben und ihn zwingen würde, zu verraten, wo die Schattenkönige Ikarno gefangen hielten und was sie ihm antaten. Er begann sogar, sich Pläne zu Mazarets Rettung auszumalen ...

Die Pläne eines Narren, dachte er plötzlich. Ein Beispiel für ebenso überstürztes wie unkluges Verhalten, das ist diese Jagd. Was mache ich hier? Wer weiß schon, welche dunklen Mächte dieser Besessene beherrscht ...?

Er wollte dem Kutscher gerade befehlen, umzukehren, als die Kutsche mit einem Ruck anhielt.

»Weiter fahre ich nicht, guter Mann«, sagte der Kutscher über die Schulter.

Sie standen auf einem erhöhten Plankenweg, von dem aus man auf ein finsteres Viertel blickte. Direkt vor ihm ragte die spitze Kante eines schiefen Gebäudes empor. Es war, wie Gilly nach genauerer Musterung erkannte, das Heck eines Schiffes mit einem verwitterten Dach. Im Schatten erkannte er eine Reihe von Balken, welche die Seite des geneigten Schiffs stützten, während dicke, schimmelige Taue straff aus Löchern im Rumpf zu rostigen Eisenpfeilern führten. Hinter diesem halb zerfallenen Schiff konnte Gilly die Umrisse weiterer Schiffe erkennen, von denen einige fast völlig unter improvisierten Hütten, Gebäuden und Laufstegen, Rauchabzügen, Balkonen und Taubenschlägen verborgen waren.

Die Wrackstadt lag tiefer als der Rest des Brückenbezirks, und ihre schattigen, von Müll übersäten Molen und Stege befanden sich kaum höher als einen halben Meter über dem Wasserspiegel. Von der Stelle, an der Gillys Kutscher angehalten hatte, führte eine lange Rampe zu einer bevölkerten Hafenmole, über die sich Coiregs Kutsche immer weiter entfernte.

»Warum müsst Ihr hier anhalten?«, wollte Gilly wissen.

»Entschuldigt, Herr, aber ich fahre für kein Geld der Welt in die Wrackstadt, wenn Ihr verzeiht. Dort ist es zu gefährlich.«

Gilly schnaubte verächtlich. »Mit meiner Klinge und Eurer Peitsche dürften wir wohl die paar Taschendiebe und elenden Schläger in Schach halten können.«

Der Kutscher schüttelte den Kopf. »Es gibt da unten weit schlimmeres Gesindel als das, Herr. Ich fahre da nicht hinein.«

Gilly begriff, dass der Mann nicht nachgeben würde, zuckte mit den Schultern, stieg aus und reichte ihm großzügig eine Viertel Krone. Der Fahrer lächelte trübe und tippte sich an seinen schäbigen Hut.

»Passt auf, wo Ihr hingeht, Herr«, riet er ihm. »Und achtet auf das Wasser.«

Pferd und Kutsche wendeten und fuhren zum Ostufer zurück. Gilly drehte sich um, lief die Rampe hinunter und wich an ihrem Fuß einem Loch in den dicken Bohlen aus. Es war ein armlanger Spalt, in dem es plätscherte und aus dem der Geruch von Seetang aufstieg.

Die andere Kutsche war mittlerweile nicht mehr zu entdecken, aber Gilly war fest entschlossen, sie trotzdem zu verfolgen, und er marschierte eilig zu der Stelle, wo er sie zuletzt gesehen hatte. Sein Weg führte ihn über eine Mole, die fast ganz im Schatten der bunt durcheinander gewürfelten, uralten, umgebauten Schiffe und der hohen Mauer aus Holz und Stein lag, welche die Grenze zwischen der Wrackstadt und dem Rest des Brückenbezirks markierte. Am Fuß dieser hohen Mauer drängten sich Schuppen und Hütten, von denen einige mit winzigen Stockwerken, Fenstern und Rauchabzügen ausgebaut waren, was ihnen ein merkwürdiges Aussehen verlieh. Die meisten jedoch waren schlicht und erbärmlich, und ihre Bewohner wirkten hungrig und gebrochen.

Im Namen der Mutter!, dachte Gilly. Das alles gab es noch nicht, als ich das letzte Mal hier war ...

Zwischen zwei etwas solider wirkenden Hütten hatte jemand einen Schrein aus Kisten errichtet. Es war ein schäbiger, hölzerner Alkoven mit Regalen, auf denen sich geschnitzte Figürchen von Tieren zwischen Symbole drängten, die auf Pergamentfetzen gekritzelt waren, Blätter, auf denen Gebete und Hymnen standen, und den zerlaufenen Stumpen von Gebetskerzen. Da der Schrein kein Dach aufwies, war alles vom Regen durchnässt, einschließlich einer Statuette der ErdenMutter, die aus fahlem Draelnussholz geschnitzt worden war. Sie war etwa einen halben Meter hoch und zeigte das mitleidige Antlitz der Göttin. Jemand hatte rote Tränen unter ihre Augen gemalt, und ein anderer hatte offenbar versucht, sie abzuwischen. Das grobporige Holz hatte jedoch die Farbe bereits zu sehr aufgesogen, und Gilly fand eine Figurine der ErdenMutter, die blutige Tränen weinte, auf eine grimmige Weise passend für diesen Ort.

»Lichter für die Lady, M'lor'?«

Ein verkrüppelter, zerlumpter Bettler hielt ihm ein Tablett mit kurzen, dicken Kerzen hin. Der Mann lächelte starr durch seinen ungepflegten Bart, während sein unangenehm stechender Körpergeruch Gilly in die Nase drang.

»Nicht jetzt«, antwortete er. »Vielleicht später, wenn Ihr dann noch hier seid.«

Der Mann stieß ein keckerndes Lachen aus, das sich sofort in einen rasselnden, schleimigen Husten verwandelte, bei dem Gilly zusammenzuckte.

»Ihr solltet sie lieber jetzt kaufen, M'lor'«, erwiderte er. »Vielleicht kommt Ihr ja nicht auf diesem Weg zurück ...«

Immer noch hustend schlurfte der Kerzenverkäufer in eine der dunklen Hütten zurück. Gilly schüttelte den Kopf, ging weiter und sah sich aufmerksam um.

Schon bald kam er an eine weite Öffnung zwischen zwei uralten Rümpfen. Die meisten Spalte, die er bisher gesehen hatte, waren sehr schmal gewesen, manchmal kaum breiter als ein enger Gang, der in ein umschlossenes Gewirr aus stickigen Passagen und altmodischen Räumen führte. Diese Öffnung wurde jedoch von einem großen Laufsteg gebildet, der zwei Schiffe miteinander verband, und sie war breit genug für die Kutsche, die verlassen ein Stück weiter auf dem Bohlenweg stand.

Gilly passierte einige Bewohner, als er weiterschlenderte. Waschweiber, ein paar alte Väter, die um eine Kupferflasche saßen, die dampfend über einem Feuerkorb hing, einen gähnenden Stallbesitzer und einige Jugendliche mit harten Gesichtern, die am Rand des Steges herumlungerten. Sie sahen ihm nach, und maßen mit ihren kalten Blicken seine vornehme Kleidung. Er erwiderte ihren Blick mit einem verächtlichen Grinsen, das sie sichtlich verunsicherte. Ungehindert ging er weiter.

An der verlassenen Kutsche fütterten zwei Kinder das Pferd mit Hafer und Wurzeln. Es war noch angeschirrt, aber als Gilly sie ansprechen wollte, rannten sie hastig an ihm vorbei. Links von ihm befand sich der fast senkrechte Rumpf eines großen Schiffes, eines ehemaligen Dreimasters vielleicht, dessen Planken grün und schwarz von Schimmel waren. Aus Löchern und Spalten im Rumpf wuchs Unkraut. Rechts von ihm lag das Wrack eines kleineren, halb versunkenen Schiffes, das sich deutlich von dem Knüppelweg wegneigte. Eine Laufplanke führte zu einer dunklen Öffnung, die einfach in den Rumpf des Schiffes gesägt worden war. Der Bohlenweg endete einige Meter weiter, wo die Planken abgebrochen waren und im Wasser versanken. Also blieb nur die Planke. Gilly zog sein Schwert und betrat sie.

Hinter dem Loch führte ein schmaler Niedergang in tintige Schwärze hinab, während vor ihm eine Leiter zu einer offenen Luke führte, in der grauer Himmel zu sehen war. Er schob sein Schwert wieder in die Scheide, stellte einen Fuß auf die unterste Sprosse der Leiter und hielt inne, während er mit angehaltenem Atem in die Finsternis lauschte.

Er hörte ein schwaches Kratzen wie von Rattenkrallen. Dann einen dumpfen Schlag, ein Keuchen und ein lautes Klatschen, das von weiter unten zu kommen schien. Kalte Furcht durchrieselte Gilly, und er kletterte hastig zum Tageslicht empor.

Das Holz unter seinen Fingern fühlte sich feucht und schmierig an, als er sich auf das geneigte Deck zog, sein Schwert erneut zückte und sich umsah. Es schien niemand da zu sein, nur das leere Deck mit dem zersplitterten Stumpf eines Mastes und einem geplünderten Steuerhaus mittschiffs. Er sah Spuren von Aufbauten, die einmal hier auf Deck gestanden hatten, aber sie waren anscheinend erst vor kurzem niedergerissen und weggeschafft worden. Zersplittertes Holz, verrottendes Tauwerk und anderer Müll hatten sich am unteren Ende des schiefen Decks angesammelt, und Bahnen von verwickelten Netzen hingen über eine Seite.

»Seid gegrüßt«, sagte eine ruhige Stimme hinter ihm. »Ihr habt Euch wohl verirrt.«

Gilly spannte sich an, während er sich umdrehte und an die Reling trat. Auf dem erhöhten Bug des nächsten Schiffes stand Coireg Mazaret und betrachtete Gilly mit eisigem Interesse.

»Nein, Herr«, erwiderte Gilly. »Ich glaube, ich bin genau am richtigen Ort angekommen.«

»Indem Ihr mir gefolgt seid, wie es scheint.« Der andere zuckte mit den Schultern. »Nun, das spielt keine Rolle ...«

Zu Gillys Überraschung sprang er in einem weiten Satz durch die Luft, der ihn mit müheloser Leichtigkeit über den Spalt zwischen den beiden Schiffen trug. Er landete geschickt mit seinen nackten Füßen auf dem erhöhten Bug des verrottenden Schoners, die Beine leicht gebeugt und die Arme locker an seinen Seiten. Gilly bemerkte die schwache, grünliche Aura, die ihn umgab.

Er verzog das Gesicht. Der da hat mehr als nur eine Spur von Hexerei an sich, dachte er. Einem Impuls folgend steckte er das Schwert in die Scheide zurück und schlenderte gelassen zum Bug. Er blieb einige Meter davor stehen, lehnte sich gegen die Reling, verschränkte die Arme und sah hoch.

»Darf ich fragen, guter Mann«, begann er, »wer Ihr seid?«

Jede Pore im Gesicht von Coireg Mazaret strahlte den grünlichen Schimmer aus, der ihm eine überwältigende Aura verlieh, während er auf Gilly hinunterstarrte. Der ignorierte den durchdringenden Blick und redete weiter.

»Wisst Ihr, ich erkenne Eure Gestalt und Euer Gesicht, aber ich weiß, dass sich die Gedanken eines anderen hinter diesen Augen bewegen. Ihr seid nicht Coireg Mazaret, deshalb bin ich neugierig zu erfahren, wer Ihr dann seid.«

Der Besessene lachte leise. »Eure Kühnheit soll nicht unbelohnt bleiben. Gut, Kind der Erde, wisse, mein Name lautet Crevalcor von den Erst-Erweckten.«

»Die Erst-Erweckten?«

Der Mann nickte. »Nachdem der Herr des Zwielichts die Dämonenbrut aus den Großen Wassern der Nacht erhoben hatte, benötigte er noch andere Diener, die ihm in dem bevorstehenden Kampf gegen die beiden meineidigen Götter helfen sollten. Morgenadler und Sonnentiger waren ihre Aspekte, und alle Stämme dieser und anderer Länder warfen sich vor ihnen in den Staub. Nur unter Ausgestoßenen und Andersdenkenden fand der Herr des Zwielichts diejenigen, die ihm zuhörten. Solche wie mich.«

Ein melancholischer Unterton mischte sich in seine Stimme. »Er erweckte uns in Gegenwart des BrunnQuell und öffnete unsere Gedanken seiner Macht. Mit seinen Händen lehrte er uns, belohnte und bestrafte er uns. Wir halfen bei der Konstruktion der Festung, für die Gorla und Keshada bloße Außenposten waren, und wir befehligten Armeen, die gewaltiger waren als alle Heere des Reiches von Khatrimantine zusammengenommen.«

»Ich darf wohl annehmen, dass dies vor sehr langer Zeit geschehen sein muss.«

»Seitdem sind viele Zeitalter gekommen und untergegangen«, bestätigte Crevalcor. »Was einst Land war, liegt jetzt unter den Wogen der Meere, und Äcker und Wälder sind zu Staub und Stein geworden. Wer kann schon sagen, ob sich ein solcher Aufruhr nicht bald wieder erhebt?«

»Allerdings.« Gilly rümpfte die Nase bei dem Gestank des Verfalls, der aus dem Wrack aufstieg. »Bedauerlicherweise befriedigt das meine Neugier allerdings kaum, Meister Crevalcor. Ihr wart offensichtlich einer der Generäle des Herrn des Zwielichts in diesem längst vergangenen Zeitalter, und dennoch schleicht Ihr Euch allein durch diese verrottenden Schiffe. Ich frage mich ...«

»Für die Erfüllung eines lang geplanten Zwecks«, unterbrach Crevalcor ihn mit glänzenden Augen. »Ich sah die Zitadelle von Jagreag mit ihren vielen Türmen stürzen und die Phalanx der Gezeitendämmerung vor den Horden der Meineidigen auf den Ebenen von Kogil zerbrechen. Ich kämpfte und weinte und focht tagelang auf diesem Schlachtfeld, bis auch ich schließlich fiel. Unermessliche Zeit wanderte mein Geist im Dschungel des Unterreichs der ErdenMutter umher und schwebte ihre grenzenlosen Flüsse entlang, aber ich konnte nicht von meiner Hingabe und meiner Berufung freigewaschen werden.

Dann kam der Moment, den ich ohne Hoffnung äonenlang ersehnt hatte, die Zerstörung des VaterBaumes und die Vernichtung der Macht der Wurzel. Diese mächtigen Tode hallten laut durch das Reich der ErdenMutter, und ihr gequälter Schrei erfüllte mich mit Freude. Kurz danach, so schien es mir, suchten die Schattenkönige meinen Geist auf und hoben mich in dieses nützliche Gefäß.« Er schaute an seinem Körper herunter und lächelte.

Gilly hörte zu und zitterte in der stinkenden Kälte, die ihm immer mehr zusetzte. Er wusste, dass er einer uralten, unerbittlichen Gewalt gegenüberstand. Ich könnte zur Luke rennen, dachte er und ließ seine Hand auf den Griff seines Schwertes sinken, oder über die Reling springen ...

»Ein vergeblicher Plan«, sagte Crevalcor. »Denn ich bin tatsächlich keineswegs allein ...«

Das Knarren war kaum zu hören, aber für Gilly war es laut genug. Er verlagerte sein Gewicht auf den linken Fuß, während er geschickt sein Schwert zog und es in einem raschen, heftigen Schlag herumwirbelte, der jedem Gegner den Unterleib aufgeschlitzt hätte. Die Klinge grub sich in die Seite seines Angreifers und blieb dort stecken. Gillys Wut jedoch schlug in Entsetzen um, als er die Kreatur erblickte, gegen die er gekämpft hatte.

Er hatte Alaels Geschichten zugehört, als sie von den wandelnden Leichen erzählte, gegen die sie beim Kampf um Oumetra gefochten hatten, und hatte auch die Gerüchte über angeblich ruhelose Gräber in den Einöden von Khatris gehört, die sich einige von Mazarets Männern zugeraunt hatten. Beides jedoch konnte ihn nicht auf diesen Anblick vorbereiten, der sich ihm jetzt bot. Aus dem verwesten Kadaver hinter ihm strömte aus zahllosen Löchern das Wasser, an manchen Stellen jedoch klammerte sich immer noch Fleisch an die Knochen, verfaultes Fleisch, das mit Sand und zerbrochenen Muscheln bedeckt war. Skelettierte Hände zuckten an seiner Seite, während ein widerliches grünes Strahlen über seinen blanken Kiefer flimmerte und in seinen leeren Augenhöhlen leuchtete.

Gilly riss sein Schwert los und wich über das abfallende Deck zurück. Der Kadaver sah ihm nach und wandte sich dann an Crevalcor. Der zerstörte Schlund versuchte, Worte zu bilden.

»... ertränken ... für Euch ... von ihm ... trinken ...«

»Nein, Kapitän, ich will, dass Ihr ihn gefangen nehmt und Eure Brüder unter Kontrolle haltet.«

Andere verfaulte Kadaver tauchten aus den Luken auf, zogen sich an Deck oder sprangen aus dem Ruderhaus. Einige hielten Seile in ihren Knochenhänden. Während er diese Wiedergekehrten beobachtete, hörte Gilly ein Platschen und sah, wie noch mehr von ihnen über die von Algen bedeckten Netze hinaufkletterten.

Gilly rannte wie von Sinnen über das Deck, trat einem seiner Verfolger, der ihm zu nahe kam, die Beine unter dem Leib weg und hackte einem anderen den Arm ab. Er erreichte die Reling und hatte schon ein Bein hinüber geschlungen, als ein Netz sich über seine Hände und Arme legte und knochige Hände ihn zurückzogen. Man riss ihm die Klinge aus der Hand und schleppte ihn, nachdem er fest gebunden war, zu Crevalcor, vor dessen nackten Füßen man ihn zu Boden warf. Das feuchte Tau des Netzes rieb über Gillys Mund und drang ihm zwischen die Lippen, bis er den Kopf abwendete. Es schmeckte einfach widerlich.

Der uralte Nigromant grinste ihn an. »Meine QuellSinne wissen um dich, also bin ich sicher, dass du mir viel zu erzählen hast.«

»Weniger, als Ihr glaubt«, erwiderte Gilly, der in seiner Verzweiflung sein Heil in seiner Schlagfertigkeit suchte. »Ein paar Lieder über die Hübschen von Choraya und ein Rezept für Wildeintopf aus Falador, das ist so ziemlich alles.«

»Ja, ich bin sicher, dass du mich unterhalten wirst, bevor wir alles erfahren.« Er drehte sich zu dem lebenden Leichnam des Kapitäns um. »Schon bald wird das Kriegsblut vergossen, und wir werden ablegen. Wissen die, welche zurückbleiben, was zu tun ist?«

»Ja, M'lord ...«

Der Kapitän drehte sich zu seiner Mannschaft um und zischte wortlose Befehle. Als der größte Teil der Wiedergekehrten das geneigte Deck hinunterging und wieder über das vermoderte Schanzkleid in die Tiefe kletterte, wandte sich Crevalcor an Gilly.

»Die meisten waren Seeleute auf diesen gestrandeten Schiffen. Es kostete nur wenig Mühe, sie aus ihrem wässrigen Grab emporzuholen.«

Ein dunkles Ächzen drang aus dem Bauch des Schiffes und erschütterte das Deck unter Gillys Füßen. Vom Heck drang das Geräusch von splitterndem Holz zu ihm. Er fühlte, wie der Schoner sich ruckartig aufrichtete. Er hob den Kopf und sah, wie die baufälligen Hütten und Dächer der Wrackstadt hinter dem Heck zurückblieben. Sie fuhren auf den Meeresarm hinaus.

Ohne Ruder und Segel, dachte Gilly benommen. Und mit einem Rumpf, der mehr Löcher hat als eines Bettlers Strümpfe ...

Auf dem verfallenen Landungssteg ertönten Schreie, als sich Zuschauer versammelten, aber ihre Stimmen wurden rasch schwächer. Dafür hörte Gilly ein anderes Geräusch, ein rauschendes Klatschen, das aus einer Ladeluke in seiner Nähe drang.

Er stellte sich vor, wie Ströme von Wasser durch die zahllosen Löcher im Rumpf flossen.

Ein Schiff der Verdammten, dachte er grimmig.

»Ein Schiff der Magie, Kind der Erde«, verbesserte ihn Crevalcor. »Angetrieben von meinem Willen, von meiner unerschütterlichen Absicht.« Er drehte sich um und schaute nach vorn. Eine Brise zerzauste sein Haar, und die smaragdgrüne Aura um ihn herum flimmerte.

»Ein Schiff des Zwielichts!«

12

Fieberträume voller Feuer,
Treffen auf die Ufer des Schlafes,
Und werfen Kienspan aus,
Um den Tag in Brand zu setzen.

JEDHESSA GANT, IN DER ROTEN KAMMER, 2, VI

Während das zerstörte Wrack Gilly Cordale aufs Meer hinaus trug, stand Erzmagier Bardow auf einem frostigen Balkon dicht unter der Spitze des Hohen Turmes und beobachtete, wie ein Trupp von Reitern durch das Schild-Tor ritt und sich von den schneebedeckten Mauern der Stadt entfernte. Aus dem Großen Audienzsaal jenseits des Durchgangs hinter ihm hörte er Hämmern, aber seine Gedanken waren vollkommen auf das Treffen konzentriert, das in dem renovierten Fort stattfinden sollte. Sobald Yasgur eintraf.

Die List, welche das Konzil der Magier vorgeschlagen hatte, war mit überraschend wenig Widerstand vom Hohen Konklave akzeptiert worden. Beinahe so, als wüssten alle, dass ein Angriff ebenso gefährlich war wie Nichtstun. Bardow hatte den größten Teil des Tages damit zugebracht, bei der Sammlung des Materials und der Aufstellung der Freiwilligen zu helfen, sowie das Kontingent der Ritter vom Orden des VaterBaums unter Yarrams Führung beaufsichtigt. Die kleine Karawane, die an diesem eisigen Nachmittag aufgebrochen war, sollte vor Sonnenuntergang in dem alten Schmugglerversteck eintreffen. Gegen Abend, das wusste er, würden ein Flaggenmast sowie verschiedene Zelte errichtet sein, bevor die Arbeiten an den geschleiften Befestigungen begannen, die im Licht von Fackeln die Nacht über fortgesetzt würden.

Der frühe Morgen brachte neuen Schnee. Ein maskierter Reiter von einer der feindlichen Bastionen überbrachte den Vorschlag, noch vor Mittag ein Treffen der gegnerischen Kommandeure abzuhalten.

»Mein Gebieter ersucht darum, mit dem Erlauchten Erzmagier Bardow zu sprechen«, hatte der Bote gesagt.

»Ich werde Eure Botschaft meinem Lordregenten überbringen«, hatte Yarram steif geantwortet.

Als sich Bardow an den mündlichen Bericht erinnerte, den ihm einer von Yarrams Sergeanten überbracht hatte, lächelte er freudlos. Der Feind ist so begierig darauf zu erfahren, was sich hinter unserer scheinbaren Zuversicht verbirgt, dachte er, dass sie mich herausfordern wollen, ihnen von Angesicht zu Angesicht gegenüber zu treten. Was natürlich nicht in Frage kommt.

Statt dessen würden sich die Schattenkönige und ihre Handlanger mit Yasgur, Atroc und Yarram zufrieden geben müssen. Ohne Schamanen, welche die Situation richtig einschätzen konnten, war der Feind gezwungen, über die Natur und das Ausmaß der Macht zu spekulieren, die ihnen gegenüber stand. In Anbetracht der Einmischung der ErdenMutter bei der letzten Schlacht waren die Schattenkönige vielleicht geneigter, vorsichtig vorzugehen.

Wenigstens bleibt uns die Hoffnung, dass sie das tun, dachte Bardow. Wir brauchen mehr Zeit ...

Er hörte Schritte hinter sich und drehte sich um. Tauric stand vor ihm. Er war allein und trug einen langen, lilafarbenen Mantel mit einem Pelzkragen.

»Seid gegrüßt, Majestät«, sagte Bardow und verbeugte sich leicht.

»Erzmagier«, erwiderte Tauric wortkarg.

Bardow schwieg abwartend, während er den jungen Kaiser beobachtete, der auf den Balkon trat und seine behandschuhten Hände auf das hölzerne Geländer legte.

»Wie geht es Eurem Arm, Majestät?«, fragte Bardow nach einer Weile. »Wie ich sehe, tragt Ihr den Lederärmel darüber. Kann die Kälte ihm etwas anhaben?«

Tauric runzelte die Stirn und legte seine Linke auf seinen rechten Ellbogen. »Manchmal schmerzt er am Gelenk«, erwiderte er.

»Ich muss ihn dann eine Weile abnehmen.« Er sah Bardow scharf an. »Aber das ist nur eine unbedeutende Unbequemlichkeit, ähnlich der kleinen Ärgernisse, die jeder Ritter oder Soldat tagtäglich ertragen muss.«

Bardow unterdrückte gerade noch ein Seufzen. Nachdem Yarrams Sergeant die Nachricht von dem Angebot des Feindes überbracht hatte, ein Treffen anzuberaumen, hatte Tauric zusammen mit einem halben Dutzend seiner Weißen Gefährten eine Konfrontation mit dem Erzmagier und Yasgur gesucht. Der junge Kaiser verlangte, ihm und einigen seiner Gefährten zu erlauben, mit Yasgur zu dem restaurierten Fort zu reiten. Es wäre sein Recht als Herrscher, so beharrte er, denjenigen persönlich zu trotzen, die Tod und Vernichtung in sein Reich trugen. Es wäre seine Pflicht, fuhr er fort, die Gesichter derjenigen zu sehen und sich einzuprägen, die er am Ende wegen ihrer bösen Taten zur Rechenschaft ziehen würde.

All das trug er leidenschaftlich vor, unterstützt von dem ungestümen Chor seiner Gefährten. Sehr bald war Yasgurs bereits arg strapazierte Geduld erschöpft. Es kam zu einer lautstarken Auseinandersetzung, und Bardow konnte einen offenen Streit nur verhindern, indem er Yasgur bat, in der Kammer nebenan zu warten.

Bedauerlicherweise war Tauric ein Junge, der gezwungen worden war, das Verhalten eines Mannes anzunehmen, während es ihm gleichzeitig an Erfahrung und nüchterner Einschätzung mangelte, die einen guten Herrscher ausmachten. Als er Tauric jetzt betrachtete, der immer noch über den demütigenden Schlag gegen seinen Stolz verstimmt war, rechnete Bardow mit einem weiteren Ausbruch von Wut und Frustration. Aber das geschah nicht. Der junge Kaiser wandte sein verstocktes Gesicht von Bardow ab und starrte auf die unter einer Schneedecke verhüllten Ländereien jenseits der Stadtmauern. Das helle Klingen der Hämmer der Steinmetze aus dem Audienzsaal hatte aufgehört, und eine kalte Stille sank herab.

»Ich fühle mich nutzlos«, murmelte Tauric. »Nutzlos und eingesperrt!«

»Ich habe mich den größten Teil der letzten sechzehn Jahre so gefühlt, Majestät«, erwiderte Bardow. »Und ich fühle mich, ehrlich gesagt, auch jetzt nicht viel anders.«

Tauric fuhr erschrocken herum. »Ihr? Nutzlos? Wie könnt Ihr so etwas sagen?«

»Wir sind schwach und verletzlich, Majestät. Was wir bisher erreicht haben, ist uns nur aufgrund einer Unstimmigkeit zwischen den Schattenkönigen und der unvorhergesehenen Manifestation der ErdenMutter gelungen.« Der Erzmagier stützte sich auf das Geländer. »Unsere Göttin jedoch scheint ihren eigenen Launen in dieser Angelegenheit zu folgen. Weder das Auftauchen von Gorla und Keshada noch Mazarets Gefangennahme haben die kleinste Reaktion ihrerseits hervorgerufen. Keine Visionen im Tempel, kein Traum, kein Flüstern, nicht einmal das unscheinbarste Zeichen. In der Zwischenzeit treiben unsere Feinde ihre Pläne mit tödlicher Präzision voran. Nur das Kristallauge hält sie bisher zurück und diese gefährliche Kriegslist, die wir ersonnen haben.«

Tauric schluckte. Seine Miene verriet sein Missfallen. »Aus Eurem Mund klingt unsere Lage verzweifelt.«

Bardow hielt inne und mäßigte seine Worte, als ihm bewusst wurde, wie ärgerlich und offen er geredet hatte.

»Verzweifelt, ja«, gab er zu. »Aber nicht hoffnungslos. Ihr seid eine lebendige Quelle der Hoffnung für diese Stadt und all die Länder, die wir befreit haben. Die Gewissheit, dass Ihr am Leben und gesund seid, erzeugt Stärke. Es war der Tod Eures Vaters in Kombination mit der Vernichtung der Macht der Wurzel, die das Reich so rasch zerstört hat. Hätte er überlebt, wären die Ereignisse vielleicht anders verlaufen.«

Tauric schaute mit brennenden, entschlossenen Augen über die winterlichen Felder. »Ich habe lange darüber nachgedacht, ob ich dem Thron entsagen sollte«, erwiderte er gelassen. »Dann wäre ich frei, die Waffen aufzunehmen und eine Rolle in diesem Kampf zu spielen.«

Bardow betrachtete ihn einen Moment. Ein ungutes Gefühl beschlich ihn. »Alael würde die Krone niemals akzeptieren.«

»Das weiß ich, und ebenso ist mir klar, dass ich meine Verantwortung nicht so einfach ablegen kann.« Er schaute auf seine Hände. »Wenn es nur einen Weg für mich gäbe ... Sagt, seid Ihr sicher, dass die Macht der Wurzel vollkommen vernichtet ist?«

Bardow lachte freudlos. »Ich kann Euch versichern, Majestät, dass sie vollkommen ausgerottet wurde.«

Tauric ballte die Hand zur Faust. »Ich habe sagen hören, dass die Macht der Wurzel noch existiert, und dass nur der Zugang durch den VaterBaum für uns verschlossen wäre. Könnte das möglich sein?«

»Verzweifeltes Wunschdenken, Majestät, nichts weiter«, erwiderte Bardow, den diese Frage neugierig machte. »Ein solche Idee wird durch keinerlei Beweise gestützt.« *Und von wem, frage ich mich, habt Ihr das gehört?*

Der junge Kaiser seufzte und fuhr sich mit seiner gesunden Hand durchs Haar. »Also gibt es keine Erklärungen«, sagte er. »Das ist sehr schade. Ich habe so merkwürdige und beunruhigende Träume ... Manchmal bin ich wieder in Oumetra, reite durch verlassene Straßen und suche nach Alael und Lord Mazaret, aber es ist niemand da. Die Sonne wird langsam schwarz und taucht alles in Dunkelheit.« Er drehte sich zu Bardow um und sah ihn gequält an. »Manchmal erklettere ich einen gewaltigen Baum, dessen Stamm und Zweige aus Leichen bestehen. Sie sind alle grau und unbeweglich, aber ich kann bei jedem Griff ihre Schmerzen fühlen, während ich hinaufklettere und nach etwas suche, ohne zu wissen, was es ist.«

Bardow lächelte schwach. »Dieser Traum ist leicht zu deuten, Majestät. Pflicht kann nicht mit abstrakten Regeln oder Maßstäben gemessen werden, sondern hat ein sehr reales Eigengewicht.«

»Ganz genau, Erzmagier.« Tauric richtete sich auf. »Ich habe Verantwortung zu tragen und eine Pflicht zu erfüllen.« Er starrte hinaus zu der feindlichen Zitadelle. »Wie auch immer ich es vermag.«

Er drehte sich um und ging, blieb aber im Durchgang noch

einmal stehen. »Würdet Ihr mich informieren, sobald Yasgur zurückkehrt?«

»Selbstverständlich, Majestät.«

»Noch etwas. Gehört einem der Palastverwalter zufällig ein großer, schwarzer Hund?«

»Meines Wissens nach nicht, Sire«, antwortete Bardow. »Warum fragt ihr?«

Tauric zuckte mit den Schultern. »Ich habe in den letzten paar Nächten einen durch die Gärten schleichen sehen, und ich dachte, ich hätte ihn auch heute früh in der großen Halle gesehen.«

Bardow schüttelte den Kopf. »Ich weiß, dass einige Kutscher und einer der Stallknechte Hunde haben, aber es sind alles braune, kurzhaarige aus demselben Wurf. Ich werde diesbezüglich sofort Erkundigungen anstellen, Majestät.«

»Danke, Erzmagier, bis später.«

Dann ging er und ließ Bardow mit der Frage zurück, was Tauric gemeint haben konnte, als er davon sprach, seine »Pflicht zu erfüllen.«

Auf einer hölzernen Plattform hinter einer zur Hälfte erneuerten Mauer hüllte sich Atroc enger in seine Felle, um sich vor der schneidenden Kälte zu schützen. Unter diesem grausamen grauen Himmel zu zittern und auf Yasgur zu warten, dachte er, sollte eigentlich die Pflicht eines Jüngeren sein. Etwa zweihundert Meter nördlich der Klamm hatten zehn Reiter aus Gorla auf einer bewaldeten Anhöhe neben einem ausgebrannten Gehöft ein Lager aufgeschlagen. Er starrte finster in ihre Richtung, doch aus dieser Entfernung konnte er nur erkennen, dass sie alle dunkle Kapuzenmäntel trugen. Einer stützte ein großes, gerafftes Banner auf einem Baumstumpf ab, was vermutlich irgendeine Kriegsstandarte war. Es war kaum mehr als eine überhebliche Geste der Seite, die sich im Gefühl des sicheren Sieges wähnte, so etwas zu Waffenstillstandsverhandlungen aufzunehmen.

Er schnaubte. Und warum seid ihr nicht schon in Besh-Darok, Kinder der Furcht?, dachte er. Sind auch Eure Ängste mächtig geworden?

Neben ihm stand Yarram, der neue Lordkommandeur der Ritter vom Orden des VaterBaumes. Er war einer der zähesten und unbeugsamsten Krieger, denen Atroc in seinem ganzen Leben begegnet war. Der Grimm dieses Mannes beruhte gewiss teilweise auf dem Verlust von Lordregent Mazaret, aber Atroc konnte nicht widerstehen, den Mann zu prüfen, um herauszufinden, was hinter seinem unbeteiligten Äußeren lag.

»Wart Ihr schon immer ein Krieger, Freund Yarram?«, fragte er.

Der drahtige, grauhaarige Ritter sah ihn finster an. »Ist das wieder eine von Euren unhöflichen Belästigungen, Seher? Vielleicht solltet Ihr in jemand anderes Gedanken herumwühlen.«

Atroc zuckte mit den Schultern. »Unhöflich, hm? Nein, Herr, reine Neugier hat mich zu dieser Frage bewogen, das Verlangen, zu erfahren, welche Drehungen und Wendungen des Schicksals Euch an diesen kalten und gefährlichen Ort gebracht haben.«

»Das geht Euch nichts an, Herr.«

»Das stimmt fürwahr.«

Yarram holte seufzend Luft und räusperte sich. »Meine Familie stammt ursprünglich aus Sejeend. Meine Mutter und mein Vater waren Weber. Ich wäre auch einer geworden, aber meine Eltern sind bei einem Feuer in einem Webhaus ums Leben gekommen. Da habe ich beschlossen, in die kaiserliche Miliz einzutreten.«

»Aha, ein Weber also«, sagte Atroc. »Ein edler Beruf. Könntet Ihr nicht ein paar Socken für meine kalten Füße weben, hm?«

Yarrams Reserviertheit schmolz, und er lächelte schwach. »Wenn wir dies hier überleben, Seher, webe ich Euch auch gern ein verdammtes Hemd und eine Hose. Und was ist mit Euch? Wart Ihr schon immer Seher?«

»Schon immer.«

»Hättet Ihr auch etwas anderes werden können, etwas Nützlicheres gar?«

Atroc lächelte über den Seitenhieb, erfreut darüber, dass Yarram auf seinen Ton einging und den Spieß umdrehte. »Es war von Geburt an auf meinem kahlen Schädel geschrieben, dass meine Augen mehr sehen sollten als die der anderen ... ›Wir Seher leben bei Nacht und auch bei Tage an der Schwelle der Träume, wir halten uns an die alten Wege, Blut im Feuer legt Feuer ins Blut ...‹« Er nickte, als er sich an die alten Worte erinnerte und sah dann den verwirrten Yarram an. »Wir sind das Blut, Yarram«, sagte er. »Ihr und ich und Bardow und Yasgur und unser junger Kaiser, alle, die sich unter unser Banner scharen ... Wir alle werden bald ins Feuer geworfen ...«

Er unterbrach sich, als Unruhe auf der anderen Seite des halb fertigen Forts aufkam und sich Hufschläge näherten. Yasgur war eingetroffen.

Bis Atroc und Yarram von den roh gezimmerten Zinnen heruntergestiegen waren, waren Yasgur und seine Offiziere bereits abgestiegen und betraten das Fort. Der Lordregent trug einen langen, schwarzen Umhang, der mit Bärenfell gesäumt war. Darunter schimmerte sein versilberter Brustpanzer mit dem Emblem von Baum und Krone. Sein lockiges schwarzes Haar war frisch geschnitten und geölt, und auf seiner Stirn schimmerte ein einzelner blauer Edelstein in einem Bronzereif.

Als er sich den beiden näherte, schaute er Atroc an.

»Also sind wir wieder im Feuer, Alter?«

Atroc grinste. »Noch nicht, mein Prinz, aber die Glut wird geschürt.«

Yasgur lächelte, und als er sich gerade an Yarram wenden wollte, ertönte der Ruf eines Wachpostens. »Reiter!«

»Ich möchte, dass Ihr beide mich begleitet«, sagte Yasgur zu Atroc und Yarram. »Und ich wünsche, dass Ihr beide eine bestimmte Rolle spielt. Ihr werdet wissen, wann es soweit ist.«

Ein nach vorn offenes Zelt war an einer der verbliebenen Mauern des Forts aufgestellt worden, und Atroc und Yarram sahen sich an, als sie dem Lordregenten unter das schützende Dach folgten. Die Öffnung war zur alten Schmugglerklamm ausgerichtet, und Atroc verzog verächtlich die Lippen, als die zehn verhüllten Reiter in Blickweite kamen. Sie trieben ihre Pferde den langen, schmalen Weg zur Klamm hinauf. Auf dem Grat hielten sie an, und vier von ihnen stiegen ab. Einer sprach kurz mit dem Bannerträger, dann marschierten sie alle vier über den gefrorenen Boden, die Gesichter unter den Kapuzen verborgen. Als sie das Zelt erreichten, warteten drei von ihnen draußen, und der vierte, der Größte, trat unter das Dach und schlug die Kapuze zurück. Atroc starrte ihn ungläubig an und hörte, wie Yasgur die Luft einsog.

Byrnak! ... Hier?, war sein erster Gedanke, doch dann begriff er. Eben dieser Mann hatte vor wenigen Tagen Gorla verlassen, um sich Mazaret zu stellen ...

»Ich heiße Azurech«, sagte der Mann zu Yasgur. Sein langes, schwarzes Haar war zu Zöpfen geflochten, und seine gleichmäßigen Zähne waren rot gefärbt. Sein Atem bildete weiße Wolken in der kalten Luft. »Einst war ich Oberhäuptling des Weißklauenclans, nunmehr bin ich erhoben zur Stimme des Schattenkönigs Byrnak. Er entbietet Grüße und Freundschaft all jenen, die den Schattenkönigen Gefolgschaft schwören. Außerdem überbringe ich die Verheißung von Vernichtung und erbarmungslosem Tod all jenen, die sich uns widersetzen. Bedenkt dies mit Sorgfalt.«

»Mit welchem Recht dringen Eure Herren in dieses Reich ein?«, erwiderte Yasgur unvermittelt.

»Aufgrund des uralten Rechts des Herren des Zwielichts, der mit seiner Braut diese und auch alle anderen Lande im Morgengrauen der Welt regierte, lange bevor der Usurpator kam. Jetzt wird eine neue Krone herrschen, und eine neue Adelsschicht wird Ruhm und die Früchte des Krieges ernten.«

Yasgur räusperte sich und sah Atroc an, der nur lächelte.

»Der Weißklauen-Clan, hm?«, fuhr er fort. »Siedelten die nicht in Nord-Honjir?«

Azurech ignorierte ihn. »Yasgur, ich überbringe dir eine Nachricht von deinen früheren Gefährten, den Oberhäuptlingen Welgarak und Gordag. Sie lassen dir Folgendes ausrichten: ›Warum hast du dein Volk hintergangen, Yasgur Feuerspeer? Kehre zur Kriegshorde zurück, Freund. Verstoße diese Gefolgsleute eines toten Gottes, denn noch ist es nicht zu spät. Die Clans warten nur darauf, sich um das Banner von Hegrouns Sohn zu scharen und die Vergangenheit hinwegzufegen.‹« Azurechs Lächeln richtete sich wie ein Dolch auf Yasgur. »Hast du eine Antwort für sie?«

»Nur diese: In der letzten Schlacht vor meiner Stadt haben die Clans eine große Zahl Krieger verloren, wie auch viele Oberhäuptlinge.« Yasgur starrte den anderen Mann an. »Ich glaube kaum, dass Ihr eine Armee habt, die unsere Wälle nehmen kann.«

Azurech erwiderte den Blick des Lordregenten mit unverhüllter Belustigung.

»Deine Ignoranz ist erschütternd, Yasgur. Die Völker von Yularia und Anghatan sind mit Freuden zu den Bannern meines Gebieters geströmt. Ihre Armeen vergrößern sich jeden Tag und dürften bald genügen, um diese Länder durch ihre bloße Zahl zu verdunkeln.«

»Dann frage ich mich, warum Ihr Sklaven kauft, die aus den Flüchtlingslagern in Süd-Khatris entführt wurden?«, warf Atroc ein. »Vielleicht strömen sie ja doch nicht ganz so freudig, hm?«

Zum ersten Mal richtete Azurech seinen Blick auf Atroc, der zufrieden die Wut bemerkte, die in den Augen des anderen glomm.

»Ich hatte gehofft, mit dem Erzmagier Bardow zu verhandeln«, erwiderte Azurech. »Ich muss meine Zeit nicht mit einem armseligen Auguren verschwenden.«

»Ihr ehrt mich«, gab Atroc zurück. »Ich trage Eure Verachtung wie eine ehrenvolle Narbe aus einem siegreichen Gefecht.«

Der Mann mit Byrnaks Gesicht drehte sich abrupt zu Yasgur herum. »Wir benötigen deine Antwort nicht augenblicklich. Schätze deine Lage in aller Ruhe ein, überdenke die Folgen deiner Entscheidung, und solltest du bis zum Morgengrauen unseren Forderungen zustimmen, hisse dies hier an eurem höchsten Turm.«

Aus seiner Robe zog er ein gefaltetes Tuch und entfaltete es zu einem großen, viereckigen Banner aus leuchtendgrünem Stoff, dass eine goldene Sonne mit Strahlen zeigte, die von zwei schwarzen Schwertern aufgespießt wurde. Sorgfältig hängte

Azurech das Banner an einen Haken am Hauptpfahl des Zeltes, und drehte sich dann zu den drei verhüllten Gestalten um, die nach wie vor draußen warteten.

»Wenn du nicht auf meine Worte hören willst«, erklärte er und winkte zwei von ihnen in das Zelt, »beachtest du vielleicht vertrautere Stimmen.«

Atroc wappnete sich, als die beiden Kapuzen zurückgestreift wurden und die Gesichter von Ikarno Mazaret und der Frau enthüllten, die er vor den Toren Gorlas gesehen hatte. Suviel.

Es waren nur Geistschatten der eigentlichen Persönlichkeiten, die eine gefangen, die andere tot, aber auch dieses Wissen machte Yasgur und den Seinen ihren Anblick nicht erträglicher. Ihre Haut und ihre Haare waren kalkweiß, und ihre Augen blassgrau, ruhig und starr. Ihre Atemwolken waren so dünn, dass es schien, als wären sie selbst kalt bis auf die Knochen.

»Ihr solltet auf ihn hören«, sagte der Geistschatten Suviels. »Über welche Waffen Ihr auch verfügen mögt, seien sie magisch oder aus Eisen und Holz, sie werden nicht genügen.«

»Das stimmt«, fuhr der Mazaret-Schatten fort. »Ich war in beiden Zitadellen und habe die Armeen gesehen, die dort ausharren. Selbst Tapferkeit und Geschicklichkeit würden gegen ein solches Heer nichts nützen.«

Ihre Stimmen klangen merkwürdig hohl, und während Atroc ihnen zuhörte, begriff er das Ziel dieses kleinen Marionettentheaters. Es sollte sie nicht überzeugen, sondern einschüchtern.

»Seht her, das haben wir Euren Tapfersten und Besten angetan. Welche Hoffnung bleibt da für Euch andere?«, lautete die Botschaft.

»Eine große Veränderung bahnt sich an«, sagte der Suviel-Schatten.

»Die Reiche werden ineinander fließen«, stimmte Mazarets Geistschatten ein. »Daraus wird eine Welt der Verzauberung und unübertrefflichen Schönheit erwachsen.«

»Ihr könntet ein Teil von dem werden, was sein wird«, spann der Suviel-Schatten das Garn weiter. »Oder aber ...«

Es zuckte mit den Schultern und sah Azurech an, der ihm lächelnd zunickte. Ein eisiger Windstoß fuhr durch das Zelt, und während die beiden Geistschatten ihre Kapuzen wieder aufsetzten, betrachtete Azurech Yasgur und die anderen mit einer boshaften Genugtuung. Bevor er jedoch etwas sagen konnte, sprach Yasgur.

»Ihr werdet Besh-Darok nicht leicht erobern. Jeder Meter Boden, jedes Gebäude und jede Straße wird mit dem Blut Eurer Truppen getränkt werden, solltet Ihr gegen uns marschieren.«

»Das wissen wir«, erwiderte Azurech. »Von unseren umfassenden Mauern bis zur Küste wird über diese Meilen von Feldern und Ackerland eine Sturzflut von Tod und Verderben hinwegfegen, wenn wir zum Angriff reiten. Du allein kannst dies verhindern, Yasgur Feuerspeer.«

Er drehte sich um und legte dem vierten und bis dahin verhüllt gebliebenen Mitglied seiner kleinen Gruppe die Hand auf die Schultern.

»Ich überlasse dir dieses letzte Argument«, erklärte er, bevor er mit den beiden Geistschatten zurück zu den Pferden ging. Jeder Soldat und Offizier im Fort sah ihnen nach. Die vierte Person stand reglos da, hielt den verhüllten Kopf leicht gesenkt, und die Hände in die weiten Ärmel des jeweils anderen Arms geschoben. Atroc runzelte die Stirn und näherte sich dem Fremden, der, wie er jetzt bemerkte, leicht zitterte.

»Wer seid Ihr?«, fragte er misstrauisch. Er verfolgte aus den Augenwinkeln, wie Azurech und seine Gefährten aufsaßen und den Pfad von dem Kamm hinuntertrabten. Dann bemerkte Atroc etwas an dem schweigenden Fremden, das ein Kribbeln auf seiner Haut auslöste.

»Hat er etwas gesagt, Alter?« Yasgur machte sich bereit, mit Yarram an seiner Seite das Zelt zu verlassen.

»Wartet, mein Prinz!« Atroc hob die Hand, und der Lordregent blieb abrupt stehen. »Wir haben es mit Schwarzer Hexerei zu tun ...«

Alle blieben wie angewurzelt stehen und verfolgten, wie Atroc die Hand ausstreckte und die Kapuze des Fremden zurückschob.

Der Kopf des Mannes war vollkommen haarlos. Er starrte furchtsam auf etwas Unsichtbares, und seine Kopfhaut und sein Gesicht waren schweißgebadet. Sein Schädel wackelte leicht, und Atroc sah zu, wie Schweißperlen von seiner Stirn zu seinem Kinn hinabliefen und von dort zu Boden tropften.

»Wie heißt Ihr, Herr?«, fragte Atroc ruhig. »Woher stammt Ihr?«

Der Kopf des Mannes ruckte hoch, und sein brennender Blick richtete sich auf den Seher.

»Suche ... Domas sagte, suche nach ... Dem Untoten ...« Der Blick schweifte unstet ab, als sähe er Erinnerungen. »Aber sie fingen mich ... bin nicht länger Qael ... Ich bin ... Ich bin ...« Die Adern auf seinem kahlen Schädel schwollen an, als er tief Luft holte und brüllte: »Kriegsblut!«

Eine Hand fuhr aus seinem weiten Ärmel. Sie hielt ein bösartig gebogenes Messer. Atroc schrie auf und sprang zur Seite, verlor seinen festen Stand und stürzte zu Boden, doch der Mann setzte sich das Messer an die eigene Gurgel. Der Schnitt war schnell und geschickt, und es strömte kein Blut aus der Wunde, sondern flüssiges, silbernes Feuer.

Es rann über seine Brust und entzündete sofort die Vorderseite seiner Robe. Die Zuschauer schrieen vor Entsetzen auf und flüchten, und Atroc sah wie betäubt zu, als das feurige Blut immer weiter strömte und den Mann in einen lodernden Umhang aus Flammen hüllte.

Dennoch blieb er unversehrt. Seine Haut platzte nicht auf und wurde auch nicht schwarz, noch schmolz ihm das Feuer die Augen aus den Höhlen. Er stand nur da, starrte geradeaus und schüttelte sich heftig, als befände er sich im Griff eines schrecklichen Fiebers. Dann sank er auf die Knie, als ein Netz aus hellen Linien wie Bruchstellen über seinen Kopf und sein Gesicht lief. Atroc wich zurück, als der Mann sein schmerzverzerrtes Gesicht zum Himmel wandte und zwischen den Zähnen ein gequältes Stöhnen herauspresste.

Plötzlich trat Yarram mit gezücktem Schwert vor und trennte dem Mann mit einem einzigen Hieb den Kopf von den Schultern, bevor Atroc etwas sagen konnte. Der brennende Körper erlosch wie eine Kerze im Luftzug, fiel zu Boden und blieb reglos liegen. Den immer noch brennenden Kopf spießte Yarram mit seinem Schwert auf und schleuderte ihn zur Seite. Alle zuckten zusammen, als er in einem flammenden Blitz verging, während er im hohen Bogen durch die Luft segelte.

»Freund Yarram«, sagte Atroc heiser, während er sich aufrappelte. »Was hat Euch zu dieser Tat veranlasst? Woher wusstet Ihr, dass ...?«

»Ich wusste es nicht, Seher.« Das Gesicht des Lordkommandeurs war eine Maske aus Wut und Erschöpfung. »Ich fand es nur ... schwer zu ertragen, meinen Herrn Mazaret und seine Lady von diesem Abschaum Azurech so entehrt zu sehen. Dann hat er diesen armen Kerl zurückgelassen, damit er vor unseren Augen starb ... Ich musste ihn einfach von seinem Leid erlösen.«

»Ihr habt ein gutes Herz, Lordkommandeur«, sagte Yasgur, der neben den qualmenden Kadaver trat. »Und das hat einige von uns vor dem sicheren Tode bewahrt.« Er sah Atroc an. »Kennst du das, Alter? Ist das eine Tücke aus Kriegen längst vergangener Zeitalter?«

Atroc schüttelte den Kopf. »Nein, mein Prinz. Das ist eine neu ersonnene Waffe.«

Yasgur blickte auf den rußgeschwärzten Körper. »Das hatte ich befürchtet. Und es drängt sich mir die Frage auf, wie viele seinesgleichen sich wohl schon in der Stadt verbergen.«

Atroc erwiderte den besorgten Blick seines Herrn mit wachsender Unruhe, als ihm die Konsequenzen einer solchen Möglichkeit dämmerten.

Keren saß mit Medwin und dem Reepmeister Doreth in einer etwas erhöhten Nische, von der aus man den breiten, zeremoniellen Korridor überblicken konnte. Sie verfolgten den Einmarsch der Delegierten in den Kielhof. Die Mehrheit der Abgeordneten waren beunruhigte, besorgt wirkende Männer aus Scallow, während der Rest verärgerte oder mürrische Insel-Kapitäne der Rebellen-Clans waren, die eindeutig nur widerwillig an dieser Versammlung teilnahmen. Nur der Hohe Admiral Hevrin schien sich wohl zu fühlen. Während er hineinschritt, musterte er gelassen den Gang und die Emporen zu beiden Seiten. Einen Moment trafen sich ihre Blicke und schreckten Keren aus ihren Gedanken. Dann war er an ihr vorbei und trat durch die Haupttüren.

Nachdem alle die Schwelle überschritten hatten, zogen zwei Heckmeister die schweren, massiven Türen zu, die sich mit einem donnernden Knall schlossen.

»Er verspätet sich.« Medwins Stimme klang leise und angespannt.

»Geduld, guter Mann«, beruhigte ihn Reepmeister Doreth, ein korpulenter Mann in den Vierzigern. »Er wird kommen.«

Sie sprachen über den Kaufmann Yared Hevrin, aber Keren dachte nur an Gilly. Er war seit über einer Stunde fort und verfolgte jemanden, den er für Ikarno Mazarets Bruder hielt. Sie hatte Medwin und Golwyth bereits über Gillys Verdacht unterrichtet, und der Händlerprinzipal hatte angeboten, einige seiner Männer dem Jäger und seiner Beute hinterher zu schicken. Medwin akzeptierte das Angebot dankbar. Aber bis jetzt gab es noch keine Nachricht von Gilly.

Abgesehen von den gedämpften Stimmen, die aus dem Kielhof zu ihnen drangen, war es in dem hohen Korridor merkwürdig friedlich. Keren hörte sogar das Spiel einiger Flöten aus der Haupthalle, während sie einen Hausangestellten dabei beobachtete, wie er auf der gegenüberliegenden Empore sorgfältig die Öllampen nachfüllte. Auf beiden Seiten waren eine Reihe von zusammengebundenen Stangen an den massiven Dachbalken befestigt, auf denen sich die Öllampen auf komplizierten Rollen vor und zurück bewegten.

Schritte rissen sie aus ihrer Träumerei, und sie drehte sich um. Ein Wandbehang am Ende der Empore wurde zur Seite geschoben und gab den Blick auf einen Durchgang frei. Der Neuankömmling trat hinter dem Gobelin hervor und beugte sich über den Tisch, an dem sie saßen. Es war Yared Hevrin.

»Meine aufrichtigsten Entschuldigungen, Ihr Herren und Damen!«, sagte er mit einem bedauernden Lächeln. »Ich war gezwungen, eine andere Strecke zum Hohen Haus zu nehmen.«

Medwin packte grinsend seinen Unterarm zum Gruß. »Herzlich willkommen, Herr Hevrin. War Euer Weg über Land fruchtbar?«

»Das war er, Meister Magier. Zweifellos.«

Medwin nickte und lehnte sich sichtlich befriedigt und erleichtert zurück. Hevrin lächelte Doreth an und begrüßte ihn, dann richtete er seinen Blick auf Keren. »Euer Gewand kleidet Euch äußerst vorteilhaft, Lady Keren. Ihr tragt es ebenso graziös wie Eure Reitkleidung.«

»Ihr seid sehr freundlich«. Es ärgerte Keren, dass sie sich geschmeichelt fühlte.

»Habt Ihr dieses Sagenlied übersetzen lassen, seit wir uns das letzte Mal gesprochen haben?«, fuhr er fort.

»Ich habe eine Kopie davon mitgebracht, Herr«, erwiderte sie. »Aber ich konnte dieses Unterfangen bis jetzt noch nicht angehen. Ich habe das Buch bei einer Freundin in Besh-Darok gelassen, bevor ich abgereist bin. Vielleicht hat sie mehr Glück gehabt als ich.«

Hevrin runzelte leicht die Stirn. »Verstehe. Ich habe ebenfalls eine Kopie anfertigen lassen, bevor ich es Euch zum Geschenk gemacht habe. Rein zufällig sind wir auf unserer Reise nach Dalbar einer Gruppe von Gelehrten begegnet, die nach Oumetra zurückkehrten. Einer von ihnen war ein Meister der Sprachen, der es freundlicherweise für mich ins Khatrinische übertrug und mich auf einige Merkwürdigkeiten hinwies. Es gibt da einige sehr interessante Aspekte ...« Er lächelte. »Aber wir reden später ausführlich darüber, sobald wir diese Blitz-und-Donner Vorstellung überstanden haben.«

Alle standen auf und folgten ihm zum Durchgang. Keren blieb stehen und warf einen Blick durch den Korridor. Sie sah jedoch niemanden und eilte hinter den anderen her.

Hinter dem mit einem Vorhang verhängten Eingang führte ein geschwungener, schmaler Gang zwischen der Außenwand des Kielhofes und der hohen, mit Tuch bespannten Rückseite der ansteigenden Sitzreihen entlang. Hevrin deutete auf eine Treppe mit einem Geländer, die zu den obersten Sitzen hinaufführte.

»Dort können Gäste und Besucher sitzen und zusehen«, erklärte er Keren und Medwin leise. »Sucht Euch Eure Plätze, ich muss den Kielhof durch eine andere Tür betreten. Bis später.«

Hevrin und Reepmeister Doreth folgten dem Gang, bis sie hinter einer Biegung verschwanden. Keren und Medwin stiegen die mit Teppich beschlagenen Stufen hinauf, bis sie Platz auf einer langen, harten Bank fanden, von der sie den ganzen Kielhof überblicken konnten. Der Saal war oval, und die Sitzreihen waren in zwei lange, gebogene Blöcke unterteilt, die sich gegenüberlagen, und an deren Ende ein kleinerer, dritter Block stand. Am anderen Ende befand sich ein Podest mit einem kunstvoll gedrechselten Sockel, von wo aus sich die Sprecher an die Versammlung wenden konnten.

All das verstärkte den Eindruck eines großen, offenen Schiffes. Am anderen Ende über den großen Doppeltüren des Hofes stand eine große Steinstatue eines bärtigen Mannes mit nackter Brust, der einen knorrigen Stab in der einen und ein Bündel Seegetier in der anderen hielt. Keren überlegte, ob das wohl eine Darstellung des VaterBaumes sein sollte, vielleicht unter seinem nautischen Aspekt. Sie würde Yared Hevrin danach fragen, sobald sie Gewissheit über Gillys Schicksal hatte.

Die Atmosphäre in dem überfüllten Kielhof war sehr gespannt. In den Sitzreihen wurde diskutiert und gestritten, und der Mann, der auf dem Podest stand und redete, wurde ständig unterbrochen. Die Delegierten schienen in verschiedene Fraktionen gespalten zu sein, aber von Kerens Standpunkt aus, ganz oben in der Mitte einer der Seitenbänke, war die einzige, klar erkennbare Gruppe die der Insulaner mit ihrem Admiral, dem Hevrin. Er saß scheinbar reglos auf einer der unteren Bänke nahe an dem Podest, die Füße gespreizt und seine großen Hände auf die Knie gestützt.

Ein Jubelschrei brandete auf, als Yared Hevrin durch die zeremonielle Tür in der Ecke hinter dem Podest eintrat. Er erwiderte das Willkommen und schüttelte einige Hände, bevor er seinen Platz beinah direkt gegenüber von seinem Kusin, dem Hohen Admiral, einnahm.

Der Sprecher versuchte, fortzufahren, aber lautstarke Pöbeleien zwangen ihn, zum Schluss zu kommen und sich auf den Boden des Kielhofes zurückzuziehen. Wieder jubelten einige, als Yared Hevrin aufstand und auf das Podest trat. Der Lärm verstummte, während er ernst die Reihen von Gesichtern auf beiden Seiten musterte.

Er begann zu sprechen, und ging mit seinen Worten zurück bis zur Gründung von Scallow vor mehr als tausend Jahren, bevor der Tyrannen-König Dahorg von einer Koalition aus Schiffsclans gestürzt worden war. Yared sprach von der sechzehn Jahre anhaltenden Unterdrückung durch die Mogaun und den Hexern der Akolythen des Zwielichts, und wie eine furchtlose Allianz aus Rittern und Waldkämpfern, die von der ErdenMutter gesegnet waren, die feindlichen Horden in die Flucht geschlagen hatte.

»Dennoch sind die fürchterlichen Schattenkönige noch nicht besiegt«, sagte er. »Während ich hier zu Euch spreche, versammeln sie ihre Streitkräfte vor Besh-Darok, wirken ihre Hexereien finsterer und tödlicher als zuvor, und ihre Krieger sind so zahlreich wie die Sandkörner am Strand. Wir sollten den Verteidigern zur Seite eilen, zum Kampf bereit, statt dessen jedoch liegen unsere Schiffe vor Anker und bangen, dass die Schiffclans der Inseln sich gegen uns wenden. Wir sollten diesen überflüssigen und sinnlosen Konflikt beenden ...«

Keren konnte nicht erkennen, dass jemand ein Zeichen gegeben hätte, doch plötzlich standen die Kapitäne des Hevrin einer nach dem anderen von ihren Sitzen auf und marschierten gelassen aus dem Saal. Dieser ungeheuerliche Affront wurde von wütenden Stimmen kommentiert, und Yared Hevrin stockte in seiner Rede.

»Medwin«, fragte Keren, »warum tun sie das?«

»Ich weiß es nicht genau«, erwiderte er finster. »Inszenierte Unterbrechungen sind meistens im Voraus geplant, aber warum sollte der Hevrin hierher kommen, nur um sofort wieder zu verschwinden?«

Schließlich verstummte Yared. Er war sichtlich verärgert und ebenso verwirrt, und nachdem der letzte Protestler aus dem Kielhof geschritten war, stand der Hevrin selbst auf. Langsam ging er zum Podest und blieb etwa eine Armlänge vor Yared Hevrin stehen. Einen Moment schauten die Kusins sich zornig an.

»Warum hast du deine Männer fortgeschickt?«, sagte Yared. »Ruf sie zurück, damit wir weitermachen ...«

»Du hast deinen Namen behalten!«

Bei dieser Bemerkung hielt Yared mitten im Satz inne.

»Meinen ... Namen?«

»Der Familienname, der uns vom Vater unseres Vaters, Agandrik, gegeben wurde, welcher seinerzeit der Hevrin des Stammes Hevrin gewesen ist. Als du vor Jahren mit dem Stamm gebrochen hast und in ein anderes Land gezogen bist, hat man dies nur wenig bedacht. Nachdem jedoch die Mogaun von diesen Ufern vertrieben wurden, hast du vielen Häuptlingen und Adligen geschrieben und die Wahl der so genannten Land- und Händlerclans in diesen heiligen Hof betrieben. Du hast jeden Brief mit dem Namen der Familie meines Großvaters unterschrieben und ihn damit besudelt.«

Yared sah ihn kalt an. »Jetzt verstehe ich. Du willst, dass ich den Namen meines Geschlechts ablege. Diese Sitte ist schon lange außer Gebrauch, und ich werde mich dieser überkommenen Tradition nicht beugen.«

Der Hohe Admiral schaute sich im Hof um. Alle beobachteten ihn, und Keren sah, wie er lächelte und sich wieder umdrehte.

»Ich bin der Hevrin vom Stamm der Hevrin, und befehle dir, entweder all das Gift zurückzurufen, dass du verspritzt hast, und unter der Bürde der Buße in den Stamm zurückzukehren, oder aber den Namen Hevrin für immer abzulegen.«

Yared verschränkte unnachgiebig die Arme. »Ich werde keines von beidem tun.«

Bei diesen Worten drehte sich der Hevrin zu den fünf Reepmeistern auf ihren geschnitzten Stühlen um, die das Podest des Sprechers einsehen konnten.

»Als Hoher Admiral des Stammes der Hevrin verlange ich eine Wiedergutmachung für die Beleidigungen, die ihm von diesem Mann zugefügt wurden, der sich weigert, auf den Namen meines Stammes zu verzichten. Gibt es hier jemanden, der mir dieses Recht streitig macht?«

Während die Reepmeister sich berieten, erfüllte ein Gewirr aus ungläubigen und wütenden Stimmen den Kielhof, und Keren sah, dass Yared besorgt wirkte.

»Was hat das zu bedeuten?«, fragte sie Medwin.

Der Magier zuckte mit den Schultern. »Er verlangt eine Sühne. Geld, Besitz, oder vielleicht eine Dienstleistung ...«

Die Reepmeister schienen zu einem Entschluss gekommen zu sein, und eine erwartungsvolle Stille kehrte im Kielhof ein, als ihr Sprecher auf den Hohen Admiral der Hevrin hinabsah und einmal kurz nickte.

»Nennt Eure Art der Wiedergutmachung.«

Was dann passierte, ereignete sich so schnell, dass Keren es fast verpasst hätte. Yared hatte sich abgewendet und winkte jemanden von einer Vorderbank zu sich. Er sah nicht, wie der Hohe Admiral mit einem Satz auf ihn zusprang. Ein mächtiger Arm schlang sich um Yared, glitt über seine Brust und packte seine rechte Schulter, während die andere Hand seinen Kopf umfasste. Dann drehte er den Körper in die eine und den Kopf in die andere Richtung ... und im nächsten Moment ließ er einen leblosen Leichnam mit gebrochenem Genick auf das Podest sinken. Wutschreie erfüllten den Kielhof wie ein Sturm. Der Hevrin stand jedoch nur da und lächelte auf den Leichnam seines Kusins herab, während wutentbrannte Mitglieder von ihren Sitzen sprangen.

In diesem Moment flogen die Türen des Kielhofes auf, und die Kapitäne des Hevrin marschierten herein. Jeder hielt ein blankes Schwert in der Hand. Die Schreie verstummten augenblicklich, bis auf einige Stimmen, die auf den obersten Sitzen weiter tobten. Weiter unten begann jemand inmitten des entsetzlichen Schweigens zu weinen, während der Hevrin gelassen von dem Podest heruntertrat und ohne einen Blick zurück aus dem Kielhof schritt, flankiert von seinen bewaffneten Kapitänen.

Keren war unwillkürlich aufgesprungen und hielt Medwins Arm mit beiden Händen fest. Einige Leute sammelten sich um Yared Hevrins Leichnam, die meisten anderen wirkten jedoch vollkommen schockiert und irrten ziellos herum. Sie konnten oder wollten sich nicht zerstreuen. Keren wollte gerade vorschlagen, dass sie ebenfalls hinuntergingen, als ein Mann stolpernd in den Kielhof rannte.

»Die Schiffe ... Im Hafen!«, keuchte er schweratmend. »Sie sinken! Alle!«

13

Samen aus Feuer, Eisen und Schmerzen,
Verbreiten sich im Tross der Gefangenen,
Während tief unten in der leblosen Finsternis
Der Schlund des Krieges klafft.

Ralgar Morth, Das Imperium der Nacht, Canto XVI

Byrnak schlenderte durch den gewaltigen Audienzsaal der Zitadelle von Keshada und bewunderte ihre dunklen, verschlungenen Dekorationen. Währenddessen erstattete Azurech ihm vom Fuß der Treppe zum Thron aus Bericht, wo er zusammen mit den Kommandeuren von Gorla und Keshada und noch einigen anderen Offizieren wartete.

»... und als unsere Geistschatten mit Yasgur und seinem Seher sprachen, wurde die Furcht in ihren Augen offenkundig. Sie sind schon halb bezwungen.«

Byrnak strich mit den Fingern über das Reptilienmuster des Flechtwerks eines schwarzen, eisernen Wandschirms, der den Zwischenraum zwischen zwei Pfeilern überspannte. Die Pfeiler standen etwa fünf Meter auseinander, und der Wandschirm war gut halb so hoch wie der Saal, fast fünfzig Meter. Es gab viele solcher Schirme in der Audienzkammer, und jeder wies sein eigenes Motiv auf. Die Lampen auf den Pfeilern warfen gemusterte Schatten auf den Thron.

»Und dann?«, fragte er.

»Wir ließen das Kriegsblut-Opfer zurück und ritten weg, um aus der Entfernung zuzusehen. Sie haben bis zum Ende keinen Verdacht geschöpft, doch im letzten Moment enthauptete ein Offizier das Opfer. Nur einen Moment später, und von Yasgur und seinem Haustier wäre nur qualmendes Fleisch übrig geblieben.«

»Eine unwesentliche Enttäuschung«, erklärte Byrnak und

schaute zu dem gewaltigen Relief eines knurrenden Nachtjägers aus grünem Stein empor, das die Wand über dem Thron beherrschte, und blickte dann auf die grauschwarzen Bodenfliesen, deren Formen seine Umrisse exakt widerspiegelten. Byrnak schlenderte zum Thronpodest zurück, wo seine Ehrengarde aus Axtträgern in ihren Kettenhemden zusammen mit dem Standartenträger warteten. Er stieg zwei Stufen des Podestes hinauf und betrachtete einen Moment die erwartungsvoll zu ihm hingewendeten Gesichter. Dann winkte er die beiden Kommandeure von Gorla und Keshada zu sich.

Der eine war groß und ein weiter Umhang verbarg seine Gestalt, der andere war stämmig und untersetzt und in eine zusammengewürfelte Mischung aus Leder und verbeulten Rüstungsteilen gekleidet. Sie traten beide vor und beugten schweigend die Knie vor ihm.

»Stimmt es, dass ihr beide von den Erst-Erweckten stammt?«, fragte Byrnak.

»Aye, mein Gebieter«, echoten die Männer.

»Dann kennt ihr den Namen Crevalcor.«

»Er ist einer unserer Brüder, Großer Gebieter, und ein fähiger Krieger«, erwiderte der große Kommandeur von Gorla. »Er hat beim Bau des mächtigen Jagreag geholfen und bis zum Ende gegen die Meineidigen standgehalten.«

»Und wenn ihr Keshada und Gorla mit Jagreag vergleicht? Im Wesentlichen will ich wissen, ob wir für den Angriff auf Besh-Darok ausreichend gerüstet sind.«

Die Kommandeure sahen sich kurz an, dann blickte der stämmige Herr von Keshada mit einem unterwürfigen Lächeln zu ihm hoch. »Großer Gebieter, unsere Zitadellen sind nichts weiter als winzige Türmchen gegen die einstige Größe Jagreags. Für diesen Kampf jedoch werden sie mehr als genügen. Besh-Daroks Mauern sind stark und gut gebaut und werden uns sicher einen knappen Tag aufhalten. Und dann werden unsere Krieger sie wie ein tobender Ozean niederreißen.«

Der unerschütterliche Tonfall seiner Worte erfüllte Byrnak mit Befriedigung. Er wandte sich zu Azurech um.

»Du hast Yasgur für seine Entscheidung Zeit bis morgen früh gewährt«, stellte er fest.

»Das habe ich, Gebieter.«

»Morgen bei Anbruch der Dämmerung wäre besser gewesen«, erwiderte Byrnak. »Wie dem auch sei, du wirst den Zeitpunkt verstreichen lassen und ohne etwas zu unternehmen den Einbruch der Dämmerung abwarten. Dann gibst du das Kriegsblut-Signal!«

Azurechs Gesicht, das Byrnaks Züge trug, glühte vor Eifer. »Werden dann unsere Armeen zuschlagen, Gebieter?«

»Nein«, erwiderte Byrnak und lächelte, als die Beflissenheit des anderen in Enttäuschung umschlug. »Nein, denn es gibt noch einige unerforschte Gefahren zu untersuchen, zu viele Unklarheiten zu beseitigen.« Er drehte sich um und starrte durch die gewaltige Kammer, blickte durch das Mauerwerk der dicken Wände hindurch, nach Süden zu den Meilen entfernten Bastionen von Besh-Darok. Selbst aus dieser Entfernung konnte er das Kristallauge spüren, fühlte die Kraft seiner Aufmerksamkeit, wie die Hitze eines Feuers oder ein tanzendes Licht, und dann auch wieder nicht. Die Informationen aus der Stadt waren spärlich, und Kodels Mann hatte seit drei Tagen keinen Bericht mehr geliefert, aber Byrnaks Instinkte warnten ihn davor, dass dort etwas auf ihn wartete, auf ihn und die anderen Schattenkönige, eine Art tödliches Schicksal.

Er wusste, dass Bardow und die anderen erbärmlichen Magier neben dem Kristallauge auch den Mutterkeim besaßen, aber beides bot keinen ausreichenden Grund für seine Besorgnis, für dieses unterschwellige, aber stets präsente Gefühl der Gefahr. Legenden und die Berichte von den auferstandenen Erst-Erweckten erwähnten ein drittes Artefakt von großer Macht. Einige nannten es den Stab der Leere, während andere es für das Lied der Zwischenwelt hielten. Wieder andere Quellen verwiesen auf die uralten Verse über das Feuer der Alten Zeit, und behaupteten, »das Feuer, das schläft«, wäre das dritte Artefakt. Aber wenn diese schwächlichen Magier im Besitz dieses dritten Artefaktes wären, hätten sie es sicher schon gegen uns eingesetzt, dachte er. Vorausgesetzt, sie wüssten überhaupt, wie man es benutzt.

Er schaute auf die geduldig wartende Gruppe. »Wir müssen erfahren, welche Gefahren hinter diesen Mauern lauern. Sobald das Kriegsblut-Signal gegeben wurde und das Chaos wächst, werden unsere neuen Freunde eine Rolle zu spielen haben.«

Lächelnd winkte er die blassen Geistschatten zu sich, die abseits von den anderen warteten. Der Schatten der Frau trat zuerst vor. Byrnak stieg von der Treppe hinab und reichte dem Abbild Suviels die Hand, welche der Geistschatten elegant ergriff. Entschlossen hob er die Finger an die Lippen und küsste genüsslich die kalte Haut. Der weibliche Schatten schien jedoch nur schwach empfänglich für diese Gunstbezeugung, während der Mazaret-Schatten mit gleichgültiger Belustigung zusah. Byrnak erkannte die Leere in ihnen, die hinter der äußeren Hülle herrschte. Mit der uralten Methode des Geistschatten-Rituals schuf man Meuchelmörder aus der Essenz des ahnungslosen Opfers, und auch wenn die Lage hier ein wenig anders war, stellten sie durchaus perfekte Gefäße für seine Zwecke dar.

»Während in Besh-Darok Verwirrung herrscht, werdet ihr beide und all eure Brüder und Schwestern aus Gorla und Keshada an der Spitze der Sturmtruppen hinausreiten. Es gibt immer noch einige bewohnte Dörfer in der Nähe der Stadt, also werdet ihr dort Schrecken verbreiten. Jagt auch diejenigen, welche nach Süden ziehen, damit die Kunde von unserer Herrschaft sich in andere Regionen erstreckt.«

Ein gerissener Ausdruck huschte über die Miene des Suviel-Schattens. »Welche Gnade lassen wir walten, Gebieter? Welches Erbarmen?«

»Keines von beidem gegenüber jenen, die ihre Waffen gegen Euch erheben«, sagte er. »Sorgt aber dafür, dass einige Flüchtlinge entkommen und sich an eure Gesichter erinnern.«

Die Geistschatten tauschten einen befriedigten Blick.

»Wie ihr befehlt«, erwiderte der Mazaret-Schatten, »so soll es geschehen.«

Byrnak drehte sich zu den anderen herum. »Seid gewiss, dass

wir all unsere Kräfte aufwenden und unsere Feinde in die verblassende Erinnerung des Vergessens fegen werden, aber diese Zeit ist noch nicht gekommen.«

Damit war die Audienz beendet. Byrnak stieg die Treppe hinunter und nickte dem Hauptmann seiner Ehrengarde zu. Die Männer folgten ihm, als er über den schattigen Boden zu den hohen Türen aus rotem Granit ging, die bei seinem Nahen nach innen aufschwangen. Er schritt durch den hohen Korridor dahinter, an schmalen, offenen Fenstern vorüber, die vom Boden bis zur Decke reichten. An einem blieb er stehen und schaute über die schneebedeckten Felder, Weiden und Besitzungen, die in trostloses Weiß getaucht waren.

Während die Zeit verstreicht, dachte er, ist die Karte dieses Kampfes immer schwerer zu lesen, nicht einfacher. Je näher wir zu ihrem Kern kommen, desto ungewisser ist ihre Form ...

Dann lachte er über sich selbst. Selbst die tödliche Wesenheit in seinem Inneren war verstummt, als wäre der Herr des Zwielichts mit dem Lauf der Ereignisse zufrieden.

Sinnst du vielleicht auf eine kalte List?, dachte Byrnak. Ein Spiel aus Traum und Täuschung? Wenn ja, wird es dir nichts nützen, denn ich habe alle Illusionen in deinem Arsenal durchschaut, jede Täuschung, jeden Vorwand und jede Drohung. Wir werden dich unterwerfen, meine Brüder und ich.

Er bekam weder eine Antwort, noch regte sich etwas tief in den verschleierten Teilen seines Verstandes. Nur Leere antwortete ... und ihn durchzuckte unwillkürlich der Gedanke, dass er und die anderen Schattenkönige nichts anderes waren als kompliziertere Geistschatten, die wie alle anderen auch von einer unsichtbaren Macht ihrer Bestimmung entgegengetrieben wurden ...

Er schrak vor dieser beängstigenden Vorstellung zurück, wandte sich abrupt von dem Fenster ab und schritt den Korridor entlang. Sein glühender Ärger war ihm anzusehen. Ein Portal aus glänzendem Nebel brachte ihn zehn Stockwerke tiefer zu einem breiten Steg, von dem aus er eines von Keshadas gewaltigen Vorratsgewölben überblicken konnte. Gruppen von Offizieren und Handwerkern verbeugten sich oder salutierten überrascht von seinem Auftauchen, er jedoch ignorierte sie, während er die lauten, energischen Aktivitäten unter sich betrachtete. Einige Pferdegespanne flankierten eine breite, viereckige Öffnung in dem staubigen Holzboden, spannten die an Flaschenzügen befestigten Taue und zogen aus der Tiefe ein gekreuztes Gestell mit Kisten und Säcken von Nachschub. Es gab noch drei andere Ladeluken in dem gewaltigen Boden, die jeweils von Pferden und Arbeitern umringt waren, welche im Vergleich zu den immensen Ausmaßen des Gewölbes winzig wirkten.

Wortlos marschierte Byrnak über den Steg, während ihm seine Garde und der Standartenträger folgte, und trat mit ihnen durch das nächste schimmernde Portal. Er gelangte auf eine lange, geschwungene Empore, deren Wände aus glattem, aschgrau glänzendem Marmor bestanden. In einer Reihe von Nischen murmelten metallene Köpfe Verse in uralten, versunkenen Sprachen. Die äußere Wand war aus groben Ziegelsteinen erbaut, und darin saßen große, dreieckige Öffnungen, durch die er in die trockene, felsige Trostlosigkeit des Reiches der Finsternis blicken konnte.

Obwohl Gorla und Keshada in den Bergen um Besh-Darok aufgrund eines Zaubers von Crevalcor existierten, fußten ihre Grundmauern im Reich des Herrn des Zwielichts. Von dort aus speisten die Kräfte des BrunnQuell die beiden Zitadellen, und jede Streitmacht, welche diese Mauern erreichte, würde ihre rohe Macht ebenso zu spüren bekommen, wie sie es darüber hinaus mit den zahllosen Verteidigern aufzunehmen hätte.

Trotzdem nagte Ungewissheit an Byrnak, die von den auftauchenden Fetzen dieses verheerenden Krieges in den vergangenen Äonen des Morgengrauens der Welt ausgelöst wurden. Wenn die Magier nun im Besitz aller drei Artefakte waren, und sie dieses Spiel mit unbeugsamer List spielten? Wenn sie einfach auf den richtigen Moment warteten, um ihre gesammelten Kräfte in einem einzigen, vernichtenden Schlag loszulassen?

Er schlug sich mit geballter Faust auf den Oberschenkel. Er musste mehr erfahren, und Kodel hielt dazu die Fäden in der Hand. Da sein Bruder im Augenblick die Festung der Akolythen besuchte, würde er ebenfalls dorthin gehen.

Während er durch den Korridor marschierte, betrachtete er die kleineren Stützpunkte, die sich im Reich der Finsternis in der Nähe der Mauern von Keshada drängten. Eine sich auf Wanderdünen vorwärtsbewegende Festung, die neben Keshada winzig wirkte, stand Mauer an Mauer mit einem viereckigen Fried, einem primitiven, konischen Turm und etwas, das wie ein befestigter Tempel aussah. Auf den zerfallenen Zinnen waren Wachen zu sehen, und als Byrnak zur Seite sah, erblickte er den Rand des silbergrauen Skelettwaldes, der von ockerfarbenen Sandstürmen durchzogen wurde. In der anderen Richtung sah er die Schulter eines hohlen Steinkolosses, der halb in den wandernden Sanddünen begraben lag. Direkt vor ihm fiel der Boden zu einer großen, ausgetrockneten Ebene ab, die von dem klaffenden, zerklüfteten Massiv des Bornbergs beherrscht wurden. In dessen Zentrum sich, wie er wusste, die auf Pfeilern ruhende Kammer des BrunnQuell befand.

Er hatte sie seit dem ersten Zusammenreffen mit dem Akolythenmeister Obax vor Monaten mehrfach aufgesucht. In letzter Zeit hatte er festgestellt, dass seine Kräfte genügten, um allein dorthin gehen zu können, wenn auch nur kurz. Jedes Mal hatte er in den flackernden, smaragdgrünen Geist der immerwährend sich verändernden Gestalt des BrunnQuell gestarrt und versucht, die Geheimnisse auf seinem Grund zu entschlüsseln. Aber keine zwei Erscheinungen sahen gleich aus, obwohl er einige Male glaubte, ein dünnes, schwarzes Gewebe in dem unaufhörlichen Tumult zu erkennen. Er tat dies als eine Mattigkeit des Auges ab.

Er ging weiter und durchschritt ein anderes schimmerndes Portal, während er über die scheinbare Leichtigkeit nachdachte, mit der die Akolythen das Reich der Finsternis betreten und sich darin bewegen konnten.

Dieses Portal versetzte Byrnak und seine Eskorte in einen

Säulengang, von dem aus er eine gewaltige Halle sah, die in verschiedene Exerzierplätze aufgeteilt war, mit zahllosen Ausbildungszwingern und Schwertgruben. Tausende von Kriegern erzeugten einen gewaltigen Lärm aus grunzenden und stöhnenden Lauten und Schreien, während ihre Ausbilder sie durch die Übungen zwangen. Gruppen von Offizieren und Schreibern und Läufern hielten inne, wenn er vorüberschritt, einige neigten den Kopf, andere warfen sich gar bäuchlings vor ihm auf den warmen Stein. Byrnak sprach mit keinem, sondern nickte nur ernst, während er durch ein weiteres Portal trat.

Erneut strich das langsam wirbelnde Funkeln mit eisigen Tentakeln über sein Gesicht, und er fand sich in einer stickigen Dämmerung wieder, in der es nach Pferdedung, Sattelleder und Schweiß stank. Die Stallungen nahmen fast das ganze Untergeschoss von Keshada in Beschlag, ihre Kammern und Ställe waren auf schweren, hölzernen Pfeilern und Bohlen errichtet und wurden von magischen Feuern erwärmt. Öllampen brannten in vergitterten Wandnischen und spendeten ein düsteres, gelbes Licht. Verbeugungen und Grüße begleiteten seine Ankunft. Byrnak befahl, ihm und seinen Untergebenen gesattelte Pferde zu bringen. Der lebhafte braune Hengst bäumte sich auf und hätte sich fast losgerissen, als er vor ihn geführt wurde, aber er unterwarf das Tier mit einem einzigen Blick, bevor er sich in den Sattel schwang. Augenblicke später ritt er mit seinem Gefolge langsam hinaus in eine lange, niedrige Kammer, in der sich Kavallerie, Karawanen von Packtieren und Herden neuer Pferde drängten. Drei große Tore führten zu ansteigenden steinernen Gängen. Der eine führte geradeaus, die beiden anderen bogen nach rechts und links ab. Ihnen gegenüber lag eine einzelne breite Öffnung und eine Rampe, die nach unten führte. Sie bestand aus von vielen Hufen festgetretenem Schotter und Schmutz, und genau dorthin führte Byrnak seine Eskorte.

Als man den Schattenkönig und sein Banner erkannte, löste das bei den Reitern, die ihnen entgegen kamen, Jubel und Beifall aus. Einige seiner Gardisten waren von dieser respektlosen Darbietung empört, Byrnak schüttelte jedoch nur den Kopf, und lächelte die Reiter frostig an, als sie an ihnen vorbei ritten. Ihr Gruß bot ihm eine willkommene Abwechslung von dem unterwürfigen Gehorsam, das man ihm ansonsten entgegenbrachte, und es erinnerte ihn an lang vergangene Zeiten als Kriegsherr in Honjir.

Die abfallende Rampe brachte sie in eine von Fackeln erhellte, grob gehauene Höhle, die sich zum Eingang des Großen Ganges weitete. Der rohe Fels verschmolz in die glatten, graugrünen Wände des Ganges, von denen ein gedämpftes, silbergrünes Leuchten ausging. Der Große Gang war vom BrunnTor geschaffen worden und wurde von ihm erhalten. Es war ein breiter, leicht ovaler Tunnel, der sanft nach oben anstieg. Am anderen Ende, kaum einen Tagesmarsch entfernt, lagen die Kavernen unter Rauthaz.

Als er jetzt seine Eskorte hineinführte, stellte er sich vor, der Tunnel sei ein gigantisches Maul, das Städte, Berge und ganze Nationen verschluckte ...

Sie ritten im Galopp an mehreren Kolonnen marschierender Infanterie vorbei, bevor sie die Stelle erreichten, an welcher der Große Gang auf einen ähnlichen Tunnel traf, der von der Zitadelle von Gorla heranführte. Hier hielt Byrnak inne und instruierte den Hauptmann seiner Garde, nach Rauthaz weiter zu reiten. Während seine Leute in zügigem Galopp ihren Weg fortsetzten, richtete er den Blick auf die Wand des Ganges. Ein Gedanke genügte, und der BrunnQuell war da. Er griff durch das BrunnTor nach einem sich selbst fortsetzenden Zauber, den er und Kodel entwickelt hatten, und rief ein Seitenportal auf. Eine große, ovale Einbuchtung erschien in der Wand des Ganges und beulte sich rasch nach innen aus, bis eine dunkle, runde Tür entstand. Byrnak richtete seinen Verstand rasch auf sein Ziel, trieb sein nervöses Pferd weiter hindurch ...

... und tauchte in dem steinernen Verlies unter Trevada auf, wo Ystregul, der fünfte Schattenkönig, in Gefangenschaft schmorte. Er saß noch immer in dem eisernen Käfig, der an eisernen Ketten in der Luft hing. Nur sein Kopf und seine Schultern waren zu sehen, und sein Gesichtsausdruck und seine Kopfbewegungen waren durch den Bann verlangsamt, mit dem die anderen Schattenkönige ihn belegt hatten. In den Monaten seit der katastrophalen Schlacht um Besh-Darok war für ihn kaum ein Tag vergangen.

Kleine Lampen brannten auf Ständern in den Ecken des Raumes, aber das meiste Licht spendete ein versenktes Muster in den Pflastersteinen des Bodens direkt unter dem Gefangenen. Es waren uralte Symbole, die ein grünliches, magisches Leuchten ausstrahlten, das sich mit den Lichtpunkten der Öllampen vermischte, welche die geschwungenen Reihen von Zeichen beschienen, die sich über Ystreguls Käfig erstreckten.

Es war heiß in der Kammer. Als Byrnak abstieg, erhob sich eine Gestalt in einem kurzärmeligen schwarzen Gewand aus ihrem Schneidersitz, in dem sie in einer Ecke des Raumes verharrt hatte. Ihr glattrasiertes, schmales Gesicht verzog sich zu einem finsteren Lächeln, als sie den Käfig samt seinem menschlichen Inhalt betrachtete. Immer noch lächelnd sah Kodel Byrnak an.

»Unser Bruder hatte einen Besucher«, sagte er. »Und zwar erst kürzlich.«

Bevor Byrnak antworten konnte, trat eine weitere Gestalt in den Lichtschein. Es war Obax, Byrnaks ehemaliger Führer und jetzt der Meister der Akolythen in Trevada. Er trug eine lange, grüne Robe, sein graues Haar war zu Zöpfen geflochten, und er hatte milchig weiße Augenlinsen.

»Seid gegrüßt, Großer Gebieter. Geht es Euch gut?«

Byrnak grinste wölfisch. »Meine Gesundheit ist bewundernswert, Freund Obax, und ich bin auch im Vollbesitz meines Schicksals.«

Der Priester nickte bedächtig. »Wahrhaftig, Eure blühende Gesundheit ist eine Inspiration für uns alle, höchst mächtiger Gebieter, und hilft unsere Trübsal zu lindern, dass diese Energie bedauerlicherweise nicht allen Schattenkönigen eigen ist.«

Byrnak schaute Kodel an, der amüsiert mit den Schultern zuckte.

»Harte Arbeit, Meisterschaft und gewiefter Wille überwinden

am Ende auch solche Hindernisse.« Seine Stimme wurde eindringlicher. »Erzähl mir doch vom neuen Ritus des Webens der Seelen. Gehe ich recht in der Annahme, dass du und deine Meister Fortschritte machen?«

»Ah, das ist eine sehr schwierige Aufgabe, Großer Gebieter«, erwiderte Obax ungerührt. »Irgendwie müssen wir zunächst die fünffaltige Essenz abstrahieren, ohne Euch und Euren Brüdern Schaden zuzufügen, dann müssen wir diese Bruchstücke unserer Gottheit in einem neuen Wirt zusammenfügen, der stark genug für diesen Dienst ist.« Er seufzte. »Eine monumentale Aufgabe, dennoch erzielen wir Fortschritte.«

Byrnak starrte in die milchigen Linsen. Ja, und zwar so langsam wie möglich, dachte er.

»Eure Mühen werden angemessen belohnt werden«, sagte er gelassen. »In der Zwischenzeit, mein sehr guter Freund, kümmere dich freundlicherweise um mein Pferd.« Mit diesen Worten warf er ihm die Zügel seines Hengstes zu.

Einen Moment stand Obax stocksteif da, das milchäugige Gesicht eine ausdruckslose Maske. Dann lächelte er und hob die Zügel vom Boden auf.

»Wie Ihr wünscht, Großer Gebieter«, erwiderte er. »Ich sorge dafür, dass er gut gefüttert wird.«

Damit drehte sich der Akolyth herum und führte das Tier aus der Kammer. Als die schwere Tür hinter ihm zufiel, lachte Kodel.

»Es war mir gar nicht klar, Bruder«, sagte er. »Dieser Mann hasst dich mit aller Leidenschaft. Könnte er ein Problem für uns darstellen?«

»Wir werden uns um die Nachtbrüder kümmern, sobald Besh-Darok gefallen ist«, erwiderte Byrnak und wischte sich den Schweiß von der Stirn.

»Ich gehe davon aus, dass alles bereit ist«, sagte Kodel und ging zu dem niedrigen Stuhl zurück, auf dem er mit gekreuzten Beinen gesessen hatte. »Warum zögerst du den Angriff hinaus? Machst du dir immer noch wegen dieses dritten Artefakts Sorgen?«

Byrnak knurrte. »Sie verbergen etwas, dieser Bardow und seine schwächlichen Magier, selbst vor ihrem eigenen General, diesem Verräter Yasgur. Ich muss wissen, was es ist, bevor ich unsere Armeen angreifen lasse.«

Kodel musterte durch ein an Drähten befestigtes System aus glühenden Linsen prüfend den aufgehängten Ystregul in seinem Käfig. »Ich nehme an, dass du einige Legenden von der Schlacht von Kogil, dem Fall Jagreags und dergleichen Schauermärchen mehr gehört hast.«

»Zu viele, und die meisten besitzen den unangenehmen Beigeschmack der Wahrheit.« Er deutete mit dem Zeigefinger auf sein Gegenüber. »Weshalb ich erfahren muss, was deine Spione dir mitgeteilt haben.«

Der andere Schattenkönig blies Staub von einem bernsteinfarbenen, viereckigen Edelstein, bevor er ihn in das mit Golddraht verbundene System einsetzte. »Ich habe vor fast zwei Tagen zuletzt von meinen heimlichen Augen in Besh-Darok gehört. Sie konnten mir nur berichten, dass irgendwelche merkwürdige Aktivitäten in Sejeends Werften vor einigen Tagen schlagartig aufhörten, dass die Aufstände wegen Lebensmittelmangel sich legten, nachdem Frachtschiffe aus Cabringa eintrafen, und dass der Junge mit der Krone, wenn nichts Unvorhergesehenes geschieht, bereit ist, wann immer wir es wollen. Von den Aktivitäten der Magier weiß er nur wenig, außer, dass sie angefangen haben, nach ihm zu suchen.«

»Das hilft mir nicht weiter«, erwiderte Byrnak.

»Nimm dir Zeit, Bruder. Lass die Armeen wachsen, während wir das Geflecht der Gerüchte knüpfen. Viele wichtige Dinge stehen bevor, doch das Wichtigste ist unser Plan Dalbar betreffend. Sobald Crevalcor mit dem Hohen Haus der Kiele fertig ist, ist der Weg für die Schiffe aus Jefren frei für ihren Überfall auf die ganze Südküste.«

Byrnak runzelte die Stirn. Die Theokratie von Jefren hatte kurz nach dem Fall des Reiches als Sekte des Zwielichts in den Hügeln von Hanoriath in West-Jefren Fuß gefasst. Im Lauf der Jahre hatten sie ihre brutale Herrschaft auf das ganze vormalige Königreich von Jefren ausgedehnt und stellten durch ständige Überfälle die Entschlossenheit der benachbarten Herrscher auf die Probe. Als Kriegsherr von Nord-Honjir hatte Byrnak ihre Übergriffe mehr als einmal zurückgeschlagen.

»Unsere Jefren-Verbündeten!«, höhnte er. »Jedes Mal, wenn ich einen dieser maskierten Priester treffe, habe ich den Eindruck, dass er sich selbst für größer dünkt als mich.«

»Im Augenblick hält sich eine Delegation von ihnen in Trevada auf.« Kodel stand auf und nahm einen hölzernen Dreifuß von der Wand, an der noch andere lehnten. »Offenbar bitten sie uns um Hilfe gegen eine kleine Rebellenarmee, die sich in irgendeiner alten Feste in den Druandag-Bergen verschanzt hat. Bisher verweisen die Akolythen immer wieder darauf, dass die meisten Nachtjäger bei dem Kampf gegen die Dämonenbrut gefallen sind und die wenigen Überlebenden noch nicht stark genug für einen gleichzeitigen Angriff auf eine Bergfestung und den bevorstehenden Feldzug sind.«

»Stimmt das?«

Kodel nickte. »Ich glaube schon.« Er befestigte das komplizierte Objekt aus Drähten und Edelsteinen auf dem Dreifuß, bückte sich und sah hindurch. »Wir haben natürlich noch die Fressbiester zur Verfügung. Ihre Wärter hier und in Casall müssen frische Gruben und Höhlen ausschachten, damit die neue Brut genug Platz für die Aufzucht bekommt. Aber all das sind nur Nebensächlichkeiten. Es braut sich ein neues Problem zusammen, auf das wir möglicherweise kurzfristig reagieren müssen. Unser Bruder Thraelor.«

Byrnaks finstere Miene verdüsterte sich noch mehr, und er verschränkte die Arme. »Sprich weiter.«

»Er kommuniziert nur noch über den BrunnSpiegel, und im Verlauf der Gespräche während der letzten drei Tage wurde er merklich ... unberechenbarer. Ich habe heute früh das letzte Mal mit ihm geredet, und es gab einige Momente, da wusste ich, dass hinter seinen Augen nicht er selbst war.«

Die beiden Schattenkönige sahen sich voller Unbehagen an.

»Hast du in letzter Zeit etwas von unserem dunklen Parasiten gehört?«, erkundigte sich Byrnak.

»Zuletzt vor zwei Tagen«, gab Kodel zu.

»Ich auch.« Byrnak schaute den gefangenen Ystregul an und knirschte mit den Zähnen. »Sollten wir einen weiteren Käfig vorbereiten, für den Fall, dass Thraelor in dem Ringen unterliegt?«

Kodel musterte den gefangenen Schattenkönig ebenfalls, aber durch sein funkelndes Gerät. »Das wäre klug, wenngleich diese Käfige möglicherweise nicht mehr länger so unangreifbar sind, wie wir dachten.« Er richtete sich mit einem schiefen Lächeln auf. »Jemand hat sich an den Zaubern zu schaffen gemacht, die wir um unseren Bruder gewirkt haben.«

Byrnak ging zu dem Gerät auf dem Dreifuß, ließ sich aber nicht herab, hindurch zu sehen. »Bist du sicher?«

Kodel nickte. »Ich habe die Elemente dieses kleines Kunstwerks mit der Macht des BrunnQuell getränkt, und ich kann sehen, wie das Netz der Zauber verändert wurde.« Er strich sich über das Kinn. »Das heißt, vielleicht nicht verändert, sondern eher erprobt.«

»Es gibt nur wenige, die zu so etwas fähig wären.« Byrnaks Gedanken überschlugen sich. »Ich bezweifle, dass es in Grazaans Interesse läge, aber was ist mit Thraelor?«

»Er hat seinen Roten Turm in Casall im letzten Monat so gut wie gar nicht verlassen«, widersprach Kodel. »Ich wüsste bestimmt, wenn er hier gewesen wäre.«

»Und unsere hiesigen Akolythen?«

Kodel lachte laut. »Das sind natürlich die wahrscheinlichsten Kandidaten, obwohl ich mir nicht vorstellen kann, wie die Befreiung des Schwarzen Priesters ihrem Zweck dienlich sein sollte.«

Er musste nicht sagen, welcher Zweck das war. Die Machtergreifung des Herrn des Zwielichts und damit die unausweichliche Vernichtung der Schattenkönige.

»Die Zauber müssen verstärkt werden«, empfahl Byrnak. »Vielleicht sollten wir einige unliebsame Überraschungen für jeden einbauen, der damit herumspielt? Wenn ich nach Rauthaz zurückkehre, lasse ich heimlich einen zweiten Käfig anfertigen.«

Die beiden Schattenkönige lächelten in grausamem Einverständnis und wandten sich dann dem gefangenen Ystregul zu. Smaragdgrünes Feuer flammte in ihren Händen auf.

Gilly war an einen zersplitterten Mast des uralten, vermoderten Schiffes gebunden. Er hockte in einer sitzenden Haltung auf dem Deck und versuchte, die Fesseln an seinen Handgelenken zu lösen. Der Tag ging zu Ende, und die kalte Nacht brach an. Ihre Reise war unterbrochen worden, nachdem sie mit Hilfe Schwarzer Hexerei aus Scallow ausgelaufen waren. Sie befanden sich auf der Insel Sulros, und der Schoner lag auf einem Kieselstrand unweit von Port Caeleg. Die unabhängige Hafenstadt stand in dem Ruf, dass dort massenhaft Intrigen gesponnen und alle Arten von Gesetzlosigkeiten begangen wurden. Eine widerliche grüne Aura flackerte über den verrotteten Rumpf, aber Gilly achtete mehr auf das furchteinflößende Schauspiel, welches auf dem Vordeck stattfand.

Crevalcor, der Nigromant, kniete auf den blanken Planken vor einem kleinen Feuer, in dem eine blaue Flamme loderte. Eine funkenstiebende Rauchwolke kräuselte sich langsam von dem Feuer in die Luft. Links von ihm kniete der kräftige, bärtige Hevrin, der Hohe Admiral der aufständischen Insulaner. Seine verkrampfte Haltung sprach von den unsichtbaren Fesseln, die ihm Crevalcor angelegt hatte und die ihn zur Fügsamkeit nötigten. Als der Mann vor kurzem an Bord gekommen war, hatte Gilly den mörderischen Blick gesehen, den er dem Nigromanten hinter seinem Rücken zugeworfen hatte.

Rechts neben Crevalcor saß mit gekreuzten Beinen ein Kriegerpriester aus Jefren, dessen Gesicht vollkommen hinter einer Maske verborgen war. Die Qualität der Maske aus schwarzem Eisenholz und seine prächtigen, roten Roben nährte Gillys Verdacht, dass es sich um einen hochrangigen Offizier der Theokratie handelte.

Ich würde eine Wagenladung Perlen verwetten, dass hier

irgendwo vor der Küste eine Flotte aus Jefren ankert, hatte er gedacht, als der Mann von einer offiziellen Schaluppe an Bord gestiegen war.

Der Maskierte hatte Crevalcor bei den Vorbereitungen des Rituals assistiert und dann schweigend dagesessen, als der Nigromant eine gutturale Anrufung anstimmte. Die Luft über dem qualmenden Feuer schimmerte plötzlich, und die Flamme schien einen Moment die Rauchsäule zu verzehren, bis ein merkwürdiges Strahlen in ihrem Mittelpunkt einsetzte, ein dunkles Rot, in das sich ein glasiges Grün mischte. Dieses fahle Licht wirbelte träge über unsichtbare Kurven und Ränder, markierte Grenzen, und allmählich nahm über dem Feuer ein gewaltiger Kopf Form an, dessen Züge menschlich und hager waren, die Augen mandelförmig und starr, und dessen volle Lippen sich zu einem grausamen Lächeln verzerrten.

»Ehre sei dir, Großer Gebieter Thraelor!«, rief Crevalcor.

Die Erscheinung des Schattenkönigs Thraelor senkte den Blick und musterte sehr genau die drei Gestalten, die vor ihm kauerten. Ein merkwürdig zusammenhangloser Wortwechsel folgte, der manchmal in gemeinem Mantinor geführt wurde, dann wiederum setzten Crevalcor und Thraelor das Gespräch in einer harten, kehligen Sprache fort, die Gilly nicht kannte. Wenn das passierte, verzerrte sich das Rauchgesicht kurz und nahm eine schwarzsilberne Färbung an, die jedoch Momente später wieder verschwand, wenn auch die Sprache sich wieder änderte.

Schließlich endete die grässliche Zeremonie, und die verzerrten Gesichtszüge des Schattenkönigs verblassten. Nach einer kurzen, gemurmelten Diskussion erhob sich der Kriegerpriester aus Jefren, wandte sein maskiertes Gesicht einmal kurz in Gillys Richtung und verschwand über die Reling in seine wartende Schaluppe.

Es zischte leise, als Crevalcor einen Becher mit Flüssigkeit, vielleicht Wein, über das rituelle Feuer goss. Während der Rauch und Qualm davonwehten, stand der Nigromant auf und schlenderte zu Gilly herüber. In dem schwachen Glanz des verhexten

Schiffes wirkte sein Gesicht finster und schweißüberströmt, seine Augen dagegen blass und sehr lebhaft.

»Ich frage mich, ob Ihr wohl verstanden habt, was heute Nacht beschlossen wurde«, sagte Crevalcor.

Gilly lächelte. Er hatte sich die Handgelenke wundgescheuert, einige seiner Fingerspitzen waren taub vor Kälte, und er fühlte ein kaltes Fieber, das sich in seine Brust und seine Eingeweide fraß. Er war so erschöpft, dass es fast wehtat. Aber das würde er seinen Häscher nicht merken lassen.

»Hm, mal sehen ... Ah, ich weiß, du und dein Schattenkönig-Meister haben beschlossen, unsere Länder für immer zu verlassen und in die nördlichen Gefilde zurückzusegeln, aber vorher wollt ihr ein gigantisches Abschiedsbankett feiern, zu dem ihr viele geehrte Gäste einladen wollt, mich eingeschlossen ...«

Crevalcor lachte leise, hockte sich vor Gilly und tätschelte seine Wange. »Beim Quell, ich glaube, Ihr könntet bis zur Taille im Rachen eines Fressbiestes stecken und würdet immer noch wie ein Hofnarr plaudern. Das ist gut. Starke Feinde geben ausgezeichnete Diener ab.«

Gilly lachte heiser. »Niemals.«

Der Nigromant ignorierte ihn. »Heute wurde ein heimlicher Pakt geschlossen. Die gemeinsamen Bemühungen der Akolythen und des Klerus der Jefren werden die Rückkehr des Herrn des Zwielichts in das Fleisch gewährleisten, trotz des Zögerns und der Listen der Schattenkönige. Ihre Besessenheit, diese armseligen Rebellen und Gesetzlosen zu unterwerfen, wird ihren Untergang herbeiführen. Während ihre Aufmerksamkeit sich darauf richtet, werden wir zuschlagen. Und genau dabei wirst du uns außerordentlich von Nutzen sein.«

Er stand auf und starrte über das Heck auf das Draakilis-Meer hinaus.

»Dein Freund Mazaret hat sich als ein ausgezeichneter Diener unserer Sache erwiesen«, fuhr er fort. »Wusstest du das eigentlich?«

»Du lügst«, widersprach Gilly, aber ihn durchzuckte die kalte Gewissheit, dass es stimmte.

»Die Magierfrau Suviel ebenfalls. Sie hat uns geholfen, Mazaret aus Besh-Darok herauszulocken.«

»Aber ... sie ist in Trevada gestorben.«

»Sie wurde vor dem unseligen Kampf mit der Dämonenbrut tagelang in den Kerkern der Akolythen gefangen gehalten.« Crevalcor drehte sich um und schaute auf ihn herab. »Sie wissen, wie man gute Diener heranzieht, und alles, was sie wissen, weiß ich zuerst.«

Gillys Verwirrung entlockte ihm ein kaltes Lächeln.

»Ich würde sagen, fünf von dir dürften genügen.«

14

Eine grausame Hand greift zu
Und macht aus strahlenden Träumen
Rauchende Ruinen.

CALABOS, DIE STADT DER TRÄUME

Alael erhielt die Nachricht aus dem Kolleg von Hendreds Hallen am späten Abend. Sie war schlicht gehalten.

Lady Alael,

die Übersetzung, die Ihr erbeten habt, ist vollendet und wartet auf Eure Abholung. Allerdings hat ein weitergehendes Studium des Kodex Material ans Licht gebracht, das möglicherweise die Aufmerksamkeit einer höheren Autorität verdient. Da meine Gebrechlichkeit mich an meine Kammer fesselt, wäre ich Euch verbunden, wenn Ihr heute Abend direkt und ohne Verzögerung ins Kolleg kommen könntet. In Erwartung Eurer Ankunft verbleibe ich

Baas Melgro Onsivar, Meister der Sprachen

Sie brachte diese Nachricht direkt in die Gemächer des Erzmagiers, und nachdem ihr Zutritt gewährt und sie Grüße ausgetauscht hatten, zeigte sie ihm das Blatt. Erzmagier Bardow saß in einem Stuhl mit hoher Rückenlehne aus poliertem, dunkelrotem Steinholz und strich sich über sein bartloses Kinn, während er las.

»Es entspricht der Art von Melgros Denken und scheint ebenso echt wie dringlich zu sein. Gut, ich werde es Euch erlauben, aber Ihr werdet dorthin reiten und zwar in Begleitung. Einverstanden?«

Sie akzeptierte bereitwillig seine Bedingungen und verließ kurz darauf den Palast durch einen hohen, schmalen Tunnel, der in vielen Windungen von der Silbernen Aggor zu den Kaiserlichen Kasernen vor der Goldenen Aggor führte. Ihre Eskorte bestand aus sechs Rittern des Paladinordens, die allerdings von Ghazrek befehligt wurden, dem Bannerhauptmann Prinz Yasgurs. Sie fragte sich, ob es zwischen ihm und ihnen wohl Spannungen gab, aber die Blicke der Ritter waren alle so grimmig und abweisend, dass sie sich hütete, eine diesbezügliche Frage zu stellen.

Es war dunkel und stürmisch, als sie aus dem Tor der Kaiserlichen Kaserne ritten. Wie ihre Eskorte war auch sie passend für das eisige Wetter gekleidet. Dennoch durchdrang die Kälte ihre Gewänder. Es schneite zwar nicht, aber dicke Wolken segelten über den Himmel, die ab und zu aufrissen und einen Blick auf das sternenübersäte, schwarze Firmament freigaben.

Die Straßen, durch die sie galoppierten, waren von schmutzigen Schneehaufen übersät und zumeist verlassen. Zwischen vielen der fest verrammelten Fensterläden drang Lampenlicht hervor, und es herrschte eine gedämpfte Stille, als würde sich die Stadt nach all den Krisen der letzten Tage in sich selbst zurückziehen. Sicher, gelegentlich brannten über den Türen der Schänken, an denen sie vorbeiritten, Laternen, und aus ihrem Inneren drang Lärm, doch das verstärkte nur den allgemeinen Eindruck düsterer Verlassenheit.

Irgendwo in der Nähe kläffte ein Hund, und ein trauriges, fernes Heulen antwortete ihm.

Sie kamen an eine Kreuzung, von der aus sie nach Norden zum Fluss ritten. Alael fühlte, wie ihre erwartungsvolle Stimmung allmählich der Niedergeschlagenheit und einem finsteren Brüten wich. Die nächste Brücke über den Olodar lag direkt vor ihnen, aber die Gebäude unmittelbar zu ihrer Rechten gaben plötzlich den Blick auf eine viereckige, ummauerte Senke frei, die mit Schutt übersät war. Aus irgendeinem Grund lag hier kaum Schnee. Innerhalb der Mauern war alles schwarz, und ein schwacher Brandgeruch drang Alael in die Nase, als sie ihr Pferd zügelte. Trauer schien schwer auf diesem Ort zu lasten, der wie ein Friedhof wirkte, bis eine gellende, gequälte Stimme aus den zerstörten Wänden ihr zurief:

»Lasst die Toten in Frieden ruhen!«

Eine verhüllte Gestalt, die in dem Mauerwerk kauerte, streckte ihnen ihre knochige Hand entgegen, als wollte sie die Reiter abwehren, und wiederholte die Warnung, diesmal heiserer. Entsetzt wendete Alael ihr Pferd und wollte sich der Gestalt nähern, aber einer der Ritter aus ihrer Eskorte hielt sie auf.

»Bitte, Mylady, man kann nichts für sie tun.«

»Für sie?«

Der Ritter nickte. »Ich habe sie am Tag gesehen, als ich hier vorbei geritten bin. Sie ist ein Klageweib, Mylady, und weigert sich, die Ruinen zu verlassen. Einige behaupten, sie hätte einen geliebten Menschen verloren, als die Hallen brannten, und die Trauer hätte ihr den Verstand geraubt.«

Alael starrte in die schwarzen Ruinen und hörte, wie die alte Frau darin herumwühlte. Mitleid durchfuhr sie wie in Stich. »Was war das für ein Ort?«

»Es war die alte Halle der Magier«, mischte sich Ghazrek plötzlich ein. »Wenn es Mylady recht ist, sollten wir weiterreiten. Es ist nicht sicher, sich nach Einbruch der Nacht an einem solchen Ort aufzuhalten.«

Trotz seiner augenfälligen Höflichkeit duldeten seine Worte keinen Widerspruch, und als sie umringt von ihrer Eskorte weiterritt, begriff Alael etwas von Taurics starkem Pflichtgefühl den Menschen dieser Stadt gegenüber. Ein schrecklicher Feind scharte seine Streitmacht vor den Mauern zusammen, während in ihrem Inneren Fluten von Verzweiflung und Sinnlosigkeit gegen die Wälle schlugen. Tauric versuchte immer wieder und wieder, seinen Platz in dieser Schlacht zu finden. Alael dagegen hätte, wäre sie in seiner Position gewesen, sich mehr darum gekümmert, die Entbehrungen zu lindern, welche die gemeinen Leute ertragen mussten.

Dann stellte sie sich vor, wie unwillig ihr Onkel Volyn auf ein solches Ansinnen ihrerseits reagiert hätte, und lächelte traurig.

Als sie die Königinnenbrücke im Galopp überquerten, trommelten die Hufe wie Donner über die Planken. Sie ritten in die Altstadt, und Ghazrek führte sie auf eine breite Durchgangsstraße, die nach Norden abbog. Der Wind wurde stärker und wirbelte Alael gelegentlich eisige Tropfen ins Gesicht, und als sie zum Fort an der Kapelle hinaufschaute, sah sie zwei große Wachfeuer, deren gelbe Flammen im Wind heftig loderten.

Kurz darauf ritten sie über die Straße, die Alael das letzte Mal in einer Kutsche befahren hatte. An den halb überwucherten Pforten des Kolleggeländes verlangsamte ihre Eskorte die Geschwindigkeit, und sie trabten den Schotterweg zum Kolleggebäude hinauf. Dabei erschreckten sie einen großen, schwarzen Hund, der aufsprang und im Schatten verschwand. In der Nacht war das Gebäude eine formlose, graue Masse, die sich aus der düsteren Finsternis der sie umgebenden Gärten erhob. Nur die Fackeln zu beiden Seiten des Haupteinganges spendeten Licht. Als sie abstiegen, schwang die Tür auf, und der alte Verwalter trat heraus.

»Seid gegrüßt, Lady Alael«, sagte er, als sie auf ihn zu eilte. »Baas Onsivar erwartet Euch bereits.«

Sie nickte und sah Ghazrek an, der mit ihr in den kleinen Flur trat. »Ich werde nicht lange brauchen, Herr Hauptmann. Vielleicht muss ich dem Meister der Sprachen einige Fragen stellen, und ich weiß nicht, ob er sie in Eurer Gegenwart beantwortet.«

Ghazrek warf ihr einen abschätzenden Blick zu. »Ist dieses Gebäude sicher, Mylady? Ich könnte Euch einen Ritter mitgeben …«

»Es ist ein Kolleg, Hauptmann, ein Ort der Lehre«, erwiderte sie. »Jeder, der mir etwas antun möchte, müsste zuvor an Euch vorbei gelangen, eine schwierige Aufgabe, könnte ich mir denken.«

»Wie Ihr wünscht, Mylady«, erwiderte er. »Ich sende jede Viertelstunde einen meiner Leute zu Euch hinauf, der sich von Eurem Wohlergehen überzeugen wird.«

Sie stimmte zu und sah dann den alten Verwalter an, der sie durch eine Seitentür führte. In den Gängen war es kälter als bei ihrem letzten Besuch, und die Stille in den leeren Räumen war beinah unbehaglich. Sie folgte dem Verwalter eine beleuchtete Treppe hinauf und durch eine Tür in das Studierzimmer des Meisters der Sprachen. Nach einem kurzen Klopfen rief eine Stimme: »Herein!«, und Alael wurde hineingescheucht.

Direkt neben der Tür brannte eine Kerze, die kaum die Bücherregale daneben erhellte. Die einzige andere Beleuchtung war eine Öllampe auf Onsivars Schreibtisch. Er saß diesmal in einem bequemen Sessel mit einer weichen Lehne und Armstützen. Im warmen, gelblichen Licht der Lampe wirkte er alles andere als gesund, und er trug einen dicken, gefütterten Umhang. Auf seinem Tisch stand ein dampfender Becher.

»Ah, Lady Alael, bitte kommt zu mir. Vergebt mir meine Gebrechlichkeit, aber die Schwäche meines Körpers ist eine ständige Last ...«

Vorsichtig tastete sie sich durch die Schatten, stieg die drei Stufen zu seiner Plattform hinauf und setzte sich vor ihn. Kerens Buch lag offen vor ihm auf dem Schreibtisch, aber sie schwieg und wartete, bis er begann.

»Ja, nun ... Mylady, Edrics bescheidene Niederschrift von Stulmars Lehre, vor allem das Sagenlied, das Raegal angeht ...« Er drückte mit seiner dürren Hand die Seiten zusammen und hielt mit der anderen eine einzelne Pergamentseite hoch, während er zwischen den beiden hin und her schaute. »Ich musste am Ende nach einem Absolventen des Othazi vom Zunftkolleg schicken, und war mit seiner Hilfe in der Lage, die Übersetzung ohne große Probleme zu beenden.«

Die Kerze neben der Tür flackerte plötzlich, und ein kalter Lufthauch strich über Alaels Gesicht, aber sie war vollkommen auf den Meister der Sprachen konzentriert.

»Erklärt es, wie Raegal in das Reich der Dämonenbrut gelangte?«, fragte sie.

»Ja ... ja, es wird erwähnt, wie er sich etwas leiht, was das ›Lied der Zwischenwelt‹ genannt wird, ein merkwürdiger Ausdruck, der, wenn man eine Übersetzung der vorothazischen Ebrun-Zunge zugrunde legt, auch als der ›Stab der Leere‹ übersetzt werden kann. Der wiederum, wenn mich mein Gedächtnis nicht trügt, war der uralten Mythologie der Yulari zufolge eines der Geschenke der Nachtkatze an den Sonnentiger. Was es auch gewesen sein mag, Raegal gab es zurück, nachdem sein Abenteuer beendet war. Das Faszinierende an diesem Manuskript ist jedoch, dass es sich um einen Palimpsest handelt ...«

Das ist es!, dachte sie. Das muss es sein ...!

»Gibt es einen Hinweis darauf, wo man diesen Stab finden kann?«

»Aber ja, Mylady, es gibt sogar eine sehr genaue Lagebezeichnung ...« Er hielt inne und zog eine zerfledderte Karte des Kontinents von Toluveraz aus einem Stapel Unterlagen hinter sich. Dann legte er die verblichene, fleckige Karte über Kerens Buch, fuhr mit seinem Zeigefinger über die nordwestliche Küste, und wies dann auf eine Stelle im offenen Meer, über der »Golf von Fandugar« stand. »Ja, etwa hundert Meilen nördlich von Jefren.«

Ihr Optimismus verflog. »Im ... Meer?«

»Vor vielen Zeitaltern erstreckten sich die Länder von Angathan und Yularia noch viel weiter nach Norden. Ein schreckliches Beben zog diese ganze Region jedoch ins Meer hinab und gestaltete die Nordküste so, wie sie heute ist.« Er zog seinen Umhang fester um sich und tippte auf die Karte. »Wenn Raegal also diesen ›Stab der Leere‹ zurückgegeben hat, kann er sich sehr wohl auf dem Grund des Meeres und damit vollkommen außer Reichweite befinden.«

»Ganz ausgezeichnet«, sagte eine männliche Stimme im Schatten hinter Alael. »Und jetzt gebt mir dieses Pergament.«

Sie wagte kaum, sich umzudrehen und zuckte furchtsam zusammen, als jemand ihre Schulter packte und sie von ihrem Stuhl schob. Sie wich an ein Buchregal zurück, als der Mann vortrat.

Er wirkte krank. Seine eingefallenen Züge waren fleckig und glänzten von Schweiß, und die Knochen seines Schädels traten stark hervor. Sein strähniger Haarschopf wies große Lücken auf, und eine Schwellung unter seinem Kiefer ließ sein Gesicht seltsam verzerrt wirken. Seine Kleidung war zerrissen, doch seine Augen leuchteten und die missgestaltete Hand, die er jetzt fordernd ausstreckte, zitterte kein bisschen.

»Das Pergament, Alter. Sofort.«

Baas Melgor Onsivar straffte sich zu Alaels Verblüffung jedoch in seinem Sessel und warf das Pergament vor sich auf den Schreibtisch. Er sah den Eindringling finster an. »Nehmt es! Das Wissen bleibt mir auch so erhalten.«

Alaels beschlich eine unheilvolle Vorahnung, als der Mann böse grinste.

»Ja«, erwiderte er gedehnt, während er das Pergament vom Tisch nahm. »Ich weiß ...«

Er hob die andere Hand, die in Flammen gehüllt war. Es war ein unnatürlicher, flackernder Handschuh aus Feuer. Die Flammen loderten in einer Mischung aus hellem, ätzendem Grün und blendendem, glühendem Weiß und schmiegten sich zuckend um die Haut seiner Finger. Alael traute ihren Augen nicht, als sie diese unmögliche Verbundenheit der Niederen Macht mit dem BrunnQuell erkannte, und ihre erschreckte Erstarrung verwandelte sich in Ärger und eine bittere Sehnsucht nach der Gabe der ErdenMutter.

Der Mann warf ihr einen verächtlichen Seitenblick zu. »Wo versteckt sich deine Göttin jetzt, he?«

Als ein grünweißer Blitz den Meister der Sprachen in die Brust traf, stieß Alael einen wütenden Schrei aus und sprang den Mann an. Onsivars Schmerzensschrei drang ihr durch Mark und Bein und spornte sie zum Handeln an, ohne auf ihre eigene Sicherheit zu achten. Ihr Gegner hatte mit einem derartig wilden Angriff nicht gerechnet, stolperte seitlich gegen das Geländer, das Onsivars Podest von dem restlichen Raum trennte, und stieß einen gellenden Wutschrei aus. Alael rang mit ihm, versuchte, ihm das Pergament zu entreißen, aber die Stärke und die Schnelligkeit des Mannes waren zu viel für sie. Mit einem Ellbogenstoß schleuderte er sie zur Seite und versetzte ihr anschließend einen Schlag mit seinem Handrücken gegen den Kopf. Alael konnte dem Schlag zwar ausweichen, sodass er sie nur streifte, aber er besaß noch genug Wucht, um sie gegen eine niedrige, gepolsterte Bank stürzen zu lassen.

Das geisterhafte Glühen seiner brennenden Hand warf merkwürdige grünweiße Lichtreflexe auf seinen Körper und sein Gesicht. Er starrte auf sie herunter, ballte die Hand zur Faust und schien sie mit den verschmolzenen Mächten schlagen zu wollen, als eine Tür mit einem lauten Krachen aufflog.

Nerek drang als Erste in den Raum ein, sprang auf einen mit Büchern übersäten Tisch und starrte den Zerlumpten eine Sekunde an.

»Du!«

Der Mann schnaubte verächtlich. »Also erinnerst du dich an unsere kurze Begegnung vor der Kleinen Krönung, Spiegelkind? Wie ich sehe, helfen dir diesmal keine Straßenjungen. Nun, du solltest vorbereitet sein, denn ich bin stärker als vorher.«

»Ich auch«, gab Nerek zurück und stieß eine Hand vor. Ein blasses Netz aus Macht zuckte aus ihren Fingerspitzen und landete an der Kehle des Mannes. Er rang einige Sekunden damit, bevor es sich auflöste, doch bis dahin standen die Blinde Rina und Osper Trawm bereits neben ihr. Nereks Hände glühten von der Niederen Macht. Der Angreifer lachte nur höhnisch, und Alael hätte fast laut nach der ErdenMutter gerufen, auf dass sie ihr half. Die einzige Antwort jedoch war eine schmerzende Leere, also rappelte sie sich auf und wollte sich erneut auf ihren Gegner stürzen. Doch bevor sie das konnte, griff eine zitternde Hand hinter Onsivars Schreibtisch nach der Öllampe, die darauf stand, und schleuderte sie auf den Eindringling.

Das Glas zerbrach, das Öl spritzte heraus und im nächsten Moment stand der Rücken des Eindringlings in Flammen. In dem grellen Licht sah Alael, wie Nerek über das Geländer sprang und ihn mit bloßen Händen angriff. Er dagegen war verzweifelt bemüht, sich seiner brennenden Kleidung zu entledigen, als ein Ellbogen seine Brust traf. Er stolperte zurück, erholte sich jedoch rasch und schlug mit seiner grünlodernden Hand zu. Nerek wich dem Hieb geschickt aus, trat auf ihn zu und hämmerte ihm ihre behandschuhte Faust ins Gesicht.

Alael hörte es knacken, als der Hieb den Eindringling rücklings über ein niedriges Bücherregal und unter lautem Klirren durch ein kleines Doppelfenster schleuderte. Später erinnerte sich Alael sehr genau daran, dass sein Haar loderte, und ein Grinsen auf seinem schädelartigen Gesicht lag, bevor er in der Tiefe verschwand.

Einen Moment herrschte Dunkelheit in dem Raum, dann bildete sich ein helles Glühen zwischen den Händen der Blinden Rina, in dem die Gestalten von Hauptmann Ghazrek und drei seiner Ritter hinter ihr aufleuchteten.

»Nach unten, Hauptmann!«, keuchte Alael. »Einer der Agenten des Feindes ... ist aus dem Fenster gefallen. Seht nach, ob er noch lebt.«

Ghazrek nickte einmal knapp und stürmte hinaus.

Alael ging zum Meister der Sprachen. Seine Kleidung war an der Brust versengt, seine Augenbrauen und ein Teil seines schütteren Haares waren verbrannt, und die Haut an der rechten Seite seines Gesichts war rot und von Brandblasen übersät. Als sie ihm in seinen Sessel half, atmete er flach und schien kurz vor dem Zusammenbruch zu stehen, aber er versuchte dennoch, zu sprechen. Sie beruhigte ihn und sah sich um. Die Blinde Rina untersuchte Nereks bloße Hand, während eine Linie aus Licht langsam über ihren Kopf glitt. Von der Mitte des Zimmers aus beobachtete sie der Magier-Spielmann Osper Trawm besorgt, während er das silberne Instrument auf seiner Brust bediente.

Die Blinde Rina hockte sich neben Alael und Onsivar.

»Habt ihr große Schmerzen?«

»Was für eine ... überflüssige Frage!«, stieß der alte Gelehrte heiser hervor. »Lady Alael, ich muss ...!«

»Ihr müsst ruhen, Baas Onsivar, während ich Eure Wunden behandle.«

Der Meister der Sprachen bäumte sich auf. »Gute Frau, Ihr könnt mich gern versorgen, wie Ihr es vermögt ... aber es gibt Angelegenheiten, die ich Lady Alael unverzüglich mitteilen muss!«

Die Blinde Rina lächelte kopfschüttelnd. »Wie Ihr wünscht, Baas.«

»Gut. Also, Mylady, hört genau zu. Wie ich vorhin kurz andeutete, ist das Manuskript des Raegal ein Palimpsest. Ein älteres Schriftstück wurde von der Oberfläche des Pergamentes abgekratzt, damit man es noch einmal benutzen konnte.

Durch verschiedene Mittel war ich in der Lage, die älteren Zeilen zu entziffern und stellte zu meiner Verblüffung fest, dass es eine Seite aus einem uralten Werk der Philosophie war, das sich *Die Lehren des Korrul* nennt. Man hatte angenommen, das letzte Exemplar wäre in der großen Bibliothek von Alvergost untergegangen, als sie nach dem Fall des Brusartanischen Thrones geplündert wurde ...«

Alael unterbrach ihn. »Baas Onsivar, was sagen diese alten Worte?«

»Sie geben sehr ausführliche Instruktionen, wie man Waffen herstellt, Mylady«, erwiderte er. »Waffen aus einer Verschmelzung beider Mächte ... Speere, Dolche, Schwerter, die kein Gramm Holz oder Eisen an sich haben.« Erschöpft sank er in dem Sessel zurück. »Ich habe ein ... Blatt mit einer Übersetzung in Euer Buch gelegt. Bitte, zeigt es umgehend dem Erzmagier«.

»Das werde ich, noch in dieser Nacht.«

In dem Moment öffnete sich die Tür, und ein sehr ernst wirkender Ghazrek kam herein. Seine grimmige Miene sagte Alael genug.

»Ist er noch da, Hauptmann?«, fragte sie dennoch.

Die Enttäuschung des Mogaun-Hauptmannes war unübersehbar. »Keine Leiche, Mylady. Im Licht der Fackeln konnten wir nur erkennen, wo er gelandet ist. Wir haben einige verbrannte Lumpen gefunden und ein paar blutige Fußabdrücke, aber sie sind zwischen den Büschen verschwunden.«

»Dass er nach all dem noch in der Lage ist zu laufen«, sagte die Blinde Rina. »Er ist ein zäher Bursche.«

Und jetzt läuft er da draußen frei herum, dachte Alael für sich.

»Ich muss Euch hier zurücklassen«, sagte sie zur Blinden Rina und zu Nerek. Sie stand auf, überzeugte sich, dass sich die Übersetzung in dem Kodex der Sagenlieder befand, und klemmte sich das Buch unter den Arm. »Ich muss das hier sofort zu Meister Bardow bringen. Ihr wisst, warum.«

Während die Blinde Rina nickte, hüstelte jemand anders in dem Raum diskret.

»Ich dagegen bleibe nur zu gern hier«, erklärte Osper Trawm.

»Ich nicht«, meinte Nerek knapp. »Ich kehre mit Euch zurück.«

Die junge Frau lächelte kalt, als sie ihre Handschuhe wieder anzog. Alael wusste, dass es keinen Sinn hatte, zu widersprechen.

»Einverstanden«, sagte sie und trat von dem Podest herunter. »Hauptmann Ghazrek, wir reiten sofort los, nachdem ich mit dem alten Verwalter gesprochen habe.«

Ghazrek schüttelte den Kopf. »Tut mir Leid, Mylady, er ist tot. Erwürgt. Wir haben ihn in einem Raum im Erdgeschoss gefunden.«

Alael unterdrückte ihre Empfindungen. Sie legte einen Moment die Hand vor die Augen und atmete tief durch. *Tod, Tod und noch mehr Tod ...*

Dann ließ sie die Hand sinken und bedeutete Ghazrek wortlos voranzugehen. Bevor sie die Tür erreichten, hielt die Blinde Rina sie auf.

»Alael, Ihr müsst Bardow unbedingt mitteilen, dass einer der feindlichen Agenten jetzt weiß, dass wir den Stab der Leere nicht besitzen«, erklärte sie. »Sagt es ihm sofort, wenn Ihr ihn seht.«

»Ich kann mir nicht vorstellen, dass er sich freut, das zu hören«, sagte Alael.

15

Jetzt naht die Stunde der Entscheidung,
Wenn die Geister der Toten sich erheben,
Hohl und heulend umherziehen
Und hungernd nach Zerstörung.

Vosoda Boroal, Der Untergang von Hallebron,
Buch V, 7,11

Der Angriff auf Scallow begann kurz vor Sonnenaufgang. Beim ersten Licht des grauenden Tages stand Keren in den Ställen des Händlerprinzipals Golwyth und überprüfte die Sattelgurte ihres Pferdes, als sie Stimmen auf dem Hof hörte und rasch hinaus ging. Hauptmann Redrigh und einige von Golwyths Leuten scharten sich um einen Botenläufer und hörten ihm aufmerksam zu. Einen Moment später schoss der Läufer aus dem Tor hinaus, während Redrigh und die anderen zu den Ställen liefen. Ihre Gesichter waren gerötet vor Aufregung.

»Wir haben Nachricht vom Turm der Großen Marschalle«, erklärte ihr Redrigh. »Küstenkundschafter haben gemeldet, dass eine Flotte in die Meerenge segelt. Es sind offenbar gewaltige Schlachtschiffe, Viermaster, die von Kriegsmaschinen nur so starren.«

»Patrouillieren wir weiter am Westufer?«, fragte sie.

Er lächelte sarkastisch. »Die Marschalle glauben, dass wir auf den Südlichen Brücken nützlicher wären.«

Keren schüttelte den Kopf. »Von Kavallerie haben sie wirklich keine Ahnung, oder?«

Der junge Hauptmann zuckte mit den Schultern, drehte sich um und bellte seiner Kompanie letzte Anweisungen und Ermahnungen zu. Keren zog das schwere, nicht allzu gut riechende Reiterwams über, das ihr Golwyths Stallmeister geliehen hatte, und dachte an Gilly, als sie die Haken und Ösen an der Front schloss. Sie vermisste ihn. Vermutlich hätte er sie mit irgendwelchen ekelhaften Bemerkungen über die Ursache des Gestanks ihres Wamses dazu gebracht, den Nutzen des Kleidungsstücks zu verteidigen.

Wo steckst du, Gilly?, dachte sie, während sie ihrem Pferd den Hals tätschelte und sich in den Sattel schwang. In welche Schwierigkeiten hast du dich jetzt wieder gebracht?

Ihre hastigen Nachforschungen vom Tag zuvor hatten nur spärliche Informationen darüber ergeben, wo Gilly verblieben war, nachdem er das Hohe Haus verlassen hatte. In der Wrackstadt hatten einige mürrische Jugendliche behauptet, er wäre an Bord eines alten Schoners gegangen, der sich anschließend von seinen Leinen losgerissen und ihn mit in die Tiefe gezogen hätte. Andere behaupteten, das Schiff wäre auf die neblige Meerenge hinausgesegelt und von Wiedergängern bemannt gewesen.

Mit mehr Zeit hätte sie vielleicht Genaueres herausgefunden, aber Medwin hatte ihre Teilnahme an dem Konklave befohlen, das im Anschluss an den Mord an Yared Hevrin und der folgenden Flucht des Hohen Admirals Hevrin und seiner Kapitäne einberufen worden war.

Die Versammlung war nicht gerade von Ruhe und Besonnenheit geprägt gewesen. Junge Delegierte hatten Klage gegen die ungeheuerliche Nachlässigkeit der Großen Marschalle erhoben. Die grauhaarigen, alten Männer verwiesen darauf, dass eine der Bedingungen für die Teilname des Hevrin an dem Konklave der Abzug sämtlicher Truppen Scallows aus der Umgebung des Hohen Hauses der Kiele gewesen war. Die Marshalle betonten, dass ihr Einspruch gegen eine solche Bedingung überstimmt worden war, und erklärten, dass es eine Torheit wäre, sich jetzt gegenseitig die Schuld zuzuschieben, während der Feind zum Angriff rüstete. Danach wurde Medwin gebeten, das Konklave zu leiten, eine Ehre, die er erleichtert annahm.

Und deshalb reite ich jetzt in dieser improvisierten berittenen Reserve, die Medwin aus Redrighs Männern und der Hälfte von Golwyths Leuten zusammengewürfelt hat. Nur um zu zeigen, dass die Neue Krone bereit ist, ihre Rolle zu spielen ...

Außerdem hatte Medwin den Großen Marschallen versprochen, dass in Kürze Hilfe aus Besh-Darok eintreffen würde, ohne sich dabei allerdings auf Einzelheiten festzulegen. Keren wurde aus seinem Verhalten nicht schlau, obwohl sie irgendwann kurz nach der Ermordung Hevrins beobachtet hatte, wie sich Medwin konzentriert mit zwei Männern unterhielt, die, wie sie später herausfand, die Berater des Kaufmannes gewesen waren.

Als sie jetzt von Golwyths Besitz hinunterritt, lächelte sie unwillkürlich. Der Druck des Wamses und ihres Kettenpanzers auf ihrer Schulter, der kleine Schild, den sie über einen Arm geschlungen hatte, und das solide Gewicht des Schwertes an ihrer linken Hüfte riefen wie der Geruch ihres Pferdes Erinnerungen wach. Sie fühlte sich zuversichtlich und bereit. Ihre Erlebnisse mit der Dämonenbrut Orgraaleshenoth vor mehreren Monaten, die sosehr ihren Geist und ihren Körper verändert hatten, schienen eine Ewigkeit zurückzuliegen und wirkten wie Traumbilder aus einer anderen Welt.

Um diese frühe Stunde waren die Straßen von Scallow noch eisigkalt und grau, wenn auch keineswegs verlassen. Die Kunde von dem bevorstehenden Angriff hatte sich rasend schnell in der Stadt verbreitet, und als Redrighs Reiter zum Fluss trabten, kamen ihnen Frauen und Kinder entgegen. Einige würden vermutlich im Schloss Schutz suchen, während andere sich auf den längeren Marsch zu den Befestigungen machten, die tief in den bewaldeten Hügeln lagen. Viele Männer und einige Frauen waren von den Sergeanten der Stadtmiliz mit Speeren und Äxten bewaffnet worden und marschierten in Richtung Ufer. Keren sah auf den Gesichtern in der Menge alle möglichen Gefühle, von Angst bis zu blankem Zorn.

Vor ihnen lag der breite Karrenweg, der von großen Pfeilern gestützt zu den kurzen Brücken hinaufführte, welche einige der felsigen Inseln miteinander verbanden, bevor der Pfad den Brückenbezirk selbst erreichte. Während die Kompanie dahintrottete, und die Hufe der Pferde auf den Holzbohlen trommelten, kamen die Molen und Stege auf der anderen Seite langsam in Sicht. Rechts von ihnen, entlang des Westufers, in der Nähe von

Scallows Haupthafen, ragten Dutzende von Mastspitzen aus den Wogen, und die Segel und die Takelage einiger Schiffe schwammen in dem dunklen, bewegten Wasser. Ein Schiff, ein langer Küstensegler, lag mit gebrochenen Masten kieloben auf dem Kies des Strandes. In seinem Rumpf gähnten Dutzende dunkler Löcher. Einige Zeugen behaupteten, sie hätten am Tag zuvor Leichen gesehen, die sich im Wasser bewegt hätten, kurz bevor die Schiffe zu sinken begannen und die allgemeine Panik ausbrach. Eine Flotte kleinerer Schiffe war ausgelaufen, um die Überlebenden zu retten, und eine geflüstert erzählte Geschichte wollte wissen, dass ein Bootsmann, der versuchte, eine Person in sein Skiff zu hieven, plötzlich gepackt und unter Wasser gezogen worden wäre.

In der Nacht hatte die Flut an den versunkenen Schiffen gezerrt und eine Menge Treibgut an den Strand gespült, während Kisten und hölzerne Trümmer weiter draußen vor dem Hafen dümpelten. Keren sah verhüllte Gestalten in Booten, die mit Haken und Netzen offensichtlich das Treibgut plünderten, doch dann wurde ihr die Sicht genommen, als der Karrenweg sie zwischen zwei Gebäude führte.

Über die südlichen Straßen marschierten Abteilungen von Bogenschützen und Speerträgern zu ihren Stellungen, und mehr als einmal hörte sie wütende Proteste eines Bootsbesitzers, wenn sein Gefährt konfisziert wurde. Plötzlich tauchte ein gut genährter Offizier zu Pferde vor ihnen auf. Er wurde von einem Bannerträger und einem Schreiber begleitet, und erkundigte sich hochmütig, wer sie waren und was sie hier im Brückenbezirk zu suchen hatten. Nachdem Redrigh es ihm gesagt hatte, betrachtete er sie nicht mehr nur verächtlich, sondern bedachte sie mit herablassendem Spott.

»Ah, unsere Freunde aus Besh-Darok. Eure Aufgabe besteht darin, auf der Hauptmole der Wrackstadt zu patrouillieren. Dort sind bereits einige Abteilungen Speerträger, also keine Angst, Ihr seid nicht allein.« Er lachte, aber Redrigh und Keren blieben teilnahmslos. »Der Weg dorthin führt an dem Lagerhaus dahinten vorbei, also beeilt euch.«

Damit wendete er sein Pferd und trabte davon. Keren starrte seinem Banner hinterher, das eine Fackel und einen Bogen zeigte, und sie prägte es sich ein.

Der Weg in die Wrackstadt führte über eine Reihe von niedrigen Rampen, die auf soliden Holzbalken befestigt waren, welche die Gebäude, Straßen und Stege des Südlichen Brückenbezirks stützten. Hinter einem zerfallenen Tor führte die erste Rampe zwischen zwei Lagerhäusern zu einem dunklen Landungssteg hinunter, von dem aus die nächste Rampe schräg unter einem Gewirr von Gebälk und Querstreben verlief. Die feuchte Luft stank nach vergammelndem Fisch und überall lag Abfall herum. Einiges davon war nicht mehr zu erkennen, anderes bedauerlicherweise schon. Sie hatten die dritte und letzte Rampe erreicht, als Keren Hufgetrappel hörte und sie sich im Sattel herumdrehte, um zu sehen, wer ihnen folgte. Es war Medwin.

»Was macht Ihr hier?«, erkundigte er sich. Sein Haar war zerzaust, und sein normalerweise gepflegter Bart war so strähnig, dass Keren unwillkürlich lächeln musste.

Redrigh schilderte ihre Begegnung mit dem Offizier, und als Keren ergänzte, welches Emblem der Mann im Wappen führte, schnaubte Medwin verächtlich. »Gaborig von Goldenbogen, ein eingebildeter Dummkopf. Diese Straße hier benutzt fast niemand mehr, weil es zu viele Straßenräuber gibt und die Planken selbst verrottet und gefährlich sind. Sind schon Unfälle passiert, oder haben sich Eure Pferde die Fesseln verdreht?«

»Nichts dergleichen, Meister Medwin.«

»Ein Glück. Dank der Mutter für ihre kleinen Barmherzigkeiten.« Er trieb sein Pferd weiter. »Ich reite den Rest des Weges mit Euch.«

»Ich war bereits gestern Nacht hier«, sagte Keren. »Aber ich bin über eine abschüssige Straße östlich von hier geritten, nicht weit von einer der Einmündungen des Kanals.«

»Das ist der einzig sichere Weg hierher«, erklärte Medwin nickend. »Ich habe mit jemandem gesprochen, der Gilly hier mit einer Kutsche ankommen und dann zu Fuß weitergehen sah. Die gleiche Person hat einen Schoner mit gebrochenen Masten gesehen, der von den äußeren Stegen abgelegt und angeblich schwere Schlagseite hatte.«

Sie erreichten schließlich den Hauptkai der Wrackstadt, eine lange, niedrige Mole, die in tiefstem Schatten lag. Die feuchte Kälte drang durch Kerens Kleidung, und der Atem der Reiter und ihrer Pferde bildete weiße Wolken. Als sie über die fast verlassene Mole ritten, sah Keren Raureif auf den schwarzen Flanken der Rümpfe glitzern, sowie Eiszapfen, die sich unter den Stützpfeilern und dem Gewirr von Tauen bildeten.

»Es ist noch früh am Abend und doch schon so kalt!«, sagte Redrigh.

»Euch wird gewiss wärmer, wenn die Rebellenschiffe erst ankommen«, erwiderte Medwin.

»Was ist mit unserer Verstärkung?«, erkundigte sich Keren. »Man hat mir gesagt, dass die ganze Nacht Botenvögel hin und her geflogen sind.«

»Einige Kompanien Kavallerie rücken vom Nordosten an, aber sie werden frühestens morgen Nachmittag hier eintreffen. Die Invasoren allerdings dürften jedoch bereits innerhalb der nächsten Stunde auftauchen.« Medwin holte tief Luft, stieß eine dicke Atemwolke aus und betrachtete Keren und Redrigh mit besorgter Miene. »Ich möchte, dass Ihr beide vernünftig seid und Vorsicht walten lasst. Keine Heldentaten, bitte. Es gibt genug ordentliche Truppen und Speerträger. Wenn der Feind also versucht, einen Brückenkopf zu bilden, überlasst den Nahkampf gefälligst den anderen. Passt auf unsere Männer auf und kommt hinterher wohlbehalten zum Strand zurück ...«

»Natürlich, Medwin, das machen wir.« Keren lächelte über die offensichtliche Sorge des Magiers. »Wir werden ganz auf unsere Geschicklichkeit vertrauen.«

»Was ohne Zweifel bedeutet, dass ich mir noch im nächsten Leben Sorgen um Euch machen muss«, gab Medwin zurück. »Vergesst nicht: kein überflüssiges Risiko!«

Mit diesen Worten wendete er sein Pferd und galoppierte davon. Keren und Redrigh lächelten sich an und schauten ihm nach, als er über die schattige Mole zurückritt. Im nächsten Moment trat ein Offizier der Miliz mit zwei Speerträgern zwischen zwei modernden Schiffsrümpfen hervor. Sie riefen die Reiter an, erkannten Redrighs Rang und salutierten.

»Sergeant Jirgo, Herr. Seid Ihr die Beshdarer, von denen man uns erzählt hat?«

»Das sind wir, Sergeant. Ich bin Hauptmann Redrigh, und das ist meine Stellvertreterin, Reiter-Sergeant Asherol. Wie viele Männer habt Ihr hier?«

Keren musste ein Grinsen wegen ihrer Beförderung unterdrücken, aber sie blieb ernst, als der Sergeant der Miliz antwortete.

»Vier Züge Speerträger und zwei Züge Axtträger, Hauptmann. Die Bogenschützen stehen alle dort oben auf der Straße oder dem Deck, oder wie die Einheimischen das nennen.«

Die drei verrenkten sich fast die Hälse, als sie nach oben sahen, wo eine Reihe von undeutlichen Gestalten zu erkennen war.

»In der Wrackstadt scheint es ziemlich ruhig zu sein«, meinte Keren, als sie den Blick wieder senkte. »Habt Ihr die Bewohner in der Nacht evakuiert?«

Sergeant Jirgo warf ihr einen verwirrten Blick zu. »Es gab keine Evakuierung, Sergeant Asherol.«

»Ist das nicht etwas riskant?«

»Vielleicht«, erwiderte Jirgo und lächelte unmerklich. »Vor allem für die Invasoren. Wenn Ihr mir folgen wollt, zeige ich Euch, was ich meine.«

Redrigh übertrug einem der erfahreneren Reiter seiner Abteilung das Kommando. Er und Keren stiegen ab und folgten Jirgo über ein halbes Dutzend krummer Stufen zu einer niedrigeren, schmaleren Mole. Die schiefen, rissigen und verfallenen Rümpfe auf beiden Seiten der Mole bildeten eine schattige Schlucht, die verlassen dalag. Bis auf das Knallen ihrer Stiefelabsätze auf den alten Planken war es auch still. Ein ganzes Stück weiter vor sich sah Keren eine Abteilung von Speerträgern und Axtkämpfern, die hinter einer Barrikade aus Kisten und Ballastsäcken wartete. Gleichzeitig hörte sie auch Stimmengemurmel, das ihren Blick nach oben zog. In den Hecks der

Schiffe auf beiden Seiten standen Gestalten an den Schanzkleidern, meistens Männer mit Speeren und Schlingen, aber es waren auch Frauen und Kinder darunter. Letztere spielten vollkommen unbekümmert, als gäbe es nicht den geringsten Grund zur Sorge.

Während Redrigh zu den Soldaten ging und mit ihnen redete, sah Keren Jirgo an. »Gehen diese Leute nicht ein überflüssiges Risiko ein? Wir haben es mit einer Invasion zu tun, nicht mit einem Picknick.«

Der Sergeant zuckte mit den Schultern. »Niemand kann sie zwingen, etwas zu tun, was sie nicht wollen. Außerdem sind einige von ihnen besser bewaffnet als wir. Vertraut mir, Sergeant Asherol, Ihr werdet froh sein, dass sie da sind, wenn diese verrückten Insulaner angreifen.«

Davon war Keren zwar nicht überzeugt, aber je mehr sie von den anderen Verteidigern der Mole sah, desto deutlicher wurde ihr, dass jede Streitmacht von Invasoren sich einer erbitterten Gegenwehr aus diesen Schiffswracks gegenübersehen würde, die fast kleinen Festungen ähnelten. Die Stege zwischen ihnen würden zu mörderischen Gräben werden, und Redrigh und seine Reiter fiel offenbar die Aufgabe zu, sich der Invasoren anzunehmen, denen es gelang, durchzubrechen.

Nachdem Keren ein halbes Dutzend Verteidigungsstellungen gesehen hatte, ging sie zu ihrem Pferd zurück und machte sich auf den Weg zum höheren Ende der Mole am östlichen Ende der Wrackstadt, nahe der abschüssigen Rampe, über die sie am Tag zuvor hierher geritten war. Redrigh hatte sie mit der Hälfte seiner Reiter hier stationiert. Sie führte ihr Pferd an einer Reihe verlassener Hütten und Schuppen vorbei und blieb vor einem schäbigen ErdenMutter-Schrein stehen, wo sie dem Pferd ein bisschen Hafer gab. Sie starrte auf die verwitterte Statue in dem Schrein und sann über die roten Tränen auf deren Gesicht nach, als sie Rufe hörte. Rasch band sie das Pferd an einen Pfosten des Schreins, lief zur nächsten, niedrigeren Mole und bis an ihr Ende.

»Segel in Sicht!«

Als sie die niedrige Mauer aus Kisten und Fässern erreichte, waren die aufgetakelten Masten der feindlichen Schiffe deutlich zu erkennen. Sie segelten zügig vor dem kalten Wind, der vom Draakilis-Meer landeinwärts blies. Die Soldaten neben ihr spekulierten aufgeregt über die Taktik der Insulaner. Wollten sie einen Brückenkopf am Ostufer errichten und versuchen, die Stadt zu erobern, oder würden sie am anderen Ufer landen und die westliche Hälfte des Festlandes von Dalbar besetzen?

Währenddessen segelte die feindliche Flotte immer näher heran, und die gewaltige Größe einiger Schiffe wurde allmählich ersichtlich. Der größte Teil der Armada bestand zwar aus langen, schmalen Zweimastern, welche die Insulaner wegen ihrer Schnelligkeit und Manövrierfähigkeit bevorzugten, sechs oder sieben Boote jedoch waren gewaltige Schlachtschiffe mit zwei oder drei Decks und drei oder gar vier Masten. Keren spürte, wie die Stimmung um sie herum düsterer wurde, als sie sich näherten, und hörte, wie Soldaten mit gesenkten Stimmen auf die Banner deutete, die an den Masten der großen Schiffe flatterten, und die Clans identifizierten, zu denen sie gehörten. Alle waren sich einig, dass diese Giganten der Meere aus dem Norden jenseits der Hornbucht kamen, aus Jefren, und von der Theokratie befehligt wurden.

Die Flotte wurde langsamer. Die größeren Schiffe nahmen in einer Linie Kurs parallel zum östlichen Ufer, während die kleineren an den beiden Enden Gruppen bildeten, die eine enge Formation im Zentrum des breiten Kanals hielten. Keren betrachtete stirnrunzelnd die großen Schlachtschiffe. Ihr fielen die Ausleger auf, die mit schweren Balken an beiden Seiten ihrer Rümpfe befestigt waren. So etwas hatte sie an einem so großen Schiff noch nie gesehen, und noch während sie versuchte, mehr Einzelheiten zu erkennen, loderten mitten auf dem Deck eines der Schlachtschiffe Flammen auf. Sie hoffte auf ein Missgeschick, doch im nächsten Augenblick schoss ein Feuerball von dem Schiffsdeck empor und flog in einem langen, hohen Bogen auf die Stadt zu.

Die Verteidiger stießen wie aus einer Kehle einen Entsetzensschrei aus, und jetzt wurde auch der Zweck der Ausleger ersichtlich. Als das auf Deck montierte Katapult weitere Geschosse durch die Luft schleuderte, bäumte sich das Schiff auf, doch die Ausleger verhinderten, dass es zurückgestoßen wurde.

Die Soldaten und die Bewohner der Wrackstadt, die aus ihren verrottenden Schiffen zusahen, schrieen vor Wut und Furcht, als sich der erste Feuerball wie ein Komet in ein dichtes Häusermeer hinter Scallows Umgrenzungsmauer senkte. Brennende Klumpen spritzten von der Aufschlagstelle hoch, und die Flammen griffen sofort auf die daneben liegenden Dächer und Wände über. Das Geschoss bestand allem Anschein nach aus mit Öl getränkten Lumpen, Stroh und Holz, die um einen Krug mit Pech gewickelt waren.

Im Namen der Mutter!, dachte Keren. Wenn sie schon solche Waffen gegen die Stadt einsetzen, was werden sie dann erst ihren Bewohnern antun?

Der Soldat neben ihr hob seine Axt, eine langstielige, zweischneidige Streitaxt, zog die gewachste Segeltuchhülle ab, und legte sie flach auf die Kiste vor sich. Während er sein langes, schwarzes Haar zu einem Kriegerknoten band, schaute er Keren an und lächelte ihr grimmig zu.

»Ich würde an Eurer Stelle zu den Pferden zurückkehren, Sergeant.« Er schaute in den Himmel. »Die Koltreys sammeln sich schon.«

Sie folgte seinem Blick und sah die dunklen Aasvögel hoch oben am Himmel kreisen. »An der Küste von Nord Cabringa nennt man sie Schwarzschwingen«, meinte sie, »aber es sind dieselben Tiere. Ich warte noch ein bisschen und sehe zu, was passiert ...«

Die Verteidiger der Wrackstadt brüllten laut ihren Trotz heraus, als einige Schiffe vom Ufer ablegten. Es waren die wenigen Boote, die von den Verwüstungen der letzten Nacht verschont geblieben waren. Keren wusste wenig über Seeschlachten, aber sie konnte sich nicht vorstellen, was dieses gerade halbe Dutzend von Booten gegen eine solche Armada ausrichten sollte. Sie hatten nicht einmal die Hälfte der Strecke zurückgelegt, als eine Salve von Felsbrocken auf sie hinabregnete, zwei Boote überschwemmte und das dritte in ein Wrack aus Holzsplittern verwandelte, in dem Gestalten um ihr Leben schwammen. Die anderen drei Schiffe schwenkten nach Westen ab, in dem Versuch, die Reichweite der verheerenden Katapulte zu unterlaufen. Doch der Feind verfügte noch über andere Waffen. Als sich die Schiffe aus Scallow einem viermastigen Schlachtschiff aus Jefren näherten, fegte ein Schwarm langer, schwarzer Speere aus dem Vorschiff. Die Wirkung war katastrophal. Zwei der drei manövrierfähigen Schiffe sanken sofort, und das dritte bekam Schlagseite. Es drehte ab und nahm Kurs auf die Stege der Wrackstadt.

Die Zuschauer kommentierten diesen Rückschlag mit wütendem Murmeln, doch dann rief einer: »Schaut nur!«

Alle blickten an dem angeschlagenen Schiff vorbei auf die enge Formation der kleineren Schiffe der Insulaner. Einige setzten Segel und nahmen langsam Kurs nach Westen, wobei sie die Formation öffneten. In der Lücke tauchte ein größeres, breiteres Schiff aus, das keinen Mast besaß und keine Flagge zeigte. Selbst auf diese Entfernung konnte Keren die drohende, smaragdgrüne Aura des BrunnQuell erkennen, die es umhüllte. Es lief ihr eiskalt vor Furcht über den Rücken, als das Schiff Kurs auf die Wrackstadt nahm.

»Ein einziges Schiff?«, meinte der Axtkämpfer neben ihr verächtlich. »Da müssen sie sich schon etwas Besseres einfallen lassen.«

»Das haben sie bereits«, gab sie leise zurück. Sie betrachtete die Wirkung des unaufhörlichen Beschusses auf Scallow und stieß einen unterdrückten Fluch aus. Fast ein Viertel der Stadt schien in Flammen zu stehen, und eine gewaltige Rauchsäule wurde vom Wind nach Norden getrieben. Einen Moment glaubte sie, die Schreie der Eingesperrten und Sterbenden zu hören, aber das war eigentlich unmöglich. Vermutlich ist es der Wind, dachte sie. Oder das Rauschen der Wellen.

Sie blickte wieder auf die angreifende Flotte. Das mastlose Geisterschiff war näher gekommen und auf Kollisionskurs mit dem fliehenden Schiff aus Scallow gegangen. Dem Steuermann des angeschlagenen Schiffs gelang es zwar, abzudrehen, um einen frontalen Zusammenstoß zu vermeiden, doch zu Kerens Entsetzen änderte das grünschimmernde BrunnQuell-Schiff ebenfalls den Kurs und fuhr rücksichtslos auf das Schiff aus Scallow zu.

Unmittelbar vor dem unvermeidlichen Aufprall sprangen Gestalten in das kalte Wasser und schwammen zu beiden Seiten des Scallowaners davon, der im nächsten Moment von dem verfluchten Schiff gerammt wurde. Der Scallowaner wurde nicht weggeschoben und rollte auch nicht zur Seite, denn der Bug des Angreifers bohrte sich knirschend direkt in die Backbordseite und fraß sich, ohne Fahrt zu verlieren, durch Hülle, Deck und Kiel des Schiffes aus Scallow. Das zerstörte Schiff wurde in zwei Teile geteilt und sank augenblicklich. Das BrunnQuell-Schiff, in dessen schäumendem Kielwasser Wrackteile tanzten, schwenkte rasch nach Backbord ab und nahm Kurs auf die Wrackstadt. Es war, so schätzte Keren, höchstens noch eine Minute entfernt.

Eine düstere Vorahnung regte sich in ihr. Sie drehte sich zu dem Axtkämpfer und seinen Kameraden herum. »Wir können hier nicht bleiben! Dieses Ding segelt direkt auf uns zu!«

Ihre Warnung bescherte ihr ein herausforderndes Lachen. »Keine Angst, Mädchen. Wir beschützen dich schon!«

»Ihr Narren!«, schrie Keren und rannte über die Mole vom Ufer weg. Sie schrie den Leuten auf den Schiffen rechts und links von ihr zu, ihre Heime zu verlassen und zum Hauptkai zu flüchten. Die einzigen Antworten bestanden in Obszönitäten, bis jemand am Ende des Docks schrie:

»Beim Blut der Nacht! Sie hat Recht!«

Ein kurzer Blick über die Schulter verschaffte Keren Gewissheit. Das BrunnQuell-Schiff würde in wenigen Sekunden das uralte Wrack auf der rechten Seite rammen, und die Menschen strömten in hysterischer Panik aus den Luken auf die Mole und schlossen sich denen an, die bereits vom Ende der Mole flüchteten.

Keren rannte um ihr Leben. An der Treppe nahm sie drei Stufen auf einmal, während sie gleichzeitig jeden Moment die Erschütterung des Aufpralls der beiden Schiffe erwartete. Sie erreichte den oberen Treppenabsatz, wagte nicht, Zeit zu verlieren und sich umzudrehen, raste zu ihrem Pferd, riss die Zügel los und sprang in den Sattel. Erst dann sah sie zurück, und der Anblick, der sich ihr bot, erschütterte sie bis ins Mark.

Mehr als hundert Menschen waren aus den Schiffen und von den Stegen geflohen und hatten sich auf der unteren Mole versammelt. Dort wähnten sie sich in Sicherheit. Aber von ihrem höheren Standort aus sah Keren alles, jede schreckliche Einzelheit.

Ein donnerndes Krachen ertönte, als sich das schimmernde Schiff in das alte, verfallene Wrack bohrte. Die halb verrottete Hülle brach auseinander, und das BrunnQuell-Schiff fraß sich unaufhaltsam einen Weg hindurch, riss Kabinen und Frachträume auf, die zu Heimen und Schänken und Geschäften umgebaut worden waren, und vernichtete auf seinem Weg alles ohne Unterschied. Einen Moment glaubte Keren, es würde langsamer werden, vielleicht an Schwung verlieren oder stecken bleiben, aber es fuhr weiter, als wäre es eine scharfe Klinge, die durch Kinderspielzeug aus Papier schnitt.

Der ganze Hafen erbebte, und Kerens Pferd wieherte schrill und sprang vor Schreck zur Seite. Sie zog die Zügel an und klopfte dem Tier mit ihrer warmen Hand auf den Hals, um es zu beruhigen. Unter dem Splittern des zerberstenden Holzes ertönte war noch ein anderes, tiefes Krachen, und sie hörte kreischende, entsetzte Stimmen, die näher kamen, als die Menschen von der tiefer gelegenen Mole hinauf auf den Kai strömten. Hinter ihnen bahnte sich das BrunnQuell-Schiff erbarmungslos seinen Weg durch ein anderes Wrack zu dem Pier in Kerens Nähe. Anders als die niedrigeren Molen war die Landungsbrücke jedoch auf drei Meter dicken Pfählen errichtet, die tief im Flussbett verankert worden waren. Keren hätte gern geglaubt, dass der Pier solide genug gebaut war, um den marodierenden Zerstörer aufzuhalten, aber sie war sich nicht mehr sicher, zerrte das Pferd am Zügel herum und trieb es die lange Rampe hinauf, die aus der Wrackstadt hinausführte.

Zum Glück befand sie sich vor dem unkontrollierten Mob und ritt auf eine breite Pfahlstraße, die nach Westen abbog und durch ein Viertel mit eng zusammenstehenden Lagerhäusern führte. Dort zügelte sie ihr Pferd und sah gerade noch, wie das glühende Schiff den Hauptpier der Wrackstadt erreichte. Er brach und splitterte, als wäre er aus Kienspan gemacht, und riesige, geborstene Holzstücke flogen durch die Luft, als das Schiff sich durch die langen, schweren Planken fraß und sich in die gewaltigen Rahmenkonstruktion der Stützpfeiler bohrte, die den Südlichen Brückenbezirk stützten.

Sie verfolgte ungläubig, wie das Schiff, das ohne Zweifel von der Macht des BrunnQuell angetrieben wurde, aus ihrem Blickfeld verschwand. Doch sie konnte die Vernichtung hören, die es verbreitete, fühlte die Planken unter ihren Füßen erbeben und sah, wie die Menschen aus ihren Geschäften und Heimen stürzten. Plötzlich schwankte eine lange Reihe von dicht zusammenstehenden Häusern und fiel in sich zusammen. Wo sie gestanden hatten, klaffte jetzt ein gähnender Schlund. Große, fest gezimmerte Warenhäuser versanken im Boden oder kippten langsam seitlich hinein. Viele der zusätzlichen Stützen des Brückenbezirks waren im Lauf der Jahre in einem unübersichtlichen Geflecht verbunden worden. Ihre Balken ruhten auf Rahmen, die an tragenden Wänden oder Querbalken befestigt waren, die alles mit sich in die Tiefe reißen würden, wenn sie zusammenbrachen. Unmittelbar vor Keren brachte sich eine Gruppe von Menschen hastig in Sicherheit, als sich der Abschnitt des breiten Steges, von dem aus sie der Verheerung zugesehen hatten, nach vorn neigte und langsam auseinander brach.

Keren konnte ihnen nicht helfen, denn sie hatte alle Hände voll zu tun, ihr Pferd zu beruhigen. Während sie das panische Tier von dem Spalt wegtrieb, der immer größer wurde, gab der Pfahlweg, auf dem sie ritt, ein schreckliches Ächzen von sich und neigte sich zur Seite. Ich darf nicht hier bleiben!, dachte sie. Sonst bin ich des Todes! Sie schlug ihrem Pferd die Hacken in die Flanken und trieb es über den schwankenden Pfahlweg zu einer Kreuzung, von der sie auf eine niedriger gelegene Durchgangsstraße abbog, die nach einem kurzen Stück anstieg, nach Norden abschwenkte und dabei fast parallel zu dem Abgrund der Vernichtung verlief. Als Keren den höchsten Punkt der Straße erreichte, blickte sie auf die Katastrophe zurück, die sich hinter ihr abspielte. Ihr war klar, dass dort hunderte von Menschen starben, und das Entsetzen schnürte ihr den Magen zusammen.

Dann tauchte das schimmernde BrunnQuell-Schiff krachend auf der Nordseite des Brückenbezirks wieder auf und zerstörte dabei einen Verladepier. Wrackteile übersäten das Wasser, als das Schiff hinaus auf die schwarzen Wogen des Sarlek-Sees fuhr. Keren atmete tief durch, konnte jedoch trotz ihrer Furcht den verängstigten Blick nicht von dem Chaos hinter ihr losreißen.

Ihren Augen bot sich ein Gewirr aus zerborstenen Balken, zusammengebrochenen Wänden, Dächern und verdrehten, schmiedeeisernen Geländern. Einigen Gebäuden fehlten die Wände, und sie sah Schlafräume, Küchen, Kontore und Geschäfte, in die Wasser aus zerfetzten Rohren strömte, während die Glut aus vielen Kaminen überall kleine Feuer entzündete. Leichen lagen auf eingestürzten Böden, waren auf hochstehende Balken aufgespießt oder dümpelten regungslos zwischen dem Schutt ...

Sie wandte den Blick ab und sah nach Norden. Das verfluchte Schiff wendete fast gemächlich und nahm offensichtlich Kurs auf die östlich gelegenen Viertel des Brückenbezirks, ohne seine Geschwindigkeit auch nur im Geringsten zu vermindern. Keren malte sich aus, wie das fürchterliche Schiff immer neue Schneisen durch den Brückenbezirk zog, bis das ganze Viertel nur noch aus einer weiten Fläche aus Tod und Vernichtung bestand. Der Impuls durchfuhr sie, auf das Schiff zuzureiten, irgendwie an Bord zu springen und denjenigen zu stellen, der hinter all dem steckte ...

Und der dich dann vermutlich mit einem einzigen Blick umbringt, erwiderte ihr Verstand. Medwin! Dachte sie. Ich muss ihn finden.

Das jedoch bedeutete, dass sie das Ostufer erreichen musste, bevor das feindliche Schiff ihr den Weg abschnitt.

Sie zerrte an den Zügeln, wendete ihr nervöses Pferd und ritt im Galopp über die Pfahlstraße zurück. Als sie die Kreuzung der zusammengebrochenen Straße erreichte, kündigte lautes Krachen die Rückkehr des BrunnQuell-Schiffs an. Die Menge der Flüchtlinge verstopfte die Straßen und Stege in Richtung Westen, und Keren musste ihr Pferd als Keil einsetzen, um sich einen Weg hindurch zu bahnen. Schon bald ritt sie auf eine Plattform an einer der Brücken, welche den südlichen Brückenbezirk mit einer felsigen Insel verband, von der aus eine größere Brücke zum Festland führte. Die Brücke vor ihr überspannte einen der beiden Hauptkanäle, die sich durch diese Seite des Brückenbezirks schlängelten. Ein unaufhörlicher Strom von Menschen überquerte sie, die meisten zu Fuß und mit Bündeln ihrer wenigen Habseligkeiten oder mit kleinen Kisten auf den Schultern. Manche zogen auch kleine Handkarren hinter sich her, die mit den geretteten Resten ihres Besitzes beladen waren.

Keren näherte sich der Brücke, als einige Jugendliche, die an der Seite standen, aufgeregt riefen und auf das Meer deuteten. Sie schaute nach Süden, wo die Invasionsflotte heransegelte, und sah überrascht eine Flottille aus niedrigen, schmalen Rudergaleeren, die rasch den Meeresarm hinabfuhr. Jede hatte eine Fahne am Heck, ein schlankes, hellblaues Banner, dessen Emblem sie aus dieser Entfernung nicht erkennen konnte. Während sie zusah, nahm das erste Fahrzeug Kurs auf eines der Langschiffe am äußeren Rand der Armada und rammte es mittschiffs. Die Zuschauer auf der Straße schrieen ihren Triumph heraus ...

Keren konnte nicht sagen, ob es an dem lauten Gebrüll gelegen hatte, oder ob etwas anderes ihr Pferd erschreckt hatte. Jedenfalls bäumte sich das Tier auf, sprang zur Seite, buckelte heftig und schleuderte Keren aus dem Sattel. Dann galoppierte es wie von Furien gehetzt zur Brücke. Keren landete einigermaßen glimpflich auf den Schultern und Köpfen einiger Brückenbewohner, die ihr wieder auf die Füße halfen. Sie schickte ihrem nervösen Gaul einen wütenden Fluch hinterher, dankte ihren Helfern und machte sich dann an die Verfolgung ihres Tieres, drängte sich an den Flüchtigen vorbei und versuchte, das Pferd im Blick zu behalten.

Das Donnern der Zerstörung wurde plötzlich lauter, als das Schiff näher kam. Eine Seite der Brücke senkte sich ab und schleuderte jeden, der sich auf ihr befand, in die Tiefe. Die Leute schrieen vor Entsetzen, suchten verzweifelt einen Halt oder wurden einfach zerschmettert. Keren sprang hastig zur Seite und schlang ihre Arme um einen festen, hölzernen Pfeiler. Im selben Moment zersplitterten der Pfahlweg und die Plattform, auf der sie soeben noch gestanden hatte, in einer Kaskade von Splittern, als der lange, mastlose Umriss des BrunnQuell-Schiffs sich seinen Weg ins offene Wasser bahnte. Es dauerte nur wenige Sekunden, aber Keren, die sich festhalten konnte, während andere Menschen schreiend an ihr vorbei in die Tiefe stürzten, starrte auf das Schiff hinab, als es unter ihr vorbeirauschte.

Durch die schillernde, grüne Aura sah sie einen Mann in weiten Gewändern am Bug stehen. Er hatte seine entblößten Arme weit ausgebreitet, während er nach vorn starrte. Sie bemerkte den verfallenen Zustand des Schiffes und sah, wie sich die Fluten des Meeres in seinen Laderaum ergossen. Schließlich fiel ihr Blick auf die Gestalt, die an den zersplitterten Stumpf des Mastes gefesselt war, auf den Deckplanken kniete und den Kopf gesenkt hielt.

Noch bevor sie die hellbraune Kleidung erkannte, wusste sie, dass es sich um Gilly handelte. Sie wollte ihm etwas zurufen, aber das fürchterliche Schiff war an ihr vorbei, bevor sie auch nur Luft holen konnte.

Sie schwang ihre Beine auf den Balken, um sich rittlings drauf zu setzen, und versuchte, nicht zu lange in die Tiefe zu sehen. Ihre Seite der Brücke ruhte auf festen Pfeilern, die mit Kreuzbalken an anderen Streben befestigt waren, die zu der noch intakten Wand des Kanals gehörten. Wie schon zuvor versanken jedoch auch hier Gebäude und Konstruktionen in dem Mahlstrom der Zerstörung, die das BrunnQuell-Schiff in seinem Kielwasser hinterließ. Schon bald würde die Kettenreaktion auch die Stützpfeiler der Brücke in den Abgrund reißen.

Da flog etwas an ihr vorbei und landete mit einem dumpfen Knall im Holz des Pfeilers dicht neben ihrem Gesicht. Erst nach einer Schrecksekunde erkannte sie, dass es sich um einen Armbrustbolzen handelte, an dem ein dünner Strick befestigt worden war. Ohne zu Zögern packte sie den Strick und verfolgte ihn mit einem Blick bis zu seinem anderen Ende, an das Medwin und Golwyth ein dickes Tau gebunden hatten, welches sie jetzt zu ihr hinabließen.

Keren lachte vor Erleichterung schluchzend auf, als sie begann, die Rettungsleine einzuholen.

16

Göttliche Mutter!
Alle, die leben und atmen, nehmen von dir,
Und alle, die schlafen und sterben, gehen zu dir.

Aus: Die Worte des VaterBaums, 5. Anrufung

Golwyths Männer zogen Keren von der zerstörten Brücke hoch, und Medwin ließ sich seine Bestürzung über ihren Zustand äußerlich nicht anmerken. Ihr Reiterkoller war an der Schulter aufgerissen, sie war über und über mit Schlamm bespritzt, hatte Kratzer und Prellungen im Gesicht und an den Händen, und aus einer Wunde an der Schläfe lief Blut über ihre Wangen, was sie nicht einmal zu bemerken schien. Dennoch strahlte die drahtige Frau die unbeugsame Bereitschaft aus, sich wieder ins Getümmel zu stürzen.

Nicht diesmal, Mylady der Schwerter, dachte Medwin. Ich will dich in Sicherheit wissen. Möglicherweise kann uns deine Nähe zur Dämonenbrut noch von Nutzen sein.

Er betrachtete die Zerstörungen, welche diesen Teil des Brückenbezirks förmlich ausgehöhlt hatten. Zahllose Menschen kletterten angsterfüllt über Treppen, Leitern und Laufplanken auf die niedrigen Landungsstege hinab, wo kleine Boote die Überlebenden an Land brachten. Ein Anblick, der sich vermutlich überall an diesem schwer getroffenen Ort wiederholte. Selbst am Strand jedoch war man vor einem Angriff nicht gerade in Sicherheit, wenn auch die Feuerbälle seltener flogen, seit Yared Hevrins Rammschiffe den Kampf gegen die Viermaster der Jefren-Theokratie aufgenommen hatten.

Möge die ErdenMutter alles Leid und allen Schmerz von dir nehmen, Yared, und dir eine Auferstehung im Fleische in einer Zeit des Friedens gewähren ...

Keren wischte sich das Gesicht mit dem Ärmel ab und trat neben Medwin. Ihre Miene verriet ihren glühenden, kaum gezügelten Zorn.

»Medwin, ich muss wieder hinüber!«, begann sie. »Redrigh ist noch dort. Also wenn Golwyth ein Boot auftreiben kann, oder ein Floß oder irgendetwas, das schwimmt ...«

»Wartet ... Hauptmann Redrigh kann auf sich selbst aufpassen, aber wir müssen jemanden mit einer wichtigen Botschaft das Seeufer hinaufschicken ...« Er hielt inne, schaute sie genauer an und runzelte die Stirn. »Ihr scheint am Rande der Erschöpfung zu sein, Keren. Wir bringen Euch zu Golwyths Haus zurück und senden einfach jemand anderen ...«

»Nein, Ihr ... Ihr könnt mich nicht einfach in die Stadt zurückschicken!«, widersprach sie wütend. »Bitte, Medwin, ich bin nicht einmal müde ...«

Er warf ihr einen langen, durchdringenden Blick zu. »Habt Ihr denn noch genug Kraft für einen schnellen Galopp um den See?«

»Natürlich!«

Medwin tat, als fiele es ihm schwer, seine Meinung zu ändern, und schließlich seufzte er. »Einverstanden. In einer Bucht nördlich des Seeufers warten noch sieben weitere dieser Rammschiffe. Einer von Golwyths Männer gibt Euch ein Pferd, damit Ihr so schnell wie möglich dorthin reiten könnt. Sobald Ihr die Schiffe gefunden habt, sagt Ihr den Kapitänen, dass ich Euch geschickt habe.« Er zog einen kleinen, hellblauen Wimpel aus einer Innentasche und reichte ihn Keren. »Sie werden dieses Zeichen von Yareds Bundesgenossen erkennen. Wenn Ihr Euch ausgewiesen habt, sagt ihnen, sie sollen über den See zur Stadt rudern und dieses BrunnQuell-Schiff angreifen. Sie können es vielleicht nicht versenken, aber möglicherweise aufhalten und so mehr Unschuldigen die Flucht aus dem Brückenbezirk ermöglichen.«

Keren starrte mit hasserfüllten Blicken auf das BrunnQuell-Schiff. Dann stopfte sie den Wimpel in ihr Wams und nickte Medwin zu.

»Ich werde Euch nicht enttäuschen«, versicherte sie ihm, und wandte sich dann an Golwyth, der sie zu einer Gruppe seiner

Leute führte, die neben ihren Pferden standen. Kurz darauf galoppierte sie davon, überquerte die große Brücke zum Strand und bog dort auf die Küstenstraße nach Süden ab.

»Ihre Sicherheit liegt Euch sehr am Herzen«, bemerkte Händlerprinzipal Golwyth. »Habt Ihr eigene Kinder?«

»Hm?« Medwin wurde von dieser Frage überrascht. »Ah, verstehe. Nein ... nein, obwohl ich einmal fast geheiratet hätte. Vor sehr langer Zeit.«

Golwyth betrachtete ihn amüsiert, aber Medwin erklärte sich nicht weiter.

»Ich glaube, Meister Medwin, es wäre klug, wenn wir uns auf den Strand zurückziehen, auch wenn es dort nur bedingt sicher ist«, schlug der Händlerprinzipal vor.

Medwin schüttelte den Kopf. »Ich will noch ein bisschen bleiben und versuchen, unseren mutigen Hauptmann Redrigh ausfindig zu machen. Vielleicht unternehme ich bei der Gelegenheit noch einen Versuch, diesen Hexenmeister zu irritieren.«

Golwyth lächelte gequält. »Nun, man sagt ja, dreimal bringt Glück.«

»Vermutlich bringt mir das dritte Mal eher Kopfschmerzen«, erwiderte Medwin ironisch. »Kehrt auf Euren Besitz zurück, Golwyth, und falls die Marschalle mich suchen, informiert sie, dass ich mich in Kürze zu ihnen gesellen werde.«

Der Händlerprinzipal nickte und ging. Als das Hufgetrappel von Golwyths kleiner Gruppe verklang, trat Medwin einige Schritte näher an den zerbrochenen Rand des langen, zerstörten Kanaleingangs und musterte den Schauplatz der Vernichtung. Aus den Trümmern drangen das Stöhnen der Gefangenen und das Schluchzen und Murmeln ihrer Retter zu ihm hinauf. Medwin wollte sich in einen Zustand der Ruhe versetzen und versuchte, die Geräusche auszuschließen, doch vergeblich. Der Tod hing wie ein erstickender Schleier über diesem Ort. Hinter ihm waren die Feuer in Scallow außer Kontrolle geraten und erstreckten sich fast durch die halbe Stadt, während vor ihm im Brückenbezirk ... Wer konnte sagen, wie viele schon gestorben waren? Der blinde, fanatische Geist, der ein solch gnadenloses

Gemetzel unter Unschuldigen anzurichten vermochte, war in einem Maß verderbt, das Medwin zuvor noch nie erlebt hatte.

Insgeheim stellte er sich die ängstliche Frage, was es kosten würde, einen solchen Feind zu besiegen, und ob das überhaupt möglich war.

In dem breiten Kanal zu seiner Linken hatten die großen Schlachtschiffe aus Jefren Feuer gefangen und sanken. Sie waren hinter den Rauchwolken nur noch als Schatten zu erkennen, während kleinere Gefechte zwischen den Schiffen weitergingen. Eine Armada aus kleinen Booten schwärmte vom Strand aus, vollgeladen mit Soldaten, welche die Schiffe unter blutigen Verlusten enterten. Die Insulaner schienen besiegt zu sein, und das war ganz allein Yared Hevrins Verdienst. Er hatte sich vor anderthalb Monaten an Bardow gewendet und von seinen Beobachtungen berichtet, was die Forderungen der Insulaner und ihre heimlichen Abmachungen anging. Gleichzeitig hatte er dem Erzmagier einen kühnen Plan vorgetragen, eine Flotte schneller, von Ruderern angetriebener Rammschiffe über den Roten Weg über Land nach Dalbar zu schaffen. Nach einigen Konferenzen mit dem Hohen Konklave wurde beschlossen, dass ein Drittel der Schiffe am Tal von Gronanvel entlang zur Hornbucht gebracht würde und von dort aus durch den Seekanal in den Sarlek-See fahren sollte, als Vorsichtsmaßnahme gegen einen Angriff aus dem Norden.

Aber noch war das BrunnQuell-Schiff dort draußen, und die Präsenz des Hexenmeisters drängte sich Medwin wie eine Naturgewalt auf. Kurz vor dem Eintreffen der feindlichen Flotte hatte sich ein brütender, bedrückender Nimbus über die ganze Region gelegt, der gewisse Aspekte der Niederen Macht einfach erstickte. Die meisten Gedankengesänge blieben davon zwar unberührt, Gedankensprache über eine weite Entfernung war jedoch nahezu unmöglich.

Ach, Bardow, mein Freund, dachte Medwin. Dabei wären dein Rat und deine Hilfe jetzt sehr willkommen …

Er faltete seine Hände, reinigte seine Gedanken, vertrieb Furcht und Zweifel und bereitete sich darauf vor, es erneut mit dem Feind aufzunehmen.

Tief unter dem Hohen Turm lag eine geheime Kammer, von deren Existenz nur wenige wussten. Sie war rechteckig, nicht besonders groß und hatte jedoch eine hohe Decke. An einer Wand verteilten sich sechs elegante, durch Schmuckbögen verbundene Pfeiler, zwischen denen sich komplizierte Mosaiken befanden. An der gegenüberliegenden Wand befanden sich ebenso viele Pfeiler, nur gelangte man zwischen den Bögen in kleine Alkoven, welche einst die Priesterinnen der ErdenMutter für ihre Gebete und zur Meditation nutzten. Die Mauern bestanden aus dunkelgrauem und dunkelblauem Stein, und auf Regalen neben der Tür brannten zwei dicke Kerzen. Ihr Lichtschein reichte jedoch kaum bis zu dem einfachen, viereckigen Tisch, an dem Bardow saß und nachdenklich ein Objekt vor sich betrachtete. Auf der abgenutzten, unbehandelten Holzplatte lag aufgeschlagen ein großes Buch mit einem separaten Blatt auf den ausgefransten Seiten, auf dem etwas gekritzelt stand. Neben dem Buch standen zwei kleine, mit Messing beschlagene Kästchen, die ebenfalls offen waren. In dem einen ruhte auf einem Geflecht aus Drahtgold das Kristallauge, dessen perfekte Oberfläche das gelbe Licht der Kerzen in zwei Lichtpunkten spiegelte. In dem anderen lag der Mutterkeim, dessen eiförmige, dunkelbraune Form in einem Bett aus blauer Seide lag. Das Erstere war eine Quelle subtiler Macht, ein Born uralten Wissens und nie erlahmender Wachsamkeit, wohingegen der Keim sowohl Schlüssel als auch Tür zum Reich der ErdenMutter darstellte, ein verstohlenes Artefakt, durch das die Göttin mit Tauric und Alael gesprochen hatte.

Doch im Moment war Bardow vor allem von dem losen Blatt Pergament fasziniert. Er nahm es aus dem Buch und las zum vierten Mal Onsivars Übersetzungen der Passagen, die von der Palimpsest-Seite in Kerens Buch stammten. Die prägnante und dennoch anmutige Anleitung, die Macht der Wurzel und die des BrunnQuell miteinander zu verschmelzen, war atemberaubend. Sie erklärte vor allem die bis heute obskuren Andeutungen über Orosiadas »Herzensfeuer«-Klinge. Aber sie warf ebenfalls die Frage auf, wie die Magier früherer Epochen an so viel Brunn-

Quell-Macht gekommen waren, dass sie damit hatten arbeiten können ...

Erneut kam ihm der Gedanke, den er bisher nicht hatte akzeptieren wollen. *Mit Nereks Verbindung zum BrunnQuell und Alaels Affinität zur intensiven Form der Niederen Macht, die Gabe der ErdenMutter, wie die Priesterinnen sie nennen, könnte es da vielleicht doch möglich sein, diese Verschmelzung erneut zu versuchen und eine solche doppelschneidige Waffe zu schmieden, die in der Lage wäre, die Schattenkönige zu vernichten?*

Er schüttelte den Kopf und lächelte. Wie konnten sie hoffen, auch nur in Armeslänge in die Nähe eines dieser fürchterlichen Hexenmeister zu kommen, wenn ein Meer von Schwertern dazwischen stand? Dann fiel ihm ein, wo er sich befand, und er stellte sich ein verzweifeltes, letztes Gefecht vor, während der Feind sich durch Flure und Räume vorkämpfte, um diese unterirdische Kammer zu erreichen. Vielleicht gierten ja die Schattenkönige danach, das Ende mitzuerleben, sowohl um den Triumph auszukosten, als auch um sich gleichzeitig des Kristallauges und des Mutterkeims zu bemächtigen. Tatsächlich, einem entschlossenen Krieger, der diese doppelschneidige Waffe schwang und den Feind in dieser Kammer erwartete, mochte vielleicht gelingen, was den Verteidigern und den Wällen versagt blieb. Sobald Nerek von der Jagd auf ihren Bannwirkerspion zurückkehrte, würde er sie und Alael zu sich rufen und herausfinden, was getan werden konnte.

Bardow beugte sich vor und schloss das Buch, dann stand er auf und reckte sich. Er zuckte zusammen, als seine Schultern schmerzhaft protestierten, und starrte in den blauen Kosmos des Kristallauges, während seine Gedanken unaufhörlich um ihre verzweifelte Lage kreisten. Schließlich seufzte er, schloss die beiden Kästchen und verriegelte sie. Er hatte seit mehreren Stunden nichts mehr von Medwin gehört, und jeder Versuch, mittels Gedankensprache Kontakt mit ihm aufzunehmen, war gescheitert. Die Sorge über die Lage in Scallow belastete ihn schwer, vor allem nach der Nachricht von Yared Hevrins Tod. Zudem war er nicht vollständig von einem Erfolg der gewagten List des Toten überzeugt. Nach dem, was Medwin ihm heute Morgen berichtet hatte, steckte Coireg Mazaret sowohl hinter dem Tod des Kaufmannes als auch hinter Gillys Verschwinden. Bardow erinnerte sich daran, was Nerek vor Monaten über ihre Begegnung mit diesem Mann in Trevada gesagt hatte, nachdem Suviel und sie dort in Gefangenschaft geraten waren. Ihm erschien es so gut wie sicher, dass Ikarnos unseliger Bruder als Wirt für den auferstandenen Geist eines mächtigen Hexers versklavt wurde.

In diesem Moment überkam ihn die Sehnsucht nach der reinen Kraft der Macht der Wurzel. Sein Körper erinnerte sich noch daran, wie es sich angefühlt hatte, als die Macht ihn durchströmte, und seine Sinne wussten noch von der größeren Welt, die sich ihnen öffnete. Schlimmer war, dass sein Verstand einen Rest der mentalen Reflexe aus dieser Zeit behalten hatten, in der sein Geist alles andere als plump und müde gewesen war ...

Bardow merkte, wie er die Hände so fest zu Fäusten ballte, dass seine Fingernägel sich tief in seine Handflächen gruben. Der Schmerz war beinahe erfrischend und half ihm, den tragischen Verlust zu überwinden. Er lächelte traurig. Es war merkwürdig. Zwar vermochte er, dieses heftige Sehnen aus seinen Träumen zu bannen, doch jetzt überfiel es ihn dafür am helllichten Tage.

Aktivität war die einzige Antwort. Beschäftigung. Obwohl er sich mehrere Stockwerke unterhalb des Erdbodens befand, wusste Bardow, dass es draußen noch hell war und die Sonne erst in einigen Stunden untergehen würde. Und Azurechs Ultimatum war lange abgelaufen, ohne dass der Feind eine offensichtliche Aktion unternommen hätte.

»Sie werden warten, bis die Sonne untergeht, bevor sie uns irgendwelche hinterhältigen Überraschungen bereiten«, hatte er dem besorgten Yasgur am Morgen erklärt. »Er hat einen Hang zur Dramatik, dieser Schattenkönig Byrnak. Nichts würde ihn mehr freuen, als unsere geliebte Stadt in der Nacht brennen zu sehen.«

Yasgur und das Hohe Konklave planten, bei Einbruch der Dunkelheit auf jeder Straße Besh-Daroks Wachen aufzustellen. Und auch wenn Bardow erschöpft war, würde er weiter arbeiten müssen. Zudem war es von größter Dringlichkeit, Alael und Nerek so schnell wie möglich in den Hohen Turm zu rufen, damit die Verbindung der Mächte studiert werden konnte.

Er klopfte auf die Lehne des Stuhls, öffnete die Tür, blies die Kerzen aus und verschloss den Eingang mit einem magischen Amulett, bevor er ging.

Obwohl sie die Augen geschlossen hatte, wusste Keren, dass sie auf dem Rücken eines Pferdes liegen musste, eines gigantischen, eleganten Pferdes, dessen gleichmäßiger Galopp sie auf und ab bewegte. Wenigstens flammte bei diesem sanften Rhythmus der Schmerz in ihrem Kopf nicht wieder auf. Aber das Wetter musste schlecht sein, denn ihre Gliedmaßen und ihre Kleidung waren nass, ebenso wie der breite, harte Sattel, auf dem sie lag. Sie versuchte, sich aufzurichten, aber bei der Anstrengung schoss ihr der Schmerz wie mit glühenden Nadeln durch den Kopf, und sie zwang sich, die Augen aufzuschlagen.

Das zerstörte Deck des Rammschiffes dümpelte immer noch in einem dichten Nebel halb unter Wasser. Dem dämmrigen grauen Licht nach zu urteilen war es mittlerweile später Nachmittag, also war sie wohl nicht sehr lange bewusstlos gewesen. Sie war bei dem letzten Zusammenprall mit dem BrunnQuell-Schiff am Kopf getroffen worden, hier draußen in der Hornbucht, als ...

Keren runzelte die Stirn, während sie versuchte, sich an die Ereignisse zu erinnern, aber ihr Gedächtnis verweigerte sich hartnäckig ihrem Zugriff. Es war aber etwas Wichtiges, etwas, woran sie sich unbedingt entsinnen musste ...

Sie stöhnte leise auf, als ihr der Versuch misslang, ihre Erinnerung abzurufen. Vielleicht gelang es ihr, wenn sie langsam den Lauf der Ereignisse zurückverfolgte? Sie erinnerte sich an Medwins kleine Scharade, mit der er sie von den Gefahren des Brückenbezirks hatte fernhalten wollen. Statt dessen hatte er sie gebeten, eine Nachricht an irgendwelche Rammschiffe zu überbringen, die an einem Steg irgendwo im Sarlek-See ankerten. Nachdem sie die Schiffe gefunden und die Instruktionen des Magiers überbracht hatte, den Kanal hinunter zu segeln und das BrunnQuell-Schiff anzugreifen, hatte einer der Kapitäne sie gefragt, ob sie mitkommen wollte.

Die Frage brauchte man ihr nicht zweimal zu stellen. Sie ließ ihr Pferd bei einem Knappen in der Nähe des Stegs zurück und sprang an Bord des letzten Schiffes, während die Mannschaft bereits die Leinen löste. Die Fahrt über den Sarlek-See war überraschend kurz gewesen. Nachdem die Ruderer ihren Rhythmus gefunden hatten, war das Schiff nur so über das Wasser geflogen. Als sie sich den zerstörten Umrissen des Brückenbezirks näherten, war das schimmernde BrunnQuell-Schiff auf der westlichen Seite aufgetaucht. In seinem Kielwasser schwammen Wrackteile. Keren erinnerte sich daran, dass sie auf dem Heck des Rammschiffes stand, wo der eisige Wind an ihrer Kleidung zerrte, und zusah, wie der Feind seinen Bug auf sie richtete...

Jetzt entglitt die Erinnerung ihrem forschenden Griff, und je stärker sie versuchte, die Fragmente wieder zusammenzusetzen, desto weniger schienen ihre Gedanken ihr zu gehorchen. Eine schreckliche Kälte breitete sich in Keren aus, aber sie konnte nicht einmal zittern, als der Frost sich lähmend über sie legte ...

Sie sah nur ihre Füße, die in offenen Sandalen steckten, als sie über einen Bergpfad ging, der auf beiden Seiten von winzigen Turilublumen gesäumt wurde. Dann verbreiterte er sich zu einem Weg neben einem Fluss, mit Schilfbüscheln rechts und links, an dem eine kleine, niedrige Holzbrücke einen Nebenarm überspannte. Dann wiederum verwandelte er sich in eine Allee zwischen hohen, schlanken Bäumen, deren goldfarbenes Laub den Boden bedeckte. Jetzt ging sie auf einer gepflasterte Straße in einer Stadt oder einem Dorf, in dem überall Häuser brannten. Ein Tunnel ... Sein glatter Boden führte einen Berg empor, durch ein Tor von Schmerz nach dem anderen ...

Sie zuckte vor der Vision zurück und fand sich auf dem treibenden Wrack wieder. Sie atmete schwer, als die Furcht vor den Bildern der Prüfungen im Oshang Dakhal sie überkam. Trotz ihres Keuchens hörte sie einen dumpfen Schlag, dem ein Platschen folgte. Eine Hand tauchte aus dem Wasser auf und suchte auf den Planken nach Halt. Furchtsam sah Keren zu, wie eine zweite Hand den Rand packte. Eine durchnässte und mit Seetang bedeckte Gestalt in tropfenden Lumpen zog sich hoch und rollte keuchend auf das nasse Deck. Der Mann richtete sich auf, hob den Kopf und sah Keren an. Es war Gilly. Sein nasses Haar klebte an seiner Stirn, und sein Gesicht war unnatürlich weiß, wie der Bauch eines Fisches. Das Entsetzlichste war jedoch sein Lächeln.

»Ich bin ja so enttäuscht von dir«, sagte er und breitete die Arme aus. »Wie konntest du nur vergessen?«

Hinter ihm tauchten noch mehr Hände aus dem Wasser auf und suchten Halt auf dem Holz. Keren schrie ...

Diesmal verriet Keren der Schmerz, der ihren Schädel in eine Folterkammer verwandelte, dass sie bei Bewusstsein war.

Keine Träume mehr, schwor sie sich. Sie würde darum kämpfen, wach zu bleiben, während sie sich der Bruchstücke ihrer Erinnerungen bemächtigte, die allmählich wiederkehrten.

Das erste Zusammentreffen zwischen den Rammschiffen und dem BrunnQuell-Schiff war verheerend gewesen. Sie hatte die Kapitäne vor der Fähigkeit des verhexten Schiffes gewarnt, sich wie ein Eisbrecher den Weg durch Gebäude bahnen zu können, aber einer der Kapitäne glaubte wohl, er wüsste es besser. Bei dem Versuch, den Bug des Feindes zu rammen, wurde das Rammschiff selbst in zwei Teil zerbrochen und sank in wenigen Augenblicken.

Beim nächsten Angriff hatten die Rammschiffe versucht, den Feind mittschiffs zu treffen, aber das schimmernde Schiff hatte im letzten Moment abgedreht und den Bug eines weiteren Verfolgers zertrümmert. Einer von Hevrins Kapitänen jedoch hatte Zeit gehabt, seinen Kurs zu korrigieren, und der eiserne Rammsporn seines Schiffes drang tief in das Heck des Feindes. Eine Reihe seiner Männer ruderte vor, die andere zurück, und durch die Drehung riss der Sporn ein riesiges Loch in den Rumpf des feindlichen Schiffes.

Dieser Anblick hatte Keren in Begeisterung versetzt. Die Hexerei, die den Bug des Schiffes unangreifbar zu machen schien, konnte anscheinend nicht auch gleichzeitig das Heck schützen. Sie bemerkte, wie der smaragdgrüne Nimbus schwächer wurde, und das Schiff tiefer ins Wasser sank. Plötzlich überfiel sie Angst um Gilly, und sie bat den Kapitän ihres Schiffes, sich dem Feind zu nähern, damit sie an Bord des sinkenden Feindes gehen und Gilly retten konnte.

Wortlos hatte der Mann den Kopf geschüttelt und seine Hand ausgestreckt. Als sie ihr mit dem Blick folgte, bemerkte sie, dass sich das BrunnQuell-Schiff wieder ein wenig aus dem Wasser gehoben hatte und weiterfuhr. Auf seinem Bug standen zwei verhüllte Gestalten, welche eine Dritte stützten. Der offene Schlagabtausch verwandelte sich in eine Verfolgungsjagd, bei der die drei manövrierfähigen Rammschiffe den feindlichen Schoner nach Norden trieben, den Sarlek-See hinauf zum Kanal.

Aus dem düsteren Himmel ergoss sich ein eisiger Wolkenbruch, und die Rammschiff-Kapitäne ließen Segeltuch über gebogene Sparren ziehen. Keren blieb im Freien auf dem Heck stehen und beobachtete die Jäger und ihre Beute. Als ihr Schiff in die Meerenge einbog, war sie bis auf die Haut durchnässt und nahm mit Freuden den schweren Segeltuchmantel von dem Gehilfen des Steuermannes an.

Das BrunnQuell-Schiff brachte immer mehr Abstand zwischen sich und seine Verfolger, und als Kerens Schiff schließlich in die Hornbucht einlief, sah sie, wie der Feind Kurs auf eine Nebelwand nahm, die vom Meer jenseits von Kap Zorn heranrollte. Die drei Kapitäne setzten die Verfolgung fort. Wer dem Feind als Erster begegnete, sollte mehrere Hornsignale geben. Die Rammschiffe drehten alle gleichzeitig nach Nordwesten ab und drangen in den feuchten, grauen Schleier ein.

Sie hatten jedoch nicht mit der grausamen Verschlagenheit des Feindes gerechnet. Kerens Schiff befand sich erst wenige Minuten im Nebel, als das verfluchte Schiff durch die Wogen pflügte und genau auf ihre Backbordseite zuhielt. Die Matrosen schrieen gellend vor Furcht, und der Steuermann stemmte sich mit aller Kraft gegen die Ruderpinne, um nach Steuerbord auszuweichen. Es war jedoch zu spät.

Der dunkle, hoch aufragende Bug ihres Feindes bohrte sich in die Seite des Rammschiffes, und Keren sah vom Heck aus, wie das Verdeck weggerissen wurde, als das grünschimmernde Schiff einfach über seinen Widersacher hinwegfuhr, bevor es plötzlich zum Stehen kam. Trotz des Tumultes aus Hilfeschreien, dem Stöhnen der Verletzten und dem Bersten des untergehenden Schiffes konnte Keren nur an Gilly denken. Das BrunnQuell-Schiff wies nun nicht mehr den grünlichen Glanz auf, also watete sie zu der Stelle, an der es festsaß, bekam die schweren Netze zu fassen, die an seiner Seite hinunterhingen, und kletterte den Rumpf empor. Als sie das Schanzkleid erreichte, hörte sie jemanden schreien und spähte hinüber. Ein Mann, in dem sie Coireg Mazaret erkannte, wehrte sich verzweifelt gegen drei andere Männer, die von Kopf bis Fuß in blassgraue Kleidung gehüllt waren.

»Nein, er gehört mir ... Der Körper gehört mir ... Ihr bekommt ihn nicht, ihr ... bekommt ihn nicht, denn ich werde fliegen, das werdet ihr gleich sehen ... nein ... NEEEIN!«

Zur gleichen Zeit banden zwei Gestalten, die ebenso gekleidet waren wie die drei anderen, Gillys schlaffe Gestalt von dem zerstörten Mast los. In einem Anflug von Wut schwang Keren sich auf das Deck und riss ihr Schwert aus der Scheide.

»Lasst ihn sofort los, ihr widerlicher Abschaum, oder ihr spürt meine Klinge in Euren Herzen ...«

Die fünf verhüllten Gestalten drehten sich gleichzeitig zu ihr um, und ihr blieb bei diesem Anblick das Wort im Munde stecken. Jede von ihnen hatte Gillys Gesicht, auch wenn sie kalkweiße Haut und leere, graue Augen hatten. Dennoch war es sein Antlitz ...

»Im ... Namen der ... Mutter!«, stammelte sie. »Was ...?«

Etwas traf mit einem gewaltigen Krachen den alten Wrackstadt-Schoner und riss Keren von den Füßen. Sie hielt sich am Schanzkleid fest und rappelte sich mühsam auf, als ein erneuter Aufprall das Schiff erbeben ließ. Dann begann das Deck einzustürzen, und der Fuß des Mastes wurde von seinem eigenen Gewicht in die Tiefe gerissen, krachte durch die Planken und versank im Meer. Das ganze Schiff schien wie eine verfaulte Frucht aufzuplatzen, als hätte ein grauenvoller Fluch von Alter und Zerfall es am Ende doch ereilt.

Immer noch hielten die fünf Gestalten, die Gillys Gesicht trugen, Coireg und den echten Gilly fest, und während Keren zusah, sprangen sie in den gähnenden Schlund des auseinander brechenden Schiffes hinab. Sie schrie entsetzt auf, und wollte hinlaufen, um hinunterzusehen. Ein weiterer Stoß warf sie jedoch zurück. Schluchzend kletterte sie über das Schanzkleid und hielt sich an dem mürben, nassen Netz fest, das in der Dünung des Ozeans schaukelte. Sie konnte die beiden restlichen Rammschiffe sehen. Eins ruderte zurück, während das zweite gerade zum nächsten Stoß ausholte.

In dem Moment riss das morsche Netz, an das sie sich geklammert hatte, und sie stürzte kopfüber in das eiskalte Wasser. Ihre Schläfe prallte gegen ein treibendes Holzstück. Fast blind vor Schmerz, aber angetrieben von ihrer Verzweiflung hielt sie sich an der Planke fest und paddelte vorwärts. Ein größeres Stück des Decks trieb an ihr vorbei, und es gelang ihr irgendwie, hinzuschwimmen und sich auf die solide, hölzerne Zuflucht hinaufzuziehen, bevor sie das Bewusstsein verlor …

Das letzte Tageslicht verblasste allmählich, und die Nacht breitete ihren kalten und verstohlenen Mantel aus. Aber Keren konnte sich jetzt wieder an die Geschehnisse erinnern, an die Schlacht, die Gefahren und das Entsetzen, an alles. Jetzt musste sie die Augen schließen und schlafen … Wenn nur dieses Kratzen aufhören würde, wenn dieses schreckliche, kratzende Geräusch doch endlich aufhörte …

Nach einer Weile durchdrangen Stimmen ihren Dämmer.

»Beim Baum! Sie ist es, oder? Und genau da, wo sie gesagt haben!«

»Natürlich, Junge, wenn sie sagen, dass sie was wissen, dann kannst du das ruhig glauben. Lebt sie denn noch?«

Keren zwang sich, ihre Augen aufzuschlagen, und sah zwei verschwommene Gestalten, die sie musterten. Eine von ihnen saß erhöht auf einem Wesen, das mit den Ohren zuckte und schnaubte ...

»Ah, ja, siehst du, sie blinzelt. Keine Angst, Mylady, Ihr seid schon bald in Sicherheit und wieder gesund.«

»Wir legen sie besser auf den Karren. Domas wird nicht erfreut sein, wenn sie sich am Ende hier draußen in der Kälte noch den Tod holt ...«

Domas! Während Keren in einen grauen Dämmerschlaf versank, klammerte sie sich an diesen vertrauten Namen wie an eine wärmende Flamme der Hoffnung.

ZWISCHENSPIEL DER TRÄUME

Verloren auf Traumes Meeren
Mit zerfetzten Segeln und leckem Rumpf,
Sinken wir in die Düsternis und springen,
Widerstandslos in den Grabesschlund.

ESHEN CAREDU, STURMFAHRT, KAPITEL 3

Alael kehrte fast einen Tag nach ihrer Begegnung mit dem Bannwirker im Kolleg von Hendreds Hallen zum Palast zurück. Die Verfolgungsjagd hatte nach Norden um den Hügel des Kapellforts geführt, über die Falkenbrücke und mitten ins Herz der Stadt. Osper Trawms magisches Musikinstrument half, die vergiftete Fährte des Mannes bis zum Hohen Ufer zu verfolgen, von wo sie hinabführte und schließlich nahe den aufgegebenen Gebäuden des verlassenen Werftbezirks verlief. Müde und ausgelaugt hatten Alael und Nerek, eskortiert von Ghazrek und seinen Männern, die Verfolgung aufgegeben und waren zurück geritten.

Nachdem sie sich zur Nacht umgezogen hatte, aß Alael etwas von dem kaltem Aufschnitt, der ihr von der Küche geschickt worden war, schickte ihre Zofe Nuri hinaus und schlurfte müde in ihre kleines, kaltes Schlafgemach. Die heruntergebrannten Kohlen eines Feuers glühten auf dem Rost, und auf einem zierlichen Hocker brannte eine Kerze. Neben dem bronzenen Kerzenhalter, der wie eine Muschel geformt war, lag ein kleines Stück Pergament. Es war eine Nachricht von Bardow, in welcher er sie bat, in einer höchst dringenden Angelegenheit zu ihm zu kommen. Ob das anberaumte Treffen mit dem Buch und der Übersetzung zu tun hatte, die sie in der Nacht zuvor eilig in seinem Studierzimmer abgegeben hatte? Vermutlich.

Sie gähnte mehrmals kräftig, was ihr sagte, dass auch diese Angelegenheit nicht so dringend war wie Ruhe. Also kroch sie zwischen die klammen Laken, die ihr Körper bald erwärmte. So eingehüllt, sank sie rasch in den Schlaf ...

Sie träumte. In dem Traum wanderte sie durch eine zerstörte Stadt, die in einen dichten, aber merkwürdig hellen Nebel eingehüllt war. Die von der Zeit rundgeschliffenen Steine fühlten sich warm unter ihren nackten Füßen an, und mit den Händen strich sie liebkosend über erodierte Marmorsäulen und Statuen. Hinter verschiedenen Torbögen erspähte sie Gärten, Springbrunnen und Teiche, und einige Male kam sie an Bäumen vorbei, die einen Weg in das Mauerwerk gefunden hatten.

Schließlich durchquerte sie einen Torbogen, und der Traum veränderte sich, ihr Blick wurde merklich klarer. Sie stand in einem üppigen Dickicht an einem Waldrand, und die schweren Gerüche von Erde und Harz stiegen ihr zu Kopf. Noch bevor sie sich umdrehte und das Tal der Linderung sah, wusste Alael, dass sie sich im Reich der ErdenMutter befand.

Der Fluss war noch genauso, wie sie sich an ihn erinnerte, ein farbloser, schweigender Strom aus ringenden Gestalten. Der dichte Urwald und die riesigen Felswände des Tales waren ebenso unverändert. Sie folgte dem Fluss der Geister, der hinter dem Wald abbog, drehte sich um, um in die andere Richtung zu sehen ... und wäre beinahe vor Überraschung zurückgesprungen, als sie eine Frau erblickte, die kaum weiter als einen Schritt von ihr entfernt dastand.

»Wer seid Ihr?«, fragte sie. »Woher kommt Ihr?«

Die Frau war etwas kleiner als Alael, trug die hellblaue Robe einer Priesterin und hatte einen wollenen Schal lose über die Schultern gebunden. Ihr ehemals blondes Haar war fast völlig ergraut, und sie hatte ein freundliches Gesicht. Sie lächelte schemenhaft.

»Ich weiß nicht, wer ich bin, Alael, aber ich bin von dort gekommen.« Sie deutete auf den Fluss.

Alael sah unsicher von der Frau zum Fluss und wieder zurück. »Seid Ihr von der ErdenMutter geschickt worden? Seid Ihr eine Botin?«

Die Frau strahlte eine unbekümmerte Unwissenheit aus, als

sie jetzt amüsiert mit den Schultern zuckte. »Auch das weiß ich nicht, aber wir müssen hier entlang gehen.«

Sie schlenderte durch das kniehohe Gras und die Blumen, und wie unter Zwang folgte Alael ihr. Ihre Bewegungen verschwammen mit einem Lidschlag, und sie fanden sich tief in dem grünen Wald wieder und schauten auf eine friedliche, beschützte Lichtung. Sonnenstrahlen durchdrangen das Blattwerk, ließen moosbedeckte Steine glühen und die Tauperlen auf den Blättern glitzern. Die Oberfläche eines kleinen Teiches reflektierte funkelnd das Licht, und wenn Insekten durch die Sonnenstrahlen flogen, verwandelten sie sich für einen Moment in geflügelte, glitzernde Juwelen.

Im Mittelpunkt der Lichtung schmückten vier Pfeiler die Ecken eines erhöhten Sarkophages aus reinem, weißem Stein. Sein Deckel war mit einer Vielzahl von Tier- und Menschengestalten verziert, ebenso die Seiten, und auf jedem Ende des steinernen Monuments saßen gemeißelte Gestalten. Eine zeigte einen stämmigen, bärtigen Mann in schlichten Gewändern, der einem vor ihm knienden Bittsteller ein Buch, ein Schwert und ein kleines Schiff in die erhobenen Hände legte. Die andere Statue zeigte denselben Mann, wie er neben einer wunderschönen, aber sehr ernsten Frau in einem fließenden Gewand saß. Alael schaute ihre Führerin an, aber die wies nicht die geringste Ähnlichkeit mit der Statue auf.

»Ist das ...«, Alael zögerte einen Moment, »... das Grabmal des VaterBaumes?«

Die Frau schien von ihrer Frage überrascht zu sein. »Warum sollte es ein Grabmal sein?« Sie hielt ihr die Hand hin. »Gehen wir weiter.«

Alael nahm ihre Hand. Erneut verschwamm ihre Umgebung und flimmerte an ihnen vorbei, bis Alael nach wenigen Schritten vor der klippenähnlichen Wand des großen Tales stand. Im Gras vor ihr lagen fünf offensichtlich frisch ausgehobene Gräber, denn neben jedem glänzte ein Haufen fetter, brauner Erde. Dahinter ragte eine flache, breite Felsplatte aus der Klippe hervor, in deren Oberfläche ebenfalls ein Grab gemeißelt worden war. An seinem Kopfende lehnte ein großer, viereckiger Steinquader an der Klippenwand, der vermutlich als Grabstein dienen sollte.

Die Frau ließ Alaels Hand los, trat zu dem offenen Steingrab und schaute lange aufmerksam hinein.

»Es gibt keine Worte zwischen den Lebenden und den Toten«, sagte sie wie zu sich selbst. Dann hob sie den Blick, und Alael sah, dass ihr Tränen über das vor Qual verzerrte Gesicht rannen. »Keine Worte«, sagte sie und ihre Stimme war erstickt von Gefühl. »Nichts ...«

Besorgt schaute Alael weg, und als sie ihren Blick wieder auf die Frau zu richten wagte, stand sie unmittelbar neben ihr und starrte sie an.

»Sie sagt, dass du Bardow helfen musst«, erklärte die Frau.

»Wer ...? Die ErdenMutter?«

»Sie sagt, du wirst die Gabe erhalten. Verwende sie klug.«

Bevor Alael antworten konnte, schob die Frau sie ruhig zurück. Alael verlor das Gleichgewicht, und noch im Fallen merkte sie, dass sie in eines der offenen Gräber stürzte. Sie schrie gellend, als die Dunkelheit sie umhüllte ...

... und wachte in ihrem dunklen Schlafgemach auf, als ihre Zofe Nuri mit einer Lampe in der Hand die Tür öffnete.

»Hat Euch der Lärm geweckt, Mylady?«, fragte sie.

»Welcher Lärm?«, erkundigte sich Alael. Dann hörte sie die gedämpften Schreie von draußen. Nuri zupfte ängstlich an ihrem Nachtgewand und schlüpfte ins Zimmer.

»Oh, Mylady, einer der Wachposten hat es mir gesagt. Der Feind hat die Stadtmauern in Brand gesetzt.«

Als die Nacht hereinbrach, brannten viele Teile von Scallow immer noch lichterloh. Am schlimmsten hatte es die dichtgedrängten Häuser und Geschäfte direkt an der Hauptmauer getroffen, während das Feuer den ohnehin schon halb zerstörten Brückenbezirk fast vollkommen vernichtete. Medwin beobachtete die brennenden Gebäude und die verzweifelten Bürger, die Ketten mit Wassereimern bildeten, vom Fenster einer kleinen

Villa am Hang aus, von der aus man auch den Haupthafen sehen konnte, wo die Dunkelheit bereits die aus dem Wasser emporragenden Mastspitzen der gesunkenen Schiffe verbarg. Der jüngste Bericht meldete, dass die Reste der feindlichen Flotte aufs Meer hinaus flohen, während einige überlebende Matrosen und Schiffssoldaten Scallows das Westufer erreicht hatten und nach Nordwesten marschierten, um sich mit ihren Verbündeten in den Hügeln zu vereinen. Medwin wäre bereit gewesen, den Ausgang dieser Schlacht einen hart erkämpften Sieg zu nennen, hätte er mit Gewissheit sagen können, dass Gilly und Keren in Sicherheit und wohlauf waren.

Er fühlte sich ausgelaugt und lehnte sich an den Fensterrahmen. Noch vor kurzem hatte er eine fruchtlose Suche mit dem Gedankengesang des Geflügelten Geistes unternommen, der jedoch nur einen schwachen und sehr entfernten Hinweis auf Kerens Aufenthaltsort gegeben hatte. Dafür hatte jedoch die Anrufung des Geflügelten Geistes seine Kraft erschöpft und ihn gezwungen, sich in dieses Haus zurückzuziehen, das einem Freund von Golwyth gehörte. Ein Diener war vorausgeschickt worden, und ein wärmendes Feuer brannte auf dem eisernen Rost des Kamins. Medwin beschloss, diesen Moment zu nutzen und sich hinzulegen, bevor er einfach umfiel. Er schloss die Fensterläden, zog die Vorhänge vor und stolperte zu dem mit Fellen übersäten Bett, das nach Kräutern und den süßen Aromen des Waldes duftete. Eine Lampe glühte auf einem Regal über seinem Kopf, aber der Impuls, sie zu löschen, wurde vom Schlaf übermannt ...

Er träumte, dass er durch ein merkwürdiges Haus ging, in welches nur graues Tageslicht durch einige schmale Fenster hineindrang. Es wirkte merkwürdig öde und farblos, während er durch die lange, schmale Diele ging, in eine Spülküche gelangte, der sich ein Raum voller überquellender Regale anschloss, und schließlich in einen breiten, dunklen Gang hinaustrat, der vor einer Doppeltür endete, deren Flügel einen Spalt offen standen. Dahinter lag ein großer, heller Raum, auf dessen Tischen sich alle Arten von Holz stapelten, und an dessen Regalen gefirnisste Stücke zum Trocknen hingen, sowie Rahmen, auf die Leder in bestimmte Formen gespannt war. Sägemehl und Holzreste übersäten den Boden, und es roch nach würzigem Harz.

In dem Raum arbeitete ein großer, dunkelhaariger Mann an einem Stück, das er in eine Werkbank eingeklemmt hatte, und als Medwin zu ihm ging, meldete sich ein seltsames Gefühl von Vertrautheit. Dann sah er die Pferdefiguren und Amulette, die in den Wandnischen standen und lagen, und in dem Moment richtete sich der Mann auf. Medwin war vollkommen überrascht. Es war sein Großvater, Jharlo Medwin, der viele Jahre als Tischler in der Nähe von Adnagaur gearbeitet hatte. Medwin war noch ziemlich jung gewesen, als sein Großvater Jharlo offenbar dem Rest seiner Familie gestanden hatte, dass er sein ganzes Leben lang ein heimlicher Anhänger des Himmelspferd-Glaubens gewesen war. Medwins Mutter hatte einmal eine entsprechende Bemerkung zu seinem Vater gemacht, als sie beide glaubten, dass Medwin nicht in der Nähe wäre. Sie sagte, es »wäre Zeitverschwendung, ein Tier anzubeten, und eine Schande dazu«. Ihre Besuche in der Werkstatt des Großvaters wurden danach seltener.

Als Medwin sich näherte, schaute sein Großvater hoch und lächelte, arbeitete jedoch weiter. Mit seinen großen, rissigen Händen hielt und schliff er eine kleine Figur, die Statue eines Jungen auf einem Pferd, die aus schönem, dichtem Holz geschnitzt war. Medwin starrte sie an und musterte die anderen Schnitzereien in dem Raum.

»Ist das eine Opfergabe, Großvater? Willst du sie dem Himmelspferd weihen?«

Der ältere Mann lachte leise. »Ach, Junge, das hier ist nur ein geschnitztes Figürchen. Manchmal, weißt du, ist ein Pferd nur ein Pferd …«

Der Traum löste sich auf, als Medwin die Augen öffnete und unbehaglich in das Licht der Lampe über seinem Kopf blinzelte. Er richtete sich auf, öffnete die Glastür der Laterne, blies die Flamme aus und machte es sich dann wieder unter den warmen Fellen bequem.

Und manchmal ist ein Traum nur ein Traum, dachte er, aber es klang selbst in Gedanken nicht sehr überzeugend.

In einer warmen Kammer im Tagfried des Kaiserlichen Palastes lag Tauric in seinem großen, mit Schnitzereien verzierten Bett und umklammerte im Schlaf den Himmelspferd-Anhänger. In seinem Traum befand er sich in einer Krypta, die von einem schimmernden Licht erhellt wurde, und ging auf der Suche nach einem Ausgang zwischen Reihen von alten Pfeilern entlang. In regelmäßigen Abständen waren große Alkoven in die Wände eingelassen, die mit einer Fülle von fabelhaften Bäumen, Blumen und Ranken verziert waren, die sich miteinander verwoben und wunderbar detailliert gearbeitet waren. Die Nischen boten den schrägstehenden Sarkophagen von Königen und Königinnen, Magiern und Priestern Raum, die auf den Gemälden gezeigt wurden, die neben jedem Alkoven hingen.

Während Tauric an ihnen vorüberging, lächelten ihn die Gestalten auf den Gemälden an, kletterten herab, schüttelten ihm die Hand, priesen seine Taten, fragten staunend nach seinem metallenen Arm und begleiteten ihn auf seinem Weg durch die Krypta. Ein- oder zweimal glaubte er, einen schwarzen Hund zwischen den Pfeilern hindurchlaufen zu sehen, tat es jedoch als ein Spiel der Schatten ab. Bereits nach kurzer Zeit folgte ihm eine recht beachtliche Anzahl von Monarchen, Magiern und Priestern, bis er merkte, dass sie ihn führten und in eine bestimmte Richtung steuerten.

Kurz darauf kam die erlauchte Prozession vor einem sehr beeindruckenden Gemälde eines großartigen weißen Hengstes zum Stehen. Das Pferd war die Verkörperung von rassigem Geblüt und stand vor einem ruhigen See zwischen bewaldeten Hügeln. Auf der anderen Seite des Sees erhob sich ein Tempel mit einer Kuppel. Einen Moment betrachtete Tauric das Bild und fragte sich, warum sie ihn ausgerechnet hierher geführt hatten. Ein großer, majestätischer Mann in einer blauen Rüstung und einem langen, roten Umhang trat vor. Er trug eine schwarze Krone, die einer mit Türmen bestückten Zitadelle ähnelte, und klopfte mit den Knöcheln gegen die harte, trockene Oberfläche des Bildes. Er lächelte Tauric wortlos an, der mit den Schultern zuckte und seinem Beispiel folgte ... und nach vorn stolperte, als seine Hand ohne Widerstand in das Gemälde einsank.

Keuchend riss er die Hand heraus und taumelte ein wenig zurück. Seine elegant gekleideten Zuschauer lachten über seine Angst, zwinkerten sich zu und stießen sich mit den Ellbogen an, zeigten auf das gemalte Pferd. Dann ermunterten sie ihn, in das Bildnis hineinzutreten.

Was für ein wundervolles Tier, schienen sie zu sagen. Es gebührt nur dem Mutigsten, dem hingebungsvollsten Anführer.

Tauric nickte, richtete sich zuversichtlich auf, biss entschlossen die Zähne zusammen und sah das Pferd selbstbewusst an. Ja, er verdiente eine solche Kreatur als Reitpferd, also baute er sich vor dem Gemälde auf, hob den linken Fuß und sprang hinein.

Der Boden auf der anderen Seite war höher, als er gedacht hatte, und beim Aufprall stauchte er sich schmerzhaft die Beine. Und außerdem war es kälter und erheblich dunkler in dem Gemälde, als es ausgesehen hatte. Ein Wind fegte durch die Büsche und Zweige und wehte das Laub vor sich über die Lichtung und auf die unruhige Oberfläche des Sees. Das Pferd entsprach ebenfalls nicht Taurics Erwartung. Es galoppierte panisch über die Lichtung. Als es Tauric sah, wirbelte es zu ihm herum, senkte seinen großen Kopf und stieß ihn an, als wollte es ihn auffordern, zu fliehen. Tauric versuchte, das Geschöpf zu beruhigen, streichelte seinen Hals und seine Schulter und raunte ihm beruhigende, sinnlose Worte zu.

Gerade als das Pferd ruhiger wurde, ertönte jenseits des Sees ein ungeheures, bestialisches Brüllen. Tauric fühlte, wie das Pferd zu zittern begann und vor ihm zurückwich. Aber er hielt sich an der Mähne fest und schlang seinen Arm über seinen Hals.

»Nein, warte, Bruder Pferd!«, rief er. »Bleib bei mir ...!«

Rasch sprang er hoch und schwang sich auf den Rücken des Pferdes, noch während das unsichtbare Monster bellte und sich lautstark einen Weg durch den Wald in ihre Richtung bahnte.

Der weiße Hengst wieherte vor Angst und trottete zur Seite der Lichtung, aber der Wald erwies sich als ein undurchdringliches Dickicht.

»Es gibt keine Flucht, Bruder«, sagte Tauric. »Wir müssen uns diesem Schrecken gemeinsam stellen ...«

Tauric hielt sich auf seinem Rücken fest, und der Hengst bäumte sich vor Entsetzen und Verzweiflung auf. Dann sprach er.

»Welchen Weg sollen wir einschlagen, Sire, welchen Weg? Rasch, Ihr müsst entscheiden!«

Verwirrt deutete Tauric direkt auf die herannahende Bedrohung. Der Hengst bäumte sich erneut auf und stürmte über die Lichtung, als eine riesige, gesichtslose Schwärze durch die Bäume brach und auf sie zuschoss ...

Tauric saß aufrecht im Bett, als er aufwachte. Er hatte die Augen weit aufgerissen und glaubte, dass er vor Schreck aus diesem merkwürdigen, grauenvollen Traum erwacht war. Doch dann hörte er die Stimmen vor seinem Schlafgemach, eine Faust schlug gegen seine Tür, und im nächsten Moment drangen seine Weißen Gefährten in die Kammer ein und berichteten ihm von den lebenden Fackeln, die überall auf den Stadtmauern brannten.

In einem nach Norden gelegenen Raum im Turm der Silbernen Aggor traf Atroc seine Vorbereitungen für die bevorstehende Nacht. Er hatte die wenigen verrotteten Möbelstücke hinausgeworfen und die Vogelfedern und modrigen Blätter hinausgefegt.

Er entzündete kein Feuer, sondern drei kleine Binsenlichter, hielt eine Wachskerze an zwei Bündel aus Kräutern und blies die Flammen aus, damit sie glühten und ihren Rauch entwickelten. Schon bald war der ganze Raum von dem duftenden Qualm erfüllt, der merkwürdige Lichthöfe um die kleinen Binsenlichter bildete.

»Es wird Zeit, in die Pforte der Träume zu schauen«, flüsterte er und öffnete die Fensterläden des Raumes. Kalte Luft drang herein. Er atmete sie tief ein und setzte sich dann mit gekreuzten Beinen vor das Fenster, wo er die Aromen auf sich wirken ließ.

Atrocs Traum trug ihn auf einen Kamm, von dem er auf eine Stadt blickte, die von einer Festung mit hohen Mauern und einem gewaltigen zylindrischen Fried beherrscht wurde. Die Festung stand auf einem breiten Felsvorsprung, und die Stadt verfügte über einen großen Hafen, der durch ein weites, geschwungenes Kap geschützt wurde. Er erkannte sie sofort. Es war Rauthaz, die Hauptstadt von Yularia und die Höhle des Schattenkönigs Grazaan. Es war der Stützpunkt, den Gunderlek und seine zusammengewürfelte Armee vor weniger als einem Jahr erobert hatten, und welche die Akolythen in ihre Grabstätte verwandelten, als sie ihre bösartigen Nachtjäger dorthin schickten.

Während Atroc zusah, rollte eine riesige Woge vom Meer heran. Es war eine lange Wand aus Wasser, deren sich überschlagender, schäumender Rand die Form einer gewaltigen, tobenden Pferdeherde annahm. Auf jedem Pferd saß ein Reiter, eine unüberschaubare Menge von Personen. Die Gesichter in der ersten Reihe jedoch erkannte Atroc fast ausnahmslos. Er sah Byrnak, Yasgur, Welgarak, Alael und Bardow, den jungen Kaiser Tauric, Grazaan und Thraelor, Kodel und Ystregul, Mazaret und Gilly, Keren und ihre Spiegelschwester Nerek, und viele, viele andere vertraute Züge. Die gewaltigen Rösser aus Gischt donnerten über die Stadt Rauthaz hinweg, dann über die niedrigen Hügel, und als sie auf die Gorodar-Berge zurauschten, flog Atroc mit ihnen und hielt Schritt mit den Reitern an der Spitze.

Er stieg höher und konnte auf die Gipfel des Gorodar hinabschauen, als die gewaltige Welle gegen seine nördlichen Hänge prallte und sie, ohne auch nur langsamer zu werden, überflutete. Die fahlen Wellenreiter kämpften mit ihren Schlachtrössern, als sie auf die finsteren Wälder des Nördlichen Khatris hinabdonnerten und weiter strömten. Sie nahmen zügig Kurs nach Süden. Für Atroc ähnelte dieses Bild bemerkenswert einem der allegorischen Gemälde, das nach der Schlacht um Besh-Darok aus seinem Versteck geholt worden war.

Die Flut strömte nach Süden, ertränkte alles in ihrem Weg, und Atroc bemerkte, dass nach und nach Gesichter aus den ersten Reihen verschwanden. Viele Mogaun waren nicht mehr zu sehen, ebenso wie zahlreiche Soldaten und Offiziere der Südmänner verschwanden. Eine Gruppe von Akolythen taumelte und wurde unter den Fluten begraben. Es fielen noch andere, Mazaret, Yarram, Ghazrek, auch Nerek, die in einem Lidschlag verschwand, und der alle Schattenkönige folgten, bis auf einen, Byrnak. Gilly versank ebenso in den tosenden Wellen wie auch Yasgur. Mittlerweile erstreckte sich die kochende Flut von den Gorodar-Bergen bis zum Rukang-Massiv, floss über Zentral-Khatris hinweg, wendete sich nach Westen und überflutete den Königstor-Pass. Bardow, Keren und Medwin fielen in Sichtweite von Besh-Darok, wie auch die letzten überlebenden Oberhäuptlinge der Mogaun. Durch den Pass und über den Buckelgurt rann die abgeschwächte Sintflut, über die Wiesen und durch die Wälder, mit nur noch drei schaumgeborenen Reitern an der Spitze. Auf der einen Seite befand sich der Schattenkönig Byrnak, und Alael und Tauric waren auf der anderen. Die Mauern Besh-Daroks kamen näher, aber bevor die Wasser sie erreichten, begann dieser außergewöhnliche Albtraum zu verblassen. Zu Atrocs großer Enttäuschung schlossen sich die Pforten der Träume wieder, Momente zu früh.

Er öffnete seine entzündeten Augen und sah sofort die Feuer auf den Stadtmauern. Die meisten Brände sammelten sich am Schild-Tor. Also hatte Bardow mit seiner Vermutung Recht behalten, dass Byrnak nächtliche Dramen liebte. Während er zusah, flammten noch mehr Feuer weiter im Süden auf. Während sich seine Augen auf die Dunkelheit einstellten, sah er, wie große Gruppen von Reitern durch die dämmrige, verschneite Ebene unterhalb der Mauern ritten. Das bedeutete, Byrnak und die anderen Schattenkönige zögerten noch, ihre ganze Stärke zu zeigen. Natürlich schien der Traum, den er gerade durchlebt hatte, ihren letztendlichen Sieg vorauszusagen ... Aber das Problem an den Traumvisionen war, dass sie stets mehrdeutig waren, sodass nur ein Genie oder ein Wahnsinniger aus ihnen schlau wurde, und Atroc hatte nie danach getrachtet, mehr als nur die Hälfte von beidem gleichzeitig zu sein.

Er erhob sich aus seiner unbequemen Haltung und blies die Binsenlichter eins nach dem anderen aus. Yasgur würde zweifellos sehr bald nach ihm rufen ...

Es klopfte an der Tür.

»Meister Atroc, ich wurde von Lordregent Yasgur gesendet, um Euch zu bitten, zu ihm in die Aussichtskammer des Nachtfrieds zu kommen.«

Er lachte leise und räusperte sich. »Ich horche und gehorche«, sagte er laut. »Informiert den Lordregenten, dass ich seiner Bitte so rasch nachkommen werde, wie es mir meine alten Knochen erlauben.«

Atroc grinste noch immer, als sich die Schritte des Boten entfernten. Er sammelte die Kräuterbündel zusammen, die jetzt nur noch aus verkohlten Zweigen bestanden, und warf sie in den kalten Kamin. Vielleicht war es das Beste, seine Träume für sich zu behalten, wenigstens, bis er ihre Bedeutung genauer kannte. Denn auch wenn Prinz Yasgur zweifellos einen Hauch von Wahnsinn aufwies, zeigte er nur selten einen Anflug von Genie, wenn es darum ging, Rätsel zu lösen.

Sie trieb in befremdlichem Schweigen dahin, während ihre Erinnerungen und Gedanken hinter ihr herschwebten, nagend, zerrend, beschämend. Dies war ein zeitloser Ort, ein Ort des Nicht-Denkens, des Nicht-Handelns und daher auch ein Ort ohne Schmerzen. Dennoch folgten ihr alle gespenstischen Fetzen ihres Lebens, hartnäckige Geister, die sich standhaft weigerten, sich in dem fließenden Schweigen aufzulösen. Obwohl sie geglaubt hatte, deren quälende Anwesenheit aus ihrem Verstand gebannt zu haben, kehrten sie unaufhörlich wieder, drängten sich ihr auf, oder bildeten Phantome, die zu beängstigend waren, um darüber nachzudenken.

Als eine dieser alten, hartnäckigen Erinnerungen, ein Bildnis von ihr selbst, sich vom Rest absonderte und außer Sicht geriet, empfand sie ein Gefühl von Genugtuung. Doch kurz darauf kehrte es zurück, tauchte aus der Tiefe empor und brachte eine Reihe dunklerer, unheilvollerer Erinnerungen mit sich. Ihr Bildnis wirkte gelöst und leicht amüsiert, und als es auf sie zukam, versuchte sie, sich abzuwenden und den Kontakt zu vermeiden, aber es gelang ihr nicht. Dieses herumirrende Fragment von ihr selbst löste eine Kette von Erinnerungen aus, und sie selbst stürzte in eine dunkle Geschichte.

Am Anfang drehte sich die Welt in der Finsternis der Großen Wasser der Nacht. Dann kamen der VaterBaum und die ErdenMutter, obwohl sie damals noch andere Namen trugen, und brachten Tageslicht und Jahreszeiten, Aussaat und Ernte. Sie sorgten dafür, dass die Herden der Bestien ihre Gesichter zur Sonne erhoben und menschlich wurden. Die Menschen teilten sich in verschiedene Stämme auf und lauschten den Unterweisungen von der ErdenMutter und dem VaterBaum, und beteten sie an, während die Stämme gediehen und sich vermehrten.

Dann trat der Herr des Zwielichts aus dem Brunnen der Leere. Edelmut stand auf seine Stirn geschrieben, er hatte Freude im Blick, ein Lächeln auf seinen Lippen und ein Geschenk für die ErdenMutter in seinen Händen. Es war der Mutterkeim, ein wundersames Artefakt, gleichzeitig der Schlüssel und die Tür zu einem Reich voller Leben und Wachstum und all der grünen Fruchtbarkeit, welche die ErdenMutter so liebte. Der Herr des Zwielichts versuchte die beiden anderen Götter zu überzeugen, die Völker der Menschen erniedrigt und unbelehrt zu lassen, und er sagte, dass Lernen und Wissen ihnen nur Schmerz und Leiden bringen würde. Die ErdenMutter lauschte und stimmte ihm zu, der VaterBaum jedoch weigerte sich, dies zu glauben, und er lebte fortan unter den Menschen.

Während der Herr des Zwielichts und die ErdenMutter den Bau großer Tempel zu ihren Ehren beaufsichtigten und die Hingabe ihrer zahllosen Anhänger genossen, fand der VaterBaum heraus, dass Schmerz und Leiden auch ohne Lernen und Wissen existieren. Also schuf er das Kristallauge, damit Heiler heilen, Kinder leben und die Weisheit sich verbreiten konnte. Das verärgerte den Herrn des Zwielichts und auch die ErdenMutter. Sie kamen zu ihm und wollten ihn zwingen, es ungeschehen zu machen, aber er hatte das Kristallauge bereits dem weisesten Mann der Stämme zum Geschenk gemacht. Der wiederum benutzte es, um viele willige Schüler darin zu unterrichten, wie man den Gottesstrom anwendete, wie die Niedere Macht damals geheißen wurde.

Dies erzürnte den Herrn des Zwielichts, der daraufhin eine Armee seiner Gefolgsleute aushob, den VaterBaum einkerkerte und den weisen Mann und seine Schüler in tiefe, uralte Wälder vertrieb. Die ErdenMutter sah mit an, wie wehrlose Menschen durch Speere und Knüppel starben, und wusste jetzt, dass der Herr des Zwielichts falsch handelte. Sie ging zum VaterBaum und bot ihm ihre Hilfe und ihre erneute Liebe an. Zusammen stellten sie sich gegen den Herrn des Zwielichts, und als die ErdenMutter ihn öffentlich rügte und seine Annährungsversuche barsch zurückwies, schlug sein Zorn in Hass um. Aber sie hatte den Mutterkeim und der Weise hatte das Kristallauge. Also musste der Herr des Zwielichts den VaterBaum freilassen und zog sich in seinen großen Tempel zurück.

Dort brütete er und nährte seinen Hass viele Äonen lang, bevor er zu einer schicksalhaften Entscheidung kam. Er zögerte nicht mehr, als er in die Abgründe der Welt hinabstieg, um zu erkunden, wo Die Großen Wasser der Nacht entsprangen. In einer gewaltigen unterirdischen Höhle, in der die Finsternis an ausgedehnte Strände schlug, fand er eine stolze und wilde Rasse, die er von den Bestien erhob und zur Dämonenbrut machte. Sie waren die ersten und tödlichsten seiner Diener. Als Nächstes warf er einen Blick auf seine Anhänger und wählte die Treuesten unter ihnen für eine ähnlichen Erhöhung aus. Dies waren die Erst-Erweckten. Danach war es einfacher, die Mittel für den Krieg zu erschaffen, der da kommen sollte, die Armeen, die Waffen, die Befestigungen und Bastionen, welche am Ende allesamt von der ungeheuerlichen Zitadelle von Jagreag überschattet wurden.

Der Krieg selbst war eine Sintflut von Blut, die alles Land und alles Leben verfinsterte. Meere bäumten sich auf und begruben Wälder und Hochländer unter sich, während neue Berge und Felder aus den Tiefen der Ozeane emporstiegen. Der gewaltige Kampf gipfelte in der jahrelang andauernden Schlacht von Kogil, die mit dem Fall Jagreags endete, welcher vom Stab der Leere herbeigeführt wurde, dem Artefakt, das die ErdenMutter mit ihren eigenen Händen schuf.

Der Herr des Zwielichts wurde in ein neu gebildetes Reich verbannt, wo er fortan hausen musste. Seine überlebenden Diener wurden eingekerkert, bis auf die Dämonenbrut, die vor dem Ende der Schlacht weggeschickt worden war. Dieses Ende war jedoch eher der Beginn eines äonenlangen Kampfes, der weniger umwälzend war als der erste, aber mit derselben gnadenlosen Zielstrebigkeit geführt wurde ...

Der Bogen spann sich weiter, berührte einige der Wendepunkte des Zeitenlaufs, den Aufstieg und Fall von Reichen und ihrer grausamen oder gerechten Herrscher.

Die Geschichte erzählte von den Ränken des BrunnQuell, dem die Aussaat und das Wachstum der Macht der Wurzel folgte. Sie streifte die Gründung des Khatrimantinischen Reiches und seinen Untergang tausend Jahre später, zusammen mit der Vernichtung der Macht der Wurzel ...

Als die Kette aus Erinnerungen an ein Ende kam, bemerkte sie auch den Faden ihrer eigenen Geschichte, der sich dazwischen wob, und der durch den Sturz von der Hohen Basilika in Trevada jäh zerrissen worden war. Dann war dieser Gedankenfaden verschwunden, wieder in die Tiefe gesunken, aber ihr Erinnerungsbild lächelte sie jetzt an. Es glitt auf sie zu und breitete die Arme weit aus, um sie trotz ihrer Angst zu umarmen und sie an sich zu drücken ...

Eine lange Zeitspanne verstrich wie im Flug, und all ihre Wahrnehmungen änderten sich. Sie wurde sich ihres Körpers bewusst und seines Gewichtes, während sie auf dem Rücken lag, spürte den unebenen Boden und ertastete unter ihren Fingerspitzen das feuchte Gras. Benommen richtete sie sich auf, schaute an sich herunter und sah, dass sie den gleichen Schal und dieselbe blaue Robe trug wie ihr Erinnerungsbild. Sie fühlte sich bereit, zu weinen oder zu schreien, und konnte dennoch keins von beidem tun ...

Dein Weg war lang und hart, Suviel, Tochter meiner Töchter, aber dein Kampf ist noch nicht zu Ende, der letzte Ton deines Liedes noch nicht gesungen.

»Ich verstehe nicht«, sagte sie und bedeckte ihr Gesicht mit ihren Händen. »Wer bin ich?«

Du wirst das alles am Ende erfahren, Stück um Stück. Doch jetzt hab ich eine kleine Aufgabe für dich. Sieh!

Sie öffnete die Augen und ließ die Hand sinken. Sie erkannte eine junge, schlanke Frau mit langem, blondem Haar, die in einiger Entfernung vor ihr dahinschlenderte.

Geh zu ihr. Ich werde dir erklären, was du zu tun und zu sagen hast.

Suviel Hantika seufzte, und dieses Geräusch war genauso leer wie ihr Gedächtnis. Dann stand sie auf und tat, wozu die ErdenMutter sie aufgefordert hatte.

DRITTER TEIL

17

Ein Wort und ein Zeichen
In der tiefen, einsamen Finsternis,
Wo Knochen und zerbrochene Banner
Die uralten Steine bedecken.

CALABOS, UNTER DEN TÜRMEN, 4. AKT, 15

Es schneite unablässig, doch auch der Schnee konnte den Gestank nach verbrannter Erde und versengtem Fleisch nicht überdecken. Der beißende Geruch drang Nerek erstickend in Hals und Nase, als sie mit Yarrams hundert Rittern aus dem Schildtor hinausritt. Ihr Blick fiel auf die breiten Abschnitte der Mauer rechts und links von dem Tor, deren Steine immer noch qualmten, trotz der zahllosen Fässer mit Wasser, die von den Zinnen hinuntergeschüttet wurden. Nerek hatte in ihrer Kammer im Palast gedöst, als die Angriffe begannen. Nach wenigen Momenten war sie angekleidet, bewaffnet und stürmte aus ihrer Kemenate. Sie hielt nur kurz inne, weil sie sich an Bardows Nachricht erinnerte, in der er sie bei Tagesanbruch dringend in seine Kammer bestellte. Sie ging jedoch davon aus, dass der Angriff schnell vorbei sein würde, und setzte ihren Weg fort.

Als sie die Stadtmauer erreichte, loderten die Flammen bis zu den Zinnen hinauf. Die Soldaten auf dem Wall versuchten verbissen, die magischen Feuer zu löschen, obwohl sie zu keiner Zeit eine wirkliche Bedrohung zu sein schienen. Dann tauchten kleine Verbände von Feinden aus der kalten Finsternis auf und weitere Feuer brachen auf Flusskais und im Hafenbezirk aus. Jetzt wurde Nerek die Absicht des Feindes klar. Sie wollten Furcht und Schrecken verbreiten. Auf den Mauern hatte sie aus erster Hand Berichte gehört, wie einzelne Gestalten aufgetaucht waren, in den Lichtkreis der Fackeln stolperten und schreiend zu den Zinnen liefen, wo sie in einer fürchterlichen, flammenden Explosion ihr Ende fanden. Der Gedanke, dass der Feind aus der Stadt selbst kam, verängstigte die Männer und Frauen, welche die Mauern bewachten, sichtlich.

Als sich herumsprach, dass Yarram mit einer Schwadron der Kavallerie den Feind jagen wollte, stieg Nerek hastig von den Bastionen herunter und hastete zur Kaiserlichen Kaserne. Sie war zu einem Ritter des Ordens der Paladine befördert worden, und deshalb ritt sie jetzt auch mit diesen durch die eisige Dunkelheit. Yarram sollte mit seinen Männern die in der Nähe umherstreifenden Banden des Feindes abschrecken. Knapp ein Drittel der Ritter bestand aus leichter Kavallerie mit Lederkollern und Kurzbögen. Fünf von ihnen waren, wie Nerek bemerkte, Frauen. Wir die männlichen Bogenschützen trugen sie ihr Haar kurz unter Lederkappen oder Halbhelmen.

»Habt Ihr sie noch nie gesehen?«

Eine braungekleidete Reiterin näherte sich ihr, eine junge, blonde Frau, die unbewaffnet zu sein schien. Irgendwie kam sie Nerek bekannt vor.

»Nein«, gab Nerek zu und dann erkannte sie die Frau. »Ihr seid doch die Magierin, die mit Mazarets Patrouille geritten ist ...«

Die andere nickte. »Terzis von Ornim«, sagte sie.

»Nerek ... einfach nur Nerek. Und ... wer sind diese Frauen?«

Terzis beugte sich zu ihr und senkte die Stimme.

»Man nennt sie die Töchter des VaterBaums. Einige von ihnen waren bei den JägerKindern, bis diese sich zerstritten haben, andere haben mit den Talbewohnern des nördlichen Rukang gekämpft ...«

Nerek wollte sich gerade erkundigen, warum man sie die Töchter des VaterBaumes nannte, als Yarram seine Kolonne anhielt und aufteilte. Terzis und Nerek wurden getrennt, ebenso die Töchter des VaterBaumes. Eine Gruppe sollte nach Norden um die Mauer reiten, während Nereks Einheit den südlichen Teil patrouillierte und, falls es keine ernsthaften Zusammenstöße gab, der Getreidestraße nach Süden folgen sollte, in der Hoffnung, die Verstärkung abzufangen, die einen Tag zuvor von Sejeend entsandt worden war.

Während sie weiterritten, sah Nerek, dass die Feuer den größten Teil der westlichen Mauer gezeichnet hatten. Hatte der Feind vielleicht geglaubt, die Tore ausbrennen zu können? Es bereitete ihr Unbehagen, dass von ihren Widersachern nichts zu sehen war. Sie trafen auf deutliche Hufspuren im aufgewühlten Schnee und Schlamm, als wären viele Pferde hier entlang gekommen. Nerek und die anderen Reiter schienen jedoch die einzigen Lebewesen zu sein, die sich hier in dieser finsteren Kälte herumtrieben.

Die Kolonne versuchte, die Mauer im Blick zu behalten, während sie im Licht ihrer Fackeln einem Kutschweg nach Osten folgten. Er erklomm irgendwann einen langgezogenen Kamm zwischen zwei Gehölzen, und von seinem Grat aus konnten sie gerade so über die Mauern von Besh-Darok blicken. Die Feuer am Hafen brannten immer noch. Nerek fiel auf, dass die drei Bogenschützen-Frauen in ihrer Kolonne miteinander redeten, sich aber unterbrachen, als sie merkten, wie Nerek sie beobachtete. Eine der Töchter, eine große Frau mit rabenschwarzem Haar und blassen Augen, starrte sie mit unverhülltem Missfallen an, spie aus und ritt schweigend mit den anderen weiter. Nerek zuckte mit den Schultern und wandte den Blick ab.

Die Kolonne erreichte das südöstliche Ende der Mauer ohne Zwischenfall. Die massiven Befestigungen, die an diesem Punkt bis zu vierzig Schritt dick waren, reichten bis an das Ufer des Festlandes und bogen an der Klippe nach Norden ab. Ihr Fundament fußte sicher in dem uralten Felsen. Vom Norden peitschte ein starker Wind eisige Schneeflocken auf die Reiter, die nur kurz innehielten, bevor sie ihre Pferde wieder nach Süden wandten. Ihr Anführer war Yarrams Stellvertreter Chaugor, ein stämmiger, bärtiger Dalbari ohne jeden Sinn für Humor, der ihnen knapp mitteilte, sie würden den Schutz des Kronfalken-Gehölzes aufsuchen, falls das Wetter sich weiter verschlechtern würde.

Sobald sie die Feld- und Ackerwege verließen und auf die gerade und gut befestigte Getreidestraße einbogen, kamen sie schneller voran. Selbst mit den Fackelträgern an der Spitze ritten sie in der Dunkelheit jedoch selten schneller als im gemäßigten Galopp. Ein- oder zweimal bemerkte Nerek in der Ferne Lichter, die aber schnell wieder von der hügeligen Landschaft verschluckt wurden. Gelegentlich schreckten ihre Pferde einen Vogel aus einem Busch oder einem Baum auf, aber ansonsten schien das ganze Land kalt und tot zu sein.

Als sie den Rand des Kronfalken-Gehölzes erreichten, schneite es pausenlos. Zwischen den kahlen Bäumen und dem Schneetreiben sahen sie gelbliches Licht. Nerek hatte gehört, dass die Getreidestraße sich durch diesen Wald schlängelte, bevor sie in eine Schlucht mündete, hinter der die Ebenen und Hügel von Ost-Khatris lagen. Die Lichter wurden größer, während sie darauf zu ritten, und Nerek wurde bald klar, dass es sich um ein recht großes Feuer handeln musste. Chaugor merkte das ebenfalls, denn er verlangsamte das Tempo der Kolonne und schickte elf leichte Kavalleristen als Kundschafter voraus. Sechs von ihnen waren mit Bögen bewaffnet, vier mit Speeren und Schilden, und dazu Nerek, die zwar ihren kleinen Schutzschild über den linken Arm schob, ihr Schwert jedoch in der Scheide ließ. Sie ritten als Vorhut voran, und der Rest der Kolonne folgte in einigem Abstand mit gelöschten Fackeln.

Nerek war über diese Taktik nicht sehr glücklich, weil sie die Kundschafter zu einem leichten Ziel machten. Dann jedoch erreichten sie das Feuer, das ihre ganze Aufmerksamkeit beanspruchte. Zwei offene Kutschwagen standen brennend mitten auf der Straße, und um sie herum lagen reglose Körper. Weiter vorn war ein Kastenwagen umgestürzt. Sein Holz glühte noch, und der Tod war überall. Dann hörte sie plötzlich Waffengeklirr, in das sich Schreie mischten. Es kam von weiter vorn, wo die Straße in die Schlucht mündete. Ihr Offizier, ein Sergeant der Speerträger, befahl einem Bogenschützen, zu Chaugor zurückzureiten und ihm Meldung zu machen, während der Rest an den brennenden Wagen wartete. Noch während der Bote davon galoppierte, änderte der Sergeant seine Meinung.

»Finden wir raus, was da vorn vor sich geht«, sagte er. Sie trabten die Straße entlang.

Nach kaum zwanzig Schritten rächte sich der Leichtsinn des Sergeanten. Links von ihnen ertönte Hufgetrappel, und als Nerek sich umdrehte, sah sie zwanzig maskierte Reiter, einige mit Fackeln in den Händen, die aus einer Bresche zwischen den Bäumen direkt auf sie zu ritten. Zwei unmaskierte Männer führten sie an. In einem erkannte sie sofort Mazaret, der so blass und hager war, dass er nur ein Geistschatten sein konnte. Der Anblick des anderen Mannes traf sie wie ein Schlag in die Magengrube, und sie hätte beinahe ihre Zügel losgelassen. Es war Byrnak.

Einen Moment lang trafen sich ihre brennenden Blicke, dann wurde ihr die tödliche Gefahr klar, in der sie alle schwebten, als der Sergeant sie panisch anbrüllte, ihm zu folgen. Sie grub ihrem Tier die Hacken in die Flanken. Ihr gelang mit fünf anderen die Flucht, während der Rest der Vorhut in ein kurzes, brutales Scharmützel verwickelt wurde, bei dem zwei Speerträger und zwei Bogenschützen niedergemetzelt wurden. Nerek sah sich um und erblickte zwei Töchter des VaterBaumes, die nicht weit von dem Gemetzel ihre Pferde zügelten. Ruhig spannten sie ihre Bögen, als die feindlichen Reiter sich gerade auf sie stürzen wollten.

Die Kampfgeräusche weiter vorn auf der Straße wurden lauter, und Nerek wendete ihr Pferd. Sie wollte nicht in die Zange von zwei feindlichen Einheiten geraten. Die Maskierten galoppierten auf die beiden Bogenschützinnen zu. Es waren dunkle Gestalten, deren Umrisse sich gegen den Schein der Feuer abhoben. Im nächsten Moment jedoch kündigte Hufgedonner die Ankunft von Chaugor und dem Rest der Ritter an. Sie fegten in vollem Galopp heran, ihre Pelze und Umhänge wehten hinter ihnen, und ihre Pferde stießen weiße Atemwolken aus.

Nerek sah das alles trotz der Dunkelheit, weil eine merkwürdige Veränderung mit ihrem Körper vorging, ein Kribbeln der Macht, das sie vom Hals bis zu den Lenden durchrieselte, von den Fingerspitzen bis zu ihrer Zunge, und ihre Augen und Ohren liebkoste. Es war die zähe, verlockende Macht des BrunnQuell. Sie sah, dass Byrnak und der Mazaret-Schatten ihre Reiter langsamer galoppieren ließen, und dass *er* sie in der Dunkelheit anstarrte. Er lächelte und seine Lippen bewegten sich …

Komm zu uns, Nerek … es wartet ein besonderer Platz an der Seite unseres Gebieters auf dich … fühlst du wieder die Macht des BrunnQuell? Er empfindet so viel Achtung für dich, dass er deine Barrieren entfernt hat … Warum verlässt du diese Elenden nicht und kehrst zu uns zurück? Komm zu uns zurück …

Das Band wurde schwächer, und als die Ritter mit gezückten Schwertern heranritten, wendeten die Maskierten ihre Pferde und verschwanden im Wald. Chaugor war vorsichtig und widerstand der Versuchung, sie zu verfolgen. Statt dessen sammelte er seine Männer um sich und postierte die Fackelträger am Rand der Kolonne, während er wartete, bis die überlebenden Kundschafter zu ihnen stießen. Nerek trieb ihr Pferd in einen Trab, aber in ihrem Kopf wirbelten ihre Gedanken verwirrt umher, während ihre Sinne noch unter dem Strömen der Macht bebten.

Es war nicht Byrnak gewesen, das hatte sie begriffen, sondern sein Lieblingskriegsherr Azurech, den Mazaret gejagt hatte. Bardow und Atroc hatten ihn erwähnt …

Plötzlich fiel ihr auf, dass die weiblichen Bogenschützen von der Straße in den Wald abbogen. Sie rief ihnen hinterher, erntete jedoch nur einen verächtlichen Blick. Der Sergeant näherte sich ihr, ebenso wie Chaugor, der in Begleitung eines Fackelträgers heranritt. Er war wütend, und nachdem er gehört hatte, was passierte, deutete er mit dem Finger auf den Sergeanten, auf Nerek und einen der Speerträger.

»Ihr drei, reitet ihnen nach und überbringt meinen Befehl, sofort zu uns auf die Straße zurückzukehren. Marsch!«

Das feuchte Dickicht knackte unter den Hufen ihrer Pferde, und der Schneematsch knirschte leise. Sie waren etwa fünfzig Meter in den Wald hineingeritten, als plötzlich hinter ihnen Schreie und Kampfgeräusche zu hören waren. Nerek sah den Sergeanten an, drehte sich im Sattel herum und schaute auf die von Fackeln erleuchtete Straße. Sie konnte jedoch nur undeutliche Bewegungen erkennen. Als sie sich wieder umdrehte, war das Pferd des Sergeanten zwar noch da, aber der Mann war verschwunden. Die Macht verstärkte ihre Instinkte, und sie duckte sich im Sattel, während sie sich gleichzeitig auf die Seite des Pferdes rutschen ließ. Im selben Moment zischte ein Speer aus der Dunkelheit genau dort durch die Luft, wo sie gerade noch gesessen hatte.

Ein dumpfer Aufprall im Schatten verkündete, dass er in einen Baumstamm gefahren war. Ihr Pferd scheute, ging durch und galoppierte zwischen den Bäumen hindurch. Nerek schwang ihr Bein über seinen Rücken, gab dem Tier einen scharfen Schlag auf den Rist, und ließ sich aus dem Sattel rutschen. Sie rollte sich ab und verharrte in der Hocke, während das Tier durch das spröde, verschneite Unterholz brach. Sie nahm mit Hilfe des BrunnQuell deutlicher wahr und sah andere Hufspuren, die tiefer in den Wald hineinführten. Sie stammten von den beiden Töchtern des VaterBaumes, und Nerek konnte auch ihren Duft in der Luft wahrnehmen. Außerdem hörte sie ihre eigenen Verfolger. Es handelte sich um drei, die vorsichtig, aber für Nereks geschärfte Sinne keineswegs lautlos durch die Dunkelheit krochen. Sie umhüllte sich mit dem Bann der Stille, bevor sie den Hufspuren der Tiere der Bogenschützinnen folgte. Ihre Verfolger trieben mittlerweile ihr Pferd, das nach Nordosten rannte, zurück zur Straße.

Nerek fühlte sich wärmer, als loderte ein ruhiges Feuer in ihrem Inneren und pulsierte durch all ihre Glieder. Die Macht des BrunnQuell erschien ihr allgegenwärtig, aber sie spürte auch ihre unablässige Gier.

Unter ihrem Fuß zerbrach der gefrorene Schnee, machte dabei jedoch kein Geräusch, und auch die kahlen Zweige, die sie zur Seite schob, gaben keinen Laut von sich. Sie kam zu einer Lichtung auf einem kleinen Hang und sah die Spuren eines Kampfes, dunkle Flecken aus aufgewühltem Schnee. Kurz darauf fand sie die Leichen, zwei Pferde, einen der Maskierten und eine Tochter des VaterBaumes. Sie waren noch warm, und die überlebende Tochter hatte deutliche Spuren und den Geruch von Blut hinterlassen. Sie musste schwer verwundet sein.

Ihre Spuren führten den Hang hinauf, vorbei an einem großen Baum, der schräg über eine Schlucht mit einem gefrorenen

Bach gewachsen war. Nerek erkannte mit ihren geschärften Sinnen die Tochter, die sich gegen den Fuß des Baumes lehnte. Der Schaft eines Speeres stak in ihrem Schenkel, während sie mit beiden Händen den Bogen bereit hielt und angestrengt in die Dunkelheit hinausstarrte. Nerek beschloss, den Baum lieber auf der anderen Seite zu umgehen, damit sie nicht das Risiko einging, sich zur Zielscheibe zu machen.

Sie hatte die Hälfte des Weges zurückgelegt, als die Dunkelheit sich plötzlich bewegte und eine große Gestalt mit einem langen Schwert in der Hand auf sie zustürzte. Sie wich dem Angriff aus und schwang ihr Schwert in einem gezielten Hieb gegen den Unterleib des Gegners ... als ein Pfeil dicht an ihrem Kopf vorüberzischte. Ihr Angreifer stöhnte, und dann hörte sie ein helles, schnappendes Geräusch. Unter ihrem konzentrierten Blick schienen sich die Schatten ein wenig aufzulösen und sie erkannte das Gesicht von Azurech-Byrnak. Er lächelte, als Nerek einige Schritte zurückwich, und vor dem Bogenschützen Deckung suchte.

»Also weißt du noch, wie man die Macht einsetzt.« Er lachte, und der Nimbus der Stille maskierte seine Stimme, sodass nur Nerek seine Worte hören konnte. »Einmal geschmeckt und nie vergessen, hm? Unser Gebieter setzt großes Vertrauen in dich, Nerek, und er ist davon überzeugt, dass du an seine Seite zurückkehren wirst ... Er kennt dich, Spiegelkind.«

»Er kennt nur das, was er zu kennen glaubt«, antwortete sie. »Ich bin nicht mehr die, die ich einst war.«

Azurech schüttelte den Kopf. »Wie könnte ein Vater nicht das kennen, was er schuf? Komm mit mir zurück, Nerek. Du weißt, dass die Rebellen und Magier uns nicht mehr lange widerstehen können.«

Die unausgesprochene Drohung konnte sie nicht schrecken, schlimmer jedoch war die Hartnäckigkeit der Stimme in ihrem Inneren, die sie bestürmte, zu ihm zurückzugehen, und die mit jeder Sekunde lauter wurde.

Sie wappnete sich, griff nach dem BrunnQuell und füllte ihre freie Hand mit blendendem BrunnFeuer. Ohne Azurech aus den Augen zu lassen, hob sie den Säbel und fuhr mit seiner Klinge durch ihre hohle Hand. Das Schwert brannte in der Dunkelheit.

»Ich werde niemals freiwillig mitkommen«, sagte sie.

Bevor Azurech antworten konnte, drang ein merkwürdiger, wehklagender Schrei vom Himmel. Etwas flatterte herab und hockte sich auf die obersten Zweige des Baumes, von denen der Schnee herunterrieselte. Es schrie noch einmal, breitete seine gewaltigen Schwingen aus und flog dann nach Westen davon. Azurech schaute ihm nach und richtete seinen Blick wieder auf Nerek. Sein bärtiges Gesicht glühte in einem bösartigen Lächeln.

»Bis zum nächsten Mal, Lebwohl.« Er drehte sich um und verschwand im Schatten. Nerek verbannte alle Gedanken an ihre Selbstzweifel und kümmerte sich um die verwundete Tochter des VaterBaumes.

Bardow lief unruhig in seiner Kammer auf und ab, hin und her gerissen zwischen Wut und Sorge.

»Was hat sie sich dabei gedacht?«, fragte er Alael, die auf einem Lehnstuhl neben einer überladenen Werkbank saß. »Ich habe ihr ausdrückliche Instruktionen hinterlassen, dass wir uns beim ersten Licht des Tages hier treffen wollten. Statt dessen höre ich, dass sie mit Yarram zur Getreidestraße geritten ist, dort nur knapp einem Kampf mit Azurech entging, dafür jedoch einen Pfeil in die Schulter bekommen hat, zu allem Überfluss auch noch von einem unserer eigenen Bogenschützen!« Er blieb vor dem schmalen Fenster stehen und sah in den hellen Morgen hinaus. »Diese Waffe der vereinten Mächte zu schmieden ... wird ein schwieriges Unterfangen, nicht zuletzt deshalb, weil die dafür benötigten Kräfte nicht einfach zu beschwören sind ...«

»Möglicherweise doch, Meister Bardow«, widersprach Alael hinter ihm.

»Hm, Euer Optimismus ehrt Euch ...« Seine Worte blieben ihm im Hals stecken, als er sich zu der jungen Frau umdrehte und sah, wie weiße, reine Flammen auf ihrer erhobenen Handfläche tanzten. Die Erleichterung überflutete ihn.

»Die Gabe der Mutter«, flüsterte er und ließ sich auf einen Stuhl sinken. »Warum habt Ihr mir das nicht vorher gesagt?«

Alael sah ihn erstaunt an. »Ich habe mehrmals versucht, es anzusprechen, aber Ihr wolltet mir ja nicht zuhören.«

»Ja, ich muss mich dafür entschuldigen, Alael. Ich habe mich vollkommen verausgabt, seit diese Feuer in der Nacht begannen, und die Geschichte mit Nerek hat mich vollkommen überrumpelt …«

Die Nacht war von zahlreichen Gefahren erschüttert worden. Erst die gequälten Unglücklichen, die schreiend aus der Dunkelheit gerannt waren, und die sich in schrecklichen Explosionen selbst vernichtet hatten. Dann die umherstreifenden Banden der Feinde, die von den Geistschatten Mazarets und Suviels angeführt wurden.

Suviel war den Menschen von Besh-Darok zwar weitgehend unbekannt, Mazaret dagegen war eine öffentliche Person, und panischen Berichten zufolge war er nicht nur auf den verschneiten Feldern vor den Mauern gesehen worden. Einige Zeugen behaupteten, sie hätten beobachtet, wie er über eine Mauer im Norden der Altstadt geklettert wäre, in der Nähe des Gallaro-Tores, andere wiederum wollten ihn erblickt haben, wie er zwischen den verbrannten Bäumen des Herrscher-Hains umhergeschlichen sei, oder vollkommen durchnässt in der Nähe des Fünfkönigs-Piers aus dem Olodar gestiegen sei. Ein ähnliches Auftauchen Mazarets in der Nähe des Kulberisti-Bazars entpuppte sich jedoch nur als eine Gruppe von blass gekleideten Trobrosanern, die den Trauermarsch für einen der ihren begingen. Die Gerüchte führten dazu, dass die Menge ihre angestaute Angst an einer Wachstation ausließ, die von Yasgurs Mogaun-Milizen bemannt wurde.

Danach hatte es noch mehr von den schrecklichen Flammenopfern gegeben, nur diesmal innerhalb der Stadtmauern. Während Bardow mit Yasgur und seinen Männern durch die Hafenstraßen von Feuer zu Feuer geritten war, hatte man ihm von Yarrams Erkundungsritt berichtet, allerdings nicht von der Rolle, die Nerek dabei gespielt hatte. Seitdem hatte er versucht, mit seinen widerspenstigen Magiern zu reden, vor allem mit der Nachtkrähe, der Blinden Rina und den Anghatani-Zwillingen Rilu und Luri, die allesamt nach dem geheimnisvollen Bannwirker suchten, der den Sturz aus dem Fenster des Kollegs von Hendreds Hallen überlebt hatte.

Und nun hatte er hier den Beweis der Gabe der Mutter vor Augen, die normalerweise nur bei Priesterinnen der ErdenMutter zu finden war, und selbst das höchst selten. Er lächelte müde und glücklich, und Alael erwiderte sein Lächeln.

»Also«, sagte er. »Wie ist es dazu gekommen?«

Sie erzählte ihm von dem Traum, in dem sie sich im Tal der Linderung wiederfand und dort einer Frau begegnete, die sie zu einem Monument und dann zu einer Reihe offener Gräber geführt hatte. Bardow überlief es kalt, als er in Alaels Beschreibung ihrer Führerin Suviel erkannte, und es erfüllte ihn mit Sorge, als Alaels Bericht mit der Schilderung endete, dass ihr tatsächlich die Gabe geschenkt worden war. Zu welchem Zweck?

Bardows Laune verfinsterte sich, und als wollte sie ihr Verständnis ausdrücken, schloss Alael die Hand und erstickte die Flammen.

»Sie macht das aus einem bestimmten Grund, hab ich Recht?«

»Für gewöhnlich, ja.« Dann ärgerte sich Bardow über seinen Missmut und schlug sich mit den flachen Händen auf die Knie. »Wir haben ebenfalls Gründe für unsere Handlungsweisen und müssen unserem Urteil trauen, weil wir wissen, dass unsere Sache gerecht ist.«

Alael schwieg einen Moment. »Auf meinem Weg zurück vom Kolleg habe ich mir diese Übersetzung angesehen, konnte jedoch seine Bedeutung kaum enträtseln«, sagte sie.

»Das ist nicht anders zu erwarten«, erwiderte Bardow. »Rhythmus und Form der geschriebenen Sprache waren vor tausend Jahren vollkommen anders. Gelehrte aus dieser Zeit flochten ganz selbstverständlich Allegorien und Symbolik in ihre Texte ein und würden unsere heutigen Verträge und Studien ziemlich trocken und leblos finden. Gab es etwas, was Euch besonders verwirrt hat?«

Sie runzelte die Stirn. »Etwas wie ›die Rinnen‹ wurden erwähnt, und später sprach die Inschrift von der ›Ähnlichkeit‹ und ihrem ›Wesen‹ oder ihrer ›Besonderheit‹.«

Bardow hörte ihr jedoch nicht mehr richtig zu, als er von einer merkwürdigen, hartnäckigen Vorahnung abgelenkt wurde. Nach einem verwirrten Moment wurde ihm klar, dass dies eine Warnung vom Kristallauge war, und dazu eine, die er schon seit Tagen erwartet und gefürchtet hatte. Jemand mit der Macht des BrunnQuell in sich hatte soeben die Stadt betreten.

Er gebot Alael mit erhobener Hand zu schweigen und stand auf, als die anderen Magier der Stadt ihn mit beunruhigten Gedanken und Gefühlen überschwemmten. Entschlossen überredete er sie, ihre Ängste zu zügeln und die Entwicklung abzuwarten. Dann bemühte er sich gemeinsam mit Amral, Cruadin und Zanser, den genauen Aufenthaltsort des Eindringlings ausfindig zu machen.

Wo steckt er jetzt?, fragte Amral gereizt.

Ich habe keine Regung festgestellt, meinte Cruadin.

Ich habe etwas von ihm wahrgenommen, erwiderte Bardow. *Ich glaube, er kommt durch das Schild-Tor herein.*

Ist das denn wahrscheinlich? Das war Cruadin.

Bardow antwortete nicht. Statt dessen verstärkte er seine Aufmerksamkeit mit Hilfe der anderen Magier durch das Kristallauge. Er konnte Straßen und Gebäude neben dem Schild-Tor sehen, mit blassen, verschwommenen Gestalten von Menschen, die ihren Geschäften nachgingen, während eine Gestalt durch die belebte Szenerie ging, die kaum mehr als ein schattiger Umriss war. Als wäre sie von einer Barriere umgeben, die das Kristallauge nicht durchdringen konnte.

Ich kann das Gesicht nicht erkennen, erklärte Bardow. *Aber er scheint keinen Hehl aus seinen Absichten zu machen ... Er geht direkt zum Palast.*

Verschließt die Tore!

Alarmiert die Wachen, die Paladine ...

Der Kaiser muss augenblicklich evakuiert werden ...

Bardow ...

Sein Name durchdrang dieses Gewirr aus panischer Gedankensprache, und er wurde von einer Person geschickt, von der er wusste, dass sie nüchtern und sachlich war.

Ja, Terzis?

Es ist Nerek, sagte sie. *Sie ist es, die Ihr alle wahrnehmt.*

Ah ... Dahinter dürfte eine mehr als interessante Geschichte stecken.

Sie besteht darauf, dass Ihr sie zuerst hört.

Ist sie eine Bedrohung für uns?

Nein, ich glaube nicht.

Bardow runzelte die Stirn, weil er nicht wusste, ob er sich freuen oder misstrauisch sein sollte. Aber er entschied, dass ein bisschen Vorsicht wohl kaum schaden könnte.

Danke, Terzis ... Amral, wärt Ihr so gut, mir in der Kammer Gesellschaft zu leisten? Cruadin, alarmiert die Leibgarde des Kaisers. Sie soll diese Etage abriegeln. Zanser, ich wäre Euch sehr verbunden, wenn Ihr das Sanktuarium sichern könntet ...

Nach wenigen Minuten öffnete sich die Tür, und der verkrüppelte Magier Amral humpelte auf seinen Stock gestützt herein.

Bardow beobachtete, wie der alte Magier sich auf einen Weidenstuhl setzte, der unter seinem Gewicht knarrte. Der Erzmagier spürte Nerek jetzt ganz deutlich, sowohl mit eigenen Sinnen als auch durch seine Einstimmung auf das Kristallauge. Sie kam näher. Im nächsten Moment schwang die Tür auf, und Nerek trat ein. Sie blieb einen Augenblick schweigend auf der Schwelle stehen und sah sich um. Bardow bemerkte die Veränderung an ihr sofort. Die stolze Neigung ihres Kopfes, ihre gerade Haltung und die neue Macht, die sich in dem Funkeln ihrer Augen ausdrückte. Bardow räusperte sich, aber bevor er sprechen konnte ...

»Hallo, Nerek«, sagte Alael strahlend. »Wir haben gehört, dass du von einem Pfeil verwundet worden bist. Du siehst gar nicht verletzt aus. Hast du ein Abenteuer erlebt?«

Nerek lächelte sie dankbar an, und die Offenheit und Herzlichkeit dieser Geste überraschte sie.

»Seid gegrüßt, Alael«, sagte sie. »Ja, ich hatte ein merkwürdiges und beunruhigendes Erlebnis, von dem ich Euch berichten möchte.« Sie drehte sich zu Bardow herum. »Zuerst muss ich mich entschuldigen, dass ich nicht zur vereinbarten Stunde gekommen bin, Erzmagier.«

Bardow nickte. »Ich akzeptiere Eure Entschuldigung, Nerek, aber es scheint so, als hätten sich die Ereignisse zu unserem Vorteil gewendet. Also erzählt Eure Geschichte.«

Er hörte zu, wie Nerek, Byrnaks Schöpfung und Kerens Spiegelkind, von dem Hinterhalt auf der Getreidestraße sprach, schilderte, wie ihr und anderen befohlen wurde, in den Wald zu reiten und die Bogenschützen zurückzuholen. Ihre Begegnung mit Azurech gab sie mit ausdrucksloser Stimme wieder, doch hinterher entspannte sie sich sichtlich.

»... und als ich ihr helfen wollte, jagte sie mir einen Pfeil in den Arm.« Nerek deutete auf ein Loch im Oberarm ihres Wamses. »Sie war wohl nicht sonderlich erfreut, als ich ihr den Bogen wegnahm und ihn in zwei Teile zerbrach.«

»Und wie fühlt es sich an?«, fragte Bardow. »Ich meine, die Rückkehr der Macht des BrunnQuell«?

»Ich weiß es nicht genau«, sagte sie. »Manchmal scheint es mir, als wäre ein abgetrenntes Glied wieder da und ich nicht mehr verkrüppelt. Ein- oder zweimal heute morgen habe ich den Fluss in mir gespürt ... Ich hatte vergessen, dass der BrunnQuell fast so etwas wie ...«

»... einen eigenen Willen hat?«, fragte Amral, der bis jetzt schweigend zugehört hatte. »Sollte das nicht in der Absicht seines Schöpfers gelegen haben?« Er sah Bardow an. »Erzmagier, diese Frau ist einem hohen Diener des Feindes begegnet, der sie nicht angegriffen hat, während sie gleichzeitig die Kontrolle über die Macht des BrunnQuell wiedererlangte. Sie stellt eine Gefahr für uns dar. Wer kann sagen, welche Schrecken sich durch sie entfalten können?«

Nerek schien seine Worte zu akzeptieren und stand mit hängendem Kopf da, während Alael empört reagierte.

»Sie ist nicht die Einzige, die eine Last auf ihren Schultern trägt, Meister«, sagte sie wütend und hob eine Hand in die Luft, in der ein weißes Feuer glühte.

Amral starrte sie sprachlos an, und Bardow nutzte den Moment.

»Nerek, würdet Ihr bitte dasselbe tun?«

Sie runzelte die Stirn, nickte und hob ihre Hand, in der lautlos eine grelle, grüne Flamme aufflackerte.

»Amral, vor Euch seht Ihr zwei sehr mutige Frauen, die beide bereit sind, Ihr Leben für uns zu riskieren, und das auf die nur geringe Chance hin, die Schattenkönige besiegen zu können.« Bardow stand auf, winkte Nerek zu sich und legte zuerst ihr und dann Alael eine Hand auf die Schulter. »Mit diesen Kräften werden wir versuchen, eine Waffe zu schmieden, die unsere Feinde vernichten wird.«

Der alte Magier wuchtete sich aus seinem Stuhl hoch und stützte sich auf seinen knorrigen Stock. »Mir ist klar, wie verzweifelt unsere Lage ist, Bardow. Aber dieses Unterfangen halte ich für reinen Wahnsinn.«

»Hätten wir genügend Zeit und Mittel, könnten wir vielleicht alle Möglichkeiten studieren und bedenken«, erwiderte Bardow. »Leider verfügen wir über diesen Luxus nicht, Amral. Wir können es uns nicht leisten, diese Gelegenheit verstreichen zu lassen.«

Der verkrüppelte Magier öffnete die Tür und blieb auf der Schwelle stehen. »Das stinkt nach einer Falle des Feindes, Erzmagier, und ich gestehe, dass ich froh bin, nicht unter Eurem Hut zu stecken. Wenn ich Euch helfen kann, lasst es mich wissen.«

»Meister Amral«, sagte Nerek, »ich schwöre Euch, dass ich keinen von Euch je hintergehen würde.«

»Ihr vielleicht nicht, Lady«, erwiderte Amral schroff, »diese Macht jedoch, die ihr in Euch tragt, wird es ganz sicher versuchen.«

Bardow seufzte, als sich die Tür mit einem vernehmlichen Klacken schloss. »Er ist von Natur aus ein vorsichtiger und verbitterter Mensch, aber er hat ein gutes Herz. Und jetzt ...«, er sah die beiden Frauen an, die seinen Blick erwartungsvoll erwiderten, »erwarten Euch einige komplizierte Erklärungen, was wir zu tun haben, und uns bleibt nur sehr wenig Zeit, also hört mir gut zu …«

Nachdem er mit dem Kapitän gesprochen hatte, ging Atroc an der verlassenen Gutsherrengold-Mole entlang. Er fröstelte in der Kälte und betrachtete das fahle Morgengrauen. Die breiten Bohlen der etwa ein Dutzend Molen, die von dem Kai in die Bucht hinausführten, lagen unter einer dicken Schneeschicht. Einige Fischerboote waren an einem kleinen Pier vertäut, und auch ihre Decks waren weiß, die Quersalings ihrer Masten von dolchartigen Eiszapfen geschmückt, während über seinem Kopf einige Seevögel traurig kreischten.

Der Atem des alten Sehers dampfte, als er zwei Speerträgern der Miliz zunickte, beides Mogaun, die eine geborstene Tür in dem hohen Holzzaun bewachten, der das eine Ende der Mole abtrennte. Sie ließen ihn ungehindert passieren.

Auf der anderen Seite erstreckten sich die unbehauenen Bohlen eines langen Gebäudes, neben dem eine Treppe zu einem Laufsteg hinaufführte. Atroc hielt sich an die Richtungsangaben des Kapitäns, stieg den Laufsteg hinauf und roch sofort den widerlichen und allmählich vertrauten Gestank von verbranntem Holz und Fellen. Auf seinem Weg zum Hafen war er an einigen Orten vorbeigekommen, die von den feindlichen Feuerkugeln verbrannt oder stark beschädigt worden waren. Hier ein Haus oder eine Werkstatt, dort die Fassade eines Gebäudes. Und alles überzog der überwältigende Gestank von verbranntem Fleisch und Hexerei.

Der Steg hatte ein Geländer, auf das Atroc sich dankbar stützte, als er dem Anleger auf die andere Seite folgte, wo er sich zu einer auf Pfählen ruhenden Plattform verbreiterte. Yasgur stand dort in Pelze und einen schweren Mantel gehüllt, während er mürrisch auf das Feuer starrte, das auf dem privaten Landesteg tobte. Er sah sich um, als er Atrocs Schritte hörte.

»Endlich«, knurrte er und schaute dann wieder trübselig in die Flammen.

»Ah, mein Prinz, ich wäre schon viel früher an Eure Seite geeilt, besäße ich genug Verstand, Eure Bewegungen vorauszusehen ...«

»Hüte deine Zunge, Alter«, erwiderte Yasgur finster. »Ich habe heute nicht die Geduld für spitzfindige Bemerkungen.«

Atroc lächelte und trat neben seinen Herrn. Unter ihnen mühten sich Wachen und Hafenarbeiter, Marmor und Schieferquader auf kleinen, hölzernern Rollwagen vor dem Feuer in Sicherheit zu bringen. Das Feuer loderte auf einem hohen Backstein-Stapel und einigen Haufen lockeren Erzes. Eisenerz, dachte Atroc, vielleicht auch Kupfererz. Und oben auf den Ziegeln lag ein rußiges Skelett.

Yasgur deutete auf eine lange Seebarke, die an der anderen Seite des privaten Docks vor Anker lag. »Die Wachen glauben, dass er versucht hat, auf das Schiff zu kommen, als er zu brennen begann.« Er schüttelte den Kopf. »Was auch immer in ihnen ist, es brennt ohne Rauch, bis es etwas trifft, das aus Holz oder Tuch ist. Die Ziegel und das Erz liegen zwar auf Steinen, aber die Hitze des Feuers lässt die Bohlen der Mole dampfen.«

»Kann Wasser es nicht löschen?«, erkundigte sich Atroc.

»Wasser verbreitet es nur weiter, bis es schließlich verdampft.« Yasgur lachte heiser. »Sand vermag es zu löschen, aber das haben wir bedauerlicherweise zu spät herausgefunden. Wir warten darauf, dass die Schubkarren damit vom Flussufer zurückkommen.«

»Eine grausame Waffe, mein Prinz.«

»Eine Waffe des Schreckens, und darüber hinaus sehr wirkungsvoll.« Yasgur sah ihn an. »Und nur das Geringste ihrer geisterhaften Schrecknisse, denke ich. Ich war erst vierzehn während des Exodus, aber ich erinnere mich noch daran, was die Nachtjäger und Feuerfalken der Akolythen unter der Kaiserlichen Armee im Moor der Stelen angerichtet haben. Stell dir das hier in der Stadt vor.«

Atroc nahm die Trostlosigkeit in Yasgurs Stimme wahr, den Zweifel, die mangelnde Entschlossenheit, und runzelte bedenklich die Stirn.

»Wahrlich, eine Szenerie der Verheerung, mein Prinz«, sagte er. »Aber so etwas hat es schon vorher gegeben, und Bardow und das Konklave sind vorbereitet.«

»Auf einen Angriff von Armeen von Maskierten und Horden von Bestien?« Dann schien Yasgur sich zusammenzureißen, und wandte sich dann zu Atroc um. »Höre, ich muss wissen, ob deine Loyalität treu und scharf wie eine Klinge zu mir hält, bevor ich weiter rede.«

Atroc gab sich keine Mühe, sein Erschrecken zu verbergen. »Ich bin der dem Eid verpflichtete Seher! Wie ich Eurem Vater diente, werde ich Euch ebenfalls mit all meiner Weisheit und meiner Verschlagenheit dienen, die mir von der Träumenden Leere gegeben wurde. Mein Band zu Euch kann weder von Menschen noch von Göttern gebrochen werden!«

Seine Worte schienen den Lordregenten zu überzeugen, denn er lächelte ihn grimmig an. »Dann höre dies: Als ich gestern Nacht zum Fried zurückgekehrt bin, hat ein Mann, angeblich ein Abgesandter der Vier Gilden, um eine Privataudienz ersucht. Nachdem meine Leibgarde sich davon überzeugt hatte, dass er unbewaffnet war, habe ich ihn ins Vorzimmer gebeten. Als wir allein waren, hat er mir das hier gegeben ...«

Aus seinem Pelz zog er ein zusammengefaltetes Stück grobes Pergament und reichte es Atroc. Der Seher klappte es auf und las die kurze, in einer schlichten Handschrift notierte Nachricht.

Von Welgarak, dem Oberhäuptling des Schwarzmond-Clans, und Gordag, dem Oberhäuptling des Rotklauen-Clans, an Yasgur, den Sohn des Hegroun, Oberhäuptling des Feuerspeer-Clans und Prinz von Besh-Darok ...

Sei gegrüßt, Bruder. Wisse, dass wir auf Geheiß der Schattenkönige die Horde der Clans nach Süden geführt haben und in den Bergen nördlich der Hügel campieren, die eure Stadt umschließen. Wir schicken dir diese Nachricht in der Hoffnung, dass du dich mit uns triffst, damit wir über alles reden können, was sich zutragen wird. Wir möchten dir außerdem einen

Vorschlag unterbreiten, der zu unserem gegenseitigen Vorteil gereichen könnte.

Wirst du einem solchen Treffen zustimmen? Wenn ja, sende deine Antwort mit dem zurück, der sie dir überbracht hat. Suche dir Ort und Zeit aus, verrate sie ihm, und die Kunde wird uns sicher erreichen. Aber entscheide dich schnell, Bruder, denn die Zeit ist knapp.

Am Ende des zerfransten, viereckigen Pergaments standen die Worte: »Unterzeichnet im Namen der Ehre«, gefolgt von einem krakeligen »W« und einem noch unleserlicheren »G«. Atroc überflog den Text noch einmal und runzelte die Stirn. Es schien eine verschleierte Aufforderung für Yasgur zu sein, Besh-Darok und seine Verbündeten zu verlassen und sich dem Rest der Mogaun-Horden anzuschließen. Aber etwas an dem Tonfall stimmte nicht. Irgendwie ...

Er seufzte, reichte Yasgur den Zettel zurück und begegnete seinem ernsten Blick mit einem zögernden Lächeln. »Plant Ihr, unsere Verbündeten zu verraten, mein Prinz?«

»Du hast wirklich ein Talent dafür, bittere Fragen zu servieren, Alter.«

»Nichts kann Euch dieses Gericht versüßen, Herr.«

Yasgur schnaubte und schob das Pergament wieder in seine Tasche zurück. Dann blickte er auf das magische Feuer. Zwei Karren Sand waren angekommen und wurden in die Flammen geschaufelt. Der Sand schmolz zwar zu glasigen Pfützen, aber das Feuer erlosch langsam.

»Mitten bei den Feuerangriffen wurde eine unserer Wachstationen von einem betrunkenen Mob angegriffen«, sagte Yasgur. »Ich kann die Krieger nicht mehr zählen, die darum bitten, die Stadtmiliz verlassen zu dürfen, und immer muss ich ihre Bitten abschlägig bescheiden. Niemand spricht es aus, aber viele glauben, dass ich mein Volk und unsere Vorväter verriet, als ich diese Südmänner in die Stadt gelassen habe.«

Atroc nickte. »Ich fürchte, das stimmt.«

»Ich habe dem Mann, der mir diesen Brief überbracht hat,

noch keine Antwort gegeben«, fuhr Yasgur fort. »Er hat sich ein Zimmer in einer Herberge in der Nähe der Falkenbrücke genommen und sagt, dass er bis morgen früh auf meine Antwort warten will. Aber es fällt mir schwer, eine Entscheidung zu treffen.«

»Ihr steckt zwischen zwei Eidbrüchen, mein Prinz«, erwiderte Atroc. »Das ist kein sehr behaglicher Ort.«

»Am Ende muss ich das Überleben des Clans über alles andere stellen«, meinte Yasgur verbittert. »Ich muss entscheiden, welche Seite die sicherste ist.«

Darauf sagte Atroc nichts, weil die Antwort ziemlich offensichtlich schien.

Unter ihnen knisterten die gierigen Flammen und zischten, als sie schließlich erloschen.

18

Wenn du etwas schaffst,
Wird auch das Gegenteil geboren.

ALTES SPRICHWORT DER MOGAUN

Das Portal des BrunnQuell öffnete sich zur Vorkammer des Thronsaals des Roten Turmes in Casall. Es war dämmrig. Byrnak sah sich in dem ansonsten leeren Kartenraum des zylindrischen Frieds von Rauthaz um und trat durch das Tor. Eine einzige Öllampe in einer Wandnische kämpfte vergeblich gegen das Dämmerlicht in der Vorkammer an. Byrnak betrachtete die verstaubten Wolfstatuen in den Ecken und drehte sich herum, als sich ein anderes Portal öffnete, aus dem Kodel trat. Selbst in dem schwachen Licht bemerkte Byrnak, dass Kodel seine Garderobe offenbar sehr sorgfältig ausgewählt hatte. Er trug ein Wams mit einem hohen Kragen aus prächtigem, grünem Samt, in das ein Muster aus Goldfäden gewirkt war, eine blutrote Reithose, hohe, schwarze Stiefel, Lederhandschuhe, die mit kleinen Silberplättchen besetzt waren, und ein juwelengeschmücktes Duellschwert.

Byrnak hatte sich dagegen für ein Ensemble in Schwarz entschieden. Stiefel, Hose und ein einfaches Lederwams, dazu ein Breitschwert mit einem Elfenbeingriff in einer abgeschabten Scheide. Der graue Wolfspelz auf seinem schwarzen Mantel war der einzige Zierrat.

»Ist alles vorbereitet?«, erkundigte sich Kodel.

Byrnak wusste, dass er auf den Käfig anspielte. Er war von der auf ihn eingeschworenen Schar seelengebundener Akolythen in den Schmiedewerkstätten von Rauthaz angefertigt worden und bildete das Gegenstück zu dem Käfig, in dem Ystregul saß. Er war so entworfen, dass er Thraelor, den Schattenkönig von Casall, fesseln würde, falls das notwendig werden sollte.

»Ja, er ist fertig.«

»Und Grazaan?«

»Sollte bald zu uns stoßen.«

Byrnak schaute wieder zu den Wolfstatuen und betrachtete die großen Wandbehänge, deren Einzelheiten in dem schwachen Licht kaum zu sehen waren. Es war sehr ruhig.

»Ich war schon länger nicht mehr hier«, sagte er leise. »Alles scheint irgendwie anders ...«

Kodel nickte und lächelte merkwürdig. »Es hat tatsächlich einige Veränderungen gegeben. Sollen wir uns ankündigen? Grazaan kann folgen, wenn er bereit ist.«

Er forderte Byrnak auf, voranzugehen, doch bevor der die Doppeltüren erreichte, schwangen sie auf, und die beiden Schattenkönige wurden von Thraelors Gesicht begrüßt ...

... und dem Körper einer jungen Frau, die wie eine Priesterin gekleidet war und vor einem dicken, schwarz-braunen Vorhang stand. Sie lächelte mit vertrauten, ausdrucksvollen Lippen, während ihr Blick von Kodel zu Byrnak und wieder zurück glitt.

»Der große Gebieter Thraelor wird heute niemanden empfangen und hat beschlossen, dass alle ungebetenen Besucher ein Glied verlieren, das zufällig ausgewählt wird ...«

Kodel schüttelte den Kopf, legte seine Hand um ihre Taille, zog sie an sich und brachte sie mit einem Kuss zum Schweigen. »Aber nein, schöne Herrin der Türen, Euer Gebieter wird uns empfangen, das verspreche ich Euch.« Er grinste Byrnak mutwillig zu und marschierte durch die schweren Vorhänge. Die Frau lächelte immer noch, näherte sich Byrnak, schlang ihre Arme um seinen Hals und hob das Gesicht.

»Ich glaube eher nicht«, sagte er, befreite sich barsch aus ihrer Umarmung und folgte Kodel durch den Vorhang.

Der große Thronsaal des Roten Turmes war lang und hoch, mit nach innen gewölbten Wänden, welche in regelmäßigen

Abständen ein Meter breite Bänder aus gefärbtem Glas schmückten. Sie waren offenbar dafür ausgelegt, von hinten von einer Reihe von Lampen beleuchtet zu werden, aber es waren nur sehr wenige entzündet, immer nur eine dicht über dem Boden.

Über den gefliesten Boden wandelten Leute, die sich gelegentlich zu kleinen Gruppen zusammenscharten. Man hörte Gemurmel, Schluchzen und trostloses Lachen. Alle waren sehr ärmlich oder gar zerlumpt gekleidet, und einige stanken nach Bier und Schmutz, aber alle trugen dasselbe Gesicht, Thraelors Züge. Am anderen Ende drängten sich mehrere Personen um den Thron, auf dem eine zusammengesunkene, undefinierbare Gestalt saß.

Die hohe Statue hinter dem Thron erregte Byrnaks Aufmerksamkeit und löste Unbehagen in ihm aus. Sie ragte fast drei Viertel der Höhe des Raumes empor und zeigte Thraelor in voller Rüstung, nur trug er eine schlanke Krone auf dem Kopf statt eines Helmes. Mit einer Hand hielt er den oberen Rand eines konkaven, mit einem Wappen geschmückten Schildes, dessen Spitze auf dem Podest ruhte, und mit der anderen umklammerte er einen kurzen Speer. Der Kopf der Gestalt saß auf einem verlängerten Hals, um jeden anzusehen, der unmittelbar vor dem Thron stand. Seine Züge waren entstellt von unverhüllter und entzückter Boshaftigkeit.

Im Kontrast wirkte die Person auf dem Thron dünn und ausgemergelt. Ihr langer Übermantel bestand aus schwerer Seide, und braune Stoffbahnen hüllten sie ein. Das Gesicht war hager und die Handgelenke und Hände waren knochig und schrumpelig.

»Seid gegrüßt, Brüder. Es ist eine Ehre, euch an meinem Hof zu begrüßen, aber euer Besuch kommt etwas überraschend. Warum habt ihr euch nicht angekündigt?«

»Es wurden Sorgen laut, was dein Wohlergehen angeht, Bruder«, erwiderte Kodel jovial. »Wir wollten uns selbst von deiner Gesundheit überzeugen.«

Thraelor lächelte und schüttelte den Kopf. »Ah, Grazaans Sorgen, meinst du wohl. Warum ist er denn nicht hier?«

»Wir erwarten ihn in Kürze«, sagte Byrnak, stieg die Treppe zum Thron hinauf und stützte seinen Arm auf die Lehne. »Aber im Moment bin ich neugierig zu erfahren, warum all diese Leute dein Gesicht tragen.«

»Wir konnten nicht umhin zu bemerken, dass es um deinen körperlichen Zustand nicht zum Besten steht«, sagte Kodel.

Thraelor schaute sichtlich amüsiert von einem zum anderen. »Warum ich mein Gesicht diesem Abschaum aus Casall aufgepflanzt habe, fragt ihr? Bevor ich antworte, würde ich euch selbst gern ein paar Fragen stellen. Byrnak, soweit ich weiß, gabst du dein Gesicht ebenfalls einem deiner Handlanger. Warum hast du das getan?«

Byrnak runzelte die Stirn und wendete sich gereizt ab. »Es kam mir in den Sinn, dass ein solcher Diener von großem Nutzen wäre, um meine Befehle zu überbringen. Meine eigenen Züge lassen es scheinen, als kämen sie direkt aus meinem Mund.«

»Mit anderen Worten, es war eine geheimnisvolle innere Laune, für die du dir eine gute Rechtfertigung ausgedacht hast, ebenso wie bei dem Jungen, den du zu einem Spiegelkind machtest ...«

»Das ist nicht so!«

Thraelor lächelte, sichtlich unbeeindruckt von Byrnaks Ärger. »Und du, Bruder Kodel, wie sind deine Nächte? Voller Sorge, möchte ich meinen.«

»Jede Nacht erzeugt ihr eigenes Muster aus Träumen, Bruder«, sagte Kodel gepresst.

»Hm, ja«, erwiderte Thraelor. »Ich nehme an, dass auch ihr beide leere Momente habt, die ihr zu bedenken fürchtet.«

Sie schwiegen, während Byrnak darauf wartete, dass Kodel den Vorwurf abstritt. Aber er sagte nichts.

»Gut«, meinte Byrnak schließlich. »Es ist klar, dass wir alle unter der Präsenz unseres Gastes leiden, aber es scheint so, Bruder, dass du die heftigsten Qualen auszustehen hast.«

»Die äußere Erscheinung kann täuschen«, erwiderte Thraelor. »Seht ihr, liebe Brüder, statt mich den Albträumen auszusetzen, die unser heiliger Gast uns sendet, habe ich beschlossen, gänzlich auf den Schlaf zu verzichten. Die Anstrengung ist beträchtlich, wie ihr sehen könnt. Und warum ich all diesen Leuten mein Antlitz gegeben habe ...« Er lächelte. »Ich mag mein Gesicht, und ich sehe es gern auf anderen Körpern. Ich sende sie in regelmäßigen Abständen zurück auf die Straße, damit Casall von meinem Bildnis verschönt wird, aber leider leben sie nicht sehr lange.«

Kodel setzte nach. »Aber du kannst doch nicht abstreiten, dass du selbst von leeren und unerklärlichen Zeiten betroffen bist.«

»Das streite ich ganz entschieden ab«, erwiderte Thraelor. »Wenn mich diese Momente der Schwäche überkommen, dann bleibe ich wach, während mein Fragment unseres Vorgängers sich zeigt ...«

»Du bleibst wach?« Kodel runzelte die Stirn.

»Sein Geplapper und seine Wutausbrüche sind mir unverständlich und erscheinen vollkommen sinnlos ...«

Byrnak wandte sich ab, als er fühlte, wie eine andere Stimme versuchte, in seine Gedanken einzudringen. Als er begriff, dass sie nicht aus seinem eigenen Verstand kam, senkte er seine Abwehr, damit die Stimme deutlicher wurde.

Ah, Großer Gebieter Byrnak ... Ich bin es, Euer Diener Crevalcor.

Crevalcor, antwortete Byrnak in Gedankensprache. *Welche Neuigkeiten hast du?*

Nur wenig Gutes, mein Gebieter. Die Invasionsflotte wurde von schnellen Rammschiffen angegriffen, die man insgeheim von Sejeend über Land transportiert und in Stellung gebracht hatte. Die Schlachtschiffe der Jefren sind allesamt versenkt worden, und die Insulaner haben sich auf ihre Inselfesten zurückgezogen.

Byrnak knirschte mit den Zähnen. *Wie konnte das geschehen?*

Ich bin sicher, dass Bardow dahinter steckt, Großer Gebieter. Vielleicht hat er die Ausführung des Plans in die Hände eines Geheimbundes gegeben, der nicht mit dem Hohen Konklave in Besh-Darok in Verbindung steht. Dennoch war unser Unter-

nehmen kein vollkommener Fehlschlag. Wir haben in Scallow selbst große Zerstörung angerichtet und den größten Teil ihrer Flotte versenkt. Solltet Ihr wünschen, dass ich das Hinterland der Rebellen von der Draakilis-See aus angreife, könnte uns niemand aufhalten.

Verstehe. Wo bist du jetzt?

Ich bin an Land an der südöstlichen Küste von Jefren, Gebieter.

Ich muss mich bald mit dir treffen, Crevalcor. Unsere Strategie Besh-Darok betreffend trägt Früchte. Ich lasse von den Akolythen einen Nachtjäger aus Trevada zu dir senden, der dich nach Casall bringt. Der Große Gang bringt dich dann zu mir.

Ich hatte vorgehabt, in den Norden nach Bidolo zu reisen, mein Gebieter, um mich mit den Hohen Priestern der Theokratie von Jefren zu beraten. Die Häretiker und Banditen in den Druandag-Bergen sind in letzter Zeit zahlreicher und gefährlicher geworden und stellen eine Bedrohung für den Süden von Anghatan dar.

Byrnak runzelte die Stirn. *Vor ein paar Tagen war es kaum mehr als eine lästige Minderheit. Warum fällt es der Theokratie so schwer, mit diesen Briganten fertig zu werden?*

Sie sind gut organisiert, Gebieter. Und haben sogar mehrere Vorstöße in die Bergschluchten unternommen. Außerdem muss ein neues Element an dieser Situation bedacht werden.

Und das wäre?

Eine Frau namens Keren Asherol, ein ehemaliger Kavallerieoffizier der Kaiserlichen Armee und danach Reiterin in Eurer Kriegshorde. Sie hat eine entscheidende Rolle bei dem Kampf um Scallow gespielt ...

»Keren«, flüsterte er.

Sie hat an der Seeschlacht in der Hornbucht teilgenommen und wurde einige Meilen westlich von Choraya an die Küste Honjirs gespült. Ich habe herausgefunden, dass sie von zwei Reitern gefunden wurde, die sie sofort über einen kaum bekannten Gebirgspass der Nagira-Berge nach Norden gebracht haben. Sie sind vor wenigen Stunden in eine schmale Schlucht gerit-

ten, welche in die Druandags führt, und müssten mittlerweile ihren Zufluchtsort erreicht haben. Ihr Schicksal ist ein Knoten, der mir nicht zugänglich ist und dennoch eine Gefahr für uns darstellt.

Ich verstehe, und ich stimme dir zu. Byrnaks Gedanken verweilten bei Keren und ihrem Spiegelkind Nerek. Er griff mit seinen Sinnen nach der vollen Macht des BrunnQuell und konzentrierte sich auf bestimmte Strömungen darin. Zufrieden zog er sich zurück und wendete seine Aufmerksamkeit wieder dem Hexenmeister Crevalcor zu.

Setze deine Unternehmung fort, sagte er. *Ich werde später zu dir sprechen und deine Einschätzung der Umstände anhören.*

Wie ihr es befehlt, Großer Gebieter, so soll es sein.

Als Crevalcors Gegenwart verblasste, wandte er sich wieder Kodel und Thraelor zu, der immer noch auf seinem Thron saß.

»Brüder«, erklärte er mit einem breiten Lächeln. »Es gibt eine Vielzahl von drängenden Angelegenheiten in Keshada, die meine sofortige Anwesenheit erfordern. Ich muss gehen.« Mit einem Gedanken und einer Geste öffnete er in der Luft neben sich ein Portal aus schimmernder Dunkelheit. »Dieser Besuch hat mich trotz seiner Kürze beruhigt und zuversichtlich gestimmt, Bruder Thraelor.«

»Ich stimme dir zu«, sagte Kodel. »Ich sehe keine Notwendigkeit, deine Gastfreundschaft und deine kostbare Zeit weiter in Anspruch zu nehmen. Ich werde ebenfalls zu meiner Arbeit in Rauthaz zurückkehren und sehen, was unser Bruder Grazaan erreicht hat.« Rasch trat er neben Byrnak.

»Ach, Grazaan, Grazaan.« Thraelor schüttelte den Kopf. »Ich mache mir wirklich Sorgen um ihn, wisst ihr ...«

Kodel folgte Byrnak durch das schwarze Portal und kam im Thronsaal von Keshada heraus, über dessen Boden Schattenmuster tanzten.

»Er ist eindeutig verrückt geworden«, sagte Kodel.

»Zweifellos«, meinte Byrnak. »Beunruhigend verrückt.«

Kodel lachte und öffnete ein Portal nach Rauthaz. »Bis später, Bruder«, sagte er und verschwand. Das Portal schrumpfte zu einer schwarzen Linie zusammen und löste sich auf. Byrnak sah ihm nach und rief mit einem Gedanken jemanden aus der Zitadelle herbei. Kurz darauf öffneten sich die hohen Türen und Azurech schritt herein. Er fiel vor Byrnak auf ein Knie.

»Großer Gebieter.«

»Entwicklungen, Azurech«, sagte Byrnak. »Was hast du zu berichten?«

Sein General blickte ihm aus seinem eigenen Gesicht entgegen, das von purer Hingabe erfüllt war. »Die Armeen sind bereit, Großer Gebieter, und die Wärter versichern mir, dass der Schwarm Fressbiester gierig ist. Die Mogaun-Horde hat ihr Lager nördlich des Buckelgurts bezogen und wartet auf Eure Befehle.«

»Und die Nachtjäger?«

Azurech runzelte die Stirn. »Die Akolythen scheinen nicht in der Lage zu sein, mir eine genaue Antwort zu geben. Ich kann nur sicher sein, dass nur sehr wenige für unseren bevorstehenden Angriff zur Verfügung stehen. Der große Mauerbrecher dagegen hat seine Probe ohne Schwierigkeiten bestanden.«

Byrnak nickte. Er würde sich sehr bald des Problems mit den Akolythen annehmen müssen. »Und Nerek? Bist du ihr begegnet? Ist sie wieder mit dem BrunnQuell verbunden?«

»Ich sah das Feuer in ihren Augen, Gebieter«, erwiderte Azurech. »Ich fühlte die Hitze, die sie durchströmte, und merkte, wie ihr Leib jubilierte.«

»Aber sie bleibt uns abgeneigt?«

»Bedauerlicherweise, Gebieter. Sie ist nach Besh-Darok zurückgekehrt.«

»Das habe ich erwartet. Da sie jetzt wieder in der Stadt ist, ist alles für das nächste Unglück vorbereitet.« Er schaute aus dem hohen, geschwungenen Fenster auf die schneebedeckte, verlassene Landschaft hinaus. Es war erst früher Nachmittag, aber nach dem blassen, grauen Licht hätte es auch Morgen oder früher Abend sein können. »Hat der Einsatz der Kriegsblut-Opfer den gewünschten Effekt gehabt?«

»Furcht und Hysterie regieren in Besh-Darok, Gebieter«, erklärte Azurech lächelnd. »Einige von Yasgurs Männern wurden sogar von betrunkenem Pöbel angegriffen.«

»Gut. Nereks Anwesenheit in Besh-Darok wird jetzt diejenigen in der Stadt, die ebenfalls über die Macht verfügen, überschatten, sodass niemand bemerkt, wenn wir einen Botenvogel zu Kodels Spion schicken.« Byrnak grinste. »Es wird Zeit, dass der junge Tauric seine Bestimmung in Khatris erfüllt. Wenn sich die Nachricht von seinem Verschwinden unter dem Abschaum der Stadt herumspricht, wird sich Panik wie ein Lauffeuer ausbreiten. Geh und bereite meine Offiziere für die Seelenbindung vor.«

»Wie Ihr befehlt, Großer Gebieter.«

Es war eine sehr schwierige Aufgabe, diese heimliche Abreise, und es fiel ihm auch schwer, sich davon zu überzeugen, dass er wirklich das Richtige tat. Tauric war klar, dass Bardow wütend und gleichzeitig außer sich vor Sorge sein würde, wenn er herausfand, was passiert war, aber er hoffte, dass die Briefe, die er in seinen Gemächern hinterlassen hatte, die Wogen ein wenig glätteten. Die Aufgabe, diese Suche, war für das Überleben von ihnen allen von entscheidender Bedeutung. Falls sie unentdeckt einen Weg zum Tempel von Nimas fanden, würde er endlich den Geist des Himmelspferdes anrufen können.

Er saß mit gekreuzten Beinen auf der Fläche ihres kleinen Nachschubkarrens, der durch die Straßen der Altstadt rumpelte. Es wurde kälter, als die graue Dämmerung allmählich auf Besh-Darok herabsank. Tauric trug den breitkrempigen Hut eines Kutschers und dazu einen langen, schmutzigen Überwurf über seinem Brustharnisch und dem Kettengeflecht, außerdem wollene Handschuhe und Lappen, mit denen er seine Stiefel verbarg. Aber die Kälte biss trotzdem in seine Zehen, seine Nase und Finger.

Sein Fahnenträger Aygil und drei andere seiner Weißen Gefährten ritten hinter dem Wagen und zwei weitere voran. Sie alle waren gegen Kälte und Entdeckung so gut wie möglich gewappnet. Der Himmelspferd- Priester hatte ihm nicht mehr als vier seiner Gefährten als Eskorte erlaubt, also hatte Tauric dafür gesorgt, dass sie wenigstens gut bewaffnet waren.

Der Priester hatte sein eigenes Maultier vor den Karren gespannt und saß auf dem Bock. Seine verhüllte Gestalt schwankte, während sie über die unebene, gepflasterte Straße fuhren. Vor drei Stunden, am späten Nachmittag, hatte Tauric gerade in der Palastbibliothek gesessen und sich Notizen über alte Himmelspferd-Rituale gemacht, als ihm einer seiner Gefährten eine dringende Nachricht überbrachte. Also hatte er die bekritzelten Pergamente in sein Wams geschoben und sich zum Nachtfried begeben. Jetzt, hinten auf dem Wagen, kamen ihm die Worte des Priesters wieder in den Sinn.

»Majestät, die Zeit der Bestimmung ist gekommen. Wir müssen so schnell wie möglich nach Nimas aufbrechen.«

In der kleinen Kammer des Priesters, in der eine einzige Kerze einen dämmrigen Schein verbreitete, hatte Tauric gespürt, wie die Angst nach ihm griff, während das Blut in seinem Schädel pochte. »Warum jetzt? Was ist passiert?«

»Ich hatte eine Vision, Majestät. Mitten in meiner Meditation wurden meine Sinne von einem Wirbel erfasst, als würden mich Schwingen in den Himmel emportragen. Als ich wieder zur Ruhe kam, stand ich auf dem höchsten Gipfel eines gewaltigen Berges, um den sich die Sterne zu scharen schienen. Von dort aus konnte ich den gesamten Kontinent von Toluveraz von Küste zu Küste überblicken, ja, selbst noch jenseits seiner Grenzen, während die Vögel weit unter mir kreisten und die Wolken meine Stirn streiften. Durch diese Großartigkeit galoppierte ein fahles Ross auf mich zu, das so groß war wie ein Palast, und bäumte sich vor mir auf, bevor es mich mit Augen betrachtete, aus denen die Weisheit von Äonen sprach.

›Er muss nach Nimas kommen!‹, sagte es mit donnernder Stimme. ›Zum Tempel, und zwar bevor am morgigen Abend die Sonne untergeht.‹ Einen Moment später verflüchtigte sich die Vision wie Rauch in einer Bö, und ich fand mich hier in meinem dämmrigen Zimmer wieder ...«

Er muss nach Nimas kommen ... Die Worte hallten durch Taurics Kopf, als er jetzt auf der Karrenpritsche saß, während sie durch die dunklen Straßen der Altstadt von Darok fuhren. Ihr Weg führte an dem hohen Haus vorbei, auf dessen Dach Tauric und einige andere am Anfang der schweren Kämpfe um die Stadt Zuflucht gesucht hatten. Er schaute kurz hinauf und wandte sofort den Blick ab, als der Karren um eine Ecke in eine dunkle, von Pfützen übersäte Gasse einbog. Der Priester hielt sich, so weit es möglich war, an kleine Nebenstraßen, während sie zum Fischereihafen fuhren. Verschiedene kleine Fischerboote mit Netzen lagen in zwei Buchten. Ihr Ziel war die südlicher gelegene, und der Geruch der Räuchereien und Brathöfe wurde stärker.

Das Fischerviertel war ein dicht besiedelter Bezirk aus kleinen, eng aneinander gebauten Häusern und schmalen, schlecht gepflasterten Straßen. Aber über zahlreichen Türen brannten Lampen, und es waren viele Menschen unterwegs. Tauric wusste aus dem Studium der Stadtkarten, dass der einzige direkte Weg von der Fischergemeinde zu der Bucht mit ihren beiden Molen ein abschüssiger Wall war, den man in eine der Klippen gehauen hatte. Als der Karren also einen schweren Torsturz passierte und sich heftig nach unten neigte, wusste er, wo sie waren. Er drehte sich um und sah die abgründige Schwärze der Bucht, die dunkle Masse des Vorgebirges und das vollkommen finstere Meer dahinter. Als der Wagen den Wall hinunterrumpelte, flüsterte der Priester ihm zu:

»Unser Schiff erwartet uns am Pier, Majestät, aber dort befindet sich auch ein Verlademeister und zwei Hafenwachen. Ich muss vielleicht einen gewissen Mummenschanz aufführen, also verzeiht, wenn ich respektlos bin oder Euch zu beleidigen scheine.«

»Ich verstehe, Meister.«

Wie sich ergab, bestand keine Notwendigkeit für ein Theaterspiel. Der Verlademeister war ein pockennarbiger Mann, der fror und es mit der Inspektion eilig hatte. Er erteilte rasch seine Erlaubnis, damit er und seine Männer wieder in ihre warme

Holzhütte auf den Rand der Klippe zurückkehren konnten. Der Priester behauptete, ein Kerzenzieher aus Nord-Cabringa zu sein, und gab die vier Weißen Gefährten als Lehrlinge aus, die nach Sejeend reisten, um ihre Ausbildung anzutreten. Die Pferde wären für ein Gestüt in Roharka bestimmt und die verpackten Waffen seien Antiquitäten und Kuriositäten, die sie für wohlhabende Klienten beschafften. Tauric stellte er als seinen Dienstjungen vor. Der Verlademeister warf einen flüchtigen Blick auf alles, zuckte mit den Schultern und unterschrieb dann das gefälschte Ladeverzeichnis des ehemaligen Waffenmeisters. Die Gefährten wurden in den Frachtraum geschafft und kümmerten sich mit einigen Matrosen um ihre Pferde, während Tauric zusah, wie der Priester dem Verlademeister die Hand schüttelte und dann mit seinem Stock die Laufplanke hinaufhumpelte.

An Deck zog er Tauric zur Seite, während die Planke eingeholt wurde. »Es wäre klug, Eure Rolle beizubehalten, solange Ihr an Bord seid, Majestät«, sagte er, »bis wir weiter nördlich an Land gehen.«

»Ich stimme Euch zu, Meister. Vielleicht kann ich an Deck warten, nur eine kurze Zeit, um zuzusehen, wie wir ablegen.«

»Wie Ihr wünscht, Sire«, erwiderte der Himmelspferd-Priester amüsiert. »Ich muss mit dem Kapitän sprechen und kümmere mich später um Euch.«

Tauric nickte, aber seine Aufmerksamkeit wurde von den Seeleuten abgelenkt, welche die Leinen lösten und sich gegenseitig Bemerkungen zuriefen, während sie sich zum Ablegen fertig machten. Ihr Schiff war ein kleiner, zweimastiger Lastkahn mit hohem Bug und Heck, und es sollte Taurics erste echte Seereise werden. Er fühlte das sachte Schwanken des Bootes unter den Füßen, das in der Dünung rollte, hörte das leise Klatschen der Wellen und roch das salzige, dunkle Wasser. Die Rufe der Matrosen wurden lauter, und schließlich legten sie ab. Die Decklampen schwangen an ihren Haken, die Mastbäume knarrten und die Segel knatterten, als der Wind sie aufblähte und das Schiff von der Mole trug.

Der junge Kaiser holte tief Luft und seufzte, während er über den südlichen Teil des Hafens schaute, den Langen Kai und den dunklen Fünfkönigs-Pier. Allmählich schienen die Klippen zur Seite zu gleiten, und der Palast und die schlanke Spindel des Hohen Turmes tauchten vor ihm auf. Tauric überkamen Schuldgefühle und Bedenken. War es zu spät für eine Umkehr? Er stellte sich vor, wie er dem Kapitän enthüllte, wer er war und verlangte, wieder zur Landungsbrücke zurückzukehren ...

Trotz seiner aufwallenden Angst bemerkte er, dass etwas am Strand vorging, an der Mündung des Olodar in der Nähe des ErdenMutter-Tempels von Wybank. Gruppen von Menschen liefen mit Fackeln am Ufersaum flussabwärts dorthin, wo das felsige Ufer sich in grauen Klippen von dem mit Kieseln übersäten Strand erhob. Er trat an die Steuerbordseite, umklammerte die hölzerne Reling und sah genauer hin. Ob die Fackelträger ihn suchten? Die Stimme des Priesters ertönte aus dem Schatten rechts neben ihm.

»Macht Euch keine Sorgen, Majestät. Sie verfolgen nicht Euch, sondern wahrscheinlich einen Dieb oder dergleichen.« Er schwieg einen Moment. »Sagt mir, Sire, fühlt Ihr Euch unsicher?«

Tauric lachte nervös. »Vollkommen unsicher, Meister. Ich empfinde kaum noch etwas anderes!«

»Und fühlt Ihr Euch dazu genötigt, dieses verrückte Abenteuer aufzugeben und in den Palast zurückzukehren? Ja?« Der Priester nickte in seiner weiten Kapuze. »Das sind die Ängste eines vergangenen Lebens, die sich melden. Man kann sie nicht zum Schweigen bringen, aber man kann sie ignorieren.«

Tauric sammelte seinen Mut. »Ihr habt Recht. Der Himmelspferd-Tempel in Nimas wartet. Ich werde weder zweifeln noch zögern.«

Der Priester schlug ihm auf die Schulter.

»Mylord, Ihr seid heute gewachsen und habt die ersten Schritte auf dem Weg zu Eurer Bestimmung getan. Jetzt lasst uns unter Deck gehen und versuchen, eine heiße Mahlzeit zu bekommen. Wenn wir in einigen Stunden von Bord gehen, dürfen wir kein Feuer mehr entzünden, damit wir keine Aufmerksamkeit erregen ...«

Tauric nickte und folgte dem Priester durch den offenen Niedergang hinunter, aber seine Unternehmungslust wurde von Schmerzen in seiner Schulter gedämpft, die von seinem künstlichen Arm ausgingen.

Bardow saß mit versteinertem Gesicht an dem großen Tisch in der Halle der Verwalter und beobachtete, wie die zweiundzwanzig Weißen Gefährten von einer bewaffneten Eskorte aus der Tür geführt wurden. Einige betasteten ihre Pferdeanhänger, und sie wirkten untröstlich, nachdem sie alles, was sie wussten, unter dem stählernen Blick des zornigen Erzmagiers gebeichtet hatten. Als die letzten Männer verschwunden waren, beugte sich Bardow vor, stützte die Ellbogen auf den Tisch und musterte die Notizen, die er sich auf einem langen Streifen Pergament gemacht hatte. Dann schaute er Yasgur an, der die Vorgänge von einer Fensterbank an der Seite der Kammer verfolgt hatte, und runzelte die Stirn.

»Wenigstens wissen wir jetzt alles«, sagte Bardow.

»Ein Jammer, dass wir es nicht vor fünf Stunden wussten, als sie alle noch in der Stadt waren«, erwiderte Yasgur mürrisch.

Warum wussten wir nicht, bevor dies alles geschah, dass ein Diener des Schattenkönigs Kodel im Palast verborgen war?, dachte Bardow.

Er wünschte, er wüsste darauf eine Antwort. Der Waffenmeister musste ein Hexer mit erheblichen Fähigkeiten sein. Er hatte vor dem Aufstand Taurics metallenen Arm ersonnen, und jetzt war es ihm gelungen, sich die ganze Zeit unentdeckt in Besh-Darok aufzuhalten. Fragte sich nur, ob er ein Meister allein des BrunnQuell war oder auch die Niedere Macht anwenden konnte. Bardow hatte sich über den Zeitpunkt des heimlichen Aufbruchs gewundert, der so kurz nach Nereks Rückkehr und der Erneuerung ihrer Kräfte lag. Von den Wachen des Nachtfrieds hatte er erfahren, dass jemand am frühen Nachmittag einen kleinen Vogel durch die Korridore hatte flattern sehen. Und als einer der Lakaien später in Taurics Schlafgemach getreten war, hatte er einen ähnlichen Vogel gesehen, der mit einem Streifen Papier im Schnabel von einem Hocker hochgeflattert und aus einem offenen Fenster geflogen war.

Bardow lächelte trübe. Er war fest davon überzeugt, dass dieser Vogel dem Waffenmeister von seinen Herren in Gorla oder Keshada mit der Nachricht geschickt worden war, den Jungen aus dem Palast zu locken. Und der Waffenmeister seinerseits hatte die kleine Kreatur benutzt, um die Nachricht zu stehlen, die Tauric in seinen Gemächern hinterlassen hatte. Das war zwar nur eine Annahme, aber Bardow war sicher, dass Tauric einen Brief hinterlassen hatte, eine Erklärung irgendeiner Art. Ja, eine an das BrunnQuell gebundene Kreatur, die so klein war, konnte in der Verwirrung, die Nereks Kraft auslöste, unbemerkt bleiben.

»Das naheliegendste Problem«, sagte Bardow müde, »ist, einer Panik unter der Stadtbevölkerung zuvorzukommen. Wir müssen überlegen, wie wir verhindern können, dass die Geschichte durchsickert.«

»Das ist unmöglich«, erwiderte Yasgur. »Irgendjemand wird reden, und irgendjemand wird den Schluss ziehen, dass hier etwas verborgen wird. Die Gerüchte werden sich wie die Fliegen vermehren. Ihr müsst lügen, fürchte ich ...«

»Lügen?«

»Geschickt und laut, Meister Bardow. Lasst verkünden, dass der Kaiser an einen sicheren, geheimen Ort an der Küste Cabringas geschickt wurde. Und erklärt, unsere Suchexpedition diene der Verfolgung feindlicher Spione.« Er deutete auf Bardow. »Da wir das Ziel des Jungen kennen, könnten wir ihm jemand hinterherschicken.«

Bardow hob die Brauen. »Trotz seines fünfstündigen Vorsprungs?«

»Sie sind zu sechst, einer von ihnen ist ein lahmer, alter Mann, und sie haben nur vier Pferde. Ein einzelner Mann zu Pferde könnte sie einholen, und ich kenne einen, der für diese Aufgabe geeignet ist.«

Als Yasgur aufstand und sich den mit Pelz gesäumten, schwarzen Umhang überwarf, seufzte der Erzmagier. »Ihr habt Recht, Lordregent. Ich werde dafür sorgen, dass diese Nachrichten noch heute Nacht verkündet werden, falls Ihr einen Eurer Soldaten nach unserem verirrten Souverän ausschicken könnt.«

»Gut.« Yasgur ging zur Tür, öffnete sie und ließ einen Schwall kalter Luft hinein. »Bis morgen.«

Die Tür fiel hinter ihm zu und schloss die Kälte wieder aus. Bardow starrte auf die Stelle, wo Yasgur gestanden hatte. Sein Mangel an Schlaf machte es ihm schwer, nachzudenken, doch gleichzeitig wurden seine Gedanken von Furcht und Zweifeln gepeitscht, hinter denen seine Verzweiflung wie ein gähnender Schlund lauerte. Kurz vor der Befragung der Weißen Gefährten hatte er mit Medwin in Gedankensprache konferiert und endlich die ganze Geschichte der gescheiterten Invasion und der schrecklichen Zerstörung erfahren, die Scallow heimgesucht hatte.

Am schlimmsten hatte ihn das Verschwinden von Gilly getroffen, der vom Feind gefangen genommen und offenbar verschwunden war, vielleicht sogar tot, und das von Keren, die offenbar lebend die Küste von Honjir erreicht hatte, aber von der heute keine Spur ausfindig gemacht werden konnte.

Wir fallen einer nach dem anderen, dachte Bardow düster. Selbst das Schicksal und das Glück scheinen sich gegen uns verschworen zu haben. Wann bin ich wohl an der Reihe? Vielleicht sollte ich zum Kapellfort reiten und das Ende dort mit dem Schwert in der Hand erwarten ...

Er lächelte traurig, als ihm seine Pflichten und Bürden durch den Kopf gingen. Seine jüngste Aufgabe war es, ein Schwert der vereinten Kräfte zu schaffen. Ein Vorhaben, das zwar erst am Anfang stand, aber dennoch einen schwachen Hoffnungsschimmer bot.

Und nach dem Verlust von Keren, Gilly und jetzt auch Tauric bedurfte er aller Hoffnung, die er finden konnte.

Atroc wartete in Yasgurs äußerem Gemach, nippte an einem Becher mit heißem Gewürzwein und betrachtete die Stammesspeere, welche die Wände schmückten, als der Prinz hereinkam. Er wurde von einem Schreiber und zwei Pagen begleitet. Als Yasgur Atroc sah, schickte er die Bediensteten in einen anderen Raum, schloss die Tür und winkte den alten Mann mit einem Finger zu sich. Atroc leerte den Becher, stellte ihn auf einen niedrigen Schemel und folgte Yasgur auf einen Balkon hinaus.

Von dieser Seite des Nachtfrieds aus schaute man auf ein enges Gewirr aus Dächern bis zu den breiten, von Fackeln beleuchteten Bastionen der Stadtmauer. Dahinter und darüber wirkte die Nacht wie eine Mauer aus Finsternis. Atroc hatte jedoch wenig Sinn für seine Umgebung. Er spürte den Grimm und die Entschlossenheit in Yasgur.

»Kannst du erraten, warum ich dich sehen wollte, Alter?«, fragte der Lordregent.

»Ihr spielt auf das ungelegene Verschwinden des Kaisers an, mein Prinz?«

»Allerdings.« Yasgur schaute finster ins Dunkle. »Dieser anmaßende Knabe hat sich von einem Lakai der Schattenkönige aus dem Palast locken lassen, der ihm die Macht eines lange verlorenen und vergessenen Gottes versprochen hat. Wenn das herauskommt, wird die Stadt unter einem Aufruhr erbeben, ganz gleich, was Bardow und das Hohe Konklave dagegen unternehmen.« Er beugte sich dichter zu Atroc hinüber. »Die Niederlage liegt in der Luft, alter Freund, und die Zeit unserer Trennung ist fast gekommen.«

Atroc sah ihn an. »Was soll ich tun, mein Prinz?«

»Der Mann, der mir die Botschaft gebracht hat, wohnt in der Herberge zu den Drei Herzögen. Sie liegt bei der Falkenbrücke, auf der Seite der Altstadt. Suche ihn auf und sage ihm, dass ich einem Treffen mit Welgarak und Gordag zustimme, und zwar so bald wie möglich. Sag ihm, dass ich mich vor dem Hafen treffen will und von Schiff zu Schiff mit ihnen sprechen werde.«

Atroc nickte, insgeheim verblüfft, wie gelassen er diese Vorbereitungen für einen Verrat aufnahm. Er wusste, dass Yasgur sich irrte, der Tod noch nicht sicher, die Schlacht nicht verloren war, aber er kannte seine Pflicht und würde seine selbst auferlegte Loyalität niemals brechen.

»Euer Wille ist mir Befehl, Herr«, erwiderte er. »Um zu vermeiden, erkannt zu werden, sollte ich vielleicht etwas Unauffälligeres über meinen feinen Gewändern tragen.«

Yasgur lachte. »Wähle dir etwas aus den Kisten in meiner Kammer aus. Und suche auf dem Weg Ghazrek auf und sage ihm, er soll sofort zu mir kommen. Ich habe eine Aufgabe, die nur er erfüllen kann.«

»Wie ihr befehlt, großer Feuerspeer.« Atroc neigte den Kopf.

19

Wenn Masken Gesichter werden,
Schärfe deinen Geist.
Wenn Gesichter Masken werden,
Schärfe dein Schwert.

Sprichwort der Jefren

Tauric fror, er war müde, ängstlich und gleichzeitig aufgeregt, als seine vier Gefährten und der Himmelspferd-Priester auf ihren vollkommen zerschundenen Pferden die Ruinen von Nimas erreichten. Morgennebel verhüllte die weiße Landschaft und tauchte die ausgehöhlten und ausgebrannten Gebäude der Stadt in ein blasses Grau. Die dachlose Hülle des VaterBaum-Tempels wirkte wie eine breite, schattige Kluft in dem felsigen Vorsprung des Marktfleckens.

Tauric hatte Nimas nur einmal zuvor besucht, mit vierzehn, als der Herzog von Patrein ihn zum jährlichen Hohen Tag der Lichter mitgenommen hatte. Diese Feier markierte das Ende der Ernte und den Beginn des Winters. Die Menschen strömten aus ganz Khatris und den umliegenden Ländern herbei und brachten Laternen aller Art mit, die sie aus Pergament, Stoff, Blättern, Rinde, Holz oder Metall angefertigt hatten. Sie wurden an große Rahmen gehängt, wo sie die ganze Nacht und den folgenden Tag hindurch brannten, während ein fröhliches Fest stattfand. Tauric erinnerte sich gern an diese unbeschwerte Zeit und hatte die fantastische Vielzahl von glühenden Formen und Umrissen der Laternen nie vergessen. Besonders gut hatte er noch ein gut bewachtes Paar winziger Lampen aus Tymora vor Augen, die aus hauchdünnen Scheiben von Diamanten, Smaragden und Flusskristallen gefertigt waren.

Bei diesem Besuch hatte man Tauric als Sohn des Herzogs Zutritt zum Tempel gewährt, aber das Sanktuarium hatte er nicht sehen können, weil es von einem großen, reich bestickten Wandschirm vor Blicken geschützt wurde, der das mit einem Baldachin versehene Podest umringte. Heute würde er den Tempel als Kaiser betreten, das Versprechen neuer Größe bringen, eines neuen Anfangs und eines neuen Reiches. Er dachte an die Notizen, die er aus der Palastbibliothek in Besh-Darok mitgebracht hatte, und fühlte die gefalteten Pergamentblätter, die unter seiner Rüstung und seinem Hemd direkt auf seiner Haut lagen. Gestern am späten Nachmittag hatte er sie dem Priester gegeben, der sie ihm nach einem flüchtigen Blick und mit einem Nicken zurückgegeben hatte.

»Eure Studien der heiligen Geschichte des Himmelspferd-Glaubens sind lobenswert und befriedigend, Sire«, hatte er gesagt. »Es mag sein, dass eine Form der Anrufung erforderlich ist, wenn wir den heiligen Schrein erreichen, aber ich glaube, dass die uralten Mächte des Himmelspferdes Euch als ihren rechtmäßigen Erben erkennen und Euch ihre Pracht von sich aus verleihen werden.«

Auch wenn diese Ankündigung ihn erfreute und beruhigte, hatte Tauric den Mann nach seiner Meinung über spezifische Aspekte dieser niedergekritzelten Anrufungen und Gesänge fragen wollen, vor allem nach einer, welche »das Blut des Himmelsgeborenen« im Kontext einer Opfergabe erwähnte. Aufgrund der Ereignisse hatte er beschlossen zu warten, bis sie das Sanktuarium selbst erreichten.

Als der Priester sie jetzt durch die Ruinen von Nimas führte, schaute sich Tauric zu seinen Gefährten um, Herik, Rowlg, Drano und Aygil. Sie wirkten alle wachsamer und frischer, als Tauric sich fühlte, aber er vermutete, dass einige, wenn nicht sogar alle irgendwann im Sattel auf dem langen, beschwerlichen Ritt von der Küste hierher geschlafen hatten.

Tauric unterdrückte ein Gähnen, als sie sich dem Marktplatz der Stadt näherten. Früher einmal war hier selbst im Winter ein brodelndes Zentrum gewesen, an dem Kutscher und Schäfer über die Preise feilschten, die bei dem kalten Wetter anstiegen. Die Schneedecke verhüllte zwar die stummen Zeugnisse der Plünderungen, aber in seiner Vorstellung sah Tauric all diese Trümmer beseitigt, die Heime und Märkte neu aufgebaut, den Tempel restauriert und dem Himmelspferd geweiht ...

Als sie am Fuß der breiten, flachen Treppe ankamen, die zum Tempel hinaufführte, erwartete der junge Kaiser, dass der Priester abstieg und zu Fuß weiterging. Statt dessen trieb der Priester sein Pferd die Stufen hinauf, und Tauric und die anderen folgten ihm. Aygil hatte sein Banner entrollt, das blassblaue Banner, in dem das Wappen von Krone und Baum eingestickt war.

Sie erreichten die Vorderseite des VaterBaum-Tempels, wo Tauric mit seinen Gefährten abstieg. Der Priester war der Letzte und humpelte auf seinen Stock gestützt zu dem breiten Eingang, der ein türloses Loch in dem kniehohen, zerborstenen Mauerwerk war, das von der einst so gewaltigen Fassade des Tempels übrig geblieben war.

»Hier müsst Ihr vorangehen, Majestät«, sagte der ehemalige Waffenmeister und schaute ihn aus seiner Kapuze an. »Wir folgen Eurer Führung.«

Tauric blickte in die Gesichter seiner Gefährten, in denen er Hoffnung und Treue sah. Demütig trat er über die Schwelle.

Aus einer vereisten Kuhle in einem Felsvorsprung konnte Ghazrek in die Tempelruine schauen und die Stadt überblicken. Nach einem anstrengenden Ritt nach Süden zur Schlucht in der Nähe des Kronfalken-Gehölzes und dann weiter nach Westen über einen wenig bekannten Pass durch die Rukangs hatte er die Außenbezirke von Nimas fast eine Stunde früher als die kleine Gruppe des jungen Kaisers erreicht. Er hatte sein erschöpftes Pferd in einem zerfallenen Stall angebunden, war zum Tempel geeilt und hatte sich einen passenden, gut versteckten Beobachtungsposten gesucht.

Später, als Tauric und seine Leute in Sicht kamen und zielstrebig zwischen den Ruinen hindurchritten, beobachtete Ghazrek sie vollkommen lautlos, atmete nur flach und bewegte sich nur sehr langsam. Der Grund für seine Verstohlenheit war der maskierte Soldat, der die Neuankömmlinge von einer ähnlichen

Kerbe im Mauerwerk beobachtete, ohne dass er jedoch den Mogaun-Offizier bemerkt hätte.

Ghazrek hatte gesehen, wie die Maskierten vor etwa einer halben Stunde zu Fuß aus südlicher Richtung eingetroffen waren, sich in der Stadt verteilt und in den zerstörten Gebäuden versteckt hatten. Ihre geschickten, koordinierten Bewegungen sagten ihm, das es sich bei ihnen um Soldaten aus einer der Zitadellen des Schattenkönigs handeln musste, und er fragte sich, ob sie wohl den Hunden und Wolfsmenschen glichen, welche die Akolythen gewöhnlich als Wachen benutzten. Dann hatten sich drei von ihnen auf die Rückseite der Tempelruine geschlichen, und einer war an der Seite hinaufgeklettert und hatte sich, zu Ghazreks Erstaunen, dicht neben ihm versteckt.

Eingezwängt in der schmalen, unbequemen Kuhle, durchnässt von dem Eisregen, der auf ihn heruntertropfte, fröstelte Ghazrek und ging in Gedanken noch einmal die Befehle seines Prinzen Yasgur durch.

»Der Junge ist mit einigen seiner Gefährten unterwegs zur Stadt Nimas. Sie sind in Begleitung eines Lakaien der Schattenkönige. Sie wollen zu dem zerstörten Tempel, um dort irgendein Ritual auszuführen. Der Junge glaubt, dass es ihm Macht verleihen wird ... Aber er soll dort nur gefangen oder sogar getötet werden. Du musst zuerst dort sein, dir den Jungen schnappen und ihn nach Besh-Darok zurückbringen. Sollte das unmöglich sein, dann unternimm alles, was in deiner Macht steht, um ihn zu beschützen, selbst wenn du dich dabei denen zeigen musst, welche diese Schattenkönige gesendet haben. Und sorg vor allem dafür, dass er am Leben bleibt.«

Hätte Ghazrek Platz gehabt, hätte er mit den Schultern gezuckt. So aber beschied er sich mit einem grimmigen Zähnefletschen und beobachtete die Spuren der sechs Neuankömmlinge im Schnee, als sie den Tempel betraten.

Tauric stieg die wenigen, schneebedeckten Stufen zu dem überdachten Podest hinauf. Die Lage des Sanktuariums am äußersten Ende des Tempels hatte es offenbar vor den schlimmsten Einflüssen des Wetters geschützt. Während seine Gefährten die Treppe in die offene Kammer hinuntergingen und sich daran machten, den schlimmsten Unrat hinauszuschaffen, drehte sich Tauric zu dem Priester herum.

»Werdet Ihr mit mir hinuntersteigen, Meister?«

»Nein, Sire«, erwiderte er. »Dieser Moment sollte Euch allein gehören.«

Tauric lächelte und zog seine Notizen unter dem Wams hervor. »Dann werde ich einige dieser alten Anrufungen zitieren, um meine Hingabe an das Himmelspferd zu zeigen.«

Nach einem Moment zeigte sich ein schwaches Lächeln auf dem ansonsten undurchdringlichen Gesicht des Priesters. »Eine angemessene und würdige Entscheidung, Majestät.«

Beschwingt lachte Tauric und stieg die Stufen in das feuchte, dämmrige Sanktuarium hinab. Seine Gefährten hatten die zerbrochenen und verrotteten Holzstämme und alle Trümmer, die sie heben konnten, hinausgeschafft. Selbst in dem schwachen Mondlicht konnte Tauric Details der prachtvollen Gemälde erkennen, die einst diese Wände geschmückt hatten. An der Rückwand des Sanktuariums, die gleichzeitig die Rückwand des Tempels bildete, befanden sich zwei quadratische Sockel, die etwa einen Meter auseinander standen. Sie waren einst das Fundament für einen halbkreisförmigen Altar gewesen. Dazwischen, kaum höher als Taurics Brust, ragte der moosbesetzte, rußige Stumpf eines Baumes heraus. Man hatte im Lauf der Jahre mehrere Feuer auf oder neben ihm entzündet, doch als Tauric genauer hinsah, bemerkte er Unregelmäßigkeiten, in denen er abgehackte Sprösslinge erkannte.

Dieser Baum ist immer noch nicht tot, dachte er. Seine Wurzeln müssen wahrlich tief reichen.

»Wir warten und sehen von hier oben zu, Majestät«, sagte Aygil und nahm sein Banner von der Wand, an die er es gelehnt hatte.

Bevor Tauric reagieren konnte, verbeugten sich seine Gefährten und marschierten hintereinander aus dem Heiligtum. Auf dem Podest stellten sie sich um die unterirdische Kammer auf, und Tauric näherte sich den Überbleibseln des Baumes, ging in dem schlammigen Schmutz auf ein Knie und begann mit kräftiger Stimme aus seinen Notizen zu lesen.

Sofort befiel eine merkwürdige Trägheit seinen Verstand und etwas hing schwer an seinen Augenlidern, aber er konzentrierte sich nur auf die Pergamente in seiner Hand. Als er die erste Anrufung beendet hatte, schienen seine Sinne ein wenig benebelt, seine Sehkraft verschleiert und sein Gleichgewicht unsicher, als würde sich der Boden nach vorn neigen. Aber er wendete das Pergament, entschlossen, weiterzumachen, vor allem jetzt, da es in der Kammer eindeutig heller geworden war. Gerade als Tauric mit der zweiten Anrufung beginnen wollte, hörte er die Stimme des Priesters von oben.

»Du kannst aufhören, Junge. Komm da raus ...«

Einer der Gefährten holte scharf Luft.

»Priester ... seht doch!«

Tauric wollte sich umdrehen, als der Priester humpelnd forteilte, aber seine Gedanken waren in einem unsichtbaren Netz gefangen, das irgendwie aus den Worten auf dem Pergament und den Wörtern in seinem Mund gesponnen war. Aus den Flechten und der verbrannten Rinde des Baumstumpfes drang jetzt ein transzendentes Strahlen. Während er weitersprach, ertönte eine ärgerliche Stimme von oben:

»Was machst du da? Hör sofort damit auf!«

»Aber wir sind doch hierher gekommen, Priester, um ...«

»Wenn ihr ihn nicht aufhaltet, tretet zur Seite, denn ich werde es tun!«

»Habt Ihr den Verstand verloren, Priester?«

Durch das Netz aus Worten und unbekannten Bedeutungen drang Aygils entschlossene Stimme und dann das metallische Singen an Taurics Ohren, als der Bannerträger sein Schwert zückte.

»Tretet zurück!«

»Das werde ich allerdings, du Narr!« Dann hörte er die Schritte des Priesters, das energische Klopfen seines Stockes und seine Stimme: »Tretet vor und ergreift sie!«

Die Gefährten keuchten verblüfft. »Majestät«, rief Aygil, »wir wurden hintergangen. Was sollen wir tun?«

Da dämmerte Tauric endlich die schreckliche Wahrheit. Er erkannte die Hinterlist des ehemaligen Waffenmeisters und seine eigene Rolle in seinem Plan, aber das alles erschien bedeutungslos neben dem Ritual, in das er gänzlich versunken war. Dennoch fand er in dem Wirbel der Worte und Silben und der Trägheit seiner Gliedmaßen die Kraft, Aygil zu antworten: »Weicht nicht, Gefährten!«

Im selben Augenblick hörte er ein Klatschen, als wäre jemand nach einem Sprung aus einer beachtlichen Höhe auf den Füßen gelandet, und dann das Klirren von Waffen. Schreie, hastige Schritte, ein schmerzhaftes Knurren, die Geräusche eines kurzen, verzweifelten Kampfes. Taurics Panik war jedoch nur ein einziger, schwarzer Faden in dem Gewebe des Mysteriums und der Macht, das ihn umhüllte. Er hörte den Kampf, vermochte jedoch nicht, sich zu bewegen. Dann ertönte der Ruf des Waffenmeisters.

»Es sind doch nur Kinder ... Tötet oder fangt sie, aber überlasst mir ihren Anführer!«

»Sie kommen«, sagte Aygil. »Herik, kannst du noch stehen?«

Jemand keuchte und lachte trocken. »Aye, eine Weile, Aygil. Eine Weile ...«

»Mein Kaiser, meine Brüder!«, sagte Aygil. »Es war eine unaussprechliche Ehre, Euch und mit Euch gedient zu haben. Möge die Mutter Euren Weg erleuchten ...«

Die anderen wiederholten das Gebet, und Tauric hätte geweint, wenn er dazu imstande gewesen wäre. *Oh, ihr armen Narren! Es ist meine Torheit, die Euch den Tod bringt.*

»Deckt Euren Mann!«, war das Letzte, was Tauric von Aygil hörte, bevor der Lärm eines wütenden Gefechtes auf ihn eindrang. Seine ganze Aufmerksamkeit war derweil auf das weiße Glühen gerichtet, das von dem Baumstumpf wie eine zylindrische Säule aus kleinen, weißen Flammen herausströmte. Die Vorgänge um ihn herum schienen sich zu verlangsamen, als die Manifestation der Macht, der Macht des Himmelspferdes, ihn zu sich zog. Sie schien sich zu öffnen und ihn hindurch ziehen zu wollen, aber etwas fehlte noch an dem Ritual ...

Etwas bewegte sich neben ihm, eine Gestalt, die hinunter in das Sanktuarium gesprungen war. Sein Blick hing zwar gebannt an dem Baumstumpf, doch aus den Augenwinkeln bemerkte er eine verhüllte, bekannte Gestalt. Ein schillernde Hand hob sich, und eine Welle aus brutaler, smaragdgrüner Macht zuckte heraus. Sie spülte jedoch wirkungslos über Tauric hinweg. Der Waffenmeister griff in seinen Umhang und zückte einen geschwungenen Dolch.

»Eisen versagt niemals«, fauchte er, trat vor und legte die Klinge der Waffe an Taurics ungeschützte Kehle.

Im nächsten Moment stolperte der Waffenmeister vor, ließ den Dolch fallen, und eine Schwertspitze drang mitten aus seiner Brust. Als das tödliche Schwert zurückgezogen wurde, hustete er Blut und fiel vor dem glänzenden, brausenden Pfeiler aus Macht auf die Knie. Als Tauric auf das Blut auf dem Gesicht des Mannes, seiner Brust und seinen Händen schaute, überkam ihn eine Erkenntnis mit der Wucht einer Offenbarung. Im nächsten Moment packte jemand ihn an der Schulter.

»Kommt mit mir«, sagte ein stämmiger, bärtiger Mogaun, dessen Miene angesichts der strahlenden Macht furchtsam verzerrt war. »Wenn Ihr Euer Schwert zieht, können wir uns vielleicht den Weg freikämpfen.«

»Das Blut des Himmelsgeborenen ist der Schlüssel«, sagte Tauric, griff mit seiner metallenen Hand zu und stieß den sterbenden Waffenmeister in die gleißende, flammende Säule.

Blendendes Licht strömte heraus, als wäre eine Tür aufgestoßen worden. Eine merkwürdige Kraft zerrte wie ein starker Wind an Tauric, der sich ihr willig hingab. Während er in die brausende Helligkeit gezogen wurde, warf er einen letzten Blick auf seine Gefährten. Er sah das blutbefleckte Banner, das Aygil, der letzte Aufrechte seiner Gefährten, hochhielt, während er gegen die maskierten Soldaten der Schattenkönige kämpfte, die ihn umringten.

Näher waren ihm jedoch die entsetzten Züge des Mogaunkriegers, der den Waffenmeister getötet hatte. Der Mann riss den Mund zu einem lautlosen Schrei auf, als er hinter Tauric durch die Luft und in die Lichtsäule gezogen wurde.

Yasgurs Leutnant ... Ghazrek, ja, das ist sein Name, dachte Tauric, als der Umriss eines gewaltigen Himmelspferdes aus dem Licht auftauchte und sich über ihnen beiden aufbäumte.

Früher am Tag hatte etwa eine Meile vor Besh-Darok ein Zweimastschoner den Schleppanker gesetzt. Er hatte keine Positionslichter, sondern nur eine Tarnlaterne entzündet, die nach Norden zeigte. Das Boot hatte eine lange Heckkajüte mit zwei Frachträumen, einige Luken für Strickleitern, die zu den Mannschaftsquartieren führten, sowie ein kleines Deckhaus, in der sich die Kapitänskajüte und etwas zusätzlicher Stauraum befanden.

Die weiten Türen der nach vorn gerichteten Kammer waren geöffnet worden, sodass Yasgur nach Norden in die Morgendämmerung blicken konnte, während er sich an einem glühenden Feuerkorb wärmte, der auf dem Deck befestigt war. Er saß auf einem dreibeinigen Schemel, hatte seinen Übermantel geöffnet, der über das Deck schleifte, und schaute abwechselnd aus den Türen und in die glühenden Kohlen. Der Duft nach frisch geschlagenem Holz hing in der Luft. Vermutlich ist dies die letzte Ladung des Schiffes gewesen, dachte er.

Das Knarren von Tauen und das Scharren von Füßen auf den Holzplanken verkündeten, dass Atroc zu ihm heraufkletterte. Im nächsten Moment stieg der Seher aus einer Luke in der Ecke. Yasgur hörte den alten Mann bei der Anstrengung keuchen und fluchen und lächelte.

»Euer Wein, mein Prinz.«

Yasgur nahm ihm den Holzbecher mit heißem, gewürztem Wein ab. Während Atroc sich erleichtert auf einen Kasten auf der anderen Seite des Feuerkorbs fallen ließ, blies Yasgur über den Becher, trank einen Schluck und dachte nach.

Tauric war seit mehr als einem Tag verschwunden, und er selbst hatte sich in dieser Zeit von Bardow und dem Hohen Konklave ferngehalten. Die Schuldgefühle wegen seiner Entscheidung, die Verbündeten im Stich zu lassen, machten ihm zu schaffen, und er wollte lieber unbeobachtet darunter leiden. Wenn seine Verbündeten das herausfanden, würden sie sein Tun als tödlichen Verrat betrachten, auch wenn er nur erreichen wollte, seinen Clan und die Kriegshorde der Mogaun aus dem bevorstehenden Konflikt herauszuhalten und nicht beabsichtigte, sich aktiv an der Vernichtung von Besh-Darok zu beteiligen. Sein Magen fühlte sich schon jetzt an, als wäre er voller Steine, und im Mund schmeckte er bittere Asche, aber wenigstens sein Clan und sein Volk würden überleben. Letzten Endes war er vor allem ihnen verpflichtet.

Natürlich wusste er nicht, ob überhaupt die Möglichkeit bestand, dass die Masse der Mogaun abtrünnig werden würde, aber er war sicher, dass er einen sehr großen Teil von ihnen überzeugen konnte.

Er hob den Kopf und schaute durch die Türen nach draußen. Dabei bemerkte er, wie Atroc ihn nachdenklich musterte. Der alte Seher wandte sofort den Blick ab, und Yasgur wollte ihn gerade fragen, warum er das tat, als jemand von der Deckkajüte hinunterrief.

»Ein Licht steuerbord voraus!«

»Endlich«, murmelte Atroc, stand auf, lehnte sich an die Tür und spähte hinaus.

»Geht dir etwas im Kopf herum, Alter?«, fragte Yasgur. »Irgendwelche letzten Zweifel?«

»Wäret Ihr verstimmt, wenn ich diese Frage bejahen müsste, Herr?«

»Nein, aber ich möchte den Grund hören.«

Atroc drehte sich halb herum und warf Yasgur einen Seitenblick zu. »Das ist ... schwer zu erklären. Die Türen der Träume öffnen sich nie weit genug.«

Seine Worte beunruhigten Yasgur. Er hob einen Schürhaken mit einem Holzgriff vom Boden hoch und fuhrwerkte in der Glut des Feuerkorbes herum. Hellorange Flammen loderten in den Kohlen auf, winzige Funken stoben, und heiße Asche fiel zischend in die Wasserschütte darunter.

»Hast du die Zukunft gesehen?«, fragte der Lordregent.

Ein Seufzen antwortete ihm. »Ich habe nur die Träume gesehen, welche die Leere träumt, mein Herr und Meister. Vielleicht sind wir selbst ja auch nur ein Traum der Leere und versuchen herauszufinden, warum die Leere uns ausgerechnet auf diese besondere Art träumt ...« Der alte Mogaun lachte plötzlich. »Aber wisset das eine, mein Prinz: Ich bin Euer Seher, durch meinen eigenen Eid gebunden, und meine Loyalität gilt Euch, auch wenn ich der Leere vertraue.«

Yasgur schaute überrascht hoch. »Du ... vertraust der Leere?«

»Aye, Herr, so wie ich auch darauf vertraue, dass Ihr eines Tages eine Tochter des Clans zur Frau erwählt, damit sie Euch einen Erben schenkt!«

Sie lachten beide über diese Bemerkung, und Yasgur schüttelte den Kopf. »Such mir eine, der nicht ihre Mutter aus den Augen schaut«, sagte er. »Dann diene ich gern dem Clan, so gut ich es vermag ...«

In der grauen Dämmerung tauchte ein kleines Schiff mit einem einzelnen, quadratischen Segel auf, das mühelos durch die Wogen pflügte. Es hatte ein schlankes Deck, einen abschüssigen Baldachin am Heck und sein Rumpf wies helle Holzflecken auf, die von frischen Reparaturen kündeten. Als Yasgur hinaustrat, um besser sehen zu können, steuerte das Schiff längsseits ihres Schoners, während die Mannschaft hastig die Segel einholte und Taue hinüberwarf, um die beiden Schiffe miteinander zu verbinden. Yasgurs Boot war eines der wenigen, die ausschließlich von der Stadtmiliz und von ihm selbst benutzt wurden, und seine gänzlich aus Mogaun bestehende Mannschaft war ihm treu ergeben.

Die Matrosen des anderen Schiffes waren ebenfalls Mogaun, jedenfalls nach den Rufen zu urteilen, die hin und her flogen, und es schienen recht viele für ein so kleines Schiff zu sein. Auf jedem Schiff wurden weitere Lampen entzündet, und Yasgur runzelte die Stirn, als er sah, dass einige der Seeleute mit Keulen und Speeren bewaffnet waren. Er winkte seinen Kapitän zu sich, einem grauhaarigen Mogaun mit schwarzen Zahnstummeln namens Uskog, und beschrieb ihm die Situation.

»Soll ich befehlen, die Bögen herauszuholen, Herr?« Sein hoffnungsvoller, boshafter Blick war unmissverständlich.

»Nein, noch nicht«, erwiderte Yasgur. »Bewaffne einige deiner Deckleute mit Beilen und postiere sie neben den Haltetauen. Wenn es Ärger gibt, schlagt sie durch.«

Uskog nickte und gab entsprechende Befehle, während Yasgur zusah, wie die Laufplanke auf das andere Schiff gesenkt wurde, das ein wenig tiefer im Wasser lag. Da beide Schiffe auf den Wellen rollten, war es schwierig, die Planke ruhig zu halten, aber schließlich war sie an beiden Enden befestigt. Eine große Gestalt trat unter dem Segel über dem Heck heraus, ein barhäuptiger Mann im Wolfspelz, in dem Yasgur sofort Welgarak erkannte. Als der Oberhäuptling des Schwarzmond-Clans sich anschickte, über die Laufplanke zu gehen, traten vier bewaffnete Matrosen heran, als wollten sie ihm folgen, aber Welgarak bedeutete ihnen mit einer Handbewegung, zurückzubleiben. Nach einem kurzen Wortwechsel drehte er sich um und schritt über die Planke, wobei er sich an dem behelfsmäßigen Geländer aus Tauwerk festhielt. Kurz darauf setzte er seinen Fuß auf den Schoner, sah Yasgur mit seinen harten, schwarzen Augen an und nickte kurz.

»Sei gegrüßt, Sohn des Hegroun«, sagte er. »Möge dein Blut wallen, und deine Knochen seien aus Erz!« Er sah sich auf dem Schiff und unter der Mannschaft um und entspannte sich offensichtlich.

»Knochen aus Erz und wallendes Blut.« Yasgur lächelte bei dem alten Stammesgruß. »Ist Gordag bei dir?«

»Ja, ist er«, sagte Welgarak etwas ungeduldig. »Obwohl es nicht leicht war, ihn zu wecken ... Ah, da ist die Schlafmütze ja!«

Eine kleine, stämmige Gestalt eilte aus dem Heck und trampelte die Planke entlang. Yasgur bemerkte, dass Gordag dünner war als früher, aber er trug immer noch seinen gehörnten Helm über dem langen, hellen Haar, das er zu einem Zopf gebunden hatte. Er war in einen schwarzen, gepanzerten Lederharnisch und eine rot gemusterte Tunika gekleidet, und das grobgestrickte Wollcape, welches er übergeworfen hatte, wurde von dem roten Falkenemblem geschmückt. Außerdem hielt er die krümelnden

Reste eines Weizenkuchens in der Hand, den er sich hastig in den Mund stopfte, bevor er an Bord kam.

»Kusin«, nuschelte er, und drehte sich angespannt zu Welgarak herum. »Hast du …?«

»Noch nicht«, fuhr Welgarak ihn an.

Yasgur verfolgte den Wortwechsel amüsiert. So hatte er sich den Anfang dieser Begegnung nicht vorgestellt.

»Kusins«, sagte er freundlich. »Wollen wir uns vielleicht in die Wärme der Deckkabine zurückziehen?«

Die beiden Oberhäuptlinge willigten sofort ein und folgten ihm in die Kajüte, wo frisches Holz im Feuerkorb loderte und mehr Lampen an den Deckbalken hingen. Es waren auch zusätzliche Kastenbänke aufgebaut worden, und nachdem Atroc die Türen der Kajüte geschlossen hatte, gruppierten sich die drei Oberhäuptlinge um den Feuerkorb. Ein unbehagliches Schweigen machte sich breit, das sich zu Minuten ausdehnte, bis Yasgur begriff, dass die beiden warteten, dass er nachgab und anfing. Er knirschte mit den Zähnen, holte tief Luft und tat ihnen den Gefallen.

»Die Ereignisse haben für uns eine üble Wendung genommen«, sagte er. »Tauric, dieser dumme Junge, und einige seiner Gefährten haben vor einem Tag die Stadt verlassen …«

»Das wissen wir«, unterbrach ihn Welgarak. »Einige unserer Scouts haben sie gestern um etwa diese Zeit nach Westen reiten sehen.«

Yasgur beugte sich vor. »Dann habt ihr ihn gefangen?«

Gordag schnaubte und schüttelte den Kopf. »Es gab den Befehl, sie ungehindert passieren zu lassen. Einige Soldaten aus den Festungen haben sie verfolgt.«

»Die mit den Masken?«, erkundigte sich Yasgur. »Warum tragen sie die eigentlich?«

Welgarak sah ihn düster an. »Hast du je einen von ihnen aus nächster Nähe gesehen, Yasgur?«

»Nein.«

»Sie tragen zwei Masken, nicht nur eine«, fuhr der Oberhäuptling fort. »Unter ihrer aufwendigen Ledermaske haben sie noch eine zweite aus schwarzem Tuch, die sehr eng auf der Haut liegt und an mehreren Stellen festgebunden ist. Die nehmen sie niemals ab.«

Seine Miene war ebenso grimmig, wie seine Worte klangen, und Yasgur runzelte die Stirn. »Warum? Ist das eine Art Abzeichen? Eine Markierung, die sie unterscheidet?«

»Nein, sie sehen alle gleich aus, schwarzes, schlichtes Tuch, und sie tragen die Masken, um ihre Gesichter voreinander und vor sich selbst zu verbergen.«

Der Ernst in Welgaraks Worten löste Unbehagen in Yasgur aus. Er wusste nicht, wohin dieses Gespräch steuerte, und er hatte keine Ahnung, wie sich das mit seinen Angelegenheiten verbinden lassen würde. Er wollte gerade eine Frage stellen, als Gordag sich einmischte. Er war sichtlich gereizt und ungeduldig.

»Wir können hier noch eine ganze Weile quatschen, ohne etwas zu erreichen, verflucht! Es gibt eigentlich nur zwei Dinge, die wir klären müssen ...«

»Der Sturm fege dich hinweg, Gordag!«, schrie Welgarak ihn an. »Wir waren uns einig, dass ich das Reden übernehme.«

»Schon, aber da wusste ich noch nicht, dass du es so umständlich machen würdest ...« Er schaute Welgarak an. »Irgendwann müssen wir sowieso das ›wie‹ und ›warum‹ zur Sprache bringen.«

Der andere Oberhäuptling war zwar sichtlich verstimmt, nickte aber. »Dann sprich schon.«

Während des Wortwechsels hatte Yasgur an den streitenden Oberhäuptlingen vorbei zu Atroc geschaut, der nur mit den Schultern zuckte, sichtlich ebenso verwirrt wie Yasgur selbst.

Gordag räusperte sich. »Also, Kusin Yasgur, wir müssen erfahren, ob deine Magier das dritte Artefakt in Händen halten.«

»Das dritte ...?« Yasgur runzelte verblüfft die Stirn. »Sie haben den Mutterkeim nach der Schlacht vor drei Monaten erbeutet, und etwa zur gleichen Zeit wurde das Kristallauge aus Trevada entwendet. Ich weiß nichts von einem dritten Artefakt. Was aber nicht unbedingt bedeutet, Bardow und seine Magier hätten nicht insgeheim trotzdem noch etwas in ihrem Besitz.«

Gordags Enttäuschung war unübersehbar. »Nun, der Schattenkönig Byrnak scheint zu glauben, dass sie das dritte Artefakt haben, oder zumindest haben könnten. Er zögert den Angriff hinaus, obwohl er über mehr als genug Truppen verfügt, um die Stadt erobern zu können ...«

»Wie groß ist seine Streitmacht?«, fiel Yasgur ihm ins Wort.

»Mehr als sechzigtausend Krieger«, erwiderte Gordag, »und ihre Zahl wächst mit jeder Stunde an.«

Blut der Nacht, dachte Yasgur. So viele ...

»Woher hat er sie?«, fragte er. »Durch erzwungene Rekrutierungen?«

Die beiden Oberhäuptlinge schauten sich an.

»So könnte man das auch nennen«, meinte Welgarak schließlich zögerlich.

»Gut, Kusin, und was wolltet ihr noch wissen?«

Gordak starrte ihn eindringlich an. »Werden die Herrscher von Besh-Darok die Kriegshorde der Stämme der Mogaun als Bundesgenossen akzeptieren?«

Yasgur lehnte sich verblüfft auf seinem Schemel zurück, und während die beiden Oberhäuptlinge ihn ernst betrachteten, kämpfte er dagegen an, über die schwarze Ironie dieser Situation in Gelächter auszubrechen. Während Yasgur noch versuchte, diese unerwarteten Wendung zu verdauen, begannen die Oberhäuptlinge die Ereignisse zu umreißen, die sie zu ihrem Vorschlag geführt hatten.

Bei der Schlacht um Besh-Darok hatten sich mehrere große Stämme sowohl aufeinander als auch auf die Stadtverteidiger gestürzt. Viele Oberhäuptlinge waren gefallen, und einige der kleineren Clans waren praktisch ausgelöscht. In der Folge gerieten die Bande der Loyalität zu den Schattenkönigen in Vergessenheit, als die von Rache angestachelten, gegenseitigen Überfälle in blutiges Gemetzel ausarteten. Die Schattenkönige hatten sich in ihre Festen zurückgezogen, um über ihre Strategie nachzudenken, und die Akolythen hatten alle Hände voll mit der Theokratie von Jefren zu tun, die bereits verschiedene Domänen kleinerer Kriegsherrn im Süden und Osten erobert hatten. Als die Kämpfe unter den Mogaun abebbten und die Eskalation von Vergeltung und Gegenangriffen aufhörte, sahen sich die Clans mit einer neuen Schwierigkeit konfrontiert. Ganze Städte und Dörfer erhoben sich gegen ihre schwächer gewordene Herrschaft.

Welgarak, dessen Herrschaftsgebiet einen großen Teil von Yularia umfasste, war mit seinen Kriegern im Vorgebirge des Gorodar-Massivs, als zwei Nachtjäger aus dem Himmel fielen und mitten in seinem Lager landeten. Ihre Passagiere waren vier weißäugige Akolythen, deren Anführer eine persönliche Einladung von Byrnak an Welgarak überbrachte, augenblicklich mit den Nachtjägern auf seinen Großen Fried in Rauthaz zurückzukehren, wo sie ihre Streitigkeiten beenden und die Bande erneuern würden. Welgarak war klar, dass diese Einladung ein Befehl war, der lediglich in diplomatische Worte gekleidet wurde, und da er wusste, dass die beiden Nachtjäger seine dreihundert Krieger mit Leichtigkeit vernichten konnten, beschloss er, die Einladung anzunehmen.

Der Flug nach Rauthaz war kurz und ungemütlich. »Auf dem Rücken eines Nachtjägers zu sitzen gleicht dem Ritt auf einem Pferd mit acht Schultern«, merkte Welgarak an. Bei ihrer Ankunft auf dem Großen Fried stellte er fest, dass Gordak eine ähnliche Einladung erhalten hatte. »Nur habe ich mich nicht lange mit Höflichkeiten aufgehalten«, meinte Gordag. »Hätte ich mich geweigert, hätten sie meine Familie umgebracht und mich dann trotzdem weggeschleppt, und das sagte ich ihnen auch. Dann ging ich mit ihnen.« Ohne Waffen wurden sie einen langen, prächtigen Korridor entlanggeführt, an dessen Ende Schattenkönig Byrnak sie persönlich erwartete.

Keiner der beiden konnte sich noch an Einzelheiten dieser Begegnung erinnern, selbst wenn sie genau darüber nachdachten, außer dass Byrnak den schwarzen Priester Ystregul für ihre Probleme verantwortlich machte. Der war jetzt in Trevada eingekerkert. Die beiden Oberhäuptlinge waren davon überzeugt, dass Byrnak sie irgendwie verhext hatte, weil sie von diesem Treffen die unerschütterliche Absicht mitgenommen hatten, die restlichen Clans in Nord-Khatris zu sammeln und einen neuen Feldzug gegen den Feind vorzubereiten.

Außerdem hatten beide Byrnak versprochen, fünfhundert Reiter nach Rauthaz zu entsenden. Sie sollten, so sagte man ihnen, als Vorauskundschafter und Patrouille zwischen Rauthaz und Ost-Khatris eingesetzt werden.

Die Krieger wurden pflichtgemäß entsandt, und in den nächsten Wochen ritten die beiden Oberhäuptlinge im ganzen Reich umher, ermunterten und überredeten die anderen Clanchefs und schickten Nachrichten an die Kriegsherren, deren Domänen weiter entfernt lagen. Eine Versammlung der Kriegshorde wurde im Gehölz von Gulmaegorn in Nord-Khatris anberaumt, und die Clans des Schwarzmondes und der Rotklauen waren die ersten, die eintrafen. Kurz darauf folgten die anderen. Eines Abends, gegen Ende der ersten Woche, kamen zwei Nachtjäger aus Rauthaz mit fünf maskierten Schwertkämpfern und einem Akolythen. Der Priester überbrachte den Clans einen Brief von Byrnak, der tiefsten Respekt und Dankbarkeit ausdrückte, sowie die Forderung nach tausend weiteren Kämpfern, um, wie er schrieb, die »weitere Strategie des Krieges« zu unterstützen. Diesmal jedoch waren sich Welgarak und Gordag unsicher, denn die Aura, mit der Byrnak sie belegt hatte, war schwächer geworden. Erst nach einer langen Diskussion der Oberhäuptlinge und Kriegsherrn kamen sie überein, achthundert Reiter von den gegenwärtig anwesenden Stämmen abzuziehen und unter Byrnaks Oberbefehl zu stellen.

Die Kriegshorde brach am nächsten Morgen auf, ein langer Tross aus Reitern, die ihren Familien zum Abschied zuwinkten, als sie in Richtung Nordwesten den Wald verließen und zu einem Pass ritten, der sie durch das Gorodar-Massiv führen sollte. Später am selben Tag berichteten einige Clan-Kundschafter von Abteilungen der maskierten Reiter, die am Rand des Waldes patrouillierten. Welgarak und Gordag waren besorgt, weil sie nicht wussten, was das zu bedeuten hatte, und beschlossen, am nächsten Tag Antworten zu suchen.

Doch noch in derselben Nacht wurde alle Zuversicht zerstört.

Gordag schlief mit seiner Familie im großen Zelt des Häuptlings, als Schreie und Geheul aus einer seiner Kammern drangen. Gordag war sofort wach, packte einen Dolch und stürmte durch die Zeltklappen. Er wurde Zeuge, wie sich seine Frauen und Kinder in die Ecken der Zeltkammer drängten und mit Stöcken und Webstangen einen maskierten Soldaten abwehrten, der in der mit Kissen übersäten Kammer stand und abwechselnd in Mogaun und einer anderen, derberen Sprache redete. Der Mann hatte sich mit einem Krummsäbel den Weg in das Zelt geschnitten, doch kaum war er eingedrungen, hatte er die Waffe fallen lassen und war nun unbewaffnet und offenkundig auch verwirrt.

»Dann sah er mich, kam zu mir und fiel vor mir auf die Knie«, sagte Gordag. »Meine Wachen kamen mit Speeren und Klingen hereingelaufen, doch der Maskierte unternahm nichts weiter, als seine Ledermaske abzunehmen und sich dann die Tuchmaske vom Gesicht zu reißen ...« Der stämmige Oberhäuptling atmete tief ein und seufzte. »Sein Schädel war völlig kahlgeschoren, und seine Kopfhaut von Narben übersät, aber ich erkannte ihn trotzdem sofort.«

Sie hatten ihm schweigend zugehört, und Yasgur beschlich das kalte Grausen.

»Wer war es?«, fragte er heiser.

»Galzar, meiner Schwester Sohn«, antwortete Gordak tonlos. »Ich habe ihn selbst von unserem Lager in Mantinor nach unserer Rückkehr von Rauthaz zu Byrnak geschickt. Er war einer der fünfhundert Söhne des Stammes, die ich in ihr Verderben gesendet habe ...«

»Wir waren nicht wir selbst«, tröstete Welgarak ihn. »Es hat wenig Sinn, all die Schuld für das Böse auf sich zu nehmen, das Byrnak in uns und in unsere Krieger hineingepflanzt hat.«

»Und was wurde dem Sohn deiner Schwester angetan?«, erkundigte sich Yasgur.

»Ich weiß es nicht, aber was von ihm geblieben war, war dem Wahnsinn verfallen.« Gordags Miene war eine Mischung aus Wut und Entsetzen. »Er glich einem gepeinigten Geist.« Er sah

Yasgur mit brennenden Augen an. »Es war noch ein anderer in seinem Kopf, das sagte er immer und immer wieder. Und als er merkte, dass wir ihn verstanden, wiederholte er immer wieder: ›Töte mich! Töte mich!‹ Mein alter Seher Nopa war auch da, und als er das hörte, nickte er nur.«

Entsetztes Schweigen machte sich breit, das nur von dem Knarren des Schiffes und der gedämpften Unterhaltung der Mannschaft unter Deck gestört wurde. Yasgur erinnerte sich noch sehr gut daran, wie dieser brutale Geist, der seinen Vater aus dem Grabe hatte wiederauferstehen lassen, auch ihn selbst besessen hatte, und was diese Erfahrung für ein finsterer, grauenvoller Albtraum gewesen war.

»Also zog ich meinen Dolch und tötete ihn mit einem Stich ins Herz«, fuhr Gordag fort. Er starrte in die glühenden Kohlen. Dann schüttelte er den Kopf, als wollte er diese finsteren Erinnerungen abstreifen. »Ich kann nicht mehr reden.«

Er stand auf, ging mit schweren Schritten zur Tür und trat nach draußen. Als sich die Tür der Kajüte hinter ihm schloss, sprach Welgarak.

»Er hat noch nicht getrauert, keiner von uns hat das getan. Wir wissen nicht, ob wir es tun sollten.« Er sah Yasgur an. »Ist dir klar, was wir dir erzählt haben, Kusin? Verstehst du, was das für uns bedeutet? Von allen Menschen müsstest gerade du es verstehen.«

Yasgur nickte, als er das völlige Ausmaß des Schreckens begriff. »Die Schattenkönige benutzen Mogaunkrieger als Wirte für die Geister der Toten«, sagte er beinahe ungläubig angesichts dieses ungeheuren Frevels.

»Nicht nur als Wirte, hm?« Atroc wandte sich an Welgarak. »Irgendwie dreschen sie den Verstand des Wirtes aus seinem Körper, leeren ihn und bereiten ihn für einen neuen Gast vor. Bei Galzar müssen sie einen Fehler gemacht haben, denn es war noch genug von seiner Essenz übrig, dass er seinen Stamm aufsuchen konnte ...«

»Es muss ein Ort des Grauens sein, wo sie so etwas tun«, meinte Yasgur.

»Angeblich befinden sich riesige Höhlen und Tunnel unter Rauthaz«, meinte Welgarak. »Nester, in denen Byrnak seine Armeen ausbrütet.«

»Du hast gesagt, dass sich ihre Streitkräfte auf sechzigtausend Mann belaufen«, erklärte Yasgur. »Woher haben sie eine so große Zahl von Leibern ...?«

Er hielt inne, als ihm die offensichtliche Antwort einfiel, und Welgarak nickte grimmig.

»Ich habe Gerüchte über leere Städte und Dörfer in Anghatan und den größten Teil von Yularia gehört«, erklärte der Oberhäuptling. »Elendsviertel in Casall und Rauthaz stehen leer, und alle Bettler sind verschwunden. Ein neueres Gerücht spricht von Rebellen und Flüchtlingen, die in einer alten Feste in den Durandag-Bergen ausharren, aber am Ende wird niemand mehr sicher sein. Das Böse wird diese Länder in ein endloses Zwielicht stürzen und das Leben wie ein Rad aus Sklaverei und Qual sein. Davon sind wir fest überzeugt.

Als man uns befahl, nach Süden zu reiten, war uns klar, dass wir keine Alternative hatten. Wir können diese verfluchten Gestade nicht verlassen, weil es keine Schiffe gibt, die uns durch die wilden Winterstürme nach Shalothgarn bringen könnten, also müssen wir bleiben und kämpfen.« Er lächelte trübe. »Wir sind zwischen Grube und Feuer gefangen, Yasgur Feuerspeer. Byrnak hält sich zwar noch zurück, aber früher oder später wird er die Tore öffnen und seine Armeen angreifen lassen. Wir wissen nicht, was er für uns geplant hat, aber wenn die Schlacht vorbei ist, werden viele unserer tapferen Krieger durch das Tal des Todes wandeln, ob wir nun gegen oder für Byrnak kämpfen. Da dünkt es uns besser, unser Leben für die Ehre zu verkaufen. Aus diesem Grund sind wir hier. Wir bieten dir eine Allianz mit den Herrschern von Besh-Darok an. Wie lautet deine Antwort?«

Yasgur lehnte sich zurück und bemerkte, dass Gordag wieder hereingekommen war. Er lehnte an dem breiten Türrahmen und beobachtete ihn scharf. Atroc hatte einige Stücke Bindfaden herausgeholt und knüpfte sie geduldig zusammen. Er lächelte, als er Yasgur anschaute, der das Lächeln verstehend erwiderte. Er stand auf, trat um den heißen Feuerkorb und packte erst Welgaraks Hand und dann die von Gordag.

»Kusins, seid willkommen. Es wird nicht einfach sein, das Hohe Konklave zu überzeugen, aber es wird am Ende zustimmen. Doch wie wollt ihr die Kriegshorde der Mogaun nach Süden nach Besh-Darok führen, ohne die Maskierten zu alarmieren? Ihre verfluchten Bastionen sind weniger als eine Meile vom Meer entfernt, und zwar im Norden und Süden.«

»Das kann durchaus bewerkstelligt werden«, erwiderte Welgarak und beugte sich vor. »Und zwar mit List und im richtigen Augenblick. Also höre ...«

20

Sprich zu mir
Von dem erbarmungslosen Geist,
Den dunklen und uralten Schwingen,
Und dem endlosen Krieg
Im Herzen aller Dinge.

GUNDAL, DIE BELAGERUNG DER STEINE, 2. KAPITEL, XX

Eine dichte Wand aus weißem Nebel umhüllte die beiden Männer und das gewaltige Pferd, aus dessen Stirn zwei kleine Hörner entsprangen. Tauric und Ghazrek betrachteten die Kreatur auf der anderen Seite des Kreises, die schweigend zurückstarrte.

»Es sieht wie ein Himmelspferd aus«, flüsterte Tauric dem Offizier der Mogaun zu.

»Ich dachte, sie wären alle ausgestorben ... nach der Invasion.«

»Es könnte auch nur eine Manifestation des Himmelspferdes sein«, fuhr Tauric fort. »Oder ein Zeichen ...«

»Ich bin nicht der Geist eines vergangenen Gottes, Unwissender«, unterbrach die Kreatur ihn zu seiner Verblüffung. »Ich bin Shondareth von den Dremnaharik, den Stämmen, die Ihr die Hexenmähren nennt.«

Tauric bemühte sich, seine Überraschung zu verbergen.

»Wurdest du gesendet, um uns zu begrüßen?«

»Gesendet?« Das Wort troff vor Herablassung. »Nein, Undankbarer. Ich bin auf dieser Schwelle zwischen den Reichen gefangen, wie auch Ihr selbst: Gefangen von der Narrheit einer alten Frau. Ich habe mich Euch vorgestellt, also werdet Ihr entsprechend antworten.«

»Gewiss ...« Der Hochmut der Hexenmähre reizte Tauric, also beschloss er, selbst ein bisschen Überheblichkeit an den Tag zu legen. »Vergebt mir, guter Shondareth, die ... Art unserer Reise hat mich ein wenig aus der Fassung gebracht. Ich bin Tauric tor-Galantai, Kaiser von Besh-Darok und den Ländern von Khatris,

Träger der Neuen Krone und ... Beschützer der freien Nationen.« Er verbeugte sich unmerklich. »Es freut mich sehr, Eure Bekanntschaft zu machen.«

Die Hexenmähre erwiderte nichts, senkte nur feierlich ihren großen Schädel und wandte sich dann zu Ghazrek um. Der Mogaun sah Tauric mit großen Augen an, der ihm aufmunternd zunickte.

Ghazrek räusperte sich. »Ich bin Ghazrek, Sohn des Naldok, Zweispeer-Jäger des Feuerspeer-Clans, Bannerhauptmann Yasgurs, des Lordregenten von Besh-Darok und Oberhäuptlings der Feuerspeere.« Er verbeugte sich tief.

Die Hexenmähre senkte erneut den Kopf und drehte sich dann wieder zu Tauric herum. »Ihr habt vorhin das Himmelspferd erwähnt, Kaiser von Besh-Darok. Ist Euch nicht bewusst, dass es schon lange aus diesen Reichen verschwunden ist?«

»Seine Gläubigen existieren vielleicht nicht mehr«, antwortete Tauric. »Ich jedoch bin überzeugt, dass die Macht des Himmelspferdes nur schläft und auf das richtige Gebet wartet, um zu erwachen.«

Shondareth schüttelte bedauernd den Kopf. »Ich fürchte, wer Euch das sagte, hat Euch grausam in die Irre geführt. Die klaren Kräfte des Himmelspferdes haben sich bereits vor einem Jahrtausend gewandelt, als es sich transformierte.«

»Es ... transformierte sich?«, fragte Tauric bestürzt. »In was?«

»In den VaterBaum.«

Tauric wurden die Knie weich und eine schreckliche Leere breitete sich in seinem Innersten aus. Er fühlte, dass die Worte der Hexenmähre der Wahrheit entsprachen. Der ehemalige Waffenmeister hatte seinen Betrug wahrlich gründlich geplant, das wurde ihm jetzt klar. Seine Worte waren nichts weiter als arglistige Täuschungen, um ihn zu verzaubern und zu manipulieren. Und er war ihm wie ein naiver, gutgläubiger Junge auf den Leim gegangen, wie ein Kind, gerade recht als Futter für die Wölfe ...

Eine bleierne Müdigkeit überkam ihn, und er ließ sich auf den harten, steinigen Boden sinken. Er fühlte Ghazreks besorgten Blick auf sich ruhen, aber es kümmerte ihn nicht.

»Ich kannte mehrere Kaiser«, fuhr die Hexenmähre fort. »Im Gegensatz zu ihnen strahlt Ihr nicht den leichtesten Schimmer von Macht aus. Könnte es sein, dass Ihr gar kein Kaiser seid?«

»Seid versichert, weiser Shondareth«, ließ sich eine heisere Stimme vernehmen, »Tauric ist wahrhaftig das, was er zu sein vorgibt.«

Die Hexenmähre wendete sich ein wenig zur Seite, was eine nachtschwarze Kreatur zum Vorschein brachte, die auf ihren Hinterläufen hockte und die beiden Männer mit goldglühenden Augen betrachtete. Obwohl das Wesen keine Ohren und keinen Schwanz hatte, erinnerte es Tauric an einen Hund, und zwar an eben den Hund, den er schon mehrmals in der Nähe des Kaiserlichen Palastes gesehen hatte. Er stand auf.

»Seid gegrüßt«, sagte er misstrauisch. »Habe ich Euch nicht schon in Besh-Darok gesehen?«

»Allerdings, wenn auch nur mit meinem Einvernehmen, Majestät. Seid gegrüßt, Sohn des Korregan, und auch Ihr, Sohn des Naldok.« Ghazrek war sichtlich überfordert, verbeugte sich dennoch unmerklich. »Und du, Shondareth, Sohn des Vindosarr. Hat dein Herr ebenfalls Zuflucht in der Zwischenwelt gefunden?«

»Nein, er starb bei Kizar, versengt vom Feuer, zerfetzt von Krallen ...« Die Hexenmähre warf der hundeartigen Kreatur einen scharfen Blick zu. »Ich kenne dich nicht, doch es schlummert eine Macht in dir, die meiner Meinung nach ...«

»Macht, gute Hexenmähre? Wohl eher die Neige der Macht, die kläglichen Reste ehemaliger Größe«, unterbrach die Kreatur ihn traurig, während sie sich zu Tauric umdrehte. »Ich sympathisiere mit Eurer Notlage, und zwar mehr, als Ihr wissen könnt.«

Tauric seufzte und schloss die Augen. »Ich weiß Eure freundlichen Worte zu schätzen, aber ... ich brauche etwas, womit ich kämpfen kann!«

Er öffnete die Augen und blickte auf seine Hände, Finger aus Fleisch und aus Metall. »Es gibt kein Himmelspferd, das ich anrufen kann, keine uralten Mächte, die uns zu Hilfe eilen, also wäre mir bereits mit blankem Stahl gedient ...«

»Oder mit einem Stamm von Hexenmähren«, schlug das Hundewesen vor.

»Sie würden niemals zustimmen!«, warf Shondareth schnaubend ein. »Die Dremnaharik litten vor sechzehn Jahren schreckliche Qualen in sinnlosen Schlachten, und nur wenige von uns überlebten.«

Die Hundekreatur ignorierte die Hexenmähre, erhob sich auf alle viere und ging zu Tauric. »Es entspringt dem Willen der Zwischenwelt, dass wir alle hier sind«, sagte sie. »Mit einer Hexenmähre an Eurer Seite hättet Ihr jedoch bei der bevorstehenden Schlacht wenigstens eine kleine Chance.«

Tauric sah Shondareth an. »Dieses Exemplar hier scheint nicht sonderlich erpicht darauf, in den Krieg zu ziehen.«

»Es wird viel Überredungskraft kosten, und sie werden schwer zu überzeugen sein«, stimmte die Hundekreatur ihm zu.

»Und wie könnte ich es wohl schaffen?«, fragte Tauric. »Wir sitzen hier fest ...«

»Es ist möglich, von dieser Schwelle eine Brücke zu allen Orten der Zwischenwelt zu schlagen«, sagte das Wesen. »Ich weiß, wie eine solche Brücke geschlagen werden kann, aber es ist mir nicht gestattet, sie zu überschreiten. Ihr oder Euer Gefährte müsstet die Brückenbauer sein.«

»Ich nicht!«, wehrte Ghazrek diese Ehre eiligst ab.

Tauric beschlich eine unangenehme Vorahnung. »Und wie sollte einer von uns an dieses Wissen kommen, das du in dir trägst?«

»Ihr müsst meine Essenz in Eurem Verstand tragen. Auf diese Weise könnte ich Euch mit allen Kenntnissen versorgen, das Ihr für den Bau der Brücke benötigt. Ich weiß viel über Euch, Tauric, und ich weiß auch, wie Ihr Euch gefühlt habt, als Alael Euch benutzte, um ihre Gabe zu fokussieren, oder später, als die ErdenMutter Euch für Ihre eigensüchtigen Zwecke zu missbrauchen versuchte.«

Tauric erfüllte eine merkwürdige Ruhe, als er das hörte, trotz der unangenehmen Erinnerungen, die durch seine Gedanken zogen. Er wusste, was getan werden musste.

»Werdet Ihr versuchen, mich zu versklaven oder zu hintergehen? Wollt ihr mir und denen, die ich liebe, Schaden zufügen?«

»Keine solche finsteren Taten liegen in meiner Absicht«, erwiderte die Hundekreatur feierlich. »Ich werde Euch beraten und Euch die Wohltaten meiner eigenen Erfahrung spenden, und falls Ihr dennoch Euren eigenen Weg gehen wollt, dann sei es.«

»Und wer seid Ihr?«

»Ich bin der, den Ihr sucht.«

»Seid vorsichtig mit einem solchen Pakt, Kaiser von Besh-Darok«, mahnte ihn die Hexenmähre. »Vor allem angesichts der Aussichtslosigkeit Eures Zieles.«

Ghazrek schüttelte nur den Kopf.

»Wenn ich mich in Gefahr bringen muss, selbst für die geringste Chance auf einen Erfolg, werde ich es tun«, erklärte Tauric und schaute die Hundekreatur an. »Tut, was Ihr tun müsst, aber tut es rasch!«

Er hatte den Satz kaum ausgesprochen, als die Hundekreatur ihn ansprang. Tauric stolperte zurück und erwartete einen Zusammenprall. Statt dessen wurde er einen Augenblick von einem dunklen, schattigen Nebel umhüllt, der sofort verblasste. Schweratmend stand er da und schaute von seinen instinktiv erhobenen Händen zu Ghazrek und der Hexenmähre Shondareth.

»Es ist ...« Der Mogaun starrte ihn fassungslos an. »Es ging auf Euch los, Sire, und drang dann in Euch ein wie ein Geist.«

Ein schmeichelhafter Vergleich.

Die Stimme war die der Hundekreatur, aber sie war jetzt wärmer und voller. Es ähnelte Taurcis Erfahrung mit der Erden-Mutter und dem MutterKeim, nur dass diese Wesenheit nicht versuchte, seine eigenen Gedanken aus seinem Kopf zu vertreiben und ihn zu beherrschen. Im Gegenteil, sie strahlte Stille und eine unermessliche Trauer aus.

Habt Ihr denn noch nicht erraten, wer ich bin, Sohn meiner Söhne?

Ich weiß es nicht, dachte Tauric, während ein finsterer Verdacht in ihm aufkeimte. Seid Ihr einer der ...?

Schattenkönige? Nein, ich bin mehr als diese armseligen Halbgötter und doch weniger. Ich bin der Wurm am Haken der Angelrute eines Fischers, und der Fisch, der danach schnappt. Ich bin die Maus, die sich im Sommerheu vergräbt, und die Katze, die danach hascht, und auch der Hund, der diese jagt. Ich bin die Wurzel in der dunklen Erde und das Blatt, das von der Sonne trinkt. Ich bin der Dorn und die Blüte, die Mutter und ihr Neugeborenes. Ich bin der Jäger und sein Pferd, wie auch seine Beute, die er aufspießt. Ich bin die stolze, funkelnde Armee und der Koch, der ihre Mägen füllt. Einst umspannten mein Blick und meine Wesenheit die Königreiche von Küste zu Küste und von den Tälern bis zu den Gipfeln der Berge. Einst drückte ich diese Länder so fest an meinen Busen wie der Liebhaber seine Geliebte, und jetzt weine ich um den Schmerz und den Verlust, den ich nicht verhindern konnte ...

»Im Namen der Mutter!«, sagte Tauric laut. »Ihr seid ... Seid Ihr der VaterBaum?«

Ghazrek holte vernehmlich Luft, und Shondareth wich tänzelnd ein paar Schritte zurück.

Ich bin, was übrig ist, das Echo des Echos eines Echos, das Fragment des Fragmentes eines Fragmentes dessen, was einst war.

Taurics Herz hämmerte. *Wenn Ihr uns einen Weg nach Besh-Darok öffnet, könnten wir die Bewaffneten der Stadt um uns scharen und den Kampf vor die Tore des Feindes tragen ...*

Ah, mutiger, kühner Junge, ein solches Handeln würde Euch nichts gewinnen. Die Größe und die blendende Macht, die einst den Boden erbeben ließ, ist jetzt kaum mehr als eine schwache, aber hartnäckige Kerze mitten im lodernden Zwielicht. Ich rate Euch, nähert Euch den Hexenmähren in ihrem Refugium. Überzeugt sie, mit Euch zurückzukehren, denn sie werden Euch mächtige Verbündete auf dem Schlachtfeld sein. Weit mächtiger, als ich es bin.

Zweifel überfiel Tauric. Werden wir denn Zeit für Reden und Debatten und Überzeugungsarbeit haben?, fragte er. Die Situation in Besh-Darok stand auf Messers Schneide, als ich die Stadt verließ ...

Im Moment ist diese Sorge nicht so dringend ... Die Zeit bedeutet hier in der Zwischenwelt etwas anderes.

Gut, dachte Tauric und akzeptierte die Argumente seines Gastes. Wie soll ich diese Brücke bauen?

Stellt Euch einfach vor die Nebelwand und seht geradeaus.

Soll ich meine Hand ausstrecken, sie heben oder eine Geste machen?

Wenn Ihr Euch dann besser fühlt, tut das nur!

Tauric lachte unwillkürlich laut auf, sehr zu Ghazreks Verblüffung.

»Geht es Euch gut, Sire?«, erkundigte sich der Mogaun besorgt.

Tauric lächelte und nickte. »Es wird Zeit, dass wir diesen Ort verlassen, Ghazrek. Sieh!«

Er streckte einen Arm in Richtung des Nebels aus, der zur Seite waberte und eine funkelnde Leere enthüllte, die Zwischenwelt. Eine merkwürdige Brücke aus rosa Stein formte sich Quader um Quader aus dem schwarzen Nichts.

»Zum Refugium der Hexenmähren«, sagte Tauric und betrat die Brücke, gefolgt von Ghazrek und einem folgsamen Shondareth.

Bardow saß am Kopfende des langen, angekokelten Tisches, den er heute Morgen in sein Arbeitszimmer hatte bringen lassen. Zu seiner Rechten saß Nerek, links von ihm Alael, und zwischen ihnen kochte die Macht in der Luft, ein zuckender Knoten aus grüner und weißer Kraft. Direkt darunter lag eine schmale Rinne, die aus einem einzigen, ausgehöhlten Stück Agathonholz angefertigt worden war, entsprechend den Beschreibungen in dem uralten Text, den Alael von dem alten Gelehrten aus Hendreds Hallen bekommen hatte. Die Rinne war vom Zimmermeister des Palastes selbst angefertigt worden, und die Ausmaße der Höhlung entsprachen einem flachen, graden Breitschwert, das mehr als die Hälfte des Tisches in Beschlag nahm. Danach war Bardow zur Kaiserlichen Schmiede gegangen und hatte den dortigen Waffenschmied gebeten, ihm einige Bruchstücke aus Metall von alten

Klingen, Äxten und Dolchen zu überlassen, die entweder eingeschmolzen oder neu geschmiedet werden sollten. In seinem Arbeitszimmer hatte er einen uralten Schwertgriff herausgekramt, der zu seinem privaten Schatz von Gegenständen gehörte, die von Palastbediensteten in den letzten Tagen des alten Reiches versteckt worden waren. Den Griff legte er auf das obere Ende der Holzmulde und verteilte den Rest der Bruchstücke darin, bevor er die zweite Hälfte der hölzernen Form darauf legte. Die beiden Stücke wurden mit Bronzebändern zusammengebunden und die Form selbst mit Lederriemen am Tisch befestigt.

Bardow hatte die Hände flach auf den Tisch gelegt und konzentrierte sich, während er im Geist die Gedankengesänge der Formgebung wirkte. Nerek presste die Augen fest zu und zog die Stirn kraus, während sie dasaß und beide Hände vor sich auf dem Tisch faltete. Alaels Haltung wirkte dagegen entspannter. Sie saß zusammengesunken auf ihrem Stuhl, hatte die Hände auf ihre Schenkel gelegt und starrte mit glasigen Augen in das vereinte Strahlen. Bardow hoffte, dass die beiden sich an seine Anweisungen erinnerten, jede ihre Macht auf die andere gerichtet hielt und sie ausbalancierten, bis die Verschmelzung und Vereinigung stattfand. Seine Anwendung der Niederen Macht, mit der er die kochenden Kräfte leitete, hing von dieser Harmonie ab. Jedes Ungleichgewicht konnte zu einem furchtbaren Rückschlag und seiner eigenen Vernichtung führen.

Die Farben der beiden Mächte wirbelten umeinander und durchdrangen sich, silbern und grellgrün. Einige Minuten verstrichen ohne sichtbare Veränderung, und Bardow fragte sich, wie lange das Ritual wohl dauern würde, als sich plötzlich Bahnen aus einem nebligen Grau wie ein rauchiger Schleier um die ruhelose Kugel legten. Einen Moment später flackerten Flecken über die Oberfläche, die stetig dunkler wurden. Als Bardow Nerek ansah, bemerkte er, dass sie zwar mit weit aufgerissenen Augen auf die verschleierte Kugel schaute, jedoch keinerlei Zeichen von Beunruhigung zeigte. Dasselbe galt für Alael.

»Weiß eine von Euch, was da gerade vorgeht?«, presste er zwischen den Zähnen hervor.

»Ich habe mich sehr stark auf das Quellfeuer konzentriert«, erwiderte Nerek, »und auf das, was Ihr uns gesagt habt. Irgendwie scheine ich mich dabei entspannt zu haben und dachte plötzlich an ...«

»Ich auch«, fiel Alael ihr ins Wort. »Ich vermisse sie ...«

Die Dunkelheit auf der Kugel verstärkte sich und nahm deutliche Konturen, Farben und Stofflichkeit an. Bardow schrak zusammen, als er in eine Art Kammer schaute, deren Decke auf Pfeilern ruhte, und die von kleinen, goldenen Lampen beleuchtet wurde. Ihre Wände waren mit exotischen Reliefs bedeckt, in den Nischen standen kleine Statuen und die Wände waren mit steinernen Friesen geschmückt. Eine Frau wusch ihr Gesicht in einer Schüssel, die auf einem Marmorgestell stand, und nachdem sie ihr Gesicht mit einem viereckigen Leinentuch abgetrocknet hatte, blickte sie hoch und schnappte nach Luft. Es war Keren.

»Bardow! Nerek ... Alael ... wie ...?«

»Wir haben an dich gedacht«, erklärte Alael.

Keren schaute sich kurz um und lächelte. »Es tut so gut, dich und Bardow zu sehen. Und dich, Schwester.«

Nerek lächelte unsicher. »Es freut mich auch, dich gesund zu sehen.«

»Dank der Mutter, dass Ihr lebt«, sagte Bardow. »Was ist nach dem Angriff auf Scallow geschehen? Und wo steckt Ihr?«

»Es gab eine Seeschlacht in der Hornbucht, und ich bin mitten hineingeraten«, erklärte Keren. »Später habe ich mich bis zur Küste von Honjir durchgeschlagen, wo mich eine Patrouille der Rebellen aufgegriffen hat. Sie haben mich nach Norden zur Feste von Untollan gebracht, hoch oben in den Druandag-Bergen.«

»Ich kenne sie«, meinte Bardow. »Wer führt die Rebellen an?«

Keren lächelte sarkastisch. »Ein guter alter Freund. Domas kommandiert sie, aber er lässt sich von zwei geheimnisvollen Beratern helfen, die ich noch nicht gesehen habe. Mehr weiß ich nicht, bis auf die Tatsache, dass die Theokratie von Jefren diesen Stützpunkt anscheinend angreifen will. Sie haben viele Truppen in das Vorgebirge verlegt.«

»Wie viele …?«, begann Bardow, aber Keren unterbrach ihn.

»Bardow, Ihr beginnt zu verblassen, und ich muss Euch unbedingt etwas sagen, solange ich noch kann. Gilly wurde von Coireg Mazaret gefangen, beziehungsweise von dem, der ihn besessen hat … Ich weiß nicht genau, was geschehen ist, aber ich weiß, was ich gesehen habe …« Kerens Miene verzog sich bei der Erinnerung. »Bardow, ich sah fünf Gillys … Sie schleppten Gilly … und auch Coireg … ins Wasser …«

Graue Tentakel zuckten aus der Kugel aus Kraft. Bardow und die beiden Frauen verabschiedeten sich von der umwölkten Gestalt, bevor sie ganz verschwand. Der Erzmagier bemühte sich, weiterhin die Gedankengesänge zu kontrollieren, während ihm die Bedeutung von Kerens Worten klar wurde. Der Hexenmeister, von dem Coireg Mazaret besessen war, hatte Gilly benutzt und fünf Geistschatten geschaffen!

Wieder ist einer der Unsrigen zu einem Werkzeug des Feindes geworden, dachte er verzweifelt. Gegen einen solch gnadenlosen Feind zu kämpfen ist eine Sache, aber wenn der Feind die Gesichter unserer Freunde trägt …

Ein heller Lichtblitz zuckte aus der aschgrauen Kugel, dann Dutzende und Aberdutzende von scharfen Lichtdornen. Der graue Schleier zerriss und löste sich auf, und übrig blieb eine Kugel von vollendeter Harmonie, deren silbriggrüne Hülle die Gesichter der drei Anwesenden wellenförmig reflektierte, als sich auf ihrer Oberfläche konzentrische Wellen bildeten. Nerek und Alael lehnten sich zurück und betrachteten den Vorgang entzückt und überrascht. Bardow ließ die Gedankengesänge der Formgebung ihr Werk ausüben, und die spiegelnde Kugel begann sich zu verformen. Sie wurde elliptisch und verjüngte sich nach unten, bis sie schließlich langsam in die hölzerne Form hineinströmte.

Kurz darauf rann das letzte Strahlen in die Rinne, die Bardow rasch mit einem kleinen Holzpflock versiegelte, bevor er eine Bronzehülle auf die Form selbst schlug. Dann stand er auf, trat rasch ans Fenster und stieß die Läden auf, um die Kühle des Tages hereinzulassen. Anschließend winkte er den beiden Frauen, sich ebenfalls vom Tisch zu entfernen. Während sie zusahen, drangen kleine Fäden aus Dampf aus der rauen äußeren Oberfläche der Form, die sich erst kräuselten und dann auflösten.

»Was passiert jetzt?«, wollte Alael wissen.

»Die vereinten Kräfte werden jetzt transformiert«, erklärte Bardow. »Sie werden zu einer Doppelklinge, einem Schwert, das zwischen Kraft und Eisen steht. Die Transformation erzeugt ungeheure Hitze, deshalb ist es besser, wenn wir hier stehen.«

Jetzt stieg der Dampf in weißen Schwaden von der Form auf, als die Säfte des Holzes zu kochen begannen. Die Luft in der Kammer sättigte sich trotz der geöffneten Fenster mit dem Aroma des Baumharzes. Dann entstand ein beißender Geruch, als dunkle Rauchfäden zwischen den beiden Hälften der Form austraten. Der Rauch überzog das helle Holz mit grauen Wirbeln, während der Spalt zwischen den beiden Hälften schwarz versengt wurde.

Kurz darauf bildeten sich auch die ersten verkohlten Flecken auf der Oberfläche der Form, die sich rasch vergrößerten. Die Hitze in ihrem Inneren war so groß, dass Teile des verkohlten Holzes zu glühenden Kohlen wurden, die nach innen einfielen. Die Lederbänder glühten und zerfielen, während die Bronzehülle sich verzog und aufwarf. Die Klinge des Schwertes war zu sehen. Sie glühte silbrig grün, als sie in die Aschereste der Form sank. Bardow öffnete einen hohen Schrank neben sich und nahm von einem verstaubten Regalbrett einen unförmigen, gepanzerten Handschuh, den er über seine Rechte zog. Dann zog er hinter dem Schrank ein Kühlgestell hervor, das er sich vom Schmied geliehen hatte.

Geschützt von dem Handschuh fummelte er in den zerbröckelnden Resten der Kohle herum und hob schließlich das gegossene Schwert an seinem Griff heraus. Als er damit leicht auf den Tisch tippte, um Kohle und Aschereste abzuschütteln, gab die Waffe einen reinen Zweiklang von sich. Er trug sie zu dem dreieckigen Kasten und hängte den Griff des Schwertes an die Metallhaken, die verhinderten, dass die Klinge etwas berührte. Als er fertig war, richtete er sich auf und sah, dass Nerek ihn beobachtete.

»Bin ich hier fertig, Erzmagier?«

»Warten woanders dringende Geschäfte auf Euch?«, fragte er.

»Die Blinde Rina und ihre Leute glauben, dass sie unseren Bannwirker an den Lagerhäusern und Viehscheunen des Langen Kais aufgespürt haben. Ich wäre gern diejenige, die ihn fängt.«

»Dann geht mit ihnen«, sagte er lächelnd. »Wenn ich Euch brauche, schicke ich Euch eine Nachricht.«

Nachdem Nerek gegangen war, trat Alael neben ihn und betrachtete das glänzende Schwert.

»Ich kann beinahe seine ... Präsenz fühlen«, sagte sie. »Als wüsste es, was es ist.« Sie runzelte die Stirn. »Wer wird es führen?«

»Das weiß ich noch nicht«, sagte Bardow, und zog den staubigen, angekokelten Handschuh aus. »Ich muss noch darüber nachdenken.«

Obwohl ich glaube, dass meine Wahl wenig Einfluss auf die Entscheidung des Schwertes hat.

In der warmen Nachmittagssonne bot sich am Seeufer eine idyllische Szenerie. Kinder spielten im flachen Wasser, kleine Boote fischten auf dem friedlichen See, Menschen spazierten oder ritten über die Uferpromenade in der Nähe der eleganten Stadt mit ihren weißen Türmen, die kaum eine Meile entfernt war.

Hexenmähren. Überall gab es kleine Stämme von ihnen, Familien und kleinere Gruppen, die meisten mit Fohlen und Jährlingen, und alle wirkten so weise und edel mit ihrem glänzenden Fell und den langen, schimmernden Mähnen ...

Tauric seufzte und setzte sich auf einen Stuhl, der am Fuß des Hügels stand, den er und Shondareth gerade heruntergestiegen waren. Auf der Hügelkuppe stand eine ausgedehnte Ansammlung von miteinander verbundenen Zelten und Markisen, die alle hell und prachtvoll geschmückt waren, und unter denen zahlreiche Hexenmähren und gewöhnliche Menschen umhergingen. Das war der Hof der großen Leitstute der Hexenmähren, die hier residierte, Besucher empfing, Weisheit unters Volk brachte und sich die Sagenlieder anhörte, die ihr zu Ehren komponiert wurden.

Sie alle, die Menschen und die Hexenmähren, der See, der Strand und die Sonne, jede kleinste Einzelheit war eine fabelhafte Illusion, die eine einzige Hexenmähre gewoben hatte, mit Hilfe der geheimnisvollen Macht der Zwischenwelt.

»Wie Ihr seht«, sagte Shondareth, »ist Aegomarl wie die anderen Hexenmähren sehr zufrieden mit ihrem Innerland.«

»Ich kann nicht glauben, dass Ihr alle so gleichgültig und hartherzig unserem Anliegen gegenüber steht«, gab Tauric bissig zurück.

»Das tun wir auch nicht«, erwiderte die Hexenmähre. »Wir wissen einfach nur, dass der Feind zu übermächtig ist. Es gibt noch einhundertsechsundachtzig von uns, die ebenso empfinden. Möchtet Ihr die anderen ebenfalls sprechen?«

Antworte mit Ja, sagte der Geist des VaterBaumes in seinem Kopf.

Tauric lächelte. »Aber gewiss doch.«

Shondareth schüttelte langsam den Kopf und schaute zur Seite. Ein Weg erschien, der von dem Pfad abzweigte und zu einem dichten Wäldchen am Fuß des Hügels führte. Sie folgten ihm, gelangten zu den Bäumen und traten bald auf eine Lichtung neben einem Teich, der von einem uralten, mächtigen Agathon-Baum überschattet wurde. Die großen, hellen Äste ragten weit empor in den Himmel. Wie zuvor saß Ghazrek auf einer Steinbank an dem Teich und aß von einem goldenen Teller mit Süßigkeiten und Gebackenem. Er schaute hoch, als sie sich ihm näherten.

»Wie lange?«, fragte er.

»Anderthalb Tage vielleicht«, meinte Tauric.

Ghazrek spie einen Fruchtkern aus und lachte hustend. »Ihr wart nicht einmal zehn Minuten weg!«

Tauric grinste. »Ich wünschte, ich würde an Eurer Stelle sitzen.«

»Es gibt noch genug Platz, Eure Majestät«, erwiderte der Mogaun und deutete auf die Bank.

Noch nicht, widersprach der VaterBaum. *Ich muss noch mehr von ihnen sehen.*

Wonach sucht Ihr?, fragte Tauric in Gedanken.

Nach einer Kleinigkeit: Schuldbewusstsein.

Die beiden nächsten Innenländer ähnelten sehr denen, die sie bereits gesehen hatten. Auch hier wurde eitler Ruhm zur Schau gestellt, und keine der Kreaturen war auch nur bereit, Tauric zu empfangen, geschweige denn, die Probleme des eingeschlossenen Besh-Darok zu diskutieren. Während jedoch Tauric immer niedergeschlagener wurde, schien der VaterBaum immer mehr Optimismus zu empfinden und drängte ihn, weiterzumachen.

Müde und resigniert führte Shondareth ihn von dem Teich und Ghzarek mit seinen Süßigkeiten weg auf einen anderen der zahlreichen schmalen Pfade, die das Wäldchen durchzogen. Der Baumbestand lichtete sich, und der Himmel war grau und bewölkt. Es blieb warm und feucht, und als sie sich dem Rand des Wäldchens näherten, hörte Tauric weit entfernten Donner.

Sie kamen zu einem grasbewachsenen Hang, der in eine weite Fläche Ackerland überging, das von Gehölzen und Obstgärten gesprenkelt war, durch die sich Karrenwege und Hecken zogen. Ein schläfriger Friede beherrschte diese Landschaft, und die Ruhe wurde nur von den Schäfern und Viehtreibern gestört, die sich in der Ferne etwas zuriefen.

»Hier entlang, junger Forscher«, sagte Shondareth.

Als Tauric sich umdrehte, wurde er von einem majestätischen Anblick überrascht. Die Hügel hinter dem Wald wechselten sich mit felsigen Hängen ab, die immer öder und steiniger wurden, je weiter sie anstiegen, während weiter oben Kämme und Grate aus den riesigen Flanken des Gebirges abzweigten, das sich wie eine gigantische Mauer durch das Land zog. Als er der Hexenmähre folgte, sah Tauric, dass die ersten Berge etwas niedriger waren, und dahinter ein steiles Vorgebirge aufstieg, auf dessen höchstem Punkt Tauric gerade noch ein Kuppelgebäude und eine Ansammlung kleinerer Türme ausmachen konnte.

Das war Trevada auf dem Oshang Dakhal, was bedeutete, dass dieses Land Nordwest-Anghatan war, ein weit realerer Ort als die anderen Innenländer, die er bis jetzt gesehen hatte.

Vielleicht lässt sich der Schöpfer dieses Landes ja eher überzeugen, dachte er.

Es ist noch zu früh, um das zu sagen.

Shondareth führte ihn in ein von Bäumen geschütztes Tal, wo einige Katen sich neben einer Wassermühle an ein Flussufer drängten. Aus einigen Schornsteinen stieg Rauch auf, aber auch hier herrschte ruhige Gelassenheit. Niemand war zu sehen. In der Nähe der Mühle befand sich eine Scheune, und Tauric hörte, wie eine Frau dort Verse rezitierte. Er blieb an der Tür stehen und bedeutete Shondareth zu warten, bis die Frau unter dem höflichen Applaus einiger Hände zu Ende gesprochen hatte. Dann erhob sich eine männliche Stimme.

»Ein Vortrag, der ans Melodramatische grenzte, ohne jedoch darin zu verfallen! Gut gemacht, Pel. Und Suvi, was möchtest du mir zu Gehör bringen?«

»Eine bäuerliche Klage aus Ebro' Heth«, sagte eine andere Frau.

»Gut, gut, fang an.«

Die unsichtbare Frau namens Suvi begann. Obwohl das Gedicht voller Trauer und Bedauern war, blieb die Stimme der Frau kräftig und wohltönend. Am Ende jedoch wurde ihr Tonfall sanfter.

»Unter den Geheimnissen der Sonne,
Unter dem Leid der Ewigkeit,
Liegt das süße Herz aller Dinge.
Dort werde ich Ruhe finden,
Eingehüllt von Liedern und Sternen,
Und der freudigen, alles verzehrenden Flamme.«

»Sehr gut ausgedrückt, vor allen in den letzten Versen«, sagte die männliche Stimme. »Uns bleibt noch genug Zeit für weitere Vergnügungen, doch zunächst wollen wir unsere Gäste begrüßen.«

Tauric sah Shondareth überrascht an, aber die Hexenmähre deutete nur mit dem Kopf auf die Scheune. Gemeinsam traten sie ein. An den Wänden hingen Gemälde, Teppiche und eine

Auswahl von Musikinstrumenten, und zwischen den Dachbalken waren bunte Stoffbahnen gespannt. Zwei große Bronzelampen warfen ihr warmes Licht auf die drei verhüllten Gestalten, die mit dem Rücken zur Tür saßen. Vor ihnen lag eine große, alte Hexenmähre auf einem Strohhaufen, in den winzige rote Rosen gestreut waren.

»Freudvolle Grüße an dich, Shondareth. Ich habe gehört, dass du für uns verloren wärst, weil eine Zauberei aus den Ödlanden dich aus unserem Reich gerissen hätte?«

»Das war allerdings mein unseliges Dilemma, o edler Thoumyrax, bis mir eine seltsame Kraft und dieser junge Mann hier einen Weg zur Rückkehr boten.«

Das liegende Pferd musterte Tauric abschätzend. »Bitte akzeptiert meinen herzlichsten Dank, dass Ihr meinen Freund zurückgebracht habt. Eurem Gewand und Eurem Verhalten nach zu urteilen stammt Ihr aus den Einöden. Seid Ihr dort Sklave oder Flüchtling?«

Einen Moment fehlten Tauric vor Verwirrung die Worte.

Wie soll ich antworten?, dachte er.

Sag ihm, wer du bist, erwiderte der VaterBaum. *Und was du willst. Sprich einfach und direkt.*

»Geehrter Thoumyrax«, begann er. »Ich bin Tauric tor-Galantai, Kaiser von Besh-Darok, und ich stehe hier vor Euch, um Euch zu bitten, mit mir ins Zwischenreich zu kommen und uns in unserer größten Not zu helfen.«

Es gab ein unbehagliches Schweigen, in dem die Hexenmähre Thourymax Tauric nur lange anstarrte. Die drei Frauen rührten sich nicht. Schließlich redete Shondareth.

»Nun, Thoumyrax? Wärst du bereit, dies hier, dein geliebtes Innerland zu verlassen und dich wieder in den finsteren Kampf zu stürzen?«

Die ältere Hexenmähre sah Shondareth an. »Ich fürchte, eher nicht, mein Freund. Dieser Kampf war bereits verloren, als wir und das Kaiserreich noch stark waren. Was sich jetzt dort draußen abspielt, ist nur die lange aufgeschobene Schlussszene des letzten Akts. An einem solchen Kampf teilzunehmen, wäre ein sinnloses Opfer, also muss ich Euer Ansinnen mit allem Respekt ablehnen, Kaiser von Besh-Darok. Außerdem werde ich müde und ziehe mich für den Abend zurück.« Er sah die drei verhüllten Frauen an. »Dank Euch, dass Ihr mir so erleuchtete Verse vorgetragen habt, danke, Pel, danke Cava, und dank auch dir, Suvi, für Eure wunderschönen Stimmen ...«

Als die Frauen aufstanden und sich verabschiedeten, konnte Tauric sie besser sehen. Die namens Pel hatte langes, dunkles Haar und eine gemessene Art, Cava hatte schwarzes, lockiges Haar, dunkle Haut und ihre Augen blitzten übermütig, und Suvi hatte schulterlanges, blondes Haar und ein offenes Lächeln. Tauric und Shondareth verabschiedeten sich rasch von der älteren Hexenmähre, und als sie mit den drei Frauen die Scheune verließen, richtete Tauric es so ein, dass er neben Suvi gehen konnte. Etwas an ihr weckte seine Neugier.

»Lebt Ihr hier in der Nähe?«, fragte er, als sie die Scheune verließen. Es wurde langsam dunkel, und Schleier aus Nebel und Schatten senkten sich herab.

Sie warf ihm einen belustigten Blick zu. »In gewisser Weise«, sagte sie und deutete zu den Bergen, zum Vorgebirge des Oshang Dakhal, auf dessen Gipfel jetzt die Lichter von Trevada flackerten. »Dort arbeite, lebe, esse, bete und studiere ich, was ich Euch eigentlich erst sagen sollte, nachdem wir uns vorgestellt worden sind.«

Was ...?

Thoumyrax hat verhindert, dass Sie Euch vorher hören konnten.

»Ich ... verstehe ...« Er räusperte sich. »Gut, ich bin Tauric ... dor Barleth.«

»Barleth?«, erwiderte Suvi nachdenklich. »Gehört das nicht zu den herzoglichen Ländereien in Patrein?«

»Ich habe die Ehre, der Sohn seiner Hoheit des Herzogs zu sein«, sagte er und verbeugte sich leicht.

»Und ich bin Suviel Hantika aus der Stadt Kessio in Cabringa.« Sie lachte und knickste, dann drehte sie sich um, als ihre Freundinnen sie aus einem Stall weiter stromaufwärts riefen.

»Ich muss gehen, sonst verspäte ich mich«, erklärte sie. »Gute Reise, Tauric dor-Barleth.«

Er sah ihr nach, wie sie jugendlich und schwungvoll durch das kniehohe Gras lief, und wurde bei ihrem Anblick an die freundliche, aber erschöpfte Frau erinnert, die Keren geholfen hatte, ihn nach Krusivel zu bringen, und sich um ihn gekümmert hatte, nachdem er seinen Arm verloren hatte.

Warum ist sie hier?, dachte er.

Thoumyrax muss sie in seiner Jugend gekannt haben, erwiderte der Geist des VaterBaumes. *Und in seinem intensiven Bedürfnis, eine tröstende Innerland-Illusion zu schaffen, hat er einen Teil des nördlichen Anghatan mit genauesten Einzelheiten geschaffen. Allerdings vermute ich, dass sich jeder Spätsommertag hier immer und immer wiederholt ...*

Während Tauric den drei Frauen nachsah, die nach Norden ritten und zwischen den Bäumen verschwanden, spürte er plötzlich eine starke Sehnsucht nach Frieden, Glück und dem Ende aller Kämpfe.

Das könntet Ihr leicht gewinnen. Friede, Glück, Erfolg und Komplimente, die Liebe und Hingabe Eurer Bewunderer. All das und mehr, eine Burg, ein Reich oder sogar ein eigenes Königreich. Ihr könntet König oder Kaiser sein, alles, was Ihr wollt oder wovon Ihr träumt, könnte Euch gehören ... Fragt Shondareth.

Tauric blieb stehen und dachte über die Möglichkeiten nach, die ihm der Geist des VaterBaumes soeben aufgezeigt hatte. Er konnte all seine Bedürfnisse hier verwirklichen. Er berührte die Rinde eines Baumes, pflückte eine Hand voll Blätter von einem niedrigen Zweig und stellte sich vor, dies alles aus seiner eigenen Erinnerung zu schaffen ... Dann sah er hoch zum bewölkten Himmel und fragte sich, wie real ein solcher Ort sein konnte.

Für Euch wäre er real.

Und unwirklich für alle anderen, dachte er und ließ die Blätter fallen. Während ich meinen Wünschen nachgebe, würde alles andere im Chaos versinken. Nein, es wäre eine Lüge, und ich bin zu sehr der Sohn meines Vaters, um meine Pflicht zu vernachlässigen, das weiß ich jetzt.

Ja, sagte der Geist des VaterBaumes, während die Hexenmähre Shondareth durch das Gras auf sie zukam. *Ungeachtet deiner Blutlinie warst du immer der Sohn dieses wackren Herzogs.*

In dem kühlen Hain fielen die Sonnenstrahlen auf einen kleinen Teich und ein weißes, steinernes Monument. Sie wartete geduldig, wie die Göttin es befohlen hatte. Ein größerer Felsbrocken ragte aus dem Boden neben dem Teich hervor, also setzte sie sich darauf und starrte ins Wasser, in dem kleine Fische schwammen und über das Insekten huschten. Nach einer Weile blickte sie hoch und ließ ihren schweifenden Blick auf dem Monument ruhen. Sie betrachtete genau die Steinmetzarbeiten an seiner Seite, als es plötzlich in dem dichten Unterholz raschelte. Schließlich wichen die Zweige zurück, und die große Gestalt einer Frau in einem langen Umhang aus Blättern trat vor. Während sich das Blattwerk hinter ihr schloss, schritt die Göttin barfuss und ohne Hast über den weichen, moosigen Boden, blieb neben dem Monument stehen und betrachtete die wartende Frau. Ein Gefühl von Erwartung erfüllte die Luft, und ein juwelenartiges Licht schien sie zu umgeben.

»Suviel«, sagte die Göttin. »Komm her.«

Die Frau erlebte einen Moment der Furcht, als sie den Namen hörte, ihren eigenen Namen, der Besitz von ihr zu ergreifen schien. Dennoch musste sie gehorchen, also stand sie auf und ging mit gesenktem Blick zu der Göttin.

»Sieh hoch.«

Suviel gehorchte. Die ErdenMutter überragte sie. In ihr langes, dunkles Haar hatte sie blaue Blumen geflochten, ihre Gesichtszüge waren kräftig und klar, ihre Augen von einem kupfernen Grün, das Suviels Gedanken auszuleuchten schien. Einen Moment betrachtete die Göttin sie aufmerksam, dann ging sie zu der undurchdringlichen Wand aus Ranken und Blättern auf der anderen Seite der Lichtung. Suviel musste ihr folgen.

»Ich habe einige Aufgaben für dich«, erklärte die Göttin. »Erstens wäre es von Vorteil, einige deiner Erinnerungen und Fähigkeiten zu restaurieren ...«

In einem Moment war sie nur eine leere Hülle, die einen fremden Namen trug. Im nächsten Augenblick drängten sich das Wissen und die Geschichte der Länder des Reiches in ihrem Kopf, Namen, Orte, Bedeutungen, all die Dinge, welche Suviel im Tal der Linderung abgeschüttelt hatte. Sie hätte am liebsten geweint.

»Jetzt pass auf.«

Die ErdenMutter machte eine kleine Handbewegung, und die Macht wallte um sie herum, als sich in der Wand aus Ranken eine ovale Öffnung bildete, die so groß war wie die ErdenMutter selbst. Funkelnde Wellen liefen über die Dunkelheit in dem Loch und beruhigten sich, um den Blick auf eine dämmrige Kammer freizugeben, die von zwei großen Kerzen erleuchtet wurde. Auf einem Tisch lagen einige Gegenstände, ein Buch und zwei Kästchen, die plötzlich transparent wurden und ihren Inhalt enthüllten. Suviel gab einen leisen Laut von sich, als sie die Gegenstände wiedererkannte.

»Das Kristallauge und der Mutterkeim.«

»Die Beute, welche die Schattenkönige, vor allem Byrnak mehr als alles andere begehren«, antwortete die ErdenMutter. »Der Besitz dieser Artefakte würde ihnen die Macht geben, sich ein für allemal des Herrn des Zwielichts zu entledigen. Aber das werde ich nicht erlauben, denn ich werde meine Rache nehmen!«

Der Groll der Göttin ließ die Luft erzittern, und die Umgebung schien sich plötzlich zu verdunkeln. Sie machte eine weitere, winzige Handbewegung, und die Szenerie veränderte sich erneut. Die Kammer verschwand in einem schimmernden Nebel, der sich klärte und einen Hof mit einem offenen Torbogen zeigte, von dem aus man auf eine weite Wasserfläche unter einem bewölkten Himmel blickte. Im Vordergrund stand ein untersetzter kahlköpfiger Mann in der braunen Kutte eines Mönches, und zwei militärisch gekleidete Männer, die rote Umhänge, identische, versilberte Brustplatten und aufwendige goldene Gesichtsmasken trugen. Die Maskierten waren Offiziere der Theokratie von Jefren, aber war das im Hintergrund nicht die Birrdaelin-See? War die Theokratie so schnell so weit vorgedrungen? Der Kahlköpfige war eindeutig Coireg Mazaret. Die Erinnerungen, zu denen Suviel jetzt

Zugang hatte, verrieten ihr nur wenig zu diesem Namen, aber irgendwie schien er mehr zu bedeuten, etwas, was sie nicht zu fassen vermochte.

Einige Meter von Coireg Mazaret entfernt standen fünf verhüllte Gestalten, die wie Reiter oder Kundschafter gekleidet waren. Die erste näherte sich Mazaret, beugte vor ihm das Knie und schob seine Kapuze zurück. Suviel erkannte ihn, und unterdrückte rasch ihr Erschrecken. Es war Gilly Cordale.

Doch seine Gesichtszüge waren kalkweiß und seine Augen farblos. Während Mazaret einige Worte mit ihm wechselte und ihm einen Dolch mit einem Knochengriff in einer gebogenen Scheide gab, beschlich sie ein undeutlicher Verdacht. Der Mann nahm die Waffe, stand auf und verschwand durch den Torweg, ohne einen Blick zurückzuwerfen. Der nächste trat zu Mazaret, kniete sich hin und entblößte seinen Kopf. Sein Gesicht war mit dem des Mannes davor identisch.

Es waren Geistschatten, magische Doppelgänger, die auf die Essenz einer realen Person angewiesen waren, die ihnen eine Art Halb-Existenz gewährte. Aus ihren Erinnerungen wusste Suviel, dass man ihr dasselbe ebenfalls angetan und sie dabei all dessen beraubt hatte, was sie einst gewesen war. Das Kristallauge hatte den größten Teil davon restauriert, bevor sie gestorben war ...

»Selbst die Handlanger des Feindes dienen unwissentlich meinen Plänen«, sagte die ErdenMutter, während sich die Übergabe des Dolches bei den anderen Geistschatten wiederholte, die dem ersten durch den Torweg folgten.

»Was sollen sie tun?«, fragte Suviel.

»Sie werden als Meuchelmörder ausgeschickt«, erklärte die Göttin. »Sie tragen tödliche Klingen bei sich, in deren Griffen genug Gift ist, um alles Lebende zu töten, ganz gleich wie stark und widerstandsfähig es auch sein mag. Wenn die Körper der Schattenkönige sterben, gewinnen die Fragmente des Herrn des Zwielichts ihre Freiheit. Die Akolythen haben sich heimlich mit der Theokratie von Jefren verbündet, als ihnen klar wurde, dass Byrnak und die anderen Schattenkönige den Fürsten der Finsternis dort lassen wollen, wo er ist. Was du siehst, ist das Ergebnis ihres Paktes. Sie könnten sich für uns vielleicht als nützlich erweisen, sollten andere Strategien scheitern ...«

Die ErdenMutter schnippte mit den Fingern. Erneut verschwand die Szene in einem wirbelnden Nebel, bildete sich neu und zeigte eine dunkle steinerne Kammer. Kleine Lampen brannten auf hohen Ständern in allen vier Ecken und beleuchteten einen großen, eisernen Käfig, der an Ketten von einer Decke herunterhing, die im Dunkeln lag. Unter dem Käfig schimmerte ein smaragdgrünes Muster, das in die Steinplatten des Fußbodens dieses Verlieses gemeißelt worden waren. Die Kurven und Haken der komplizierten Symbole kündeten von uralter Macht. Das gelbliche Licht der Lampen und das grüne Leuchten zeigten das verzerrte, bärtige Gesicht, das aus dem Käfig blickte, in einer ungesunden Farbe.

»Ystregul«, erklärte die ErdenMutter. »Der erste Schattenkönig, den das Fragment des Herrn des Zwielichts in den Wahnsinn getrieben hat. Wie du siehst, wird er von einer Fülle von Zaubern gehalten. Obwohl ich sofort diesen Raum betreten könnte, würde meine bloße Gegenwart überall in Trevada Alarm auslösen.

Aus diesem Grund, Suviel, werde ich dich in einen weniger heiklen Bereich von Trevada entsenden, von wo du dir einen Weg durch die Passage unter der Basilika suchen wirst, diese Kammer betrittst und ihn befreist.«

Um so einem Meuchelmörder leichter Zugang zu ihm zu verschaffen?, fragte sich Suviel. Auf jeden Fall wird er mich dann angreifen können...

Aber sie senkte nur den Kopf vor der Göttin und hoffte, bald in die Ruhe des Nichts zurückkehren zu können.

»Göttliche Mutter, Ihr befehlt über mich. Wann soll ich mit der Aufgabe beginnen?«

»Bald, Suviel, schon sehr bald.«

Tavo stemmte seine Füße auf einen eisfreien Vorsprung und hielt sich mit seiner unversehrten Hand an einem Spalt im Fels fest, während er angestrengt nach Luft rang. Er musste mittlerweile dicht unter der Spitze der Klippe sein. Es war ein langer, quälender Aufstieg gewesen, bei dem er zweimal gestürzt war, peitschende Regenschauer, Hagel und Schnee ertragen hatte und jetzt beinahe noch von dieser verräterischen Hexe Nerek entdeckt worden wäre. Das war vor mehreren Stunden gewesen, als sie und zwei dieser Magierhunde auf der Steinbrücke aufgetaucht waren, welche die Befestigungen des Festlandes mit den beiden Felsinseln verband, deren Wehrtürme den Zugang zum Hafen bewachten. Als sie an den beiden Seiten der Brücke hinunterblickten, hatte Tavo ganz flach und vollkommen ruhig dagelegen und jede Spur des BrunnQuell aus seinem Wesen verdrängt. Nach einer Weile hatte er hinaufgeschaut und bemerkt, dass sie die Brücke verlassen hatten. Mit einem Dankgebet an den Fürsten des Zwielichts war er weiter nach oben geklettert …

Tavo fühlte sich jetzt ein bisschen erholt und schob die Finger seiner unverletzten Hand in einen schmalen Felsspalt, der horizontal über ihm verlief. Einen Fuß setzte er auf einen Vorsprung, und zog sich hinauf. Seine andere Hand war nutzlos. Er hatte sie sich bei einem Sturz gebrochen, nach welchem er fast betäubt vor Schmerz auf einem Vorsprung weit unter seinem jetzigen Standort liegen geblieben war. Er hatte den BrunnQuell benutzt, um seine Knochen zu einer geballten Faust zu verschmelzen, damit er wenigstens Unterarm und Ellbogen als Hebel einsetzen konnte. Seine zerfetzten Muskeln schmerzten höllisch, aber in diese Qualen mischte sich der Schmerz der anderen Wunden, welche er in den letzten Tagen erlitten hatte. Ganz zu schweigen von den Verbrennungen, die er in diesem verfluchten Kolleg hatte ertragen müssen. Und dazu kamen noch die schleichenden Missbildungen von Haut und Knochen, welche die Verwendung der vereinten Kräfte des BrunnQuell und der Niederen Macht mit sich brachte. Bei all dem fühlte sich sein Körper wie ein einziges Bündel Qualen an, das er jetzt langsam den blanken Fels hinaufzwang.

Das Kliff wirkte wie ein riesiges Labyrinth aus Vorsprüngen, Höhlen, schroffen Klippen und Spalten, welche die Witterung in den Fels hineingeschnitten hatte. Im Frühling und Sommer beherbergte es außerdem tausende von Vögeln, deren verfallene Nester und Exkremente jeden Vorsprung und jede Senke bedeckten, was dazu führte, dass er bei seiner Klettertour von einer stinkenden Kruste überzogen wurde. Bei jedem Schritt, bei jedem Halt, der sich seinem Fuß und seiner Hand bot und der sein Gewicht hielt und nicht abbröckelte, verfluchte er die gefiederte Plage. Allmählich wurde es dunkler, als sich die Sonne senkte, aber er hatte ohnehin fast den ganzen Tag in eiskaltem Schatten an der Felswand zugebracht, und nur die Hitze des BrunnQuell verhinderte, dass der Frost in seine Glieder drang und sie betäubte.

Als es dunkler wurde und der Himmel sich bewölkte, neigte sich die senkrechte Wand zu einem steilen Hang, auf dem zähe Blutsdorn-Büsche wuchsen. Vorsichtig kletterte er hinauf und nutzte jeden noch so kleinen Halt, den er finden konnte. Schließlich schob Tavo sich mit dem Bauch über den flachen, schneebedeckten Boden. Zu seiner Rechten erhoben sich die gewaltigen Mauern Besh-Daroks, auf deren Türmen und Zinnen Wachfeuer leuchteten. Am liebsten wäre er aufgesprungen, hätte trotzig getanzt und geschrieen, sie verspottet, weil sie ihn hatten entkommen lassen. Er widerstand diesem Drang jedoch, kroch außer Sicht der Mauern und suchte Deckung hinter einem schneebedeckten Dickicht von Catyrbüschen. In diesem Versteck konnte er die Macht des BrunnQuell auf eine Art nutzen, die ihm in der Stadt unmöglich gewesen war. Er öffnete sich ihr, fühlte ihre Hitze, die ihn überflutete, das Flehen des BrunnQuell, benutzt zu werden ... Die Intensität überwältigte ihn beinahe, weil er so geschwächt war, und er zitterte am ganzen Körper, während er darum rang, die Macht seinen Zwecken gefügig zu machen. Schließlich hatte er, was er wollte, ein Auge, das ihm die nächsten Verbündeten und Diener von Gorla oder Keshada zeigte. Er setzte sich aufrecht hin, richtete es nach Südwesten aus und spähte durch einen merkwürdigen Nebel in die Ferne. Beinahe sofort erblickte er einen Eckturm der langen, wachsenden Mauer, und einen Moment später auch ein Wesen, das ihn ebenfalls wahrnahm. Augenblicklich erkannte der Wächter den Diener der Schattenkönige und bot ihm an, Hilfe zu senden. Er akzeptierte das dankbar.

Nachdem er den BrunnQuell in sich wieder gebändigt hatte, lehnte er sich schweratmend zurück.

Schon bald, meine Großen Gebieter, werdet Ihr erfahren, dass sich das dritte Artefakt nicht in Besh-Darok befindet, sondern auf dem Grund des Wilden Meeres.

21

Sei leer, zu empfangen,
Brich, um ganz zu bleiben,
Sei nirgends, um überall zu sein.

Sprichwort der Schamanen

An dem dunklen, spiegelnden Teich in der Nähe der Lichtung, an der jeder Pfad ins Innerland der Hexenmähren begann, saß Tauric auf dem glatten Felsen am Rand des Wassers, warf trockene Zweige hinein und beobachtete die Wellen, die sie schlugen. Hinter ihm leerte Ghazrek gerade einen weiteren Teller mit Köstlichkeiten. Für den Offizier der Mogaun war seit ihrer Flucht aus dem Tempel in Nimas kaum ein halber Tag verstrichen, während Tauric fast eine Woche lang zahlreiche Hexenmähren in den Kokons ihrer illusorischen Innenländer besucht hatte. Die meisten waren nicht einmal geneigt, seine Bitte um Hilfe anzuhören, und nicht eine zeigte auch nur den geringsten Funken Verständnis.

Merkwürdigerweise schien der Geist des VaterBaumes, der in seinem Verstand wohnte, mit dem Ergebnis nicht unzufrieden zu sein. Er schlug vor, dass Tauric sich am Teich ausruhte, während er über all das nachdachte, was er gesehen hatte. Dabei war Ruhe das Letzte, was Tauric benötigte. Er war nicht im Geringsten ermüdet, hatte jedoch trotzdem nachgegeben. Er hoffte, dass es ihm half, die Situation für sich selbst zu durchdenken, wenn er sich entspannte, und seine Gedanken zur Ruhe kamen. Aber statt dessen brütete er nur über die Fehler, die er gemacht hatte, das naive Vertrauen, das er in jene gesetzt hatte, sie sich am Ende als seine erbittersten Feinde entpuppt hatten. War es nicht möglich, dass er denselben Fehler erneut beging?

Ihr habt vollkommen Recht damit, eine solche Frage zu stellen, sagte der Geist des VaterBaumes. *Zu meiner Verteidigung kann ich nur sagen, dass ich Euch nicht gegen Euren Willen bedrängt habe und das auch nicht tun werde. Falls ich Euch nicht überzeugen kann, werden wir es beenden.*

Woher soll ich wissen, dass Ihr nicht mit meinem ... Urteilsvermögen herumgespielt habt und mich geschickt dahin steuert, Eurem Vorschlag zuzustimmen?

Das könnt Ihr nicht, aber ich schwöre Euch bei der Heiligen Leere, dass Euer Verstand Euch allein gehört und unberührt von meiner Hand bleibt.

Verstehe, dachte Tauric und warf seine letzten Zweigstückchen ins Wasser. Wohlan denn, habt Ihr ausreichend über all das nachgedacht, was wir erlebt haben, und seid Ihr zu einem Schluss gekommen?

Ja und ja. Zunächst müssen wir uns an Shondareth wenden und ihn fragen, wie man ein Innerland erschafft.

Tauric erschrak. Seid Ihr sicher?

Alles wird Euch sehr bald klar werden, und es besteht weder eine Gefahr noch ein Risiko. Ihr müsst mir nur vertrauen.

Tauric lachte leise. Einverstanden, dachte er, und sah sich um. Die Hexenmähre zupfte an einigen saftigen Trauben an einem Busch am Rand der Lichtung. Als Tauric aufstand, sah Ghazrek ihn an.

»Ganz recht, Majestät, gebt nicht auf«, nuschelte er mit vollem Mund. »Reibt es ihnen unter Ihre rassigen Nüstern, wenn es nicht anders geht ...!«

Tauric lächelte, nickte, ging zu Shondareth und stellte ihm die Frage. Die Hexenmähre sah ihn aufmerksam an.

»Also gebt Ihr die Vergeblichkeit Eurer Suche zu. Wollt Ihr der Gemeinschaft des inneren Friedens beitreten?«

Tauric zuckte mit den Schultern. »Das weiß ich erst, wenn ich sicher bin, was es mit sich bringt, und was es von mir verlangt.«

»Jedes Innerland ist ein Teil dieses Refugiums, das von der Heiligen Leere geschaffen wird«, erwiderte Shondareth. »Sie wird Euch alles geben, was Ihr verlangt. Wenn Ihr eine Domäne beanspruchen wollt, bahnt einfach einen neuen Pfad durch den Wald, den Ihr hier seht. Das Blattwerk ist gelegentlich ein bisschen widerspenstig, aber sobald ihr Euch hindurchgekämpft habt, werdet Ihr einen schattigen, nebligen Ort erreichen. Was Ihr Euch vorstellen könnt, wird dort für Euch geschaffen.«

Mit diesen Worten drehte die Hexenmähre sich um, trabte zwischen den Bäumen zu einem nahegelegenen Pfad und verschwand.

Tauric ging suchend am Rand des dichten Unterholzes entlang, bis er eine Stelle aus unberührtem Dickicht fand. Der Geist des VaterBaumes stimmte seiner Wahl zu, also arbeitete er sich durch das hohe Gras, die Ranken und schob sich an Büschen vorbei, die mit spitzen Dornen bewehrt waren. Nach einem längeren Kampf mit diesen Hindernissen, die ihm viele Kratzer einbrachten, trat er auf eine freie Fläche hinaus. Sie lag im Schatten von massiven Bäumen, und in dieser Dunkelheit schwebte ein Nebel, der alle Formen verbarg.

»Das muss es sein«, sagte er leise und schüttelte sich unwillkürlich. Sofort bildeten sich Wirbel in dem Nebel, und eine große Gestalt nahm Form an. Ihre Umrisse waren verschwommen, aber ihr Gesicht war vollkommen deutlich. Byrnaks Fratze starrte ihn eine Sekunde an, bevor sie wieder in die geisterhafte Dämmerung zurücktauchte. Tauric fröstelte.

Es scheint geraten, Sorgfalt und Aufmerksamkeit walten zu lassen und sehr genau bei unseren Schöpfungen vorzugehen …

Links von ihm hob sich die neblige Dämmerung plötzlich, und er schaute über öde, feuchte Felder zu den hohen Mauern einer Stadt am Meer. Elendsviertel drängten sich an die Mauern und erstreckten sich zu beiden Seiten der Hauptstraße. Während Tauric zusah, quollen Rauchwolken aus den Hütten, welche den Toren am nächsten lagen.

Das ist die Stadt Choraya in Honjir, aus der die Flüchtlinge auf Byrnaks Befehl hin vertrieben wurden. Zehntausende starben im Feuer, und hunderttausend flohen über die Straße nach Roharka. Hunger und Seuchen forderten noch viel mehr Todesopfer.

Tauric stand da und schaute betäubt vor Entsetzen zu, als eine Zerstörung nach der anderen sich vor seinen Augen abspielte,

Landschaften ineinander übergingen und sich wie ein endloser Teppich unablässiger Vernichtung verwoben. Hier das brennende Tobrosa, dessen gewaltige Rauchwolke nach Osten zum Rukang-Massiv wehte, daneben die Hauptstadt Yularias, Rauthaz, von deren Fried noch Gunderleks zerfetzte Banner flatterten, während in ihren Straßen Fressbiester seine Männer jagten. Dann die zerstörte, schneebedeckte Ruine von Nimas, und in rascher Folge eine Reihe von Dörfern der Anghatani, die in Flammen aufgingen, während ihre Bewohner in Ketten abgeführt wurden.

Die uralten Ruinen von Alvergost, eine geschleifte Zitadelle unter der Geißel eines grausamen Winters und voller Flüchtlinge, welche die Banden fürchteten, die des Nachts umherstreiften.

Soldaten und Seeleute kämpften verzweifelt auf den Decks großer Schiffe, die von Rauch umhüllt waren, während am nahen Ufer eine Stadt in Flammen stand.

In einer Küstenstadt in Yularia fand eine Massenenthauptung von Priestern und Adligen statt...

Tauric liefen die Tränen über die Wangen. Er ließ sich auf einen umgestürzten Baumstamm sinken und vergrub das Gesicht in seinen Händen.

Es tut mir Leid, dass ich Euch solch schreckliche Dinge zumuten muss, sagte der Geist des VaterBaumes. *Aber das ist die Realität der Taten des Bösen Dem müssen wir uns mit aller Kraft widersetzen. Sollten die Schattenkönige gewinnen, wird der Herr des Zwielichts zurückkehren, und all dies wird nur ein Vorgeschmack auf die Torturen sein, die er diesen Ländern zufügen wird. Also ... Es tut mir Leid, aber es ist notwendig.*

»Ich ... ich verstehe«, sagte Tauric. »Aber wenn die Hexenmähren nicht einmal zuhören, wenn wir zu ihnen gehen, warum sollten sie wohl hierher kommen und es sich ansehen?«

Das müssen sie nicht, erwiderte der Geist des VaterBaumes. *All ihre kleinen Refugien sind miteinander verbunden, deshalb können wir diese schrecklichen Bilder durch alle hindurchsenden, wie ein Schiff mit einer Fracht des Leidens, das ihr Mitgefühl und ihre Scham provozieren wird. Euer Gefährte hat es recht drastisch ausgedrückt, als wir den Teich verlassen haben ...*

Tauric runzelte die Stirn, als er sich an Ghazreks Worte erinnerte, und lächelte. »Wir sollen es ihnen unter ihre rassigen Nüstern reiben?«

Ganz genau.

Der Tag der zweiten Schlacht um Besh-Darok dämmerte grau und nebelverhangen herauf, die Luft war eisig von dem starken Nachtfrost, der keinerlei Anstalten machte, in seiner bissigen Kraft nachzulassen. Die Stadt trotzte mit ihren hohen, glatten Mauern, den massiven Türmen und den weiten Wällen und Bollwerken jeder Belagerungsarmee. Die Zinnen waren vollständig bemannt, und unzählige Standarten und Banner hingen von Stangen herunter oder waren einfach über die Befestigungen gelegt worden. Besh-Darok gab sich den Anstrich unbezwingbarer Stärke, aber Byrnak kannte die Wahrheit. Die Garnison der Stadt zählte kaum mehr als dreizehntausend Mann. Darin eingerechnet waren bereits die erheblich zusammengeschmolzenen Streitkräfte, die Yasgur noch ergeben waren, die neuen Ritterorden und die spärlichen Verstärkungstruppen, die vom Meer her eintrafen. Im Gegensatz dazu hatte er Gorla und Keshada beinahe vollkommen geleert und führte über fünfundsiebzigtausend schwarz gewappnete Bewaffnete ins Feld, von denen jeder den Geist eines fanatisch loyalen BrunnQuell-Kriegers in sich trug, den er von seinen eigenen, seelengebundenen Akolythen aus dem Tal der Linderung hatte stehlen lassen.

Die wichtigste Wahrheit war jedoch jene Mitteilung, die ihm ein Spion Kodels überbracht hatte, dem es gelungen war, aus Besh-Darok zu entkommen. Die Magier besaßen den Stab der Leere nicht, sondern suchten selbst verzweifelt danach. Als der halbtote Spion nach Einbruch der Dämmerung zu ihm gebracht wurde und ihm alles berichtete, was er wusste, hatte Byrnak lange und laut gelacht. Als Azurech daraufhin eifrig einen sofortigen Angriff auf Besh-Darok vorschlug, verwarf Byrnak diese Idee jedoch.

»Dies könnte die letzte große Schlacht sein, die in diesen Landen stattfindet«, hatte er geantwortet. »Wir wollen sie bei Tageslicht ausfechten, damit das ganze Ausmaß unserer Strafe für alle sichtbar ist.«

Schattenkönig Byrnak saß jetzt auf seinem schwarzen Hengst, trug einen prachtvollen langen, schwarzen Kriegsmantel über seinem silbernen Kettenhemd, gepanzerte Handschuhe und einen schwarzen Helm, der mit einer Krone geschmückt war. Um ihn scharten sich die zweihundert Reiter seiner Leibgarde mit ihren Langschwertern, dazu zwanzig Akolythen, die an seinen Willen gebunden waren sowie zahlreiche Bannerträger mit hohen, dunklen Standarten und einige Diener. Vom Grat eines vollkommen gerodeten Hügels aus überblickte er die dunklen Reihen seiner Krieger und die weiße, schneebedeckte Ebene, in welcher die Stadt lag.

Er hatte seine Streitmacht in einem Halbkreis etwa eine Meile vor Besh-Darok aufgestellt. Sie war unterteilt in acht Regimenter mit jeweils fünftausend Mann, hauptsächlich Schwertkämpfer und Speerträger, die von einigen Schwadronen leichter Reiterei und Bogenschützen verstärkt wurden. Sechs Schwadronen Kavallerie von je zweitausend Reitern, fünf Kompanien Bogenschützen von je eintausend Mann und fünf Trupps Elitekämpfer, die je achthundert Mann stark waren. Die Katapult- und Mauerbrecherkompanien zählten ungefähr eintausend Mann, doch ihre kleinere Zahl minderte nicht ihre Bedeutung.

Denn dazu kam die gerade fertiggestellte Kriegsmaschine, deren langsamer Vormarsch aus Gorla sie noch vor den Blicken der Verteidiger verbarg, während der planlose Marsch der Kriegshorden der Mogaun nach Süden offenbar bedeutete, dass sie nicht an dem ersten Angriff teilnahmen. Er verfügte über eine reichliche Zahl von Fressbiestern, konnte jedoch nur auf eine Hand voll Nachtjäger zurückgreifen, welche die Akolythen von Trevada angeblich nur mit Mühe aus einem unvorhergesehenen Winterschlafzyklus hatten wecken können. Byrnak hatte das mit erstaunlichem äußerem Gleichmut aufgenommen, insgeheim jedoch hatte er sich geschworen, dass er die Akolythen gnadenlos bestrafen würde, sobald der Krieg vorbei war.

Es rannten weder Läufer zwischen den Formationen hin und

her, noch schickte er Botenvögel in die Luft. Er brauchte beides nicht. Alle Kommandeure und Unterführer waren an ihn seelengebunden, sodass er jeden Abschnitt des Schlachtfeldes jederzeit unter seiner Kontrolle hatte. Selbst als er jetzt in seinem Sattel saß und von dem Grat hinunterschaute, war er in der Lage, durch die Augen eines Anführers der Bogenschützen zu blicken, der mit seinen Männern auf dem Hang eines buschbestandenen Hügels wartete, oder eines Unterführers der Kavallerie, der in einer Schlucht im Norden des Angriffsbefehls harrte ...

Die ganze Zeit war er sich dabei des Beobachters in dem Hohen Turm hinter den Mauern bewusst, der forschenden Aufmerksamkeit des Erzmagiers Bardow. Er spürte sogar die Gegenwart des Kristallauges, das immer wachsam und auf den Erzmagier ausgerichtet war, und ihn damit zu einem nicht zu unterschätzenden Gegner machte. Aber Bardow war der einzige ernstzunehmende Feind. Die anderen Magier der Stadt waren Narren und unbedeutende Schwächlinge.

Byrnak lächelte, als ihm einfiel, dass er Nerek nicht in sein Kalkül einbezogen hatte. Sie war ein BrunnQuell-Geschöpf, zur Waffe geformt von seiner eigenen Wut, aber ohne die Sicherheit der Seelenbindung. Mit ihrem freien Willen hatte sie sich gegen ihn gestellt und sich der Sache des Feindes verschrieben. Aber wie gut sie den BrunnQuell auch beherrschen mochte, sie würde bald lernen, dass die dunkle Macht letztlich seinem Befehl gehorchte, nicht ihrem.

Byrnak sog voller Vorfreude die eisige, trockene Luft tief in seine Lungen. Es wurde allmählich Zeit, den Vorhang zum Schlussakt des großen Dramas zu heben, zuvor jedoch harrte seiner ein aufschlussreiches Zwischenspiel. Eine halbe Meile nördlich seiner Position lag auf einer langen, niedrigen Anhöhe das Fort, in dessen Ruinen Ystregul seine Tücke vor wenigen Monaten bewiesen hatte. Mittlerweile war das Fort neu befestigt und vom Feind besetzt worden, und über seinen Zinnen flatterte stolz die Fahne Besh-Daroks, während sich von den Kochstellen Rauch in die Luft kräuselte. Seine Späher hatten ihm verraten, dass weniger als zweihundert Mann Besatzung in seinen notdürftig geflickten Wällen warteten, also hatte er auf beiden Seiten eine Schwadron Kavallerie und eine Einheit seiner Elitekämpfer aufgestellt. Niemand würde entkommen.

Er führte konzentriert seine Gedanken das seelengebundene Netz entlang, erteilte Befehle und gab Anweisungen. Die Reiter richteten ihre Speere und Streitäxte aus, während die gezückten Schwerter der Elitetruppen grünlich im Feuer der Macht funkelten. Seine Vision wechselte rasch die Perspektiven, bis sie zu den Kommandeuren der beiden Kompanien Bogenschützen gelangte, die südlich des Forts Stellung bezogen hatten. Er hielt einen Moment inne und genoss das Gefühl, mitten zwischen tausenden von maskierten Schützen zu stehen, alle mit bereiten Bögen, die nur auf seinen Befehl warteten, zu spannen und ihr Ziel zu erfassen. Er fühlte die Aufmerksamkeit der beiden Kommandeure, während er sie instruierte, als wären auch sie Bögen, die seine eigenen Hände spannten ...

Und sie schrieen wie ein Mann seinen Befehl: »Feuer!«

Yasgur hastete über den Wall vom Gallaro-Tor zum Schild-Tor, als einer seiner Stabshauptleute plötzlich aufschrie: »Sie greifen das Alte Fort an!«

Yasgur wirbelte herum und sah eine gewaltige, dunkle Wolke von Pfeilen aufsteigen. Nachdem der Scheitelpunkt erreicht war, senkte sich der Geschosshagel langsam auf die unvollständigen Mauern des Forts. Man konnte aus dieser Entfernung nichts hören, in seiner Vorstellung jedoch nahm er das Rauschen wahr, die scharfen, klirrenden Einschläge, wenn die Pfeile auf Rüstungen trafen, das Stöhnen, das Ächzen und die Schreie der Verwundeten und Sterbenden. Eine zweite Wolke von Pfeilen erhob und senkte sich, und dann flog ein größeres, schwarzes Geschoss hinter dem Kamm empor und schlug in das Fort ein. Mittlerweile standen alle Soldaten auf den Bastionen und verfolgten den brutalen Angriff.

Einen Moment schien nichts weiter zu geschehen, dann sah Yasgur, wie eine große Formation von Fußtruppen den Hügelkamm hinaufmarschierte. Weiter rechts galoppierte eine dunkle Masse von Reitern die sanfteren Hänge des Hügels empor. Sie vereinigten sich mit den anderen, die hinter dem Hügel hervorkamen und ähnelten jetzt eher einem Schwarm von schwarzen Insekten, denn einer Armee aus Menschen.

Außerdem fiel Yasgur auf, dass er weder Hörner noch Trommeln hörte, welche die Bewegungen und Angriffe der Armee des Schattenkönigs dirigiert hätten.

»Es ist nichts zu hören«, murmelte er.

»Sie hören seine Befehle in ihren Köpfen, Lordregent«, sagte eine Frau neben ihm.

Es war Nerek. Die Frau, die, wie behauptet wurde, einst die Geliebte des Schattenkönigs Byrnak gewesen war. Sie trug einen dunkelblauen Mantel über einem schlichten Lederwams und war mit einem Langdolch und einem Krummsäbel bewaffnet. Sie war barhäuptig und ihre Miene wirkte unbeteiligt, ihre Augen jedoch verrieten Müdigkeit und Trauer. Yasgur bemerkte zudem einen grünlichen Schimmer auf ihrer blassen Haut.

»Was meint Ihr damit?«

Nerek sah ihn an. »Byrnak hat seine hohen Offiziere seelengebunden. Er sieht, was sie sehen, und sie hören jeden seiner Befehle in ihrem Kopf.«

Als Yasgur die Konsequenzen ihrer Worte begriff, rang er mühsam seine Verzweiflung und seine Wut nieder. »Das heißt ... die Armee ist der Mann, und der Mann ist die Armee.« Er starrte Nerek an. »Wo liegen seine Schwächen?«

Sie runzelte die Stirn. »Ich fürchte, er hat keine. Er ist ein vollendeter Stratege und Taktiker, dennoch ...«

»Dennoch?«

Nerek zuckte mit den Schultern. »Er hat die Instinkte eines Raubtiers, und manchmal setzt er zu früh zum tödlichen Schlag an.«

Yasgur dachte über ihre Worte nach und überlegte, wie er diese Frau zu seinem Vorteil einsetzen konnte. Da Byrnak die Stadt mit seinen Streitkräften eingeschlossen hatte, schien es keine Möglichkeit für die Kriegshorde der Mogaun zu geben, ihm zu

Hilfe zu kommen, ohne sich selbst einem brutalen Angriff auszusetzen. Es würde verlustreiche und unerwartete Manöver erfordern, um Byrnaks Angriff zurückzuschlagen. Er wurde in seinen Überlegungen unterbrochen, als verzweifelte Schreie auf den Zinnen aufbrandeten, und er blickte erneut zum Alten Fort.

Der Fahnenmast war verschwunden, und vor Yasgurs Augen zogen hunderte von schwarzmaskierten Kämpfern an langen Seilen. Die Wälle des Forts wurden methodisch und erschreckend schnell eingerissen, bis kein Stein mehr auf dem anderen stand. Die Botschaft an Besh-Darok war unmissverständlich. Als sich Yasgur auf den Zinnen umsah, auf denen Todesstille herrschte, sah er überall grimmige, furchtsame Gesichter. Niemand sagte etwas, als hätte der schmerzliche Anblick des zerstörten Forts den Zuschauern die Sprache verschlagen.

Dann hörte er, wie jemand rhythmisch klatschte, und mit einer heiseren, kräftigen Stimme ein Lied anstimmte. Der Text ertönte in der Sprache der Mogaun, aber Yasgur erkannte das Lied erst nach ein paar Versen. Es war ein alter Kinderreim, »Der alte Narr reißt nieder seine Hütte«, die von dem Versuch eines alten Mannes erzählte, Ameisen daran zu hindern, in seine Hütte einzudringen. Überraschtes Gelächter brandete über die Wälle, und andere nahmen den Refrain auf. Es war ein einfacher, langsamer Vers, der damit endete, dass der Sänger mit beiden Füßen auf die Erde stampfte, bevor die nächste Strophe begann. Die Mogaun stimmten in das alte Kinderlied ein, dann auch die Khatrisianer, und Lautstärke und Tonfall des Liedes veränderten sich. Schon bald schrieen tausende von Stimmen die Unsinnsworte trotzig heraus, und das Stampfen der Füße rollte wie Donner über die Befestigungen. Yasgur neigte nicht gerade zu dramatischen Gesten, aber als das Lied sein brüllendes Crescendo erreichte, schnappte er sich eine Fahne, die in einem der eisernen Halter an den Befestigungen hing, und sprang auf die Zinne.

Er hielt die Fahne hoch, und deutete mit der anderen Hand auf eine weit entfernte Ansammlung von Bannern, die Byrnaks Standort markierten. Ein tosendes Gebrüll schlug ihm entgegen, und er musste warten, bis es ein wenig abebbte, bevor er so laut rief, wie er konnte: »Ich kann dich sehen, Alter Narr!« Er winkte mit seiner ausgestreckten Hand, was weitere freudige Zustimmung auslöste. »Komm nur, Alterchen, wir warten!«

Unter lautem Jubelgeschrei sprang Yasgur von den Zinnen herunter, während Atroc sich ihm zügig näherte. Der Lordregent sah die Befriedigung in dem runzligen Gesicht, und sein Verdacht bestätigte sich.

»Hattest du damit etwas zu schaffen, Alter?«

»Ach, mein Prinz, Lieder sind die geheime Stimme der Seele, und als meine Seele sprach, konnte ich sie nicht zum Schweigen bringen!«

Yasgur grinste. »Gut gesungen, alter Freund«, sagte er und schlug ihm auf die Schulter. Leiser fügte er hinzu: »Und auch im rechten Moment. Den Männern drohte gerade der Mut zu sinken ...«

»Mylord.« Nerek trat neben ihn. »Ich muss gehen. Mein Pferd wird in der Eisen-Kaserne neu beschlagen, und ich möchte sichergehen, dass der Schmied gute Arbeit leistet.«

»Geht nur, Mylady«, erwiderte Yasgur. »Und kämpft gut.«

Sie verbeugte sich knapp und eilte die lange Treppe hinunter, die in die Mauer gehauen war. Yasgur sah ihr nach und drehte sich dann zu Atroc herum.

»Neuigkeiten vom Hafen?«, fragte er.

Der Seher nickte. »Zwei Segel wurden am südlichen Horizont gesichtet, aber bis jetzt ist nicht zu erkennen, ob es Freund oder Feind ist.«

Yasgur verzog ernüchtert das Gesicht. Die meisten befreiten Städte und Dörfer südlich des Großen Tales hatten versprochen, Truppen zur Verteidigung von Besh-Darok zu senden, aber nur wenige hatten auch tatsächlich Wort gehalten. Eine Botschaft aus Adnagaur sprach von drei Schiffen, aber es würde noch mindestens eine, vielleicht sogar zwei Stunden dauern, bis die heransegelnden Schiffe identifiziert werden konnten. In der Zwischenzeit musste er seine wenigen Männer so gut wie möglich verteilen. Er hatte das Gallaro-Tor und das Schild-Tor mit zusätzlichen Eisenstangen von innen verriegeln und dazu Tonnen von Felsbrocken dahinter aufhäufen lassen. Der Feind musste also entweder über die Stadtmauern klettern oder sie einreißen.

Er starrte über die Mauer hinweg auf die reglosen Formationen von Byrnaks riesiger Armee, auf die dichtgestaffelten, schwarzen Phalanxen, die sich deutlich gegen das schneebedeckte Terrain abhoben. Unter diesen großen Einheiten befanden sich sicherlich noch einige kleinere Gruppen mit Seilen und Leitern, das war sicher. Byrnaks Heer war größer, als der Blick erfassen konnte.

Und von den Mogaun war immer noch nichts zu sehen.

Dann ertönte das Geräusch, das Yasgur erwartet hatte. Sein Klang hallte scharf durch die kalte Luft. Es waren Hörner, die auf den nördlichen und südlichen Abschnitten der Mauer geblasen wurden und einen feindlichen Angriff meldeten. Von seinem Standort zwischen den beiden Haupttoren hatte er eine bessere Sicht auf die nördlichere Flanke und sah drei massive Einheiten von schwarzgekleideten Soldaten auf die Stadt zuströmen. Dann ersetzte der regelmäßige Rhythmus der Kriegstrommeln den Klang der Hörner. Yasgur hatte die Trommler auf flachen Dächern neben der Hauptmauer postiert.

Die Befehle waren klar, und die Reihen der Bogenschützen und Axtkämpfer warteten auf den Wällen, während die wenigen Katapulte der Stadt vorbereitet wurden. Schon bald würde die schreckliche Schlacht beginnen.

Nerek hatte den Fuß der langen Steintreppe erreicht, als die Hörner schmetterten. Sie lief unter dem hallenden Dröhnen der Kriegstrommeln über eine Nebenstraße, die von der Befestigungsmauer zur Shaska-Allee führte. Von hier gelangte sie auf gerader Strecke zu den Hauptkreuzungen und von dort weiter nach Osten über den Kapitänsweg. Die Eisen-Kaserne war von einer hohen Mauer umgeben, deren Eingang von zwei steinernen Statuen flankiert wurde, die bewaffnete Ritter zeigten. Beide wiesen Spuren jüngster Ausbesserungen auf. Sie näherte sich dem Tor, an dem einer der wachhabenden Offiziere vom Vortag sie erkannte und hineinließ.

Die Stallungen befanden sich in einem langen, niedrigen Gebäude auf der Westseite des Exerzierplatzes. Die Werkstatt des Hufschmiedes lag an ihrem rückwärtigen Ende. Der Schmied führte sie zur Box ihres Pferdes, wo sie sich davon überzeugte, dass der Beschlag zu ihrer Zufriedenheit ausgeführt worden war. Minuten später ritt sie aus den Toren der Kaserne.

Die Schlacht war in vollem Gang. Die feindlichen Kämpfer versuchten, die Zinnen über lange Sturmleitern zu erstürmen. Nerek blickte von ihrem Standort über die Dächer des Künstler- und Kollegviertels und das baumlose Gelände des Herrscher-Hains auf die lange südliche Mauer. Auf den Wällen tobten heftige Gefechte, und von den Wachtürmen hastete Verstärkung zu den umkämpftesten Stellen. Als sie an den Zwillingshügeln der Altstadt in nordwestlicher Richtung vorbeischaute, sah sie einen ähnlichen Kampf auf der Nordmauer. Die Verteidiger wankten anscheinend nicht und nutzten selbst den kleinsten Vorteil geschickt aus.

Plötzlich flammte hinter ihr ein Blitz auf, und als sie herumwirbelte, sah sie eine große, geflügelte Kreatur, die aus dem Himmel über dem Palast taumelte und ein abgehacktes Kreischen ausstieß, als sie dem Boden entgegenstürzte. Zwei der sechs Reiter, die auf ihrem Rücken saßen, wurden heruntergeschleudert, bevor die Kreatur die Schnauze senkte und die Flügel spreizte. Sie fegte dicht über die Außenwälle, kreiste und schlug dann außer Sicht hinter den Gebäuden südlich der Kaiserlichen Baracken auf.

Das musste einer von Byrnaks Nachtjägern sein. Vermutlich sollte er Krieger auf einem der Balkone des Hohen Turmes absetzen. Offenbar hielt dort jedoch jemand wachsam Ausschau, bereit, rasch zuzuschlagen. Das konnte nur Bardow sein. Aber sie hatte die Reiter auf dem Rücken des Nachtjägers gesehen und wusste, dass kein menschlicher Krieger gegen solche Kämpfer bestehen konnte. Da sie ohnehin auf dem Weg zu den Kaiserlichen Baracken gewesen war und sich für diese unvorhergesehene Gefahr gewappnet fühlte, wendete sie ihr Pferd und galoppierte so schnell sie konnte zum Palast hinauf.

Bardow fühlte sich in den ersten Augenblicken nach seinem Angriff auf den Nachtjäger ebenso erleichtert wie unbehaglich. Als der Sturm auf die Mauern begann, hatte er einige Gedankengesänge der Niederen Macht in seinem Kopf vorbereitet, unter anderem den der Sonnenlanze. Normalerweise wäre es ihn teuer zu stehen gekommen, diesen Bann zu wirken. Er wäre in eine Stunden dauernde Ohnmacht versunken, jetzt jedoch stützte er sich auf das Geländer des Balkons, während ihn nur ein leichter Schwindel packte.

Das Kristallauge, dachte er. Darauf eingestimmt zu sein, hat eindeutig Vorteile ... Allerdings frage ich mich, was die Nachteile sind ...

»Erzmagier! Seid Ihr verwundet?« Der Hauptmann der Paladine bewachte die große, von vielen Fenstern gesäumte Kammer, die Bardow als Beobachtungspunkt ausgewählt hatte.

»Mir geht es gut.« Er hob beschwichtigend die Hand. »Diese Kreatur ist in einer Straße in der Nähe der Kaiserlichen Baracken abgestürzt. Sendet Boten zu den Garnisonskommandeuren der Baracken und des Palastes, und schickt zwei Eurer Leute auf die nach Süden liegende Aggor, damit sie für mich Ausschau halten ...«

Der Paladin nickte, drehte sich um und gab entsprechende Befehle. Bardow atmete tief durch und spürte, wie eine lebendige Kraft ihn durchströmte. Er fühlte sich tatsächlich besser, auch wenn es ihm nicht gelang, die Sorgen abzuschütteln. Doch was nutzten solche quälenden Gedanken angesichts Byrnaks Armee, die sich ihnen wie das aufgerissene Maul einer wilden Bestie näherte? Er hüllte sich fester in seinen Umhang, drehte sich um und musterte die große Kammer. Einer seiner ranghöheren Bediensteten stand neben der Tür, und Bardow winkte ihn zu sich.

»Guter Mann«, begann er, »informiert den Hohen Verwalter, dass ich so viele Diener wie möglich auf den Balkonen des Hohen Turmes brauche. Er kann Küchenjungen schicken, wenn es nötig sein sollte, aber der Himmel um den Turm herum muss ständig beobachtet werden.«

»Ich sorge sofort dafür, Mylord«, erwiderte der Bedienstete und hastete hinaus.

Bardow runzelte die Stirn, als das Kristallauge ihm eine Warnung schickte. Er trat rasch wieder auf einen Balkon hinaus und sah hinab, während er seinen Blick von dem Kristallauge leiten ließ, das die Einzelheiten vergrößerte, ohne dass er dafür einen Gedankengesang brauchte. Sein Blick blieb schließlich an einer bewaffneten Frau hängen, die von den Eisen-Kasernen heranritt. Er verfolgte sie noch, selbst als sie aus seinem Blickfeld verschwand und Kurs auf das Gebiet nahm, in dem der Nachtjäger gelandet war.

Es war Nerek. Sie musste gesehen haben, wie die Kreatur abstürzte und wollte offensichtlich nachsehen, was mit ihr passiert war. Das beunruhigte Bardow und verärgerte ihn sogar. *Sie müsste es besser wissen, und ihre Energie aufsparen, statt sich in eine solche Gefahr zu begeben ...*

Bardow rief den Ritterhauptmann erneut auf den Balkon und erklärte ihm die Lage. »Schickt noch einen Eurer Männer hinaus. Er soll sie aufspüren und ihr ausrichten, sofort mit ihm hierher zurückzukehren. Und zwar auf meinen ausdrücklichen Befehl.«

»Es wird sofort geschehen, Mylord«, erwiderte der Hauptmann und eilte davon.

Als Bardow wieder allein war, ließ er seinen Blick über Byrnaks Armee und die Spuren in dem dunklen, aufgewühlten Schnee schweifen, der den Weg der Krieger markierte. Die Kriegstrommeln der Stadt schlugen jedoch weiter in ihrem regelmäßigen Rhythmus. Wäre es dem Feind gelungen, irgendwo Fuß zu fassen, hätte sich die Schlagfolge verdoppelt. Im Moment schienen Yasgurs Männer sie noch aufhalten zu können, und Bardows Aufmerksamkeit richtete sich auf den Heerhaufen der Mogaun, die jetzt in den neblig grauen Hügeln nördlich der Stadt auftauchten. Yasgur hatte dem Erzmagier von seinem Treffen mit Welgarak und Gordag berichtet und ihm erzählt, was sie vereinbart hatten. Was blieb den Oberhäuptlingen der Mogaun angesichts Byrnaks aufmarschierendem

Heer jedoch übrig, als ihre Kriegshorde wieder mit den Armeen des Schattenkönigs zu vereinen? Ein Angriff auf die Nachhut von Byrnaks nördlichen Heeresteilen würde der Stadt zwar ein wenig Luft verschaffen, aber sie würden sich einer schrecklichen Vergeltung aussetzen.

Zudem tauchte jetzt ein weit beunruhigenderes Element auf dem Schlachtfeld auf, eine riesige, von Pferden gezogene Kriegsmaschine, die sich langsam der westlichen Flanke von Byrnaks Truppen näherte. Mit Unterstützung des Kristallauges erkannte Bardow, dass es sich um ein massives Vehikel handelte, das auf acht großen Rädern rollte. Unter einer weiten Decke aus zusammengenähten Tierfellen und Häuten verbarg sich eine Art gewaltiger Arm, und Bardow spürte, dass der BrunnQuell an dieser Konstruktion und auch seinem Zweck teilhatte ...

War es eine Ramme, die sich durch die Befestigungen bohren sollte? Aber was für eine Ramme konnte wohl Besh-Daroks mächtige Mauern durchbrechen? Oder verbarg sich dahinter ein Katapult mit fürchterlicher Reichweite, das jeden Platz in der Stadt treffen konnte?

Seine Aufmerksamkeit wurde von Ereignissen auf den nördlichen Befestigungen abgelenkt. Die Verteidiger jubelten und schwenkten ihre Fahnen, als der Feind sich mit seinen Verwundeten und den restlichen Sturmleitern zurückzog. Bardow lächelte schwermütig, denn ihm war klar, dass dies nur der erste und sicherlich schwächste von vielen Angriffen gewesen war. Der Hauptteil von Byrnaks gewaltiger Armee wartete immer noch ab. Die Truppen hatten vor der Westwand Stellung bezogen, der sich dieser geheimnisvolle Kriegswagen ständig näherte. Der Erzmagier rief einen Bediensteten zu sich und befahl ihm, Alael aus der unteren Bibliothek zu holen und zu ihm zu bringen. Dann schaute er wieder zu der bedrohlichen Maschine hinaus und verfolgte ihren langsamen Vormarsch.

Wie alle Krieger Byrnaks trug auch er eine geformte Ledermaske, aber seine war größer und kunstvoller gearbeitet und hatte eine gerippte Halskrause, die an seinem Nacken in einem gefiederten Schwanz endete. Das schwere, dunkelbraune Leder der Maske glänzte stumpf, ebenso wie sein Brustharnisch. Er hatte hinter dem Eingang der Kaiserlichen Kaserne gewartet, als Nerek dort eintraf. Seinen rotgesäumten, schwarzen Umhang hatte er abgelegt, und von der Klinge seines gezückten Langschwertes tropfte Blut auf die großen Pflastersteine.

Jetzt umkreiste er Nerek ebenso langsam wie sie ihn, beobachtete jede ihrer Bewegung, wie sie die seinen. Sie hatte die zerstückelten Leichen auf dem Korridor hinter dem Eingang gesehen und wusste, dass seine Gefährten vermutlich mittlerweile längst den Hohen Turm erreicht hatten. Die Vorstellung, dass Bardow oder Alael in Gefahr waren, entfachte ihre Wut.

Dann griff der Maskierte mit einem Wirbel aus Hieben an, der Funken von Nereks Schwert schlug und sie zwang, zurückzuweichen. Sie knurrte und formte einen Strom von Quellfeuer zu einem langen Handschuh um ihre Linke, mit der sie das Langschwert des Mannes hoch oben an der Klinge packte. Mit einer kurzen Drehung ihres Handgelenks entwand sie ihm die Waffe, schwang sie herum und trennte dem Feind den Kopf von den Schultern. Als der Leichnam zu Boden stürzte, drang eine ihr nur zu vertraute, spöttische Stimme in ihre Gedanken.

Immer noch weist du mich ab und bekämpfst mich, teuerste Nerek, sagte Byrnak. *So lange jedoch der BrunnQuell in deinen Adern fließt, gehört ein Teil von dir mir. Ich würde dir ja Schutz und Vergebung gewähren, nur hast du, wie ich weiß, längst deine Entscheidung gefällt. Was für eine ruhmreiche und vergebliche Tat! Sei unbesorgt, denn ich werde diese Schlacht schon bald zu einem Ende bringen ...*

Sie achtete nicht auf die Stimme in ihren Gedanken und bemühte sich, Byrnaks Gegenwart vollkommen aus ihrem Bewusstsein zu verdrängen. Dann warf sie das Langschwert weg, das klappernd zu Boden fiel, marschierte durch die Eingangshalle und blieb an der Schwelle der Doppeltüren stehen, die auf den Exerzierplatz der Kaserne führten. Die Leichen von etwa einem Dutzend Ritter lagen vor der Tür. Der Anblick war fürchterlich. Einige Leichen wiesen grässliche Wunden auf, die noch schwelten. Das bedeutete, es war mindestens ein BrunnQuell-Meister hier.

Ein tiefes, bestialisches Kreischen veranlasste Nerek, sich umzudrehen. Aus einem geöffneten Fenster sah sie in dem fallenden Schnee die dunkle, kauernde Gestalt eines Nachtjägers, der auf dem Spitzdach eines Gebäudes neben der Kaserne hockte. Was jeden Versuch, die Kaserne auf diesem Weg zu verlassen, ziemlich riskant machte.

Doch für Nerek gab es ohnehin nur eine Richtung: Vorwärts.

Yasgurs Laune hob sich, als die grauen Schneeschleier vom Norden heranwehten und sich über die Stadt legten. Seine Truppen warteten in dem zum Meer gerichteten Türmen der nördlichen und südlichen Mauer und waren mit Masken und Uniformen verkleidet, die sie gefallenen Feinden abgenommen hatten. Eigentlich hatte Yasgur vorgehabt, sie unter den Feind zu mischen, wo sie für Verwirrung sorgen und möglichst großen Schaden anrichten sollten, doch mittlerweile hatte sich ein lohnenderes Ziel angeboten.

Der Lordregent und sein Stab waren in einem runden, getarnten Turm verborgen, der zu einem Teil der Mauer gehörte, die von den Bastionen des Gallaro-Tores stadteinwärts führte. Von hier aus hatte er einen ausgezeichneten Blick über die nördliche und westliche Mauer wie auch auf die feindlichen Streitkräfte. Sein neues Ziel war diese lange, niedrige Kriegsmaschine, die langsam gegen die Stadt vorrückte, und über die er sich seit einer halben Stunde den Kopf zerbrach. Diese Maschine war von hunderten von Wachsoldaten umringt, also wäre es sinnlos, seine verkleideten Krieger gegen sie zu schicken. Nein, stattdessen sollten sie eines der feindlichen Katapulte erbeuten, die weit schwerer waren als die in der Stadt, und seine Feuerkraft gegen diese gewaltige Kriegsmaschine einsetzen.

Für diesen Zweck eignete sich das Katapult am besten, das hinter der Schmugglerklamm stationiert war. Seinen Männern drohte Gefahr von Kavallerie und Fußtruppen, die in Sichtweite der Klamm warteten, aber er hoffte, dass der Schneefall seinen Männer Deckung gewähren würde, wenn sie zu ihrer Aufgabe ausrückten.

Yasgur ließ ihnen den Befehl von seinem Fahnenoffizier überbringen, und während der Mann in die Kuppel des Turmes hinaufstieg, schenkte sich der Lordregent fröstelnd einen Becher heißen Weines aus einem Bronzekessel ein, der über einem Feuerkorb hing. Läufer brachten neue Nachrichten und Meldungen, während er an dem Wein nippte und Befehle gab. Die Armee des Schattenkönigs schien sich zurückzuziehen, vermutlich, um sich neu aufzustellen.

»Mylord«, sagte eine Frau hinter ihm. »Ich habe wichtige Neuigkeiten.«

Yasgur straffte sich und drehte sich um. Die Magierin, die sich Nachtkrähe nannte, schaute ihn mit ihren dunklen Augen kühl an. Sie war groß und schlank, trug einen langen blauen Mantel, und die scharf geschnittenen und ernsten Züge ihres blassen Gesichts verliehen ihr einen leicht hochmütigen Ausdruck. Yasgur fühlte sich in Gegenwart von Magiern stets unbehaglich, unterdrückte diesen Impuls jedoch.

»Und von wem, Lady?«, fragte er so freundlich wie möglich.

»Von eurem Seher Atroc. Er richtet Euch aus, dass die drei Schiffe mit jeweils einhundertfünfzig frischen Soldaten in diesem Moment am Langen Kai anlegen.«

»Gut!« Yasgur fühlte plötzlich einen beinah leichtsinnigen Hoffnungsschimmer. »Sagt Atroc, dass sie sofort zum Herrscher-Hain marschieren und dort auf weitere Befehle warten sollen. Das soll er dem diensthabenden Offizier am Kai ausrichten.«

»Er hat Eure Befehle verstanden, Mylord und versichert Euch, dass ...«

»Wartet!« Er runzelte die Stirn. Auf der Nordmauer brandete plötzlich Jubel auf, als die Männer sich über die Zinnen beugten und hinausdeuteten. Yasgur starrte nach Norden durch den grauen Schneeschleier und bemerkte hastige Manöver in den Schlachtreihen der Feinde. Dann sah er den massiven Keil aus Reitern, der ihre zur Küste gelegene Flanke angriff, und verstand.

Die Kriegshorde der Mogaun warf sich auf Byrnaks ungeschützte und ahnungslose Truppen! Wie auch immer der Schattenkönig reagieren mochte, seine Streitkräfte wurden jedenfalls auseinandergerissen.

Welgarak brannte vor Erregung, als er seine Reiter in das unorganisierte Getümmel von Byrnaks Schlachtreihen führte. Auf einem Hügel hinter ihnen schlug die zweite Welle der Mogaunhorde die führungslose Menge von maskierten Reitern in Stücke, während Welgarak seine eigenen Schwadrone in breiter Front gegen die nächstgelegene Infanteriephalanx warf.

Wie eine scharfe Klinge durchschnitten die Mogaun die Reihen der Feinde. Welgaraks Axt schlug blutige Bögen, jeder Hieb nahm grausige Rache für die Lügen und die Niedertracht, welche die Stämme der Mogaun von den Schattenkönigen hatten erfahren müssen. Die Häuptlinge und Krieger um ihn herum kämpften mit demselben glühenden Ingrimm, sehr wohl wissend, dass diese seelenlosen Maskierten einst stolze Krieger ihrer eigenen Clans gewesen sein konnten.

Blutverschmiert ritten die Mogaun durch die sich auflösenden Schlachtreihen der schwarzen Masken. Auf die Fußsoldaten, die in diesem dicht gedrängten, brüllenden, blutrünstigen Chaos steckten, mussten die heranstürmenden Reiter wie eine Welle des Todes wirken, der nichts standhalten konnte. Schließlich wendeten sich die aufbrechenden Phalanxen zu einer wilden Flucht, Welgarak jedoch ignorierte die Fliehenden und gab statt dessen mit seinem erhobenen Pelztotem und einem erschöpften Schrei ein Signal, auf das hin seine Reiter herumwirbelten und sich auf die nächste Infanterieeinheit stürzten.

Die Erfahrungen eines Lebens, das dem Kampf im Sattel und zu Fuß gewidmet war, hatten Welgarak gelehrt, dass der rechte Augenblick alles bedeutete. Der Kommandeur der zweiten Infanterieeinheit hatte gesehen, was seinen Kameraden passiert war, und ihm blieb genug Zeit, seine Phalanx neu zu formieren. Er begegnete der Bedrohung mit Speerträgern, die sich vor der Front der Schwertkämpfer aufbauten. Allerdings entblößte er damit seine Flanken und die Nachhut, und während Welgarak den Angriff geschickt verzögerte, galoppierte Gordag an der Spitze von eintausend Reitern aus einer schneebedeckten Schlucht im Norden heran und brach in die linke Flanke des Feindes ein. Ein zweiter Keil von fünfhundert Männer donnerte aus den dunklen, eisigen Wäldern im Westen und stürzte sich auf ihre Nachhut.

Dennoch hielt sie stand, diese kompakte Phalanx der Infanterie, solange jedenfalls, bis ein Armbrustbolzen den Kommandeur inmitten seiner Leibgarde traf, dicht über dem Ohr die schwere Ledermaske durchschlug und durch den Schädel in sein Gehirn drang. Welgarak sah, wie die Speere in der Frontreihe zitterten und schwankten, als die Nachricht vom Tod ihres Kommandeurs sich wie ein Lauffeuer verbreitete und Panik auslöste. Jetzt war der richtige Moment gekommen. Er flüsterte ein Gebet an den uralten Sturmgott der Mogaun, hob sein Totem und befahl den Angriff. Als die Fußsoldaten sahen, wie diese gewaltige Formation von Reitern im vollen Galopp herankam, und gleichzeitig Einheiten von Schwertkämpfern der Mogaun angriffen, zerbrach ihre Formation. Einige wenige hielten stand und kämpften in trotzigen Gruppen, die meisten jedoch flohen in die verschneiten Felder westlich der Stadt.

Welgarak und Gordag trafen sich auf einem Hügel jenseits des Gemetzels. Beide waren verwundet, doch Welgarak schien es, als wäre Gordag schwerer getroffen worden. Blut rann aus einem Schnitt an seinem kräftigen Kinn und verkrustete den Pelzkragen seines schweren Wamses.

»Du hast dieses Gewürm mit ihren Schweinespießen zu nahe an dich herangelassen«, sagte er und kaschierte seine Sorge mit Gereiztheit.

»Pah, das sieht schlimmer aus, als es ist«, sagte Gordag. »Was ist mit dir? Wie hast du dir diesen Kratzer verdient?«

Welgarak folgte seinem Blick zu seinem rechten Bein, wo der Lederschutz weggerissen war. Aus einem kleinen Loch in seiner Wade rieselte das Blut und bildete einen roten Fleck. Erst jetzt fühlte er in dieser betäubenden Kälte die Wunde.

»Scheint, als müssten wir beide den Feldscher aufsuchen, Bruder«, sagte er. »Bevor unser ehemaliger Gebieter seinen nächsten Zug tut.«

»Ich fürchte, dass uns dafür keine Zeit bleibt.«

Als Welgarak Gordags grimmigen Tonfall hörte, hob er den Kopf und sah nach Süden. Es schneite stärker, und die abgelegene Seite der Stadt und die Landschaft dahinter lagen unter einer fahlen Schicht von Frost. Die Einheiten der Armee des Schattenkönigs, welche die unmittelbarste Bedrohung für die Mogaun bildeten, waren ganz in der Nähe, machten allerdings keinerlei Anstalten, sie anzugreifen.

»Du siehst sie gleich«, meinte Gordag.

Welgarak hörte sie vorher, die grellen Schreie, die der Wind zu ihnen trug. Diese Schreie versetzten ihn zurück zu der Belagerung von Rauthaz, vor einem Jahr, als die Akolythen einen Schwarm Fressbiester in die Straßen der Stadt geschickt hatten. Ihr Gebrüll entsprang einem unersättlichen Hunger nach Blut, und es erfüllte sein Herz mit eisiger Furcht, die er jedoch mit seiner Wut und seinem Rachedurst zu ersticken suchte.

»Hier können wir sie nicht bekämpfen«, erklärte er.

»Stimmt«, befand Gordag.

»Wir müssen so schnell wie möglich fliehen und einen geeigneten Platz suchen ...«

Noch während er das sagte, rissen sie ihre Pferde herum und brüllten ihren Männern zu, aufzusitzen und nach Norden zu reiten, wenn ihnen ihr Leben lieb war.

22

Entsetzliche Stürme,
Gewoben aus Sternen und Blut,
Brausen hervor
Aus einer geisterhaften Schwärze,
Um unsere Wälle einzureißen
Und unsere Kühnheit zu prüfen.

KELDON GHANT: OROSIADA: EIN MASKENSPIEL,
1. AKT, 2. SZENE

Atroc erklomm schwerfällig die roh behauenen Stufen der südlichen Mauer und schaute auf den Herrscher-Hain hinaus, als er ein tiefes, hallendes Dröhnen hörte, dem einen Augenblick später ein Beben folgte, das den soliden Stein der Mauer erschütterte. Er ahnte, was da passiert war, und die Furcht verlieh ihm Kraft, sodass er die letzten Stufen der Treppe hinaufrannte. Er war eigentlich zu einem von Bardows Magiern unterwegs gewesen, um Yasgur zu informieren, dass die dreihundert Schwertkämpfer aus Cabringa im Herrscher-Hain auf seine Befehle warteten. Aber er musste zuerst herausfinden, ob sich seine Ahnung bestätigte.

Bardow stand auf seinem Balkon und fröstelte trotz seines schweren Umhangs, während er beobachtete, wie die große Kriegsmaschine langsam zu einer Stelle an der Mauer in der Nähe des Schild-Tores nahe am Kaiserlichen Palast vorrückte. Er spürte die Kraft des BrunnQuell, die in der Maschine schwelte, doch ihre Konstruktion und ihr Zweck blieben ihm aufgrund des gewaltigen Flickwerks aus Häuten verborgen, das den größten Teil der Maschine verbarg.

Fünfzig Meter vor der Mauer kam sie zum Stehen. Die Pferde wurden ausgespannt, und ein langer Ausleger wurde am hinteren Ende befestigt. Zwei Dutzend schwer gepanzerte und behelmte Soldaten nahmen rasch ihre Plätze ein, hoben den Balken an und schoben den Wagen weiter. Erst als er fast an der Mauer angekommen war, und ein Feuer aus Felsen und Pfeilen auf sich zog, stürmten einige der Gepanzerten vor, lösten die Seile und zogen das verschneite Verdeck aus Häuten herunter. Bardow sah einen langen hölzernen Arm, der so dick war wie ein Mann, und so lang wie drei Zugpferde, von Kopf bis Schweif gemessen. Er war an einem Gelenk aufgehängt, dessen Achse von einem bronzebeschlagenen, hölzernen Panzer umgeben war, der sich über die ganze Länge der Maschine erstreckte. Am Ende des Armes befand sich ein merkwürdiger flacher Steinzylinder, aus dessen Mitte ein zwei Meter langer, eiserner Dorn herausragte. Als eine grüne Aura aufflackerte und die rätselhafte Maschine einhüllte, rückte sie erneut näher, bis die Mauer sie trotz der Höhe seines Balkons vor Bardows Blick verbarg.

Im nächsten Moment ertöne ein lauter Knall wie von einem Hammerschlag. Bardow sah, wie die Soldaten auf den Wällen um ihr Gleichgewicht rangen, während gleichzeitig ein glühend grünes, gezacktes Netz die Stadtmauer auf halber Höhe überzog. Die glühenden Fäden wurden dunkel, und auf den Straßen rannten die Menschen angsterfüllt davon, während Bardow nur entsetzt zusehen konnte. Seine ganze Hoffnung ruhte jetzt auf dem glänzenden Schwert, das auf seinem Gestell in der Kammer hing.

Alael befand sich in der Bibliothek im Vierten Stock des Hohen Turmes und saß im Licht einer Lampe an dem großen, hufeisenförmigen Tisch, wo sie über Büchern mit Sagen und Legenden brütete, als sie den Lärm hörte. Es klang wie ein weit entfernter, gedämpfter Aufprall, dem ein Beben folgte, das selbst den gefliesten Boden erzittern ließ. Sie sah sich nach einem Fenster um, weil sie hinaussehen wollte, doch in der Bibliothek gab es keines, weil die vielen kostbaren Dokumente vor Feuchtigkeit und Sonnenlicht geschützt werden mussten. Eine Tür im Obergeschoss der Bibliothek führte jedoch zu einem äußeren Arkadengang, von dem aus man einen Balkon erreichte.

Rasch stand Alael auf, ging zu einer Wendeltreppe und hastete zwei Stockwerke hinauf in einen dunklen, muffigen Korridor, in dessen Regalen sich Lederbände drängten. Eine Tür am anderen Ende führte durch einen erhellten Flur, und Momente später beugte sie sich über die Brüstung des Balkons, um zu sehen, was dort unten vorging. Der Balkon überragte die Silberne Aggor des Palastes nur um wenige Meter und bot einen ausgezeichneten Blick auf die Stadtmauer. Es schneite jetzt unaufhörlich, und die Soldaten auf dem Wall verließen in panischer Flucht einen bestimmten Abschnitt direkt unterhalb des Palastes, während von der Straße laute Schreie zu ihr drangen. Alael bemerkte die dunklen Bruchstellen auf der Innenseite der Mauer und überlegte, worum es sich wohl handeln mochte, als auf der anderen Seite der Mauer ein ohrenbetäubender Lärm ertönte. Blendendes Licht zuckte in den dunklen Rissen auf, und Steinbrocken fielen mit großen Stücken Mörtel aus der Mauer. Alael schrie erschreckt auf und traute ihren Augen nicht. Wie war eine solch zerstörerische Kraft möglich? Sie musste Bardow aufsuchen, der sich in der Aussichtskammer fünf Stockwerke über ihr befand. Doch bevor sie zu ihm ging, wollte sie noch ihre Notizen und Stifte holen.

Sie stürmte durch die Tür der Bibliothek, trat wieder in den ruhigen Raum und stieg die Treppe hinunter. Erst als sie den Zwischenflur erreichte, fiel ihr Blick zufällig auf ihren Platz an dem großen Tisch, wo all ihre Bücher und vormals ordentlich gestapelten Notizen über die ganze Platte verstreut waren und teilweise auf dem Boden lagen. Alael blieb wie angewurzelt stehen, und ihre Verwirrung verwandelte sich rasch in ein tiefes Unbehagen. Dann hörte sie Schritte.

Aus dem Stockwerk über ihr.

Und von unten drang eine gelassene, spöttische Stimme an ihre Ohren.

»Ah, Lady Alael, endlich können wir unsere Bekanntschaft erneuern.«

Eine große Gestalt mit einer braunschwarzen Maske trat hinter einem Regal hervor. Sie trug einen nachtschwarzen Umhang. Eine Hand mit einem Kettenhandschuh griff hoch und entfernte die Maske. Das fahle Gesicht von Ikarno Mazaret sah zu ihr hoch. Alael erkannte an seinen farblosen Augen, dass dies ein Geistschatten war, und bemerkte auch die Blutspritzer auf seinen Handschuhen und auf dem Brustharnisch.

Sie erwiderte den eisigen Blick einen Moment, während sie auf die Schritte von oben lauschte, die sich langsam der Wendeltreppe näherten. Unvermittelt wirbelte sie herum und stürzte zur Tür am Ende der Bibliothek, ohne zu wissen, wohin sie führte.

Nerek stand an der Schwelle eines Raumes voller toter Wachen, als sie den ersten Aufprall hörte, einen dumpfen, gedämpften Schlag, unter dem der ganze Hohen Turm vibrierte. Das Geräusch verklang, und in der folgenden Stille hörte sie huschende Schritte und gesenkte Stimmen, als die Menschen an die Fenster eilten, um hinauszusehen. Auf dem Boden des Wachraums im ersten Stock lagen acht Männer in ihrem Blut, ohne dass auch nur Alarm geschlagen worden wäre. Offenbar hatte sie den Raum Sekunden, nachdem die Mörder hinausgeeilt waren, erreicht.

Dann hörte sie das Klirren von Waffen und einen Schrei in einem Durchgang, in dem eine schmale Treppe zum zweiten Stock hinaufführte. Als sie durch den Gang eilte und die Treppe hinauflief, dachte sie über die vielen Passagen nach, die den Hohen Turm durchzogen, und wunderte sich darüber, wie ungehindert die Feinde dort hatten eindringen können. Wäre nicht das meiste Wachpersonal aus dem Turm abgezogen und auf die Zinnen abkommandiert worden, hätte man diese Eindringlinge leicht in die Zange nehmen können.

Die Treppe endete in einem Gesindezimmer, wo zwei weitere Gepanzerte in ihrem Blut lagen, während ein Dritter röchelnd in einer Blutlache auf dem Boden neben dem langen Tisch gegen einen Stuhl lehnte. Nerek eilte zu ihm, erkannte jedoch sofort, dass hier jede Hilfe zu spät kam.

»Nach oben ...«, keuchte er. Blut quoll zwischen seinen Fingern hervor, die er an seine Kehle presste. Mit der anderen Hand deutete er zitternd auf eine einfache Holztür. Sie nickte, trat hindurch und stürmte die Steintreppe hinauf, die dahinter lag. Sie nahm zwei Stufen auf einmal. Auf halber Höhe der Treppe hörte sie den zweiten Aufprall und spürte, wie die Treppe unter ihren Füßen bebte. Sie hielt jedoch nicht einmal einen Herzschlag lang inne.

Yasgurs Hoffnungen erhoben sich wie der sprichwörtliche Sagenvogel aus der Asche, als die Kriegshorde der Mogaun aus dem Norden angriff und Byrnaks sorgsam aufgebaute Formationen über die schneebedeckten Felder trieb. Doch im nächsten Moment verflog seine Erleichterung, als eine merkwürdige, dunkle Wolke über eine bewaldete Anhöhe eine halbe Meile weiter westlich zog. Sie schien dicht über dem Boden zu fliegen. Er wagte es nicht, seinen schrecklichen Verdacht in Worte zu kleiden. Die Nachtkrähe neben ihm hatte jedoch keine solchen Skrupel.

»Ah ... Fressbiester«, sagte sie mit erstaunlicher Ruhe. »Was für eine Waffe, effektiv und furchteinflößend, wenn auch ein bisschen ... unberechenbar.«

Fressbiester waren Bastarde der missgestalteten Bestien, die in diesen Landen schon lange ausgerottet waren. Keine zwei von ihnen glichen sich vollkommen, doch ihnen allen wohnte dieselbe Gier nach Blut und Beute inne, welche ihre Wärter durch Gefangenschaft und Hunger verstärkten. Während Yasgur zusah, schwärmte die gewaltige Masse dieser Ungeheuer über Felder und Hügel und verdunkelte den weißen Schnee. Einige Reiter an ihren Flanken führten sie. Die Mogaun hatten die Bedrohung erkannt, die auf sie zurollte, und galoppierten bereits vom Schauplatz ihres Überraschungsangriffs weg nach Nordwesten. Ein Teil der Fressbiester an der östlichen Flanke der Herde hatte anscheinend Witterung von dem blutigen Gemetzel aufgenommen, denn ein großer Haufen von ihnen brach zur Seite aus und raste zum Schlachtfeld, um ihrem unstillbaren Blutdurst zu frönen. Der größere Rest verfolgte jedoch die Kriegshorde der Mogaun.

Dann erfolgte der erste Hammerschlag, ein tiefer, vibrierender Laut, den Yasgur bis in die Magengrube spüren konnte. Er wirbelte herum und hielt sich an einem Dachbalken des Turms fest, während er sich weit hinauslehnte und an der Außenseite des westlichen Mauerabschnitts herunterblickte. Byrnaks Kriegsmaschine hatte die Mauer erreicht und ihr massiver Arm mit dem dornenbewehrten Stein wurde durch irgendwelche unsichtbaren Vorrichtungen unter den langen Holzpanzer zurückgezogen.

Er fühlte eine Hand auf seiner Schulter. Die Nachtkrähe.

»Zanser sagt, dass der Feind einen weiteren Angriff gegen die Südmauer führt.«

Wie erwartet, dachte er. »Er soll dem Mauerhauptmann sagen, dass Verstärkung unterwegs ist, aber er muss unbedingt den Wall halten!«

Sie nickte und wandte sich ab, als eine Gruppe panischer Botenläufer mit neuen Meldungen eintraf. Yasgur schickte sie rasch mit dem Befehl zurück, Einheiten von den seewärts gelegenen Bastionen auf dem Wall zu verteilen, während weitere Truppen zum südlichen Mauerabschnitt abkommandiert wurden. Dabei versuchte er, die Kriegsmaschine im Auge zu behalten, während er sich fragte, ob seine verkleideten Einheiten wohl den Ansturm der fliehenden Infanterie und die ausschwärmenden Fressbiester überlebt hatten. Die Mauer selbst war jedoch letztlich an dieser Stelle zwanzig Fuß dick und bestand aus gewaltigen Blöcken aus arengianischem Granit, was sie für einen einzelnen Mauerbrecher unüberwindlich machte, selbst für einen so erstaunlichen ...

Der mit Stacheln bewehrte Arm holte wieder aus und schlug zum zweiten Mal zu, und diesmal sah Yasgur, wie das grelle Grün aufzuckte, unmittelbar bevor das tiefe Ächzen des Steins an seine Ohren drang. Vor seinen Augen lösten sich Staub und Bruchstücke unter der Wucht des Aufpralls von der Mauer, und Steinbrocken und Mörtel prasselten von der Innenseite der Mauer auf die Straße hinunter.

Plötzlich schien selbst das Unmögliche möglich, und die vernichtende Niederlage rückte in greifbare Nähe, unaufhaltsam wie die Nacht selbst.

Byrnaks Zorn über den Verrat der Mogaun und die heillose Flucht seiner führerlosen Infanterie raubte ihm die Fassung. Er tobte und wütete und stieß unverständliche Flüche aus. Dann setzte seine Selbstkontrolle wieder ein, als sich die seit langem schlummernde Dunkelheit in ihm meldete.

Narr. Die Stimme in seinem Inneren klang ruhiger und gelassener als zuvor, aber nicht weniger bedrohlich. *Du willst zu viel gleichzeitig kontrollieren ...*

Wütend, weil er die Beherrschung verloren hatte, griff Byrnak nach dem BrunnQuell und verschloss die Wesenheit hinter einer Barriere in seinem Verstand. Dann weitete er seine Wahrnehmung über das Netz der Seelengebundenen zu den Wärtern aus, welche die riesige Fressbiesterherde in einem Tal im Westen hüteten. Er pflanzte einen kurzen, klaren Befehl in den Verstand des Ersten Wärters, kehrte rasch in seinen eigenen Geist zurück und sah, wie die Schattenklaue, wie er sie genannt hatte, zum ersten Mal gegen die Wälle von Besh-Darok hämmerte. Er verfolgte ihre Wirkung durch die Augen des Befehlshabers, der den Mauerbrecher an die Wälle gesteuert hatte und lachte voller Freude, als der durch das Quellfeuer verstärkte Eisendorn das erste Drittel seiner ganzen Länge in die Wand grub und einen Granitquader zertrümmerte. Byrnaks Begeisterung übertrug sich auf die Umstehenden ebenso wie auf seine seelengebundenen Kommandeure, die über das gesamte Schlachtfeld verteilt waren.

»Nähern wir uns diesem Instrument meines Willens«, befahl er seinem Tross. »Und sehen wir zu, wie es meinem Gutdünken gehorcht.«

Damit führte er sein Gefolge von der Anhöhe hinab, eine bunte Kavalkade aus allen Schattierungen von Grau, Schwarz und pelzgesäumter Bronze. Sie trabten über die schneebedeckten Felder zwischen zwei Einheiten der Infanterie, die sich auf den nächsten Ansturm auf die Bastionen vorbereiteten. Sie waren kaum hundert Meter entfernt, als die Schattenklaue das zweite Mal zuschlug. Byrnak konnte die Furcht der Besatzung auf dem Wall fast schmecken und grinste wölfisch.

Jetzt wisst ihr, dass euer Schicksal sich erfüllt, dachte er. Und endlich begreift ihr, dass dies euer letzter Tag ist, an dessen Ende schließlich eine neue Welt geboren wird ...

Der Arm der Schattenklaue wurde langsam zurückgekurbelt und gespannt. Die Vorrichtung war unter dem langen, mit Bronze geschützten Holzpanzer verborgen. Die Maschinerie hatte einer von Byrnaks BrunnQuell-Meistern zusammen mit einem der Wärter vor einigen Monaten ersonnen.

Als der mächtige Arm jetzt herabsauste, sammelten die vier BrunnQuell-Meister, die in einem gut gepanzerten Abteil im hinteren Teil der Maschine hockten, einen Knoten des Quellfeuers, der unmittelbar vor dem nächsten Aufprall in die Spitze und ihren Schlussstein strömte. Gleichzeitig rückte die Infanterie zur Südmauer vor, während Kompanien von Bogenschützen einen vernichtenden Pfeilhagel auf die Wälle schickten ...

Beunruhigte Warnungen zuckten plötzlich durch das Netz der Seelengebundenen. Byrnak sah sich rasch um, als sich ein gewaltiger Felsbrocken kaum zwanzig Meter entfernt in den Boden grub. Der Schnee stob in einer dichten Wolke in die Luft, als der Stein den dunklen Boden aufriss. Erde spritzte nach allen Seiten weg, als er vom Boden abprallte und dadurch von seinem Kurs abgelenkt wurde, der ihn sonst mitten in die Schattenklaue hätte stürzen lassen. Statt dessen landete er in einer Gruppe von Speerträgern und zerschmetterte ein halbes Dutzend von ihnen. Noch während er weiter rollte, schickte Byrnak seinen Geist wütend durch das Netz seiner seelengebundenen Diener und suchte nach der Herkunft dieses Geschosses. Er starrte aus den Augen ...

... des Befehlshabers eines Trupps, der die schneebedeckten Felder im Westen in halber Höhe der Stadtmauer absuchte ...

... eines Schwertkämpfer-Hauptmanns der Dritten Klauenkrieger, der die Landung des Felsbrockens gesehen hatte ...

... eines Hauptmannes der Bogenschützen in dem eroberten Fort auf der Schmugglerklamm, dessen scharfer Blick die Flugbahn zum anderen Ende des Hügels zurückverfolgt hatte ...

... und eines Kavallerieoffiziers, der nach Osten sah und eines der Katapulte bemerkte, dessen Besatzung wie verrückt an der Winde arbeitete, um es erneut zu spannen ...

Greift sie an!, befahl Byrnak. Schlachtet sie ab!

Noch während die Reiter vom Hügel herunterstürmten, wuchtete die Besatzung des Katapultes einen weiteren Felsbrocken in die große Schale am Ende des Armes ...

Dann sah er mit eigenen Augen, wie die Schattenklaue nach vorn schoss und eine Kurve beschrieb, bis sie in die bereits gebrochene Oberfläche der Mauer einschlug. Quellfeuer zuckte in die Granitquader und schwächte sie durch hunderte von Rissen. Von dem Gewicht des Schlusssteins getrieben, durchbrach der gewaltige Eisendorn die Mauer. Ein gewaltiger, ovaler Bereich gab einfach nach und regnete auf beiden Seiten der Mauer in einer dröhnenden Kaskade aus Trümmern herab, die riesige Staubwolken aufwirbelten.

Einen Moment wich der Schlachtlärm erschrockenem Schweigen. Der verlassene Abschnitt des Walles über der Bresche war plötzlich zu einer Brücke geworden, aber die Erbauer der Festung hatten eine solche Möglichkeit natürlich nicht in ihre statischen Berechnungen eingeplant. Die lange Brücke senkte sich in der Mitte ab, Staub und Trümmer regneten von ihrer Unterseite herunter, bis sie schließlich nachgab und in zwei großen Brocken herunterfiel.

Ihre Trümmer begruben die Schattenklaue zur Hälfte unter sich, aber das kümmerte Byrnak nicht, denn seine Maschine hatte ihre Aufgabe erfüllt. An der Südwand waren die Kämpfe weitergegangen, und es sah aus, als würden seine Männer allmählich die Oberhand gewinnen. Als Nächstes würde er seinen Fuß in die Stadt setzen, den Palast erobern und diese beiden faszinierenden Artefakte in Besitz nehmen, den Mutterkeim und das Kristallauge. Nach einem lautlosen Kommando an die Kommandeure verschiedener Einheiten marschierten einige Abteilungen mit breiten, hakenbesetzten Leitern vor, die so erdacht waren, dass sie einen bequemen Übergang über einen solchen Trümmerhaufen gewährleisten konnten.

Es schneite stärker, und der Schnee überzog bereits die Trümmerbrocken und Quader mit einer immer dichter werdenden weißen Schicht.

So soll die ganze Stadt begraben sein, dachte Byrnak begeistert. Schon bald wird das Zwielicht selbst fallen.

Im Refugium der Hexenmähren stand die Zeit still. Das Innerland, das der Geist des VaterBaumes schuf, war ein seltsames, düsteres Flickwerk, ganz anders als die tröstlichen Illusionen, welche die Hexenmähren sich geschaffen hatten. Es zeigte die Zerstörungen und Qualen, welche die Menschen und ihre Länder ertragen mussten, und der Geist des VaterBaumes beschwor Szenen eines solchen Entsetzens, dass Tauric selbst sie nicht lange ertragen konnte. Sobald diese Bilder geschaffen waren, gelang es dem Geist des VaterBaumes, die gesamte Illusion durch den Zufluchtsort der Hexenmähren zu senden, und er steuerte sie von einem Innerland zum nächsten, wie ein Schiff, das seine Fracht aus Leid verströmt.

Helle Sommertage verdunkelten sich und die idyllischen, endlosen Sonnenuntergänge wurden kälter. Der Rauch brennender Städte quoll über die üppigen Hügel, deren Gras und Blätter unter seiner Berührung verwelkten. Wälder wurden abgeholzt, Seen und Flüsse von den Kadavern vergiftet, die in ihnen verfaulten. In einem Lidschlag verwandelten sich Bauernhöfe von stattlichen, mit Reet gedeckten Anwesen in trostlose Ruinen aus verbrannten, qualmenden Trümmern. Die Illusionen von lächelnden Menschen wurden Opfer des Krieges und der Massaker, wurden zu gramgebeugten Leidenden, und überall liefen zerlumpte Kinder herum, über deren hohlen Wangen leere Augen schimmerten …

Als schließlich diese Vision der Zerstörung in jeden noch so fernen Winkel der Innerländer sämtlicher Hexenmähren gedrungen war, kehrte Tauric auf Geheiß des VaterBaumes zum Teich zurück. Ghazrek warf mittlerweile gelangweilt Fruchtkerne in das silbrige Wasser und blickte hoch, als Tauric sich näherte.

»Das ging schnell, Sire«, sagte er. »Wart Ihr erfolgreich?«

»Ich bin nicht sicher«, erwiderte Tauric.

Es wird eine Wirkung zeitigen, meinte der VaterBaum in seinen Gedanken. *Hoffentlich die richtige.*

Nur Augenblicke später tauchten Hexenmähren allein, zu zweit oder in kleinen Gruppen aus dem fahlen Dickicht auf und versammelten sich langsam und ernst am Teich. Tauric konnte nicht sagen, ob alle da waren, doch schließlich trat Shondareth vor und baute sich vor ihm auf.

»Alle unsere Innerländer haben aufgehört zu existieren«, sagte er. »Ihr habt unsere Herzen mit Leid erfüllt, und wir sind krank vor Gram.« Die Hexenmähre hielt kurz inne. »Wir haben geirrt, als wir das Reich und seine Völker verließen ... Wir werden tun, worum Ihr uns gebeten habt und uns an der Schlacht beteiligen, aber zuvor müssen wir den Namen des Geistes erfahren, den Ihr in Euch tragt ...«

Alle schwiegen, und in Taurics Verstand herrschte ebenfalls absolute Stille, bis er fürchtete, der VaterBaum hätte ihn einfach verlassen. Dann erhob sich seine Stimme sehr klar und deutlich in seinen Gedanken und in dem aller anwesenden Hexenmähren sowie im Geist von Ghazrek.

Ihr kennt meinen Namen, Shondareth.

Die große Hexenmähre neigte den Schädel und knickte in den Vorderläufen ein. Seine Gefährten taten es ihm nach. Ghazrek starrte Tauric mit offenem Mund an.

»Wir dachten, Ihr wäret zerstreut und verloren, Erhabener VaterBaum.«

Das war ich und mehr als das. Wahrlich, der Name ist fast alles, was mir blieb, und er wird nur flüsternd ausgesprochen. Aber es macht mich froh zu sehen, dass Ihr bereit seid, gegen unseren uralten Feind zu ziehen. Ich weiß, dass Euch diese Entscheidung schwergefallen ist.

»Wir sind bereit, o Herr.«

Dann ist die Zeit gekommen, diesen Ort zu verlassen. Tauric wird uns führen.

Erschrocken sprang Tauric auf. *Wie soll ich vorangehen, wenn ich den Weg nicht kenne ...?*

Geht nach rechts um den Teich. Die Stimme des VaterBaumes war wieder auf seine eigenen Gedanken beschränkt. *Wenn Ihr einen breiten Pfad erreicht, der zwischen den Bäumen hindurch führt, dann folgt ihm ...*

Tauric nickte und setzte sich in Bewegung, dicht gefolgt von Ghazrek und der großen Herde von Hexenmähren. Wie der Geist des VaterBaums gesagt hatte, führte ein breiter Weg vom Teich durch die fahlen, nebligen Wälder. Kurz darauf gabelte sich der Pfad in drei Wege. Tauric blieb stehen.

Welchem folgen wir?

Das spielt keine Rolle, wählt einen aus.

Er dachte einen Moment nach und betrat dann den rechten Weg.

Werden wir Besh-Darok noch rechtzeitig erreichen, um meinen Leuten zu helfen?, dachte er. Oder kommen wir erst Tage nach dem Ende der Schlacht an?

Die Zeit, wie ihr sie kennt, funktioniert in der Leere anders, vor allem im Refugium der Hexenmähren. Seid versichert, dass wir bei unserer Rückkehr alle Hände voll zu tun haben werden ...

Die ersten Anzeichen dafür, dass sie wieder in die reale Welt zurückgekehrt waren, lieferten die Kälte und die großen Schneeflocken, die vom Himmel herabfielen. Schließlich lichtete sich das Dickicht, und sie gelangten an einen bewaldeten Hügel, über den ein eisiger Wind fegte. Das Land befand sich fest im Griff des Winters. Jede Anhöhe und Senke, jeder Busch und jeder Fluss waren von einer weißen Schneeschicht überzogen, die alle Geräusche dämpfte.

»Die Welt schläft«, bemerkte Shondareth.

»Dennoch tobt in ihr eine Schlacht.« Tauric deutete auf dicke Rauchwolken, die in weiter Ferne hinter einer Reihe niedriger Hügel aufstieg. In dieser Richtung lag Besh-Darok.

Shondareth beugte erneut seine Vorderläufe und kniete vor Tauric nieder. »In mythischen Zeitaltern zogen die Kaiser von Khatrimantine auf Hexenmähren in die Schlacht. Vielleicht ist es an der Zeit, Majestät, diese alte Sitte wieder aufleben zu lassen.«

Tauric traten vor Rührung die Tränen in die Augen, aber er lächelte. »Ich fühle mich zutiefst geehrt.« Er trat dicht an die kniende Kreatur heran und musste erst auf den Hals steigen, bevor er hinter die Schultern rücken konnte. Eine andere Hexenmähre erwies Ghazrek dieselbe Höflichkeit, und dann galoppierte die Herde den Hügel hinunter auf die Rauchsäulen zu.

Am Fuß des Hügels überquerten sie ein gefrorenes Rinnsal und fegten gerade einen kahlen, verschneiten Hang hinauf, als sie ein unheimliches Geheul hörten. Dazu gesellten sich Gekreisch, Rufe und das laute Getrappel von Hufen. Plötzlich tauchten zwischen zwei Gehölzen auf der nächsten Anhöhe Reiter auf, die wie von Sinnen über die breite, unebene Kuppe des Hügels galoppierten. Rechts und links neben den Wäldchen schossen noch mehr Reiter hervor, bis schließlich hunderte, ja tausende, den Hang hinunter in ein buschbestandenes Tal galoppierten und die nächste Anhöhe hinaufstürmten. Sie ritten geradewegs auf die Hexenmähren zu.

Tauric starrte furchtsam auf die heranbrausende Horde von Mogaun und glaubte, das sein Ende gekommen war.

Noch nicht, sagte der VaterBaum. *Sieh hin.*

Die Mogaun an der Spitze der Horde sahen die Herde von Hexenmähren auf dem Hang vor sich und schwenkten nach rechts und links ab, um ihnen auszuweichen. Die Folgenden taten es ihnen nach. Es war ein Strom aus harten, grimmigen Reitern, die um die etwa hundertsechzig Hexenmähren herumritten, und ihnen dabei staunende Blicke zuwarfen. Ghazrek rief einem Reiter, dessen Pferd sich langsamer die verschneite Anhöhe hinaufmühte, etwas in seiner Stammessprache zu, und bekam eine knappe, dreisilbige Antwort. Ghazrek drehte sich sichtlich beunruhigt zu Tauric herum.

»Fressbiester, Sire. Die Mogaun fliehen vor Fressbiestern.«

Gemurmel breitete sich unter der Herde von Hexenmähren aus, von dem Tauric nur ein Wort verstand: *Krondemari.* Plötzlich verteilte sich die Herde auf dem Grat des Hanges in einem breiten Halbkreis, was die heranstürmenden Mogaun zwang, noch weiter nach rechts und links auszuweichen.

»Warum tut Ihr das?«, fragte Tauric Shondareth.

»Diese Fressbiester, wie Ihr sie nennt, sind Krondemari, eine pervertierte Rasse, die aus einem alten und verderbten Samen gezüchtet wurde«, erwiderte die Hexenmähre ernst. »Sie müssen sterben. Das haben wir einst geschworen.«

Diese Antwort machte Tauric nur wenig klüger, und ihm blieb nur, sich auf Shondareths breitem Rücken zurückzulehnen und zusehen. Die gewaltige Kriegshorde der Mogaun lichtete sich allmählich, als die letzten Nachzügler und Verwundeten heranritten. In diesem Moment quoll etwas, das einer schwarzen Welle ähnelte, über den Hügel. An ihrer Spitze rasten ein paar der schnellsten Fressbiester. Sie erwischten drei lahmende Pferde und ihre Reiter und rissen sie zu Boden. Die Schreie der Todesqual gingen in dem Gebrüll und Geheul des Schwarms beinahe unter. Tauric wurde von Grauen geschüttelt, als ihre gewaltige Zahl immer weiter anwuchs, während die erste Reihe des Schwarms bereits das Tal erreicht hatte, durch die Büsche brach und den Hang auf die wartenden Hexenmähren zutoste.

Einen Moment rührten sie sich nicht, dann senkte die ganze, lange Reihe der Hexenmähren die Schädel, und sie stießen immer wieder lange, dunstige Atemwolken aus, die sich schließlich zu einer Bank aus dichtem, weißem Brodem zusammenfügten, die langsam den Hang hinunterschwebte. Als die ersten knurrenden und geifernden Fressbiester sie erreichten, stürmten sie ohne Rücksicht auf eine mögliche Gefahr hinein. Tauric starrte gebannt hin, als die Bestien durch den Brodem brausten. Er hatte noch nie ein Fressbiest gesehen. Aufgrund ihrer langen, zotteligen Pelze hatte er zuerst angenommen, dass es sich um Raubtiere handelte, ähnlich den Rukang-Wölfen oder den Nagira-Blaufängen, doch dann sah er die flachen Schädel, die verdrehten Hälse und Leiber, und ihm kamen Zweifel.

Die Kreaturen tobten heran, ein wildgewordener, belebter Teppich aus Leibern, die sich so dicht aneinander drängten, dass sie beinahe übereinander kletterten, während sie den Hügel hinaufstürmten. Doch als sie aus der Brodemwolke auftauchten, waren ihre Felle von weißem Raureif überzogen, ihre Bewegungen wurden langsamer und unkoordinierter, und ihr Geheul schwächer. Einige kamen bis auf wenige Meter an die Hexenmähren heran, bevor sie kriechend zum Stehen kamen und auf der Stelle erfroren. Sie verloren jede Farbe, als der magische, eisige Tod sie ereilte.

In dem Maße, wie sich der tödliche Brodem ausbreitete und über das Tal erstreckte, erstickte er auch das Kreischen der Fressbiester und bedeckte ihre Gliedmaßen mit Eis. Darunter mischte sich ein Chor aus knackenden, berstenden und splitternden Geräuschen. Fast der gesamte Schwarm der Fressbiester war zum Stillstand gekommen und zu einer Landschaft aus bewegungslosen, schwarzen Gebilden geworden, mit aufgerissenen Mäulern und blicklosen, glasigen Augen. Das Gewicht derer, die auf die anderen geklettert waren, zerbrach letztere zu Scherben und Stücken grauen Eises, bevor sie selbst zersplitterten.

Eine kleine Schar, etwas mehr als zweihundert, war zwar dem Todesbrodem entkommen, wurde jetzt jedoch von den Hexenmähren erbarmungslos gejagt. Schon bald sprenkelten Gruppen grauer, regloser Statuen den Hügel. Tauric fühlte einen Anflug von trostloser Trauer, als er die letzten von ihnen den eisigen Tod sterben sah. Aber warum hatten sie die Mogaun gehetzt?

Trauere nicht um sie – es sind Bestien, diese Krondemari, und sie wurden nur zu einem einzigen Zweck gezüchtet: Um gnadenlos zu töten, sagte der Geist des VaterBaums.

Die Hexenmähren scheinen sie sehr zu hassen ... Warum?

Beide Rassen haben gemeinsame Vorfahren, aber der eine Zweig dieser uralten Wurzelrasse wurde vom Herrn des Zwielichts verderbt. Die Hexenmähren betrachten ihr Handeln als eine Befreiung der gequälten Seelen aus ihrem Elend ...

Tauric fröstelte und fragte sich, wie dieser Wunsch nach Vergeltung sich über so viele Zeitalter hatte erhalten können. Dann hörte er, wie Ghazrek ihm etwas zurief und drehte sich auf Shondareths breitem Rücken herum. Eine kleine Gruppe von Mogaun näherte sich ihm. Zwei trugen Stammesbanner. Das eine zeigte stilisierte, blutige Klauen, das andere eine schwarze Halbmondsichel, während andere Häuptlinge kleine graue Wimpel an ihren Speeren hochhielten. Shondareth drehte sich um und musterte die Ankömmlinge. Es hatte fast aufgehört zu schneien, und auch der Wind hatte sich gelegt.

Die Anführer der Mogaun waren zwei ältere Männer, die selbst keine Banner trugen. Tauric nahm an, dass es sich bei den beiden um Oberhäuptlinge handeln musste. Der VaterBaum machte ihm ihre Sprache verständlich, und Tauric hörte zu, wie Ghazrek sie begrüßte und ihnen Tauric vorstellte. Als sie hörten, wer er war, versteiften sie sich kurz und schauten ihn lange und prüfend an, bevor sie sich miteinander berieten. Dann ritten sie langsam näher und blieben vor Tauric stehen, während Ghazrek ihnen sichtlich verwirrt folgte.

»Seid gegrüßt, Tauric, König«, sagte der Größere der beiden. »Ich bin Welgarak, der Oberste und Vater der Familien des Schwarzmondclans, und dies hier ist Gordag, Oberster der Rotklauen. Im Namen unserer Stämme und Clans danken wir Euch und Euren ...« Er ließ seinen Blick über die Herde der Hexenmähren gleiten, die sich hinter Tauric versammelt hatten. »... Freunden vom Stamm der Hexenmähren.«

»Ihr erweist uns jetzt erheblich mehr Freundlichkeit, als Euer Volk es während der Invasion getan hat«, erwiderte Shondareth scharf.

»Damals leiteten andere Kriegshäuptlinge Horde und Clans«, erwiderte Welgarak. »Andere Stimmen gaben Befehle und andere Hände führten die Speere. In letzter Zeit hat sich viel geändert.«

»Alles hat sich geändert«, mischte sich Gordag ein. »Die Vergangenheit ist hohle Lüge und die Gegenwart voller Gemetzel und Gier. Wir müssen Euch dies fragen, Tauric, König: Reiten wir zusammen gegen die Schattenkönige, im Einklang mit dem heimlichen Pakt, den wir mit Yasgur, Oberhäuptling, Prinz und Lordregent von Besh-Darok, geschlossen haben? Oder lehnt Ihr das Bündnis ab und bittet den Tod an die gedeckte Tafel Eurer Länder?«

Tauric war von dem Angebot des Mannes verblüfft und bemühte sich, seine Fassung zu bewahren. Yasgur hatte eine Allianz mit den Mogaun geschlossen? Aber wann, und warum? Und wusste Bardow davon?

Plötzlich überkamen ihn Schuldgefühle. Wäre er nicht so besessen gewesen, sich von dem Himmelspferd-Schwindel täuschen zu lassen, hätte der Erzmagier ihn vielleicht mehr ins Vertrauen gezogen.

Manche Dinge lernt man zu spät, ließ sich der VaterBaum vernehmen. *Aber auch eine solche Erfahrung ist nicht verschwendet. Jetzt jedoch müsst Ihr eine Entscheidung treffen ...*

Tauric straffte sich und sah den Oberhäuptlingen in die Augen.

»Oberhäuptlinge der Mogaun ... Ich rufe Euch auf, mit mir gegen die Schattenkönige zu reiten und ihren Gräueltaten Einhalt zu gebieten!«

23

Sie aßen von der Essenz der Welt
Und ließen nur eine hohle Farce übrig,
Aus geborstenen, verbrannten Mauern,
Die nur den Verdammten Obdach geben.

RALGAR MORTH, DAS IMPERIUM DER NACHT, GESANG XXIII

Auf dem überfüllten Balkon herrschte vollkommenes Schweigen, während alle auf die zerborstene Mauer starrten, die langsam zusammensackte und in Trümmern hinabregnete. Der Staub vermischte sich mit dem Schnee, den tausende feindlicher Krieger in dunklen Matsch verwandelten, als sie sich vor der Bresche sammelten und auf den Befehl warteten, in die Stadt einzudringen. Bardow sah kaum einen Verteidiger auf dem Wall neben der Lücke, aber er wusste von der Nachtkrähe, dass Yasgur den größten Teil seiner Truppen von den westlichen und nördlichen Mauern abgezogen und sie so schnell wie möglich zum Südwall beordert hatte. Außerdem machten Gerüchte die Runde, dass die überlebenden JägerKinder in der Altstadt eine zivile Miliz aufgebaut hatten, die das Fort an der Kapelle hastig neu proviantierten und befestigten.

Dies alles wirkte auf Bardow jedoch nur wie das letzte, verzweifelte Aufbäumen einer dem Untergang geweihten Zivilisation. Alle Mühsal, die zähen Verhandlungen, die großen Opfer, Mazarets Verfolgung von Azurech, die Verteidigung von Scallow, all dies schien letztlich nur zu dieser entscheidenden Konfrontation mit dem Schattenkönig Byrnak geführt zu haben, einem Halbgott mit gewaltiger Zerstörungskraft. Die einzige Hoffnung blieb nun das vereinte Schwert, die Doppelklinge, die allein einen Schattenkönig zu töten vermochte. Da Nerek die einzige Person war, die Byrnak nahe kommen konnte, hatte Bardow sie auserkoren, das Schwert zu führen. Durch seine Verbindung mit dem Kristallauge wusste er, dass sie sich in einer der unteren Etagen des Hohen Turms aufhielt, aber das Auge zeigte ihm auch die Gegenwart zweier weiterer Meister des BrunnQuell an, und zwar ganz in der Nähe.

Sorge übermannte ihn, und er ließ den Blick durch die Aussichtskammer gleiten. In dem Raum drängten sich Diener, Lakaien und Schreiber, die hier in der letzten Viertelstunde aufgrund der Gerüchte über Mörder, welche im Erdgeschoss herumschlichen, Zuflucht gesucht hatten. Bei diesen Mördern konnte es sich nur um die beiden Eindringlinge handeln. Eine Hand voll Paladine hatte sie begleitet, aber dennoch waren sie hier nicht sicher. Falls Byrnak sich den Weg in den Palast erzwungen hatte, würde er Bardow suchen. Und der Erzmagier wollte so wenig Unschuldige wie möglich in Mitleidenschaft ziehen, wenn es zu diesem fürchterlichen Aufeinandertreffen kam.

Unter sich sah er Byrnaks schwarzgewappnete Truppen über die Trümmer schwärmen, ohne auf nennenswerten Widerstand zu treffen, also zog er sich hastig durch die Arkade wieder ins Innere der Kammer zurück und stellte sich in die Mitte.

»Freunde«, sagte er. »Bitte hört mich an. Ich muss Euch etwas sehr Wichtiges sagen, und die Zeit läuft uns davon ...«

Das Stimmengewirr legte sich, doch bevor er weitersprechen konnte, zuckte ein Schmerz durch seinen Kopf, eine dringende Warnung des Kristallauges. Die Feinde hatten diese Etage erreicht und kamen näher. Im nächsten Augenblick hämmerte jemand laut an die Tür einer Nische, hinter der ein schmaler Dienstbotengang und eine Treppe lagen. Bardow hatte sie zwar verschlossen und verriegelt, aber sie war nicht dafür gemacht, dem heftigen Angriff standzuhalten, der sie jetzt erschütterte. Während die Leute furchtsam zurückwichen, zersplitterte die Tür und flog nach innen.

Eine große, gepanzerte Gestalt in einem schwarzen Umhang trat in die Kammer und zerrte eine junge Frau in einem blauen Kleid hinter sich her, die sich heftig wehrte. Alael. Sie weinte, während sie weiter versuchte, dem stählernen Griff des Mannes zu entkommen. Ihr Häscher wandte sich Bardow zu, der verblüfft in das Gesicht seines alten Freundes Ikarno Mazaret sah. Seine Überraschung verwandelte sich jedoch rasch in kalte Wut, als er das silbergraue Haar und die kalkweiße Haut des Geistschattens bemerkte. Nach ihm trat eine kleinere und schlankere Gestalt ein, ebenfalls in einer dunklen Rüstung, die jedoch mit silbernen Intarsien verziert war. Dieser Geistschatten hatte Suviels Gesicht, und seine Miene war zu einer spöttischen Fratze verzogen.

»Ist sie noch …?«, sagte der Mazaret-Schatten, aber bevor der zweite antworten konnte, tauchte jemand anderes in der zerstörten Tür auf und bedachte die beiden schwarzen Gestalten mit einem finsteren Blick. Nerek. Bardow betrachtete unsicher ihren brennenden Blick, den bläulichen Schimmer ihrer Haut und die grüne Aura der Macht, die sich drohend über sie legte.

Nerek nahm die Menschen in der Kammer des Hohen Turms wahr, die verängstigten Diener, die Hand voll Ritter, die mit gezückten Schwertern beschützend vor ihnen standen, die beiden Geistschatten mit ihrer Gefangenen Alael, und auch Bardow, der neben einem Gestell stand, in dem das vereinte Schwert hing. Sie alle waren jedoch wie bloße Schemen im Vergleich zu dem tosenden Feuer des BrunnQuell, das ihre Sinne erfüllte. Der Suviel-Schatten hatte ihr in der Bibliothek aufgelauert und sie verletzt, doch Nerek ignorierte die Wunde in ihrer Seite und verfolgte den Geistschatten. Sie waren zweimal im Stockwerk unter diesem Raum aufeinander getroffen, und jetzt schien es, als würde es einen letzten, hitzigen Kampf geben.

Als Nerek sich dem Suviel-Schatten näherte, riss dieser den Mund weit auf und stieß lange Tentakel aus Quellfeuer aus, die Augen und ein Maul mit peitschenförmigen Ranken hatten. Nerek hob eine Hand, die von grünem Feuer umhüllt war, welches sie so formte, dass jeder Finger sich in bösartig gezackte Klauen teilte. Als die widerlichen, grünen Tentakel durch die Luft auf sie zuzuckten, schlug sie immer wieder darauf ein, bis sie in glühenden Stücken auseinanderbrachen, die qualmende Spuren in den gefliesten Boden brannten.

Anschließend sprang sie ohne zu zögern mit ausgestreckter Klauenhand vor, packte den Geistschatten am Hals und drückte zu. Zwei brennende Hände zuckten hoch, die eine riss an dem Kragen von Nereks Lederkoller, die andere kroch über ihr Gesicht. Aber das Spiegelkind verstärkte seinen brennenden Griff und zwang den Geistschatten in die Knie. Der BrunnQuell röhrte wie ein vereinter, gnadenloser Chor aus Geistern durch ihren Verstand, während sie das Leben aus dem Geistschatten wrang …

Plötzlich fiel die wilde, tönende Kraft des BrunnQuell von ihr ab, schwand, verblasste und erlosch. Benommen und schweratmend straffte sich Nerek und stolperte von dem reglosen Körper weg. Sie sah, dass Bardow auf der anderen Seite des Raumes das doppelschneidige Schwert aus dem Gestell genommen hatte und damit auf den Mazaret-Schatten deutete, der Alael festhielt. Dann bemerkte sie, dass noch jemand die Kammer betreten hatte, und drehte sich um.

Die Tür zum Korridor war weit geöffnet, und Byrnak stand in der Kammer. Ein Dutzend schwarzgepanzerte, maskierte Schwertkämpfer hielt sich dicht hinter ihm. Byrnaks bärtiges Gesicht war gerötet vom Triumph, sein Blick erfüllt von Gier, und er lächelte grausam, während er die Anwesenden der Reihe nach betrachtete, bis er schließlich Nerek ansah. Nerek blieb wie angewurzelt stehen. Ihr war klar, dass Byrnak seinen Sieg auskosten würde, bevor er anfing, ihr Schmerzen zuzufügen. Er strahlte Macht und Dominanz aus, und schon in seiner Gegenwart fiel ihr das Denken schwer. Er grinste mit unverhohlener Lust, aber bevor er sprechen konnte, verlor einer der Paladine seine Selbstbeherrschung, stieß einen Schlachtruf aus und stürzte sich auf ihn.

Ohne den Blick von Nerek zu wenden, zog Byrnak einen Dolch aus dem Gürtel und warf ihn beinahe lässig auf den heranstürmenden Angreifer. Der Dolch durchbohrte die Gurgel des Ritters. Als er taumelnd zum Stehen kam und würgend auf die Knie fiel, trat einer von Byrnaks Männern mit einem grünlich schimmernden Breitschwert vor und schlug dem Paladin mit einem Hieb den Kopf von den Schultern. Der Körper sackte zu Boden und das Blut sprudelte aus dem Hals des Toten auf die Fliesen.

Die anderen Anwesenden schluchzten und flüsterten, und Nerek, deren Wunde schmerzhaft brannte, fühlte sich machtlos und leer. Nein, nicht leer. Die Glut ihres Ärgers war nie erloschen, und Byrnaks Anblick entfachte sie aufs Neue, höher und heißer.

»Das ist das Ende ihrer erbärmlichen Rebellion, Nerek«, sagte Byrnak. »Nach allem, was sie gegen mich unternommen haben, sind sie alle an diesem Ort zusammengekommen, in dieser Arena der Vergeblichkeit, in der nur ich obsiegen kann. Und das kannst auch du, Nerek. Falls du ihnen und ihrer Sache abschwörst, erlaube ich dir, an meiner Seite zu stehen. Entscheide!«

Nerek dachte nicht eine Sekunde nach, sondern zog ihr Schwert. Byrnak lächelte. Der Schattenkönig stand etwa drei Meter vor ihr, und als sie langsam auf ihn zuging, fiel ihr plötzlich Keren ein.

Wärst du an meiner Stelle, Schwester, dachte sie, würdest du diese Aufgabe entweder ordentlich erledigen oder gar nicht. Wir sind an das bittere Ende angelangt, und uns bleibt nur noch, alles zu versuchen und aufrecht zu sterben.

»Nicht, Nerek!«, rief Bardow. »Überlass ihn mir.«

Sie ignorierte den Erzmagier und sprang vor, das Schwert zum Schlag erhoben. »Für Keren und Falin!«, schrie sie.

Ihr Schrei lenkte Byrnak ab, und die Spitze ihrer Klinge glitt an seiner Parade vorbei, drang durch Tuch und Leder und durchbohrte seinen Oberarm. Er hatte eine Weile mit ihr spielen wollen, bevor er sie fesseln und wegschaffen ließ, aber sie hatte ihn mit Namen aus seiner Vergangenheit beleidigt und ihn außerdem verletzt. Sein Jähzorn ließ den BrunnQuell auflodern, und er heilte kurz seine Wunde, bevor er sich mit einer grünleuchtenden, undurchdringlichen Aura umgab.

Nerek drang mit einem Wirbel von Schlägen auf ihn ein, die er abwehrte, als würde sie eine Gerte schwingen. Bei der letzten Parade trat er dicht an sie heran und rammte sie mit der Schulter, sodass sie nach hinten flog. Während sie ausgebreitet dalag und sich mühte, wieder auf die Beine zu kommen, zuckte sein Bewusstsein über das Netz der Seelengebundenen und beobachtete seine Krieger, die durch die Bresche stürmten und sich auf den Straßen verteilten. Sie stießen in den nördlichen Vierteln zwischen der Stadtmauer und dem Fluss auf heftigen Widerstand einiger tausend Soldaten, die von Yasgur befehligt wurden, und auch im westlichen Teil um den Palast waren wütende Kämpfe entbrannt. Mehrere Hundertschaften Schwert- und Axtkämpfer versuchten, die Bresche zu schließen und seine Männer zurückzudrängen. Aber es waren zu wenige, und seine Maskierten trieben sie einen hart umkämpften Schritt um den anderen zurück ...

Byrnak lächelte. Er roch das Gemisch aus Blut, Eisen und Schnee, konzentrierte sich dann jedoch wieder auf Nerek, die erneut ihr Schwert hob und Kampfhaltung annahm. Ihr Blick strahlte eine unbeugsame Entschlossenheit aus.

»Wie dumm von dir«, sagte er. »Wem soll das nützen?«

»Ich werde dich bis an mein Ende bekämpfen«, sagte sie. »Bis ich tot und endlich außerhalb deiner Reichweite bin.«

Er lachte spöttisch.

Und griff an. Ein kraftvoller Hieb folgte dem anderen mit verheerender Schnelligkeit. Es gelang Nerek jedoch, den Schlägen auszuweichen und jeden einzelnen mit einer stählernen Eleganz zu parieren, die ihn an Keren erinnerte. Das entfachte seinen Grimm noch mehr, und mit einem tierischen Brüllen versetzte er ihr einen Schlag, der ihr Schwert in Stücke zerbrechen ließ, und sie erneut zu Boden schleuderte.

Sie rutschte bis zum Fuß einer langen, geschwungenen Treppe, die zu einer Reihe von Arkaden und von dort zu dem Balkon hinaufführte. Byrnak drehte ihr verächtlich den Rücken zu und schaute zu Bardow hoch, der immer noch mit der Quellfeuer-Klinge den Mazaret-Schatten in Schach hielt. Der Geistschatten hatte das Mädchen, Alael, losgelassen, die sich hinter den Erzmagier kauerte, auf dessen Gesicht deutlich seine Verzweiflung geschrieben stand. Byrnak verzog höhnisch die Lippen und wandte sich dann wieder zu Nerek um. Er zog ein zweites Schwert aus seiner Scheide und warf es auf den Boden, wo es klappernd bis zu Nerek rutschte.

»Heb es auf!«

»Lass sie in Ruhe«, sagte Bardow. »Stell dich mir, wenn du es wagst!«

Byrnak lachte höhnisch auf. »Eine große Drohung von einem kleinen Mann! Nur Geduld, ich werde dich noch früh genug besiegen und dir das Kristallauge entreißen ...«

Ein blendender, eisblauer Blitz traf ihn in die Brust und ließ ihn mehrere Schritte zurücktaumeln. Aber er blieb unversehrt, geschützt von der Aura des BrunnQuell, die sich nach seinem Willen formte. Bardow dagegen war erschöpft und müde. Anscheinend hatte dieser Angriff seine letzten Reserven verbraucht. Dann ließ der Erzmagier den Griff des Quellfeuer-Schwertes los, bückte sich und warf es die Treppe hinab. Es landete dicht neben Nerek, die den Griff packte und hochsprang.

Wieder lachte Byrnak. »Wie traurig, Nerek. Dieses kleine Quellfeuer-Spielzeug kann mich nicht verletzen. Du kannst diese Waffe nicht gegen einen richten, der den BrunnQuell beherrscht. Genauso gut könntest du mich mit einer Axt aus Wasser oder einem Speer aus Nebel angreifen ...«

Sie hörte ihm nicht zu, ging mit der Waffe auf ihn los und zielte mit ausgestrecktem Arm genau auf sein Herz. Aus purem Reflex hob er sein schweres Breitschwert, um den Hieb abzuwehren ...

Alle Bewegungen schienen sich zu verlangsamen, während er zusah, wie seine eigene, im Quellfeuer geschmiedete, rasiermesserscharfe Waffe zerbrach, als sie Nereks Schwert berührte. Dann zuckten merkwürdige, silberweiße Muster über die doppelschneidige Klinge des Quellfeuer-Schwertes, das näher kam und seine strahlende Aura durchdrang. Eine lange nicht mehr empfundene Furcht flackerte in ihm auf, und er wollte sich zur Seite drehen, ausweichen ...

Zu spät.

Die doppelschneidige Klinge durchdrang das mit Ketten gepanzerte Leder seines Harnischs, das Futter, durchbohrte ohne jeden Laut oder den geringsten Widerstand seine Brust und trat aus seinem Rücken wieder aus. Nerek ließ den Griff los und machte einen Schritt zurück. Im gleichen Moment hörte er tausende von Seelengebundenen Stimmen voller Todesqualen aufschreien, während eine dunkle, jubelnde Gottheit in seinem Bewusstsein bellte:

... ja ... Ja ... JA! ...

Seine Glieder versagten ihm den Dienst. Er fiel auf die Knie und griff in dem Tumult in seinem Inneren mit seinem Bewusstsein nach dem Geist seiner Leibwache. Er fühlte, wie sie ihm entglitten, ebenso wie die Macht des BrunnQuell. Das irre Gelächter des Fragments des Herrn des Zwielichts tobte in seinen Gedanken, lotete seine Grenzen aus, und er hörte es jubilieren: *stirb ... Stirb ... STIRB ...* Er schien in zwei Teile zu zerbrechen.

Durch einen grauen Schleier sah er, wie Nerek sich zu ihm herabbeugte und den Griff des Schwertes packte, vielleicht, um es aus ihm herauszuziehen. In seinem Inneren rauschte das Wesen des Herrn des Zwielichts herauf wie eine schwarze Woge, triumphierend, unersättlich und unaufhaltsam.

... endlich ... Endlich ... ENDLICH FREI!

Er fühlte, wie sich der dunkle Geist von ihm trennte, als würde eine Myriade von winzigen Wurzeln ruckartig herausgerissen, und dabei ganze Schichten von ihm mit ausgelöscht ...

Er fühlte, wie das vereinte Schwert aus seiner Brust gezogen wurde, wie von Eis gesäumtes Feuer, das ihn glatt und sauber und betäubend durchschnitt ...

Er hörte, wie Nerek kreischte, aber er konnte durch den grauen Nebel des Vergessens, der vor ihm wirbelte und ihn völlig umhüllte, fast nichts erkennen. Dann löste sich das Grau auf, teilte sich, und ein blassblaues Licht schien aus einem Auge in ihn hinein. Das Auge hatte keine Pupille und schien den Kern anzustarren, der von ihm übrig war, jede Tiefe und Höhe zu prüfen, jeden Schleier und jedes Versteck zu erkennen. Dann wandte sich dieser Beobachter einen Herzschlag lang ab und kehrte mit der einzigen Eigenschaft zurück, die in seinem inneren Selbst fehlte.

Dem Schmerz.

Dem Schmerz der anderen.

Bardow war vollkommen ausgebrannt, aber er weigerte sich, der bleiernen Erschöpfung nachzugeben, die ihn überkam, während er rücklings auf dem Absatz der geschwungenen Treppe lag und das fürchterliche Drama verfolgte, das sich unter ihm abspielte. Als Nerek Byrnak mit dem doppelschneidigen Schwert durchbohrte, stöhnten die maskierten Leibwächter hinter ihm wie aus einem Munde auf und taumelten zurück. Einige torkelten sogar durch die offene Tür hinaus. Die Energie des BrunnQuell flackerte und waberte scheinbar ziellos um den knienden Schattenkönig wie ein erschüttertes Netz aus smaragdgrünen Blitzen.

Die wenigen verbliebenen Paladine nutzten die Gelegenheit und streckten die Leibwächter nieder, die nicht geflohen waren und die keinen Widerstand leisteten. Währenddessen beugte sich Nerek dichter zu dem reglosen Byrnak hinab, der im Mittelpunkt dieses wogenden Netzes des BrunnQuell kniete, auf das Schwert starrte, das ihn durchbohrte, und am ganzen Körper zitterte.

Eine düstere Vorahnung durchzuckte Bardow, aber bevor er ihr eine Warnung zurufen konnte, packte Nerek den Schwertgriff und riss das Schwert aus Byrnaks Brust.

Byrnak verkrampfte sich, warf den Kopf zurück und breitete die Arme weit aus. Ein dunkler Nebel quoll aus seinem gepanzerten Körper, und formte sich zu einer geisterhaften Gestalt, die an ihm zerrte, bis sie sich schließlich von ihm losriss. Während sie emporstieg, ging eine geisterhafte, schwarze Strahlung von ihr aus, die alles und jeden in ein tödliches Grau tauchte. Doch nur für einen Augenblick. Im nächsten Moment verzerrte sich ihre Fratze zu einem lautlosen Knurren, sie zuckte direkt auf Nerek hinab und drang in sie ein.

Nerek stieß einen gequälten Schrei aus und stürzte schlaff zu Boden. Das Schwert fiel aus ihren kraftlosen Fingern. Entsetzt wuchtete Bardow sich hoch, keuchte und verwünschte seine Schwäche. Ich muss schlafen, dachte er, als er die Treppe hinunterstieg. Bald.

»Erzmagier«, sagte einer der Paladine, der mit einem gezückten Dolch neben Byrnak stand. »Der hier lebt noch. Soll ich ihn töten?«

Alle sahen Bardow an. Er hätte sich am liebsten zu Boden sinken lassen und wäre eingeschlafen, auf der Stelle, selbst auf den kalten Steinfliesen, während sein Verstand verzweifelt zu erfassen versuchte, was passiert war. Aus dem Korridor drangen Schreie und Kampflärm in die Kammer, allerdings schwächer als zuvor. Bardow hatte keine Ahnung, wie die Schlacht um die Mauern von den Geschehnissen in diesem Raum beeinflusst worden war. Aber er musste eine Entscheidung treffen.

»Lasst ihn am Leben ... für's Erste«, stieß er erschöpft hervor. »Aber bindet und knebelt ihn ... und auch Nerek.«

Es tat ihm in der Seele weh, als zwei Paladine sich Nerek mit langen Stoffsstreifen näherten, die sie von einem der Vorhänge vor dem Fenster heruntergerissen hatten. Als der eine von beiden ihre Arme nach hinten bog, durchfuhr sie plötzlich ein Ruck. Sie krabbelte hastig vor den beiden Rittern weg, murmelte, schluchzte und sprang auf die Füße. Sie zog einen langen Dolch aus der Scheide an ihrer Hüfte und sah sich mit wild rollenden Augen um.

»... weg, nehmt ihn weg ... Er ist ... in mir ...!« Sie streckte ihre leere Hand zu Bardow aus und flehte ihn an. »Helft mir, Bardow ... Helft ...!« Dann verzerrte sich ihr Gesicht in einer Grimasse des Schmerzes und der Wut, und ihre Stimme wurde plötzlich kehlig. *»Ich töte euch alle, ich werde diese Steine mit eurem Blut tränken ... eurem ...!«* Die eine Hälfte von Nereks Gesicht blieb verzerrt, während die andere erschlaffte. »Nein, das werde ich nicht zulassen ... *Dich werde ich erst töten, dich und dann jene ...!«*

Nerek wirbelte herum und stürmte durch die geborstene Tür aus dem Raum, während sie kreischte und mit dem Dolch nach den entsetzten Dienern schlug, die sich hastig vor ihr in Sicherheit brachten. Bardow sah ihr nach. Ihm war klar, dass sie jetzt gegen einen brutalen und erbarmungslosen Feind um ihr Leben und ihre Seele kämpfte. Er bedeutete einem der Paladine, ihr zu folgen.

»Lasst sie nicht aus den Augen«, sagte er. »Aber versucht nicht, sie aufzuhalten. Das würde Euch das Leben kosten!«

Noch während der Ritter hinter Nerek herhastete, schrie einer seiner Männer auf und deutete auf jemanden hinter Bardow. Der Erzmagier wandte sich um und sah, wie der Mazaret-Schatten die bewusstlose Alael zum Balkon schleppte. Bardow war außer sich vor Furcht und Wut und quälte sich mühsam die Treppe hinauf.

»Nein!«, schrie er. »Warte ...!«

Im nächsten Moment tauchte ein riesiger, dunkler Schatten vor dem Balkon auf. Der Geistschatten warf sich Alael über die Schulter und kletterte auf den Rücken des Nachtjägers, der die Menschen in der Kammer mit seinen glühenden, facettierten Augen anstarrte. Dann breitete er seine ledrigen Schwingen aus und erhob sich mit einem mächtigen Schlag von dem Balkon.

Ich hätte Euch besser beschützen müssen, Alael, dachte Bardow, während er der Kreatur nachsah, die Kurs auf Gorla nahm. Nachdem das vereinte Schwert vollendet war, hätte ich Euch auf ein Schiff und weg von diesem Ort bringen lassen müssen ...

Er taumelte gegen das Geländer des Balkons. Es schneite wieder, und Bardow sah das Chaos in den Straßen regieren, während ein Gebäude nach dem anderen in Flammen aufging. Er war so erschöpft, so vollkommen am Ende seiner Kräfte und seiner Hoffnung, dass nicht einmal das Kristallauge ihm helfen konnte. Er fühlte seine wachsame Gegenwart, also lag es noch geborgen in der geheimen Kammer, und er spürte ebenfalls, dass es versuchte, ihm etwas zu sagen, aber sein müder Verstand konnte es nicht erfassen.

Dann schrieen die Leute, die auf den Balkon hinausgetreten waren, deuteten nach Nordwesten, in Richtung Keshadas. Mit stoischer Verzweiflung drehte sich Bardow herum und blickte auf die weit entfernten, verschneiten Felder. Er erwartete, weitere schwarzgepanzerte Phalanxen auf Besh-Darok marschieren zu sehen. Stattdessen tauchten tausende von Reitern aus dem Schneetreiben auf, in Pelze gehüllt und mit Fellen behängt, die primitive Banner mit Stammesemblemen schwenkten, und ihre Pferde in einem wilden Galopp über die hügelige, weiße Landschaft trieben ...

Bardow fand gerade noch genug Kraft, um seinen Blick mit Hilfe des Kristallauges weiter auszudehnen, und was er sah, ließ neue Hoffnung in ihm aufkeimen. Zwischen den stämmigen Bergpferden der Mogaun galoppierten Geschöpfe, mit deren Anblick Bardow nie im Leben gerechnet hätte ... Hexenmähren!

Vor der Stadt verwandelte sich die Armee des Schattenkönigs in eine führerlose, konfuse und verstreute Horde, die untereinander zu kämpfen schien. Dennoch stellten sie eine nicht zu unterschätzende Bedrohung dar. Was konnten ihre neuen Verbündeten gegen sie ausrichten?

Tauric kam sich vor wie ein kleines Kind, als er auf Shondareths breitem Rücken ritt und sich an seine weiße, dichte Mähne klammerte. Sie galoppierten inmitten dieser tausende zählenden, donnernden Kriegshorde der Mogaun einher, und er sah zwar jede Menge flüchtig bandagierte Wunden, aber weder Mangel an Schwung noch an unerschütterlicher Entschlossenheit. Die Flanken vieler Pferde und auch die einiger Hexenmähren wiesen Kratzer und Schnitte von der Begegnung mit den Fressbiestern auf. Doch dieser blutrünstige Schwarm von Bestien existierte nicht mehr.

Eine halbe Meile vor ihnen lag Besh-Darok. Von mehreren Stellen innerhalb der Stadt stiegen Rauchwolken in die schneeverhangene Luft auf, und als sie näher kamen, sah Tauric, wie sich große Gruppen schwarzgewappneter Truppen um einen großen, dunklen Schatten an der Westmauer scharten. Als er erkannte, worum es sich handelte, drohte die Furcht ihn zu überwältigen.

»Im Namen der Mutter!«, rief er. »Sie haben eine Bresche in die Mauer gesprengt ...!«

»Aber irgendwas stimmt da nicht«, erwiderte Ghazrek. »Die Truppen dringen nicht in die Stadt ein, und diese Einheiten da drüben haben uns noch keine Kavallerie entgegengeschickt, obwohl sie uns längst gesehen haben müssen!«

Die Mogaun und die Hexenmähren verlangsamten in unausgesprochenem Einvernehmen ihre Geschwindigkeit, und die beiden Oberhäuptlinge galoppierten neben Taurics und Ghazreks Hexenmähren.

»Du hast gute Augen, Kusin«, sagte Welgarak zu Ghazrek. »Wir müssen ihre Verwirrung nutzen, so lange sie anhält.«

»Was ist denn passiert?«, fragte Tauric. »Ist es möglich, dass Byrnak gefallen ist?«

»Das scheint kaum möglich.« Welgarak strich sich über seinen grauen Bart. »Aber es würde all dies erklären.«

»Sollen wir von hier und aus dem Norden angreifen?«, erkundigte sich Tauric.

»Das wäre zu gefährlich, o König«, widersprach Welgarak. »Es sind sicher noch genug Handlanger Byrnaks übrig, die versuchen werden, den Befehl an sich zu reißen, falls er tatsächlich gefallen ist. Zum Beispiel Azurech, aber auch andere seinesgleichen. Selbst wenn sie scheitern, ist die Zahl der Maskierten zu groß, sodass wir unsere Stärken ausspielen müssen. Schnelligkeit, das Überraschungsmoment und die Zauberei der Hexenmähren.«

»Habt Ihr einen Plan, Oberhäuptling der Mogaun?«, erkundigte sich Shondareth.

»Allerdings«, erwiderte der alte Kämpe mit einem gemeinen Grinsen. »Hört zu ...«

Kurz darauf ritt Tauric auf Shondareth zum Gallaro-Tor, dem nördlichsten Tor in Besh-Darok, begleitet von zwanzig Hexenmähren. Der Rest galoppierte geradewegs auf die gewaltige Menge von feindlichen Soldaten zu, die an der Mauerbresche miteinander kämpften. Welgarak und Gordag hatten die Kriegshorde der Mogaun auf den Hängen zwischen der Stadt und dem Alten Fort auf der Schmugglerklamm neu aufgestellt. Sie befanden sich nördlich der unorganisierten Hauptmasse des Feindes und waren vor deren Blick durch lange, dichte Hecken verborgen.

Die Hexenmähren griffen in einem langen, breiten Keil an und wurden langsamer, als sie die Mauerbresche erreichten. Erst jetzt sahen die feindlichen Soldaten hoch und bemerkten sie. Dann erblickte Tauric etwas Erstaunliches: Während die Hauptherde der Hexenmähren ihr Tempo verlangsamte, rasten dreißig oder vierzig von ihnen auf eine lange, kahle Anhöhe direkt vor ihnen zu. Auf dem Grat stießen sie sich in einem ungeheuren Sprung ab, der sie durch die Luft und über die maskierten Krieger hinwegtrug. Sie flogen über ihnen hinweg und stießen dabei den nebligen Brodem des Todes aus. Die restlichen Hexenmähren schickten einen ähnlichen Todesbrodem in die Masse der Feinde. Der frostige Tod griff rasend schnell um sich.

Die Hexenmähren landeten nach ihrem Sprung auf der anderen Seite der Belagerer und sahen sich einer Kompanie Schwertkämpfer gegenüber. Sie verwickelten den Feind in einen erbitterten Kampf, den sie mit Hufen und weißem Brodem austrugen.

Shondareth drehte den Kopf zu Tauric herum. »Wir nähern uns der Stadt. Haltet Euch fest.«

Tauric lachte nervös. Welgaraks Plan sah vor, eine Gruppe von Hexenmähren in die Stadt zu schicken, und Tauric begriff erst jetzt, dass sie wohl kaum einfach durch die Bresche traben konnten. Er klammerte sich fester an Shondareths Mähne, verstärkte den Schenkeldruck und versuchte, seine Angst zu unterdrücken.

Es besteht kein Grund zur Furcht, beruhigte ihn der Geist des VaterBaums in seinem Kopf. *In lange vergangenen Zeitaltern haben die Hexenmähren zu ihrem Vergnügen Hochsprungwettbewerbe untereinander ausgetragen. Ich habe nie gehört, dass sich eine dabei jemals verletzt hätte...*

Wirklich sehr ... beruhigend, dachte Tauric verbissen.

»Seid Ihr bereit?«, erkundigte sich Shondareth.

»So gut es geht.«

Die Hexenmähre bäumte sich auf, machte ein paar Sätze vorwärts und sprang dann an der Stadtmauer hinauf. Tauric fühlte, wie die Schwerkraft an ihm zerrte, spürte den eisigen Wind in seinem Gesicht, aber er riss die Augen weit auf, während der Boden unter ihm zurückblieb und die Zinnen der Mauer auf ihn zuschossen. Er schrie laut auf, dann zischten die Befestigungen unter seinen Füßen hinweg, und ihm nächsten Moment landete Shondareth elegant auf den verschneiten Steinen des Walles. Während er langsam austrottete, landeten die restlichen Hexenmähren ebenso graziös neben ihm.

Tauric betrachtete seine Stadt unter dem bleiernen Himmel, der sie zu erdrücken schien. Ihre Dächer und eng zusammenstehenden Gebäude wirkten immer fahler, je weiter er den Blick schweifen ließ. Aus den großen Lagerhäusern am Fluss stiegen dichte Rauchwolken auf, und er hörte Kampflärm aus den Straßen unter ihm.

»Reiten wir zum Palast?«, fragte Shondareth.

»Ja«, erwiderte Tauric. »Zum Palast.«

Atroc hastete durch eine Seitenstraße zwischen hohen Mietskasernen hindurch und versuchte, zu den verbarrikadierten Straßen nördlich des Kapitänsweges zu gelangen, wo Yasgur mit zweitausend Kriegern den Feind aufhielt. Die Gasse war eine dunkle, stinkende, schlammige Schlucht, aber sie war schmal und wurde deshalb von Fremden leicht übersehen, zum Beispiel von den Soldaten des Schattenkönigs. Außerdem verlief sie parallel zu der Hauptstraße, die an den Kaiserlichen Kasernen vorbeiführte, und mit etwas Glück würde er die Königinnenbrücke und den Treidelpfad erreichen, ohne ein zu großes Risiko einzugehen.

Ah, aber das Leben selbst schafft Risiken, rief sich Atroc ins Gedächtnis und trat vorsichtig über den Leichnam eines Soldaten. Hätte die Zwischenwelt gewollt, dass wir ein sicheres Leben führen, würden wir in Muscheln auf dem Grund der Flüsse hausen ...

Die Gasse mündete in eine breite, graue Straße, über die der Schnee fegte. Auf der gegenüberliegenden Seite war eine weitere Einmündung zu erkennen, aber als Atroc vorsichtig hineinspähte, bemerkte er eine Patrouille aus Maskierten, die rasch näher kam. Vorsichtig drückte er sich um die Ecke, lief halb geduckt zu einem Durchgang und wandte sich nach Westen. Hinter der nächsten Ecke lag die Terrasse eines Händlerhauses, die zum Platz der Klingen führte, und falls dieser verlassen war, fand er sicher einen anderen Weg zum Fluss.

Wo ich mir eine nette, sichere Muschel suche ...

Als er um die Ecke bog, bot sich ihm jedoch ein Anblick, der ihm das Blut in den Adern gefrieren ließ. Von der Stadtmauer nördlich des Schild-Tores sprangen große, weiße Pferde in eleganten Sätzen von Dach zu Dach und näherten sich dem Platz der Klingen. Atroc blieb einen Moment wie gelähmt von Furcht und Faszination stehen, lief dann weiter und kauerte sich zwischen zwei Büsche, um diese Kreaturen zu beobachten. Er glaubte, seine Traumvision von der Woge der Pferde würde wahr. Dann bemerkte er die kleinen Hörner auf den Schädeln der Tiere und sah, dass nur eines von ihnen einen Reiter trug ...

Schreie und ein gequältes Kreischen drangen aus dem Wachhaus des mächtigen Tagfrieds, der dem Platz der Klingen gegenüber lag. Das Haupttor öffnete sich ein Stück, und eine einzelne Gestalt taumelte heraus. Sie umklammerte mit beiden Händen einen Langdolch. Atroc brauchte einen Moment, bis er in dieser Person Nerek erkannte, die ziellos umherzuirren schien. Die meisten der weißen Pferde trabten mittlerweile auf den Straßen nördlich des Palastes, das Ross mit dem Reiter auf seinem Rücken jedoch landete in der Nähe des Platzes der Klingen und galoppierte zu der verwirrten Nerek. Der Reiter war Tauric, und Atroc fühlte eine solche Erleichterung, dass er aufsprang und zu ihnen beiden eilte.

In diesem Moment erblickte Nerek Tauric auf dem Hengst, schrie laut auf und sank in den Schnee. Tauric hastete zu ihr, stieg ab und hockte sich neben sie. Was dann geschah, überrumpelte Atroc vollkommen. Nerek kam augenscheinlich zu sich, wand sich auf dem Boden und durchbohrte Tauric dann mit ihrem Dolch. Tauric schrie auf, als sie aufsprang und ihn zu Boden stieß. Das große Pferd bäumte sich auf und machte einen mächtigen Satz nach vorn, während es Nerek in weißen Atem hüllte, der sie mit einer Schicht aus Eis umgab.

Einen Herzschlag lang.

Im nächsten Moment zerplatzte der Panzer aus Eis, Nerek schlug nach dem Hals des Pferdes und durchtrennte ihm die Kehle. Dampfende, dunkle Flüssigkeit sprühte heraus, und die gewaltige Kreatur stieß ein heiseres Wiehern aus, bevor sie zu Boden stürzte.

Atroc hatte sich bäuchlings fallen lassen und beobachtete furchtsam und entsetzt die schreckliche Szene. Plötzlich schrie Nerek »Nein!«, ließ den blutigen Dolch sinken und fiel auf die Knie, während sie die Arme um den Körper schlang. Dann warf sie den Kopf zurück, und eine merkwürdige, unmenschliche Stimme kreischte aus ihr heraus. »Ja!«

Ein weißer Blitz blendete Atroc, und als er wieder sehen konnte, taumelte Nerek über die andere Seite des Platzes zur Bresche in der Mauer. Als Atroc schließlich die Stelle erreichte, an der Nerek den jungen Kaiser und das weiße Pferd niedergemetzelt hatte, sah er nur noch dünne Fäden von Wasserdampf, die sich vom Boden kräuselten, und einen großen, merkwürdig geformten Brandfleck auf den flachen Pflastersteinen.

Vierter Teil

24

In der verwunschenen Erde drunten,
In den unterirdischen Bastionen,
In der peitschenden Finsternis
Ruht eine uralte, schlafende Beute.

Gundal, Die Belagerung der Steine,
8. Kapitel, II

Suviel stand einsam in dem feuchten, grünlichen Nebel auf der Lichtung neben dem Monument und beobachtete das blutige Drama der Belagerung in einem ovalen, wabernden Fenster, das die ErdenMutter im Blattwerk geschaffen hatte. Gleichmütig, ja fast unbeteiligt betrachtete sie den Angriff auf die Mauern und den verzweifelten Kampf auf den Wällen. Selbst als die Kriegshorde der Mogaun Byrnaks Truppen über das Schlachtfeld zerstreute, sah sie nur reglos zu.

Als Byrnaks Mauerbrecher jedoch die Bastionen beim dritten Anlauf zerschmetterte, rührte sich ein schwacher Schmerz in ihrem Inneren. Die Ereignisse spitzten sich in dramatiscer Weise zu: Das Gespenst des Herrn des Zwielichts riss sich von dem bewusstlosen Byrnak los und drang in Nerek, die Entführung Alaels, das Eintreffen der Hexenmähren, und Taurics Tod durch Nereks Hand. Als Tauric zu Boden stürzte, sein Blut aus Brust und Mund strömte und den Schnee dunkel färbte, und die besessene Nerek die Hexenmähre abschlachtete, hätte sie beinahe aufgestöhnt.

»Suviel ...«

Die Göttin erfüllte die Lichtung, und Suviels Verwirrung legte sich. Ein Lichtblitz löschte das blutige Spektakel in dem Fenster aus und als er verblasste, sah sie, wie Nerek zielstrebig die Stadt verließ, sich einem reiterlosen Pferd näherte und nur Augenblicke später westwärts galoppierte ...

Mit einer unmerklichen Geste ihrer durchscheinenden Hand

ließ die ErdenMutter das Fenster wieder mit dem Dickicht aus grünen Blättern, Ranken und winzigen rotschwarzen Blüten verschmelzen. Sie hatte eine andere Gestalt angenommen und war nun ein vollkommenes Ebenbild der sitzenden Frau auf dem Monument. Ihre Haut, die Hände und ihre Augen wirkten wie Alabaster, der Fleisch geworden war, und auch ihr Umhang hatte die Farbe des Steins.

»Suviel.«

Erneut tauchte ihr Name und all das, was sie gewesen war, in ihrem Bewusstsein auf, all ihre Erinnerungen und Erfahrungen warteten darauf, gerufen zu werden, und sie alle wurzelten im tiefen Glauben und fraglosem Gehorsam zur ErdenMutter.

»Ein Fragment des Herrn des Zwielichts ist endlich befreit worden«, sagte die Göttin. »Jetzt wird er nur nach einem Ziel streben, die restlichen Bruchstücke seiner Persönlichkeit zu erjagen, und du wirst ihm den Weg bereiten.«

Die leeren, weißen Augen musterten sie. »Befreie Ystregul aus der Kammer unter der Hohen Basilika in Trevada. Ich habe dich gelehrt, wie du mit den Zaubern verfahren musst, aber wisse, dass sich unmittelbar danach jeder Bewohner dieser uralten Hallen an das Werk deiner Vernichtung begeben wird.«

»Und was ist die nächste Aufgabe?«, wagte Suviel zu fragen.

Die marmorn glänzenden Lippen der ErdenMutter verzogen sich zu einem kalten Lächeln. »Falls deinem Unternehmen Erfolg beschieden ist und du die Konsequenzen überlebst, suche dir einen sicheren Ort, an dem du wartest. Ich komme zu dir. Glaubst du an mich?«

»Ich glaube.«

»Und gehorchst du meinem Willen?«

»Ich gehorche.«

»Dann empfange meinen Segen und meine Gabe und geh ...«

Bei den letzten Worten der Göttin umwirbelte Suviel plötzlich ein dunkler Strudel mit huschenden Gestalten, als wäre sie der ruhende Mittelpunkt eines rasenden Abgrunds. Ebenso rasch ebbten die Bewegungen ab, und sie fand sich in einer finsteren, hohen, fensterlosen Kammer wieder. In einer Ecke hinter ihr verblasste langsam das Strahlen einer Weinranke, welche aus einem Spalt in dem gepflasterten Boden heraus und an der Wand hochgewachsen war. Mit diesem spärlichen Mittel hatte die Erden-Mutter ein Portal für sie geöffnet. Nachdem dieses Leuchten der Macht vollkommen erloschen war, sah Suviel nur noch das schwache Flackern von Fackeln, das durch eine vergitterte Tür schien, die sich hoch oben in dem Raum befand, und in deren Licht eine Treppe zu erkennen war, die hinaufführte. Sie machte sich unverzüglich an den Aufstieg.

Suviels verstärkte Sinne verrieten ihr die Lage von Ystreguls Gefängnis. Umhüllt von einer Vielzahl von Zaubern wirkte es wie ein flammendes Leuchtfeuer, das die undeutlichen Umrisse der anderen Korridore und Räume umgab. Die Kammer, in der sie aufgetaucht war, lag einige Meter tiefer im Fels des Oshang Dakhal als der Kerker des Schattenkönigs, aber sie musste zunächst zu einem höheren Stockwerk der Hohen Basilika hinaufsteigen, weil sie nur von dort Zugang zum Verlies bekommen würde.

Die Tür am Ende der Treppe war nicht verschlossen, und umhüllt von Magie, die das Auge der Feinde täuschte, stahl sich Suviel durch die Korridore, auf der Suche nach einem Weg nach oben. Die vielen unterirdischen Tunnel und Räume waren vor über zweihundert Jahren auf Befehl von Zothelis in den Fels gehauen worden, dem Erzmagier dieser Zeit, der ehrgeizig eine ganze Stadt in den Oshang Dakhal hatte graben lassen wollen. Nach seinem Tod war sie unvollendet geblieben, und die zahlreichen Räume dienten den jeweiligen Verwaltern der Hohen Basilika als Lager- und Schlafstätten. Die Akolythen des Zwielichts hatten allerdings eine andere Verwendung dafür gefunden.

Suviel nahm noch die Spuren des Schmerzes der Gefangenen wahr, die früher hier eingekerkert gewesen waren, während sie die Treppe hinaufging und durch die Korridore schlich. Sie fühlte diese Schmerzen aber nur, weil die versammelten Erinnerungen ihres alten Selbst sie fühlten, und die Fetzen von Qualen verfolgten sie auf ihrem Weg durch einen von Fackeln erleuchteten Korridor, der zu einer Wendeltreppe führte, die nach unten führte.

Die Gänge waren nicht gänzlich verlassen, und zweimal musste Suviel einen Umweg in Kauf nehmen, um Meistern der Akolythen auszuweichen, die von kleinen Gruppen von Novizen begleitet wurden. Ihre Magie genügte dagegen vollkommen, um die Wachen und Schließer zu täuschen, die ihre Runden drehten, und schon bald stieg sie zu der Ebene hinab, auf welcher der Schattenkönig eingekerkert war. Einige Wendeltreppen brachten sie in eine kleine, schwach erleuchtete Vorkammer, in der ein merkwürdiges, blaugrünes Leuchten von seltsamen, an den Wänden befestigten Emblemen ausging, welche über Torbögen befestigt waren. Ohne innezuhalten trat Suviel durch einen Bogengang zu ihrer Rechten und duckte sich rasch in eine Nische, um in dem schmalen Gang einem Wächter auszuweichen.

Augenblicke später stand sie vor der Tür von Ystreguls Kerker. Sie war mit Alarmzaubern gesichert, welche den Türflügel an den massiven Türrahmen banden, zum Glück jedoch banden sie den Rahmen nicht auch an die Steinmauer. Suviel wusste, welchen Gedankengesang sie einsetzen musste, und nach einigen vorsichtigen, gespannten Momenten schickte sie den Zauber aus und ließ den schweren, hölzernen Rahmen eingehüllt in einem Netz von Niederer Macht lautlos mitsamt der Tür nach innen aufschwingen. Sie trat über die Schwelle, erzeugte rasch die Illusion eines unversehrten Rahmens hinter sich, drehte sich um und betrachtete den Gefangenen.

Uralte Hieroglyphen der Macht brannten grün in dem Boden unter ihm, während Suviels Blick die zahllosen, miteinander verbundenen Ketten der Hexerei sichtbar machte, in denen der Käfig des Schattenkönigs hing. In dieser Kammer zu stehen fühlte sich an, als wäre sie in ein riesiges Maul getreten, das jeden Eindringling erbarmungslos zermalmte. Die ErdenMutter hatte ihr gesagt, wie sie eben diese lauernden Kräfte für ihre Aufgabe einsetzen konnte. Suviel rief sich diese Instruktionen ins Gedächtnis und erzeugte mit der Macht der ErdenMutter zwei Zauber. Der eine brach die Ketten, welche den Käfig hielten, der andere reflektierte die zurückschlagenden Kräfte.

Als die Zauber beendet waren, fügte Suviel noch eine Verfeinerung zum Kettenbrecher-Bann hinzu, der seine Befreiung einige Sekunden verzögern würde, damit sie sich in einer anderen Kammer verstecken konnte.

Sie trat zurück und betrachtete ihre Arbeit. Der Kettenbrecher-Bann schwebte über dem Käfig, eine kleine, schwarze Kugel, von der dunstige Tentakel zu den vier schweren Ketten führten. Der Rückschlagzauber hing unter der hohen Decke, ein grobes, transzendentes Oval, von dem sich ein blasses Netz über die steinernen Mauern erstreckte.

Es war Zeit. Mit einem einzigen Gedanken löste sie den ersten Bann aus und hastete aus der Kammer. Sie wollte zur Treppe zurückeilen. Doch drei Akolythen standen im Flur vor der Vorkammer und diskutierten miteinander, also lief sie den Flur in die andere Richtung entlang. Sie hatte vielleicht ein Dutzend Schritte zurückgelegt, als sie hörte, wie sich der Kettenbrecher-Bann in einem Auflodern der Niederen Macht ausführte, das durch ihre sämtlichen Sinne zuckte. Einen Moment später ertönte ein gewaltiges Krachen, und die Zerstörung der Schutzzauber ließ den Stein vibrieren und raubte Suviel einen Moment die Orientierung.

Hinter ihr ertönten laute Schreie und Türen flogen auf. Panisch bog sie in einen leeren, unbeleuchteten Seitengang ab, der jedoch vor einer soliden Türe endete, die mit einem sehr komplizierten Schloss gesichert war. Sie brauchte nur wenige Sekunden, um den Mechanismus zu öffnen, schlüpfte hinein und verschloss die Tür fest hinter sich. In der Kammer war es stockdunkel, doch ihre Magiersicht enthüllte ihr die Umrisse. In einer Ecke waren Trümmer aufgehäuft, daneben standen Tische, auf denen zerbrochenes Steinzeug lag, sowie Kerzenstumpen und zerrissene und schimmelnde Pergamente. Fast in der Mitte des Raumes erhoben sich vier Pfeiler. An zwei von ihnen waren Männer angebunden, die jeweils auf einem durchgesägten Fass saßen. Beide trugen eine Augenbinde und waren mit Lederriemen an den Schultern, den Hüften, Schenkeln und Waden gefesselt. Sie schienen beide bewusstlos zu sein, bis einer von ihnen den Kopf hob.

»Ist ... da jemand?«, fragte er schwach.

Suviel erstarrte in namenloser Angst, als sich ihr verworrenes Gedächtnis an Einzelheiten einer Gefangenschaft in vollkommener Schwärze erinnerte, und sie ahnte, dass sie selbst einmal vor ihrem Tod an einem sehr ähnlichen Ort eingekerkert gewesen sein könnte.

Sie drehte sich zur Tür um, und die weiche Sohle ihres Stiefels schabte über den Boden.

»Wer ist da?«, wiederholte der Mann.

Diesmal klang seine Stimme klarer und kräftiger und löste eine verzweifelte Hoffnung in Suviel aus, die mit Furcht rang.

Der andere Mann rührte sich ebenfalls. »Was ... Was sagst du?«

»Es ist jemand hier«, erklärte der erste. »Aber sie sagen nichts.«

»Ach wirklich? Vermutlich nur ein neuer Feind, der gekommen ist, um die Gefangenen zu verhöhnen ...«

Suviel ging zur Tür, blieb jedoch wie angewurzelt stehen, als sie wahrnahm, dass jemand in ihrem Weg saß, etwas, eine Kreatur, die so schwarz war wie der Raum und deren großer, ungeschlachter Schädel fast bis zu ihren Schultern reichte.

Suviel Hantika, flüsterte das Wesen heiser in ihrem Kopf, *erkennst du diese beiden Männer nicht?*

Nein, ich ... Doch, etwas in mir erkennt sie, erwiderte sie ebenfalls in Gedankensprache. Wer ... bist du? Was bist du?

Ein Freund, der dich gesund und unversehrt sehen will.

Das Entsetzen übermannte sie, und die Sehnsucht nach dem Tal der Linderung erfüllte sie mit einer derartigen Intensität, dass ihr Tränen in die Augen stiegen.

Unversehrtheit ... Daran habe ich kein Interesse, dachte sie. Ich brauche sie nicht.

Woher willst du wissen, was dich interessiert oder was du brauchst?, konterte die Kreatur. *Es gefällt der ErdenMutter, dich zu diesem armseligen, verwirrten Ding zu machen, das hier vor mir steht. Deine Unwissenheit und deine Furcht dienen nur ihren Zwecken!*

Reinheit ist Reinheit, erwiderte sie hartnäckig. Reinheit erfordert reine Sicht.

In dem Fall, so fürchte ich, stimmt etwas mit deinen Augen nicht, erwiderte die Kreatur sarkastisch. *Lass mich dir helfen ...*

Bevor sie etwas sagen oder tun konnte, durchfuhr Suviel eine heiße Flut von Gefühlen und Erinnerungen. Ihr freier Wille, vereint mit Mitgefühl und Intuition, bescherte ihr einen langen, glorreichen Moment. Als Suviel schließlich begriff, was ihr und anderen durch diesen Kampf der Götter angetan worden war, strömten ihr lautlos die Tränen über die Wangen. Jetzt war sie wieder ein Ganzes und erkannte diesen grausamen Konflikt in seiner Gesamtheit. Sie sah, wie die ErdenMutter bei der Durchführung ihrer Rache Verrat und Ungerechtigkeit genutzt hatte. Durch ihre Schliche war ein Fragment des Herrn des Zwielichts nun in das Spiegelkind Nerek gefahren, das zur Zitadelle von Gorla ritt, während der Gefährlichste der fünf Schattenkönige durch Suviels eigene Hand befreit worden war.

Ich war tot, dachte sie. Und dennoch lebe ich.

In Zeiten wie diesen häufen sich Rätsel auf Rätsel, erwiderte die Kreatur ironisch.

Suviel lächelte, als sie in der Dunkelheit die verschwommenen Umrisse betrachtete. Rätsel wie du selbst?, dachte sie. Du erinnerst mich sehr an die hundeartigen Tiere, die ich im Reich der Trostlosigkeit sah, zu dem das Reich des VaterBaumes geworden ist. Welcher Macht dienst du?

Ich diene keiner Macht, erwiderte die Kreatur. *Ich bin nichts als ein Schatten meiner Selbst, die Erinnerung einer Erinnerung, das schwächste Echo einer vergessenen Größe. Nein, ich diene keiner Macht, und ich habe nur den geringsten Funken einer verschwundenen Nacht übrig behalten.*

Bestürzt begriff Suviel. Erhabener Vater, sagte sie, vergebt meine Respektlosigkeit ...

Nein, nein, nein, unterbrach der Geist des VaterBaums sie. *Keine Formalitäten und kein Zeremoniell. Für solche Bekundungen haben wir keine Zeit. Unser wütender Schattenkönig marschiert gerade in die Haupthalle der Basilika und hat unterwegs sechs Akolythen niedergemetzelt, nur aufgrund seiner schlechten Laune, verstehst du? Ganz Trevada ist in Aufruhr, und fast alle Wachen und Akolythen haben die unterirdischen Geschosse verlassen, also wäre es jetzt ein ausgezeichneter Moment, deine beiden Freunde zu befreien und einen Fluchtweg zu suchen. Einverstanden?*

Ja, aber ... wie können wir gegen die Gier und den Zorn der Götter bestehen?

Indem wir dort zuschlagen, wo sie am stärksten sind, erwiderte der Geist. *Die Zitadellen von Gorla und Keshada mögen zwar in deiner Welt existieren und auf dem Buckelgurt thronen, aber sie wurzeln im Reich der Finsternis. Durch eine von ihnen erreichen wir vielleicht das Herz der Macht des Herrn des Zwielichts, aber wir müssen alle Kräfte der Verteidiger von Besh-Darok mobilisieren, was auch das Kristallauge und den Mutterkeim beinhaltet ...*

Ihr wollt diese Zitadellen angreifen? Suviel war entsetzt.

Nur eine. Keshada. Sie ist nur so stark und unverletzlich wie jene, die sie befehligen. Nach Byrnaks Fall spaltet sich die Loyalität seiner Armee zwischen denen auf, die seinem General Azurech dienen, der jetzt über Gorla herrscht, und denen, die den Geistschatten folgen, die ihr Szepter über Keshada schwingen. Du dürftest wohl erkennen, wie diese beiden hier ..., der Geist des VaterBaums deutete mit einem Nicken auf die Gefangenen, die wieder verstummt waren, *... sich an diesem Ort als nützlich erweisen könnten.*

Ich würde ihn wieder in Gefahr bringen, dachte sie. Nach allem, was er durchgemacht hat ...

Die ganze Welt ist voller Gefahren, Suviel. Zahllose Leben, gute, schlechte und indifferente, tanzen auf des Messers Schneide, und jeder, der zu kämpfen vermag, ist aufgerufen, es zu tun. Ich würde dir mehr verraten, aber die Zeit wird knapp. Kümmere dich um deine Freunde, und wir reden später weiter.

Die merkwürdige, hundeartige Gestalt verblasste, und die schimmernden Umrisse seines Schädels mit seinen angedeuteten Augen verschmolzen mit der bleiernen Dämmerung. Traurig und gleichzeitig erwartungsvoll drehte sie sich um und ging zu den Pfeilern mit den daran hockenden Gefangenen zurück. Der größere der beiden hob den Kopf.

»Ah, unser Besucher kehrt zurück.«

»Hat er etwas zu Trinken mitgebracht?«, fragte der andere. »Ein guter Schluck Wein wäre höchst willkommen.«

»Leise«, flüsterte sie. »Es sind Feinde in der Nähe.«

»Ein Besucher, der spricht«, murmelte der Erste. »Natürlich ist es eine Frau.«

»Hmm, das ist Euch also auch aufgefallen, ja?«, erkundigte sich der andere.

Suviel schüttelte den Kopf, zog einen kleinen Docht aus ihrem Gewand und entzündete ein Wortlicht, einen winzigen strahlenden Fleck, der in der Luft über ihrem Kopf schwebte und ihr normalerweise als Leselampe diente. Dann zog sie dem größeren Mann, der vor ihr saß, die Augenbinde herunter. Ikarno Mazaret zuckte zurück, weil selbst das winzige Licht ihn blendete, und lächelte Suviel misstrauisch an.

»Seid gegrüßt, Lady. Wer Ihr auch seid, Euch gebührt mein aufrichtigster Dank.«

Suviel drohte in ihren Gefühlen zu ertrinken, als sich ihre Blicke trafen. Sie spürte Triumph, weil sie ihren Geliebten rettete, gleichzeitig jedoch brach ihr fast das Herz vor Gram, als sie begriff, dass sie für ihn eine Fremde war.

»Es ist mir eine Pflicht und ein Vergnügen, Herr«, erwiderte sie, löste die Fesseln von seinen Händen und wandte sich dann dem anderen Gefangenen zu. Bevor sie ihm die Augenbinde abnahm, wischte sie sich verstohlen die Tränen aus den Augen. Dann schnitt sie seine Fesseln durch. Gilly Cordale zuckte ebenfalls vor dem winzigen, schwebenden Wortlicht zurück, sah dann blinzelnd zu Suviel hoch und lächelte. Er war abgemagert, und in seinem Bart und seinem Haar war entschieden mehr Silber als zuvor, aber obwohl er seine Erinnerungen und einen großen Teil seiner Essenz an die Geistschatten verloren hatte, war etwas Unzerstörbares in seinem Wesen erhalten geblieben.

»Welch schöner Anblick«, sagte er. »Ich stehe tief in Eurer Schuld, Mylady.« Dann blickte er zu Mazaret, der mittlerweile aufgestanden war und sich an einem Pfeiler abstützte.

Die beiden Männer betrachteten sich eine Weile.

»Ihr seid kleiner, als ich dachte«, erklärte Mazaret, nachdem sich auch Gilly erhoben hatte.

»Und Ihr seid weit hässlicher, als ich mir habe träumen lassen«, konterte Gilly.

Die beiden Männer lachten leise, während Suviel sie melancholisch beobachtete. Dann richteten beide ihren Blick auf sie.

»Lady«, sagte Gilly. »Ich weiß weder, wie ich heiße, noch wer mich gefangen hat, sondern nur, dass ich vor einem Tag hier erwacht bin. Dies trifft auch für meinen Freund hier zu ...«

»Nur, dass ich meines Wissens nach bereits seit mehreren Tagen in diesem steinernen Verlies festgehalten werde«, ergänzte Mazaret gleichmütig. »Sagt uns, Mylady, wisst Ihr von uns, und kennt Ihr unsere Namen?«

»Das tue ich«, sagte sie. »Ihr seid Ikarno Mazaret und Ihr«, sie sah Gilly an, »Gilly Cordale.« Als die beiden gleichzeitig auf sie einredeten, hob Suviel beide Hände. »Bitte, Ihr Herren, wir haben keine Zeit für Fragen. Wir befinden uns im Herzen eines Stützpunktes gefährlicher Feinde, und wenn wir fliehen wollen, müssen wir jetzt reagieren, solange noch alles in Aufruhr ist ...«

Eine nun bereits vertraute Wesenheit streifte ihre Sinne und veranlasste sie, innezuhalten.

Und zwar so schnell ihr könnt ... Ystregul hat soeben auf dem Rücken eines Nachtjägers Trevada verlassen und fliegt nach Osten.

Dann war der Geist des VaterBaums wieder verschwunden, und Suviel stand mit ihren Schützlingen allein in der Dunkelheit.

»Waffen«, sagte Gilly. »Wir brauchen Waffen und eine Verkleidung.«

Suviel schüttelte den Kopf, während sie die Gabe der Mutter in den Händen zum Leben erweckte und die Gedankengesänge der Illusion in ihrem Bewusstsein beschwor.

»Nein, anders herum. Zuerst Verkleidungen, dann Waffen.«

Drei Tage nach ihrer Ankunft in Untollan stattete der Befehlshaber der zerstörten Bergfestung Keren einen Besuch ab.

Sie lag auf ihrer wackligen, mit Pelzen bedeckten Pritsche in der merkwürdigen, mit Säulen geschmückten, fensterlosen Kammer, die ihr Kerker war, und las in einem Kinderbuch voller bunter Märchen, als sie Schritte vor ihrer Tür hörte und aufblickte. Sie hatte ihr Abendessen aus dünnem Eintopf und hartem Brot bereits bekommen, also konnte es sich nicht um einen gewöhnlichen Besuch handeln. Sie klappte das Buch zu, stand auf, blies die Öllampe aus, die auf einem Regal neben ihrem Bett stand, sodass nur noch eine Lampe in einer Nische gegenüber der Tür brannte. Dann wartete sie im Schatten, als ein Schlüssel ins Schloss gesteckt und klappernd umgedreht wurde. Die Tür schwang auf.

»Domas! Also habe ich doch nicht geträumt, als ich deinen Namen gehört habe!« Ihre Erleichterung schlug in Ärger um. »Warum hast du mich eingesperrt? Du musst doch gewusst haben, wer ich bin ...«

»Ja, Keren, ich wusste sogar schon, dass du es bist, bevor meine Männer dich hergebracht haben. Es tut mir Leid, dass wir dich gefangen genommen haben, aber ich musste gewissen ... Bedingungen zustimmen, um die Hilfe zu bekommen, die wir in dieser letzten Woche so dringend benötigten ...«

Der ehemalige Reiterhauptmann Byrnaks wirkte gleichzeitig müde und angespannt. Er stapfte an ihr vorbei, setzte sich auf ihre Pritsche und winkte sie zu sich. An der Tür warteten zwei unbeteiligt wirkende, in Leder gekleidete Wachen mit Fackeln und Hellebarden.

»Also ...« Sie setzte sich neben ihn. »Wer sind deine Verbündeten? Genauer gefragt, kann ich dir hier nutzen? Und hast du Nachrichten aus Besh-Darok?«

Domas schüttelte unmerklich den Kopf. »Sie haben mich gebeten, nicht über sie mit dir zu sprechen. Was dagegen Neuigkeiten aus der Hauptstadt angeht ...«

Er hielt inne und sah sie zögernd an. Keren befürchtete das Schlimmste.

»Heute morgen sind weiße Raben mit Nachrichten eines meiner Spione in Ost-Khatris eingetroffen. Sie besagen, dass der

Schattenkönig Byrnak mit seinen massierten Streitkräften Besh-Darok umzingelt hat. Am Nachmittag überbrachte ein weiterer Botenvogel die Mitteilung, dass ein Mauerbrecher die Hauptmauer der Stadt zertrümmert habe und die Truppen des Schattenkönigs in die Stadt eindrängen ...« Er wandte den Blick ab. »Tut mir Leid.«

»Mehr Nachrichten sind nicht gekommen?«

»Keine ... bis jetzt.«

Seine Worte lähmten sie beinahe vor Entsetzen. Bardow, Alael und Nerek, dachte sie. Ich habe noch vor zwei Tagen mit ihnen gesprochen ...

»Das ist dann wohl das Ende«, erklärte sie. »Die Schattenkönige haben gesiegt ...«

»Laut meiner ... Verbündeten noch nicht ganz«, widersprach Domas. »Sie behaupten, dass weder das Kristallauge noch der Mutterkeim bislang in die Hände des Feindes gefallen seien, was bedeutet, dass die Schattenkönige nach wie vor verwundbar sind.«

Keren lachte verbittert. »Verwundbar? Von Artefakten, die nur ein Magier einsetzen kann?« Sie runzelte die Stirn. »Doch wenn Byrnak sich ihrer noch nicht bemächtigt hat, wo sind sie dann? Ich vermute, dass deine Verbündeten erheblich mehr wissen, als sie dir verraten, Domas ...«

»Das würde mich nicht sonderlich überraschen«, gab Domas überraschend gleichmütig zu und stand auf.

»Aber wo stecken sie?«

Domas ging zur Tür, blieb stehen und blickte zu Keren zurück. »Du wirst sie kennen lernen. Sie haben mich gebeten, dich sehen zu dürfen, sobald wir mit unserem Gespräch fertig sind.«

»Wir sind aber noch nicht fertig ...«, begann Keren, doch er öffnete bereits die Tür und verbeugte sich respektvoll vor jemandem, der im Gang davor wartete.

»Mylords«, sagte er und trat zur Seite.

Ein großer Mann in einem langen, dunkelroten Umhang schritt in das Verlies. Er war noch sehr jung, hatte ausgeprägte Wangenknochen und kurzes, blondes Haar. Keren hatte ihn noch nie zuvor gesehen. Ihm folgte ein anderer Mann, der ebenso groß und ähnlich gekleidet war, nur schimmerte sein Umhang in einem sehr dunklen Grün. Sein Gesicht war schmal, seine Augen dunkel und ihr Blick ehrfurchteinflößend und kalt.

Sie keuchte, rappelte sich auf und wich an die Rückwand des Verlieses zurück. Als sie dem zweiten Mann vor Monaten zum ersten Mal in dem Flüchtlingslager von Alvergost begegnet war, hatte er sich Raal Haidar genannt. Erst später, in der trostlosen Anderswelt von Kekrahan hatte er seine wahre Gestalt und seinen wahren Namen enthüllt. Orgraaleshenoth, Prinz der Dämonenbrut, erster und mächtigster Diener des Herrn des Zwielichts.

»Du bist ein verdammter Narr, Domas!«, schrie sie. »Was hast du getan?«

»Keren, du musst sie anhören«, erwiderte Domas. »Es ist nicht so, wie du denkst ...«

Aber sie wurde von Erinnerungen an die Qualen überwältigt, die sie durch Orgraaleshenoth hatte erdulden müssen, als sie die tödlichen Stationen der Prüfungen im Oshang Dakhal unter der Hohen Basilika in Trevada gemeistert hatte. Furcht erschütterte sie, Hass brachte ihr Blut zum Kochen, und ihre Sinne vibrierten, als sie sich vorstellte, erneut in die Klauen der Dämonenbrut zu fallen ...

»Keren Asherol.«

Orgraaleshenoths Gefährte sprach, der gutaussehende, jüngere Mann. Noch während sie ihn im Licht der Fackeln betrachtete, gaukelte ihr verängstigter Verstand ihr seine wahre Gestalt vor: den muskulösen Körper, die harte Reptilienhaut, den schmalen, echsenartigen Schädel und große Schwingen mit gefährlichen Klauen. Unter diese geisterhafte Vorstellung mischte sich die ungebetene Erinnerung, dass sie sich einst selbst kurz nach einem solch kraftvollen Körper gesehnt und sich gewünscht hatte, ebenfalls eine Dämonenbrut zu werden.

»Keren Asherol«, wiederholte er. »Mein Name ist Rakrotherangisal und ich stamme wie mein Eidkusin von den Israganthir ab, welche du die Dämonenbrut nennst. Im Gegensatz zu ihm jedoch bin ich kein Prinz von Geblüt, sondern nicht mehr als ein bloßer Vasall in unserem Schwarm ... Jedenfalls war ich es, bevor Häresie mich in dieses Exil geführt hat ...«

Bei diesen Worten trat Orgraaleshenoth vor und richtete seinen dunklen, eindringlichen Blick auf sie.

Kerens Innerstes erzitterte, doch äußerlich schien sie gelassen und erwiderte ruhig seinen Blick. Zeige keine Schwäche, befahl sie sich. Überlebe!

»Erinnerst du dich noch daran«, sagte er, »dass du mich bei unserer Reise durch den Oshang Dakhal einst gefragt hast, ob du mich jemals wieder abschütteln könntest?«

»Du hast geantwortet: niemals«, gab sie zu.

Ein frostiges Lächeln glitt über das markante Gesicht. »Ich hätte die Frage umkehren sollen, und die Antwort wäre dieselbe gewesen, nur dass ich es weder wusste noch verstanden hätte, bis nach meiner Verbannung durch die Magierfrau Suviel.« Der Prinz der Dämonenbrut schaute sich einen Moment schweigend in dem Verlies um. »Als ich deine Essenz an mich band, um dich auf unserem Weg durch die Stationen der Prüfung zu stärken und zu schützen, vollzog sich eine unumkehrbare Vermischung unserer Essenzen. Nachdem ich mit leeren Händen in das Reich der Ruinen zurückkehrte, begriff ich allmählich, dass nichts mehr so war, wie es einst gewesen ist, und ich empfand eine Ruhelosigkeit, die mir bis dahin unbekannt war.

Ich begann mit den Weisen des Schwarms über unsere unverbrüchliche Treue zum Herrn des Zwielichts zu streiten, verwies darauf, wie wenig Gegenleistungen wir nach all den Zeitaltern der Hingabe bekamen. Man drohte mir damit, meine Schwingen zu stutzen, also zog ich mich an die Grenzen des Reichs der Ruinen zurück, wo sein fadenscheiniges Gewebe gelegentliche Blicke in die Zwischenwelt gewährt. Dort traf ich meinen Kusin Rakrotherangisal und einen merkwürdigen Geist, der behauptete, das Relikt des VaterBaums zu sein ...«

Während Keren staunend zuhörte, übernahm die jüngere Dämonenbrut wieder das Wort. »Der Geist des VaterBaums zeigte uns viele Dinge, doch das Schrecklichste war eine Vision von dem, was geschehen wird, sollte der Herr des Zwielichts triumphieren ...« Ein gepeinigter Ausdruck zeigte sich auf seinem Gesicht. »Alle Reiche würden zerbrechen und ihre Reste in der Leere versinken, wo sie zu einer einzigen, sonnenlosen Domäne verschmölzen. Der Herr des Zwielichts selbst würde sich zum Meister über Leben und Tod aufschwingen, alle Überlebenden zu Sklaven seiner Begierden machen, und es gäbe keine Macht, die ihm Grenzen setzen könnte. Wir dürfen nicht gestatten, dass es dazu kommt.«

Keren schaute von der Dämonenbrut zu Domas, der ihr ernst zunickte. Aber das Misstrauen war ein hartnäckiger Gefährte.

»Wie sollten wir dem Einhalt gebieten können? Immerhin hat Byrnak Besh-Daroks Mauern zertrümmert. Jedenfalls hat man mir das erzählt ...«

»Das stimmt«, bestätigte Rakrotherangisal.

»Dennoch sind weder das Kristallauge noch der Mutterkeim in seinem Besitz«, fuhr Keren fort. »Warum nicht? Wie kann das sein?«

»Schattenkönig Byrnak«, fuhr Orgraaleshenoth fort, »existiert nicht mehr. Er wurde von einer Waffe besiegt, die seit einem Jahrtausend nicht mehr geschwungen wurde, einer doppelschneidigen, vereinten Klinge, die seine körperliche Gestalt zwar nicht versehren kann, wohl aber seine Essenz. Byrnak ist bloß noch ein gewöhnlicher Mensch, ein gemeiner Sterblicher, während das Fragment des Gottes, das er in sich trug, in Nerek gefahren ist, die mit ihm auf die Suche nach den anderen Fragmenten gehen musste. Führerlos hat sich das Große Heer des Schattenkönigs nach Gorla und Keshada zurückgezogen, und zur Stunde sind zwei der drei Artefakte in Sicherheit.«

Er sah sie an. Die Nachricht von Nereks Schicksal war niederdrückend für Keren. »Mit dem dritten Artefakt sind wir möglicherweise in der Lage, die Vollendung des Herrn des Zwielichts zu verhindern ... Mit allen dreien ist es sogar möglich, ihn in sein eigenes Reich zu bannen.«

»Der Stab der Leere«, sagte Keren. »Seid Ihr deshalb hier? Habt Ihr mich deshalb hergebracht?«

»Unter dieser Festung, Keren«, ergriff jetzt Domas das Wort, »erstreckt sich ein gewaltiger Tunnel über eine Meile in die Knochen der Erde. Am Boden befindet sich eine Kammer, wo der Stab der Leere aufbewahrt wird. Der Tunnel selbst jedoch ist voller Fallen, Barrieren und Wächter ...« Seine Stimme klang fasziniert. »Ich war am Eingang dieses Tunnels und habe es mit eigenen Augen gesehen ...«

Keren schaute Orgraaleshenoth an. »Und du willst, dass ich mit dir da hinuntergehe, oder? Erneut diese Qualen durchlebe ... Nein, niemals! Möge die Nacht dich verfluchen! Und dich auch, Domas, weil du mich hierher verschleppt hast ...!«

Rakrotherangisal schüttelte den Kopf. »Jede einzelne dieser Verteidigungsanlagen des Tunnels vermöchte Euch mit einem Lidschlag zu vernichten. Wir dagegen mögen in der Lage sein, ihnen zu widerstehen und sie sogar zu zerstören, doch am Ende dieses gewaltigen Schachtes erwartet uns sehr wahrscheinlich auch unser Ende. Aus diesem Grund benötigen wir die Hilfe einer Person, welche diesen Stab zur Oberfläche zurückbringen kann, jemand, der verlässlich dafür Sorge trägt, dass seine Macht nicht missbraucht wird.«

»Aus diesem Grund haben wir dich hierher gebracht«, sagte Orgraaleshenoth düster. »Du besitzt die einzigartigen Qualitäten, die bei dieser Aufgabe von unschätzbarem Wert sind, aber du hast die Wahl. Solltest du dich entscheiden, nicht mit uns zu gehen, werden wir Freiwillige unter Domas' Männern auswählen, sie reinigen und ...«

Domas mischte sich erneut ein. »Falls deine Zweifel dich hindern, Keren, wäre ich gern derjenige, der an deiner Stelle mit ihnen geht. Du kannst die Verteidigung von Untollan leiten, du hast eine starke Hand.«

Du hast die Wahl ... Das Bild ihres zerbrochenen Schwertes, das qualmend und verbogen auf dem Boden in einem Tunnel lag, erschien vor ihrem inneren Auge. Sie erinnerte sich an das beißende Feuer, das immer und immer wieder durch ihren Körper getobt war. Bei dieser Erinnerung fing sie an zu zittern, was sie bis in die Fingerspitzen fühlen konnte.

»Lady, mir ist bewusst, was Ihr bei den Prüfungen erdulden musstet«, sagte die jüngere Dämonenbrut. »Solltet Ihr uns jedoch nach unten begleiten, werdet Ihr keine solchen Qualen erdulden müssen, das schwöre ich Euch.«

»Und welchen Schwur leistest du mir?« Keren sah Orgraaleshenoth an.

Der Prinz der Dämonenbrut sah sie an, doch sie entdeckte weder Arroganz noch Ärger in seiner Miene, nur eine Art stolzer Trauer.

»Bei Schwinge und Klaue, bei Seele und Blut gelobe ich dir, Keren Asherol, dir keine Boshaftigkeit anzutun, weder durch Willen noch durch Tat.«

Sie war noch immer nicht überzeugt. »Erzählt mir mehr über diesen großen Schacht«, forderte sie die beiden auf. »Ich habe von Untollan gehört. Angeblich eine uralte Festung aus einer Zeit weit vor dem Langen Winter, später dann ein Kloster des Nachtbärenclans, danach der Sitz eines Brigantenkönigs und dann ...« Sie zuckte mit den Schultern. »Von einem Schacht habe ich jedoch niemals etwas gehört.«

»Weil er im Herzen dieser Berge vor Äonen versteckt und versiegelt wurde«, erwiderte Rakrotherangisal. »In Euren Augen ist Untollan eine beeindruckende, nahezu uneinnehmbare Festung hoch auf einem Berg. Es gibt jedoch noch andere, uralte, geschliffene Bastionen überall in den Druandags auf den anderen Berggipfeln.«

»Er spricht die Wahrheit«, fiel Domas eifrig ein. »Ich habe sie selbst gesehen ... Sie haben alle dieselbe Architektur, und die erhaltenen Reliefs sind ebenfalls identisch.«

»Und was bedeutet das?«, fragte sie. »Dass sie alle von denselben Menschen erbaut wurden ...« Als wollten sie die inneren Täler der Druandags schützen, dachte sie. Aber hier gibt es doch nichts weiter als Ödnis, stehende Gewässer und felsige Böden, auf denen nichts Gesundes gedeiht ...

Domas wollte etwas sagen, aber die jüngere Dämonenbrut kam ihm zuvor. »Einfach ausgedrückt gehörten sie alle zu demselben Komplex, derselben Zitadelle, erschaffen von derselben Macht.«

»In uraltem Othazi«, fuhr Orgraaleshenoth fort, »nannte man sie Kol Galeltuntollan, aber ihr ursprünglicher Name war ein Yulatsi-Wort, das ›Himmelsmächtige‹ bedeutete, und eben dieser Name hat auch in den Mythen und Legenden der Ersten Zeitalter überlebt ...«

Domas lächelte sarkastisch. »Willkommen, Keren, in Jagreag.«

Ystregul saß auf einem gepolsterten Sattel, der auf den Rücken eines Nachtjägers geschnallt war, und umklammerte fest die Stachelstöcke, während er das Geschöpf durch die windige, verschneite Dunkelheit steuerte. Als das breite, runde Dach der Zitadelle von Gorla in dem Schneetreiben vor ihm auftauchte, fand er zunächst nirgendwo einen geeigneten Platz, an dem der Nachtjäger hätte landen können. Er knurrte und sah schließlich eine geschwungene Plattform, die aus einem der oberen Stockwerke herausragte, und dahinter einen hohen, offenen Bogengang, durch den goldenes Licht in die Nacht schien. Einen Moment später begann sein Nachtjäger den Abstieg mit mächtigen Schwingenschlägen, die den Schnee von der Plattform fegten. Das Biest knurrte gereizt über die Kälte und den Schnee, als es auf seinen Hinterbeinen landete, bevor es sich vornüber auf alle viere sinken ließ. Während Knechte und Wärter in langen Kapuzenumhängen heraneilten, um die gewaltige Kreatur zu versorgen, glitt Ystregul aus dem Sattel und landete geschickt auf den Füßen. Sein dunkles Haar und seine prachtvollen, schwarzen Gewänder waren trocken und vollkommen unberührt vom Schnee, und seine Augen glühten in aufgestauter Wut, als er in die Wärme und den stechenden Geruch des Nachtjägerstalles trat.

Grüngewandete Akolythen kamen ihm entgegen und knieten vor ihm nieder. Auf ihren haarlosen, glänzenden Schädel spiegelte sich das Licht der Fackeln. Sie standen auf und traten zur Seite, als ein weiterer Mann, der wie ein gemeiner Krieger gekleidet war, auf ihn zukam und sich grinsend verbeugte. Er sah aus wie Schattenkönig Byrnak, war aber zu groß ...

»Seid gegrüßt, Großer Gebieter Ystregul«, sagte der Mann. »Ich bin Azurech. Willkommen in Gorla. Seine Garnison wird Euren Namen zur Feier des Tages jubelnd rufen ...«

»Wo steckt er?« Ystregul fletschte vor Wut die Zähne. »Du hast sein Gesicht, aber du bist nicht er. Wo ist er?«

Der Mann namens Azurech senkte den Kopf. »Gebieter, er weiß, dass Ihr kommt und erwartet Euch im großen Bankettsaal. Kommt, ich werde Euch zu ihm führen!«

Am Ende der Stallungen gelangten sie durch massive Türen in einen langen, in bläuliches Licht getauchten Raum voller juwelenbesetzter Sättel und Stachelstöcke, an dessen Ende ein dunkles, schimmerndes Portal lag. Azurech trat zuerst hindurch und verschwand. Ystregul folgte ihm auf dem Fuß.

Sie tauchten auf einem geschwungenem Steg am Ende eines langen, ovalen Raumes wieder auf, dessen gewölbte Decke im Dunkeln lag und von gewaltigen Balken getragen wurde. Das Licht von Fackeln und Lampen schimmerte auf dem dunklen Holz des Raumes und ließ die Schilde und Banner glänzen, welche die Wände schmückten. Zwei lange Tische nahmen beinahe den ganzen Raum in Beschlag, an dessen anderem Ende ein Podest auf niedrigen, breiten Pfeilern thronte.

Eine einzelne Gestalt in brauner Reiterkluft saß zusammengesunken mit dem Rücken zum Raum an dem Tisch und blickte durch die halb geöffneten Vorhänge der Balkonarkaden hinaus.

»Lass uns allein, Azurech«, sagte die Gestalt heiser.

Der hünenhafte Krieger verbeugte sich und verschwand lautlos durch die Tür.

Ystregul runzelte die Stirn, als hätte er diese gleichgültige Reaktion nicht erwartet, trat auf den Boden des Bankettsaales hinunter, schritt um die Seite herum und erklomm mit einem Schritt das Podest.

»Ich bin hier, um Vergeltung zu üben, Byrnak«, sagte er. Jedes seiner Worte verströmte seinen Hass. »Du wirst für meine Einkerkerung zahlen, für die Qualen, die du mir auferlegt hast, jede Sekunde meiner Gefangenschaft wird ein Jahr Leiden für dich bedeuten ...«

»Was weißt du von Gefangenschaft?« Die andere Stimme wurde deutlicher und klang recht hoch.

Ystregul blieb wie angewurzelt stehen. »Das ist nicht Byrnaks Stimme!«, stieß er hervor. »Steh auf! Sieh mich an ...!«

Die Gestalt erhob sich leichtfüßig vom Stuhl, schob ihn zurück und drehte sich um.

Es war eine schlanke, junge Frau mit blondem, glattem Haar.

»Eine Metze!«, spie Ystregul verächtlich hervor. »Wo ist er? Ich weiß, dass er in der Nähe ist. Ich kann ihn beinahe riechen ...«

»Du brauchst ihn nicht länger zu suchen«, sagte die Frau und grinste plötzlich. Ihr Mund wurde flammendrot, und ihre Augen glühend schwarz. Sie sprang hoch in die Luft und stürzte sich auf ihn herab. Ystregul spie einen Fluch zwischen den Zähnen hervor und wollte die Macht des BrunnQuell loslassen, als er erstarrte. Die Frau wurde langsamer, bis sie unmittelbar vor ihm schwebte. Dann streckte sie die Hände aus und umfasste sein Gesicht. Er konnte den Kopf nicht rühren, während er in ihre Augen starrte.

»Ich fühle mich in dir«, zischte sie immer noch schwebend. »Dieser Teil von mir, der all diese sterblichen Jahre in deinem elenden Leib und deinen Knochen gefangen war. Ahh ... du fühlst mich auch, hm? Meine Wut, meinen Hunger, meine Sehnsucht nach Flucht und Vereinigung, und du fühlst, wie ich deine Gedanken fresse ... stimmt es?«

Ystregul würgte einen erstickten Laut heraus, und seine Hand fuhr schwach an die Kehle der Frau. Sie lächelte nur.

»Welche Kraft, welch gnadenlose Zielstrebigkeit«, sagte sie. »Und nichts davon gehört dir. Wohlan denn, umarmen wir uns, du und ich ...«

Ohne jede Anstrengung hob sie Ystregul vom Boden hoch, der sich schwach wehrte, und stieg gemeinsam mit ihm höher, während sie sich an ihn schmiegte. Eine dunkelgrüne Aura umhüllte sie, ein Schleier, der von schwarzen Punkten durchsetzt war. Windböen fegten durch den Bankettsaal, löschten die Fackeln, ließen die Banner flattern und bauschten die Vorhänge auf. Stühle fielen um, Kerzen kippten aus ihren Haltern und rollten über den Tisch, und ein Kelch mit einem breiten Fuß neigte sich zur Seite und verspritzte Wein über die Tischplatte.

Im Zentrum dieses Mahlstroms schienen die beiden Figuren zu verschmelzen. Einige Momente später kehrte Ruhe ein, als eine Gestalt mit einer grünen Aura langsam zu Boden sank. Im nächsten Moment veränderte sich das Grün, nahm die Form von Gewändern an und verfestigte sich schließlich zu einem langen, schwarzen Bärenfell über einer glänzenden roten Rüstung.

Azurech erschien in einem glitzernden Portal, trat heran und sank auf die Knie.

»Erhebe dich.«

Der Hüne gehorchte und blickte hoch. Trotz seiner Größe reichte er dem anderen nicht einmal bis zur Schulter. Azurechs Gesicht zeigte Ehrfurcht und Hingabe, und einen Moment schien er nicht sprechen zu können.

»Erhabener Gebieter«, sagte er schließlich. »Seid Ihr ein Gott?«

Das Gesicht des Schwarzen Priesters lächelte auf ihn herunter. Es trug zwar Ystreguls Züge, doch sein finsterer Blick und sein wildes Lächeln wurden einer bedächtigen Haltung besänftigt.

»Nein, Azurech. Ich bin kein Gott. Noch nicht.«

25

Die Glocke schallt mit rostigem Klang,
Und das Wispern der Welt
Schreckt die zerfetzte Nacht auf,
Während blinde Pferde ihrer Beute nachstellen.

Die Schwarze Saga von Culri Moal, vi, 7

In der Nacht, welche auf die Belagerung folgte, drehten die vorherrschenden Winde nach Osten ab und schickten Eisregen über die Stadt. Im Morgengrauen drehten die Winde erneut, und während sich der Himmel zuzog, fielen die Temperaturen. Als Bardow den Palast am Vormittag zu einem Treffen mit der Händlergilde verließ, waren die Straßen des Palastviertels mit Leichen von Menschen und Pferden übersät, die steifgefroren und von Schnee und Eis bedeckt waren. Wenigstens gab es keinen Mangel an freiwilligen Helfern, wie er durch das Kutschfenster sehen konnte. Arbeiter, Zimmerleute, Lehrlinge, ja selbst ganze Familien warfen die gefrorenen Leichen auf Karren, die von den Kais heranrollten.

Als Bardow fast zwei Stunden später zurückkehrte, war die Zahl der Freiwilligen nochmals angestiegen und viele Spuren der Schlacht beseitigt. Bardow sah das scheue Lächeln auf einigen Gesichtern, was seine Niedergeschlagenheit verstärkte, denn auch die bedeutendsten Kaufleute der Stadt waren ihm vorhin mit ähnlich hoffnungsvollen Gefühlen begegnet. Natürlich bedauerten sie alle Taurics Tod und den der Hexenmähre und versprachen, beiden ein angemessenes Denkmal zu errichten. Aber ihr Triumphgefühl war nur schwer zu übersehen. Ein zweiter Angriff auf Besh-Darok war gescheitert, und da jetzt der Schattenkönig Byrnak im Verlies des Palastes in seinen Ketten schmorte, war doch die schlimmste Gefahr vorbei und alle konnten wieder an ihre Arbeit gehen.

Bardow hätte gern ihre frohen Illusionen zerstört, indem er die Kaufleute daran erinnerte, dass sie es noch mit vier weiteren Schattenkönigen zu tun hatten, nur hätte ihm ein solches Vorgehen nicht gerade geholfen, wenn er ihnen die Liste der Krone mit dem dringend benötigten Nachschub präsentierte. Stattdessen pries er ihre Bemühungen, wich elegant allen Fragen über Taurics Nachfolge aus und war insgeheim erfreut, als die Kaufleute mehr als die Hälfte der Menge aller Artikel auf der Liste der Krone bewilligten. Während seine Kutsche jetzt zum Platz der Klingen rumpelte, sah er dünne Rauchspuren, die noch immer von den ausgebrannten Gebäuden nördlich des Palastes aufstiegen. Selbst nach Byrnaks Gefangennahme und dem Tod der meisten seiner Befehlshaber hatte es erbitterte Kämpfe in Straßen und Häusern mit den Maskierten gegeben, die auf ihrem Rückzug zur Mauerbresche, wo die Kriegshorde der Mogaun schon auf sie wartete, ständig irgendwelche Gebäude in Brand steckten. Am meisten beschäftigte Bardow jedoch der Zustand von Yasgurs Stadtmiliz und der Ritterorden. Die Straßenlazarette und Hospitäler quollen über von Verwundeten und Sterbenden, und die gewaltige Eisen-Kaserne war nur noch eine qualmende Ruine. Jetzt war er unterwegs zu einem Treffen mit dem Hohen Konklave, zu dem auch die Oberhäuptlinge der Mogaun gebeten worden waren, und auf dem Bardow einen sofortigen Angriff auf Gorla oder Keshada vorschlagen wollte, und zwar mit jedem Mann, der auch nur halbwegs ein Schwert schwingen konnte.

Wahnsinn, werden sie sagen, dachte er. Bis ich ihnen verrate, was Byrnak mir letzte Nacht über den Herrn des Zwielichts und Nerek mitgeteilt hat. Selbst dann werden sie mir vielleicht keinen Glauben schenken ...

Als die Kutsche den schneebedeckten Platz der Klingen in der Nähe des Tagfrieds erreichte, sah er eine Gruppe ernster Kinder, die Blumen an der Stelle niederlegten, wo Tauric und die Hexenmähre vom Spiegelkind Nerek gemeuchelt worden waren.

Die arme Nerek, dachte er. Und Tauric ... Du wolltest so sehr für dein Volk kämpfen, und als du zurückgekommen bist, um eben dies zu tun, bot dir nur der Tod ein Willkommen. Aber wo sind deine Leiche und die der Hexenmähre abgeblieben? Hat die ErdenMutter hier ihre Hand im Spiel?

Dann bog die Kutsche erneut um eine Kurve nach links in den dunklen Torweg des Tagfrieds ein, fuhr unter seinen drei Gattern hindurch und überquerte eine Zugbrücke. Als der Erzmagier unter dem überdachten nordwestlichen Eingang des Hohen Turmes ausstieg, sprangen seine Leibwächter Antor und Rafe vom Bock und folgten ihm hinein. Die Menschen verbeugten sich oder grüßten ihn mit einem Nicken, während er die bevölkerte Eingangshalle durchquerte und zur Treppe ging.

Zwei Träger tauchten mit einer Stuhlsänfte aus einem Verschlag neben der Treppe auf. Bardow setzte sich hinein, und sie trugen ihn die Stufen hinauf. Der Verwalter des Fünfkönigs-Piers hatte einige dieser Sänften letzte Woche zum Palast geschickt, und alle hatten die Invasion unbeschadet überstanden. Dafür war Bardow sehr dankbar, denn das Hohe Konklave fand im restaurierten Thronsaal weit oben statt.

Einige Zeit später setzten die beiden keuchenden Träger die Sänfte vor den mächtigen Doppeltüren des Thronsaals ab. Bardow dankte ihnen, stieg aus, schüttelte die Falten seiner schweren braunroten Robe aus, in der er schrecklich schwitzte, und ging zu den Doppeltüren, die von vier Gardisten in Kettenhemden und weißen Wappenröcken flankiert wurden. Darüber hing das Kaiserliche Banner, das einen schwarzen Trauerflor trug. Bardow befahl Antor und Rafe, auf ihn zu warten und trat vor die Tür, die zwei Gardisten für ihn öffneten.

Den Mittelpunkt des Thronsaales nahm ein breiter, ovaler Tisch ein, der auf dem blanken, grauen Marmorboden stand, in dem sich die vielen Lampen spiegelten. Die Mitglieder des Hohen Konklave waren bereits anwesend. Die meisten saßen, bis auf Yarram, der an dem Tisch stand und etwas auf seiner linken Seite anstarrte. Atroc stand hinter Yasgur, das runzlige, stopplige Gesicht sichtlich amüsiert verzogen, während sein Herr mit grimmiger Miene am Tisch saß.

Die Blicke der Anwesenden richteten sich auf Bardow, als er

eintrat, und während er über den schimmernden Marmor schritt, bemerkte er hinter den Pfeilern zur Linken zwei seiner Magierkollegen, Cruadin und die Nachtkrähe, die in der Nähe der Arkade zum Balkon standen. Dann fiel sein Blick auf die beiden Oberhäuptlinge der Mogaun, die mit gezückten Schwertern dastanden.

»Cruadin!«, sagte Bardow. »Nachtkrähe, was ist geschehen? Wohin schaut Ihr ...?«

Der große, in Pelze gehüllte Welgarak drehte sich wie die anderen auch zu Bardow herum. Dann gab er den Blick auf jemanden frei, der unter der Arkade vor den zugezogenen Vorhängen stand. Als Bardow die Person erkannte, stockte er mitten im Schritt, und rang die Furcht nieder, die ihn plötzlich befiel.

»Wer ... seid Ihr?«, stieß er hervor.

»Sie behauptet, sie wäre die Magierin Suviel«, knurrte Welgarak. »Aber ich habe ihre fahlen Schwestern mit den Maskierten reiten sehen, also wer kann sicher sagen, wer oder was sie in Wahrheit ist?«

Die Nachtkrähe drehte sich zu Bardow um. »Ich spüre keine BrunnQuell-Macht in ihr.«

»Der Waffenmeister hat unerkannt mehrere Wochen unter uns gelebt«, warf Cruadin nachdrücklich ein.

»Sie ist vor einer kurzen Weile hier erschienen, Erzmagier«, erklärte Yarram. »Als wir uns versammelten. Sie sagte, wir hätten keine Zeit für lange Diskussionen, sondern müssten umgehend die feindlichen Zitadellen angreifen ...«

»Sie behauptet außerdem, die Maskierten besäßen einen magischen Tunnel unter ihren Türmen«, fuhr der untersetzte Gordag fort. »Der direkt nach Rauthaz führt. Sie sagt, auf diesem Weg hätten sie ihre Truppen so rasch und unbemerkt vor Besh-Darok verlegen können ...«

»Wir müssen schnellstens die Wahrheit in Erfahrung bringen, Erzmagier«, versetzte Yasgur brüsk. »Könnt Ihr uns damit dienen?«

Bardow sammelte sich. »Ich glaube ja, mein Lordregent«, erwiderte er, drehte sich um und sah die Frau in der Arkade an.

»Ihr ähnelt Shin Hantika«, erklärte er. »Aber Suviel starb vor drei Monaten in Trevada. Wie kann eine tote Frau jetzt vor mir stehen?«

Sie lächelte traurig und zuckte mit den Schultern. »Diese Frage kann Euch nur die ErdenMutter beantworten, Meister Bardow.«

Ist sie es wirklich?, fragte er sich. Er musterte sie prüfend, ihre entspannte Haltung, die verschränkten Arme und die Belustigung in ihrem Blick. Alles kam ihm vertraut vor, auch ihre Gesichtszüge und ihr Haar schienen zu Suviel zu gehören. Dennoch strahlte sie eine kaum merkliche Aura aus, die ihn misstrauisch machte. Es gab nur einen Weg, sich Gewissheit zu verschaffen. Er wandte sich an die Lords des Hohen Konklave.

»Ehrenwerte Lords«, sagte er. »Mit Eurer Zustimmung möchte ich das Kristallauge aus seinem Heiligtum hierher bringen lassen, damit ich die Natur unserer Besucherin sicher erkennen kann.«

Alle stimmten zu, und mittels Gedankensprache befahl Bardow Magier Zanser, das Kristallauge in den Thronsaal zu bringen. Niemand sagte etwas, während sie warteten, und die Spannung stieg merklich. Nach einer Weile kam der korpulente Magier herein und marschierte schwerfällig und etwas außer Atem über den blanken Marmor. Er trug ein mit Messing beschlagenes Kästchen unter dem Arm, das er Bardow reichte. Anschließend ließ er sich erleichtert auf einen freien Stuhl fallen.

Bardow stellte das Kästchen auf den Tisch und öffnete es mit einer leichten Berührung. Das Artefakt ruhte auf seinem Bett aus Golddraht und nachtblauer Seide. Bardow legte seine rechte Hand flach mit gespreizten Fingern auf die glänzende Oberfläche. Er war bereits auf die Gesänge seiner Macht eingestimmt, doch direkter körperlicher Kontakt verstärkte seine Fähigkeiten.

Dann sah er die Frau an, die in der Arkade stand und eine Hand auf ihre Taille gelegt hatte. Er suchte nach Spuren des BrunnQuell, nach Hinweisen auf eine heimliche Absicht, der Saat des Bösen ...

»Ich bin bereit«, erklärte sie.

»Es ist bereits geschehen«, erwiderte Bardow, nahm die Hand von dem Kristallauge und ließ seinen Blick über die Männer an der Tafel gleiten. »Ich finde keinen Makel an ihr, meine Lords, also kann sie sehr wohl die sein, für die sie sich ausgibt.«

»Sicher?«, murmelte Welgarak.

»Könnte sie eine Doppelgängerin sein?«, meinte Atroc.

Bardow winkte die Frau zu sich und sagte: »Legt Eure Hand auf das Kristallauge, wie ich es tue, und sagt: ›Ich bin Suviel Hantika.‹«

Sie durchquerte den Raum. Cruadin und die Nachtkrähe ließen sie nicht aus den Augen, und Welgarak und Gordag verfolgten ihren Weg mit den Spitzen ihrer Schwerter.

Bardow berührte das Kristallauge erneut, und als Suviel seinem Beispiel folgte, bemerkte er die ersten Anzeichen von Unruhe in ihr und sah, dass ihre Finger zitterten. Sie holte tief Luft, als müsste sie ihre Nerven stählen, und sagte:

»Ich bin Suviel Hantika.«

Bardow schwindelte einen Herzschlag lang, als ein Kaleidoskop von Bildern durch seinen Geist fegte. Gleichzeitig atmete die Frau scharf ein, als erlitte sie Schmerzen, ließ jedoch die Hand auf dem Kristallauge.

»Was war das?«, fragte die Nachtkrähe Suviel. »Was ist passiert? Hat das Auge Euch abgestoßen?«

»Nein. Es hat mir gezeigt, wie ich ... starb.«

Bardow nickte bestätigend und sah noch einmal ihren verzweifelten Kampf in der Hohen Basilika, den Versuch der Dämonenbrut, sich des Kristallauges zu bemächtigen, und wie Suviel es einsetzte, um die Kreatur in ihr eigenes Reich zu verbannen. Im Moment von Suviels Triumph jedoch war die Kapelle, von den Angriffen zuvor bereits schwer beschädigt, zerbrochen und hatte sie in die Tiefe geschleudert, wo sie auf den zerklüfteten Klippen gestorben war.

»Suviel.« Mehr bekam er nicht heraus, weil die Emotionen ihm die Kehle zuschnürten. Er nahm ihre kühlen Hände in seine. Sie hatte ebenfalls Tränen in den Augen.

»Ach, Bardow, mein Mentor und mein Freund. Wie ich mich nach Eurem Rat gesehnt habe ...«

»Es scheint, als müsste ich ihn diesmal von Euch erbitten«, erwiderte er.

»Das mag sein.« Sie wurde ernst. »Es gibt viel zu sagen und noch mehr zu tun ...«

»Wie zum Beispiel einen Angriff gegen diese Zitadellen zu führen?« Tylo Nokram, der schlanke, falkengesichtige Lordkommandeur der Paladine, machte aus seiner Skepsis keinen Hehl.

»Vergesst den großen Tunnel nach Rauthaz nicht«, warf Gordag ein.

»Es gibt diesen Tunnel tatsächlich.«

Alle schwiegen bei den Worten des Lordregenten und sahen ihn an. Hinter ihm grinste der Seher Atroc, als wäre er stolz auf seinen Herrn. Yasgur stand auf und betrachtete Bardow, während seine schwarzen Pelze schwer um seine Schultern hingen.

»Seid Ihr Euch gewiss, was diese Frau angeht?«

»Sie ist Suviel Hantika, davon bin ich überzeugt«, erwiderte Bardow und schaute sie an. »Was ist das für ein Tunnel?«

»Sie nennen ihn den Großen Gang«, erwiderte sie. »Es ein gewaltiger, unterirdischer Tunnel, der von den beiden Zitadellen nach Rauthaz führt, und von dem außerdem je ein Gang nach Casall und Trevada abzweigt. Das BrunnTor hat ihn gebohrt, und der BrunnQuell ist Teil seiner Substanz.«

Yasgur zuckte mit den Schultern. »Ich weiß offenbar weniger als Ihr, Lady. Auf dem Höhepunkt der Schlacht, als Byrnaks Truppen ihre Anführer verloren und auseinanderbrachen, hatte ich sechs meiner Männer in die Uniform, die Masken und die Rüstung des Feindes gesteckt und sie über die Mauer geschickt, damit sie sich dem Rückzug des Feindes anschließen. Fünf von ihnen haben Gorla im Westen erreicht und bei der allgemeinen Verwirrung eindringen können. Zwei sind entkommen und heute morgen mit Geschichten über einen gähnenden, nebelverhangenen Tunnel zurückgekehrt, der sich in der Ferne verliert. Ansonsten haben sie nur in Erfahrung bringen können, dass einer der Schattenkönige mitten in der Nacht auf einem Nachtjäger angekommen und einige Stunden später durch diesen Großen Gang verschwunden ist.«

Suviel nickte. »Ystregul ist zurückgekommen, um sich mit seinen Brüdern zu vereinigen. Wenn das passiert, sind sie nicht mehr aufzuhalten. Deshalb müssen wir jetzt handeln.«

»Aber es gibt zahllose Maskierte in jeder der Zitadellen«, wandte Welgarak finster ein. »Wie sollten wir sie besiegen?«

»Indem wir das Kristallauge mitnehmen«, erklärte Suviel. »Außerdem brauchen wir nur eine Zitadelle anzugreifen. Keshada wird von den Geistschatten kommandiert, die untereinander zerstritten sind. Zudem erwarten uns dort Verbündete, die uns helfen können.«

»Das Kristallauge?«, hakte Bardow nach.

»Aye, Bardow«, bestätigte sie mit einem bedauernden Lächeln. »Und den Mutterkeim.«

»Und wenn wir in Keshada sind?«, wollte Yasgur wissen. »Was dann?«

»Sobald wir in Keshada eingedrungen sind, überschreiten wir die Schwelle zwischen dieser Welt und dem Reich der Finsternis, denn dort haben beide Zitadellen ihre wahren Wurzeln. Von da führen andere Wege uns weiter.« Sie hielt inne und betrachtete die konzentrierten Gesichter. Bardow durchflutete ein Gefühl von Stolz. Sie hat sie überzeugt, dachte er.

»Ihr Herren«, fuhr Suviel fort. »Falls das Schicksal uns wohl gesonnen ist, werden wir eine Armee mitten ins Reich des Herrn des Zwielichts selbst führen!«

Die Konferenz fand an einem langen, schmalen Steintisch vor einem großen, geöffneten Fenster statt und näherte sich allmählich ihrem Ende. Mazaret hatte die Diskussion von seinem Standort am Boden der hohen Empore zusammen mit Gilly verfolgt. Gilly war jedoch vor einer Weile verschwunden, als er eine Frau belauschte, die erwähnt hatte, wo sie »diese Alael« gefangen hielten.

»Sobald ich sie habe«, flüsterte er, »bringe ich sie zu den Ausgängen, von denen Suviel gesprochen hat und warte in der Nähe auf Euch ...« Er lachte leise. »Natürlich könnte Eure Aufgabe Euch ein wenig aufhalten, aber wir sind ja geduldig.«

Dann war er in die Schatten davon gekrochen. Seine Verkleidung als Maskierter, die Suviel ihm besorgt hatte, war perfekt. Mazaret war von seiner eigenen Verkleidung zwar weniger begeistert gewesen, aber nachdem sie ihm erklärte, was er zu tun hatte, wurden die Gründe für ihre Wahl offensichtlich. Sein Haar war jetzt schlohweiß, seine Haut hatte die Farbe von gebleichten Knochen, und seine Augen waren fahlgrau. Wenn er über die Balustrade der Empore hinunterblickte, erkannte er dort fünf Männer, die ganz genauso aussahen. Suviel hatte erklärt, dass dies die Geistschatten waren, deren Schöpfung ihn all seiner Erinnerungen beraubt hatte, und ihm erklärt, wie er sie töten musste, um wiederzuerlangen, was ihm geraubt worden war.

Mazaret fröstelte, als er seine Doppelgänger und die drei identisch aussehenden Frauen beobachtete, die mit ihnen redeten und scherzten. Sie alle sahen aus wie Suviel, und sie hatte ihm erklärt, was es mit ihnen für eine Bewandtnis hatte.

Es ist nicht nötig, sie alle um meinetwillen umzubringen, hatte die Magierin gesagt.

Wollte er sie überhaupt töten, sie alle? Suviel hatte ihm ein langes, gerades Schwert mit einer kleinen Rune hoch oben auf der Klinge gegeben, aber verstand er damit umzugehen? Mazaret hatte mehr über sein Leben wissen wollen, das für ihn verloren schien, wer seine Freunde und Feinde gewesen waren, und welche Rolle Suviel darin spielte. Wenn sie wirklich seine Freundin wäre, wie sie behauptete, würde sie ihn dann in eine solche Gefahr schicken? Sicherlich, sie hatte versucht, ihm von all den Schlachten und Kämpfen zu berichten, die sie bis zu diesem Moment geführt hatten, aber sein Verstand hatte sich in diesem undurchdringlichen Gewirr von Schattenkönigen, Oberhäuptlingen, Geistschatten und Reichen hoffnungslos verheddert. Dennoch kehrten seine Gedanken immer wieder zu Suviel zurück, zu ihren hellen Augen, ihrem offenen Blick, ihrem freundlichen Lächeln, ihrer Geduld ...

Die Stimmen unter ihm schwollen an und erregten seine Aufmerksamkeit.

»... nicht in ihrer Stadt hocken bleiben, während wir ihre süße kleine Königin haben«, sagte ein Geistschatten zu einem anderen. »Sie werden sie befreien wollen, also solltet Ihr dafür sorgen, dass Eure Krieger bereit sind. Niemand sonst wird ...«

Der andere Geistschatten lachte höhnisch, ebenso wie zwei der weiblichen Schatten. Der Sprecher zuckte mit den Schultern, ging auf die andere Seite des Raumes und verschwand aus Mazarets Blickwinkel. Einen Moment lauschte er den Schritten, bis ihm voller Panik klar wurde, dass der Geistschatten die Stufen zur Empore hinaufstieg, auf der er sich verbarg. So lautlos wie möglich kroch er zu dem dunklen Durchgang, richtete sich auf und hastete den Gang entlang, der in einen breiten, erleuchteten Korridor mündete. Der Boden bestand aus grünen Fliesen mit verschlungenen Mustern, die Buchstaben ähnelten, während in die Wände aus blassem, rosafarbenem Stein ein langes Relief eingemeißelt war.

Mazaret blieb einen Augenblick zögernd davor stehen und kam dann zu dem Schluss, den Geistschatten in einen Hinterhalt zu locken und ihn bewusstlos zu schlagen. Danach würde er entscheiden, was er weiter unternehmen wollte. Er zog sein Schwert.

»Planen wir einen Verrat, Bruder? Ist das nicht ein wenig überstürzt?«

Überrascht wirbelte Mazaret mit gezücktem Schwert herum, und sah sich einem anderen Geistschatten gegenüber, der an der Wand lehnte. Er trug ein weißes Wams mit hohem Stehkragen, ein prächtig besticktes, zinnoberrotes Hemd und legte eine Hand gelassen auf den Griff seines Schwertes, dessen Spitze auf den Fliesen ruhte. Mazaret erwiderte nichts, sondern wich hastig zurück, als der Geistschatten, der ihm von der Empore gefolgt war, ebenfalls in den Gang trat, und sie beide stirnrunzelnd ansah.

»Wir haben keine Zeit, uns solchen Narrheiten zu widmen«, erklärte er.

Der andere lächelte träge. »Vertrau mir, die Zeit haben wir

doch.« Er hob die Klinge und deutete auf Mazaret. »Ich dachte erst, er wäre einer unserer Brüder, bis mir klar wurde, dass dies nicht ganz der Wahrheit entspricht ...«

Der graue Geistschatten musterte Mazaret prüfend und grinste dann. »Er ist es. Der Ursprung.«

»Der Keim von uns allen, Bruder«, erklärte der andere. »Jetzt ist er nur noch eine geschrumpfte Hülle, bar jedes Wissens und Ziels, und hat längst den Zeitpunkt seines Todes überschritten. Komm ...«, sagte er zu Mazaret, »ich geleite dich mit Freuden zur Gnade deines Grabes.«

»Die einzige Gnade, die mich interessiert«, erwiderte Mazaret, »ist die, deine sabbernde Zunge für immer verstummen zu lassen.«

»Ah, also ist doch ein Funken des ursprünglichen Geistes übrig geblieben«, sagte der weiße Geistschatten, stieß sich von der Wand ab und machte zwei Schritte auf Mazaret zu. »Wären die Akolythen etwas aufmerksamer gewesen, hätten sie vielleicht noch einen von uns aus dir saugen können, hm?«

Mazaret wurde von dem mächtigen Satz des weißen Geistschattens überrumpelt, der sein Schwert ausstreckte und direkt auf sein Herz zielte. Aus einem Reflex drehte er sich halb herum und bog sich zur Seite, während er mit seiner Klinge den nächsten, rasch geführten Schlag vor seinem Körper parierte. Das Klirren von Stahl auf Stahl hallte von den Steinwänden des Flures wieder.

Mazaret absolvierte einen verzweifelten Balanceakt, am Leben zu bleiben und gleichzeitig von den Kampfreflexen seines Körpers zu lernen. Mehrmals durchbrach der Geistschatten mit der Spitze seines Schwertes seine Verteidigung und fügte ihm Wunden zu, die mit jedem Treffer etwas größer wurden. Das Schwert, das Suviel ihm gegeben hatte, war zwar kürzer, dafür jedoch erheblich schwerer als die Waffe seines Gegners, und die wenigen Male, bei denen er hatte selbst einen Angriff führen können, wankte der Geistschatten unter der Wucht seines Hiebes.

Doch schon bald wich Mazaret Schritt um Schritt vor den heftigen, wirbelnden Schlägen seines Feindes zurück und versuchte, die schmerzhaften Wunden an Ohr, Wange, Arm und Hand zu ignorieren. Wenn das so weitergeht, dachte er verzweifelt, bin ich bald tot. Ich muss ihn irgendwie aufhalten ...

Der Geistschatten drang wieder auf ihn ein und lächelte höhnisch. Mazaret täuschte eine schwache Abwehr vor, die eine Lücke zu bieten schien. Der Geistschatten zielte sofort auf die offene Stelle, aber Mazaret wirbelte herum, um seinen Widersacher scheinbar mit der Schulter zu rammen. Der Geistschatten sprang reaktionsschnell zurück, sodass Mazaret auf seinem Standbein landen musste ... der jedoch nicht wie erwartet vorwärts stolperte, sondern in die Hocke ging und zu einem wilden Schlag gegen die Taille des Feindes ausholte. Der Geistschatten schien jedoch auch auf diese Finte eine Antwort zu wissen, nur hatte er nicht damit gerechnet, dass Mazarets Schwert von der flachen Seite seiner eigenen Klinge abprallte, die Knöchel seiner Hand streifte und seinen bloßen Unterarm aufschlitzte.

Mazaret keuchte vor Enttäuschung, denn die Wunden, die er seinem Gegner zugefügt hatte, waren nur geringfügig. Er wollte gerade sein Pech verfluchen und erwartete, dass sein Gegner sich wieder auf ihn stürzen würde. Stattdessen kreischte der Geistschatten vor Qual laut auf, ließ sein Schwert fallen und sank auf die Knie.

»Das Mal der Leere!«, schrie er, während grauer Rauch aus seinem Mund quoll. Qualm kräuselte sich aus den Wunden auf Hand und Arm, Wunden, die zusehends weiter aufrissen. Mazaret verfolgte gebannt dieses groteske Schauspiel, bis ein metallisches Zischen ihn zusammenzucken ließ, als der zweite Geistschatten seine Klinge zog. Er wirbelte zu dem graugekleideten Feind herum.

»Du wurdest von der Leere entsendet, hab ich Recht?« Die fahlen, grauen Augen des Geistschattens glühten plötzlich vor Hass. »Mit einem geweihten Schwert ...«

Die Leere?, dachte Mazaret. Ist das nicht nur ein Meer des Nichts? Bardow müsste es eigentlich wissen ...

Dann begriff er. Ein Teil seiner Erinnerungen kehrte zurück, und einige der Namen und Orte, die Suviel ihm genannt hatte, ergaben plötzlich einen Sinn. Bei der Mutter!, dachte er. Ich bin in Keshada!

Plötzlich griff der Geistschatten ihn mit einem Wirbel von wütenden Schlägen an. Aber jetzt erinnerte sich Mazaret auch an einen Teil seines Wissens um den Schwertkampf. Geschickt wich er über den Korridor zurück und streifte den kurzen, grünen, gemusterten Umhang ab, den Suviel ihm gegeben hatte. Der Geistschatten folgte ihm, ohne auf die Reste des anderen zu achten, die unter einigen schlaffen Kleidungstücken weißen Dampf ausstrahlten.

Als der graue Geistschatten in Reichweite kam, griff er ihn mit ausgestrecktem Arm an und setzte sein längeres Schwert zu seinem Vorteil ein. Mazaret war bereit, packte mit der freien Hand, um die er seinen grünen Umhang gewickelt hatte, die Klinge des Feindes, sprang vor und rammte dem Widersacher sein eigenes Schwert bis zum Heft in die Brust.

Der Geistschatten stieß einen gellenden Schrei aus, ließ sein Schwert fallen und taumelte zurück. Mazaret zog sein Schwert aus der Brust des Feindes und sah, wie blasse Rauchfahnen um seine Klinge zogen. Dann bemerkte er etwas Glühendes unmittelbar unter dem Griff, eine kleine Rune ...

Der Atem des Geistschattens rasselte und pfiff, und mit einem dampfenden, gurgelnden Seufzer sank er auf die Knie, rollte gegen die Wand und begann, sich aufzulösen.

»Du bist also Ikarno Mazaret«, sagte plötzlich eine seidenweiche, spöttische Stimme.

Es war einer der Suviel-Schatten, der wie einer der maskierten Soldaten gekleidet war, bis auf die silbernen Intarsien, die seine Kleidung schmückten. Das Ebenbild der Magierin betrachtete den verlöschenden Geistschatten amüsiert, während es langsam auf Mazaret zuging.

»Ich hätte auch nichts weniger als einen vollkommenen Sieg von dem echten Mazaret erwartet«, sagte der Geistschatten und legte eine Hand auf seinen Arm. »Schließe dich mir an, dann helfe ich dir, die anderen zu töten. Wir regieren Keshada gemeinsam, und du liebst mich, wie du sie geliebt hast ...«

Mazaret betrachtete die Kreatur fasziniert, während andere Erinnerungen zurückkehrten. Und in seine wirbelnden Gedanken mischten sich die Worte der echten Suviel. *Es ist nicht nötig, sie alle um meinetwillen umzubringen.*

Er schüttelte die Hand des Geistschattens ab und wich vor dem wutverzerrten Gesicht unwillkürlich einen Schritt zurück.

»Niemals!«, schrie er und wandte sich zur Flucht.

Ein Schrei verfolgte ihn, während er floh.

»Der Herr des Zwielichts kommt, Ikarno Mazaret, und wenn er triumphiert, gehörst du mir, mir allein!«

Keren benötigte mehrere Stunden Bedenkzeit und eine unruhige Nacht, bevor sie zögernd einwilligte, die beiden Abtrünnigen der Dämonenbrut in die Eingeweide von Jagreag zu begleiten. Als die beiden und Domas mit Waffen und einer Rüstung vor ihrer Kammer eintrafen, trugen die Streitkräfte der Theokratie von Jefren gerade einen entschlossenen Angriff gegen die uralte Festung vor. Ihre Kammer war eine von mehreren, die sich wie eine Wabe an eine hohe Klippe hoch oben an einen Berghang schmiegten. Sie sah verschiedene Familienquartiere, einen Kinderhort und eine Spülküche, als man sie durch ein viereckiges Portal nach draußen führte. Dahinter befand sich eine offene Plattform mit einer niedrigen Mauer, über die ein so kalter Wind peitschte, dass Keren vor Überraschung aufschrie.

Von der Plattform aus schlängelte sich eine lange Treppe mit rissigen, ausgetreten Stufen den Berg hinunter. Die meisten Stufen waren zwar vom Schnee geräumt worden, aber manche waren noch vereist, sodass Keren sehr vorsichtig darauf achtete, wohin sie ihre Füße setzte, während sie Domas und der Dämonenbrut folgte. Auf dem Weg nach unten kamen sie an Absätzen vorbei, auf denen Kinder auf den Schwellen offenstehender Türen spielten.

Kerens Aufmerksamkeit richtete sich jedoch mehr auf das Geschehen, das sich unter ihr abspielte. Aus dieser Höhe konnte sie in die Schluchten und Klüfte schauen, welche die von Geröll und Felsbrocken übersäten Hänge der Druandags durchschnitten. In ihnen drängten sich Truppen, Pferde, Karren und lange Reihen gefesselter Gefangener.

»Sie scheuen wirklich keine Mühe«, presste sie durch zusammengebissene Zähne an Domas gerichtet hervor.

»Du solltest lieber sagen, dass sie nicht davor zurückscheuen, Menschenleben zu opfern«, erwiderte er. »Du wirst gleich sehen, was ich meine.«

Nach einigen Minuten des Abstiegs näherten sie sich dem Brennpunkt der Kämpfe, und sie verstand. Die Hauptbastionen von Untollan waren in die südwestliche Steilwand des Harang gehauen worden, der aus einer Reihe von glatten, geneigten Wällen bestand, die von einer schneebedeckten Faust aus Fels umklammert waren. Die Bastionen waren nicht zu bezwingen, außer an einer Stelle, wo ein breiter Felsvorsprung aus der Wand des Harang herausragte und in das abfallende Tal hinabführte. Die vorherigen Besatzer der Zitadelle hatten diese Stelle mit Mauern und Türmen verstärkt, und gegen sie warfen die Generäle der Theokratie ihre ganze Streitmacht. Zu einem fürchterlichen Preis. Leichen und ihr Blut verdunkelten den Boden um die steilen Bastionen, und noch mehr Leichen stapelten sich an beiden Seiten des Vorsprungs, neben Bergen von zerbrochenen Waffen und zertrümmerten Sturmleitern.

Die lange Treppe endete am Eingang zu einer offenen Galerie, welche in die Steilwand des Harang gehauen worden war, etwa hundert Meter oberhalb der Hauptbastionen. Die Innenwand der Galerie war von verwitterten Reliefs übersät und wurde von mehreren Türen durchbrochen, hinter denen, wie Domas beiläufig bemerkte, »Quartiere und Ausbildungsräume« lagen. Kurz darauf blieb er auf einem Teil der Plattform stehen, die weiter aus dem Fels herausragte. Der sich verjüngende Vorsprung lag auf einer natürlichen Ausbuchtung, die wie ein schmaler Turm zum Fuß des Berges hinabreichte. Als Keren sich neben Domas auf den Vorsprung stellte, drang der eisige Wind durch ihre Rüstung und verstärkte das eisige Gefühl in ihrem Inneren noch. Trotzdem konnte dies die Wirkung des großartigen Panoramas nicht schmälern, das sich ihr bot. Das graue, schneebedeckte Vorgebirge, die dunklen Schluchten und die hügeligen, verschneiten Ländereien des südwestlichen Anghatan, die sich bis zum Birrdaelin-See erstreckten, lagen vor ihr. Keren nahm den Anblick in sich auf, die weite Leere, die rasch darüber hinweg ziehenden Wolken, die Vögel, die über ihnen kreisten, die nebligen, fernen Hochlande, selbst die scharfe, beißende Kälte. Sie wollte das Bild für immer in ihrem Gedächtnis einbrennen, denn schon bald würde sie in eine unterirdische Dunkelheit abtauchen und sich einem ungewissen Schicksal stellen.

Ein kleiner Vogel landete auf der niedrigen Mauer des Vorsprungs, ein Grünflügel, der sie und ihre Gefährten einen Moment betrachtete und dann trillernd und mit schwirrenden Flügeln davonflog. Keren sah ihm nach, als er sich in den Himmel über Untollan erhob und wünschte, sie könnte es ihm gleichtun.

»Keren Asherol«, sagte Rakrotherangisal. »Die Zeit ist gekommen.«

Sie drehte sich um und nickte. Domas legte ihr eine Hand auf die Schulter.

»Ich wünschte, ich wäre an deiner Stelle«, sagte er bedauernd. »Wenn auch nur, um von den Priesterkriegern der Jefren wegzukommen.« Er verbeugte sich förmlich vor ihr und der Dämonenbrut. »Möget Ihr den Weg des Lichts beschreiten.«

Die Dämonenbrut erwiderte seine Verbeugung ebenso feierlich. »Mögen deine Schwingen niemals versagen«, gab Orgraaleshenoth zurück.

Keren folgte der Dämonenbrut einige Schritte zu einem mit einem Vorhang verdeckten Durchgang und schritt hindurch. Auf der Schwelle blieb sie stehen und warf einen Blick auf Domas zurück, der zum Abschied die Hand hob. Sie erwiderte den Gruß, dann fielen die schweren Vorhänge hinter ihr zu.

In dem muffigen, schmalen Korridor dahinter war es warm und dunkel, und er war erfüllt von einem Geruch nach Talgkerzen, Leder und uraltem Staub. Gerade dachte sie, dass es hier nach einer alten Bibliothek roch, als sie um eine Ecke bogen und ... in einer Bibliothek standen. Ein einarmiger Mann in einer Reiteruniform schaute von einem offenen Buch hoch, nickte ihnen ernst zu und vertiefte sich sofort wieder in seine Lektüre. Im Licht der wenigen Kerzen wirkte die Bibliothek winzig, doch als sie der Dämonenbrut zu einer großen Pforte folgte, sah sie, dass der dunkle Durchgang zwischen zwei Buchregalen in der gegenüberliegenden Ecke nur ein Gang zu einer endlos scheinenden Reihe von Regalen war, auf denen sich Bücher und Schriftrollen türmten.

Hinter den schweren Doppeltüren verlief ein Steg über einen mit Fackeln beleuchteten Gang, auf dem Bogenschützen und Speerträger zu den Bastionen eilten, und Verwundete zu den Heilern gebracht wurden. Am Ende des Stegs führte eine Treppe nach unten. Keren sollte im Laufe der nächsten Stunde noch viele solcher Treppen hinabsteigen, als sie in die finsteren, verfallenen Labyrinthe von Jagreag eintauchte.

Sie durchquerten jetzt einen lichtlosen Abschnitt, und die Dämonenbrut ließ Kristalle auf ihren Stäben aufleuchten, die ein fahles Licht verbreiteten. Das genügte, damit sie sehen konnten, wohin sie traten, und Keren konnte Blicke auf den allgegenwärtigen Verfall werfen, dem sich alles beugen musste. Die Korridore waren krumme, ausgetretene Tunnel, deren schlammiger Boden mit grauem Moos bewachsen war, in dem sich weiße Spinnen tummelten. Sie passierten Kammern, die verfallenen Höhlen glichen, in denen unsichtbare Dinge herumhuschten, und benutzten Treppen, die vom ständig träufelnden Wasser in glitschige, unebene Hänge verwandelt worden waren. Überall roch es nach stockiger Feuchtigkeit.

Einmal führte der Weg sie auf einen schmalen Felsvorsprung hinaus, der eine Steilwand in einem Spalt des Berges überbrückte. Auf halbem Weg blickte Keren nach oben und sah einen länglichen, fahlen Ausschnitt des Himmels, während einige helle Tropfen Schmelzwassers hinabfielen. Dort, wo sie gingen, war es dämmrig, während unter ihnen ein eisiger, schwarzer Schlund gähnte.

Sie liefen in gespanntem Schweigen weiter, das nur von den Warnungen des einen oder anderen der Dämonenbrut unterbrochen wurde, der Keren auf bröckelnde Wände oder gefährliche Abschnitte auf dem Boden hinwies. Je tiefer sie vordrangen, desto leiser wurden sie. Als sie an eine lange, breite Treppe kamen, dämpfte die Dämonenbrut ihre Kristalle auf den Stäben zu einem bloßen Schimmern, das gerade noch ausreichte, um einen Schritt weit zu sehen.

»Wir dürfen jetzt möglichst keinen Lärm mehr machen«, sagte Rakrotherangisal. »In diesen Tiefen leben Kreaturen, die wir besser nicht aufscheuchen sollten.«

Keren fröstelte bei seinen Worten und folgte ihm die mit Trümmern übersäten Stufen hinab. Nach einigen Minuten wurde die Wand zur Linken von tiefen Spalten durchzogen, hinter denen eine schwarze Leere gähnte. Keren war gleichzeitig fasziniert und verängstigt. Kurz darauf tastete sie sich vorsichtig einen Abschnitt der Treppe hinunter, dessen Stufen von dem Wasser, das durch einen Spalt weiter oben herunterlief, beinahe spiegelglatt geschliffen waren. Sie glitt aus und taumelte auf einen offenen Spalt zu. Verzweifelt suchte sie Halt und stieß mit der Hand eine Schicht von Staub und Felsbrocken herunter, die in die Dunkelheit hinabregneten. Eine Weile herrschte völlige Stille, dann hörte sie ein sehr leises, entferntes Prasseln, als die Trümmer endlich auf dem Boden aufschlugen. Die Dämonenbrut starrten sie an.

»Tut mir Leid ...«, begann sie flüsternd, hielt jedoch inne, als tief, endlos tief, unter ihr ein Licht in der Schwärze aufflammte. In seinem Schein erhaschte sie einen kurzen Blick auf eine titanische Kammer mit einer gewölbten Decke.

Orgraaleshenoth packte sie am Arm, und im nächsten Moment hasteten sie alle drei die Treppe hinunter. Nach einem stolpernden Lauf erreichten sie einen Absatz, auf dem sich Rakrotherangisal ohne zu zögern nach rechts wandte, und als sie weiterliefen, hörte Keren ein unheimliches, hohes Pfeifen weit hinter sich.

»Wer ist das«?, fragte sie keuchend.

»Das sind die *Issuk*«, erwiderte Rakrotherangisal knapp und sah Orgraaleshenoth an. »Wir sollten die Geborstene Brücke nehmen.«

Die ältere Dämonenbrut nickte. »Sie wissen jetzt, dass wir hier sind, also ist die längere, sicherere Strecke nicht mehr von Nutzen.«

Von dem Treppenabsatz stürmten sie durch eine runde Kammer, die von einer merkwürdigen, spiralförmigen Ranke beinahe erstickt wurde, und von dort in einen abschüssigen Tunnel. Der schwenkte an seinem Ende nach rechts ab, und Keren, die vorangelaufen war, blieb stehen und starrte auf eine massive, von Ketten gehaltene Brücke. Das hohe Pfeifen wurde lauter, und von unten drang ein schwaches Glühen herauf. Aber sie schaute wie gebannt auf den breiten Spalt in der Mitte der Brücke. Sie schätzte die Lücke zwischen den beiden zackigen Bruchenden der Brücke auf etwa sieben Meter.

»Wir sollten vielleicht doch den längeren Weg nehmen«, sagte sie über die Schulter. »Das ist ... He, was habt ihr ...?«

Ihre Begleiter standen plötzlich rechts und links neben ihr, hoben sie an den Armen hoch und rannten auf die Brücke zu. Die Angst schnürte Keren die Kehle zu, und einen schrecklichen Moment glaubte sie an eine komplizierte Falle, bis sie die Lücke in der Brücke erreichten und dann, mit ihr in der Mitte, hoch in die Luft sprangen.

Keren strampelte verzweifelt mit den Beinen, als sie durch die Luft flogen, und blickte hinunter in einen langen Canyon mit steilen, glatten Wänden. Ein riesiger Mob von Kreaturen krabbelte daran hoch. Einige deuteten auf die Dämonenbrut und Keren. Ein wütendes Geheul durchdrang den ungeheuerlichen Lärm aus Jaulen, Klicken und Gebell.

Dann landeten sie auf der anderen Seite. Die beiden Abkömmlinge der Dämonenbrut hielten Keren immer noch hoch, bis sie so langsam wurden, dass sie Keren sicher absetzen konnten. Sie hätte sich gern über ihren luftigen Ausflug beschwert, aber der überstandene Schrecken machte sie sprachlos.

Sie liefen weiter, über eine andere Treppe, und den nächsten bröselnden, schlammigen Korridor hinunter, an dessen Ende eine Mauer aus Geröll stand, die von der Zeit, dem Wasser und tausenden von Flechten und Ranken verfestigt worden war. Rakrotherangisal schob einen schweren Rankenvorhang zur Seite, hinter dem sich ein niedriger, dunkler Tunnel durch den uralten Schutt wand. Sie quetschten sich hindurch und waren bald überall mit dem schwarzem Dreck bedeckt, aber Keren vergaß diesen Umstand, als sie sich wieder aufrichtete und die gewaltige, schräge Tür vor sich sah, die fast die gesamte Seite der hohen Kammer ausfüllte. Im Licht der Stäbe der Dämonenbrut schien sie aus einem einzigen, beeindruckenden Quader aus gestreiftem, grauem Granit gehauen worden zu sein, dessen Oberfläche von spiralförmig angeordneten Reliefs von Menschen und Bestien geschmückt wurde.

Keren bekam plötzlich Hunger. Sie setzte sich auf einen moosigen Felsbrocken und wühlte in den Taschen ihres Harnischs nach Dörrfleisch, während ihre beiden Begleiter den Stein untersuchten. Sie kaute gerade den zweiten Bissen, als Orgraaleshenoth »Hier« sagte und mit der Spitze seines Stabes gegen eines der gemeißelten Reliefs schlug. Ein Klopfen aus dem Stein antwortete, dann ertönte ein tiefes Mahlen, als der obere Rand der Tür nach innen schwang. Ihr Boden schwang nach außen, als sie sich auf einer horizontalen Achse in der Mitte öffnete. Als Keren das sah, zog sie rasch den Verschluss ihrer ledernen Trinkflasche ab, leerte sie gierig bis zur Hälfte, verschloss sie wieder und eilte hinter der Dämonenbrut her, die bereits hindurchschritten. Sie hatte die beiden kaum erreicht, als die Tür langsam wieder zufiel. Sie blieb stehen und verfolgte, wie sie sich mit einem lauten, hallenden Schlag schloss, dem eine Reihe von leisen, gedämpften Geräuschen im Inneren des Steines folgte.

Als sie sich umsah, fluchte sie vor Überraschung. Die beiden von der Dämonenbrut hatten ihre menschliche Form abgestreift und ihre wahre Gestalt angenommen. Orgraaleshenoth war so, wie sie sich an ihn erinnerte, beinahe zweimal so groß wie sie, mit einem haarlosen Reptilienschädel und einem breiten, sehr muskulösen Oberkörper. Seine schwarzgrüne Reptilienhaut war rau, und über seinen Schultern ragten die gefalteten, mächtigen Schwingen hervor. Rakrotherangisal war etwa einen Kopf kleiner und seine Haut war schwarz und rot. Seine bernsteinfarbenen Augen jedoch blickten ebenso durchdringend und unergründlich wie die von Orgraaleshenoth.

Er drehte sich zu der älteren Dämonenbrut herum. »Nachtjäger sind gekommen, um an der Seite der Theokratie von Jefren zu kämpfen. Untollan wird bald fallen.«

Orgraaleshenoth nickte. »Da Byrnak nicht mehr ist, wissen die Akolythen, dass die restlichen Schattenkönige jetzt unfähig sind, die Kontrolle zu ergreifen. Grazaan ist von seinem Fragment des Herrn des Zwielichts paralysiert, und Kodel hält sich verborgen ...«

»Ystregul hat aufgehört zu existieren, und Thraelor hat sich selbst gelähmt ...«

In ihren Worten schwang eine sarkastische Belustigung mit, Keren dagegen war entsetzt. »Was geschieht mit Domas und seinen Männern, ihren Familien ...?«

»Es gibt viele Verstecke in Jagreag, und zudem wurden verschiedene Fluchttunnel vorbereitet«, erwiderte Rakrotherangisal. »Bedauerlicherweise nicht für uns. Kommt, der Hehre Pfad wartet ...«

Sie schritten durch den flachen, steinernen Gang. Die beiden von der Dämonenbrut trugen noch ihre Stabkristalle, aber in ihren gewaltigen, mit Krallen bewehrten Klauen wirkten sie merkwürdig geschrumpft. Vor sich sah Keren einen fahlen, dunstigen Glanz, der allmählich erlosch, als sie sich ihm näherten. In dem diesigen Schleier konnte sie Einzelheiten einer schrägen Mauer am Ende des Ganges erkennen, mit komplizierten Mustern, die das Auge des Betrachters anzufletschen schienen. Die Größe des Mauerwerks dominierte alles, und als der Gang endlich endete, verlangsamte Keren unwillkürlich ihre Schritte, während sie sich staunend umschaute.

Domas hatte es einen »riesigen, abschüssigen Tunnel« genannt, während Rakrotherangisal von dem »Hehren Pfad« gesprochen hatte, aber beides konnte die gähnende Ungeheuerlichkeit dieses Schlundes nicht einmal annährend beschreiben. Sie schätzte, dass die Öffnung etwa zweihundert Meter breit und mehr als dreihundert Meter hoch war. Die gesamte Oberfläche war von gemeißelten Reliefs überzogen, und die glänzenden Wände reichten hinauf bis zu dem massiven Deckengewölbe. Über alles zogen sich die Reliefs halbnackter Gestalten, die im Wettstreit rangen, Schlachten schlugen oder im Triumph marschierten. Alles war in bleigrauen Stein gemeißelt, der im Laufe der Zeitalter brüchig und fleckig geworden war, und eine merkwürdige Helligkeit ausstrahlte, die keinen Ursprung zu haben schien.

Vom dem Gang, in dem sie standen, führte ein flacher Vorsprung mehrere Meter hinauf zum oberen Ende einer Treppe, die breit genug war, um eine ganze Armee darüber marschieren zu lassen. Obwohl die Stufen unberührt aussahen, waren sie mit zahllosen Brocken von Mauerwerk bedeckt, die kaum größer waren als ihre Hand. Ihre Begleiter stiegen bereits mit ihren gewaltigen und dennoch so graziösen Schritten die Stufen hinab, und sie beeilte sich, ihnen zu folgen, während ihr noch ein Merkmal dieses kolossalen Schachts auffiel. Riesige, dunkle Nischen waren in regelmäßigen Abständen in die Wände gehauen, eine doppelte Reihe von schattigen, leeren Öffnungen, die in die dunstigen, schwach schimmernden Tiefen hinunterführten. Außerdem fielen ihr die Sockel auf, die sich in jeder dieser Nischen befanden.

»Früher einmal«, erklärte Orgraaleshenoth, als errate er ihre Gedanken, »standen in diesen Nischen gewaltige Statuen des Herrn des Zwielichts. Nachdem Jagreag fiel, wurden sie alle an die Oberfläche geschleppt, zerstört und ihre Trümmer im Birrdaelin-See versenkt.«

»Man wusste, dass der Herr des Zwielichts gelegentlich seinen Abbildern Leben einhauchte«, fuhr Rakrotherangisal fort. »Also sorgten die Sieger dafür, dass keines übersehen wurde.«

Keren nickte verstehend. Während sie die Stufen hinunterschritt, starrte sie auf die leeren Nischen und stellte sich eine fünfzig Meter hohe Statue von Byrnak vor, die sie angrinste und beobachtete ...

Sie fröstelte. *Das hier ist ein Ort der Geister.*

Selbst die Luft schmeckte tödlich, kalt und metallisch nach

dem feinem Steinstaub, den ihre Schritte aufwirbelten. Zudem hing etwas in der Luft, die Ahnung eines Hauches uralter Verderbtheit, über die Keren lieber nicht genauer nachdachte, als sie sich dicht neben der Dämonenbrut hielt.

»Mit was für Wärtern oder Hütern müssen wir uns auseinandersetzen?«, fragte sie.

»Diese Frage ist nicht leicht zu beantworten«, erwiderte Rakrotherangisal. »Die uralten Zauber, die diesen Ort schützen, scheinen auf jeden Eindringling anders zu reagieren.«

Sie schaute ihn überrascht an. »Also waren schon andere vor uns hier?«

»Die Aufzeichnungen in Untollan sprechen von mehr als zwanzig solcher Versuche, seit die Festung während der Migration der Othazreg zum ersten Mal besetzt wurde. Das ist fünftausend Jahre her. Meist handelte es sich um kleine Banden von Glücksrittern, die örtlichen Legenden und Sagen folgten, oder Flüchtlingen, die einer Verfolgung entgehen wollten. Einmal wurde von einem Häuptling, der über Untollan herrschte, eine kleine Armee in die Tiefe geführt. Es gab nur sehr wenig Überlebende dieser Armee, die entkamen, und sie alle wussten eine andere Geschichte zu berichten.

Einer behauptete, sie wären von endlosen Wellen von seltsamen Spinnen und Insekten angegriffen worden, die sich in ihr Fleisch gruben und sie von innen töteten. Ein anderer meinte, groteske, ledrige Kreaturen wären den Nischen entstiegen, hätten seine Gefährten in die Luft gezerrt und sie dort zerfetzt. Noch einer kehrte vom Hehren Pfad an Geist und Seele gebrochen zurück und plapperte nur von Nebelwesen, die ihren Opfern das Blut aussaugten.«

Keren starrte geradeaus, auf die lange Treppe, die in dem fahlen Dunst vor ihnen verschwand. Nach den Schilderungen der Dämonenbrut kam ihr dieser Schacht, in den sie jetzt hinabstiegen, wie der ungeheure Schlund eines Mausoleums vor.

Dann entdeckte sie etwas weiter voraus etwas, das größer war als die Trümmer des Mauerwerks. Als sie sich ihm näherten, nahm es die Form einer zusammengekauerten Gestalt an, und

Keren erblickte weiter entfernt noch mehr solcher Formen. Sie blieben davor stehen, und Keren erkannte, dass es ein uralter, verdorrter Leichnam war, dessen Kleidung nur noch aus modrigen Fetzen bestand, und dessen Haut sich wie eine Membran über braune, angefressene Knochen spannte. Eine Schicht aus grauem Staub bedeckte diese traurigen Überreste.

»Wie er wohl gestorben ist?«, murmelte Keren und hockte sich neben den Kadaver.

»Es gibt keine ersichtlichen Spuren von Gewalt«, erwiderte Rakrotherangisal und senkte seinen großen Schädel, um die Leiche genauer zu betrachten. »Keine Schnitte oder Löcher ...«

»Es nähert sich jemand«, sagte Orgraaleshenoth leise und warnend.

Keren und ihre beiden Gefährten richteten sich auf, und sie schauten die Treppe hinunter.

Eine große, schmale Gestalt tauchte aus den nebligen Tiefen auf und stieg zu ihnen empor. Ihre Form blieb undeutlich, ihre Substanz schwarz und konturlos, aber sie kam zielstrebig und lautlos näher. Sie war blass wie von Milch getrübtes Wasser, und bewegte sich merkwürdig, während sie die Stufen hinaufschritt ... Dann erkannte Keren, dass es sich um zwei oder mehr Gestalten handelte, die in einer Reihe hintereinander gingen.

Wortlos baute sich die Dämonenbrut zu beiden Seiten neben Keren auf. Ihre Stäbe glühten, und sie verfolgten wachsam, wie die magischen Hüter näher kamen und dann nebeneinander die Stufen hinaufgingen. Schließlich waren sie so dicht vor ihnen, dass Keren Einzelheiten erkennen konnte. Sie rang nach Luft, als ihr klar wurde, dass sie Abbildern von sich selbst und der Dämonenbrut gegenüber stand!

Macht kehrt!, flüsterten schreckliche, kratzende Stimmen. *Flieht von diesem Ort! Hier wartet nur der Tod auf euch ...!*

Dann glitten die geisterhaften Wesen die Stufen hinauf und stürzten sich auf sie. Sie hatten keinerlei Substanz, aber Keren fühlte, wie etwas Kaltes über ihre Hände und Arme glitt, als sie instinktiv zurückwich. Ihr Abbild besaß nur eine rudimentäre Ähnlichkeit mit ihr, das Gesicht war grob gezeichnet und wies keinen Unterschied zwischen Haut und Kleidung auf. Ihre Augen waren Höhlen und ihr Mund bewegte sich unaufhörlich. Es zerrte an Kerens Haar und ihrer Kleidung, und sie zog würgend vor Angst ihr Schwert heraus und schlug wild auf das neblige Gespenst ein. Als die Klinge das Abbild traf, riss sie einen gelbglühenden Riss in der milchigen Gestalt auf, welche einen dünnen Schrei ausstieß ...

Im nächsten Moment lösten sich die drei Nebelwolken in dünne Rauchfäden auf. Keren schaute schweratmend die Dämonenbrut an.

»Sie überbrachten nur eine Warnung, Keren Asherol.« Orgraaleshenoth pflanzte seinen Stab fest vor sich auf die Stufe. »Die Schutzzauber haben sie vorgeschickt, um zu signalisieren, dass unsere Anwesenheit bemerkt wurde. Aus diesem Grund ...«

Er hob den Stab und beschrieb damit einen kleinen Kreis zwischen ihnen. Einen Moment nahm Keren keine Veränderung wahr, doch dann entdeckte sie eine schwache Aura um ihre beiden Gefährten.

»Ich habe einen Nimbus um uns gelegt«, fuhr Orgraaleshenoth fort, »der uns vor fremden Blicken und weitgehend vor magischer Entdeckung schützt. Die Schutzzauber werden wissen, dass jemand sie passiert, erkennen jedoch nicht, wer noch wo. Aus diesem Grund müssen wir vollkommen leise sein. Von jetzt an schweben wir in tödlicher Gefahr.«

Sie stiegen weiter hinab und stießen auf immer mehr staubige, ausgetrocknete Kadaver. Nach einer Weile bahnten sie sich vorsichtig den Weg zwischen einem ganzen Teppich aus Knochen hindurch, als hätte hier ein fürchterliches Massaker stattgefunden. Überall lagen vertrocknete Kadaver herum, denen Köpfe und Gliedmaßen fehlten, selbst auf den Sockeln, die aus den großen, dunklen Nischen herausragten. Keren erinnerte sich an Rakrotherangisals Worte von der Armee, die einst hier einmarschiert war. Dies hier mussten ihre Reste sein.

Dann ertönte aus einer Nische ein Geräusch, bei dem es sie eiskalt durchfuhr. Es war ein langes, raues Atmen. Sie erbebte und schaute furchtsam über die Schulter zurück. Sie sah, wie mehrere neblige, formlose Wesen aus den Nischen in ihrer Nähe schwebten. Andere tauchten weiter vorn im Schacht auf, während sich wieder andere lautlos von der Decke herabsenkten.

Sie wollte aufschreien, unterdrückte aber eingedenk der Warnung Orgraaleshenoths selbst das leiseste Wimmern, während sie stehen blieb und sich duckte, um den schwebenden Wesen auszuweichen, die über den knochenübersäten Boden glitten. Orgraaleshenoth bedeutete ihr, weiterzugehen. Also richtete sie sich zitternd auf und nahm ihren vorsichtigen Abstieg wieder auf.

Sie trafen auf zwei weitere Knochenfelder, die allerdings deutlich kleiner waren. Während sie weiter vorrückten, lösten sich immer mehr formlose, dunstige Hüter aus den Nischen. Einige nahmen zwar die Gestalten der Dämonenbrut an, doch sie konnten die drei Eindringlinge offenbar nicht sehen.

Als sie ein viertes Knochenfeld mit staubigen Kadavern passierten, konnte Keren endlich das Ende der Treppe ausmachen. Irgendwo da unten befand sich der Stab der Leere, und selbst wenn sie ihn ohne Schwierigkeiten aufspüren und an sich bringen konnten, blieb immer noch die Frage, wie sie sicher an die Oberfläche zurückkehren sollten. Vielleicht kann der Stab ja unter diesen Umständen als Waffe eingesetzt werden, dachte sie und so etwas wie Hoffnung keimte in ihr auf, nur um im nächsten Moment zerschmettert zu werden, als ein schwaches Knacken vor ihr ertönte, gefolgt von lautem Knochengeklapper. Rakrotherangisal erhob sich von der Stelle, wo eine der uralten Stufen unter seinem Gewicht zusammengebrochen war. Er war ausgeglitten und hatte mit dem Fuß einen der ausgetrockneten Kadaver getroffen, der in einer Wolke aus Staub und klappernden Knochen auseinander gebrochen war. Die blassen Hüter stürzten sich augenblicklich auf ihn. Versteinert vor Angst konnte Keren nur zusehen, wie einige der Nebelwesen Rakrotherangisal umringten, ihn stießen und versuchten, ihn zu umhüllen, obwohl er noch in seinen Nimbus gehüllt war. Schließlich hob er den Stab, der Kristall glühte auf, und er schlug zu.

Ein hoher, schriller Alarmschrei ging durch die Menge der Hüter, welche die jüngere Dämonenbrut umringten. Orgraaleshenoth drehte sich zu Keren um, und sie hörte in ihrem Kopf nur ein Wort.

Lauf!

Im nächsten Augenblick warf er seinen eigenen magischen Schutz ab. Sofort nahmen die nebligen Hüter um ihn herum die Gestalt der Dämonenbrut an. Keren sah, wie er seinen glühenden Stab hoch in die Luft hob, bevor sie sich umwandte und die Stufen hinunterhastete. Einen Moment später blitzte es hinter ihr auf, und ihr eigener Schatten tanzte grotesk verzerrt vor ihr über die Wand. Im nächsten Moment verschwand er, und stattdessen brüllte eine Vielzahl von Stimmen vor Schmerz und Wut auf. Keren kümmerte sich nicht darum, sondern rannte weiter, achtete darauf, wo sie hintrat und hielt weder inne noch sah zurück.

Die kalte Luft drang ihr schneidend in die Lungen, ihre Füße schmerzten und ihre Beine zitterten, als sie endlich das Ende der Treppe erreichte. Weit über sich hörte sie immer noch schwach den Kampfeslärm, vor ihr jedoch erstreckte sich ein riesiges, düsteres Gewölbe mit Pfeilern, deren Sockel das einzige Licht spendeten, ein schwaches, graues Leuchten, wie Helligkeit, die durch eine dichte Eisdecke fällt. Sie wusste nicht, welche Gefahren hier lauern mochten, also stahl sie sich durch die gewaltige Halle und huschte in dem undurchdringlichen Dunkel von Säule zu Säule.

Der Stab der Leere schwebte auf einer hüfthohen Säule aus Licht auf einem breiten Podest, das im Mittelpunkt dieser ungeheuren Kammer stand. Geschwungene, flache Stufen führten hinauf, und als sie die oberste erreichte, drang das Rauschen von Schwingen an ihre Ohren. Mit gezücktem Schwert wirbelte sie herum, entspannte sich jedoch, als sie Orgraaleshenoth bemerkte, der die blutige Gestalt von Rakrotherangisal in den Armen trug.

Die Dämonenbrut taumelte, als sie neben Keren landete, und sank auf die Knie, um seinen Gefährten auf den Stufen niederzulegen. Keren eilte zu ihm und erschrak, als sie die schrecklichen Wunden Rakrotherangisals sah, aus denen schwarzes Blut sickerte. Sie konnte sogar seine Knochen und Organe erkennen.

»Mein Tod ist gekommen, Prinz Orgraaleshenoth«, sagte die jüngere Dämonenbrut. »Haben wir triumphiert oder sind wir gescheitert?«

»Ihr habt an diesem heutigen Tag mehr für die Israganthir getan, Bruder«, erwiderte Orgraaleshenoth, »als Jahrhunderte unserer Fron unter der Grauen Eminenz bewerkstelligt haben.« Er drehte sich zu Keren um. »Gib mir den Stab, rasch!«

Sie sprang auf, lief zu der weißen Lichtsäule und hob den Stab der Leere hinunter, der sich in ihrer Hand warm anfühlte. Er sah aus wie aus Marmor gemacht, der mit blauen Adern durchzogen und mit silbernen und goldenen Bändern umwickelt war. Seine Spitze bestand aus einer einfachen Kugel aus schwarzem Mineral. Schnell kehrte sie zu Orgraaleshenoth zurück und hielt ihm den Stab hin ... Es war zu spät.

Orgraaleshenoth rührte sich kaum, während er seinen massigen Schädel langsam senkte. Vermutlich war auch er schwer verwundet, und Keren brachte kein Wort über die Lippen.

»Die Feinde nähern sich«, sagte die Dämonenbrut. »Wir können nicht hier bleiben.«

Noch während er sprach, hörte sie die Kampfgeräusche am anderen Ende des Tunnels.

»Sind es die Hüter?«, fragte sie. »Aber gegen wen kämpfen sie?«

Im nächsten Moment wusste sie die Antwort.

»Die Theokratie!«, sagte sie, traurig und verzweifelt. »Wie können wir entkommen? Wir sitzen in der Falle ...!«

Die Dämonenbrut nahm ihr den Stab der Leere aus den Fingern.

»Es gibt einen Ort, an den wir flüchten können«, sagte er. »Aber ich bin geschwächt vom Kampf und hoffe nur, dass dieses Artefakt mir von Nutzen sein kann ...«

In seinen großen Klauen wirkte der Stab der Leere klein und zerbrechlich, doch im nächsten Moment schimmerte ein Licht durch die schwarze Kugel an seiner Spitze. Während Keren fasziniert die Transformation beobachtete, dachte sie über Orgraaleshenoths Worte nach und sprang plötzlich auf.

»Du meinst, wir müssen in die Domäne der Dämonenbrut flüchten«, erklärte sie. »Ins Reich der Ruinen.«

»So ist es«, erwiderte Orgraaleshenoth ruhig. »Ich würde dir angesichts der Umstände dringend empfehlen, mich zu begleiten.«

Schreie und Gebrüll drangen vom anderen Ende des Gewölbes zu ihnen, als sich die Kämpfe aus dem Hehren Pfad in die Halle verlagerten, wo Gruppen von rotgekleideten Kriegern mit goldenen Masken und einige kreischende Nachtjäger mit fahlen Bildnissen von sich selbst rangen.

»Ich müsste eine Dämonenbrut werden.« Ihr Mund war plötzlich trocken. »Stimmt das?«

»Um dort zu überleben, ja. Aber es wäre nicht für immer«, fuhr er fort. »Du wärst nur Dämonengleich, nicht Dämonenbrut.«

Einer der Nachjäger hatte seine Angreifer vernichtet und flog jetzt mit einigen Reitern auf seinem Rücken durch die Halle direkt auf das Podest zu. Keren starrte die glühenden Funken im Stab der Leere an und ballte die Fäuste.

»Tu es!«

Der Stab strahlte ein gleißendes Licht aus, das sie umhüllte, wie große Hände aus Licht, die sie emporhoben. Sie konnte fühlen, wie ihre Gestalt begann, sich zu verändern.

26

Ich habe den grausamen Schatten gesehen,
Legionen aus der Erde. Ich sah die Sterne sterben
Und Banner brennen in der verwelkenden Nacht.
Ich habe einen schwarzen Traum gesehen,
Der eine zerstörte Welt gebar …

WUJADS VISION, STANZA 19

Der Mann wartete an einer ganz bestimmten Stelle in dem Großen Gang. Er war groß, muskulös und trug eine lange, schwarze Robe, die vorne aufklaffte und den Blick auf seine prachtvolle, grüne Kleidung freigab. Die Robe hatte keine Ärmel und zeigte seine entblößten, muskulösen Arme. Die Miene seines bärtigen Gesichtes strahlte Ruhe aus, und er blickte sich teilnahmslos um.

An dieser Stelle war der Große Gang ein wenig schmaler als weiter im Süden. Die hohe, kurvige Wand war dieselbe, von dem BrunnQuell gespeiste Barriere, und ihr blaugrünes Leuchten erzeugte ein dumpfes Licht, so als wogten die ruhelosen Tiefen des Ozeans dahinter, statt Erde und die Eingeweide des Kontinents. Es war kalt in diesem Tunnel, doch der Mann, der einst Nerek und Ystregul gewesen war, wartete geduldig und ungerührt.

Winzige glühende Punkte tauchten im Norden des Großen Ganges auf, das Licht von Lampen, das stetig näher kam. Kurze Zeit später tauchte eine gewaltige Kolonne von Reitern im Galopp auf. Sie ritten mit einem Dutzend Pferden nebeneinander und der Heereswurm erstreckte sich bis in die dunklen Fernen. Laternenträger flankierten die Kolonne, an deren Spitze eine Gruppe von Männern in schweren Roben ritt. Einige trugen seidene, flatternde Banner. Die ersten sahen den einsamen Mann mitten im Gang stehen, die Hände auf die Hüften gestützt. Er sah ihnen gelassen entgegen.

Als deutlich wurde, dass er keine Anstalten machte, aus dem Weg zu treten, hoben die ersten die Hände und riefen Befehle, die von den Wänden des Ganges zurückgeworfen wurden. In einem ohrenbetäubenden Lärm aus donnernden Hufen, Schreien und klappernden Rüstungen kamen die Reiter kaum ein Dutzend Schritte vor dem Mann zum Stehen. Einer der in Roben gekleideten Männer preschte vor, während er sein lebhaftes Ross unter Kontrolle zu halten suchte. Sein markantes, hageres Gesicht war wutverzerrt.

»Aus dem Weg, Elender! Du hältst den Vormarsch des großen, mächtigen Schattenkönigs Thraelor auf ...!«

Der Mann, der einst Nerek und Yasgur gewesen war, sah an dem Reiter vorbei auf seine Gefährten, die alle das gleiche Gesicht hatten. Er lächelte spöttisch, was den Reiter noch mehr erzürnte.

»Willst du uns verhöhnen?«, bellte er. »Im Namen meines Gebieters, ich werde deinen Kopf ...«

Als er sein Schwert aus der Scheide am Sattel zog, traf ihn ein harter Blick aus den schwarzen Augen des anderen. Im nächsten Moment flog der Reiter rücklings von seinem Ross und landete ungelenk auf einer Schulter. Das erzürnte seine Gefährten, und jene, die eine Hand frei hatten, erhoben sie, umhüllt von smaragdgrünem Feuer. Bevor sie ihn jedoch vernichten konnten, teilte sich ihre Gruppe und ein anderer Reiter trabte vor. Es war der Schattenkönig Thraelor selbst.

»Ein einzelner Mann?«, sagte er heiser. »Solltest du auch einer dieser Meuchelmörder sein, dann wisse, dass ich einen von euch bereits erledigt habe, bevor ich Casall verließ, und mein Bruder Grazaan foltert gerade den anderen ...« Thraelors Gesicht war eingefallen und sein Schädel sah aus wie ein Totenkopf. Er betrachtete aufmerksam den schweigenden Mann, der vor ihm stand. »Hmm, du siehst nicht aus wie einer von denen. Hast du mir etwas zu sagen, bevor wir deinen elenden Leib in den Boden stampfen?«

Der Mann richtete seinen Blick auf ihn, und Thraelor erbleichte.

»Was für eine Macht besitzt du?«, fuhr er ihn an. »Du bist wohl einer dieser Magierhunde und hast ein Artefakt in der Tasche?« Er wendete sich zu seinen Gefährten um. »Vernichtet ihn für mich!«

Grünflammende Hände zuckten hoch, und ihr Feuer gewann rasch an Intensität, doch mit einer kurzen, ausholenden Geste löschte der Schweigende die Flammen, als würde er eine Kerze ausblasen. Alles Leben erlosch in den Gesichtern der Männer, und sie stürzten aus den Sätteln, tot, noch bevor sie auf dem Boden des Großen Ganges aufschlugen. Der Mann wiederholte die ausholende Geste, diesmal jedoch etwas kräftiger, und ein Orkan rauschte durch den Tunnel. Pferde wurden zu Boden geworfen, Reiter aus den Sätteln gerissen, während Masken, Satteltaschen, Fahnen und Kleidungsstücke in den Sog gerieten und umherwirbelten. Siebzig Meter weit nach Norden verwandelte sich der Große Gang in einen Ort der Verwüstung,

Thraelor saß derweil von alledem unberührt auf seinem Ross. Sein Gesicht war erschlafft, seine Augen glanzlos, als sich jetzt ein anderes Antlitz wie eine transparente Maske darüber legte, geisterhaft und feuerrot. Der Mann, der einst Nerek und Ystregul gewesen war, trat näher, und der so maskierte Thraelor stieg von seinem Ross herunter.

»Endlich«, sagte die feuerrote Maske. »Dieser hier hat mich auf jedem Schritt des Weges bekämpft, und ich würde ihn gern für immer los.«

»Vereinigen wir uns«, erwiderte der andere. »Großes erwartet uns.«

Die Gewänder verbrannten zu Asche, als sich die Gesichtszüge vermischte, während die beiden Gestalten verschmolzen. Die Vereinigung nahm nur Sekunden in Anspruch, und als sie vollendet war, stand nur noch eine Person in der Mitte des Großen Ganges. Sie war nun größer als vorher und auch anders, nüchterner gewandet. Sie trug eine kragen- und ärmellose Robe aus dunklem Rot über einem einfachen schwarzen Hemd, einer Hose und an den Füßen offene Sandalen.

Einige Reiter in den vorderen Reihen hatten die Verwandlung

mitangesehen, und ein paar Sergeanten knieten sich ehrfürchtig und furchtsam vor der Gestalt nieder.

»Mein Gebieter«, sagte einer und schluckte schwer hinter seiner schwarzen Ledermaske. »Ist unser Herr ... tot?«

»Nein. Denn er ist jetzt ein Teil von mir.«

Die Sergeanten verständigten sich mit einem kurzen Blick.

»Dann nehmt unsere Loyalität an, Erhabener«, fuhr ihr Sprecher fort. »Mit welchem Namen dürfen wir Euch ansprechen?«

»Ich werde zu gegebener Zeit meinen angestammten Namen führen. Bis dahin dürft Ihr mich Herr der Schatten nennen, nichts weiter.«

»Wie lauten Eure Befehle, Herr der Schatten?«

»Wir reiten nach Norden, nach Rauthaz«, erwiderte der Herr der Schatten, »und besuchen meinem Bruder Grazaan.«

»Einst war er von edler Gesinnung«, sagte Alael mit einer Stimme, bei der es Gilly eiskalt überlief. »Aber der Neid begann sein Herz zu beherrschen, und so wurde er zum Feind allen Lebens, zu einem Dunklen Dämon. Schon bald wird sein finsterer Feldzug zum Ende kommen, dann vollende ich meine Rache ...« Sie machte eine Pause, holte bebend Luft und sprach dann in ihrer eigenen Stimme weiter. »Oh, bitte, bitte, lasst mich allein, ich flehe Euch an ...!«

Sie weinte leise, und Gilly sah sich kopfschüttelnd in dem Vorratsraum um, in den sie sich geflüchtet hatten, und dessen Tür von einem Vorhang versperrt wurde, und überdachte kurz ihre Lage.

Er hatte im Konferenzraum belauscht, wo Alael gefangen gehalten wurde, doch es kostete ihn viel Zeit, den Raum zu finden und hineinzugelangen. Seit er sich von Ikarno Mazaret getrennt hatte, schien die Verwirrung in der Zitadelle von Keshada um sich zu greifen. Er hörte Schreie und sah Soldaten, die aufgeregt durcheinander liefen. Einige Bewaffnete rannten an seinem Versteck vorbei, und er schnappte ihre Bemerkungen von einer angeblichen Auseinandersetzung zwischen ihren Meistern auf, von Kämpfen auf der Treppe und von einer Armee, die aus Besh-

Darok heranrückte. Er musste sogar einen Umweg nehmen, um einem blutigen Scharmützel im vierten Stock auszuweichen.

Alael wurde in einer großen Kammer im fünften Stock gefangen gehalten, deren Tür von sechs Maskierten bewacht wurde. Gilly hatte sich durch einen Nebenraum einen Weg in ihr Gefängnis gebahnt, durch ein hölzernes Gatter unter der Decke der angrenzenden Mauer. Entsetzt hatte er gesehen, dass Alael ausgestreckt am Boden lag. Ihre Gestalt war von einer zähen, goldenen Aura umgeben, und sie hatte die blicklosen Augen weit aufgerissen. Irgendwie war es ihm gelungen, sie mithilfe aufeinandergestapelter Möbel zu der hohen Öffnung in der Wand und durch sie hindurch in den anderen Raum zu hieven. Dort war die Aura ein wenig schwächer geworden, und Alael schien ihr Bewusstsein wiederzuerlangen, sodass sie mit Gillys Unterstützung gehen konnte. Er hatte sie durch einen schmalen Gang in die nächste Kammer gebracht, allem Anschein nach ein Speisezimmer. Dort hatte sich die Aura plötzlich wieder verstärkt. Alael sprach, und es klang, als rede sie mit mehreren Stimmen, die in perfektem Gleichklang redeten. Sie wendete sich jedoch nicht an ihn, sondern ihre Worte klangen eher wie ein merkwürdiger Monolog, ein endloses Grübeln über frühere Fehler und den Wunsch nach Vergeltung. Allein bei ihrem Klang sträubten sich ihm die Nackenhaare.

Dann war die Aura erneut verblasst, die Stimmen verklangen, und Alael nahm Gilly wahr und weinte, als sie ihn erkannte. Gilly war ebenfalls den Tränen nahe. Auf dem Weg durch die Zitadelle war unvermutet eine Woge von Erinnerungen über ihm zusammengeschlagen, die viele Lücken füllte. Er wusste jetzt, wer Alael, Ikarno Mazaret und Suviel waren, doch als sie den Namen Tauric erwähnte, konnte er nichts damit anfangen.

Jetzt hockten sie in einem Vorratsraum gegenüber dem Speisezimmer, und er lauschte Alaels Erklärungen.

»Es ist die ErdenMutter«, sagte sie unter Tränen. »Sie will mich vollständig beherrschen und dafür benutzen, den Herrn des Zwielichts zu vernichten.«

»Aber seine Fragmente sind doch auf die fünf Schattenkönige verteilt«, wandte Gilly ein, der sich an Suviels Worte erinnerte.

»Das waren sie, aber das Fragment, das in Byrnak versenkt war, ist in einen anderen Wirt entkommen und hat sich bereits mit zwei weiteren Fragmenten des Gottes vereinigt.« Alael schloss einen Moment die Augen, und als sie die Lider wieder aufschlug, verriet ihr Blick ihre Furcht.

»Wie können wir verhindern, dass der Herr des Zwielichts sich gänzlich vereint? Ich habe die ErdenMutter mit all meiner Kraft bekämpft, aber könnte sie nicht vielleicht Recht haben? Sollte ich ihrem Drängen vielleicht einfach nachgeben?«

Gilly stand in dem dunklen Vorratsraum vorsichtig auf und half Alael hoch.

»Darauf weiß ich keine Antwort«, gab er zu. »Vielleicht kann uns Suviel weiterhelfen. Ich habe einige Maskierte belauscht. Sie sprachen von einer Armee, die von Besh-Darok auf Keshada marschiert. Suviel wollte mit Hilfe zu uns zurückkehren, und sagte, wir sollten Euch suchen und auf sie beim Eingang zum Reich der Finsternis warten ...«

»Das ist ...«

»Die Domäne des Herrn des Zwielichts«, beendete er den Satz. »Ich weiß, doch genau das hat sie gesagt. Wir sollen in den siebten Stock gehen, wo es verschiedene Eingänge zu diesem Ort gibt, und uns in der Nähe verbergen ...« Er lachte leise. »Leider weiß ich nicht, wohin Mazaret gegangen ist.«

Gilly führte sie aus der Vorratskammer zu einer Treppe, an der er zuvor vorbeigekommen war. Sie wand sich um einen massiven Steinpfeiler, in dem Nischen unterschiedlicher Größen eingelassen waren. In jeder befand sich eine männliche Statue. Der Pfeiler bestand aus einem dunklen, ockerfarbenen Stein, die Statuen dagegen aus einem dunkelgrauen, polierten Material. Jede Statue wiederholte in einem bestimmten Zyklus eine gewisse Handlung, das Schärfen eines Schwertes, das Entzünden eines Feuers, das Anlegen gepanzerter Handschuhe, das Schreiben auf einem Pergament oder das Knüpfen eines Seiles. Es gab sogar eine, die lächelte, während sie eine Münze warf. Sie wiederholten sich immer und immer wieder. Gilly lief es bei dem Anblick kalt über den Rücken, und er trieb Alael hastig zum nächsten Stockwerk weiter.

Die Flure dort waren verlassen, und es gelang ihnen ohne Schwierigkeiten, die Treppe zur nächsten Etage zu finden. Während sie emporstiegen, drangen Schreie und Waffengeklirr von den unteren Stockwerken zu ihnen herauf, aber ob die Maskierten sich einer Invasion erwehrten oder untereinander kämpften, vermochte er nicht zu erkennen.

Die Türen befanden sich genau dort, wo Suviel beschrieben hatte, in der äußeren Wand. Gilly blieb mit Alael an der Schwelle einer Tür stehen und starrte auf den merkwürdigen, felsigen Schutt, der etwa sechs Meter unter ihnen lag. Das war merkwürdig, denn von den anderen Fenstern dieses Stockwerks aus blickte man auf eine weite schneebedeckte Landschaft hinaus.

»Das muss es sein«, erklärte Gilly.

»Aber wie kommen wir hinunter?«, wollte Alael wissen.

Er zuckte mit den Schultern und trat auf den breiten Sims, der an der Außenseite entlangführte. Er bemerkte die Befestigungen eines großen, viereckigen Frieds zu seiner Linken und wich schnell wieder zurück.

»Was ist?«

»An der Wand dort befindet sich eine Art Bastion«, erklärte er. »Ich sah Wachen auf ihren Wällen, also können wir diesen Weg nicht nehmen ...«

»Vielleicht liegt auf der anderen Seite ja eine Treppe.« Noch während sie das sagte, setzte sie sich in Bewegung.

Gilly schüttelte den Kopf und folgte ihr. Eigensinnige Frauen oder unerbittliche Göttinnen, dachte er. Macht das einen Unterschied?

Alael trat vor ihm durch eine der hohen Öffnungen auf den Sims hinaus und verschwand außer Sicht. Gilly seufzte und rief ihr nach.

»Alael, das hier ist ein gefährlicher Ort. Kommt zurück und wartet auf mich ...«

Sie antwortete nicht, also trat er rasch durch die nächste Öffnung und sah, wie Alael eine breite Rampe hinunterlief, die bis hinunter zur äußeren Wand führte. Gereizt rannte er hinter ihr her, holte sie am Fuß der Rampe ein und wollte ihr gerade eine

Hand auf die Schulter legen, als er im letzten Moment die schwache goldene Aura bemerkte, die sie umgab. Sie drehte sich um, sah ihn mit leuchtenden Augen an und schlug ihm fast beiläufig mit dem Handrücken ins Gesicht.

Der Schlag traf Gilly mit voller Wucht. Ein stechender Schmerz durchzuckte seinen Kiefer, während er selbst zurückgeschleudert wurde und rücklings auf einem Sandhaufen landete. Er keuchte und ihm schwindelte, als er sich mühsam aufrichtete, vorsichtig seinen schmerzenden Kiefer betastete und verwirrt blinzelte. Alael war weiter gelaufen und steuerte auf einen staubigen, dämmrigen Spalt zu, der sich in einiger Entfernung vor ihnen auftat. Gilly spie den trockenen Staub aus, stand auf und schaute über die Schulter zum Fried zurück. Diese Bastion wirkte neben der glatten, beeindruckenden Perfektion der Festung von Keshada irgendwie klein und schäbig, und er konnte kein Anzeichen irgendeiner Aktivität darin feststellen.

»Also gut, Suviel«, murmelte er. »Ihr habt bedauerlicherweise nicht erwähnt, dass dieses Mädchen von der ErdenMutter besessen sein könnte, aber wenn sie mich abhängt, muss ich mir sicher bis an mein Lebensende Eure Vorwürfe anhören, hm?«

Er lachte leise, riss die schwarze Maske herunter, die er seit Stunden trug, lockerte sein Schwert in der Scheide und marschierte ebenfalls in den Spalt hinab.

Byrnak ritt mit einem Heer, das nicht das seine war, durch verwüstete Eis- und Schneefelder, während in seinem Inneren die Leere brannte und seine Gedanken von Furcht umwölkt wurden. Vor ihm erhoben sich die langen, dunklen Mauern und hohen Tore von Keshada, und je näher sie rückten, desto mehr näherte sich der Augenblick, an dem er gefordert war, eine List zu ersinnen und sich einen Weg hinein zu erschleichen.

Nein, es ist keine Täuschung!, sagte er sich. *Ich bin Byrnak, und sie kennen mein Gesicht ...*

Mit Kapuzen verhüllte Reiter flankierten ihn, und einer lenkte sein Pferd ein wenig näher an ihn heran, bevor er seine Kapuze etwas zurückschob und ihn ansah. Byrnak erwiderte Suviel Hantikas Blick und spürte dabei Bardows Feindseligkeit von seiner anderen Seite.

»Ihr wisst, was Ihr zu tun habt?«, fragte Suviel. Ihre Lippen bewegten sich bei diesen geflüsterten Worten kaum, doch er hörte sie dennoch ganz deutlich. Ihre Stimme war in seiner Zelle zu ihm durchgedrungen, wo er hilflos dalag, während sein Bewusstsein von kreischenden Schreien des Schmerzes zerrissen wurde, es war diese Stimme, die ihm sanfte, magische Silben ins Bewusstsein tröpfelte, welche die Qualen blockierten, und ihm anschließend einen Handel anbot, der diese Barriere auf Dauer einrichten würde.

Er nickte. »Ich soll die Wachen dazu bringen, die Tore zu öffnen, mit Yasgur und seinen Kriegern hineinreiten, den Offizieren befehlen, ihre Männer in ihre Quartiere abzukommandieren ...«

»Und denkt an nichts anderes, Byrnak«, drang Bardows misstrauische Stimme an sein anderes Ohr. »Keine Täuschungen, kein Verrat, dann bleiben Eure Gedanken friedlich.«

»Ihr müsst die Männer am Tor überzeugen«, fuhr Suviel fort. »Ihr müsst diese Rolle spielen.«

»Ich weiß«, erwiderte er. »Ich werde es tun.«

Sie ritten weiter, und schon bald, viel zu bald, verdrängten die ungeheuren Wälle Keshadas alles andere aus ihrem Blickfeld. Sie schienen jedoch verlassen zu sein. Ein paar graue Banner und Fahnen flatterten noch in dem kalten Wind, der den Schnee von den Zinnen fegte. Selbst als sie vor den Toren anhielten, regte sich nichts. Die hohen, bewehrten Emporen, auf denen sich eigentlich Bogenschützen drängen sollten, waren verlassen.

Als Byrnak und die beiden Magier in den von einer niedrigen Mauer umringten Hof ritten, der vor den Toren lag, rief sie endlich eine einzelne Stimme von einem der beiden Wachtürme neben dem Eingang an.

»Wer wagt es, sich der Zitadelle von Keshada zu nähern?«

Byrnak warf der Magierin Hantika einen kurzen Blick zu. Sie nickte, und er trieb sein Pferd weiter, während das Heer hinter ihm langsamer wurde. Er hielt die Zügel seines Pferdes kurz, als er unter den hohen Turm ritt, und sah mit einer gezwungen herablassenden Miene hinauf.

»Hast du keine Augen im Kopf, Narr? Siehst du nicht, wer ich bin?«

»Gebieter ... Man sagte, Ihr wäret im Palast der Stadt gefallen ...«

»Falsch, Narr, ich bin zurückgekehrt, nachdem ich meinen Sieg mit Hilfe derer errang, die in der Hitze des Gefechtes treu zu mir standen. Öffne die Tore, und ich gestatte dir vielleicht, dich ihnen anzuschließen!«

»Großer Gebieter, die fahlen Lords befahlen uns, die Tore verschlossen zu halten ...«

»Soll ich ein Exempel an dir statuieren, Narr? Vielleicht verwandele ich dich in Futter für die Fressbiester ...«

»Ich horche und gehorche, Großer Gebieter!«

Byrnak entspannte sich. Er zitterte am ganzen Körper von der Anstrengung, die es ihn kostete, diese Rolle zu spielen.

War sie denn jemals real?, dachte er. Waren wir fünf Wirte jemals etwas anderes als eine Art Geistschatten, die von einem uralten Zweck belebt wurden?

Gedämpftes Scheppern aus den beiden Türmen unterbrach seine Grübeleien, und während die Kriegshorde der Mogaun und die kleine Kolonne von Rittern, die mit schwarzen Masken und Umhängen maskiert war, näher rückte, rasselten Ketten und kreischten Riegel, und die gewaltigen, ehernen Tore von Keshada schwangen langsam nach innen auf. Als die Phalanx aus Reitern sich dem klaffenden Schlund näherte, bemerkte er, wie Yasgur sein Pferd neben die Magierin lenkte, sich zu ihr beugte und kurz mit ihr sprach. Sie schüttelte den Kopf, und der Kriegshäuptling der Mogaun ließ sich wieder neben die beiden Oberhäuptlinge Welgarak und Gordag zurückfallen. Die drei verfolgten mit gnadenlosen Blicken, wie er seine ursprüngliche Position zwischen den beiden verhüllten Magiern einnahm. Die Haupttore waren mittlerweile ganz geöffnet worden, und die inneren Gatter wurden hochgezogen.

»Und jetzt?«, fragte Byrnak.

»Jetzt reiten wir hinein«, antwortete Suviel Hantika. »Vergesst nicht, Ihr befehlt Euren Offizieren, ihre Männer in ihre Quartiere zu schaffen. Wir müssen das Reich der Finsternis so schnell wie möglich und ohne jede Verzögerung erreichen.«

Er nickte schweigend und starrte in den dämmrigen Torweg vor sich. Als das Fragment des Herrn des Zwielichts sich von seinem Wesen losgerissen und in Nerek gefahren war, hatte es auch jede Verbindung zum BrunnQuell aufgelöst.

Da die Magier ihm keine Waffe hatten geben wollen, war er zum ersten Mal wirklich vollkommen wehrlos.

»Die Zeit ist nicht unser Verbündeter, Byrnak«, murmelte Hantika. »Reitet voran.«

Er knirschte mit den Zähnen und trieb sein Pferd an.

Suviel ließ Byrnak nicht aus den Augen, als sie neben ihm durch das Tor von Keshada ritt. Ihre verstärkten Sinne verrieten ihr, dass die Tortürme nur von einer Hand voll von Soldaten besetzt waren, die sich im Moment außerdem lieber versteckten, als zu riskieren, Byrnaks Zorn auf sich zu ziehen. Vor ihnen mündete der große, dunkle Torweg in eine breite Rampe, die zu einem riesigen, erhöhten Innenhof führte. Auch er war verlassen. Doch als sie von der Rampe auf den Hof ritten, erkannte sie, dass er nur bar alles Lebendigen war. Er wurde statt dessen von Toten bevölkert, von Massen an Toten.

Überall lagen schwarzgekleidete Leichen herum, hunderte von Gefallenen, deren Haltung von schrecklichen Todeskämpfen kündete. Ein Orgie von Gewalt musste sich auf diesem riesigen Hof abgespielt haben, und das Blut ertränkte die Pflastersteine und rann von den Mauern. Eine breite Plattform ragte von einer halbkreisförmigen Galerie weit in den Hof hinaus, an deren Ende Berge von Leichen Zeugnis von einem anscheinend letzten, verzweifelten Gefecht ablegten.

Das Heer der Mogaun und Ordensritter tastete sich langsam und in entsetztem Schweigen über den Schauplatz dieses Massakers. Einmal fürchtete Suviel, ihr Magen könnte diesen Gestank nach Blut und Tod nicht länger ertragen, doch sie riss sich zusammen und ritt ohne zu Zaudern weiter. Als sie an den toten Soldaten vorüberkam, sah sie, dass einige einen grünen Fetzen um den Oberarm gebunden hatten. Die Mehrheit der Toten trug jedoch kein solches Abzeichen. Offenbar hatte die grün-gezeichnete Streitmacht der Maskierten die andere Fraktion in einen Hinterhalt gelockt, massakriert und sich dann in der Zitadelle an die Verfolgung der Überlebenden gemacht.

Sie ritt weiter und suchte dabei nach unbehelmten Köpfen zwischen den Abgeschlachteten, die vielleicht Ikarno oder Gilly gehörten. Vergeblich.

Wo habt ihr beide euch während dieses Gemetzels verborgen?, dachte sie.

Byrnak schien von diesem Massaker merkwürdig unberührt, und seine bärtigen Gesichtszüge verrieten nur mildes Staunen. Suviel erinnerte sich an Yasgurs energischen Vorschlag, den ehemaligen Kriegsherrn an Händen und Füßen zu binden, wenn sie nach Keshada hineinritten, falls er auf die Idee käme, zu flüchten und sich mit seinen Truppen zu vereinigen. Was dachte der Lordregent wohl jetzt?

Eine weitere ausladende Rampe führte in einem weiten Schwung zu der halbkreisförmigen Galerie hinauf, die zunächst von Leichen geräumt werden musste, bevor die kleine Armee aus Mogaun und Rittern hinauf und durch ein breites, schlichtes Tor reiten konnte. Suviel ritt neben Byrnak in eine hohe Halle, von deren Gewölbe Lampen hinunterhingen, deren Schein Schatten zwischen die Pfeiler warf. Auch hier war der Boden mit Leichen gepflastert. Sie sah Byrnak an. »Was könnte ein solches Gemetzel ausgelöst haben?«, fragte sie ihn.

»Ich weiß es nicht«, antwortete er finster. »Ohne die Führung ihrer seelengebundenen Offiziere haben die Männer vielleicht neue Loyalitäten geschlossen ...«

Byrnak führte sie zu einem hohen Torweg zwischen zwei Pfeilern. Er war breit genug, damit zwei Karren oder fünf Reiter nebeneinander passieren konnten. In dem Moment fiel Suviel ein funkelnder Nebel auf, der vor der schwarzblau schimmernden Öffnung wirbelte.

»Wartet!«, befahl sie Byrnak. »Wohin führt dieses Portal?«

»Zu den Exerzierplätzen in der zweiten Etage«, erwiderte er. »Von dort führt ein kleineres Portal in den Siebten Stock hinauf.«

»Vielleicht sollten wir erst einige Kundschafter hindurchsenden«, schlug Bardow vor.

»Wie es Euch beliebt.« Byrnak zuckte gleichgültig mit den Schultern.

Eine Hand voll von Yasgurs Männern wurden zu Fuß hindurchgeschickt, und kehrten kurz danach mit Berichten von einem ähnlichen Massaker zurück. Beunruhigt schaute Suviel Bardow an, nickte dann Yasgur und seinen Häuptlingen zu und bedeutete Byrnak mit einer Handbewegung, weiter zu reiten.

Als sie das Portal passierten, fühlte es sich an, als ritten sie durch einen zarten Schleier von Spinnweben, der sanft über ihr Gesicht und ihre Hände strich. Auf der anderen Seite war es aufgrund der vielen Lampen, die aus zahlreichen runden Nischen in der hohen Decke herabhingen, heller. Wieder erwartete sie ein Meer von Leichen. Einige Fäuste umklammerten noch im Tod den Griff ihrer Waffe. Und alle erzählten sie dieselbe Geschichte einer mörderischen Auseinandersetzung.

Suviel musterte alle, an denen sie vorbeiritt, in der stillen Hoffnung, Ikarnos Gesicht nicht darunter zu finden. Sie hatte erwartet, spüren zu können, wenn ihm etwas geschehen sollte, aber die Kraft des BrunnQuell, die Keshada durchströmte, machte sie blind für ihn. Obwohl das Kristallauge ihre Niedere Macht verstärkte, war der BrunnQuell hier doch mächtiger. Sie konnte nur hoffen und beten, dass der Geist des VaterBaums Recht daran getan hatte, als er darauf bestand, das Kristallauge und den Mutterkeim hierher zu bringen.

Wenn alle Artefakte zusammen benutzt werden, hatte er ihr versichert, versetzt das selbst die Götter in Furcht.

Sie ritt weiter neben Byrnak, betrachtete die Gesichter der wenigen nicht maskierten Toten, während sie gleichzeitig wachsam auf die leiseste Wahrnehmung von Ikarno oder Gilly lauschte.

Ein erhöhter, von Pfeilern gesäumter Steg umringte die Exerzierplätze, und als sie ihm folgten, gelangten sie an ein weiteres funkelndes Portal, das nur zwei Pferde nebeneinander passieren konnten. Erneut wurden Kundschafter vorausgeschickt, die mit Geschichten von verlassenen Korridoren und Räumen voller Leichen zurückkehrten.

Suviel ritt mit Bardow und Yarram durch das Portal, dicht gefolgt von den Ordensrittern, welche die Schlacht um Besh-Darok überlebt hatten. Das Portal, aus dem sie herauskamen, lag an einer Kreuzung dreier großer, breiter Tunnels, die von Öllampen in Wandnischen erleuchtet wurden. Eine kurze Befragung Byrnaks ergab, dass sich auf der anderen Seite dieses Raumes die Arkaden befanden, die zum Reich des Herrn des Zwielichts führten. Der Gang, der rechtwinklig von dieser Kreuzung abging, führte zu einer Empore, die einen Treppenschacht umgab. Von der Empore selbst gelangte man durch einen anderen Korridor zur Außenwand von Keshada.

»Das gefällt mir nicht, Mylady«, erklärte Yarram. »Ich sollte von hier aus meine Leute ausschwärmen und jeden Gang auf dieser Ebene sichern lassen, bevor wir weiter vorrücken ...«

»Ich respektiere Eure Umsicht«, erklärte Suviel. »Aber wir haben keine Zeit für ein solches Vorgehen. Und diese Flure bieten zudem nicht genügend Platz für Eure Reiter.«

»Dann müssen wir Patrouillen vorausschicken«, erklärte Yasgur. »Und zwar schnellstens. Lasst mich meine Mogaun durch die nächstgelegenen Gänge aussenden, während der Rest unserer Armee allmählich nachrückt.«

Suviel konnte sich keine schnellere oder effektivere Taktik ausdenken. Nachdem Bardow nickte und Yarram zögernd einwilligte, stimmte sie Yasgurs Vorschlag zu. Wie sich herausstellte, waren Yarrams Bedenken angesichts eines Handgemenges unter solch beengten Verhältnissen überflüssig, weil dieses Stockwerk ebenso verlassen war wie der Rest der Zitadelle. Suviel ritt an der vordersten Spitze der schwerbewaffneten Ritter und gelangte von dem kreisförmigen Tunnel auf die weite, geräumige Empore, die den äußersten Durchgang bildete. Ihre innere, immense Wand bestand aus glänzendem, hellgrauem Marmor, in dem in Schulterhöhe eine Reihe von Nischen eingelassen waren. In jeder redete ein metallener Schädel in einer unbekannten Sprache. Die Außenwand war aus grob gehauenen, rostbraunen Steinquadern errichtet, und wurde von scharfkantigen, dreieckigen Öffnungen durchbrochen, die einen großzügigen Blick auf das Reich der Finsternis erlaubten.

Yasgurs Kundschafter ritten in Blickweite voraus, und der Rest der Armee drang langsam in den Korridor vor, als Suviel abstieg und zu einer der dreieckigen Öffnungen ging. Sie blieb auf der Schwelle stehen und starrte auf die Steinwüste hinaus. Dann schaute sie nach links, zu den dunstverhangenen Trümmern baufälliger Bastionen, dann nach rechts über einen breiten Vorsprung, der verlassen schien. Sie sah weder etwas von Gilly noch von Alael oder Ikarno, und ihre Niedergeschlagenheit wuchs.

War es Gilly und Ikarno vielleicht nicht gelungen, Alael zu finden und in Sicherheit zu bringen, und hatten sie statt dessen versucht, Zwietracht zwischen den Geistschatten zu säen? Das würde das Gemetzel in der Zitadelle erklären. Aber wenn dem so war, wo steckten sie jetzt? Und wo war Alael? Falls die ErdenMutter sie beherrschte, befand sie sich vielleicht in diesem Moment im Reich des Herrn des Zwielichts? Das bedeutete, die Zeit wurde gefährlich knapp ...

Sie wollte sich gerade wieder zu ihrem Pferd und den Truppen umdrehen, als sie plötzlich eine Wesenheit in der Nähe wahrnahm, jenseits des Vorsprungs. Dahinter lag eine breite Rampe, und als sie vortrat, sah sie eine Gestalt mit fahlen Haaren und einem dunklen Umhang, die am Fuß der Rampe saß. Sie ging einige Schritte die Schräge hinunter und erkannte ihr Profil. Suviel hätte fast laut gelacht, und sie wurde schwach vor Erleichterung. Mit seinem weißen Haar, der fahlen Haut und den grauen Augen war er noch genauso, wie sie ihn verlassen hatte. Er drehte sich um, lächelte traurig und nickte.

»Ah, Suviel, Suviel.« Seine Stimme klang leise und seidenweich. »Wie ich mich nach diesem Moment gesehnt habe. Dein Gesicht hat mich all die Tage und Stunden verfolgt.«

Er stand geschmeidig auf, drehte sich um und starrte zu Suviel hoch. Sie sah in seine Augen, und ein Schatten verdunkelte ihre Freude. Es waren nicht die Augen Ikarno Mazarets.

»Du siehst es, hab ich Recht?« Der Geistschatten zog ein schimmerndes, schlankes Schwert aus der Scheide, während er die Rampe hinaufging. »Du weißt, dass ich nur sein Ebenbild bin, eine bloße Reflektion, aus einem Spiegel gepflückt. Nun, wer sagt, dass ein Bildnis dem Original nicht überlegen sein kann?«

Sein Lächeln verzerrte sich anzüglich. »Immerhin habe ich ihn getötet. Oh ja, er war gerissen, das muss ich ihm lassen. Er hat uns gegeneinander aufgehetzt, was von einer bemerkenswerten Fähigkeit zu Hinterlist und Tücke spricht. Am Ende war jedoch ich es, der ihn mit seinem eigenen Schwert durchbohrte und ihn zurückließ, auf dass er sein Leben im Sand ausblute, während ich selbst hierher zurückkehrte ...«

Suviel wich langsam zurück und bereitete in ihrem Geist einen Gedankengesang vor, um den Geistschatten zu verwirren. Sie hoffte, dass die Aura des BrunnQuell ihn nicht störte. In diesem Moment glitt eine Hand über den Rand der Rampe, umfasste den Knöchel des Geistschattens und riss ihn zur Seite. Als der Schatten mit rudernden Armen und Beinen zu Boden stürzte, sprang eine in Braun gekleidete Gestalt auf die Rampe und griff ihn mit einem langen, geraden Breitschwert an. Sie holte aus und ließ die Waffen hinuntersausen. Der Mazaret-Schatten schrie auf, wand sich auf dem Boden und blieb reglos liegen.

Die braungekleidete Gestalt erhob sich und blieb breitbeinig über dem Leichnam stehen. Furcht durchzuckte Suviel, als sie in die tränenüberströmten Gesichtszüge von ... sich selbst starrte.

»Ich wollte dich sehen.« Die Stimme ihres Geistschattens bebte. »Ich musste herausfinden, warum er dich lieben konnte, nicht jedoch mich ... Jetzt kann er keine von uns mehr lieben, da dieser Abschaum ihn getötet hat. Ich sah, wie es geschah und habe anschließend sein Schwert an mich genommen.« Ihr Abbild bückte sich und hob das Schwert hoch, in das Suviel die Rune der Leere für Ikarno eingraviert hatte. Der Leichnam des Geistschattens zu ihren Füßen löste sich in einer dichten, weißen Dampfwolke auf, die langsam die Rampe hinunterzog. »Ich wusste, dass er starb. Da war so schrecklich viel Blut ...«

»Es braucht schon mehr als einen Kratzer, um mich zu töten.« Bei der heiseren Stimme hämmerte Suviels Herz heftig in ihrer Brust.

Von einer Senke jenseits der Rampe näherte sich eine große Gestalt in einer fließenden, grauen Robe. Sie schwankte, während sie sich auf einen zerbrochenen Speer stützte. Suviel und ihr Geistschatten beobachteten, wie er mit langsamen, sichtlich schmerzerfüllten Schritten heran kam, bis er den Fuß der Rampe erreichte. Dort versagten seine Beine ihm den Dienst, und er sank auf die Knie. Suviel schrie auf, stürzte an dem Geistschatten vorbei zu Mazaret und hockte sich neben ihn.

»In Wahrheit spüre ich, wie der Tod mich umfängt«, keuchte Mazaret.

»Nein, ich werde dich dem Tod nicht überlassen!«, widersprach sie störrisch und zerrte an seiner Hand, mit der er ein blutdurchtränktes Tuch auf seine Seite drückte.

»Du bist es«, sagte er staunend. »Nach all dem Leid, all diesen bloßen Schatten von dir ... Bist du nun endlich da, meine Liebste.«

Er sog scharf den Atem ein, und Suviel erkannte an seinem Blick, welche Schmerzen er ertragen musste. Ohne zu zögern schloss sie die Augen, konzentrierte sich auf das Kristallauge, getrieben von Liebe und Verzweiflung, schöpfte von seiner Kraft, seiner Macht und dem Wissen, das darin enthalten war. Sie tauchte tief in Mazarets Körper ein, folgte dem Lauf seines Blutes, den Wellen des Schmerzes bis zu ihrer Quelle, einer schrecklichen Schwertwunde, deren vernichtende Bahn die unteren Rippen an der rechten Seite durchdrungen hatte, bevor sie am Rücken austrat. Suviel zwang die getrennten Kanäle und Nervenbahnen zusammen, vereinte die Muskeln, versiegelte die aufgeschlitzten Wände der Arterien und Venen und betäubte den glühenden Schmerz.

Zögernde Schritte näherten sich ihr, und im nächsten Moment hörte sie das Knarren von Bögen, die gespannt wurden.

»Bleib stehen, Geistschatten!«, ertönte Yasgurs Stimme. »Leg das Schwert nieder und komm die Rampe herauf!«

Suviel sah unter ihren halbgeschlossenen Lidern aus den Augenwinkeln ihren Geistschatten, der einige Meter von ihr entfernt stand. Tränen rannen über das fahle Gesicht. Der Schatten hielt das gravierte Schwert immer noch in einer Hand. Hinter ihm, am oberen Ende der Rampe, hatten Dutzende von Bogenschützen der Mogaun Aufstellung genommen und zielten auf die Gestalt.

»Es gibt keinen Pfad in diesem Reich, über den ich wandeln könnte«, sagte der Geistschatten. »Der Herr dieses Ortes naht, und ich will ihm nicht länger als Instrument dienen.« Mit diesen Worten hob es die freie, linke Hand und zog mit einer blitzschnellen Bewegung die Schneide des Schwertes über die Handfläche. Dann wiederholte der Suviel-Schatten dieselbe Prozedur an der rechten Hand. Anschließend setzte er sich ruhig an den Fuß der Rampe, kehrte den Mauern von Keshada den Rücken zu und schloss die Augen.

Suviel verfolgte dies mit einem unguten Gefühl, während sie über die Worte des Geistschattens nachdachte. Als sich seine Hülle in dichtem Dampf auflöste, bemerkte sie, dass Mazaret sie traurig beobachtete. Sie streckte die Hand aus und strich mit einer zärtlichen Bewegung über sein Haar. Er sah sie an, nahm ihre Hand und küsste sanft ihre Handfläche. Die Bogenschützen entspannten ihre Bögen, und der anschwellende Lärm im Korridor verriet, dass nun das Heer Besh-Daroks anrückte.

»Es scheint, als hättest du gleich eine ganze Armee mitgebracht«, meinte Mazaret. »Sehe ich da unter den Kämpfern auch Mogaun-Krieger?«

»Diese Geschichte«, erwiderte Suviel, »ist länger und komplizierter als ein Stammbaum der Dalbari. Sie kann warten. Wichtiger ist die Frage, wie du dich fühlst.«

»Der Schmerz ist verschwunden.«

»Gut. Wir haben viel zu tun. Wir müssen Alael finden ...«

»Als die Maskierten mich noch für einen Geistschatten hielten, sagte mir einer, dass sie eine Frau und einen Mann gesehen hätten, die durch diese Schlucht dort in die Wüste hinausgelaufen wären.« Mazaret deutete mit der Hand in die Richtung des Spaltes.

»Wie lange ist das her?«

»Vielleicht zwei oder drei Stunden.«

Suviel stöhnte, während Mazaret sich vorsichtig aufrichtete und sie dann ebenfalls hochzog.

»Zu Fuß können sie nicht sehr weit gekommen sein«, vermutete er.

Suviel schüttelte den Kopf. »Wir befinden uns im Reich des Herrn des Zwielichts«, erwiderte sie. »Entfernungen und Richtungen gleichen nicht denen, wie wir sie aus unserer Welt kennen.«

»Dann sollten wir so schnell wie möglich Kundschafter aussenden, hm?«

Sie lächelte und nickte. Mehr konnten sie tatsächlich nicht tun. Außer vielleicht zur Leere zu beten, ihnen bei dem Versuch zu helfen, mit dem Kristallauge und dem Mutterkeim zum BrunnQuell zu gelangen, bevor es zu einer Begegnung zwischen der ErdenMutter und dem Herrn des Zwielichts kam. Wenn ihnen das gelang, und falls der VaterBaum irgendwie den Stab der Leere durch seine geheimnisvollen Verbündeten an diesen Ort bringen konnte, würde die Bürde des letzten Gefechts auf ihr lasten.

Ein Kampf, der sehr wahrscheinlich mit ihrer Vernichtung enden würde, ihrem unwiderruflichen, unvermeidlichen zweiten Tod.

Der Herr der Schatten trug seinen Angriff auf den Fried von Rauthaz mit makellosem Zeitgefühl und rücksichtloser Brutalität vor. Er öffnete am Nordende des Großen Ganges eine Vielzahl von Seitenportalen, von denen jedes zu einem Knotenpunkt der Verteidiger führte. Die tausenden von Maskierten, die Thraelor aus Casall mitgebracht hatte, waren in der Lage, schnell und mit präziser Taktik eine Garnison zu überwinden, deren Zahl die ihre beinahe um das Vierfache überstieg.

Als seine Fußtruppen und die Reiterei in Position waren, gab der Herr der Schatten den Befehl zum Angriff. Einige Minuten lang hallte der Lärm zahlreicher Kämpfe durch den Großen Gang, dann schlossen sich die Portale hinter den letzten Maskierten, und er stand allein regungslos in dem sanften, silbrigen Dämmer und lächelte, als gingen ihm erfreuliche Gedanken durch den Kopf. Dann setzte er sich Richtung Rauthaz in Bewegung.

Noch weit vor den Untergeschossen der Festung öffnete er ein weiteres Portal und durchquerte es mit einem gelassenen Schritt. Er führte ihn auf die verschneiten Bastionen der äußeren Mauer, die den Fried umringte. In einem der ummauerten inneren Höfe wurde noch gekämpft, während in der Stadt selbst blankes Chaos herrschte. Aus geplünderten Lagerhäusern quollen dicke Rauchwolken auf. Der Herr der Schatten schuf ein weiteres Portal und schritt hindurch auf …

… ein hohes, gepflastertes Dach, das schräg über der Esse des Frieds lag, und auf dem mit Drähten bestückte Apparaturen auf eisernen Dreifüßen standen und in den Himmel wiesen …

… auf einen Steg über einer Bruthöhle der Fressbiester, wo die Wärter bei seinem Anblick die Flucht ergriffen, die Biester dagegen ihre Schnauzen hoben und ergeben jaulten, während er an ihnen vorbeischritt …

… in einen langen Korridor mit glänzenden, schwarzen Reliefs, Statuen und Plastiken, in denen zierliche Hängelampen goldenes Licht verbreiteten. Die Oberflächen waren mit glänzenden, ebenholzschwarzen Figuren verziert, und in einer Ecke stand ein hoher, geschmückter Spiegel. Als der Herr der Schatten davor stehen blieb und einen Blick hineinwarf, änderte sich sein Spiegelbild und zeigte eine gepanzerte Gestalt, die auf einem riesigen, grandiosen Thron saß, dessen Lehne mit einer Wand verschmolz, die wie eine riesige Fläche aus Gesichtern wirkte, die in schwarzem Eis erstarrt waren. Die ganze Szenerie war in ein aschfarbenes, bläuliches Licht getaucht, und der

Herr der Schatten nickte einmal anerkennend, bevor er um die Ecke ging und seinen Weg fortsetzte.

Schattenkönig Grazaan stand unter einer breiten Arkade.

Er stand da und schaute hinaus, aber über seinem Hinterkopf flammte ein geisterhaft rotes Gesicht, das sich zu einem Grinsen verzerrte, als sich der Herr der Schatten ihm näherte.

»Ich spinne Illusionen in seinem Hirn«, begrüßte ihn das Gesicht. »Sie gaukeln ihm vor, dass er zum BrunnQuell läuft, um seine Macht gegen uns zu richten.«

»Närrisch«, erwiderte der Herr der Schatten. Er packte Grazaan und verschluckte ihn, während sich sein Gesicht und sein Kiefer unmöglich verlängerten, um die Gestalt aufzunehmen. In seinem Inneren rangen die Gestalten um Anpassung und Verschmelzung, bis sie sich schließlich vereinigten. Gewandet in eine blutrote Rüstung richtete sich der Herr der Schatten auf und schaute in das Reich der Finsternis.

»Nunmehr noch Kodel«, sagte er. »Doch zunächst kümmern wir uns um unsere Gäste.«

27

Welch fürchterliche Stimme
Lässt die Meere heulen
Und stürzt die Welt
In ihren tiefsten Dämmer.
Welch ehrfürchtiges Wispern!
Welch ein schrecklicher Fluch!

CALABOS: UNTER DEN TÜRMEN,
3. AKT, III, 35

Der Spalt führte von Keshada weg und entpuppte sich als eine von mehreren Schluchten und ausgetrockneten Wasserläufen, die sich eine Meile lang im Zickzack erstreckten, bevor sie auf eine Reihe niedriger Hügel zuliefen. Eine Hand voll erfahrener Fährtenleser der Mogaun hatten die Spuren von Alael und Gilly aufgenommen, die offenbar geradewegs zu diesen Hügeln gegangen waren, bevor sie scharf nach rechts in einen gewundenen Schlund abgebogen waren. Die Armee von Besh-Darok war vor dem Eingang dieses Schlundes zum Stehen gekommen, während eine kleine Gruppe auf einem Hügelkamm darüber ihre Pferde versorgte und sich für den Aufbruch vorbereitete.

Mazaret konnte vom Rücken seines Pferdes aus einen großen Teil des Reiches dieses Gottes überblicken. Die Schlucht mit ihren schrägen Wänden aus blankem Fels mäanderte durch ein Sandsteingebirge, dessen Sedimente in verschiedenen Nuancen von Rostrot und Ocker gestreift waren, während links von ihm die niedrigen, zerklüfteten Hügel wie Zahnstummel wirkten, hinter denen eine flache, aschweiße Ebene lag. In ihrer Mitte erhoben sich die zertrümmerten, gezackten Reste eines ehemals gewaltigen Gipfels, des Bornberges, in dessen Kern der Brunn-Quell lag, zu dem Suviel mit dem Kristallauge und dem Mutterkeim unterwegs war, um eine Aufgabe zu erfüllen, die sie vermutlich das Leben kosten würde. Die Gewissheit ihres Schicksals erfüllte ihn mit tiefer Trauer.

Sie hatte es zwar nicht zugegeben, aber er entnahm ihrer unerschütterlichen Ruhe und eisernen Entschlossenheit, dass sie mit ihrem Tod rechnete und bereit war, zu sterben. Mazaret dagegen bereitete die Vorstellung fast unerträgliche Pein, dass sie beide solch undenkbare Qualen an Körper und Geist erduldet hatten, nur um schließlich ein solch bittersüßes Lebewohl an diesem Scheideweg erleben zu müssen.

Suviel kümmerte sich um ihr Pferd und das Packpferd, während Bardow vergeblich versuchte, ihr dieses Unterfangen auszureden. Während er lebhaft argumentierte, sah sie zu Mazaret hinüber. Ihr Blicke verschränkten sich für einen sehnsüchtigen Moment, dann schauten beide weg. Mazaret zwang sich, seine Gedanken auf weniger traurige Dinge zu lenken, und dachte über die Reisegefährten nach, die Suviel sich ausbedungen hatte.

Atroc schien noch mehr gealtert, seit Mazaret ihn das letzte Mal gesehen hatte. Und auch sein Blick war finsterer, sardonischer. Mazaret konnte nachvollziehen, warum Suviel ihn für einen würdigen Bundesgenossen bei ihrer Aufgabe hielt, die Wahl ihres anderen Begleiters jedoch hatte ihn verblüfft und bereitete ihm wachsendes Unbehagen.

Byrnak saß einem Bären gleich in einen schwarzen Umhang gehüllt auf seinem Pferd, beugte sich tief aus seinem reich verzierten Sattel und blickte stirnrunzelnd über die Hügel auf die zerklüfteten Zacken des Bornberges. Mazaret hatte von Yasgur erfahren, wie Byrnak seine Armeen von Maskierten rekrutiert hatte, indem er zunächst Angehörige der Mogaun-Stämme als Wirte für die wiederauferstandenen, uralten Seelen gewann, und anschließend die Männer aus Städten und Dörfer im Norden entführte. Das erklärte, warum die Kriegshorde der Mogaun vor der Belagerung von Besh-Darok die Seite gewechselt hatte. Der kalte Hass in den Augen von Welgarak und Gordag, wenn ihre Blicke den einstigen Schattenkönig streiften, war nicht zu übersehen. Atroc dagegen betrachtete den ehemaligen Schattenkönig mit einem seltsamen, grimmigen Respekt und hatte Mazaret erklärt, wie Byrnak sein Fragment des Herrn des Zwielichts verloren hatte, bevor er ihn aus erster Hand von Taurics Tod unterrichtete.

Alles in allem entzündeten diese Berichte über die Belagerung Besh-Daroks und der damit verbundenen Tragödien ein glühendes Bedürfnis nach einer Schlacht in ihm, trotz der Schmerzen, die er immer noch in seiner Seite spürte.

Während Mazaret Byrnak beobachtete, richtete der sich im Sattel auf und schaute zu Suviel hinüber. Als er jedoch Mazarets eisigen Blick spürte, schlug er rasch, fast furchtsam, die Augen nieder. Das überraschte Mazaret, und heiße Wut durchströmte ihn, doch bevor er sein Pferd vorantreiben konnte, berührte jemand sanft seinen Schenkel. Suviel sah ihn mit einem liebenden Blick an. Seine Stimmung besänftigte sich, er stieg ab und umarmte sie.

»Mach dir keine Sorgen um Byrnak«, flüsterte sie ihm ins Ohr. »Es schlummert keine Gefahr mehr in ihm.«

»Ich habe Furcht in seinem Blick gesehen.«

»Wir alle haben Angst, Geliebter.«

»Furcht ist der Keim des Hasses«, sagte er, ließ sich jedoch erweichen, als er ihren ruhigen, unnachgiebigen Blick bemerkte. »Nimmst du ihn deshalb mit?«

»Um zu spielen«, erwiderte sie. »Zu bluffen. Niemand kann wissen, was uns im Bornberg erwartet und wer den BrunnQuell bewacht. Falls Byrnak sie davon überzeugen kann, dass er noch ist, was er einst war, wenn auch nur für eine kurze Zeit, könnte uns dies den entscheidenden Vorteil liefern, den wir benötigen.«

Sie umarmten sich, ohne auf die anderen zu achten, und schlenderten ein Stück über den Kamm.

»Der Gedanke, dass du dich dieser Gefahr aussetzt ...«, begann Mazaret und zögerte. Es fiel ihm schwer, das Gefühl von Ohnmacht auszudrücken, das seine Gedanken zu ersticken schien. Suviel lächelte traurig und nickte.

»Wenn wir unsere Pferde über diese düstere Ebene treiben, werde ich dasselbe von dir denken«, sagte sie. »Die ErdenMutter durch dieses Reich des Ruchlosen zu verfolgen, und uns aller Gefahren zu erwehren, welche die Graue Eminenz dir entgegenschickt ... Ich fürchte um dich.«

»Werden wir sterben, du und ich?« Er drehte sich langsam zu ihr um.

»Das weiß ich nicht, aber es ist wahrscheinlich.« Sie zuckte mit den Schultern. »Die Zukunft ist ungeschrieben, und vieles kann in der Zeit passieren, die uns noch bleibt. Jedenfalls stehen wir in diesem Kampf nicht allein.«

Mazaret wusste, dass sie auf den Geist des VaterBaums anspielte und nahm den Unterton einer schwachen Hoffnung in ihren Worten wahr. Er wollte ihr ein Unterpfand seiner Liebe geben, griff in sein gepanzertes Koller und zog das kleine Pergament heraus, das er vor vielen Monaten in Khatris gefunden hatte. Nachdem Suviel ihn und Gilly aus dem Verlies der Akolythen befreit hatte, hatte er es in seiner Innentasche gefunden, ohne damals seine Bedeutung zu begreifen. Doch als seine Geistschatten einer nach dem anderen abgeschlachtet wurden, kehrte auch seine Erinnerung Stück um Stück zurück und enthüllte, was ihm verloren war. Suviel schien etwas verwirrt zu sein, als er ihr das Blatt gab, lächelte jedoch, während sie leise die Inschrift vorlas.

Von Zeit zu Zeit in Träumen, mein Liebster,
scheint es mir, als lägest du neben mir.
Doch mit dem wachen Tag
Wird das Verlangen meiner Seele
zu einem bloßen Traum.
Und es scheint, als wollte der Tag niemals enden ...

Sie hatte Tränen in den Augen, als sie das Blatt in eine Tasche ihres Umhanges schob. Dann nahm sie seine Hände in ihre, hob sie an ihren Mund und küsste sie.

»Selbst ein winziger Moment an deiner Seite, Geliebter«, sagte sie, »erscheint mir zeitlos. Du wirst immer bei mir sein.«

»Und du bei mir.«

Sie umarmten sich ein letztes Mal, bevor Suviel sich aus seinen Armen befreite und zu ihrem wartenden Pferd lief. Wenige Minuten später ritten drei Gestalten mit einem Packpferd im

Schlepptau den mit Geröll übersäten Hang des Hügels hinab und nahmen Kurs auf ein graues, felsiges Tal, das sich durch die Hügel schlängelte.

Während Mazaret ihnen nachsah, näherte sich ihm Bardow. Er führte sein Pferd an den Zügeln.

»Das ist eine sehr riskante Angelegenheit, alter Freund«, sagte er. »Sie hat zwei Artefakte bei sich, und auch das vereinte Schwert.«

»Wird es ihr helfen, sich zu verteidigen?«, fragte Mazaret nur.

»Möglich ... Oder aber es macht sie zu einem noch leichteren Ziel.«

Mazaret nickte grimmig.

»Es wird Zeit, dass wir ebenfalls aufbrechen«, erklärte er, stieg auf und trieb seinen Hengst auf den abschüssigen Pfad. An seinem Ende wartete das Heer von Mogaun und Rittern in einer langen Kolonne, die bis in die dunstige Schlucht zurückreichte. Einige kleinere Gruppen von Kundschaftern hatten sich auf dem Hügelhang postiert.

Lass uns den Herrn dieses Ortes finden!, dachte er grimmig. Ich bin sicher, dass wir einiges tun können, um seine Aufmerksamkeit zu erregen!

Gilly wusste zwar, dass er sich im Reich einer finsteren Gottheit befand, doch erst als er jetzt der besessenen Alael eine weitere Düne hinabfolgte und den unheimlichen Wald direkt vor sich sah, glaubte er es auch. Von dem Moment an, als sie Keshada verließen, hielt Alael einen völlig geraden Kurs. Während der letzten Stunde oder mehr, war der Wald aus hohen, dürren Bäumen in einiger Entfernung zu ihrer Linken gewesen. Jetzt lag er direkt auf Alaels Weg.

Von dem sie offenbar auch jetzt nicht abzuweichen gedachte.

Gilly spielte mit der Idee, sie mit physischer Gewalt zurückzuhalten, aber nur einen Herzschlag lang. Zwei frühere Versuche hatten nur damit geendet, dass er durch die Luft flog und schmerzhafte Prellungen davontrug.

Was kann ich anderes tun, als ihr auf den Fersen bleiben?, fragte er sich. Und hoffen, dass Suviel und Mazaret uns einholen können …

Selbst aus zwanzig Metern Entfernung konnte er die goldene Aura sehen, die Alael umhüllte und heller wurde, als sie sich dem Rand des grauen Waldes näherte. Noch während er zusah, verschwand sie plötzlich zwischen den Bäumen. Beunruhigt hastete er zu der Stelle, an der sie in den Wald getreten war. Noch während er sich näherte, veränderte sich die Farbe der grauen, dürren Bäume plötzlich in alle Schattierungen von Grün. Zweige sprossen aus rauen Ästen, Büsche schossen aus dem fruchtbaren Boden, Beeren, Knospen und Blüten schimmerten unter üppigem Blattwerk, blühende Ranken wanden sich an Stämmen hinauf und über Äste, teilten sich, verbreiteten sich und umschlangen sich. Es war eine wahre Eruption von Grün, die allerdings auf das unmittelbare Umfeld um Alael beschränkt zu bleiben schien. Gilly starrte verblüfft auf das Dickicht, nahm allen Mut zusammen und drängte sich hinein.

Die Blätter raschelten um ihn herum, während die grüne Fülle langsam hin und her schwankte. Es war stickig-feucht und duftete nach dem schweren Aroma von fruchtbarem Wachstum. Grüne Schatten verzerrten die Entfernungen und steigerten die Merkwürdigkeit dieser rastlosen Umgebung. Angeheizt durch seine Furcht stattete Gillys Fantasie die üppige, wuchernde Vegetation mit Augen, Ohren und allen möglichen anderen Sinnen aus. Wütend über sich selbst versuchte er diese Fantasiegebilde zu vertreiben, während er einen dichten Vorhang aus Kletterpflanzen zur Seite schob, und die Kombination aus Beeren und Blättern in dem dämmrigen Licht die Form eines Gesichtes annahm …

Doch dann prägten sich die Züge deutlicher aus und wurden erschreckend vertraut. Ihr Träger sprang aus dem Dickicht und stürzte sich mit gezücktem Dolch auf ihn. Gilly keuchte, warf sich zur Seite, wich in den Schutz einiger Bäume zurück und zog gleichzeitig sein Schwert. Durch die Zweige sah er, wie der Mann sich aufrichtete und ihn aus seiner Kapuze mit brennenden Augen anstarrte, die in einem Gesicht saßen, das dem seinen bis aufs Haar glich.

Der Angreifer lächelte, ließ den Krummdolch durch die Luft wirbeln und fing ihn geschickt auf. »Der Herr des Zwielichts sendet dir seine Grüße«, sagte er.

»Und er schickt uns«, ertönte eine andere Stimme in seiner unmittelbaren Nähe.

Instinktiv duckte sich Gilly und rollte zur Seite ab. Im nächsten Moment zischte etwas durch das Blattwerk dicht an seinem Ohr durch die Luft, wo er eben noch gestanden hatte. Er flüchtete weiter und versuchte verzweifelt, die beiden Angreifer im Blick zu behalten, die ihn verfolgten.

Der zweite sah genauso aus wie der erste und folglich wie er selbst. Gilly hatte es skeptisch aufgenommen, als Suviel ihm von diesen magischen Wesen erzählt hatte, die man Geistschatten nannte. Jetzt hatte er den Beweis für ihre Worte vor Augen.

»Was bist du doch für ein erbärmliches, schwächliches Wesen«, sagte der eine. »Schwer zu glauben, dass wir aus dir geformt wurden.«

»Vielleicht sind wir ja vollkommener als er, Bruder«, erwiderte der andere. »Stärker, schneller und tödlicher, nachdem all seine Schwächen weggeschliffen wurden. Die Graue Eminenz hält dies zweifellos für erwiesen und sendet uns deshalb einer lohnenderen Beute nach.«

Gilly flüchtete immer noch durch den Wald und versuchte, ihren Stimmen zu folgen, während er nach einem Baum mit tiefhängenden Zweigen Ausschau hielt.

»Kommt schon, Freunde!«, rief er. »Es ist doch albern, dass wir uns gegenseitig jagen. Ich meine, wir sind doch praktisch eine Familie. Lasst uns eine Flasche Wein köpfen und uns Geschichten erzählen. Da fällt mir ein, ich kenne eine wirklich exzellente Schänke in Sejeend, schön versteckt gelegen, mit einem großartigen Kamin und einer Auswahl der erlesensten Biere ...«

»Dein sinnloses Geplapper ermüdet mich«, sagte ein Geistschatten. »Es wird mir ein Vergnügen sein, dir deine Zunge herauszuschneiden.«

Gilly antwortete nicht. Langsam und umsichtig hatte er einen geeigneten Baum erklommen und kroch jetzt auf einen belaubten Ast hinaus, während einer der verhüllten Geistschatten langsam und lautlos auf ihn zukam. Er wartete bis zum letzten Moment, sprang herunter, schleuderte den Gegner zu Boden und rammte ihm zweimal sein Schwert durch den Leib.

Nach dem zweiten Hieb bäumte sich der Geistschatten unter ihm auf, scheinbar unversehrt, und warf ihn von sich ab. Gilly rollte auf den Rücken. Die Kleidung des Geistschattens war weder zerfetzt noch blutig, als er in die Hocke sprang und den Dolch stoßbereit hob. Sein Gesicht war zu einer frohlockenden Fratze verzogen. Gilly riss sein Schwert herum, doch noch während der Verhüllte zu einem tödlichen Schlag ausholte, brach etwas Großes, Dunkles aus dem Unterholz zu Gillys Rechten. So schnell, dass seine Bewegungen verschwammen, stürzte es sich auf den Geistschatten, riss ihn von den Füßen und schleppte ihn in den Wald. Sein gequälter Schrei verstummte abrupt, und Gilly schwindelte ein wenig, als er sich aufrappelte und sich suchend umsah.

Vorsichtig folgte er der Spur aus zerbrochenen und abgeknickten Zweigen, die sein geheimnisvoller Retter hinterlassen hatte. Ihm waren trotz der Kürze ihrer Begegnung einige Details aufgefallen, die schwarzgrüne Reptilienhaut, der muskulöse Körper und etwas, das wie mächtige, gefaltete Schwingen ausgesehen hatte, aber er konnte sich nicht erinnern, dergleichen schon einmal gesehen zu haben. Dann hörte er vor sich ein Knurren, einen Aufprall ... und im selben Moment strömte ein Fluss von Erinnerungen in sein Bewusstsein. Wieder schwindelte ihn, und jetzt erinnerte er sich daran, wann er eine solch muskulöse, geflügelte Kreatur das letzte Mal gesehen hatte. Gilly trat auf eine kleine Lichtung hinaus und sah die Dämonenbrut auf dem laubübersäten Boden hocken. Sie lehnte an einem Felsbrocken.

Einer der Geistschatten war mit seinem eigenen Dolch im Hals an einen Stamm genagelt, während der andere ausgestreckt und mit dem Gesicht nach oben vor der Dämonenbrut lag, ebenfalls die eigene Waffe in der Brust. Die Kreatur hob ihren großen Reptilienschädel und betrachtete Gilly mit glühenden Augen.

»Der Mensch Cordale«, sagte sie. »Ich sah Eure Erinnerungen aus den beiden da sickern, als ich sie mit ihren eigenen Klingen niederstreckte. Ich nehme an, Ihr seid jetzt wieder mehr Ihr selbst.«

»Genug, um Eure Rasse zu erkennen, Herr«, erwiderte Gilly so mutig wie er vermochte. »Woher kennt Ihr mich?«

»Wir waren einst Reisegefährten, eine kurze Zeit«, erwiderte die Dämonenbrut. »Ich bin Orgraaleshenoth, Prinz der Isragan-thir.«

Gilly packte den Griff seines Schwertes fester, obwohl ihm bewusst war, wie wenig seine Waffe gegen einen dieser Art auszurichten vermochte.

»Habt Ihr vor, wieder mit mir über die Lande zu fliegen?«, erkundigte er sich. »In dem Fall würde ich gern einige Städte in West-Cabringa besuchen ...«

»Hört, Cordale. Meine Treue gilt nicht mehr dem, dem ich sie einst geschworen habe. Als Folge davon erlitt ich Wunden von meinem eigenen Volk. Und wisset, Eure Freundin Keren Asherol ist hier in diesem Reich der Grauen Eminenz und hat den Stab der Leere in ihrem Besitz ...« Die Dämonenbrut hielt inne, erhob sich langsam und stieß ein tiefes, gequältes Stöhnen aus. »Wir müssen Euren Magier Bardow davon unterrichten. Er reitet an der Spitze eines Heeres, das Eurer Fährte folgt ...«

»Aber ich soll auf dieses Mädchen, Alael, aufpassen«, widersprach Gilly.

»Das Gefäß der ErdenMutter?« Orgraaleshenoth schüttelte den Kopf. »Weder Ihr noch ich verfügen über genug Macht, sie zu bewachen. Diese Aufgabe obliegt anderen.«

»Das ist wohl wahr«, stimmte Gilly ihm zu. »Also ... sollen wir meine Spur zurückverfolgen und dem Heer von Besh-Darok entgegen gehen, oder wollen wir hier auf sie warten?«

»Hier zu warten würde nur ernste Gefahren herausfordern. Sobald der Einfluss der ErdenMutter sich abschwächt, wird der Wald sich wieder dem Willen seines ursprünglichen Schöpfers unterwerfen.«

Gilly schob sein Schwert in die Scheide und streifte die beiden Geistschatten mit einem flüchtigen Blick. »Verstehe. Ich glaube nicht, dass ich aus der Nähe mit ansehen möchte, was er mit denen da anstellt.«

Die Hügel bestanden aus feinem, grauem und eiskaltem Staub. Er bildete bei der kleinsten Brise tanzende Schleier, stob in kleinen Wölkchen unter den Schritten der Hufe ihrer Pferde auf, überzog ihre Kleidung und drang in Waffen und Münder. Suviel fertigte für Byrnak und Atroc Gesichtsmasken aus Stofffetzen an, da der Staub in ihre Lungen drang und sie ständig husteten, und wischte ihn so oft es ging von den Augen ihrer Reittiere.

Ihr Ritt durch die Hügel dauerte weniger als zwei Stunden, kam ihnen jedoch erheblich länger vor. Sie schüttelten ihre Kleidungstücke aus und klopften den Staub heraus, sobald sie die andere Seite erreicht hatten, konnten sie jedoch nicht ganz davon befreien. Suviel drängte darauf, weiterzureiten, also kleideten sie sich hastig wieder an und setzten ihren Weg fort.

Die aschweiße Ebene war warm und trocken und schien von kleinen Knochenstücken übersät zu sein. Suviel hatte einige von ihnen untersucht und fragte sich, ob es wirklich Knochen waren oder nicht eher pulversierter Stein. Als sie Byrnak fragte, zuckte er nur mit den Schultern.

»Das ist Sein Reich. Für mich hat das hier keinerlei Bedeutung.«

Kaum eine Stunde später näherten sie sich den ersten Ausläufern des Bornberges. Es war ein wenig wärmer geworden, und ein leiser Klang drang an ihre Ohren, wie ein einzelner Ton einer Stimme, und doch nicht ganz so. Während sie Byrnak um den Fuß des Berges herum zu einem Eingang folgten, vorbei an gewaltigen, abgebrochenen Steinbrocken, wurde der Ton kräftiger und löste ein merkwürdiges Wohlbefinden in ihnen aus.

Schließlich klaffte der Zugang zum Bornberg vor ihnen. Er markierte das Ende einer dunklen Straße, die pfeilgerade aus der Ebene dorthin und hinein führte. Suviel zügelte ihr Pferd und wandte sich zu Byrnak um.

»Ich fühle die Macht des BrunnQuell, die gegen mein Bewusstsein drängt«, erklärte sie. »Die meisten meiner Magier-Sinne sind mir verschlossen, und ich weiß nicht, ob Wächter uns dort drinnen erwarten. Wisst Ihr es?«

Byrnak sah sie angsterfüllt an. »Ich fühle nichts. Gar nichts.«

Sie verbarg ihre Bestürzung und sah Atroc an.

»Was vermag wohl ein Seher zu sehen?«

Der alte Mogaun presste die Lippen zusammen, runzelte die Stirn und schloss die Augen. Dann neigte er wie lauschend den Kopf, schlug die Augen wieder auf und lächelte.

»Wir werden beobachtet«, erklärte er. »Es sind zwei.«

Suviel nickte und wandte sich wieder zu Byrnak um.

»Wir gehen zu Fuß weiter«, erklärte sie. »Geht voran.«

Resigniert gehorchte er. Atroc wich ihm nicht von der Seite, und Suviel folgte den beiden mit ihrem Packpferd. Der Boden des Eingangs bestand aus rauem, schwarzem Marmor und senkte sich abschüssig in das Innere des Berges. Die grauen Wände endeten in hohen Felsnadeln und Klippen, die wie Reißzähne wirkten. Darüber erhob sich freier Himmel. Der hohe Ton stieg an, und die Luft wurde lauer.

Als sie die Hälfte der Schlucht durchquert hatten, trat eine untersetzte Gestalt in dunkelgrünen Gewändern aus einem Versteck und verschränkte die Arme. Es war Coireg Mazaret. Suviel beschlich eine dunkle Vorahnung, als sie sich daran erinnerte, dass er besessen war.

»Seid gegrüßt, Crevalcor«, sagte Byrnak. »Was für eine unerwartete Überraschung, Euch hier zu treffen ...«

Coireg lächelte sardonisch und verbeugte sich knapp, während ein Stück hinter ihm eine zweite Gestalt auftauchte. Sie war groß, haarlos und in langen, grauen Roben gewandet.

»Ah, und der ergebene Obax«, fuhr Byrnak fort. »Was, so frage ich mich, bringt Euch beide ... ?«

Der Mann, den Byrnak als Crevalcor angesprochen hatte, breitete die Arme aus. Eine lautlose, smaragdgrüne Flamme umhüllte seine Hände. Byrnak wich furchtsam zurück und drückte sich gegen die Wand, während Atroc hastig zur Seite trat.

»Ein erfreuliches Ende deiner Scharade, Byrnak«, sagte Crevalcor und richtete seinen Blick auf Suviel, während er langsam auf sie zuging. »Umso begrüßenswerter, dabei einen Feind unseres Gebieters zu treffen, der ebenfalls ein Meister ist, oder vielmehr etwas, was unter unseren erbärmlichen Widersachern als Meister gelten muss.«

»Und Ihr seid ...?« Suviel legte so viel Verachtung wie möglich in ihre Stimme, während sie eine Auswahl an Gedankengesängen vorbereitete.

Er lachte laut. »Ich bin Crevalcor von den Erst-Erweckten und dein Tod.«

Suviel entließ ihre Gedankengesänge, noch während er die Hände hob und aus seinen Fingern blendende Blitze zuckten. Suviel wusste, dass sie selbst mit der Verstärkung ihrer Macht durch das Kristallauge der rohen Kraft des BrunnQuell nur kurze Zeit widerstehen konnte. Zehn weißglühende Tentakel gruben sich in die Barrieren, die sie errichtet hatte, während Crevalcor sie grinsend mit glühenden Augen aus kaum zwei Metern Entfernung beobachtete.

Ihr blieb nur noch eine Möglichkeit. Sie griff in eines der Bündel auf dem Packpferd und zog das doppelschneidige Schwert mitsamt seiner Scheide heraus. Crevalcor lachte bei dem Anblick, doch als sie die Scheide beiseite warf und das silbrig grün schimmernde Schwert zückte, erlosch das Lächeln auf seinen Lippen, und er wandte sich zur Flucht. Aber Suviel war schneller, sprang vor und rammte ihm die Klinge in die Seite ...

Er stieß vor Furcht und Schmerz einen gellenden Schrei aus, stürzte gegen die Wand des Durchgangs und wand ihr das Schwert aus der Hand. Suviel sah die undeutlichen Umrisse eines geisterhaften Wesens, das ihn umhüllte, als er auf die Knie sank. Dann verzerrte sich sein Gesicht vor Wut, und glühendes grünes Feuer zuckte aus seinem Mund und fegte auf sie zu. Die Reste ihres Gedankengesanges absorbierten den größten Teil des Angriffes, aber etwas drang bis zu ihr durch.

Ein Netz aus Schmerz brannte auf ihrem Körper, und sie schrie, als sie auf den Marmorboden fiel. Sie spürte ihr rechtes

Bein nicht mehr, und ihr rechter Arm war schwach und zitterte. Trotz ihres Schwindels jedoch hörte sie, wie jemand schluchzte und tränenerstickt stammelte. »... so Leid, Ikarno ... es tut mir Leid ... vergib mir, bitte ... so Leid, tut mir so Leid ...«

Der Geist von Crevalcor, dem Erst-Erweckten, war verschwunden, und Coireg Mazaret war endlich wieder im Besitz seines Körpers.

Suviel nahm wahr, dass sich Schritte näherten.

Sie stützte sich auf ihren unversehrten linken Arm und blickte hoch. Der Akolyth Obax blieb neben ihr stehen. Die weißen Augen in dem hageren Gesicht musterten sie.

»Einen Erst-Erweckten zu überwinden und einen Geist aus seinem Wirt zu exorzieren ...« Der Akolyth lachte heiser. »Das erfordert eine unerschütterliche Zielstrebigkeit, ganz zu schweigen von großer Verschlagenheit und einer ungewöhnlichen Waffe.« Er schob vorsichtig mit seiner Stiefelspitze das Schwert am Griff zur Seite, während eine smaragdgrüne Aura über seine langen Finger und seine Hände flackerte. »Dein einziger Fehler war, nicht genügend starke Diener mitgebracht zu haben ...«

»Folterknecht!« Die kreischende Stimme zitterte vor Wut.

Coireg Mazaret richtete seinen starren Blick auf den Akolythen. Seine Gestalt erstrahlte in der Macht des BrunnQuell, dessen grüne Kraft aus jeder Pore in seinem Gesicht drang. Zuerst glaubte Suviel, dass er langsam aufstand, dann wurde ihr klar, dass er tatsächlich durch die Luft schwebte.

»Du warst es!«, fuhr Coireg grimmig fort. »Du und diese Schattenkönige, die Schmerzen in mein Bewusstsein gossen ... ihre Sklaven in meinen Kopf pflanzten ... in meinen Kopf!«

»Hüte deine Zunge, Hund! Du befindest dich in der Gegenwart eines Meisters der Nachtbrüder ... !«

Coiregs Antwort bestand in einem unartikulierten Schrei, als er quer durch den Eingang flog. Obax feuerte einen Blitz grüner Macht ab, der jedoch von Coiregs flammender Aura förmlich aufgesogen wurde.

Im nächsten Moment schlang er seine Hände um den Hals

des Akolythen, und die beiden rangen einige Sekunden miteinander, bevor Coireg immer höher in die Luft stieg, sodass der Akolyth den Boden unter den Füßen verlor.

Suviel sah zu, wie die beiden miteinander ringenden Gestalten in der Höhe verschwanden, bis sie nicht mehr zu sehen waren, und haderte mit einem Schicksal, das sie zwar vor ihren Feinden bewahrte, sie selbst aber verkrüppelt und nutzlos zurückließ. Nun konnte sie nicht mehr bewerkstelligen, was getan werden musste ...

»Atroc?«, sagte sie. »Atroc ...«

»Mylady.« Der Seher hockte sich neben sie.

»Atroc, ist da noch jemand?«

Nach einer kurzen Pause erwiderte der Seher: »Nein, ich kann niemanden fühlen.«

»Gut.« Sie war erleichtert. »Dann helft mir zu der Wand, damit ich mich dagegen lehnen kann.«

Suviel setzte sich auf und bettete ihren geschwächten Arm in ihre Linke.

»Ich habe eine Aufgabe für Euch«, sagte sie.

Der alte Mogaun warf ihr einen skeptischen Blick zu. »Lauern zufällig irgendwelche Gefahren darin?«

»Sie könnte Euch das Leben kosten.«

»Hmm, ein interessantes Angebot. Und was wäre mein Beitrag zu diesem wahrhaft verlockenden Geschäft?«

»In einem Beutel auf dem Packpferd befinden sich zwei kleine Kästchen«, sagte sie. »Sie enthalten das Kristallauge und den Mutterkeim. Sie beide müssen in den BrunnQuell selbst versenkt werden. Der Träger wird den Ausbruch der rohen Macht wohl nicht überleben.«

»Dann lasst mich der Träger sein«, meldete sich Byrnak.

»Warum?« Suviel sah ihn erstaunt an. »Warum solltet Ihr das wollen?«

Das Gesicht des kräftigen Mannes war von Furcht und Erschöpfung gezeichnet, aber eine Art düsterer Entschlossenheit schimmerte in seinem Blick.

»Wenn das Leben eines Menschen der Preis für die Vernichtung des Herrn des Zwielichts sein muss, dann ist es das meinige!«

Suviel nickte schwach und verwünschte ihren nutzlosen Leib. Sie richtete den Blick auf Atroc, der ebenfalls nickte.

»Er spricht die Wahrheit, Mylady.«

»Gut«, sagte sie zu Byrnak. »Holt diese beiden Artefakte aus ihren Kästchen und legt sie in eine Satteltasche. Und nehmt dieses Schwert. Atroc wird Euch begleiten.«

Während der Mogaun ihre Worte mit einem Achselzucken quittierte und Byrnak in den Satteltaschen wühlte, flüsterte sie ein kurzes Stoßgebet an das Schicksal und an die Leere, in dem sie Trost erflehte, wenn schon keine Hilfe.

Das Schwert lag gut in seiner Hand, als Byrnak mit der schweren Satteltasche über der Schulter durch den Gang schritt. Atroc, der alte Mogaun-Seher, musste beinahe laufen, um mit ihm Schritt zu halten, während er gleichzeitig Salven von höchst lästigen Fragen abschoss.

Als die Kammer im Kern des Bornberges in Sicht kam, verlangsamte er seine Schritte und erneut überkam ein Zögern seine Gedanken. Er konnte blasse Spiegelbilder in dem leuchtenden, grünlichen Glanz der polierten Marmoroberfläche erkennen, und sein Zaudern schlug in blanke Furcht um. Wenn er nun wieder besessen wurde?

»Habt Ihr Eurem Schwert schon einen Namen gegeben, Meister Byrnak?«, fragte ihn der alte Seher.

Er drehte sich verwirrt zu dem Mann um.

»Was ... nein ...«

»Alle Schwerter sollten Namen tragen«, erwiderte Atroc grinsend. »Vor allem das da, meint Ihr nicht?«

Byrnak blickte auf die Waffe, musterte den schlichten, massiven Griff, und die silbrig grün schimmernde, etwa einen Meter lange Klinge.

Das Schwert hier hat mich von Illusionen und Knechtschaft befreit, dachte er. Es hat mir die Erkenntnis des Schmerzes und Leidens gebracht, und mich erkennen lassen, was ich bewirkt habe ...

»Ich nenne die Waffe ›Wahrheit‹«, erwiderte er. »Denn sie durchschneidet jede Lüge.«

Als er weiterging, waren die Lügen in seinen Gedanken verschwunden. Nach einem Dutzend Schritte betraten sie die Höhle des BrunnQuell. Hohe Monolithe umringten ihn, deren dunkle Oberflächen die Düsternis vertieften, die hier herrschte, während das Licht des BrunnQuell aus dem grob gehauenen Schrein erstrahlte, der in ihrem Mittelpunkt stand. Merkwürdige schwarze Pfeiler und Steinplatten bildeten ein Viereck darum herum, und als Byrnak sich einer Lücke dazwischen näherte, ertönte eine Stimme.

»Ah, endlich, Bruder! Keine Sekunde zu früh!«

Smaragdgrünes Leuchten überzog alles innerhalb des von Pfeilern umringten Vierecks, den Marmorboden, den Kegel des Schreins und auch den Schattenkönig Kodel, der neben einer sitzenden Statue stand, die offenbar aus Silber gegossen war. Als Byrnak sich den beiden Gestalten näherte, hörte er, wie Atroc, der vom Rand des Vierecks aus Pfeilern zusah, vernehmlich die Luft einsog.

»Tauric!«

Kodel lächelte wölfisch, und jetzt bemerkte auch Byrnak, dass der Statue ein Arm fehlte.

»Ursprünglich hatte ich vor, meinen alten Freund und Tauric zu verschmelzen und sie zu benutzen, um die Leere zu erforschen. Aber da jetzt Besh-Darok und seine Verbündeten sich so viel Mühe gegeben haben, die drei Artefakte zu vereinen, ist das nicht mehr nötig.«

»Ich habe nur zwei«, erklärte Byrnak. »Wo ist das dritte?«

»Oh, es dürfte über kurz oder lang auftauchen«, erwiderte Kodel beiläufig. »Wenn du diese beiden Gaben in den BrunnQuell trägst, wirst du nicht nur unserer Sache zum Sieg verhelfen, sondern auch deine alte Macht zurückerlangen ...«

Byrnak starrte ihn an, während er den Griff des Schwertes, das er »Wahrheit« getauft hatte, fest umklammerte.

»Dann will ich nicht länger zögern«, sagte er, trat zum Schrein des BrunnQuell, stieg die Stufen empor und blieb auf der zweiten stehen, als wäre ihm etwas eingefallen. »Ach ja, Bruder, würdest du solange mein Schwert hüten?«

»Gern.«

Byrnak tat, als reichte er Kodel die Waffe mit dem Griff voran, aber als der Schattenkönig dicht genug herantrat, wirbelte Byrnak es geschickt herum und rammte es ihm in den Leib. Kodel stieß einen markerschütternden Schrei aus, während er zurücktaumelte. Byrnak riss das Schwert aus seinem Körper. Es befand sich kein Topfen Blut an seiner Klinge. Kodel jedoch lag auf dem Rücken und wand sich in heftigen Krämpfen, während ein geisterhaftes, blutrotes Gespenst aus ihm aufstieg und darum rang, sich von ihm loszureißen. Byrnak drehte sich wieder zu der schillernden, wirbelnden Helligkeit des BrunnQuell um, nahm das Kristallauge und den Mutterkeim aus der Satteltasche, die er auf die Stufen neben die »Wahrheit« legte. Dann trat er in das smaragdgrüne Gleißen ...

Sein Verstand, sein zerstörter Verstand, versuchte zu verstehen. Eine Stimme, ein Fluss, eine Faust, ein geifernder Rachen, ein Hammer, ein Meer des Begehrens, ein Strom von Blut, eine Armee aus Bergen, alle heulend, ertränkend, zerschmetternd, zermalmend und auf ihn einschlagend wie auf einen Amboss aus Feuer ...

Die Verbindung zwischen seinem Verstand und seinem Körper erlosch.

Byrnaks Beine gaben unter ihm nach, er brach vor dem Schrein zusammen und rollte neben ihm die Stufen hinunter. Nur seine Hände gehorchten ihm noch, und er drückte die beiden Artefakte schützend an seine Brust, als er stürzte ... Er fühlte jedoch nur noch eines, als er schließlich liegen blieb, das runde, glatte Kristallauge. Als er mühsam ein Auge aufzwang, sah er den Mutterkeim. Er schwebte in dem Kristallauge.

»Du hast sie ... Du!«

Er hielt die beiden vereinten Artefakte an seiner Brust geborgen, als er sich auf die andere Hand stützte und aufrichtete. An einem Pfeiler lehnte schweratmend eine Dämonenbrut. Sie war klein, und ihr schmaler Kopf war beinahe menschlich.

»Wo ist Suviel?«, verlangte sie klagend zu wissen.
»Wer seid Ihr?«, fragte Byrnak zurück.
Die Dämonenbrut warf ihm einen finsteren Blick zu, trat taumelnd zu ihm und beugte sich über ihn. Er bemerkte das kleine, in ein Tuch gewickelte Bündel in der Klauenhand der Kreatur.
»Kennst du mich denn nicht mehr, Byrnak?«, zischte sie mit einem gefährlichen Unterton. »Erkennst du denn deine Keren nicht mehr?«

Mazaret packte Gillys Arm und schlug ihm vor Begeisterung auf die Schulter.
»Wenn du dir in den Kopf setzt, dir die Sehenswürdigkeiten aller Reiche anzusehen, machst du wirklich keine halben Sachen!«, erklärte Mazaret.
Gilly lachte. »Wenn ich etwas finde, das anzusehen sich lohnt, habe ich es auch immer eilig, allen davon zu berichten!«
Gilly stellte ihm seinen Reisegefährten vor, einen großen, hageren Mann in einer langen, dunklen Robe. Mazaret hob erstaunt die Brauen, als sein Freund ihm erklärte, dass dieser Raal Haidar eigentlich ein Prinz der Dämonenbrut war. Er spielte kurz mit dem Gedanken, den »Mann« selbst zu befragen, kam jedoch zu dem Schluss, das lieber Bardow zu überlassen. Stattdessen gab er Gilly einen kurzen Bericht von den Ereignissen, die sich zugetragen hatten, seit sie die Schwelle zum Reich der Finsternis überschritten hatten.
»Nachdem Suviel und ihre Begleiter uns verließen, sind wir deiner Fährte fast eine Stunde durch diese Schlucht gefolgt«, sagte er. »Dann meldeten mir einige meiner Kundschafter, dass sie eine Kolonne von fast tausend Reitern erspäht hätten, die versuchten, uns abzufangen. Also haben wir ebenfalls tausend Reiter der leichten Kavallerie vorausgeschickt, um sie in die Zange zu nehmen.«
»Hat es funktioniert?«, erkundigte sich Gilly.
Mazaret wiegte bedächtig den Kopf. »Wir haben einen großen Teil in der Falle geschnappt, aber es sind viele entkommen.

Wie sich herausstellte, waren sie nur die Vorhut eines gewaltigen Heeres, das von einem alten Freund von mir angeführt wird. Azurech.«

Gilly stieß einen Fluch aus. »Wie weit ist er noch entfernt?«

»Normalerweise würde ich sagen, dass eine Vorhut nicht weiter als zwei Stunden vor dem Hauptheer reitet, aber dies hier sind nicht gerade normale Umstände ... Moment, was gibt es?«

Ein Kundschafter näherte sich den beiden Männern und schob seine braune Kapuze zurück. »Mylord, wir haben sie gefunden!«

»Wo?«, fragte Mazaret scharf.

»Wir sind dem Rand des grauen Waldes bis zu der Stelle gefolgt, wo er am Fuß einer steilen Felswand endet, und hörten gedämpftes Brüllen. Wir ritten zurück, auf den Berg und an einem Sims entlang, das sich zu einem Kamm verbreiterte. Von dort aus blickten wir in ein weites Tal, in dem ... eine Frau gegen Monster kämpfte, welche dem Erdboden selbst entsprangen ...«

»Führt uns dorthin«, befahl Mazaret, wendete sich um, rief seinen Pferdeknecht und bellte Befehle. »Und bringt den beiden Männern hier Pferde.«

Kurz darauf donnerte die Armee von Besh-Darok in einer langen Kolonne über den Sims zu dem Kamm und verteilte sich, während Mazaret nach unten blickte. Das Tal war flach, weit und öde. Die gegenüberliegende Wand bestand aus einer Reihe felsiger Hügel. Auf der Sohle des Tales focht eine goldene Gestalt mit drei riesigen, echsenartigen Kreaturen, die tatsächlich dem Boden zu entwachsen schienen. Mazaret drehte sich zu Bardow herum, der sein Ross neben ihm zügelte, doch der Erzmagier runzelte nur die Stirn.

»Die goldene Gestalt ist mit Sicherheit die ErdenMutter, Mylord«, erklärte er. »Sie benutzt den Leib des Lichts. Die Kreaturen jedoch kenne ich nicht ...«

»Es sind Steinfeinde«, erklärte Yasgur, der sein Ross rechts neben Mazaret zum Stehen brachte. »Fürchterliche Ungeheuer aus uralten Stammeslegenden. Ich hätte niemals gedacht, sie einmal mit eigenen Augen sehen zu müssen.«

Unter ihnen durchbohrte die ErdenMutter mit einem goldenen

Lichtstrahl die Seite eines der Steinfeinde, der mit einem lauten Brüllen auf einen langen Hügel von Geröll und Staub prallte. Im nächsten Moment bebte die Erde, als ein weiteres Ungeheuer dem Boden entstieg und sich in den Kampf stürzte. Plötzlich stieß die ErdenMutter einen durchdringenden Schrei aus, und ihre goldene Aura verschwand.

»Sie hat es vollbracht!«, sagte Bardow. »Suviel hat das Auge und den Keim verschmolzen ...«

»Und das da unten ist jetzt nur noch Alael, Mann!«, schrie Gilly. »Diese Steinhaufendinger werden sie zermalmen ...!«

Im nächsten Augenblick jedoch versteinerten die Ungeheuer mitten in der Bewegung und polterten in großen Staubwolken zu Boden. Ein grausames Gelächter dröhnte durch das Tal und schien selbst den sonnenlosen, graublauen Himmel zu erschüttern.

Gib mir den Stab!, verlangte eine gigantische Stimme. *Ich muss ihn haben!*

Während Mazaret drei Kundschafter auf schnellen Pferden entsandte, um Alael zu retten, tauchten auf den Kämmen und in den Senken der gegenüberliegenden Talwand Gestalten auf. Zunächst waren es nur hunderte, dann jedoch quollen immer mehr und mehr hervor wie eine unaufhörliche Flut. Einige Meter links neben Mazaret trieb der hagere Raal Haidar sein Pferd nach vorn und hob einen transparenten Stab in die Höhe.

»Nicht für dich ist er bestimmt!«, gellte er dämonisch. »Du musst ihn dir schon holen, wenn du es vermagst!«

Drohendes, donnerndes Gelächter antwortete ihm.

Wie du begehrst ...

Plötzlich erschien ein Schwarm geflügelter Kreaturen über der gegenüberliegenden Wand. Sie kreisten auf der Stelle. Durch die Reihen der Soldaten hinter Mazaret fuhr ein furchtsames Stöhnen.

»Dämonenbrut ...«, flüsterte Bardow.

»Wie können wir sie bekämpfen?«, erkundigte sich Mazaret bestürzt über diese Wendung der Ereignisse.

»Ich weiß es nicht ...«, begann Bardow.

»Wir müssen es versuchen, Lord Mazaret«, erwiderte Raal Haidar und hielt ihm den transparenten Stab hin. »Dies hier ist nur eine Imitation. Der echte Stab der Leere wird in diesem Moment von Keren Asherol zum Schrein im Herzen des Bornberges gebracht. Zusammen mit dem Kristallauge und dem Mutterkeim ist er in der Lage, den BrunnQuell und den Herrn des Zwielichts zu verbannen.«

In dem Moment näherte sich ihnen ein Kundschafter zu Fuß.

»Mylords ... Mylords! Eine Streitmacht nähert sich unserer Nachhut. Sie haben bereits Herolde ausgesandt, um unsere bedingungslose Kapitulation zu fordern.«

»Azurech.« Mazaret massierte seine schmerzende Seite. Mittlerweile waren die berittenen Kundschafter mit der bewusstlosen Alael zurückgekehrt, und die Truppen auf der anderen Seite der Wand strömten in das Tal hinab. »Wir können nicht hier bleiben. Wir müssen unsere Stärke einsetzen ...« Er winkte Yasgur, Yarram und die anderen Kommandeure heran. »Wir nehmen die Ritter in die Mitte und bilden einen Flügel an beiden Seiten. Der rechte Flügel ist nur eine Illusion ...«

Ein unvorstellbar reiner Gongschlag unterbrach ihn, der durch das ganze Tal dröhnte und alle verstummen ließ. Dann erschien auf der rechten Seite ein blendender Lichtpunkt, der immer größer wurde, bis er so hell strahlte, dass man nicht mehr hineinblicken konnte. Im nächsten Moment war er verschwunden, und an seiner Stelle ... Mazaret glaubte eine Herde von makellos weißen Pferden zu erkennen. Als sich sein Auge wieder erholt hatte, erkannte er verblüfft, worum es sich handelte.

»Hexenmähren!«, sagte er.

»Bei meinen Ahnen, das ist unmöglich!«, rief Yasgur. »Sie werden von ... Tauric angeführt!«

Mazaret sah sich zu Bardow um. »Ihr sagtet doch, er wäre tot!«

»Atroc sah ihn zwar sterben«, bestätigte der Erzmagier, »aber es wurde keine Leiche gefunden ...«

»Sie kommen!«, schrie jemand neben ihnen.

Als wäre ein Damm gebrochen, strömte jetzt das Heer des Herrn des Zwielichts in das Tal. Ihr kriegerischer Schlachtruf ließ selbst die reglose Luft erbeben. Mazaret gab den Befehl, alle Banner und Standarten zu entrollen, und ließ seinen Blick prüfend über die Reiter hinter sich gleiten. Dann hob er sein Schwert über seinen Kopf gerade in die Luft. Einen Moment richteten sich die Blicke der Krieger auf ihn, und er brüllte: »Für Khatrimantine!« Bei diesem Schlachtruf grub er seinem Hengst die Absätze in die Flanken, das Tier tat einen mächtigen Satz nach vorn, und die Angriffswelle rollte bergab.

28

Ho! Ein blutiger Traum entfaltet sich,
Uralt, machtvoll und grausam,
Aus der Glut gerodeter Wälder,
Aus den zerstörten Ruinen von Städten,
Aus der schmerzenden Grube der Zeit.

Die Schwarze Saga von Culri Moal, xii, 2

Von dem Teich im Refugium der Hexenmähren wand sich ein breiter Pfad durch den nebelverhangenen Wald.

Noch bevor sie weit gegangen waren, gabelte sich der Weg in drei Richtungen, und Tauric hielt inne. Ghazrek, Shondareth und der Rest der Herde der Hexenmähren hielt ebenfalls inne.

Welchem Weg folgen wir?, fragte Tauric den Geist des VaterBaums.

Das spielt keine Rolle. Wählt einen aus.

Der junge Kaiser betrachtete die drei Pfade, zuckte mit den Schultern und wandte sich nach links.

Werden wir Besh-Darok rechtzeitig erreichen, um ihnen zu helfen?, dachte er. Oder treffen wir erst Tage nach der Schlacht ein?

Die Zeit, wie Ihr sie kennt, funktioniert in der Leere anders, vor allem im Refugium der Hexenmähren. Es mag sein, dass die Schlacht um Besh-Darok bereits entschieden ist, aber seid versichert, dass wir bei unserer Rückkehr alle Hände voll zu tun haben werden …

Tauric erwartete schneebedeckte Felder und eisige Luft, aber als sie aus dem dunstigen Nebel heraustraten, standen sie in einem weiten, dürren Tal. Zwei große Armeen standen sich auf der flachen, ausgetrockneten Ebene gegenüber, während große, geflügelte Kreaturen über der größeren der beiden kreisten.

»Wo sind wir hier?«, wollte Ghazrek wissen. »Das ist nicht Besh-Darok! Das ist nicht einmal Khatris …«

»Wir kennen diesen Ort«, unterbrach ihn die Hexenmähre Shondareth, die sich vor Tauric hinkniete. »Ihr solltet auf meinen Rücken steigen, König von Besh-Darok. Wir befinden uns in dem Reich des Herrn des Zwielichts, und eine gewaltige Schlacht wartet auf uns.«

»Ich sehe Yasgurs Banner!«, rief Ghazrek. »Und Gordags und Welgaraks ...!«

»Dahinten flattert die Standarte von Besh-Darok!«, rief Tauric.

Dann begann das Heer des Herrn des Zwielichts seinen wilden Ansturm unter einem donnernden Aufschrei, der den Boden erzittern ließ. Nur Augenblicke später warf sich ihr die Armee der Verbündeten in enger Formation von ihrem Kamm entgegen. Tauric saß mittlerweile auf Shondareths Rücken und stieß einen wortlosen Schlachtruf aus, bei dem die ganze Herde der Hexenmähren voranstürmte.

Obwohl allmählich Gefühl und Kraft in Suviels Glieder zurückströmten, bedurfte sie Atrocs Hilfe, um den Rest des Ganges zu überwinden. Sie stützte sich auf den Seher der Mogaun, der sie vom Eingang abgeholt hatte, bis sie schließlich die Höhlenkammer im Herzen des Berges erreichte, wo spitze Felsnadeln wie Türme aus dem Boden wuchsen, und in deren Mittelpunkt Pfeiler und Monolithe ein Viereck bildeten. Sie sah den pulsierenden Glanz des BrunnQuell und fühlte sein gieriges Lied in ihrem Fleisch und ihren Knochen. Und sie hörte, wie eine Frauenstimme wütete.

»... und Tauric ist tot, und Nerek ist tot und das alles nur deinetwegen ...!«

Auf Atrocs Arm gestützt, humpelte Suviel zwischen zwei Pfeilern hindurch und nahm die Szenerie in sich auf, die sich ihr bot. Die silberne Statue, die auf einem Stuhl saß, den gekrümmten, wimmernden Kodel, die merkwürdige Kreatur, halb menschlich, halb Dämonenbrut, die wütend auf Byrnak einredete, während er mit dem Kristallauge in der Hand wie unbeteiligt dasaß ...

»Keren ...«

Die Dämonenbrut hielt inne und schaute Suviel an, stolperte zu ihr und hielt ihr einen schmalen, von einem Tuch umwickelten Gegenstand hin.

»Bitte, Suviel, mach mich wieder menschlich«, flehte Keren. »Orgraaleshenoth sagte, der Stab könnte das bewerkstelligen.«

»Vielleicht, Keren, vielleicht vermag er es.« Sie sah Byrnak an. »Byrnak, seid Ihr wieder ... Euch selbst bewusst?«

Er schaute sie mit einem düsteren, in sich gekehrten Blick an, stand auf, trat zu ihr und reichte ihr das Kristallauge, das den Mutterkeim umschloss.

»Ich bin mir«, erwiderte er merkwürdig gelassen, »außerdem vieler Dinge und mancher Orte bewusst.«

Mit diesen Worten schritt er zwischen den Pfeilern aus dem Viereck heraus und verschwand.

»Merkwürdig«, Atroc schüttelte den Kopf. »Keiner versucht, ihn aufzuhalten.«

»Er hat keine Macht mehr in sich«, gab Suviel zurück. »Nur Visionen.«

Keren und Atroc halfen ihr zu dem Schrein des BrunnQuell, wo sie sich auf die Stufen hockte und die drei Artefakte einen Moment betrachtete. Mit dem eiförmigen Mutterkeim in seinem Inneren ähnelte das Kristallauge jetzt tatsächlich einem Augapfel. Suviel spürte die Macht der Verbindung dieser beiden Artefakte, die sich gegenseitig vervielfachte. Ein Blick auf Keren genügte, und sie erkannte, wie Orgraaleshenoth mithilfe der Mächte seines Reiches ihre Gestalt verändert hatte, und es bedurfte eines bloßen Gedankens, den Bann zu brechen und umzukehren.

Ein weiterer Gedanke wischte den Schmerz aus ihrem Körper, und der nächste versetzte Kodel in ein tiefes, heilendes Koma. Sie atmete auf, erhob sich und lächelte Atroc und Keren an.

»Jetzt muss ich den BrunnQuell betreten«, sagte sie, »und die Trinität der Artefakte einsetzen, um es zu zerstören ...«

»Aber das kannst du nicht!«, unterbrach sie eine dröhnende Stimme.

Ein großes, hundeartiges Wesen trat in den Schrein des BrunnQuell, gefolgt von einem staunenden, furchtsamen Tauric, der lächelte, als er Atroc und Suviel erblickte. Atroc war zum ersten Mal tatsächlich fassungslos.

»Majestät ... Ihr ... Ihr lebt?«

»Es hat jedenfalls den Anschein«, erwiderte Tauric gelassen und richtete seinen Blick auf das Hundewesen, das, wie Suviel begriff, der Geist des VaterBaums sein musste. »Ich habe diesmal den mittleren Weg gewählt ... Wo sind die Hexenmähren?«

»Im Augenblick kämpfen sie, so gut sie es vermögen«, erklärte der Geist des VaterBaums und schaute Suviel an.

»Ja«, stimmte sie zu. »Die Schlacht hat begonnen, ich fühle es. Doch warum haltet Ihr mich auf? Der BrunnQuell muss versiegen, muss ausgelöscht werden!«

»Wohl wahr, wenn auch nicht von Euch. Eure Verbindung zur Niederen Macht und dem vereinigten Kristallauge und seinem Keim verhindert, dass Ihr das volle Potenzial der Trinität der Artefakte einsetzen könnt.«

Schockiert erkannte sie die Wahrheit seiner Worte. »Und weil Tauric keinerlei Macht besitzt, ist er der Einzige, der die Macht dieser Trinität entfalten kann.«

Der Geist des VaterBaums hockte sich auf seine Hinterbeine und verzog seine hundeartige Schnauze zu einem beinahe menschlichen Lächeln. »Sehr richtig.«

»Ich weiß nichts über den BrunnQuell«, widersprach Tauric. »Oder das Kristallauge, den Keim oder ... den Stab. Wie könnte ich sie benutzen, um den BrunnQuell zu vernichten?«

»So funktioniert die Trinität nicht«, erklärte das Hundewesen. »Götter sind die zum Leben erweckten Träume der Leere, und nur ein Traum kann einen Traum zerstören.«

Jetzt endlich begriff Suviel alles. Sie nickte traurig und hielt die Artefakte Tauric hin, der sie zögernd entgegen nahm.

»Ich werde Euch beschützen und führen, während Ihr den BunnQuell hinabsteigt«, versprach ihm der Geist des VaterBaums. »Es ist eine weite Reise zu den Abgründen der Leere, und auf ihrem allerletzten Grund werdet Ihr ihn finden und wissen, dass Ihr fandet, den Ort der Saat der Macht und den Anfang eines neuen Traums.«

»Ich bin bereit«, sagte Tauric.

Der Geist des VaterBaumes richtete seinen Blick auf Suviel. »Es liegen viele unbekannte Gefahren in diesen Abgründen. Werdet Ihr mit uns gehen?«

Suviel nickte. »Das werde ich.«

»Dann nähern wir uns dem BrunnQuell gemeinsam.«

Suviel und Tauric gingen nebeneinander zu dem Schrein und stiegen die Stufen hinan.

»Möge die Hand des Schicksals offen sein«, gab Atroc ihnen mit auf den Weg.

»Lebt wohl«, sagte Keren.

An dem rauschenden, gleißenden Rand des BrunnQuell, von dem jetzt dieser einzige, perfekte Ton in größter Reinheit aufstieg und sich um sie wob, zögerte Tauric. »Ich habe so große Angst.«

»Das ist gut«, erwiderte Suviel und griff nach seiner Hand, während ihre andere Hand in ihrer Tasche Mazarets Pergament umklammerte. »Dann bin ich nicht die Einzige.«

Zusammen traten sie in den schillernden Strom aus Macht.

Mitten im dichtesten Schlachtgetümmel spürte Mazaret, dass sie allmählich die Oberhand gewannen. Aus einer Wunde auf seiner Stirn rann ihm Blut in das linke Auge, und die Hälfte seiner Rüstung hing in Fetzen an ihm herunter. Umtost vom Schlachtenlärm sah er, wie die gewaltige, undisziplinierte Horde der Feinde zurückwich und in Panik geriet, während die Ritter Besh-Daroks und die Krieger der Mogaun immer und immer wieder angriffen. Viele der feindlichen Anführer waren bereits beim ersten Aufeinandertreffen gefallen, als die Hexenmähren ihren vernichtenden Todesbrodem ausgestoßen hatten.

Und immer noch flogen die großen, weißen Pferde in weiten Sätzen über die Hauptstreitmacht des Feindes, der von drei Seiten umschlossen war. Weiße, eisige Wolken des tödlichen Brodems quollen auf sie hinunter, und die Phalanxen der Feinde wurden von Todesfurcht ergriffen. Ihr Rückzug verwandelte sich in eine wilde, ungeordnete Flucht. Die Verfolger richteten ein wahres Blutbad unter ihnen an, und Mazaret und Yasgur konnten ihre Truppen nur mühsam zwingen, wenigstens einigermaßen die Formation zu halten ...

Als sie den Befehlen zögernd gehorchten, die ihnen Hauptleute und Sergeanten unaufhörlich zubrüllten, fühlte Mazaret plötzlich, wie ein Sturmwind an seinem Mantel und an seinem Haar zupfte. Er drehte sich um. Mitten in der Schlacht war offensichtlich eine Nebelwand am anderen Ende des Tales aufgezogen.

Bardow ritt neben ihn. Er wirkte vollkommen erschöpft.

»Ihr solltet Eure Truppen sammeln, Ikarno«, sagte er und deutete mit einem müden Nicken auf die gewaltige, graue Barriere. »Es kommt Schlimmeres auf uns zu. Ich kann es fühlen.«

»Was hätten wir denn jetzt noch Schlimmeres zu erwarten?«, fragte der Lordregent.

Und erhielt im nächsten Moment eine Antwort, als der Wind stärker wurde, die Nebelwand beiseite fegte und sich ihnen ein furchteinflößender, unfasslicher Anblick bot. Eine gigantische, alles überragende Zitadelle erstreckte sich in unvorstellbare Höhen, ihre zahllosen Ebenen waren von Bastionen und Zinnen und Türmen übersät, von denen Mazaret fassungslos einige zu erkennen glaubte.

»Das ist unmöglich!«, sagte Bardow. »Es müsste unter seinem eigenen Gewicht zusammenbrechen ....«

Dann erkannte auch er es. Das gewaltige Bauwerk bestand aus den Türmen, welche die Schattenkönige bewohnt hatten, aus Gorla, Keshada, dem zylindrischen Fried von Rauthaz, dem Roten Turm von Casall, auf die sich wiederum zahllose andere Bastionen türmten, eine überlegene Demonstration arrogant zur Schau getragener Macht. Hörner schmetterten auf den hohen Wällen, Gongs ertönten und Trommeln begannen zu schlagen, als sich titanische Portale öffneten, die den Fuß der Festung säumten und das letzte Aufgebot des Zwielichts ausspieen.

Mazaret beobachtete von einem Geröllhügel blaugewappnete Krieger, die auf gigantischen Kriegswölfen ritten, dreizackschwingende Knechte, die wilde Hunde von der Größe von Pferden führten. In stachelstarrenden Kriegswagen fuhren Speerträger, Sensenmänner ritten grüne, sechsbeinige Echsen, auf deren Schultern in Pelze gehüllte Barbaren mit gewaltigen Keulen balancierten. Es war der reine Wahnsinn, seine Männer gegen diesen Albtraum zu schicken, aber als Mazaret sich umsah, fand er auf den Gesichtern seiner Hauptleute und Verbündeten nur grimmige, unbeugsame Entschlossenheit.

Fanfaren schmetterten, und er drehte sich wieder herum. Eine hünenhafte Gestalt schritt aus einem der Portale. Der Herr des Zwielichts überragte selbst seine größten Berittenen, und er war in barbarische Pracht gewandet. Ein langer Pelzmantel schwang über seinem Kettenhemd, er hielt eine schwere, doppelschneidige Streitaxt in den Händen und trug auf seinem mächtigen Haupt einen obszönen Helm mit nach unten gedrehten Hörnern, unter dem eine brutale Fratze höhnisch grinste.

Mazaret riss einem seiner Träger eine Fahne aus der Hand und brüllte einen Schlachtruf, der von den Reitern aufgenommen wurde, die sich um ihn scharten. Dann führte er den Angriff an, Yasgur an seiner Seite, die Hexenmähren über ihm.

Sie waren hoffnungslos unterlegen. Die Masse des Feindes glich einem wogenden Meer aus todesbringenden Klingen, das jeden Angriff, ja selbst einen bloßen Versuch scheinbar wirkungslos aufsog. Zahllose Heldentaten vollbrachte der Mut der Angreifer, einige davon waren vollkommen unerhört, wie jene bezeugten, welche die Schlacht überlebten. Am Ende jedes Heldenmutes jedoch stand unausweichlich und fraglos der Tod.

Yarram, Lordkommandeur der Ritter vom Orden des VaterBaums, starb an der Spitze seiner Männer, als ihm ein Kriegswolf die Gurgel herausriss, nachdem er dessen Reiter mit seiner Lanze durchbohrt hatte. Welgarak, Oberhäuptling des Schwarzmond-Clans, beendete trotzig und brüllend sein Leben in einem Pfeilhagel, umringt von einer Mauer aus niedergestreckten Feinden. Yasgur verwirkte sein Leben, als er versuchte, zu dem Kordon aus Schwarzen Rittern vorzudringen, welche den Herrscher des Zwielichts umringten. Der Prinz wurde von den mächtigen Hieben zahlloser Morgensterne zermalmt. Bardow hauchte seinen Geist in einem Kreis von Sensen aus, und als Tauric versuchte, ihm auf Shondareths Rücken zu Hilfe zu eilen, stürzten sich drei Kreaturen der Dämonenbrut auf ihn und rissen ihn vom Rücken der Hexenmähre.

Sein blutiger, lebloser Leib stürzte weit abseits vom Schlachtgetümmel zu Boden und verschwand kurz danach.

Mazaret selbst blutete aus zahllosen Wunden und sammelte die letzten paar hundert Überlebenden seines stolzen Heeres auf einer Anhöhe nahe der Talwand, um ein letztes Gefecht zu liefern. Die Phalanx des Feindes formierte sich in einiger Entfernung. Der Lordregent überprüfte seine Waffen und ignorierte den Schmerz in seiner Seite. Neben ihm lehnte Alael an einem Felsbrocken und vergrub das Gesicht in ihren Händen. Da hörten sie einen ungläubigen Schrei.

»Er ist weg!«

Mazaret wischte sich den Schweiß von der Stirn und schaute über die Heerscharen des Feindes hinweg suchend nach dem titanischen, hornhelmbewehrten Hünen. Der Späher hatte Recht. Der Herr des Zwielichts befand sich nicht mehr auf dem Schlachtfeld. Noch während Mazaret das Meer der Feinde musterte, dessen Ordnung sich allmählich immer mehr verwirrte, begann plötzlich der Boden unter seinen Füßen zu beben. Von den Heerscharen des Herrn des Zwielichts erhob sich plötzlich ein gewaltiger Chor aus Stöhnen und Wehklagen, der durch das Tal brandete. Die Himmel verfinsterten sich, und ein eisiger Wind hub an. Der Boden erbebte wieder, in einem kurzen, scharfen Ruck, der jedoch im Vergleich zu dem mächtigen Erdstoß verblasste, der nur Momente später die Erde erschütterte.

Männer und Pferde wurden zu Boden geschleudert, und nach wenigen Sekunden bot die Anhöhe einen Anblick blanken Chaos. Pferde wieherten, verloren ihren Halt, Männer schrieen vor Angst oder Schmerz. Mazaret rang selbst verzweifelt um sein

Gleichgewicht, als alle um ihn herum plötzlich von einem fahlen, geisterhaften Glanz überzogen wurden. Die Heerscharen des Feindes weiter draußen im Tal verwandelten sich in ein ächzendes Gewimmel aus geisterhaften Formen, und der unermessliche Turm selbst verblasste zusehends. Eine Landschaft erfüllte eine Hälfte des Himmels, ein Ort mit weißen Bergen und gebleichtem Boden, während ein unheimliches, bergiges Gebiet aus Mauertrümmern, die wie Relikte eines ungeheuren Palastes wirkten, die andere Hälfte in Beschlag nahm. Das Tal selbst schien sich einen Moment zu neigen, und es sah aus, als würden die beiden Himmelsgeburten hinabrutschen und direkt im Reich der Finsternis kollidieren.

Stattdessen glitten sie nur langsam in die Dunkelheit zurück, als das Tal in einem ätherischen Dunst verschwamm, seine Umrisse schwächer wurden und andere, neue daraus hervortraten. In dem sich verdunkelnden Firmament begannen Sterne aufzuleuchten, als sich die letzten, flüchtigen Spuren des Reichs der Finsternis verwischten, und Mazaret sich einer gnädigen Ohnmacht überließ.

Er wurde von dem eisigen Kuss des Morgenwindes geweckt. Er richtete sich auf, während jede Faser seines Körpers schmerzhaft protestierte, und fand sich auf einem klammen Hügel im Schutz überhängender Äste wieder. Ihm gegenüber lag eine weitere Anhöhe. Die Hänge beider Hügel waren schneebedeckt, und die Gipfel, die dahinter lagen, glänzten in reinstem Weiß. Büsche und Bäume verrieten ihm, dass er irgendwo in Khatris sein musste. Außerdem war er vollkommen allein.

Und er hatte Hunger. Mit einer improvisierten Schlinge und einem aus einem Ast geschnitzten Spieß gelang es ihm, sich Fleisch zu verschaffen, bevor er zu Fuß nach Osten aufbrach. Nach drei Tagen erreichte er ein kleines Fischerdorf an der Ostküste, das, wie er herausfand, etwa zweihundert Meilen nördlich von Besh-Darok lag. Die Dorfältesten berichteten ihm, dass vor mehreren Tagen der Himmel von bösen Vorzeichen, Visionen und Szenen einer ungeheuren Schlacht überzogen worden war. Als er sie fragte, ob sie seitdem andere Fremde gesehen hätten, schüttelten sie bedrückt ihre Köpfe.

Mit einigen Silbermünzen aus seiner Geldkatze erstand Mazaret einen kleinen Bogen und einen dicken, wollenen Umhang und marschierte nach Süden, die Küste entlang. Nach vier Tagen waren seine Stiefel rissig und die Sohlen hatten Löcher, und er versuchte gerade, sie mit Baumrinde zu stopfen, als eine Schar von verhüllten Reitern sich ihm langsam näherte. Sofort hob er seinen Spieß und wich zurück.

»Immer ruhig, mein Alter, wir tun dir nichts«, sagte der Anführer und streifte seine Kapuze zurück. »Wir wollen dich nur fragen, ob du weiter nördlich vielleicht Fremde oder Soldaten gesehen hast.«

Mazaret starrte ihn zitternd vor Erleichterung an, als er ihn erkannte.

»Kance«, sagte er heiser, und strich sich über seinen wirren Bart. »Ich bin es, Mazaret.«

Hauptmann Kance, Mazarets ehemaliger Marschhauptmann, betrachtete ihn stirnrunzelnd. Dann riss er die Augen auf, schwang sich hastig vom Pferd und beugte ein Knie.

»Mylord, Ihr lebt! Bitte, verzeiht ...!«

»Kommt schon, Junge«, sagte Mazaret. »Hoch mit Euch!«

Kance richtete sich auf und betrachtete Mazaret mit einem ehrfürchtigen Blick, in den sich Trauer mischte. »Mylord, wisst Ihr vom Kaiser?«

Mazaret seufzte. »Hegt keine Hoffnung für ihn, Kance. Ich sah ihn mit eigenen Augen fallen.«

»Aye, Mylord. Seine Leiche wurde neben dem Königstor-Pass gefunden. Sie ist noch immer in einem Schrein in der Nähe aufgebahrt. Wir führen Euch dorthin, wenn Ihr es wünscht.«

Mazaret holte tief Luft und atmete dann müde und erschöpft aus.

»Ja, ich würde ihm gern die letzte Ehre erweisen.«

Auf ihrem Ritt nach Südwesten erfuhr Mazaret, was nach dieser letzten, katastrophalen Schlacht geschehen war. Waffen und Teile von Rüstungen waren aus dem Himmel gefallen und hatten sich über weite Flächen des Landes verstreut, zusammen mit Überlebenden, Toten und sogar ihren Pferden. Die Zitadellen der Schattenkönige, Gorla und Keshada, waren in sich selbst zusammengebrochen, als der Boden unter ihnen nachgab. Die schwarze, alles umringende Mauer um Besh-Darok war ebenfalls zerfallen und in einen langen Schlund gestürzt, der sich bis zur Küste erstreckte.

Gleichzeitig war eine zweite, gewaltige Spalte von mehr als hundert Metern Breite aufgerissen, die sich in den Buckelgurt öffnete und sich westlich entlang des mauerverschlingenden Schlundes erstreckte, durch den Königstor-Pass führte und weiter nach Norden verlief, durch ganz Khatris bis nach Rauthaz in Yularia. Wasser aus dem Golf von Brykon strömte in den Schlund und umringte Besh-Darok und seine Ländereien mit einem großen Graben.

Die Wasser strömten nach Norden weiter und vereinten sich dort mit Strömen, die nach Süden führten, was zu gewaltigen Überschwemmungen in Zentral-Khatris führte. Außerdem hielten sich hartnäckige Gerüchte, Trevada und Casall wären vom Erdboden verschluckt worden.

Diese Nachrichten erschienen kaum glaubwürdig, aber da Kance darauf beharrte, dass er die Auswirkungen dieser Katastrophe mit eigenen Augen gesehen hätte, lauschte Mazaret seinem Bericht mit düsterem Staunen und trauerte insgeheim über den Verlust der Welt, wie er sie kannte.

Zwei Tage später erreichten sie das Mausoleum. Es war ein von Pfeilern gesäumtes, mit Efeu bewachsenes Bauwerk, das im Windschatten von zwei ausgewachsenen Agathon-Baumriesen stand, und dessen äußerer und innerer Eingang gut bewacht waren. Mazaret, rasiert und in eine frische Uniform gekleidet, folgte Kance durch das Portal und die Türen in die innere Kammer. Auf einer mit Blumen bestreuten Bahre lag Taurics Leichnam. Er war in blaue Roben gekleidet, und die blasse Haut seines Gesichts zeugte von der Kunstfertigkeit eines Leichenbestatters sowie wohl der Wirksamkeit eines Zaubers, der den Verfall seines Fleisches aufhielt.

»Ich grüße Euch, mein Kaiser«, sagte Mazaret leise. »Möge Euer Geist Ruhe finden.«

Als er den Kopf neigte, hörte er Schritte hinter sich. Er drehte sich um und sah Alael, die in ein weinrotes, dunkles Gewand mit hohem Stehkragen gekleidet war, über das sie einen braunen Umhang trug.

»Mylord«, sagte sie und lächelte traurig. »Ich bin überglücklich, Euch wohlbehalten zu sehen.«

»Mylady, ich lebe, fürwahr, mein Herz jedoch ist von Gram und Sorge bedrückt ...« Er seufzte. »Hat jemand etwas von Suviel gehört?«

»Atroc behauptet, er hätte gesehen, wie sie und Tauric den BrunnQuell gemeinsam betraten ...«

Er runzelte die Stirn. »Aber ich sah, wie Tauric in der Schlacht starb, im Reich der Finsternis ...«

»Er starb auch während der Schlacht um Besh-Darok«, erwiderte Alael. »Atroc hat dies ebenfalls bezeugt. Er glaubt, dass eine andere, höhere Macht ihre Finger im Spiel hatte.«

Verblüfft blickte Mazaret auf die reglose Gestalt auf der Bahre. »Und Byrnak? Was hat er dazu zu sagen?«

»Er behauptet, dass er den Schrein des BrunnQuell nach Keren Asherols Ankunft verlassen und folglich nichts weiter gesehen hätte.« Alaels Stimme wurde schwermütig. »Keren ... hat nicht überlebt. Ihre Leiche wurde gestern in einem Bach gefunden, ganz hier in der Nähe.« Ihr Blick richtete sich in die Ferne, während ihre Augen in Tränen schwammen. »Sie sah so friedlich aus ...«

»Es gibt also von Suviel keine Spur, weder lebend noch tot«, murmelte Mazaret, unfähig, seine große Verzweiflung zu verbergen.

»Ich weiß nicht, ob das hier Euch etwas bedeutet«, sagte Alael, während sie in eine Tasche ihres Umhanges griff. »Aber als Taurics Leiche gefunden wurde, hielt er dies in seiner Hand.«

Sie reichte ihm die Pergamentseite, die er Suviel bei ihrem letzten Lebewohl gegeben hatte. Alael hielt sie jedoch mit der

Rückseite nach oben, und als Mazaret sie entgegen nahm, sah er auf der rauen Oberfläche eine Inschrift, die vorher noch nicht da gewesen war.

»Es gibt einen Preis.«

Mazaret betrachtete das Blatt, schaute kurz Alael an, bevor er den Blick wieder senkte, hin und her gerissen zwischen Hoffnung und Verzweiflung.

EPILOG

Während Nationen ihre Zähne fletschen,
Wie Hunde an der Kette,
Brennt dieses schmerzhafte Wissen
In der Nacht.

Die Schwarze Saga von Culri Moal, vii, 8

Gilly Cordale wurde vor dem Hohen Konklave in den Adelsstand erhoben und zum Fürst von Falador ernannt. Nachdem er eine angemessene Zeit den Tod von Keren und den anderen betrauert hatte, richtete er sich mit Vergnügen in seiner neuen Rolle ein, heiratete die Tochter eines Adligen aus Cabringa, die ihm, nach schicklicher Zeit, Zwillinge gebar. »Wahrlich, das Leben ist in letzter Zeit viel zu leicht und bequem«, hörte man ihn danach häufiger vor Freunden klagen.

Nach dem Tod von Tauric sah sich das Hohe Konklave gezwungen, Alael den Thron erneut anzubieten. Sie nahm diese Ehre unter der Bedingung an, dass ihr Titel lautete: »Königin von Besh-Darok und Khatris.« Dem stimmten die Lords des Konklave zu, und nach einer rauschenden und fröhlichen Kleinen Krönung und einer würdigeren, vereinenden Hohen Krönung oblag Alael die Ehre, als erste Frau seit über zweihundert Jahren den Thron von Besh-Darok zu besteigen.

Auf Königin Alaels Beharren wurde das neue Amt eines Erlauchten Lordkanzlers geschaffen, ein Posten, über dessen Besetzung ein Konzil von Lektoren entschied.

Der erste Inhaber des Amtes war der ehemalige Lordregent Ikarno Mazaret, der in dieses Amt alle drei Jahre bis zu seinem Tod im Alter von neunundsiebzig Jahren wiedergewählt werden sollte.

Nachdem die ganze Betriebsamkeit der Wahl vorüber war, nach den Gratulationen, den Liedern und Versen, und nachdem er von seiner huldvoll lächelnden Königin die Amtskette seiner neuen Würde entgegen genommen hatte, brauchte der Erlauchte Lordkanzler Ikarno Mazaret dringend frische Luft, um mit seinen Gedanken eine Weile allein zu sein. Also schlenderte er hinaus in die Blumengärten des Palastes, wo die späte Nachmittagssonne die Blüten liebkoste, welche die Luft mit ihrem schweren, süßen Duft erfüllten.

Er flanierte über einen schmalen Weg zwischen niedrigen, sorgsam beschnittenen Büschen hindurch, als er auf eine Gestalt stieß, die zusammengerollt mitten in einem Beet von Cantusblättern und Himmelskelchen lag. Erst war er ein wenig verstimmt, weil er sie für eines der Dienstmädchen hielt, das er bei einem Nickerchen erwischte, als er jedoch näher trat, bemerkte er Einzelheiten an den Gewändern und den ergrauenden Haaren der Frau, bei denen sein Herz schneller schlug und seine Gedanken rasten ...

Obwohl er nur wenige Schritte entfernt war, zweifelte er noch, bis sein Blick auf einige Blätter fiel, die auf ihren Mantel gesunken waren. Er sah, dass die Blätter auf eine bestimmte Weise angeordnet waren, zu Buchstaben und Wörtern ...

Die Gestalt rollte auf den Rücken, gähnte und sah ihn dann vor sich stehen.

»Ikarno!«

Er machte zwei Schritte, fiel vor ihr auf die Knie und umarmte sie.

»Suviel! Wir hielten dich für tot!« Mit Tränen in den Augen bog er den Kopf zurück und suchte ihren Blick. »An was kannst du dich noch erinnern?«

»Ich erinnere mich daran, dass ich mit Tauric den BrunnQuell betrat ... dann folgte ein langer, obskurer Traum ...« Sie runzelte die Stirn und schüttelte den Kopf. »Danach bin ich hier aufgewacht ...« Sie richtete sich auf und schaute sich um. »Was, ich bin im Palast! Sind die Schattenkönige nicht mehr? Haben wir gesiegt?«

»Das haben wir, Geliebte«, sagte er, »aber um einen hohen Preis!«

Er zählte die Namen der Toten auf, und sie weinte über die große Zahl. Als er ihr weiter berichtete, was passiert war, beschloss er, vorläufig die Nachricht für sich zu behalten, die er auf ihrem Mantel gesehen hatte.

Der Preis wurde gezahlt

Die Nachricht von Suviels Rückkehr wurde allgemein als ein Geschenk der Götter betrachtet, doch als Atroc davon erfuhr, überlief ein unbehagliches Prickeln seine Haut. Ein freudiges Treffen mit der Magierin und Lord Mazaret später am Abend linderte zwar sein Unwohlsein ein wenig, aber eine gewisse Unruhe blieb. Also saß er um Mitternacht in einem kleinen Turmzimmer der Silbernen Aggor mit gekreuzten Beinen auf einer Holzbank, eingehüllt in die Rauchschwaden von glühenden Kräutern.

In sein Bewusststein drangen Bruchstücke der Visionen, die er kurz nach der Schlacht um Scallow gehabt hatte, die große Welle von Reitern, die über Zentral-Khatris hinwegrauschte und an deren Ende nur drei die Tore von Besh-Darok erreichten, Byrnak, Alael und Tauric. Die frühere Vision hatte an diesem Punkt geendet, jetzt sah er jedoch mit an, wie diese drei Gestalten von ihren Schaumrössern abstiegen und die Stadt unter gleißenden Sonnenstrahlen betraten.

Ein Besh-Darok, das eine jahrhundertealte Ruine war, deren eingefallene Mauern und umgestürzte Säulen halb von der Vegetation bedeckt wurden, die aus den Gärten und Parks quoll und alles unter sich erstickte. Die verfallenen, efeuberankten Ruinen größerer Gebäude erhoben sich wie trauernde Wächter über flachere Trümmer.

Noch während die drei Eindringlinge sich vorsichtig einen Weg durch die überwucherten Straßen bahnten, verdunkelten Wolken die Sonne, und ein dunkler Nebel entstieg dem Boden. Er wurde dichter und schwärzer, wirbelte um die drei Gestalten, die versuchten, einen höheren Punkt zu erreichen. Vergeblich ...

Die Schwärze verschluckte sie und machte sich daran, die ganze Stadt zu überziehen ...

Atroc erwachte in der Kühle des Morgens umgeben vom Geruch verglühter Kräuter. Sein Kopf fühlte sich klar an, und das Unbehagen der vergangenen Nacht schien verschwunden zu sein, obwohl die Vision selbst nur wenig Sinn machte. Vielleicht sollte er nach Norden reiten, zu dieser Bucht, in die Byrnak verbannt war, und ihm einige Fragen stellen.

Dann lachte er, als er sich daran erinnerte, dass er eigentlich Gordag und die anderen Stammeshäuptlinge an diesem Morgen treffen sollte, um mit ihnen über ihre Zukunft zu beraten.

Es wäre besser gewesen, ich wäre gestorben und du hättest gelebt, Yasgur, mein Prinz. Dennoch müssen wir den Hengst reiten, den man uns sattelt.

Der Seher Atroc und Gordag, der Oberhäuptling des Rotklauen-Clans, handelten einen Siedlungsvertrag mit Besh-Darok und der neuen Regierung in Tymora aus. In dessen Folge wurden die Gemarkungen der Stämme der Mogaun südlich und östlich von Arengia gegründet. Atroc selbst überlebte Gorlag und verfasste mehrere bedeutende Schriften, unter anderem die »Hohe Geschichte der Familien und Clans der Mogaun«.

Das Schicksal der Dämonenbrut blieb rätselumwoben. Merkwürdige Geschichten wurden in den folgenden Monaten aus dem angeblich versunkenen Casall von fahrenden Händlern in die Hauptstadt getragen. Sie sprachen von einer Schar mehrerer hundert Menschen, die nur einen Tag nach der Niederlage des Herrn des Zwielichts in den Hafen der Stadt gekommen wären, vier Schiffe erworben und sofort Anker gelichtet hätten. Die Berichte beschreiben sie allesamt als große, ernste Männer und Frauen und waren sich in dem Punkt einig, dass es keine Mogaun gewesen sein konnten. Akolythen, mutmaßten einige, Waffenschmiede aus Jefren, behaupteten andere. Eine Kräuterfrau am Hafen schwor, dass ihre Vision, als die Segel der Schiffe sich im Wind blähten, ihr einen Blick auf geisterhafte, geflügelte Wesen gewährt hätte, welche die Taue an Bord gezogen oder sich an Deck gedrängt hätten. Dann stachen die Schiffe in See und wurden niemals wieder an menschlichen Gestaden gesichtet.

Byrnak, ehemaliger Kriegsherr von Honjir, einst Schattenkönig und Wirt eines düsteren, barbarischen Gottes, lebte noch sechs Monate. Seine Leiche wurde mit einem vergifteten Dolch in der Brust auf einer Klippe am Golf von Brykon gefunden.

DANKSAGUNG

An meinen Lektor, John Jarrold, und meinen Agenten, John Parker, die beide, davon bin ich fest überzeugt, einen Jedi-Kurs in Geduld absolviert haben. Om, Jungs! An Darren, Melissa, die Jessicas M. & G., und alle Leute bei Earthlight. An den Künstler Steve Stone, der meinen halb ausgegorenen Ideen Sinn eingehaucht hat.

Dank auch Dave Wingrove, dessen unaufhörliche Ermunterungen und pures Talent eine endlose Quelle der Inspiration sind.

An Michelle »Cuddles« Drayton-Harold, deren magische Zehnfingerkünste mir eine Menge Zeit und Stress erspart haben, und an Ian Murray, der mir den Laptop zu Ostern besorgt hat. Yir a gent!

An Eric Brown, Bill King, Keith Brooke und Ian McDonald, deren Freundschaft und aufmunternde Worte mir über die Jahre so viel bedeutet haben.

Und meinen Mit-Mitgliedern bei Vertex, es gibt so viele von euch, dass ich die anderen beleidigen würde, wenn ich nur einige erwähne, also sage ich einfach nur, he, Jungs, wir kommen voran!

Und an diese unerschrockenen Seelen, die bei dem diesjährigen Mike Cobley-Umzug geholfen haben (10-jährige Jubiläumstour), Craig, Dave, Martin, Derek, Anne, Elsie und der Junge von der Heilsarmee!

An El Sloano und Tom, den Vordenkern von Freedom Collective. An Graeme Fleming, Paisley's Programmierprinz, an

Ronnie und Katie, Ian Smith, den Headbangern Adrian und Spencer, den Jungs von BOC UK Online, Steve, Eric, Phil, Trevor, und an die Andrews, Simon und Paul aus Yorkshire, ebenso an unsere Yankee-Brüder und -Schwestern. (Hi LD, Zibe, Alma und ihr alle!)

An Michael Moore und Mark Thomas, die sagten, was gesagt werden musste.

Und an die Bands, deren Musik den Soundtrack für die Monate der Fron lieferten, dem unnachahmlichen Blue Oyster Cult, den wirklich wundervollen ARK, Pallas, Porcupine Tree, Parallel or 90 Degrees, den ehrfurchtgebietenden Nevermore, Symphony X, Mostly Autum, Queensryche, Nightwish, RATM, Mahler, Berlioz, Holst, Tomita, Prokofiev, Berg ... und vielen anderen mehr, einschließlich den Lieferanten von Prairie Metal, Hippykiller, allesamt echte Dudes.

Und an alle die, die sich wundern, wie die Geschichte von hier aus noch weitergehen kann ... tja, es ist erst vorbei, wenn es wirklich vorbei ist!